Peter May

Die Vogelinsel

Fin Macleod ermittelt auf den schottischen Hebriden

Kriminalroman

Aus dem Englischen von Anke und Eberhard Kreutzer

Kampa

Die englischsprachige Originalausgabe erschien 2011 unter dem Titel
The Blackhouse im Verlag Quercus Books Hachette UK, London.
Die deutschsprachige Erstausgabe erschien 2011 unter dem Titel
Blackhouse im Rowohlt Verlag, Hamburg.

Für den Blick hinter die Verlagskulissen:
www.kampaverlag.ch/newsletter

Hegibachstrasse 2, CH-8032 Zürich
info@kampaverlag.ch
www.kampaverlag.ch
GPSR-Kontakt: Schöffling & Co. Verlagsbuchhandlung GmbH,
Kaiserstraße 79, D-60329 Frankfurt am Main
info@schoeffling.de

Covergestaltung: Lara Flues, Kampa Verlag
Covermotiv: © László Brunszkó
Satz: Tristan Walkhoefer, Leipzig
Gesetzt aus der Stempel Garamond LT / 1. Auflage 2025
Druck und Bindung: Friedrich Pustet, Regensburg
Auch als E-Book erhältlich
ISBN 978 3 311 12123 7

Prolog

Sie sind fast noch Kinder. Sechzehn Jahre alt. Vom Alkohol und vom bevorstehenden Sonntag beflügelt, fiebern sie der Dunkelheit entgegen.

Es herrscht ein ungewöhnlich leichter Wind, und ausnahmsweise ist er lau, wie Atem schmeichelt er auf der Haut. Ein zarter Dunstschleier am Augusthimmel verdeckt die Sterne, dafür wirft ein Dreiviertelmond sein bleiches, blutleeres Licht über den festen, feuchten Sand, den die Ebbe hinterlassen hat. Das Meer schwappt sacht an die Küste, silberne Schaumbläschen platzen auf goldenem Grund. Dem jungen Pärchen, das auf der geteerten Straße aus dem Dorf zum Meer hinunterrennt, pulsiert das Blut wie Wellenschlag im Kopf.

Im winzigen Hafen links von ihnen bricht sich das Mondlicht auf dem Wasser. Sie hören das Knarren der kleinen Boote, die an ihren Tauen zerren, das dumpfe, hohle Geräusch ihrer hölzernen Rümpfe, die sich in der Dunkelheit kabbeln und den knapp bemessenen Platz einander streitig machen.

Uilleam hält ihre Hand und spürt ihren Widerstand. Er hat den angenehmen Alkoholduft in ihrem Atem geschmeckt und das Verlangen in ihrem Kuss, er weiß, dass sie sich ihm heute Nacht hingeben wird. Doch ihnen bleibt nicht viel Zeit. Der Tag des Herrn rückt näher, ein verstohlener Blick auf die Uhr, bevor sie das Licht der Straßenlaternen hinter sich lassen, sagt ihm, dass sie gerade noch eine halbe Stunde haben.

Ceit keucht. Nicht vor dem Sex hat sie Angst, sondern vor dem Vater, der jetzt am Torffeuer sitzt und in die Aschenglut starrt, die – präzise bemessen – gegen Mitternacht verlöschen wird. Die Ungeduld, die Wut, die mit jedem Ausschlag des

Zeigers größer wird, während er dasitzt und auf ihre Rückkehr vor Anbruch des Sonntags wartet, kann sie fast mit Händen greifen. Wie ist es nur möglich, dass sich auf dieser gottesfürchtigen Insel so wenig verändert hat?

Gedanken stürmen auf sie ein, kämpfen mit der Begierde, die sich im Alkoholnebel bislang ungehemmt ihren Weg bahnen konnte. Als sie vor wenigen Stunden den Gemeindesaal betraten, erschien ihr der bevorstehende Samstagabend wie eine halbe Ewigkeit. Doch wenn die Zeit knapp bemessen ist, vergeht sie im Flug. Und jetzt ist die Frist fast abgelaufen.

Als sie auf dem Kies oberhalb der Tiefgangsmarke an einem alten umgekippten Fischerboot vorüberhuschen, pocht ihr eine Mischung aus Panik und Verlangen in der Brust. In der offenen Hälfte des Bootshauses aus Beton ist durch die unverglasten Fensterrahmen der Strand dahinter zu sehen. Das Meer scheint von innen her zu leuchten. Uilleam lässt ihre Hand los und öffnet die Holztür gerade so weit, dass sie sich durch den Spalt winden können. Er schiebt sie hinein. Drinnen ist es dunkel, wie das schale Parfüm von überhastetem, pubertärem Sex liegt ein widerwärtiger Geruch nach Diesel, Salzwasser und Tang in der Luft. Über ihnen ragen die dunklen Umrisse eines Boots auf einem Anhänger in die Höhe, dahinter gewähren zwei kleine rechteckige Fenster wie Gucklöcher einen Ausblick auf den Strand.

Er drückt sie an die Wand, im selben Moment spürt sie seinen Mund, seine Zunge, die sich zwischen ihre Lippen drängt, den festen Griff seiner Hände an ihren Brüsten. Es tut weh, und sie schiebt ihn von sich. »Nicht so grob.« Ihr Atem scheint in der Dunkelheit zu tosen.

»Keine Zeit.« Seine Stimme klingt angespannt, halb fordernd, halb ängstlich. Und ihr kommen Zweifel. Hat sie sich ihr erstes Mal wirklich so vorgestellt? Ein paar schäbige Minuten im Dunkel eines schmutzigen Schuppens?

»Nein.« Sie schiebt ihn von sich und wendet sich zum

Fenster und zur frischen Luft. Wenn sie sich beeilen, können sie immer noch vor Mitternacht zurück sein.

Sie spürt die dunkle Gestalt, bevor sie aus dem Schatten taucht. Weich, kalt und schwer. Unwillkürlich schreit sie auf.

»Mein Gott, Ceit!« Uilleam ist hinter ihr, und da er zu allem Übel ausrutscht, als sei er auf Eis getreten, gesellt sich zu seiner Angst und seinem Verlangen eine kalte Wut. Er schlägt heftig mit dem Ellenbogen auf, ein stechender Schmerz zuckt ihm durch den Arm. »Mist!« Auf dem Boden scheint eine Diesellache zu sein. Er merkt, wie sie ihm feucht durch den Hosenboden dringt. Die Flüssigkeit klebt an seinen Händen. Ohne nachzudenken, kramt er sein Feuerzeug aus der Tasche. Es ist einfach zu dunkel hier drinnen. Erst als er mit dem Daumen am Rädchen dreht und die Flamme entzündet, wird ihm bewusst, dass er gerade dabei ist, sich zu einer lodernden Fackel in Brand zu stecken. Doch da ist es schon zu spät. Als plötzlich der Lichtstrahl in das Dunkel fällt, erschrickt er und macht sich aufs Schlimmste gefasst. Doch die Dieseldämpfe fangen kein Feuer, die Stichflamme bleibt aus. Stattdessen trifft ihn ein so entsetzlicher Anblick, dass er zunächst einmal nichts begreift.

Der Mann hängt an den Sparren des Dachfirsts. Über einem ausgefransten Nylonseil ist ihm der Kopf in einem unmöglichen Winkel vornübergekippt. Der Mann ist groß und schwer. Er ist splitterfasernackt; das bläulich weiße Fleisch hängt ihm wie ein viel zu großer Anzug in Falten an der Brust. Aus einem breit grinsenden Mund quer über den Bauch quillt etwas schmierig Glänzendes und baumelt ihm zwischen den Beinen. Im Licht der Flamme tanzt der Schatten des Toten an den zerkratzten und graffitibeschmierten Wänden gleich Gespenstern, die einen Neuankömmling willkommen heißen. Hinter ihm sieht Uilleam Ceit – ihre dunklen, entsetzensstarren Augen, das bleiche Gesicht. Eine Sekunde lang ist er absurderweise davon überzeugt, dass es sich bei der Lache, in der er steht, um landwirtschaftlich genutzten Treibstoff handelt, den das Finanzamt rot eingefärbt hat, um ihn als steuerfrei kenntlich zu machen – dann endlich begreift er, dass es Blut ist, klebriges, dickflüssiges Blut, das ihm bereits bräunlich an den Händen trocknet.

1

Es war spät, draußen war es schwül. Fin konnte sich nur mühsam konzentrieren. Er hatte ein Gefühl, als ob ihn die Dunkelheit in seinem kleinen Arbeitszimmer mit zwei großen Händen auf den Stuhl niederdrückte. Der Lichtkegel seiner Schreibtischlampe zog ihn wie eine Motte magisch an, blendete ihn jedoch zugleich und brannte ihm in den Augen, sodass die Notizen vor seinem Blick verschwammen. In der Stille war nur das leise Surren des Computers zu hören, und am Rande seines Gesichtsfelds flackerte der Bildschirm. Er hätte schon vor Stunden schlafen gehen sollen, doch er musste unter allen Umständen seine Hausarbeit fertigstellen. Die Fernuniversität war seine einzige Alternative, und er hatte die Abgabe vor sich hergeschoben. Idiotischerweise.

Er hörte, wie sich in der Tür hinter ihm etwas bewegte, und fuhr gereizt auf seinem Drehstuhl zu Mona herum. Doch der Vorwurf blieb ihm im Halse stecken. Anstelle von Mona sah er ungläubig zu einem Mann auf, der so groß war, dass er nicht aufrecht stehen konnte und den Kopf schief legen musste, um nicht an die Decke zu stoßen. Nicht dass die Räume besonders hoch waren, doch dieser Mann musste zwei Meter vierzig sein. Er hatte sehr lange Beine und trug eine dunkle Hose mit Gürtel, die sich in Falten um seine schwarzen Stiefel legte. Er hatte ein Karohemd an, darüber einen offenen Anorak mit aufgeschlagenem Kragen und Kapuze. Seine langen Arme baumelten aus viel zu kurzen Ärmeln. Dem faltigen, finsteren Gesicht und den dunklen, ausdruckslosen Augen nach schätzte ihn Fin auf etwa sechzig.

Sein fettiges silbergraues Haar hing ihm bis unter die Ohren. Im Licht der Schreibtischlampe schienen die Schatten in den Zügen des Mannes wie in Stein gemeißelt. Er sagte nichts, sondern starrte Fin nur an. Was zum Teufel hatte der Kerl hier zu suchen? Fin stellten sich die Nackenhaare auf, und er merkte, wie ihn die Angst packte. Dann auf einmal hörte er seine eigene Stimme in der Dunkelheit wimmern wie ein Kind. »Komischer Ma-ann ... Ma-ann.« Der Mann starrte ihn weiter unverwandt an. »Da ist ein komischer Ma-ann ...«

»Was ist los, Fin?«, fragte Mona. Sie schüttelte ihn besorgt an der Schulter.

Doch selbst nachdem er die Augen geöffnet und ihr erschrockenes, vom Schlaf verquollenes Gesicht gesehen hatte, hörte er sich immer noch heulen: »Komischer Ma-ann ...«

»Gott noch mal, was hast du?«

Er legte sich auf den Rücken, um tief Luft zu holen. Das Herz schlug ihm bis zum Hals. »Hab nur geträumt. Schlecht geträumt.« Doch das Bild dieses Mannes in seinem Arbeitszimmer stand ihm wie ein Kinderalbtraum vor Augen. Er sah auf die Nachttischuhr. Der Digitalanzeige nach war es sieben nach vier. Er versuchte zu schlucken, doch sein Mund fühlte sich trocken an, und er wusste, dass er nicht wieder einschlafen konnte.

»Du hast mich zu Tode erschreckt.«

»Tut mir leid.« Er schlug die Decke zurück und schwang die Füße über die Kante. Er schloss die Augen und massierte sich das Gesicht, doch der Mann war immer noch da, als sei er ihm in die Netzhaut eingebrannt. Er stand auf.

»Wo willst du hin?«

»Aufs Klo.« Er tappte leise über den Teppich und öffnete die Tür zum Flur. Das Mondlicht fiel, von den pseudogeorgianischen Fensterrahmen in geometrische Muster gegliedert, in die Diele. Auf halbem Weg kam er an der offenen Tür zu seinem Arbeitszimmer vorbei. Drinnen war es pechschwarz, und er schauderte. Wie deutlich und nachhaltig das Bild haftenblieb! An der Badezimmertür blieb er stehen, wie seit fast vier Wochen jede Nacht, und richtete den Blick wie gebannt auf die Tür am Ende des Flurs. Die Tür war halb geöffnet, und in dem Zimmer dahinter war es mondhell. Die Gardinen, die eigentlich zugezogen sein sollten, waren offen. Das Zimmer war leer. Fin wandte sich mit einem schrecklichen Gefühl in der Herzgegend ab und wischte sich den kalten Schweiß von der Stirn.

Das plätschernde Geräusch von Urin, der ins Wasser trifft, hatte etwas Beruhigendes, Normales. Seine Depressionen setzten immer in der Stille ein. Aber diese Nacht fühlte er sich nicht leer. Er hatte ja Besuch von diesem Kerl im Anorak. Fin überlegte, ob er ihn vielleicht kannte, ob ihm dieses lange Gesicht mit dem zotteligen Haar vertraut erschien, und plötzlich erinnerte er sich an die Beschreibung des Mannes im Auto, die Mona der Polizei gegeben hatte. Er sei um die sechzig gewesen, mit langem, fettigem grauen Haar.

Auf der Busfahrt in die Stadt huschten die Greystone-Mietshäuser wie die flimmernden Bilder eines körnigen alten Schwarz-Weiß-Films an seinem Fenster vorbei. Er hätte mit dem Wagen fahren können, doch in Edinburgh setzte man sich nicht unbedingt gern hinters Lenkrad. Als er die Princes Street erreichte, brach die Wolkendecke auf, und die Sonne legte sich in Wellen über die grüne Fläche der Gärten unterhalb des Schlosses. Um eine Gruppe Straßenkünstler, die Feuer schluckten und mit Keulen jonglierten, hatte sich eine Menschentraube gebildet. Auf den Stufen der Kunstgalerien spielte eine Jazzband. Fin stieg an der Waverley Station aus und ging zu Fuß über die North und die South Bridge in die Altstadt, dann Richtung Süden an der Universität vorbei, um schließlich nach Osten abzubiegen, der im Schatten der Salisbury Crags lag. Das Licht fiel schräg auf die grünen Hänge der Klippen, die oberhalb des Polizeipräsidiums, in dem sich die Abteilung A befand, emporragten.

In einem der oberen Stockwerke nickte man ihm im Flur zu. Jemand legte ihm die Hand auf die Schulter und sagte: »Mein tief empfundenes Beileid, Fin.«

Detective Chief Inspector Black sah nur kurz von seinen Papieren auf und deutete auf den Stuhl vor seinem Schreibtisch. Er hatte ein hageres Gesicht sowie einen käsigen Teint und wühlte mit nikotinverfleckten Fingern in seinen Unterlagen. Als er schließlich zu Fin aufsah, erinnerte sein Blick an den eines Falken. »Wie läuft das Fernstudium?«

Fin zuckte mit den Achseln. »Ganz gut.«

»Ich hab Sie nie gefragt, wieso Sie überhaupt die Uni geschmissen haben. Glasgow, oder?«

Fin nickte. »Weil ich jung war, Sir. Und dumm.«

»Wieso sind Sie zur Polizei gegangen?«

»Das war damals das Nächstliegende, wenn man von den Inseln kam, keine Arbeit und nichts gelernt hatte.«

»Dann kannten Sie jemanden in dem Laden?«

»Ich kannte da einige Leute.«

Black sah ihn nachdenklich an. »Sie sind ein guter Cop, Fin. Aber Sie hätten lieber was anderes gemacht?«

»Es ist mein Beruf.«

»Nein, das war es bis vor einem Monat. Und was passiert ist, nun, das war eine Tragödie. Aber das Leben muss weitergehen, ob wir es wollen oder nicht. Alle haben Verständnis dafür, dass Sie Zeit brauchen. In diesem Geschäft bekommen wir weiß Gott genug vom Tod zu sehen, um das zu verstehen.«

Fin betrachtete ihn mit einer beinahe feindseligen Miene. »Sie haben keine Ahnung, wie es ist, ein Kind zu verlieren.«

»Nein, das ist wohl wahr.« Blacks Ton ließ nicht die Spur von Mitgefühl erkennen. »Aber ich habe Menschen verloren, die mir nahestanden, und ich weiß, dass man einfach irgendwie damit fertigwerden muss.« Wie zum Gebet legte er die Hände aneinander. »Aber an nichts anderes mehr zu denken, Fin, das ist … das tut nicht gut. Das ist morbid.« Er schürzte die Lippen. »Es wird Zeit, dass Sie eine Entscheidung treffen. Darüber, was Sie mit Ihrem Leben jetzt anfangen wollen. Und bis dahin möchte ich Sie wieder bei der Arbeit sehen, es sei denn, es gäbe einen zwingenden Grund, der dagegen spricht.«

Er wusste, dass man von ihm verlangte, seinen Dienst wieder aufzunehmen. Mona wollte es, die Kollegen, auch seine Freunde. Und da er wusste, dass er nie wieder der Mensch sein würde, der er vor dem Unfall gewesen war, hatte er sich dagegen gesträubt.

»Wann?«

»Jetzt, gleich heute.«

Fin erschrak. Er schüttelte den Kopf. »Ich brauch noch ein bisschen Zeit.«

»Die hatten Sie, Fin. Entweder Sie kommen zurück, oder Sie kündigen.« Black wartete keine Antwort ab. Er beugte sich vor, nahm einen braunen Schnellhefter von einem gezackten Stapel und schob ihn Fin hinüber. »Sie erinnern sich bestimmt an den Mord auf dem Leith Walk im Mai?«

»Ja.« Fin schlug die Akte nicht auf. Nicht nötig – die nackte Leiche, die zwischen der verregneten Pfingstkirche und der Bank an einem Baum gehangen hatte, war ihm auch so gegenwärtig. An der Mauer hatte auf einem Plakat gestanden: *Jesus bringt die Erlösung.* Und Fin erinnerte sich auch noch an seinen ersten, spontanen Gedanken: dass die Installation wie eine Reklame für die Bank aussah, wobei es dann besser geheißen hätte: »Die Bank of Scotland bringt Erlöse«.

»Es hat noch so einen Mord gegeben«, sagte Black. »Derselbe Modus Operandi.«

»Wo?«

»Oben im Norden. Nördliche Gendarmerie. Kam auf dem

HOLMES rein. Es war sozusagen der Geistesblitz unseres Computers, den Fall Ihnen zu übertragen.« Er zwinkerte mit den langen Augenwimpern und musterte Fin mit einem skeptischen Blick. »Sie haben das Kauderwelsch hoffentlich noch nicht verlernt?«

Fin war erstaunt. »Gälisch? Seit ich von der Isle of Lewis weg bin, habe ich kein Gälisch mehr gesprochen.«

»Dann wird es Zeit, dass Sie es ein bisschen aufpolieren. Das Opfer stammt aus Ihrem Heimatdorf.«

»Aus Crobost?« Fin traute seinen Ohren nicht.

»Ein paar Jahre älter als Sie. Hieß …« Er suchte auf dem Dokument, das vor ihm lag, nach dem Namen. » … Macritchie. Angus Macritchie. Haben Sie sich gekannt?« Fin nickte stumm.

Die Sonne, die schräg durchs Wohnzimmerfenster einfiel, war wie ein stummer Tadel für ihren Kummer. Kleine Staubkörnchen schwebten in der abgestandenen Luft. Von draußen waren Kinder zu hören, die auf der Straße Fußball spielten. Noch vor wenigen Wochen war Robbie dabei gewesen. Das Ticktack der Uhr auf dem Kaminsims skandierte die Stille. Mona hatte zwar rote Augen, doch die Tränen waren getrocknet und der Wut gewichen.

»Ich *will* nicht, dass du gehst.« Dies war bei ihrem Dauerstreit der Refrain geworden.

»Heute Morgen *wolltest* du noch, dass ich zur Arbeit gehe.«

»Aber ich wollte, dass du wieder nach Hause kommst. Ich will nicht, dass du mich wochenlang allein lässt.« Zitternd atmete sie. »Mit meinen Erinnerungen. Mit … mit …«

Vielleicht hätte sie nie die Worte gefunden, um ihren Satz zu Ende zu bringen, doch Fin half aus. »Deinen Schuldgefühlen?« Er hatte nie gesagt, dass er ihr Vorwürfe machte, doch er konnte es nicht leugnen. Auch wenn er sich Mühe gab. Sie warf ihm einen so schmerzerfüllten Blick zu, dass er den Gedanken augenblicklich bereute. »Ist ja nur für ein paar Tage«, sagte er und strich sich durchs üppig gelockte Haar. »Glaubst du etwa, ich bin scharf darauf? Ich hab achtzehn Jahre lang alles drangesetzt, nicht zurückzugehen.«

»Und jetzt kann's dir nicht schnell genug gehen. Abzuhauen. Von mir wegzukommen.«

»Also, jetzt hör doch auf.« Aber er wusste, sie hatte recht. Wusste, dass er nicht nur vor Mona weglaufen wollte, sondern vor allem hier. An einen Ort zurück, an dem das Leben einmal einfach gewesen war. Die Rückkehr in die Kindheit, in den Mutterleib. Wie leicht war es auf einmal, zu ignorieren, dass er als Erwachsener all die Jahre genau das umgangen hatte. Wie leicht war es, zu vergessen, dass er als Jugendlicher nur das eine Ziel hatte, von dort wegzukommen.

Er erinnerte sich auch, wie leicht es gewesen war, Mona zu heiraten. Aus den denkbar falschen Gründen. Um eine Beziehung zu haben. Als Entschuldigung, nicht zurückgehen zu müssen. Doch in diesen vierzehn Jahren hatten sie sich miteinander eingerichtet, indem jeder von ihnen in seinem Leben für den anderen Platz gemacht hatte. Diesen Platz hatten sie miteinander ausgefüllt, aber nie wirklich geteilt. Sie waren Freunde gewesen. Sie mochten sich, kein Zweifel, doch er bezweifelte, dass sie sich je geliebt hatten. Wirklich geliebt. Wie so viele Menschen hatten sie sich in ihrem Leben mit dem Zweitbesten zufriedengegeben. Robbie war das Band zwischen ihnen gewesen. Doch Robbie war nicht mehr da.

Mona sagte: »Hast du auch nur den leisesten Schimmer, wie ich mich in den letzten Wochen gefühlt habe?«

»Ich denke schon.«

Sie schüttelte den Kopf. »Hast du nicht. Du musstest nicht jede Minute mit jemandem zusammen sein, dessen Schweigen ein einziger Schrei des Vorwurfs ist. Ich weiß, dass du mir die Schuld gibst, Fin. Aber was auch immer du mir vorwirfst, ich werfe es mir zehnmal vor. Und auch ich habe jemanden verloren. Er war auch mein Sohn.«

Jetzt stiegen ihr erneut die Tränen in die Augen. Er brachte kein Wort heraus. »Ich will nicht, dass du gehst.« Der Refrain.

»Ich hab keine Wahl.«

»Natürlich hast du die Wahl. Es gibt immer eine Wahl. Wochenlang hast du dich dafür *entschieden*, nicht zu gehen. Sag ihnen einfach, du machst es nicht.«

»Das geht nicht.«

»Fin, wenn du morgen in diesen Flieger steigst …« Er wartete auf das Ultimatum, während sie allen Mut zusammennahm, um es auszusprechen. Doch es blieb aus.

»Was, Mona? Was passiert, wenn ich morgen in diesen Flieger steige?« Er forderte sie heraus. Doch sie schwieg.

Sie wandte den Blick ab und biss sich auf die Unterlippe, bis sie Blut schmeckte. »Erwarte einfach nicht, dass ich noch hier bin, wenn du wiederkommst, das ist alles.«

Die kleine zweimotorige Maschine wackelte im Wind, als sie sich zur Seite neigte, um in einem weiten Bogen über dem Loch a Tuath zum Landeanflug auf die kurze, windgepeitschte Piste des Flughafens Stornoway anzusetzen. Als sie aus der dicken, tiefen Wolkendecke tauchten, blickte Fin auf eine schiefergraue See hinab, die sich an den schwarzen Felsnasen der Halbinsel Eye brach, diesem zerklüfteten Fleckchen Erde, das als »Point« bekannt war. Er sah die in die Landschaft geschnittenen vertrauten Muster, die den Schützengräben des Zweiten Weltkriegs ähnelten, auch wenn diese hier nicht zu kriegerischen, sondern zu Heizzwecken entstanden waren. Über Jahrhunderte hatten die Torfstecher in der ansonsten einförmigen, endlosen Weite des Marschlands ein auffälliges Narbengeflecht hinterlassen. Fin hatte vergessen, welcher Wind hier über fünftausend Kilometer

Atlantik hereinbrauste. Hinter dem schützenden Hafen von Stornoway gab es auf der Insel kaum einen Baum.

Während des einstündigen Flugs hatte er versucht, an nichts zu denken – weder an die bevorstehende Rückkehr zu seinem Geburtsort noch an die entsetzliche Stille, in der er von zu Hause aufgebrochen war. Mona hatte die Nacht in Robbies Zimmer verbracht. Während er seine Sachen packte, hatte er sie am anderen Ende des Flurs weinen gehört. Am Morgen war er ohne ein Wort gegangen, und als er die Tür hinter sich zuzog, wusste er, dass ein Kapitel zu Ende ging.

Als er jetzt am Rollfeld unter sich die vertrauten Nissenhütten und in der Ferne den neuen Fährhafen schimmern sah, war er plötzlich aufgeregt. Es war so lange her, und längst vergessene Erinnerungen stürmten auf ihn ein.

2

Ich habe erlebt, dass Menschen, die in den fünfziger Jahren geboren wurden, ihre Kindheit in Brauntönen beschreiben. Eine Welt in Sepia. Ich bin in den Sechzigern und Siebzigern aufgewachsen, und meine Kindheit war lila.

Wir wohnten in einem sogenannten Whitehouse knapp tausend Meter außerhalb eines Dorfs namens Crobost. Es gehörte zu der Gemeinde, die Ness genannt wurde und an der äußersten Spitze der Isle of Lewis lag, der nördlichsten Insel der Äußeren Hebriden. Die Whitehouses wurden in den zwanziger Jahren aus Stein und Kalk oder auch aus Betonstein errichtet und die Dächer mit Schiefer gedeckt, manche auch mit Wellblech oder mit Teerpappe. Sie wurden als Ersatz für die alten Blackhouses gebaut. Die Blackhouses hatten Wände aus Bruchstein mit Reetdächern, Mensch und Vieh wohnten darin. In der Mitte des Hauptraums brannte im Fußboden Tag und Nacht ein Feuer aus Torf. Diesen Raum nannte man daher Feuerzimmer. Es gab keine Schornsteine, vielmehr sollte der Rauch durch ein Loch im Dach entweichen. Natürlich war das nicht sehr effizient, und so waren diese Häuser immer verqualmt. Kein Wunder, dass die Lebenserwartung der Bewohner niedrig war.

Die Überreste des Blackhouse, in dem meine Großeltern mütterlicherseits wohnten, standen in unserem Garten, einen Steinwurf von unserem Zuhause entfernt. Es hatte kein Dach mehr, und die Wände waren eingefallen, doch es eignete sich wunderbar zum Versteckenspielen.

Mein Vater war ein praktisch veranlagter Mensch. Er hatte dichtes schwarzes Haar und scharfe blaue Augen. Seine Haut war wie Leder, das im Sommer, wenn er sich die meiste Zeit im Freien aufhielt, dunkler wurde. Als ich noch klein war, bevor ich in die Schule kam, nahm er mich zum Strandgutsammeln mit. Damals verstand ich es noch nicht, doch später erfuhr ich, dass er zu dieser Zeit arbeitslos war. Die Fischereiindustrie erlitt einen Rückgang, und das Boot, auf dem er Kapitän war, wurde verschrottet. Also hatte er viel Zeit, und wir standen im Morgengrauen auf, um die Strände nach allem abzusuchen, was in der Nacht angespült worden war. Nutzholz. Eine Menge Nutzholz. Einmal erzählte er mir, er kenne einen Mann, der sein ganzes Haus aus Schwemmholz gebaut habe. Er selbst hatte das meiste Holz, mit dem er unsere Dachkammern gebaut hatte, aus dem Meer. Das Meer gab uns viel. Es nahm uns auch viel. Kaum ein Monat verging, in dem wir nicht von irgendeinem bedauernswerten Menschen hörten, der ertrunken war. Ein Unfall beim Fischen. Ein Badeurlaub, bei dem jemand von einer Unterströmung hinausgezogen wurde. Ein Sturz von den Klippen.

Von diesen Strandausflügen schleppten wir alles Mögliche heim. Stricke, Fischernetze, Aluminiumbojen, die mein Vater an die Kesselflicker verkaufte. Nach einem Sturm fielen die Funde sogar noch reichlicher aus. Als sich einmal ein solches Unwetter verzogen hatte, fanden wir das Zweihundert-Liter-Fass. Auch wenn sich der Sturm gelegt hatte, peitschte immer noch ein scharfer Wind wütend über die Küste. Über uns fegten zerfetzte Wolkenknäuel mit hundert Stundenkilometern am Himmel. Dazwischen tauchte die Sonne das Land in helle, wechselnde Muster aus Grün, Purpur und Braun.

Zwar war das Fass nicht gekennzeichnet, dafür aber voll und schwer, und mein Vater war über unseren Fund richtig aufgeregt. Es war zur Hälfte im Sand vergraben und zu schwer, um es zu zweit zu tragen. Also organisierte er einen Traktor mit Anhänger und ein paar Männer zum Helfen, und am Nachmittag stand es sicher in einem Nebengebäude des kleinen Hofs. Es ließ sich mühelos öffnen, darin war Farbe. Hellviolette Anstrichfarbe – weshalb in unserem Haus schon bald jede Tür, jeder Schrank und jedes Regal, jedes Fenster und jede Diele lila gestrichen war.

Meine Mutter war eine hübsche Frau mit blondgelocktem Haar, das sie sich streng zu einem Pferdeschwanz zurückband. Sie hatte helle, sommersprossige Haut und glänzende braune Augen, und ich entsinne mich nicht, sie je mit Make-up gesehen zu haben. Sie war ein freundlicher Mensch mit sonnigem Gemüt, jedoch hatte sie ein feuriges Temperament, und man erwischte sie besser nicht auf dem falschen Fuß. Sie bewirtschaftete den kleinen Hof. Er verfügte nur über knapp zweieinhalb Hektar Land und erstreckte sich in einem langen, schmalen Streifen vom Haus bis zur Küste hinunter – fruchtbarer Machair-Boden, der sich bestens als Weideland für Schafe eignete und den größten Teil der Einkünfte durch Regierungssubventionen einbrachte. Außerdem zog sie Kartoffeln und Rüben sowie etwas Getreide und verkaufte Gras für Heu und als Silofutter. Denke ich an sie, sehe ich sie in ihrem blauen Overall mit den schwarzen Gummistiefeln auf ihrem Traktor vor mir, wie sie verlegen einem Fotografen des Lokalblatts entgegenlächelt, weil sie bei der Landwirtschaftsschau von Ness einen Preis gewonnen hat.

Als ich in die Schule kam, hatte mein Vater in der Ölraffinerie Point Arnish in Stornoway Arbeit gefunden, und so brach er zusammen mit einigen anderen Männern aus dem Dorf frühmorgens in einem weißen Kleintransporter zu der langen Fahrt in die Stadt auf. Daher musste mich meine Mutter in unserem verrosteten alten Ford Anglia zu meiner Schuleinführung fahren. Ich war aufgeregt. Mein bester Freund war Artair Macinnes, der sich genauso auf die Schule freute wie ich. Wir waren im Alter nur einen Monat auseinander, und der Bungalow seiner Eltern war von unserem Hof aus das nächste Haus. Daher verbrachten wir in den Jahren, bevor wir in die Schule kamen, viel Zeit miteinander. Allerdings waren seine und meine Eltern nicht eben dicke Freunde. Wahrscheinlich auch deshalb, weil sie nicht derselben Schicht angehörten. Artairs Vater war Lehrer an der Schule von Crobost, wo nicht nur die ersten sieben Grundschuljahrgänge, sondern auch die ersten beiden der Mittelschule unterrichtet wurden. Er gab Mathematik und Englisch an der Mittelschule.

Ich weiß noch, dass es ein kühler, stürmischer Septembertag war, bei dem die schweren Wolken fast den Boden zu berühren schienen. Es roch nach Regen. Ich hatte einen braunen Anorak mit einer Kapuze an, dazu eine kurze Hose, die mir, falls sie nass wurde, die Haut aufscheuern würde. Die schwarzen Gummistiefel klatschten mir gegen die Waden, und ich schwang mir die steife neue Leinenschultasche mit Strandschuhen und Lunchpaket über die Schulter. Ich konnte es kaum erwarten loszufahren.

Meine Mutter rangierte gerade den Anglia aus dem Holzschuppen, unserer Garage, als wir eine Hupe hörten. Ich drehte mich um und sah, wie Artair und sein Vater mit ihrem leuchtend orangefarbenen Hillman Avenger vorfuhren. Es war ein Gebrauchtwagen, aber wie neu, sodass unser Anglia sich dagegen alt und schäbig ausnahm. Mr Macinnes ließ den Motor laufen, während er ausstieg und mit meiner Mutter sprach. Kurz darauf kam er zu mir, legte mir die Hand auf die Schulter und sagte, er und Artair würden mich mitnehmen. Erst als wir losfuhren und ich mich zu meiner Mutter umdrehte, die dastand und winkte, wurde mir bewusst, dass ich mich nicht von ihr verabschiedet hatte.

Inzwischen weiß ich, wie es für die Eltern ist, wenn das Kind zum ersten Mal in die Schule geht. Man hat Verlustängste und ist sich darüber im Klaren, dass etwas unwiderruflich zu Ende geht. Heute weiß ich, was meine Mutter empfand. All das und die Enttäuschung darüber, irgendwie den großen Moment verpasst zu haben, standen ihr ins Gesicht geschrieben.

Die Schule von Crobost lag in einer Senke unterhalb des Dorfs, im Schatten der Kirche, die die Gemeinde überragte, während sich ein Stück weiter nördlich Port Ness anschloss. Die Schule befand sich inmitten offener Weideflächen, und in der Ferne konnte man so eben den Leuchtturm am Butt ausmachen. An manchen Tagen sah man hinter dem Minch am fernen Horizont die Umrisse der Berge auf dem Festland. Die Leute behaupteten, wenn man das Festland sehen könne, gebe es bald schlechtes Wetter. Und tatsächlich war es meistens so.

Auf die Grundschule von Crobost gingen hundertdrei Kinder, auf die Mittelschule achtundachtzig. Mit mir kamen an diesem Tag elf neue Gesichter dazu, und wir saßen in zwei Reihen mit je sechs Bänken hintereinander.

Unsere Lehrerin, eine dünne grauhaarige Frau, die wahrscheinlich viel jünger war, als sie wirkte, hieß Mrs Mackay. In meinen Augen war sie ein Urgestein. Im Grunde war Mrs Mackay eine freundliche, wenn auch strenge Dame, die zuweilen ein wenig sarkastisch sein konnte. Als Erstes fragte sie die Klasse, ob jemand kein Englisch könne. Natürlich hatte ich schon Englisch gehört, aber bei uns wurde von jeher nur Gälisch gesprochen, und mein Vater duldete keinen Fernseher im Haus; so kam es, dass ich keine Ahnung hatte, was sie sagte. Artair zeigte mit einem vielsagenden Grinsen auf mich. Ich hörte meinen Namen, und die ganze Klasse drehte sich zu mir um. Man brauchte kein Genie zu sein, um zu raten, was Artair ihr offenbart hatte. Ich merkte, wie ich rot anlief.

»Nun, Fionnlagh«, sagte Mrs Mackay auf Gälisch, »offenbar waren deine Eltern nicht so umsichtig, dir Englisch beizubringen, bevor du in die Schule kommst.« Ich war plötzlich wütend auf meine Eltern. Wieso konnte ich kein Englisch? Wussten sie denn nicht, wie demütigend das war? »Du hättest wissen müssen, dass wir in dieser Klasse nur Englisch sprechen. Gälisch ist eine schöne Sprache, aber so ist es nun mal. Und wir werden bald wissen, wie schnell du lernst.« Ich starrte unverwandt auf den Tisch. »Geben wir dir zunächst deinen englischen Namen. Kennst du ihn vielleicht?«

Mit dem Mut der Verzweiflung hob ich den Kopf. »Finlay.« Das wusste ich, weil Artairs Eltern mich so nannten.

»Gut. Und da ich heute als Erstes eure Namen ins Klassenbuch eintrage, kannst du mir auch gleich sagen, wie du mit Nachnamen heißt.«

»Macleod.« Ich sprach meinen Namen gälisch aus, sodass er ungefähr wie Maclodge klang.

»Macleod«, korrigierte sie mich. »Finlay Macleod.« Damit wechselte sie zu Englisch und ging die anderen Namen durch. Macinnes, Macdonald, Murray, Macritchie, Maclean, Pickford ... Aller Augen richteten sich auf den Jungen, der Pickford hieß, und Mrs Mackay sagte etwas zu ihm, worüber die Klasse kicherte. Der Junge wurde rot und murmelte etwas Unverständliches zur Antwort.

»Er ist Engländer«, flüsterte mir von der nächsten Bank aus eine Stimme auf Gälisch zu. Erstaunt sah ich mich um und blickte einem hübschen kleinen Mädchen ins Gesicht – mit blondem Haar, das zu zwei Zöpfen geflochten war, mit je einer blauen Schleife am Ende. »Er ist der Einzige, dessen Name nicht mit ›M‹ anfängt, weißt du. Also muss er Engländer sein. Mrs Mackay hat geraten, dass er der Sohn des Leuchtturmwärters ist, weil das immer Engländer sind.«

»Worüber tuschelt ihr beide?« Mrs Mackays Ton war streng, und dass sie gälisch sprach, machte sie noch furchterregender, weil ich sie verstand.

»Bitte, Mrs Mackay«, sagte das Zöpfchen. »Ich übersetze nur für Finlay.«

»Ach ja, du *übersetzt*?« Es lag ein gespieltes Staunen in Mrs Mackays Stimme. »Das ist ein großes Wort für ein kleines Mädchen.« Sie schwieg, um im Klassenbuch nachzusehen. »Ich wollte euch gerade in alphabetischer Reihenfolge umsetzen, aber da du so eine Sprachkennerin bist, Marjorie, bleibst du wohl besser neben Finlay sitzen und … *übersetzt* für ihn.«

Marjorie überhörte offenbar den Unterton der Lehrerin und lächelte stolz. Mir konnte es recht sein, neben einem hübschen Mädchen mit Zöpfen zu sitzen. Als ich zu Artair hinübersah, merkte ich, dass er mir wütende Blicke zuwarf. Ich dachte, er sei enttäuscht, weil er mit mir zusammensitzen wollte. Inzwischen weiß ich, dass er eifersüchtig war.

In der Pause knöpfte ich ihn mir auf dem Schulhof vor. »Wieso hast du gepetzt, dass ich kein Englisch kann?«

Aber er gab sich blasiert. »Hätten die doch sowieso rausgekriegt, oder?« Er zog einen kleinen blau-weißen Inhalator aus der Hosentasche, schob sich das Mundstück zwischen die Lippen und atmete tief ein, während er auf den Zufuhrschlauch drückte. Ich dachte mir nichts dabei. Er hatte so einen Schnaufer, seit ich ihn kannte. Er hatte Asthma, hatten meine Eltern mir erklärt, was mir damals nicht viel sagte. Ich wusste nur, dass er manchmal schwer Luft bekam und sich schnell wieder gut fühlte, wenn er an seinem Schnaufer sog.

Ein großer rothaariger Junge riss ihm das Gerät aus der Hand. »Was ist das?« Er hielt es ans Licht, als könne er so seine innersten Geheimnisse erkennen. Es war meine erste Begegnung mit Murdo Macritchie. Er war größer und kräftiger gebaut als die anderen Jungen und hatte dichtes karottenrotes Haar. Später erfuhr ich, dass sie ihn Murdo Ruadh nannten. »Ruadh« ist das gälische Wort für »Rot«. Wörtlich hieß er »Rot Murdo«. Damit unterschied man ihn von seinem Vater, der ebenfalls Murdo Macritchie hieß. Er hatte jedoch schwarzes Haar und wurde Murdo Dubh genannt. Alle bekamen früher oder später Spitznamen ab, weil so viele den gleichen

Vor- und Nachnamen hatten. Murdo Ruadh hatte einen Bruder, Angus, der ein paar Jahre älter war als wir. Sie nannten ihn Angel, weil er in seiner Klasse der Rüpel war, und Murdo Ruadh schien fest entschlossen, in seine Fußstapfen zu treten.

»Gib her!« Artair versuchte, sich seinen Schnaufer zurückzuerobern, doch Murdo Ruadh hielt ihn so hoch, dass er nicht drankam. So kräftig Artair war, gegen den großen Murdo zog er den Kürzeren. Der warf den Inhalator einem anderen Jungen zu, und der warf ihn wieder zurück zu Murdo. Murdo Ruadh hatte, wie ein Scheißhaufen die Fliegen, bereits seine Anhänger um sich geschart, unterbelichtete Jungen, die aber schlau genug waren, sich auf die Gewinnerseite zu schlagen.

»Dann hol's dir doch, Röchelgesicht«, rief Murdo Ruadh, und sobald Artair danach schnappte, warf er das Ding der nächsten Schmeißfliege zu.

Als Artair seinem Schnaufer hinterherjagte, hörte ich dieses unverwechselbare Rasseln in seiner Brust, da die Mischung aus Panik und Demütigung ihm die Atemwege blockierte. Ich schnappte mir einen der Speichellecker und wand ihm den Inhalator aus der Hand. »Hier.« Ich gab ihn meinem Freund zurück. Artair sog ein paarmal daran. Ich spürte eine Hand am Kragen, die mich gegen die Mauer rammte. Der Rauputz schürfte mir den Hinterkopf blutig. »Was zum Teufel sollen die Spielchen, gälischer Tölpel?« Murdo Ruadh beugte sich so dicht zu mir vor, dass ich seinen schlechten Atem roch.

»Lass ihn in Ruhe!« Es war die Stimme eines kleinen Jungen, doch es lag so viel Autorität darin, dass sie das Johlen der Rüpel augenblicklich zum Verstummen brachte, die gespannt waren, was Murdo mit mir anstellen würde. Auf Murdo Ruadhs großes hässliches Gesicht legte sich ungläubiges Staunen. Innerhalb einer Minute zweimal infrage gestellt! Er musste etwas unternehmen. Er ließ meinen Kragen los und drehte sich um. Der Junge war nicht größer als ich, doch irgendetwas an seiner Haltung verwies Murdo Ruadh in die Schranken. Einen Moment lang war außer dem Wind nur noch das Lachen der Mädchen zu hören, die am anderen Ende des Schulhofs Seil sprangen. Alle starrten auf Murdo. Er wusste, dass sein Ruf auf dem Spiel stand.

»Wenn du noch mal Ärger machst … hol ich meinen großen Bruder.«

Ich musste mich beherrschen, um nicht loszuprusten.

Der andere Junge durchbohrte Murdo Ruadh mit seinem Blick, und man sah Murdo an, dass er verunsichert war. »Wenn du zu deinem großen Bruder rennen willst …« Der Junge spuckte die Worte »groß« und »Bruder« im Tonfall der Verachtung aus, » … dann muss ich es eben meinem Vater sagen.«

Murdo erbleichte unter seinem Schopf borstigem roten Haar. »Also, also … komm mir einfach nicht in die Quere.« Es war eine billige Retourkutsche, das wusste jeder. Er bahnte sich einen Weg durch die Gruppe und machte sich über den Schulhof davon. Seine Gefolgschaft trottete hinterher und fragte sich, ob sie vielleicht doch aufs falsche Pferd gesetzt hatte.

»Danke«, sagte ich zu dem Jungen, als sich die Gruppe verlief.

Doch er zuckte nur mit den Achseln, als sei die Sache nicht der Rede wert. »Kann solche verdammten Schläger nicht ausstehen.« Das war das erste Mal, dass ich jemanden fluchen hörte. Er steckte die Hände in die Hosentaschen und schlenderte Richtung Anbau davon.

»Wer ist das?«, fragte ich Artair.

»Weißt du das denn nicht?«, fragte Artair ungläubig zurück. Ich schüttelte den Kopf. »Das ist Donald Murray.« Er sprach in ehrfürchtigem Ton. »Der Sohn des Pfarrers.«

In dem Moment läutete es, und wir kehrten alle in die Klasse zurück. Es war reiner Zufall, dass ich genau in dem Augenblick an der Tür des Direktors vorbeikam, als er sie aufmachte und den Flur nach einem passenden Kandidaten absuchte. »Du da.« Er zeigte mit dem Finger auf mich. Ich blieb stehen, und er drückte mir einen Umschlag in die Hand. Ich hatte keine Ahnung, was er als Nächstes sagte, und stand nur mit wachsender Panik da.

»Er spricht kein Englisch, und Mrs Mackay hat gesagt, ich soll für ihn übersetzen.« Marjorie stand wie ein Schutzengel plötzlich hinter mir. Als ich mich zu ihr umdrehte, schenkte sie mir ein entwaffnendes Lächeln.

»Ach, hat sie das? Übersetzen, ja?« Der Direktor musterte uns und zog in gespieltem Ernst die Stirn in Falten. Er war groß und kahlköpfig und trug eine Halbmondbrille sowie einen grauen Tweedanzug, der ihm eine Nummer zu groß war. »Dann begleitest du ihn wohl am besten, junge Dame.«

»Ja, Mr Macaulay.« Es war erstaunlich, dass sie jeden mit Namen zu kennen schien. »Komm, Finlay.« Sie hakte sich bei mir unter und manövrierte uns wieder nach draußen auf den Schulhof.

»Wo gehen wir hin?«

»Dieser Zettel, den du da hast, das ist eine Bestellung für die Crobost Stores, um den Imbissstand aufzufüllen.«

»Imbissstand?« Ich hatte keine Ahnung, was sie meinte.

»Du weißt aber auch gar nichts, Dummi. Am Imbissstand kaufen wir in der Schule Süßigkeiten und Chips und Limonade und so, damit wir nicht auf der Straße zum Laden laufen müssen und uns vielleicht überfahren lassen.«

»Ach so.« Ich nickte und rätselte, woher sie das alles wusste. Erst einige Zeit später erfuhr ich, dass sie eine Schwester in der sechsten Klasse hatte. »Dann sollen nur wir uns überfahren lassen?«

Sie kicherte. »Der alte Macaulay muss dich für einen vernünftigen Jungen gehalten haben.«

»Da hat er sich getäuscht.« Ich musste an meine Konfrontation mit Ruadh denken. Sie kicherte wieder.

Crobost Stores war ein Eckladen an der Hauptstraße, ungefähr einen Kilometer entfernt. Er war in einer alten Scheune aus Stein untergebracht, hatte zwei Schaufenster, die immer leer zu sein schienen, und eine schmale Tür dazwischen, die in den Laden führte. Wir konnten das Gebäude schon von ferne neben einem steinernen Schuppen mit einem rostbraunen Wellblechdach sehen. Die schmale, lange und gerade Straße hatte keine Bürgersteige und war durch Zaunpfosten aus faulendem Holz markiert, die schief in alle Richtungen ragten. Der Zaun war von der Aufgabe überfordert, die Schafe von der Straße zurückzuhalten. Die hohen Gräser, die den Graben säumten, waren braun verkohlt und vom Wind zu Boden gedrückt, die Heide schien fast tot. Am Hang dahinter waren die Häuser die Hauptstraße entlang wie Perlen an einer Schnur aufgereiht, und kein Baum, kein Strauch störte die Symmetrie. In der unmittelbaren Umgebung war allerdings nur ein Wirrwarr an Zäunen und verrottenden Skeletten von Autowracks und ausrangierten Traktoren zu sehen.

»In welcher Gegend von Crobost wohnst du denn?«, fragte ich Marjorie.

»Gar nicht. Ich wohne auf der Mealanais Farm. Das ist etwas über drei Kilometer von Crobost entfernt.« Und sie senkte ihre Stimme, sodass ich sie bei dem Wind kaum noch hören konnte. »Meine Mutter ist Engländerin.« Es war, als ob sie mir ein Geheimnis anvertraute. »Deshalb spreche ich Englisch ohne gälischen Akzent.«

Ich zuckte mit den Achseln und fragte mich, wieso sie mir das erzählte. »Kann ich nicht beurteilen.«

Sie lachte. »Natürlich nicht.«

Es war kalt und fing zu regnen an. Ich zog mir die Kapuze über den Kopf und schielte dabei zu dem Mädchen mit den Zöpfen hinüber. Sie flatterten hinter ihr in der Luft, und sie schien den schneidenden Wind im Gesicht zu genießen. Ihre

Wangen waren leuchtend rot. »Marjorie.« Ich redete lauter, um das Tosen zu übertönen. »Das ist ein schöner Name.«

»Ich hasse ihn.« Sie sah mich finster an. »Das ist mein englischer Name. Aber niemand nennt mich so. Mit richtigem Namen heiße ich Marsaili.« Wie bei Marjorie betonte sie die erste Silbe und verschliff das »s« zu einem weichen gälischen »sch«, eine Ausspracheregel, die die Insel von den Wikingern übernommen hatte, nachdem diese hier zweihundert Jahre geherrscht hatten. »Marsaili.« Ich sagte ihren Namen, als wollte ich ausprobieren, wie er mir über die Zunge ging, und mochte den Klang. »Das ist sogar noch schöner.«

Sie warf mir einen scheuen Blick zu, sodass ich einen Moment in ihre sanften blauen Augen sehen konnte, dann blickte sie wieder geradeaus. »Und wie gefällt dir *dein* englischer Name?«

»Finlay?« Sie nickte.

»Ich mag ihn nicht.«

»Dann nenne ich dich eben Fin. Wie findest du das?«

»Fin«, sagte ich. Kurz und bündig. »Ist okay.«

»Gut.« Marsaili lächelte. »Dann bist du ab jetzt Fin.«

Und so kam es, dass Marsaili Morrison mir den Namen gab, den ich für mein ganzes Leben behalten sollte.

Damals waren die Erstklässler einige Wochen lang nur bis mittags in der Schule. Wir aßen und gingen dann nach Hause, und Artair und ich waren an diesem Morgen zwar mit dem Auto gebracht worden, mussten aber zu Fuß nach Hause laufen. Es waren nur ungefähr anderthalb Kilometer. Artair wartete am Tor auf mich. Ich war aufgehalten worden, da Mrs Mackay mich zu sich gerufen hatte, um mir für meine Eltern eine Nachricht mitzugeben. Ich sah, dass Marsaili uns auf derselben Straße schon ein Stück voraus war. Sie ging allein. Auf dem Rückweg vom Laden waren wir vom Regen vollkommen durchnässt worden, und so hatten wir den restlichen Morgen zusammen auf einer Heizung gesessen, um unsere Kleider zu trocknen. Für den Augenblick hatte der Regen aufgehört.

»Mach schon, ich hab auf dich gewartet.« Artair hatte es eilig, nach Hause zu kommen. Er wollte in den Felsmulden unterhalb seines Hauses nach Krabben suchen.

»Ich nehme den Weg über Mealanais Farm«, sagte ich. »Das ist eine Abkürzung.«

»Was?« Er sah mich an, als sei ich verrückt. »Das dauert Stunden!«

»Nein. Über die Cross Skigersta Road ist es wesentlich kürzer.« Ich hatte zwar keine Ahnung, wo das war, doch Marsaili hatte gesagt, das sei der schnellste Weg von Mealanais nach Crobost.

Ich wartete nicht einmal seinen Protest ab, sondern rannte voraus hinter Marsaili her. Als ich sie einholte, war ich außer Atem. Sie warf mir ein vielsagendes Lächeln zu. »Ich dachte, du wolltest mit Artair nach Hause gehen.«

»Ich dachte, ich geh mit dir über Mealanais«, sagte ich beiläufig. »Das ist eine Abkürzung.«

Sie sah mich mit einem zweifelnden Blick an. »Für eine Abkürzung ist es aber ziemlich weit.« Sie zuckte mit den Achseln. »Aber wenn du mit mir gehen willst, kann ich dich nicht davon abhalten.«

Ich grinste heimlich und musste mich beherrschen, nicht siegesbewusst in die Luft zu boxen. Ich blickte mich um und sah, wie Artair uns finster hinterherschaute.

Nachdem wir die Kreuzung passiert hatten, an der die Straße Richtung Crobost von der Hauptstraße abgeht, bogen wir in den Weg ein, der zur Farm führte. Er wandte sich mit den gelegentlichen Ausweichbuchten in südöstlicher Richtung über das Torfmoor, das bis zum Horizont reichte. Doch das Gelände war hier höher, und wenn man zurückblickte, konnte man die Linie der Straße bis nach Swainbost und Cross verfolgen. Dahinter brach sich an der Westküste das Meer weiß schäumend unter dem Grabsteinwald des Friedhofs von Crobost, der trostlos in den Himmel ragte. Der nördliche Teil der Insel Lewis war flach, sodass Wind und Wetter vom Atlantik über den Minch ungehindert walten konnten. Daher sah es jedes Mal anders aus – Licht und Dunkel wechselten sich ab, warfen bewegliche Muster; Regen, Sonne, schwarzer Himmel, blauer Himmel. Und Regenbogen. In meiner Kindheit habe ich viele gesehen. So einem schauten wir an diesem Tag dabei zu, wie er über dem Torfmoor in glühenden Farben vor dem schwarzblauen Himmel Gestalt annahm. Worte waren überflüssig.

Danach führte der Weg einen sanften Hang hinab bis zu einem Gehöft mit verschiedenen Gebäuden in einer sanften Mulde. Hier waren die Zäune besser instand, und auf den Weiden grasten Rinder und Schafe. Es gab eine hohe, rot gedeckte Scheune und ein großes weißes Bauernhaus inmitten einiger Nebengebäude aus Stein. An einem weiß gestrichenen Tor blieben wir stehen. Dahinter führte ein Feldweg bis zum Haus.

»Willst du auf eine Limonade reinkommen?«, fragte Marsaili.

Doch inzwischen machte ich mir Sorgen. Ich wusste nicht, wo ich war und wie ich nach Hause kommen sollte. Und ich wusste, dass ich viel zu spät dran war. Ich spürte schon jetzt den Zorn meiner Mutter. »Besser nicht.« Ich sah auf die Uhr und gab mich unbekümmert. »Ich komme ein bisschen zu spät.«

Marsaili nickte. »Das kommt davon, wenn man Abkürzungen nimmt. Man kommt immer zu spät.« Sie strahlte mich an. »Du kannst Samstagmorgen zum Spielen kommen, wenn du willst.«

Ich trat mit meinem Gummistiefel gegen einen Grasbüschel und zuckte gleichmütig mit den Achseln. »Mal sehn.«

»Also, wie du willst.« Damit drehte sie sich um und hüpfte den Weg hinunter zu dem großen weißen Haus.

Mir ist bis heute schleierhaft, wie ich es an diesem ersten Schultag geschafft habe, nach Hause zu kommen, weil sich die Straße hinter Mealanais in einem steinigen Weg verlor. Mit wachsender Verzweiflung war ich dort eine Weile entlanggelaufen, als ich am Horizont das Dach eines Wagens vorbeifahren sah. Ich rannte den Hang hinauf und kam auf eine Straße, bei der es sich wohl um die Cross Skigersta handelte, von der Marsaili gesprochen hatte. Die Straße schien in beiden Richtungen im Moor zu verschwinden. Ich wusste nicht, ob nach links oder nach rechts. Ich hatte Angst und war den Tränen nahe. Irgendeine schützende Hand musste mich dazu gebracht haben, nach links zu gehen, denn wäre ich nach rechts gegangen, wäre ich nie nach Hause gekommen.

Doch selbst so vergingen über zwanzig Minuten, bevor ich an die Abzweigung kam, an der ein schiefes schwarz-weißes Schild vage Richtung Crobost wies. Von da an rannte ich weiter. Mir brannten die Tränen auf den Wangen, und die Ränder meiner Gummistiefel rieben mir die Waden wund. Ich roch das Meer, bevor ich es hörte. Und als ich über die Kuppe kam, erblickte ich die vertraute Free Church von Crobost hoch über den Häusern und Höfen, die an der Klippenstraße darunter kauerten. Als ich zu Hause ankam, sah ich, wie meine Mutter im Ford Anglia vorfuhr. Auf dem Rücksitz saß Artair. Sie sprang aus dem Auto und packte mich, als drohte ich, mit dem Wind davonzufliegen. Doch ihre Erleichterung ging rasch in Ärger über.

»Um Gottes willen, Fionnlagh, wo hast du nur gesteckt? Ich bin zweimal die Straße zur Schule runtergefahren und hab nach dir gesucht. Ich bin halb wahnsinnig vor Angst.« Sie wischte mir die Tränen aus dem Gesicht, während ich versuchte, weitere zurückzuhalten. Artair, der ausgestiegen war, stand da und sah aufmerksam zu. Meine Mutter sah ihn an.

»Artair hat dich nach der Schule gesucht und wusste nicht, wo du bist.«

Ich sah ihn an und nahm mir vor, nie zu vergessen, dass man ihm in puncto Mädchen nicht trauen konnte.

»Ich bin mit dem Mädchen von der Mealanais Farm nach Hause gegangen. Ich hatte keine Ahnung, dass es so lange dauern würde.«

Meine Mutter war entgeistert. »Mealanais? Fionnlagh, was hast du dir nur dabei gedacht? Mach das nie wieder!«

»Aber Marsaili will, dass ich Samstagmorgen zum Spielen komme.«

»Auf keinen Fall!« Die Stimme meiner Mutter war plötzlich stahlhart. »Das ist viel zu weit, und weder dein Vater noch ich haben Zeit, dich hinzufahren und wieder abzuholen. Hast du verstanden?«

Ich nickte und versuchte, nicht zu weinen. Plötzlich hatte sie Mitleid mit mir, schloss mich liebevoll in die Arme und drückte mir die Lippen auf die brennende Wange. In dem Moment erinnerte ich mich an den Brief, den mir Mrs Mackay mitgegeben hatte. Ich kramte in der Hosentasche danach und gab ihn ihr.

»Was ist das?«

»Eine Nachricht von der Lehrerin.«

Meine Mutter runzelte die Stirn und riss den Brief auf. Ich sah, wie sie rot anlief und dann den Umschlag schnell in die Tasche ihres Overalls steckte. Ich sollte nie erfahren, was darin stand, doch von dem Tag an sprachen wir zu Hause nur noch Englisch.

Am nächsten Morgen gingen Artair und ich zu Fuß zur Schule. Artairs Dad musste zu irgendeinem Schulbehördentermin nach Stornoway, und meine Mutter hatte Probleme mit einem der trächtigen Schafe. Den größten Teil des Weges legten wir schweigend zurück, während der Wind uns das Haar zerzauste und uns hin und wieder einige spärliche Sonnenstrahlen ein wenig wärmten. Unten am Strand warf das Meer Schaumkronen über den Sand. Wir waren schon fast am Fuß des Hügels, als ich sagte: »Wieso hast du bei meiner Mutter so getan, als wüsstest du nicht, dass ich nach Mealanais gegangen bin?«

Artair schnaubte empört. »Ich bin älter als du. Sie hätte mit mir geschimpft, dass ich dich habe gehen lassen.«

»Älter? Vier Wochen!«

Artair legte den Kopf schief und schüttelte ihn ernst wie die alten Männer, die am Samstagmorgen vor den Crobost Stores standen. »Das ist eine Menge.«

Ich war keineswegs überzeugt. »Also, ich hab meiner Mutter gesagt, ich wollte nach der Schule zu euch zum Spielen. Dass du mich ja nicht verpfeifst.«

Er sah mich erstaunt an. »Du meinst, du kommst in Wahrheit nicht?«

Ich schüttelte den Kopf.

»Wohin willst du dann?«

»Ich geh nach der Schule zu Marsaili.« Und ich sah ihn dabei mit einem Blick an, der ihn zum Schweigen brachte.

Wir liefen weiter, bis wir an der Hauptstraße waren. »Möchte mal wissen, was du davon hast, Mädchen nach Hause zu bringen.« Artair hieß das nicht gut. »Das machen nur Waschlappen.« Ich sagte nichts, wir überquerten die Hauptstraße und liefen auf der einspurigen Straße weiter, die zur Schule führte. Dort stießen wir auf andere Schüler, die in kleinen Grüppchen aus allen Richtungen herbeiströmten. Und plötzlich sagte Artair: »Also, meinetwegen.«

»Meinetwegen was?«

»Wenn sie fragt, sag ich deiner Mum, du wärst bei uns gewesen.«

Ich sah ihn verstohlen von der Seite an, doch er mied meinen Blick. »Danke.«

»Unter einer Bedingung.«

»Nämlich?«

»Dass ich mitkomme, mit dir und Marsaili.«

Ich runzelte die Stirn und durchbohrte ihn mit einem strengen Blick. Doch er sah immer noch weg. Wieso, fragte ich mich, wollte er mit Marsaili und mir mitkommen, wenn angeblich nur »Waschlappen« Mädchen nach Hause begleiteten?

Nach so vielen Jahren weiß ich natürlich, wieso. Doch damals hatte ich keine Ahnung, dass unser Gespräch an diesem Morgen den Anfang einer Rivalität um Marsailis Gunst markierte, die unsere ganze Schulzeit hindurch und darüber hinaus währen sollte.

3

Fin hatte kaum seine Tasche vom Gepäckband genommen, als sich eine große Hand nach dem Griff ausstreckte und sie ihm abnahm. Erstaunt drehte er sich um und blickte in ein großes, grinsendes Gesicht, ein rundes, faltenloses Gesicht unter stark geöltem schwarzen Haaransatz. Der kräftig gebaute Mann war Anfang vierzig, ein wenig kleiner als Fin mit seinen 1,82 Metern. Er trug einen dunklen Anzug zu weißem Hemd und blauer Krawatte, darüber einen gesteppten schwarzen Anorak. Die andere große Hand reichte er Fin. »Detective Sergeant George Gunn.« Er sprach mit dem unverwechselbaren Akzent der Insel Lewis. »Willkommen in Stornoway, Mr Macleod.« Als sie auf den Parkplatz traten, sagte er grinsend: »Sie werden wahrscheinlich feststellen, dass sich einiges verändert hat.« Er hielt das Gesicht in den kräftigen Westwind. »Eins wird sich wenigstens nie verändern. Der Wind. Gibt nie Ruhe.«

Heute allerdings war es ein mildes Lüftchen, das sich dank der Augustsonne, die sich immer wieder durch die Wolkendecke brach, angenehm weich und warm anfühlte. An der Ausfahrt des Flughafens fädelte sich Gunn mit seinem VW in den Kreisverkehr ein, und sie fuhren auf den Hügel hinauf und auf der anderen Seite Richtung Oliver's Brae wieder hinunter. Als sie rechts zur Stadt abbogen, kamen sie auf den Mord zu sprechen.

»Der Erste im neuen Jahrtausend«, sagte Gunn. »Dabei hatten wir im ganzen 20. Jahrhundert nur einen.«

»Dann hoffen wir mal, dass dieser der Letzte im 21. Jahrhundert ist. Wo werden die Autopsien durchgeführt?«

»In Aberdeen. Wir haben drei Polizeiärzte hier auf der Insel. Die gehören alle zu der Gemeinschaftspraxis in der Stadt. Zwei von ihnen arbeiten vertretungsweise als Pathologen. Die sind alle in der Lage, bei einem plötzlichen Tod die Leiche zu untersuchen, sogar eine Autopsie durchzuführen. Aber alles, was irgendwie umstritten ist, wandert gleich nach Aberdeen. Forresterhill.«

»Wäre Inverness nicht näher?«

»Klar, aber der dortige Pathologe erkennt unsere lokalen Vertreter nicht an. Er macht entweder *alle* Autopsien oder *keine*.« Gunn sah Fin belustigt an. »Aber das haben Sie nicht von mir.«

Als sie die lange, gerade Straße nach Stornoway hinunterfuhren, sah Fin die Stadt vor sich liegen – nach vorne um den schützenden Hafen gruppiert, dahinter in die bewaldete Hügelkette eingebettet. Der Fährhafen an der Spitze der neuen Mole, der in den neunziger Jahren aus Glas und Stahl gebaut worden war, erinnerte Fin an eine fliegende Untertasse. Der alte Pier dahinter wirkte verwahrlost. Der Anblick dieses vertrauten Ortes stimmte ihn melancholisch. Aus der Ferne sah alles aus wie früher. Nur die fliegende Untertasse war neu. Und zweifellos hatte sie einige Außerirdische mitgebracht.

Sie kamen an den gelb gestrichenen Fabrikgebäuden von Kenneth Mackenzie Limited vorbei, wo Millionen von Metern heimischer Harris-Tweed für den Export bereitlagen. Eine Gruppe neuer Reihenhäuser führte zu einem großen Metallschuppen hinunter, in dem mithilfe staatlicher Subventionen Fernsehprogramme auf Gälisch produziert wurden. Die gälische Sprache hatte zu Fins Jugendzeit in einem Dornröschenschlaf geschlummert und schien nun erwacht zu sein. Selbst Mathematik und Geschichte wurden, neben anderen Fächern, an den Schulen inzwischen auf Gälisch unterrichtet. Und heutzutage war es hip, Gälisch zu sprechen.

»Engebrets haben sie vor ein, zwei Jahren gebaut«, sagte Gunn, als sie an dem Kreisverkehr, an den sich Fin nicht erinnern konnte, die Tankstelle mit Mini-Markt passierten. »Er hat sogar sonntags geöffnet. Und heute kann man auch am Sabbat so ziemlich überall in der Stadt etwas zu essen und zu trinken bekommen.«

Fin schüttelte ungläubig den Kopf.

»Und jeden Sonntag kommen zwei Flüge aus Edinburgh an. Nur der Fährbetrieb ruht sonntags immer noch.«

Zu Fins Zeiten machte sonntags die ganze Insel dicht. Es war unmöglich, Zigaretten zu kaufen, undenkbar zu tanken, geschweige denn auswärts zu essen oder sich auf einen Drink zu treffen. Er konnte sich noch erinnern, wie am Sabbat Touristen hungrig durch die Straßen irrten – während sie nicht vor Montag mit der ersten Fähre abreisen konnten. Natürlich war es allgemein bekannt, dass sich die Pubs und die Hotels, sobald sich die Kirchen von Stornoway leerten, mit Sonntagszechern füllten, die heimlich durch die Hintertür kamen. Schließlich war es nicht illegal, am Sabbat zu trinken, sondern nur undenkbar. Zumindest, sich dabei erwischen zu lassen.

»Ketten sie immer noch die Schaukeln an?« Fin hatte den traurigen Anblick der Vorhängeschlösser an Kinderschaukeln am Sabbat nicht vergessen.

»Nein, schon seit ein paar Jahren nicht mehr.« Gunn gluckste. »Die Sabbatarier haben darin den Anfang vom Ende gesehen. Und vielleicht hatten sie recht.«

Die fundamentalistischen protestantischen Kirchen hatten seit Jahrhunderten das Leben auf der Insel beherrscht. Es hieß, dass ein Gastwirt oder ein Restaurantbesitzer, der sich der Kirche nicht beugte, unauffällig aus dem Verkehr gezogen wurde: Darlehen wurden gekündigt, Schanklizenzen annulliert. Vom Festland aus gesehen mutete die Macht der Kirche mittelalterlich an. Auf der Insel jedoch, auf der einige Sekten jede Art von Unterhaltung als Sünde verdammten, war sie real, und jeder Versuch, ihre Autorität zu untergraben, wurde als Teufelswerk geahndet.

»Allerdings«, fügte Gunn hinzu, »sieht man sonntags immer noch kein Kind auf einer Schaukel, auch wenn sie nicht mehr angekettet sind. Genauso wie kein Mensch die Wäsche aufhängt. Jedenfalls nicht außerhalb der Stadt.«

Ein neues Sportzentrum verstellte den Blick auf Fins alte Schule. Sie kamen an den Büroräumen der Inselverwaltung Comhairle nan Eilean vorbei und anschließend am Seaforth Hotel, dem gegenüber jetzt eine Phalanx aus Sandstein-Reihenhäusern mit den traditionellen Stufengiebeln stand. Eine Mischung aus neu und hässlich sowie alt und hässlich. Stornoway war seit je keine sonderlich hübsche Stadt gewesen. Gunn bog rechts in die Lewis Street ein, in der sich traditionelle Hafenhäuser mit Pubs und dunklen kleinen Läden aneinanderdrängten, um von dort in die Church Street einzubiegen, die zur Polizeiwache führte. Fin fiel auf, dass auf den Schildern nur gälische Straßennamen standen.

»Wer leitet die Ermittlungen?«

»Eine Sonderkommission aus Inverness«, sagte Gunn. »Sie wurden am frühen Sonntagmorgen mit dem Hubschrauber eingeflogen. Ein Detective Chief Inspector, ein Detective Sergeant und sieben Constables. Außerdem ein KTU-Team. Die haben keine Zeit verloren.«

Die Polizeiwache war eine Gruppe rosafarben verputzter Gebäude an der Ecke Church und Kenneth Street, zwischen dem Königssaal der Zeugen Jehovas und der Peking Cuisine des chinesischen Take-away. Ein Stück dahinter hatte der Besitzer eines Friseursalons seinen Laden politisch höchst unkorrekt *Men only* genannt. Gunn fuhr durchs Tor und parkte neben einem großen weißen Polizeitransporter.

»Wie lange leben Sie schon in Stornoway, George?«

»Seit drei Jahren wieder. Aber ich bin hier geboren und groß geworden. Seit ich bei der Polizei bin, war ich die meiste

Zeit in anderen Revieren rund um die Inseln stationiert. Und dann in Inverness.« Sein Nylonanorak raschelte wie Papier, als Gunn aus dem Wagen stieg.

Fin erhob sich vom Beifahrersitz. »Und was halten Sie davon, dass die Leute vom Festland die Ermittlungen übernommen haben?« Gunn lächelte gelassen. »Damit war zu rechnen. Wir verfügen hier nicht über die Erfahrung.«

»Und wie ist der Ermittlungsleiter so?«

»Och, der wird Ihnen gefallen.« Gunn grinste. »Er ist ein richtiger Mistkerl.«

Der Mistkerl war ein untersetzter Mann mit dichtem hellbraunen Haar, das er sich mit Pomade aus der breiten, niedrigen Stirn gekämmt hatte. Er hatte ein altmodisches Gesicht und einen altmodischen Geruch an sich, und schon bevor der Kerl den Mund aufmachte, hätte Fin wetten können, dass er aus Glasgow stammte. »Detective Chief Inspector Tom Smith.« Der leitende Ermittler erhob sich hinter seinem Schreibtisch und streckte die Hand aus. »Mein herzliches Beileid, Macleod.« Fin fragte sich, ob sie alle Bescheid wussten. Vermutlich hatte seine Dienststelle sie tatsächlich vorgewarnt. Smiths Handschlag war kurz und fest. Er setzte sich wieder. Sein beiges Jackett hatte er säuberlich über die Lehne seines Sessels gehängt, die Ärmel seines gebügelten weißen Hemds waren bis zu den Ellenbogen penibel hochgekrempelt. Zwar versank sein Schreibtisch unter dem Papierkram, doch in den Stapeln schien irgendein Ordnungsprinzip zu walten. Fin bemerkte, dass seine Hände mit den Wurstfingern sauber geschrubbt und seine Nägel makellos manikürt waren.

»Danke«, antwortete Fin unwillkürlich.

»Nehmen Sie Platz.« Smith schien eher mit seinen Unterlagen zu sprechen, weniger mit seinem Gegenüber. »Ich habe dreizehn Kripobeamte, einschließlich der lokalen Jungs, sowie siebenundzwanzig Constables für diesen Fall. Auf der

Insel kann ich auf über vierzig Polizisten zurückgreifen.« Er sah auf. »Ich weiß eigentlich nicht, wozu ich Sie brauche.«

»Es war ehrlich gesagt nicht meine Idee, Sir.«

»Nein, es war die Idee des Computersystems und somit ganz bestimmt auch nicht meine.« Er schwieg. »Dieser Mord in Edinburgh. Haben Sie da schon *irgendwelche* Verdächtigen?«

»Nein, Sir.«

»Nach drei Monaten?«

»Die letzten vier Wochen war ich beurlaubt.«

»Ach so, ja, richtig.« Er schien das Interesse zu verlieren und wandte sich wieder seinen Unterlagen zu. »Welche erhellenden Erkenntnisse dürfen wir dann wohl bei unseren bescheidenen Ermittlungen hier von Ihnen erwarten?«

»Solange ich über den Fall nicht unterrichtet bin, habe ich keine Ahnung, Sir.«

»Können Sie alles im Computer nachlesen.«

»Einen Vorschlag hätte ich allerdings.«

»Ach ja?« Smith schien skeptisch. »Und der wäre?«

»Falls die Autopsie noch nicht durchgeführt wurde, wäre es vielleicht nicht schlecht, den Pathologen einzuschalten, der die Autopsie bei dem Fall in Edinburgh vorgenommen hat. Dann wäre ein direkter Vergleich möglich.«

»Tolle Idee, Macleod. Vermutlich hab ich es deshalb bereits getan.« Smith lehnte sich mit einem selbstzufriedenen Ausdruck im Sessel zurück. Seine Überheblichkeit war fast so penetrant wie sein Aftershave. »Professor Wilson ist gestern mit der letzten Maschine hier eingetroffen.« Er sah auf die Uhr. »Die Autopsie sollte in etwa einer halben Stunde beginnen.«

»Dann fliegen Sie die Leiche nicht nach Aberdeen aus?«

»Die technische Ausstattung ist hier völlig ausreichend, also haben wir den Berg zum Propheten gebracht.«

»Sagen Sie mir, wie ich helfen kann.«

»Offen gesagt, DI Macleod, überhaupt nicht. Ich hab hier

ein wirklich gutes Team beisammen, das auf Ihre Hilfe bestens verzichten kann.« Er ließ einen tiefen, frustrierten Seufzer vom Stapel. »Doch unser Computer scheint der Meinung zu sein, dass Sie uns vielleicht sagen können, ob es eine Verbindung zu dem Leith-Walk-Mord gibt. Und dass wir nicht befolgen, was der Computer uns sagt, da sei Gott davor! Was halten Sie also davon, bei der Autopsie dabei zu sein und sich die entsprechenden Indizien anzusehen? Wenn Sie auf irgendwelche Parallelen stoßen, werfen wir gerne einen Blick drauf. Einverstanden?«

»Ich hätte auch nichts dagegen, einen Blick auf den Tatort zu werfen.«

»Nur zu. Detective Sergeant Gunn kann Sie hinfahren. Die hiesigen Jungs sind uns bei den Ermittlungen sowieso kaum von Nutzen. Höchstens als Handlanger vielleicht.« Aus seiner Verachtung machte er kein Hehl.

»Und ich möchte mir die Akten ansehen.« Fin legte es darauf an. »Vielleicht auch mit dem ein oder anderen Zeugen sprechen. Mit Tatverdächtigen, falls es schon welche gibt.«

Smith kräuselte die Lippen und strafte Fin mit einem langen, strengen Blick. »Lassen Sie sich nicht aufhalten, Macleod. Allerdings sollten Sie wissen, dass ich den Fall binnen weniger Tage abzuschließen gedenke. Und nur, damit das zwischen uns klar ist: Ich glaube an keine Verbindung zu dem Mord in Edinburgh.«

»Und wieso nicht?«

»Nennen Sie es Instinkt. Die Leute hier draußen sprühen nicht gerade vor Raffinesse.« Er grinste selbstgefällig. »Na ja, da sag ich Ihnen ja gewiss nichts Neues.« Offenbar darüber erzürnt, sich vor einem untergebenen Beamten, noch dazu von einer anderen Dienststelle, rechtfertigen zu müssen, tippte er unablässig mit seinem Bleistift auf dem Schreibtisch herum. »Ich denke, wir haben es hier mit einem plumpen Trittbrettfahrermord zu tun. Man konnte seinerzeit eine

Menge Einzelheiten in den Zeitungen nachlesen. Ich denke außerdem, dass wir nach einem Ortsansässigen suchen, der irgendeinen Groll hegt und versucht, uns auf eine falsche Fährte zu locken. Daher habe ich auch die Absicht, die ganze Sache abzukürzen.« Fin verkniff sich ein Grinsen. Mit Abkürzungen kannte er sich aus. Schon früh im Leben hatte er gelernt, dass Abkürzungen einen auf Umwege führen können. Doch solche Erkenntnisse waren DCI Smith zweifellos gänzlich fremd. »Falls die Autopsie nicht noch irgendetwas Unerwartetes ans Licht bringt, werde ich von jedem erwachsenen Mann in Crobost wie auch gegebenenfalls von weiteren Tatverdächtigen DNA-Proben nehmen. Ich rechne mit höchstens hundert. Standortvorteil sozusagen. Bedeutend billiger als eine zeitaufwendige Ermittlung, die unsere Beamten hier wochenlang festhält.« Smith gehörte der neuen Sorte Cops im gehobenen Dienst an, die sich nur noch dafür interessierten, was unterm Strich herauskam.

Dennoch war Fin erstaunt. »Dann haben Sie ein DNA-Muster vom Mörder?«

Smith strahlte. »Davon gehen wir aus. Auf die Gefahr hin, das Zartgefühl der hiesigen Bevölkerung zu verletzen, haben wir am Sonntag einige Trupps von Constables losgeschickt, die den Tatort und das Umfeld noch einmal gründlich abgesucht haben. Etwa achthundert Meter entfernt haben wir in einem Graben einen Plastikmüllsack mit den Kleidern des Opfers gefunden. Die Sachen sind von Erbrochenem bedeckt, und da sich der Polizeiarzt ziemlich sicher ist, dass sich das Opfer nicht übergeben hat, liegt die Vermutung nahe, dass wir es mit dem Mageninhalt des Mörders zu tun haben. Sollte der Gerichtsmediziner das bestätigen, müssten wir ein zuverlässiges DNA-Muster vom Mörder bekommen.«

In der Church Street schwangen bis zum Innenhafen hinunter kleine Hängekörbe mit Blumen im Wind, ein tapferer

Versuch, Farbe in den grauen Alltag zu bringen. Rosa, weiß und grün gestrichene Geschäfte säumten die Straße, und am unteren Ende konnte Fin eine Gruppe am Kai vertäuter Fischerboote erkennen, die sich auf der Dünung wiegten. Am weißen Bootsschuppen am gegenüberliegenden Ufer der Bucht blitzte ein Sonnenstrahl auf und wanderte weiter über die Baumwipfel im Park des Lews Castle.

»Und? Wie finden Sie den Ermittlungsleiter?«, wollte Gunn wissen.

»Ich würde sagen, ich teile Ihre Wertschätzung für den Mann.«

Gunn schloss den Wagen auf und stieg ein. »Hält sich für den Schlausten, der Mann. Mein alter Boss in Inverness sagte immer, die oberen Ränge wären auch nix Besseres als du und ich. Die kommen auch nur mit einem Bein auf einmal aus der Hose.«

Fin lachte. Die Vorstellung, wie sich der leitende Ermittler Smith mit seinen strammen kurzen Beinen aus der Hose strampelte, gefiel ihm.

»Hören Sie«, sagte Gunn. »Tut mir leid, dass ich Ihnen nichts zum Pathologen sagen konnte. Ich wusste selber nicht mal, dass er auf der Insel ist. Da sehen Sie mal, wie die *mich* auf dem Laufenden halten.«

»Schon in Ordnung«, sagte Fin. »Ehrlich gesagt kenne ich Angus ziemlich gut. Ich schätze ihn. Jedenfalls haben wir ihn auf unserer Seite.« Gunn manövrierte den Wagen rückwärts aus der Parklücke. »Was glauben Sie, weshalb Smith nicht selber bei der Autopsie dabei ist?«

»Vielleicht ist er zimperlich«, vermutete Gunn.

»Ich weiß nicht. Wer so viel Aftershave benutzt, kann nicht allzu empfindlich sein.«

»Da haben Sie recht. Die meisten Leichen riechen besser als er.«

Sie bogen aus der Kenneth Street auf die Bayhead ab und

fuhren Richtung Norden aus der Stadt. Fin blickte aus dem Beifahrerfenster auf den Kinderspielplatz, den Tennisplatz und schließlich die Golfanlage auf dem Hügel dahinter. Auf der anderen Straßenseite drängten sich unter den Mansardenfenstern der Wohnungen winzige Läden. Fast hatte er das Gefühl, als wäre er nie fort gewesen. »In den Achtzigern sind die Jugendlichen freitag- und samstagabends mit ihren Klapperkisten hier auf und ab gefahren.«

»Tun sie immer noch. Jedes Wochenende, kann man die Uhr nach stellen. Ganze Festzüge davon.«

Fin versuchte, sich das trostlose Leben dieser jungen Leute vorzustellen. Wenig bis nichts, was man unternehmen konnte, im Würgegriff einer Gesellschaft, die sich immer noch den Zwängen einer freudlosen Religion beugte. Eine Wirtschaft auf Talfahrt, hohe Arbeitslosigkeit. Grassierender Alkoholismus, eine Selbstmordrate weit über dem nationalen Durchschnitt. Die Motivation, hier wegzukommen, war heute sicherlich noch so groß wie vor achtzehn Jahren.

Das Western Isles Hospital war anstelle der alten Cottage-Klinik auf dem Hügel unterhalb des Kriegerdenkmals errichtet worden, nachdem Fin weggezogen war. Es war eine gut ausgestattete, moderne Einrichtung, besser als so manches städtische Krankenhaus auf dem Festland. Als sie von der Macaulay Road auf das Gelände abbogen, sah Fin den niedrigen zweistöckigen Gebäudekomplex, der sich in stumpfen Winkeln um einen weitläufigen Parkplatz gruppierte. Professor Angus Wilson wartete in der Leichenhalle. Er hatte die Schutzbrille über die OP-Haube und den Mundschutz unters Kinn geschoben und reckte ihnen einen kupferfarbenen, leicht angegrauten Borstenbart entgegen. Über der grünen OP-Hose und einem langärmeligen Baumwollkittel trug er eine Plastikschürze. Auf dem Edelstahltisch vor ihm hatte er Ärmelschoner aus Kunststoff bereitgelegt, außerdem ein Paar

Baumwoll- und ein Paar Latex- sowie die charakteristischen Stahlnetzhandschuhe, die er zum Schutz an der nicht schneidenden Hand trug. Er war ungeduldig.

»Wird aber auch langsam Zeit!« Mit einem Augenzwinkern verriet er, dass er seine Rolle als übellauniger Exzentriker selbst nicht so ernst nahm. »Wie geht's dir, alter Knabe?« Er streckte Fin die Hand entgegen. »Derselbe Mörder, oder?«

»Das wollen wir von dir erfahren.«

»Was für ein gottverlassenes Kaff! Man sollte meinen, wenn man irgendwo in der Welt frischen Fisch bekommt, dann hier. Ich hab gestern Abend im Hotel Scholle bestellt. Und sie war auf ihre Weise frisch, frisch aus der verdammten Tiefkühltruhe in die Fritteuse. Du liebe Güte, das kann ich auch bei mir zu Hause haben!« Er wandte sich Gunn zu und beugte sich über den Tisch, um ihm die Akte unter dem Arm herauszuziehen. »Ist das der Bericht mit den Fotos?«

»Ja.« Gunn streckte ihm die Hand entgegen. »DS George Gunn.« Doch der Professor hatte sich bereits abgewandt, um sich den Bericht anzusehen und die Fotos auszulegen. Gunn zog die Hand verlegen zurück.

»Kopfbedeckungen, Überschuhe, Schutzbrillen, Mundschutz und Kittel findet ihr im Pathologenzimmer auf der anderen Seite des Flurs.«

»Sollen wir die anziehen?«, fragte Gunn. Vielleicht, dachte Fin, hat er schon eine ganze Weile an keiner Autopsie mehr teilgenommen.

»Nein.« Professor Wilson drehte sich zu ihnen um. »Ich möchte, dass Sie die auf einem kleinen Haufen stapeln und ein Feuerchen machen.« Er sah sie finster an. »Selbstverständlich will ich, dass Sie die verdammten Dinger anziehen. Es sei denn, Sie wollen sich Aids oder was weiß ich welche Viruspartikel einfangen, die mit dem Knochenmehl durch die Luft schwirren könnten, sobald ich dem Opfer mit der oszillierenden Säge den Schädel öffne. Es steht Ihnen natürlich auch frei, da draußen zu warten.« Er deutete mit der Hand auf das große Fenster zum Flur.

»Allerdings bekommen Sie dann kein einziges verdammtes Wort von dem mit, was ich sage.«

»Du liebe Güte«, sagte Gunn, als sie im Pathologenzimmer ihre Schutzkleidung überzogen. »Und ich dachte, der Einsatzleiter wäre schlimm.«

Fin zuckte zusammen, als er sich lachen hörte. Er lachte heute schon zum zweiten Mal, dabei hatte er so lange nicht mehr gelacht. Er brauchte einen Moment, um sich zu fassen. »Angus ist schon in Ordnung. Hunde, die bellen, beißen nicht.«

»Bei einem Biss von dem Kerl würde ich mir echte Sorgen machen, mich mit Tollwut anzustecken.« Gunn leckte sich nach der raubeinigen Begegnung mit dem Pathologen immer noch die Wunden.

Als sie wieder in die Leichenhalle zurückkamen, hatte der Professor auf fast jeder verfügbaren Ablagefläche Fotos ausgebreitet. Er war gerade dabei, die Kleider des Opfers auf dem Tisch zu untersuchen. Der Stahl war mit Wachspapier bedeckt, um darauf gegebenenfalls Fasern oder getrocknete Partikel des Mageninhalts aufzufangen. Das Opfer hatte über einem weißen Baumwollhemd und einer blauen Jeans eine Fleecejacke mit Reißverschluss getragen. Am Ende des Tischs stand ein Paar schmutzig weiße, ausgetretene Turnschuhe. Der Pathologe hatte seine Schutzhandschuhe übergestreift und hielt ein quadratisches Vergrößerungsglas in der linken Hand, während er mit einer Pinzette an dem getrockneten Erbrochenen auf dem dunkelblauen Fleecestoff zupfte. »Du hast mir gar nicht erzählt, dass das Opfer genauso hieß wie ich.«

»Sie haben ihn nie Angus genannt«, sagte Fin. »Er war allgemein als Angel bekannt. Hätte man ihm von irgendeinem Ort der Welt einen Brief an Angel, Ness, Isle of Lewis, adressiert, er hätte ihn bekommen.«

»Ich wusste gar nicht, dass Sie ihn kannten, Mr Macleod«, sagte DS Gunn erschrocken.

»Ich bin mit ihm zur Schule gegangen. Sein kleiner Bruder war in meiner Klasse.«

»Angel …« Professor Wilson konzentrierte sich immer noch auf seine Pinzette. »Hat er Flügel?«

»Der Spitzname war ironisch gemeint.«

»Ach so. Vielleicht erklärt das, wieso ihn jemand zur Hölle schicken wollte.«

»Schon möglich.«

»Hab dich, du kleines Miststück!« Der Professor richtete sich auf und hielt die Pinzette mit einem winzigen weißen Kügelchen darin ans Licht.

»Was ist das?«, fragte Gunn.

»Ein Gespenst.« Er sah sie beide grinsend an. »Das Gespenst von einer Pille. Eine von diesen Dingern mit verzögerter Wirkstoffabgabe. Die Hülse ist voller Mikroporen, durch die der Wirkstoff langsam austritt. Die hier ist leer. Aber diese Überzüge können manchmal noch Stunden, nachdem sie ihren Zweck erfüllt haben, im Magen fortbestehen. So was finden wir ständig.«

»Ist das für uns von Bedeutung?«, fragte Fin.

»Vielleicht. Aber falls das hier wirklich der Mageninhalt des Mörders ist, dann kann uns das Ding eventuell etwas über ihn sagen, was wir sonst nicht wüssten. Der arzneiliche Wirkstoff, der darin enthalten war, ist vielleicht bei einem Tox Screen zu erkennen. So oder so wissen wir in jedem Fall, was er eingenommen hat.«

»Wie das?«

Der Professor hielt sein Vergrößerungsglas an die winzige Hülse. »So kann man es nicht sehen. Aber unter einem Seziermikroskop erkennen wir mit ziemlicher Sicherheit Zahlen und Buchstaben, die in die Oberfläche eingeprägt sind, vielleicht sogar das Emblem eines Pharmaherstellers.

Dann können wir die Kennzeichnung mit denen abgleichen, die im Arzneimittelbuch aufgelistet sind, um den Namen des Medikaments zu ermitteln. Auch wenn es ein bisschen dauern mag, kriegen wir es heraus.« Er ließ die Geisterpille behutsam in eine Asservatentüte fallen und versiegelte sie. »Ihr seht, wir sind schon verdammt schlaue Kerle.«

»Wie sieht's mit DNA aus?« Fin betrachtete die getrockneten Klumpen unverdauten Essens, die am Fleecestoff klebten, ohne die geringste Ahnung, um was für Lebensmittel es sich dabei ursprünglich gehandelt hatte. Egal, was man aß, im Magen schien am Ende alles wie klein gehackte Möhrchen in Haferbrei auszusehen. »Kannst du sie dem Zeug da entnehmen?«

»Oh, das will ich doch hoffen. Im Speichel finden wir mit Sicherheit Mundschleimhautzellen. Die DNA bekommen wir aus fast jeder Zelle, die wir der Mundhöhle entnehmen, oder auch der Speiseröhre oder dem Magen selbst. Die lösen sich ständig ab und befinden sich mit Sicherheit im Vomitus.«

»Wird das lange dauern?«, fragte Gunn.

»Wenn wir die Probe im Lauf des Nachmittags ins DNA-Labor bekommen – Extraktion, Amplifikation … –, dann sollten wir das Ergebnis morgen am späten Vormittag haben.« Der Professor legte den Finger auf die Lippen. »Aber verraten Sie niemandem was davon, sonst will künftig jeder seine Ergebnisse so schnell haben.«

»Der Einsatzleiter«, sagte Fin, »plant einen Reihentest mit bis zu zweihundert DNA-Proben, um sie mit dem abzugleichen, was du aus dem Zeug hier extrahierst.«

»Ah.« Professor Wilson lächelte, sodass sich seine Bartborsten sträubten. »Das braucht ein bisschen länger. Abgesehen davon haben wir noch nicht ermittelt, ob das hier wirklich nicht der Vomitus des Opfers ist.«

Zwei weiß bekittelte Assistenten mit großen gelben Gummihandschuhen fuhren die Leiche aus dem sechsstufigen

Kühlfach auf der anderen Seite des Flurs heran und legten sie auf den Autopsietisch. Angel Macritchie war ein großer Mann – größer, als Fin ihn seit ihrer letzten Begegnung in Erinnerung hatte, und wohl fünfzig Pfund schwerer. Er hätte in der ersten Reihe eines Rugby-Gedränges durchaus eine gute Figur gemacht. Das kräftige schwarze Haar, das er von seinem Vater geerbt hatte, war inzwischen um einiges dünner und mehr silbern als schwarz. Im Tod erinnerte seine bleiche Haut an die Farbe von Kitt. Die stets spöttischen Lippen und schlagkräftigen Fäuste, die eine ganze Kindheit und Jugend hindurch so viel Schmerz und Wut bereitet hatten, hingen jetzt schlaff herab.

Fin versuchte bei seinem Anblick innere Distanz zu wahren, doch in der Gegenwart selbst des toten Angel verkrampfte sich ihm der Magen. Er ließ den Blick zu der schrecklichen Öffnung quer über Angels Unterleib wandern. Aufgeblähte, glänzende Dünndarmschlingen von einer Farbe zwischen Rosa, Gelb und Braun waren aus der Öffnung in der Bauchdecke gequollen, wo sie, wie Fin aus der Obduktion in Edinburgh wusste, von einer Fettschicht zusammengehalten wurden, die man als Gekröse oder Mesenterium bezeichnete. Außerdem schien ein Dickdarmballon herausgetreten zu sein. An seinen Oberschenkeln waren Streifen aus Blut und Körperflüssigkeiten getrocknet. Sein winziger, schlaffer Penis sah wie eine getrocknete Feige aus. Fin drehte sich zu DI Gunn um, der an der Rückseite des Raums stand, wo er sich mit aller Kraft gegen das Fenster zu drücken schien. Er war sehr bleich.

Professor Wilson zog in der Leistengegend Blut aus den Oberschenkelvenen und Glaskörperflüssigkeit aus den Augen. Fin fiel es immer schwer, zuzusehen, wenn eine Nadel in einen Augapfel gestochen wurde. Die Augen hatten etwas besonders Verletzliches.

Während er fast unhörbar seinen Kommentar in ein Aufnahmegerät sprach, das er in der Hand hielt, untersuchte der Professor zuerst die Füße, dann die Beine, wobei er rotblaue Prellungen an den Knien festhielt, bevor er sich der Öffnung im Unterleib zuwandte. »Hmm. Die Wunde beginnt an der linken Seite des Abdomens etwas höher und endet etwas tiefer an der rechten Seite und verjüngt sich am Endpunkt fast zu einem Kratzer in der Haut.«

»Ist das von Belang?«, fragte Fin.

Der Professor richtete sich auf. »Nun, es bedeutet, dass die Klinge, mit der das Abdomen aufgeschlitzt wurde, von rechts nach links gezogen wurde, das heißt aus Sicht des Mörders.«

Fin verstand, wie wichtig das war. »In Edinburgh war es von links nach rechts. Soll das heißen, dass einer der Mörder Rechtshänder und der andere Linkshänder war?«

»Die Händigkeit können wir nicht beurteilen, Fin. Das solltest du allmählich wissen! Man kann mit derselben Hand in beide Richtungen schneiden. Es heißt nichts weiter, als dass die Schnittrichtung in den beiden Fällen anders war.« Er strich mit dem Latexfinger den oberen Rand der Wunde entlang, genau an der Stelle, an der die Haut ausgetrocknet war und sich dunkel verfärbt hatte. »Bei dem Opfer in Edinburgh war die Wunde außerdem tiefer, brutaler, da wurde das Mesenterium vom Retroperitoneum getrennt. Wenn du dich erinnerst, hing dem Opfer fast ein Meter Dünndarmschlingen zwischen den Beinen, die zum Teil durchtrennt und entleert waren.« Fin erinnerte sich an den Gestank, der am Tatort herrschte, an die hellgrünen und gelben Schmierstreifen, die das Blut auf dem Steinboden marmorierten. Und bei der Autopsie war, ganz anders als bei Angel, der von allen Körperflüssigkeiten entleerte Dünndarm farblos gewesen. »In diesem Fall hier hat sich nur ein Bauchnetz ausgestülpt und eine Blase des querliegenden Grimmdarms.« Der Professor arbeitete sich langsam um die Wunde und ihre Vorstülpungen herum. Er nahm die Maße. »Fünfundzwanzigeinhalb Zentimeter. Ich glaube, kürzer als in Edinburgh, aber da müsste ich nachsehen. Dabei ist dieser Mann hier schwerer. Er bot einen größeren Zielbereich.«

Die äußere Untersuchung kam jetzt zu den Händen und Armen. Der Professor stellte Prellungen im Bereich beider Ellenbogen fest. An den Händen befanden sich alte, ölverfärbte Narben. Er kratzte etwas von den schwarzen Resten unter den abgeknabberten Fingernägeln hervor. »Interessant. Die Hände sehen wirklich nicht danach aus, dass der Mann mit aller Macht versucht hat, seinen Angreifer abzuwehren. Keine Spur eines Traumas, keine Hautpartikel unter den Fingernägeln.«

Die sorgfältige Überprüfung der Brust deutete auch in diesem Bereich auf kein Trauma hin. Dafür befanden sich am Hals deutliche Prellungen von derselben rotbläulichen Farbe wie an Knien und Ellenbogen: eine Reihe von vier runden Blutergüssen an der linken Seite, von denen zwei über einen Zentimeter Durchmesser hatten, sowie ein größerer ovaler an der rechten Seite des Halses. »Höchstwahrscheinlich von den Fingerspitzen verursacht. Außerdem sieht man die kleinen sichelförmigen Schürfwunden, die dazu passen. Stammen von den Fingernägeln des Mörders. An der ausgehöhlten Seite befinden sich winzige Mengen Hautfetzen.« Der Professor sah zu Fin auf: »Schon faszinierend, weißt du, wie wenig Druck nötig ist, um jemanden zu strangulieren. Dazu braucht man ihm nicht einmal die Luft abzudrücken, es genügt schon, wenn kein Blut mehr vom Kopf abfließen kann. Die Halsvenen kann man schon mit einem Druck von zwei Kilo unterbrechen. Die Karotiden dagegen, die das Blut *in* den Kopf befördern, setzt man erst mit viereinhalb Kilo außer Betrieb. Man muss ungefähr dreißig Kilo Druck aufwenden, um die Wirbelsäulenarterien zu verschließen, und fünfzehn Kilo, um die Luftröhre abzuquetschen. In unserem Fall hier siehst du die florid blutenden Petechien im Gesicht.« Neben einem großen violetten Bluterguss an der rechten Schläfe zog er das Augenlid zurück. »Ja, und auch hier im Bereich der Bindehaut. Was darauf hindeuten könnte, dass der Tod durch die Unterbrechung des venösen Abflusses verursacht wurde.«

Er wandte sich wieder dem Hals zu. »Andererseits, wie gesagt, auch hier interessant, dass unser Engel sich offenbar kein bisschen zur Wehr gesetzt hat. Wer sich verteidigt, kratzt sich leicht selbst am Hals die Haut auf, indem er versucht, die Finger des Angreifers zurückzubiegen. Noch ein Grund, unter den Nägeln Hautpartikel zu vermuten. Auch interessant: Das Trauma hier am Hals, das, wie man an der Farbe der Quetschung sehen kann, vom Strick stammt, deutet darauf hin, dass er, als er aufgehängt wurde, bereits tot war.« Er trat an die Bank, auf der er die Fotos ausgebreitet hatte. »Und wenn man sich die Fotos ansieht, die Blutlache am Boden und sie dann damit vergleicht, wie Blut und andere Flüssigkeiten den Körper heruntergelaufen sind, kann man eigentlich nur zu dem Schluss kommen, dass unserem Engel erst nach Todeseintritt, als er bereits am Dachsparren hing, der Bauch aufgeschlitzt wurde. Das Blut stand, als ihm die Wunde zugefügt wurde, nicht mehr unter Druck, sonst hätte es auf dem Boden entsprechende Spritzmuster ergeben müssen. Es ist ihm einfach durch die Wunde aus dem Körper geflossen.«

»Demnach sagen Sie«, meldete sich Gunn zu Wort, »dass er zuerst erdrosselt, dann am Dachbalken aufgehängt und als Letztes ausgeweidet wurde – in dieser Reihenfolge?«

»Nein, ich sage nichts dergleichen.« Der Professor zeigte wenig Geduld. »Ich denke nur laut nach. Du lieber Himmel, wir haben doch gerade erst mit der Obduktion begonnen.«

Die Assistenten drehten die Leiche behutsam auf den Bauch, sodass aus den Speckfalten im Bereich der Taille das lose Fleisch auf die kalte Stahlplatte fiel. Der große, schlaffe weiße Hintern hatte Grübchen und eine drahtige schwarze

Behaarung. Dieselbe Körperbehaarung wie im Schambereich wuchs auch rund um Hals und Schultern in dichten Löckchen. Außer einem einzigen Trauma wiederum im Halsbereich wies die Rückseite keinerlei Verletzungen auf.

»Ach …« Der Professor schüttelte enttäuscht den Kopf. »Ich hatte doch fast gehofft, unter seinen Schulterblättern Flügelansätze zu finden.« Er arbeitete sich bis zur Kopfhaut hoch, um dort systematisch das Haar zu scheiteln, als suche er nach Flöhen.

»Meinst du, dass du stattdessen Hörner entdeckst?«, fragte Fin.

»Würde dich das wundern?«

»Nein.«

»Ahhh …« Diesmal fand der Professor etwas, das ihn nicht enttäuschte. Er ging zu seinem Instrumentenkasten hinüber, holte ein Skalpell heraus und kehrte damit zu der Leiche zurück. Als Nächstes schnitt er behutsam am oberen Teil des Hinterkopfs die Haare an einer Stelle weg, sodass eine violettrote Stelle, kaum größer als eine Walnuss, zum Vorschein kam, eine ovale Vertiefung, die unter dem Druck der Finger nachgab. Die Haut schien aufgeplatzt, und es war getrocknetes Blut zu erkennen. »Ein übler kleiner Bruch im Schädel.«

»Jemand hat ihm von hinten eins übergezogen«, sagte Fin.

»Sieht ganz so aus. Und nach den Blutergüssen an seinen Knien und Armen sowie an der Stirn zu urteilen, ist er mit Wucht nach vorne aufgeschlagen. Die Form der Kerbe in seinem Schädel lässt darauf schließen, dass er einen Schlag mit einem Metallrohr, einem Baseballschläger oder einem anderen runden Gegenstand abbekommen hat. Wenn wir den Schädel öffnen, erfahren wir mehr.«

Nachdem er die Leiche wieder auf den Rücken gedreht und den Kopf auf einen gewölbten Metallblock gelegt hatte, machte sich Professor Wilson daran, Schicht für Schicht die verborgenen Geheimnisse des Engels zu enthüllen. Er nahm einen »Y«-Einschnitt vor, der von den beiden Schultern bis zu einem Punkt am Brustbein und von dort aus in der Mitte die Brust, den Ober- und Unterbauch entlang bis zum Schambein führte, um anschließend das Fleisch zur Seite zu schlagen und den Brustkorb freizulegen. Mit einer schweren Schere durchtrennte er die Rippen, um sie am Schlüsselbein zu verrücken. Dann entfernte er das Brustbein und die beiden Hälften des Schutzschilds, der im menschlichen Körper die empfindlichen inneren Organe bedeckt. Eins nach dem anderen wurden diese Organe jetzt entfernt – Herz, Lunge, Leber, Nieren – und zum Wiegen auf den Arbeitstisch am anderen Ende des Raums geschafft. Jede Messung wurde mit Kreide auf einer Wandtafel festgehalten, bevor die Organe zur weiteren Untersuchung in größere Stücke zerteilt und anschließend wie Brot in Scheiben geschnitten wurden.

Für einen Mann seines Alters und Gewichts war Angel in mittelmäßiger Verfassung. Vom jahrelangen Rauchen hatten sich seine Lungen dunkel verfärbt und seine Arterien verhärtet, wenn auch noch nicht so weit, dass sie Gefahr liefen, vollkommen dicht zu machen. Seine Leber war vom jahrelangen reichlichen Alkoholgenuss ziemlich übel zugerichtet: von blassgraubrauner Farbe, die auf eine leichte Zirrhose schließen ließ, sowie voller Knoten und Narben. Um an die Nieren zu kommen, musste sich der Professor durch dicke Schichten retroperitoneales Fett durcharbeiten.

Der schleimige, mit Flüssigkeit gefüllte Magenbeutel wurde in eine Edelstahlschale gelegt. Zuckte Fin zurück, als ihm der Geruch in die Nase stieg, schien ihn Professor Wilson zu genießen. Wie ein Hund schnüffelte er mit geschlossenen Augen ein paarmal daran. »Curry«, sagte er. »Könnte scharfes Lammcurry sein.« Als er Fins Ekelattacke bemerkte, zwinkerte er. DI Gunn sagte kleinlaut: »Er hat am Samstagabend ungefähr um acht Uhr im Balti House in Stornoway ein Curry gegessen.«

»Hmmm«, sagte der Professor. »Ich wünschte, ich hätte es gestern Abend probiert.«

Angewidert atmete Fin tief aus. »Riecht auch nach Alkohol.«

»Laut einigen Zeugen hat er sich, nachdem er aus der Stadt zurückkam, im Gemeindeclub von Crobost einige Pints runtergekippt«, bestätigte Gunn.

»Also«, sagte der Professor, »wie's aussieht, ist sein Mageninhalt noch intakt. Nur halb verdaut. Auf den ersten Blick keine Arzneireste erkennbar. Deutlicher Ethanol-Geruch. Diesen idiotischen Cocktail aus Curry und Alkohol, den er sich da reingeschmissen hat, den hat er jedenfalls nicht wieder von sich gegeben. Somit können wir allmählich den Gedanken ins Auge fassen, dass es sich bei dem Vomitus an seinen Kleidern tatsächlich um den des Mörders handelt.«

Im nächsten Schritt begann der Pathologe, das Gedärm von den Fettschichten loszuschneiden, es auseinanderzuwinden und schließlich der Länge nach mit einer Schere aufzuschneiden. Der Geruch nach Exkrementen war fast unerträglich. Fin hatte seine liebe Not damit, sich nicht zu übergeben. Er hörte Gunn nach Luft schnappen und sah, als er sich umdrehte, wie der Polizist sich Mund und Nase mit der Hand zuhielt.

Endlich wurde der fertig untersuchte Darm in einen mit einem Plastikbeutel versehenen Eimer geworfen und der Deckel darüber geschlossen. »Höchst unauffällig«, sagte Professor Wilson offensichtlich ungerührt. Er wandte sich jetzt dem Hals zu, zog den Hautlappen von seiner »Y«-förmigen Inzision zurück und klappte ihn über das Gesicht, um festzustellen, welche Schäden die Strangulation sowie das anschließende Erhängen am Knochen- und Knorpelgewebe hinterlassen hatten, kam jedoch schnell zu dem Schluss, dass der Hals als solcher nicht gebrochen war.

Es folgte ein Einschnitt am Hinterkopf, der quer von

einem Ohr zum anderen verlief; um den Schädel freizulegen, klappte der Pathologe die Kopfhaut über das Gesicht. Er schob Fin vom Tisch zurück, damit einer der Assistenten mit der oszillierenden Säge die Schädeldecke öffnen konnte, die anschließend abgehoben wurde, sodass das Gehirn in eine Stahlschale schwappte. Der Professor untersuchte es eingehend und nickte zufrieden. »Wie ich vermutet habe. Über dem linken Scheitelbein gibt es eine subgaleale Blutung, zweieinhalb bis dreieinhalb Zentimeter groß, in etwa die Maße der Quetschung an der Kopfhaut. Und eine kleine Menge tiefer subduraler Blutungen. Das Scheitelbein weist eine deckungsgleiche Fraktur auf, ziemlich genau so, wie ich angenommen hatte. Ein Metallrohr, ein Baseballschläger, irgendetwas in der Art, womit er von hinten niedergeschlagen wurde. Selbst wenn er nicht ganz bewusstlos war, konnte er zumindest keinen Widerstand mehr leisten.«

Fin wanderte zu dem Tisch hinüber, auf dem der Pathologe die Fotos vom Tatort aufgereiht hatte. Es sah aus, als hätte sich im Bootsschuppen ein übereifriger Bühnenbeleuchter ausgetobt. Die Farben waren verstörend grell, obwohl das Blut bereits zu Rostbraun getrocknet war. Der tote Angel wirkte mit seinen Wülsten und Falten an blau-weißem Fleisch unglaublich groß und schwer. Das Gedärm, das ihm aus dem grinsenden Bauch quoll, hatte etwas Surreales an sich. Die ganze Szene erinnerte an die billige, aufdringliche Machart eines drittklassigen Films aus den sechziger Jahren. Doch Fin konnte sich allmählich ein Bild von Angels letzten Stunden machen.

Er war auf ein Curry nach Stornoway gefahren, anschließend nach Ness zurückgekehrt, um sich im Gemeindetreff des Crobost Club mehrere Bierchen zu genehmigen. Entweder hatte er seinen Mörder zum Bootsschuppen in Port of Ness hinunterbegleitet oder sich dort mit ihm getroffen. Wozu, wussten sie nicht. In jedem Fall aber musste er ihn entweder gekannt oder zumindest keinen Grund gehabt haben, misstrauisch zu werden, sonst hätte er ihm wohl kaum den Rücken zugekehrt. Nach dem Schlag auf den Hinterkopf hatte der Täter ihn umgedreht und stranguliert. Dabei musste der Mörder in einem hypernervösen Erregungszustand mit einem starken Adrenalinanstieg gewesen sein, sodass er sich von oben bis unten über sein Opfer erbrach.

Dessen ungeachtet hatte er Angel anschließend vollständig ausgezogen. Das musste bei einem weit über zwei Zentner schweren Toten eine zeitaufwendige und keineswegs leichte Aufgabe gewesen sein. Noch rätselhafter war es, wie es dem Täter gelingen konnte, ihm einen Strick um den Hals zu binden, diesen um den Deckenbalken zu legen und ihn schließlich daran hinaufzuziehen, bis er über fünfzehn Zentimeter hoch mit den Füßen in der Luft hing. Das sagte einiges über den Mörder. Er musste kräftig sein und – obwohl ihm bei der Tat schlecht wurde – äußerst entschlossen. Je länger er brauchte, desto größer war das Risiko, erwischt zu werden. Er musste gewusst haben, dass der Schuppen samstagabends von jungen Liebespärchen aufgesucht wurde und er Gefahr lief, jeden Moment entdeckt zu werden. Und doch hatte er sich nicht damit zufriedengegeben, ihn zu töten, sondern ihn auch noch ausgezogen, aufgehängt und ausgeweidet. Langwierig und eine ziemliche Sauerei. Irgendetwas konnte da nicht stimmen, dachte Fin.

»Was fällt dir ein, wenn du den hier mit dem Mord am Leith Walk vergleichst? Haben wir es mit demselben Mörder zu tun?«

Der Professor schob sich die Schutzbrille aus dem Gesicht und die Maske unter den Bart. »Du weißt doch, wie das ist, Fin. Pathologen geben dir nie eine klare Antwort, und ich habe nicht vor, mit dieser Tradition zu brechen.« Er seufzte. »Auf den ersten Blick ist der Modus Operandi sehr ähnlich. In beiden Fällen wurde das Opfer von hinten angegriffen, auf den Kopf geschlagen und, als es bewusstlos war, stranguliert. In beiden Fällen wurde das Opfer nackt mit einem Strick aufgehängt. Und anschließend ausgeweidet. Sicher, es gibt Unterschiede in Einschnittwinkel und Tiefe der Wunde. Und unser Engelmörder war so aufgewühlt, dass er sich über das Opfer erbrach. Wir wissen nicht, ob das auch bei dem Toten in Edinburgh passiert ist, da wir die Kleider nicht gefunden haben. Was wir an der Leiche allerdings gefunden haben, wenn du dich entsinnst, sind Teppichfasern, was vielleicht darauf hindeutet, dass der Mord woanders stattgefunden haben könnte, bevor derjenige die Leiche nach Leith brachte, um sie dort für jedermann sichtbar aufzuhängen. Jedenfalls gab es in Edinburgh weniger Blut, woraus zu schließen ist, dass das Opfer schon einige Zeit tot war, als es ausgeweidet wurde.«

Der Professor machte sich daran, die Leiche auf dem Obduktionstisch vor sich wieder zusammenzusetzen. »Die Sache ist die, Fin, die Umstände und der Fundort sind so verschieden, dass notgedrungen auch die Einzelheiten variieren müssen. Daher ist es, solange nicht definitive Indizien in die eine oder die andere Richtung weisen, unmöglich zu sagen, ob diese Tötungsdelikte auf ein und denselben Täter zurückgehen oder nicht. Der ritualistische Aspekt dieser Morde könnte das nahelegen, andererseits standen natürlich auch auffällige Merkmale des Leith-Walk-Mords detailliert in mehreren Boulevardzeitungen. Falls den also jemand nachahmen wollte, hätte er's nicht schwer gehabt.«

»Aber wieso sollte jemand das *wollen*?«, fragte Gunn. Inzwischen sah er nicht mehr ganz so grün um die Nase aus.

»Ich bin Pathologe, kein Psychiater.« Der Professor strafte Gunn mit einem vernichtenden Blick, bevor er sich wieder Fin zuwandte. »Ich werde Hautabstriche machen, und dann sehen wir mal, ob die Toxikologie was erbringt. Aber allzu große Erkenntnisse sind da nicht mehr zu erwarten.«

Die Barvas Road wand sich kurvenreich aus Stornoway hinaus und eröffnete großartige Ausblicke auf Coll, das Loch a Tuath und den Point, der wie die ganze Bucht in der Sonne glitzerte, während dünne Wolkenfetzen ihre Schatten über das tiefe blaue Wasser jagten. Vor ihnen lagen zwanzig Kilometer eintönige Moorlandschaft, durch die sie die nunmehr gerade Straße Richtung Nordwesten zu dem kleinen Weiler Barvas an der Westküste führte. Es war eine düster brütende Landschaft, die sich in den kurzen Momenten, da die Sonne durchbrach, unverhofft verändern konnte. Fin war die Straße zu allen Jahreszeiten bestens vertraut, doch immer wieder staunte er, wie sich diese endlosen Hektar Torfmoor nicht nur von einem Monat zum nächsten, sondern von einem Tag auf den anderen, ja sogar von Minute zu Minute verwandeln konnten. Die tote winterliche Strohfarbe, der endlose Teppich winziger weißer Frühlingsblumen, das atemberaubende Violett des Sommers. Rechts von ihnen waren schwarze Wolken aufgezogen, und irgendwo im Hinterland fiel Regen. Links von ihnen war der Himmel fast klar, sodass die Sommersonne über die Landschaft fiel und sie in der Ferne die zarte Silhouette der Berge von Harris erkennen konnten. Fin hatte vergessen, wie groß der Himmel hier war.

Fin und Gunn schwiegen während der Fahrt. Das Blutbad der Autopsie hatte ihnen aufs Gemüt geschlagen. Es war jedes Mal eine Mahnung, die eigene Sterblichkeit nicht zu vergessen, wenn man mit ansehen musste, wie ein anderes menschliches Wesen auf einem kalten Seziertisch zerlegt wurde.

Ungefähr auf halber Strecke senkte sich die Straße und führte auf der anderen Seite wieder zu einer Kuppe hinauf, von der aus für einen kurzen Moment in der Ferne der Ozean zu sehen war, der seinen unerbittlichen Groll an der bröckelnden Küste ausließ. Am Tiefpunkt der Senke, etwa hundert Meter von der nördlichen Seite der Straße entfernt, stand ein kleines Steinhaus mit einem leuchtend grün gestrichenen Blechdach – eine Berghütte, wie sie die Kleinbauern an der Küste im Sommer bewohnten, wenn sie ihre Tiere auf die besseren Weiden ein Stück landeinwärts trieben. Sie waren überall auf der Insel, doch die meisten wurden schon lange nicht mehr genutzt. Fin hatte die Hütte mit dem grünen Dach mitten im Moorland von Barvas jeden Montag auf seinem Weg zum Internat in Stornoway gesehen. Und dann wieder auf dem Rückweg am Freitag. Er kannte sie bei jedem Wetter, auch wenn sie wie jetzt in der Südsonne erstrahlte und sich farbenfroh vom tiefschwarzen Himmel im Norden abhob. Fast jeder Mann, jede Frau und jedes Kind auf der Insel kannten diese Hütte. Für Fin hatte sie eine ganz besondere Bedeutung, und der Anblick erfüllte ihn jetzt mit einem Schmerz, den er längst vergessen, in einem hinteren Winkel seines Bewusstseins vergraben hatte, wo er auch bleiben sollte. Doch solange er auf der Insel weilte, würden die Erinnerungen wiederkommen, die er vor fast zwanzig Jahren, als er erwachsen wurde, wie Kinderspielzeug weggeschlossen hatte.

Die Fahrt die Westküste hinauf war wie eine Fahrt in die Vergangenheit, und Fin saß schweigend auf dem Beifahrersitz. Kilometer kaum befahrene Straße verbanden die kargen, Wind und Wetter ausgesetzten Weiler miteinander, die sich um die Kirchen unterschiedlicher Konfessionen scharten. The Church of Scotland. The Free Church of Scotland. The Free Church of Scotland (Continuing) – die Wee Frees, die kleinen Freien, wie sie allgemein genannt wurden. Jede war eine Abspaltung der vorherigen, jede ein beredtes Zeugnis für die Unfähigkeit des Menschen, sich mit dem Menschen einig zu sein. Jede eine Keimzelle für Misstrauen und Hass. Er blickte den Dörfern hinterher, die wie bewegte Bilder in einem alten Familienalbum vorüberzogen – jedes Gebäude, jeder Zaunpfosten und jeder Grashalm von der Sonne grell ausgeleuchtet. Weit und breit keine Menschenseele. Hier und da ein Auto auf der Straße oder vor einem der seltenen Dorfläden oder der Tankstelle. Auch die winzige Grundschule war wegen der Sommerferien verwaist. Fin fragte sich, wo all die Kinder waren. Rechts von ihnen driftete das Torfmoor in ein dunstiges Einerlei, hier und da ein paar Schafe als weiße Tupfen. Links von ihnen schwappte der Ozean in endlosen Zyklen an die Strände und in Felsenbuchten; cremeweißer Schaum legte sich über den dunklen, widerstandsfähigen Gneis, das älteste Felsgestein der Erde. In Cross registrierte Fin, dass der hohe Baum, der einmal beim Dorfgasthof gestanden hatte, gefällt worden war. Eine Wegmarkierung weniger. Der einzige Baum an der Westküste. Ohne ihn wirkte das Dorf eigentümlich kahl. Trotzten die eigensinnigen Bewohner den Elementen gewöhnlich mit zweifach verglasten Fenstern, so wurden an manchen Tagen, so wie diesem, ihre Gebete erhört: Der Wind ließ ausnahmsweise Milde walten, und der Himmel gab die Sonne frei. Ein hartes Leben wurde mit flüchtigen Freuden belohnt.

Nicht weit hinter der Kirche erreichte die Straße eine Kuppe, und sie konnten bis zur nordwestlichen Spitze der Insel hinunterblicken. Den ganzen östlichen Horizont entlang schien die Sonne auf die Giebel weiß getünchter Cottages zwischen den Ruinen alter Blackhouses.

Die Straße führte an den schmalen Abzweigungen nach Crobost und Mealanais vorbei durch Swainbost und Lionel zu dem Weiler Port of Ness. Dort endete sie. Hier bildeten die Klippen am nordwestlichen Ende eines etwa achthundert Meter langen leeren, goldsandigen Strands ein natürliches Hafenbecken. Der Mensch hatte die Natur mit einem Damm und einer Hafenmauer ein wenig nachgebessert. Früher einmal waren hier Fischerdampfer und -boote ein- und ausgefahren. Doch die Natur hatte zurückgeschlagen. An einem Ende hatte der Damm dem beharrlichen Ansturm der See nicht standgehalten, und übrig geblieben waren große Brocken Felsgestein und Beton. Der Hafen war inzwischen fast verlassen und diente nur noch kleinen Krabben- und anderen Fischerbooten sowie Dingis als Zuflucht.

Gunn parkte vor der Ocean Villa gegenüber der Hafenstraße. Ein schwarz-gelbes Absperrband quer über der Straße knatterte im Wind. Ein Polizist, der an der Wand der Harbour View Gallery lehnte, sah, wie Gunn auf der Fahrerseite ausstieg, und warf hastig seine Zigarette weg. Irgendein Witzbold hatte auf dem Schild mit der Aufschrift *Zum Bootshaus,* das zum Hafen wies, die Buchstaben *oot* entfernt und durch *um* ersetzt – eine treffende Bezeichnung für einen Ort, an dem Jahr für Jahr junge Mädchen samstagabends ihre Unschuld verloren hatten und wo vor wenigen Tagen ein gefallener Engel gestorben war.

Sie stiegen über das Band und folgten dem gewundenen Weg Richtung Kai hinunter. Es herrschte Flut. An der inneren Hafenmauer waren neben einem Haufen grüner Netze sowie rosa und gelben Baken ein paar Krabbenfischerboote und Dingis vertäut. Ein größeres Boot lag auf dem Trockenen und neigte sich in einem prekären Winkel über den Sand.

Den Bootsschuppen hatte Fin noch genau so in Erinnerung. Grünes Wellblechdach, weiß getünchte Wände. Die rechte Seite war offen und den Elementen ausgesetzt. An der Rückseite öffneten sich zwei schmale Fenster zum Strand. Links befanden sich zwei Holztüren. Eine war zu, die andere stand halb offen, sodass man drinnen ein Boot auf einem Anhänger sehen konnte. Hier drinnen war noch mehr Flatterband gespannt. Sie traten ins Halbdunkel der geschlossenen Hälfte des Gebäudes. Es war immer noch ein Fleck von Angels Blut am Boden zu sehen, und in den Todesgestank mischten sich der Dieseldunst und der Salzgeruch. Der hölzerne Querbalken über ihnen wies eine tiefe Kerbe auf, die der Strick hinterlassen hatte, als der Mörder Angel daran hochgehievt hatte. Hier drinnen war das Tosen der See und des Windes gedämpft zu hören. Durch die schmalen Fensteröffnungen sah Fin, dass die Flut gerade der Ebbe wich.

Abgesehen von dem Blutfleck war der Betonboden auffallend sauber, nachdem die Männer in den Tyvek-Anzügen jeden noch so kleinen Gegenstand, jedes Fitzelchen für die gründliche forensische Analyse eingesammelt hatten. Die Wände waren mit den Graffiti einer ganzen Generation verunstaltet, darunter Geistesblitze wie *Murdo = Schwuchtel; Anna liebt Donald* und – ein Klassiker – *Fick den Papst.* Fin fand die Szene fast unerträglich deprimierend. Er trat in die offene Hälfte des Schuppens und holte tief Luft. An den Deckenbalken hing eine grob zusammengeschusterte Schaukel – zwei Holzlatten, die mit einem orangefarbenen Nylonseil zu einem Sitz zusammengebunden waren. Dasselbe orangefarbene Seil, mit dessen Hilfe Angel nebenan am Dachbalken gehangen hatte. Fin bemerkte Gunn hinter sich. »Und«, sagte Fin, ohne sich umzudrehen, »haben wir irgendeinen Hinweis darauf, wieso ihn jemand umbringen wollte?«

»Er hatte nicht wenige Feinde, Mr Macleod. Das dürfte Ihnen nichts Neues sein. In Crobost gibt es eine ganze Generation von Männern, die irgendwann einmal unter Angel Macritchie oder seinem Bruder gelitten haben.«

»Allerdings.« Fin spuckte auf den Boden, als wäre ihm die Erinnerung mit einem bitteren Geschmack aufgestiegen. »Ich gehöre zu dieser Generation.« Er drehte sich mit einem Lächeln um. »Vielleicht sollten Sie mich fragen, wo ich Samstagabend war.«

Gunn zog eine Augenbraue hoch. »Vielleicht, Mr Macleod.«

»Was dagegen, ein Stück den Strand entlangzulaufen, George? Ist alles so lange her.«

Landeinwärts war der Strand von niedrigen, keine zehn Meter hohen, bröckelnden Klippen gesäumt, am hinteren Ende ging er in Felsnasen über, die sich bis ins Wasser vorwagten, als wollten sie fühlen, wie kalt es war. An einigen Stellen ragten Felsformationen so eben aus den Brechern. Als Junge hatte Fin Stunden hier zugebracht, hatte Strandgut gesammelt, nach der Flut in den verbliebenen Wasserlachen Krabben gefangen, die Felswände erklommen. Jetzt hinterließen er und Gunn frische Spuren im nassen Sand. »Das Problem ist nur«, sagte Fin, »vor fünfundzwanzig Jahren in der Schule angepöbelt worden zu sein reicht nicht ganz als Mordmotiv.«

»Offenbar gab es außer denen, die er angepöbelt hat, noch andere Leute, die sauer auf ihn waren.«

»Was für Leute, George?«

»Na ja, zunächst mal hatten wir in Stornoway zwei unerledigte Anzeigen gegen ihn. Eine wegen tätlichen Angriffs, eine wegen eines Sexualdelikts. In beiden Fällen laufen theoretisch noch die Ermittlungen.«

Überrascht war Fin nur über die Anzeige wegen tätlichen Angriffs. »Also, wenn sich Angel Macritchie nicht seit der Zeit, als ich ihn kannte, sehr geändert hat, dann hat er sich ständig mit irgendjemandem geprügelt. Aber so was wurde immer irgendwie geregelt, entweder auf dem Parkplatz mit den Fäusten oder mit einem Bier in der Kneipe. Es ist nie jemand zur Polizei gegangen.«

»Ach so, in dem Fall war es auch keiner von hier. Nicht mal einer von der Insel. Und es besteht kein Zweifel, dass Angel ihn verdroschen hat. Wir haben nur noch keinen Zeugen dazu gebracht, zuzugeben, dass er es gesehen hat.«

»Was ist denn passiert?«

»Ach, da war so ein verdammter Tierschützer aus Edinburgh. Der Mann heißt Chris Adams. Ist der Sprecher einer Tierschutzgruppe, die sich Allies for Animals nennt.«

Fin schnaubte amüsiert. »Was hatte der denn ausgerechnet hier verloren? Schafe vor sexueller Belästigung nach Kneipenschluss am Freitagabend zu schützen?«

Gunn lachte. »Das würde die Möglichkeiten eines Tierschützers weit übersteigen, Mr Macleod.« Sein Grinsen verflog. »Nein, er kam – er ist immer noch da –, weil er den diesjährigen Guga-Fang verhindern will.«

Fin pfiff leise durch die Zähne. »Meine Güte.« Daran hatte er seit Jahren nicht mehr gedacht. »Guga« war das gälische Wort für den Basstölpel, einen Vogel, den die Männer von Crobost jeden August bei einer Expedition zu einem Felsen achtzig Kilometer nordwestlich vom Point of Lewis erbeuteten. An Sgeir nennen sie diese Jagd, »der Fels«, ein hundert Meter steil aus dem nördlichen Ozean ragendes Felsmassiv, um diese Jahreszeit von nistenden Tölpeln und ihren Jungen kotverkrustet. Es gehörte zu den bedeutendsten Tölpelkolonien der Welt, und seit über vierhundert Jahren durchpflügten die Männer von Ness bei dieser Pilgerfahrt in offenen Booten die Wellenberge, um ihren Fang heimzubringen. Heutzutage fuhren sie mit dem Trawler raus. Zwölf Männer aus Crobost, dem einzig verbliebenen Dorf in Ness, das die Tradition lebendig erhielt. Vierzehn Tage lang führten sie auf dem Felsen ein entbehrungsreiches Leben, kletterten bei Wind und Wetter über die Klippen und riskierten Kopf und Kragen, um die Jungvögel in den Nestern zu erwischen und zu töten. Ursprünglich war es einmal darum gegangen, die Dorfbewohner daheim zu ernähren. Heute war der Guga eine auf der ganzen Insel nachgefragte Delikatesse. Der Fang wurde jedoch per Gesetz auf zweitausend pro Jahr beschränkt, eine Quote, die 1954 vom Unterhaus in London ins Vogelschutzgesetz aufgenommen wurde. Von da an kam eine Familie nur noch mit viel Glück oder guten Beziehungen in den Genuss von Guga.

Fin konnte sich so genau an den öligen Geschmack des Fleischs auf der Zunge erinnern, dass ihm das Wasser im Mund zusammenlief. In Salz gepökelt und anschließend gekocht, hatte es die Textur von Ente und den Geschmack von

Fisch. Manche fanden es gewöhnungsbedürftig, doch Fin war damit aufgewachsen. Es war ein saisonaler Leckerbissen. Genauso wie auf den intensiven Geschmack von Wildlachs in der »Wilderei-Saison« freute er sich schon Monate, bevor die Männer zum Felsen aufbrachen, auf den kulinarischen Genuss. Sein Vater ergatterte immer ein oder zwei Vögel, die sie gleich in der ersten Woche verspeisten. Manche konservierten das Fleisch in Fässern mit Salzwasser und aßen es über das Jahr verteilt, doch Fin fand, dass es dann einen zu starken Wildgeschmack annahm, und außerdem brannte ihm das Salz im Mund. Er mochte Guga frisch vom Fels, zu Kartoffeln und mit Milch heruntergespült.

»Haben Sie schon mal Guga probiert?«, fragte er Gunn.

»Ja. Meine Mutter hatte Beziehungen nach Ness, und normalerweise haben wir jedes Jahr einen Vogel abbekommen.«

»Diese Allies for Animals versuchen also, die Fahrt zu verhindern, ja?«

»Ja, allerdings.«

»Angel war auf dem Felsen regelmäßig dabei, oder?« Fin wusste noch, dass Angel, als Fin selbst das erste und einzige Mal zu den zwölf Männern von Crobost zählte, die sich zum Felsen aufmachten, bereits zum zweiten Mal dabei war. Seine Erinnerungen daran waren aber flüchtig.

»Jedes Jahr, pünktlich wie ein Uhrwerk. Er war der Koch.«

»Dann hat er sicher keinen Spaß verstanden, wenn jemand versuchte, die Sache zu sabotieren.«

»Können Sie laut sagen.« Gunn schüttelte den Kopf. »Und auch die anderen nicht. Deshalb wollte ja auch keiner was gesehen haben.«

»Hat er großen Schaden angerichtet?«

»Eine ganze Reihe Quetschungen im Gesicht und am Körper. Einige gebrochene Rippen. Nichts allzu Ernstes. Doch der Junge wird es so schnell nicht vergessen.«

»Und wieso ist er dann noch da?«

»Weil er immer noch hofft, er könnte den Trawler daran hindern, mit den Männern zum Felsen rauszufahren. Der verdammte Idiot! Morgen trifft eine Gruppe Aktivisten mit der Fähre ein.«

»Wann ist die Abfahrt zum An Sgeir geplant?« Allein das Wort auszusprechen jagte ihm einen Schauder über den Rücken.

»Irgendwann in den nächsten ein, zwei Tagen. Je nach Wetterlage.«

Sie hatten das hintere Ende des Strands erreicht, und Fin machte sich an den Aufstieg über den Fels.

»Ich hab dafür eigentlich nicht das richtige Schuhwerk an, Mr Macleod.« Gunn rutschte auf dem glatten schwarzen Gestein aus.

»Ich kenne einen Weg, der von hier aus bis zur Klippe raufführt«, sagte Fin. »Kommen Sie schon, ist ganz leicht.«

Gunn kletterte – mehr auf Händen und Füßen als aufrecht – hinter ihm her den schmalen Geröllpfad hinauf, der in einer Schlaufe wieder zurückführte, bevor er auf einer Reihe natürlicher, unregelmäßiger Stufen endlich ganz nach oben führte. Von der Anhöhe aus konnten sie über die Ebene des Machair bis zu der Senke der Klippenstraße blicken, in der sich die Häuser von Crobost um das grimmige Gotteshaus der Free Church scharten. Dort hatte er als Kind so manchen kalten und unglücklichen Sonntag zugebracht. Der Himmel dahinter verfärbte sich vom Regen schwarz, und Fin roch den bevorstehenden Guss genauso wie damals als Junge. Die Kletterpartie machte ihm Spaß, er mochte es, in der steifen Brise zu stehen, und vergaß jeden Gedanken an An Sgeir. Gunn war außer Atem und über die Abschürfungen an seinen blankpolierten schwarzen Lederschuhen bekümmert. »Das hab ich schon lange nicht mehr gemacht«, sagte Fin.

»Ich bin ein Stadtmensch, Mr Macleod.« Gunn schnappte nach Luft. »Ich hab das noch nie gemacht.«

Fin grinste. »Tut Ihnen gut, George.« Er fühlte sich so frisch wie schon eine ganze Weile nicht mehr. »Also, glauben Sie, dass Ihr Tierschützer Angel Macritchie aus Rache für die Tracht Prügel ermordet haben könnte?«

»Nein, der ist nicht der Typ. Er ist ein bisschen ...« Er suchte nach dem richtigen Wort. »Ein Weichei, Sie wissen schon, was ich meine?« Fin nickte bedächtig. »Aber ich bin lange genug dabei, Mr Macleod, um zu wissen, dass manchmal die Leute, denen man es am wenigsten zugetraut hätte, die schrecklichsten Verbrechen begehen.«

»Und er kommt aus Edinburgh.«

Fin überlegte. »Hat schon mal jemand überprüft, ob er für den Leith-Walk-Mord ein Alibi hat?«

»Nein, Sir.«

»Könnte vielleicht nicht schaden. Mit der DNA-Analyse wird sich erweisen, ob er für den Mord an Macritchie infrage kommt oder nicht, aber das dauert ein, zwei Tage. Vielleicht sollte ich mich mal mit ihm unterhalten.«

»Er wohnt im Park Guest House in der Stadt, Mr Macleod. Ich glaube nicht, dass Allies for Animals ein besonders großes Budget hat. Und DCI Smith hat ihm gesagt, er darf die Insel nicht verlassen.«

Sie liefen Richtung Straße quer durch den Machair und schlugen die Schafe in die Flucht. Fin brüllte gegen den Wind an: »Und ein Sexualdelikt, sagten Sie. Worum ging es da?«

»Ein sechzehnjähriges Mädchen hat ihn der Vergewaltigung beschuldigt.«

»Und *hat* er sie vergewaltigt?«

Gunn zuckte mit den Achseln. »Da ist es oft so schwer, für eine Anklage die nötigen Beweise zusammenzubringen.«

»Ich würde sagen, eine Sechzehnjährige ist zu dem, was der Mörder mit Macritchie gemacht hat, nicht imstande.«

»Mag schon sein, Mr Macleod. Aber ihr Vater wäre dazu umso besser imstande.«

Fin blieb abrupt stehen. »Wer ist ihr Vater?«

Gunn wies mit dem Kopf auf die Kirche in der Ferne. »Der Reverend Donald Murray.«

4

In drei Tagen war Guy-Fawkes-Nacht. Wir hatten einen Riesenhaufen alte Gummireifen gesammelt und freuten uns auf das größte Freudenfeuer in Ness. Jedes Dorf hatte eins, und jedes Dorf wollte das beste haben. Wir nahmen den Wettstreit ernst. Ich war dreizehn und im zweiten Jahr auf der Mittelschule in Crobost. Die Prüfungen, die ich am Ende des Schuljahrs zu absolvieren hatte, würden mehr oder weniger über meine ganze Zukunft entscheiden. Und die ganze Zukunft ist für einen Dreizehnjährigen lang.

Wenn ich gut abschnitt, würde ich an die Nicholson in Stornoway gehen, dort einen höheren Abschluss, vielleicht die mittlere Reife, vielleicht auch das Abitur machen. Dann könnte ich an die Universität gehen, eine Gelegenheit, von der Insel zu fliehen.

Lief es dagegen schlecht, würde ich an die Lews Castle School gehen, die zu der Zeit noch im Schloss untergebracht war. Doch dort wäre meine Ausbildung berufsbezogen. Die Schule genoss den Ruf, erstklassige Seeleute hervorzubringen. Doch ich wollte nicht zur See gehen, ich wollte auch kein Handwerk erlernen und am Ende – so wie mein Vater, als die Fischerei keinen Lebensunterhalt mehr bot – in irgendeiner Fabrik landen.

Das Problem war nur, dass ich mich in der Schule nicht besonders hervortat. Das Leben eines Dreizehnjährigen ist voller Ablenkungen. Wie zum Beispiel die Nacht des Freudenfeuers. Außerdem lebte ich schon seit fünf Jahren bei meiner Tante, und sie hatte jede Menge Arbeit auf dem Hof für mich – Torfschneiden, den Schafen Klauenbäder verpassen, das Lammen beaufsichtigen, Heu einfahren. Sie interessierte sich nicht dafür, wie gut oder schlecht ich in der Schule war, und in diesem Alter ist es nicht leicht, sich selbst zu motivieren und bis spät in die Nacht hinein über einem Geschichtsbuch oder einer mathematischen Gleichung zu brüten.

Zu dieser Zeit kam Artairs Vater das erste Mal zu meiner Tante und bot ihr an, mich zu unterrichten. Sie erklärte ihm, er sei wohl übergeschnappt. Was glaubte er wohl, wie sie sich einen Privatlehrer leisten sollte. Er sagte, das brauche sie nicht. Er gebe ja schon Artair Unterricht, und es sei keine Mühe, mich dabeizuhaben. Außerdem, sagte er ihr (und dafür kann ich mich verbürgen, da sie es mir hinterher in skeptischem Ton Wort für Wort wiedergegeben hat), dass er glaube, ich sei ein schlauer Bursche, der sich unter Wert verkauft. Wenn ich nur einen kleinen Anstoß in die rechte Richtung bekäme, sei er sicher, dass ich Ende des Jahres meine Prüfungen bestehen und es an die Nicholson schaffen würde. Wer weiß, vielleicht sogar an die Universität.

Und so kam es, dass ich an diesem Abend in dem kleinen Hinterzimmer im Bungalow von Artair saß, das sein Vater als sein Arbeitszimmer bezeichnete. Eine ganze Wand wurde von Regalen eingenommen, deren Fächer sich unter dem Gewicht der daraufgestapelten Bücher bogen. Ich weiß noch, dass ich mich fragte, wie ein Mensch in einem einzigen Leben so viele Bücher lesen konnte. In Mr Macinnes' Mahagonischreibtisch war eine Platte aus grünem Leder eingelassen, er stand an der Wand gegenüber den Bücherregalen, davor ein Captain's Chair. Außerdem gab es noch einen bequemen Sessel, in dem er las, und einen Beistelltisch mit einer Anglepoise-Lampe. Wenn er einmal aufblickte, konnte er durchs Fenster das Meer sehen. Artair und ich wurden an einem Klappkartentisch unterrichtet, den Mr Macinnes mitten ins Zimmer stellte. Wir saßen auf harten Stühlen mit dem Rücken zum Fenster, damit wir uns nicht von der Welt dort draußen ablenken ließen. Manchmal, zum Beispiel in Mathe, unterrichtete er uns zusammen, meistens jedoch getrennt, denn Jungen neigen dazu, sich beim Lernen gegenseitig zu stören.

Ich habe an diese langen Nachhilfestunden an dunklen Winterabenden und im Dämmerlicht im Frühling nicht mehr viele Erinnerungen. Ich weiß nur noch, dass sie mir keinen Spaß machten. Dabei sind mir seltsame Einzelheiten haften geblieben. Zum Beispiel das Schokobraun des filzbespannten Kartentischs und der blasse, scharf umrandete Kaffeefleck, der ihn verunstaltete und der einer Karte von Zypern glich. Ich sehe noch einen alten Wasserfleck in einer Ecke der Zimmerdecke vor mir, der mich an einen fliegenden Tölpel erinnerte, und an den Riss im Putz, der mitten hindurchging, sich dann schräg im Kranzgesims fortsetzte und schließlich hinter der cremefarbenen Prägetapete verschwand. Auch einen Sprung in einer Fensterscheibe sehe ich noch vor mir, wohl weil ich manchmal einen verstohlenen Blick auf die verbotene Welt dahinter warf, und ich rieche noch den abgestandenen Pfeifenrauch, den Artairs Dad immer an sich hatte. Obwohl ich ihn, soweit ich weiß, nie rauchen sah.

Mr Macinnes war ein großer, dünner Mann, gut zehn Jahre älter als mein Vater. Vermutlich hatte er sich irgendwann in den Siebzigern eingestehen müssen, dass er kein junger Mann mehr war, dennoch blieb er bis in die achtziger Jahre hinein bei einer Frisur, die längst nicht mehr Mode war. Es ist schon seltsam, wie Menschen zuweilen in einer Zeitschleife hängen bleiben. Es gibt einen Abschnitt in ihrem Leben, der sie definiert, und dann halten sie über Jahrzehnte daran fest; dasselbe Haar, dieselbe Kleidermode, dieselbe Musik, selbst wenn sich die Welt ringsum von Grund auf verändert hat. Meine Tante war in den sechziger Jahren hängen geblieben. Teakmöbel, violette Teppiche, orangefarbene Wände, The Beatles. Mr Macinnes hörte The Eagles. Ich erinnere mich an »Tequila Sunrise« und »New Kids in Town« und »Life in the Fast Lane«.

Dabei war er nicht der Typ des verweichlichten Akademikers. Mr Macinnes war ein durchtrainierter Mann. Er segelte gerne, und bei der alljährlichen Ausfahrt der Guga-Jäger zum An Sgeir war er regelmäßig dabei. An diesem Abend ärgerte er sich über mich, weil ich nicht bei der Sache war. Als ich ankam, hatte Artair mir unbedingt etwas erzählen wollen, doch sein Vater hatte mich ins Hinterzimmer gerufen und Artair befohlen, Ruhe zu geben. Was er mir zu erzählen habe, könne warten. Doch ich konnte Artairs Ungeduld förmlich durch die Tür spüren, und irgendwann dämmerte es Mr Macinnes, dass er gegen Windmühlen kämpfte, und er entließ mich.

Artair zog mich augenblicklich aus dem Haus, und wir liefen im Dunkeln den Eingangsweg entlang zum Tor. Es war eine klirrend kalte, pechschwarze Nacht, die Sterne prangten wie Juwelen am Himmel. Kein Wind wehte, eine Frostschicht legte sich wie feiner Staub übers Moor und glitzerte, sobald der Mond zu seiner herbstlichen Höhe gewandert war und sein Licht über eine ausnahmsweise ruhige See warf. Es hieß, das Hochdruckgebiet, das genau über den Hebriden lag, werde sich ein paar Tage halten. Das ideale Wetter für die Freudenfeuer-Nacht. Ich hörte Artair an seinem rasselnden Atem an, wie aufgeregt er war. Er war zu einem großen, kräftigen Jungen herangewachsen, größer als ich, litt jedoch immer noch unter dem Asthma, das ab und zu drohte, seine Atemwege zu blockieren. Er nahm einen langen Zug aus seinem Schnaufer. »Die Jungs aus Swainbost haben einen alten Traktorreifen an Land gezogen. Der hat fast zwei Meter Durchmesser!«

»Mist!«, sagte ich. Ein derart großer Reifen würde besser brennen als alles, was wir zu bieten hatten. Wir hatten über ein Dutzend Autoreifen gehortet, dazu Fahrradreifen und Schläuche. Zweifellos hatten die Jungen aus Swainbost längst etwas Vergleichbares bereit. »Wo haben sie den denn her?«

»Was spielt das für eine Rolle? Tatsache ist, dass sie ihn haben und dass ihr Feuer zehnmal besser brennen wird als unseres.« Er schwieg und wartete auf meine enttäuschte Reaktion, bevor er auf einmal grinste. »Vielleicht.«

Ich sah ihn stirnrunzelnd an. »Wie meinst du das, *vielleicht*?«

Artair wechselte in einen verschwörerischen Ton. »Sie wissen nicht, dass wir wissen, dass sie ihn haben. Sie haben ihn irgendwo versteckt und werden ihn erst in der Freudenfeuer-Nacht rausrollen.«

Vielleicht lag es daran, dass ich eine Stunde lang in Mr Macinnes' Arbeitszimmer eingepfercht gewesen war, jedenfalls stand ich irgendwie auf der Leitung. »Und?«

»Die glauben, wenn wir davon wüssten, wären wir eifersüchtig und würden versuchen, sie zu sabotieren.«

Es wurde allmählich kalt. »Na ja, wir wissen aber nun mal davon, allerdings verstehe ich ehrlich gesagt nicht, wie wir ihren Traktorreifen sabotieren sollen.«

»Das ist es ja gerade. Wir werden ihn nicht sabotieren.« Artairs Augen blitzten vor Aufregung. »Wir werden ihn stehlen.«

Ich war vollkommen verblüfft. »Wer sagt das?«

»Donald Murray«, antwortete Artair. »Er hat einen Plan.«

Am nächsten Morgen war der Frost noch nicht getaut. In der großen Pause waren alle draußen auf dem Schulhof und amüsierten sich, indem sie auf dem Hosenboden den kleinen Abhang zum Abwassergraben hinunterrutschten. Die Rutsche war gut vier, fünf Meter lang. Ein kurzer Anlauf, den Rest besorgte die Schwerkraft. Allerdings musste man am Ende schnell abspringen, sonst landete man im Graben.

Ich wollte auch mitmachen, doch Donald Murray hatte ein Treffen der Jungen von Crobost einberufen, und so standen wir an einem Nebengebäude in einer Traube zusammen, und ich konnte den anderen, die rutschten, nur mit Neid von ferne zusehen.

Donald war ein hochgeschossener, gut aussehender Junge, dessen schönes hellbraunes Haar ihm in einer Tolle über die Stirn fiel. Sämtliche Mädchen hatten eine Schwäche für ihn, doch er nahm's gelassen. Er war ein richtiger Junge, ein Anführer von Männern, und wenn man zu Donald gehörte, fühlte man sich vor den Macritchie-Brüdern sicher. Angel hatte die Schule von Crobost inzwischen schon verlassen und ging zur Berufsausbildung aufs Lews Castle. Dafür blieb Murdo Ruadh eine allgegenwärtige Bedrohung.

Ursprünglich verdankte Donald seine Macht der Tatsache, dass alle seinen Vater fürchteten. Das heißt alle außer Donald selbst. Damals war der Pfarrer in der Gemeinde immer noch eine furchteinflößende Persönlichkeit. Coinneach ist die gälische Entsprechung von Kenneth, und obwohl auf dem Anschlagbrett außen an der Kirche Kenneth Murray stand, kannte ihn jeder als Coinneach. Wenn ihm das auch niemand ins Gesicht zu sagen wagte. Man redete ihn grundsätzlich nur entweder mit Mister oder mit Reverend Murray an. Wir stellten uns immer vor, dass auch seine Frau Reverend zu ihm sagte, selbst im Bett.

Donald sprach von seinem Vater immer nur als »mein Alter«. Er widersetzte sich ihm bei jeder Gelegenheit, weigerte sich, am Sonntag in die Kirche zu gehen, und bekam dafür jeden Sabbat Arrest im Pfarrhaus.

Einmal gab es bei einem der Jungen eine Party. Seine Eltern waren auf einer Hochzeit in Stornoway und hatten beschlossen, über Nacht zu bleiben, um auf dem Fest etwas trinken zu können. Es war nicht besonders spät, vielleicht halb elf, als die Tür aufflog und Coinneach Murray wie ein Racheengel des Herrn dastand, um uns für unsere Sünden zu strafen. Natürlich rauchten und tranken die Jungs. Coinneach bekundete uns donnernd sein Missfallen und erklärte, wir könnten uns drauf verlassen, dass er mit unseren Eltern reden würde. Ob wir nicht wüssten, dass es der Vorabend des Tages des Herrn sei und dass Kinder in unserem Alter um diese Zeit ins Bett gehörten? Wir waren alle wie vom Donner gerührt. Außer Donald. Er hatte sich, eine Dose Bier in der Hand, aufs Sofa gefläzt und rührte sich nicht vom Fleck. Dabei war Coinneach natürlich in Wirklichkeit wegen Donald gekommen. Er streckte seinem Sohn einen zitternden, vorwurfsvollen Finger entgegen und befahl ihm zu verschwinden. Doch Donald blieb mit finsterer, trotziger Miene sitzen und sagte zu unser aller Entsetzen zu seinem Vater, er solle sich verpissen. In ganz Stornoway hätte man die berühmte Stecknadel fallen gehört.

Mit zornesrotem Gesicht schritt Coinneach Murray durch den Raum und schlug Donald die Dose aus der Hand, sodass das Bier in alle Richtungen spritzte. Doch niemand rührte sich. Und niemand sagte ein einziges Wort. Nicht einmal Coinneach. Er besaß selbst ohne den Kragen des Geistlichen eine ehrfurchtgebietende Präsenz. Er war einfach ein großer, starker Mann. Donald packte er am Schlafittchen, zog ihn vom Sofa hoch und führte ihn vor sich hinaus. Eine beeindruckende Machtdemonstration gegenüber der offenen Rebellion, und nicht einer von uns hätte in diesem Moment in Donalds Haut stecken mögen.

Außerdem machte der Pfarrer Coinneach Murray seine Drohung wahr. Er suchte die Eltern sämtlicher Jungen und Mädchen auf, die an diesem Abend in dem Haus gewesen waren, und las ihnen die Leviten. Zu uns kam er nicht. Meine Tante war eine Exzentrikerin, wie sie im Buche steht, und in einer so gottesfürchtigen Gemeinde war es irgendwie nur natürlich, dass sie mit ganzem Herzen Atheistin war. Sie sagte dem Geistlichen mit ziemlich eindeutigen, wenn auch nicht so anschaulichen Worten, wo er sich seine selbstgefällige Empörung hinstecken könne. Im Gegenzug prophezeite er ihr, dass sie mit Sicherheit in die Hölle komme, woraufhin sie, bevor sie die Tür hinter ihm zuknallte, klarstellte: »Dann auf ein Wiedersehen.« Vermutlich habe ich meine Verachtung für die Kirche von meiner Tante.

Donald hatte sich also längst seinen legendären Status selbst verdient – nicht durch seinen Vater, sondern weil er, wo immer er konnte, gegen ihn und alles, wofür er stand, aufbegehrte. Donald war der Erste in unserem Jahrgang, der rauchte. Der trank. Den ich je betrunken sah. Dabei hatte er auch eine positive Seite. Er war gut im Sport. Er war der Zweitbeste in unserer Klasse, und obwohl er Murdo Ruadh physisch nicht das Wasser reichen konnte, war er ihm intellektuell haushoch überlegen. Und Murdo war sich dessen bewusst. Folglich machte er im Allgemeinen einen großen Bogen um ihn.

An diesem Tag waren sechs von uns in der Schulhofecke versammelt: Donald, ich, Artair und ein paar Jungs vom unteren Ende des Dorfs, Iain, Seonaidh und Calum Macdonald. Calum tat mir immer leid. Er war kleiner als die Übrigen und hatte etwas Verweichlichtes an sich. Er war gut in Kunst, mochte keltische Musik und spielte im Schulorchester clàrsac, eine kleine keltische Harfe. Außerdem wurde er gnadenlos von Murdo Ruadh und seiner Gang schikaniert. Er redete nie darüber und beklagte sich nicht, doch ich stellte mir immer vor, wie er sich abends in den Schlaf heulte. Ich riss mich von der Rutschbahn am anderen Schulhofende los, um mich darauf zu konzentrieren, wie der Plan für den abendlichen Überfall auf Swainbost lautete.

»Also«, sagte Donald, »wir treffen uns heute Nacht um ein Uhr am Ende der Friedhofstraße in Swainbost.«

»Wie sollen wir aus dem Haus kommen, ohne uns erwischen zu lassen?«, fragte Calum mit großen, bangen Augen.

»Das ist dein Problem.« Donald zeigte kein Erbarmen. »Wenn jemand nicht mitkommen will, muss er ja nicht.« Er legte eine Pause ein, um jedem die Chance zu geben, an diesem Punkt auszusteigen. Doch alle blieben stehen. »Also gut, ungefähr hundert Meter die Friedhofstraße runter ist die Ruine von einem alten Blackhouse mit einem Blechdach. Es dient in erster Linie zum Lagern von landwirtschaftlichem Gerät und hat ein Riegelschloss an der Tür. Da haben sie den Reifen versteckt.«

»Woher weißt du das alles?«, fragte Seonaidh.

Donald grinste. »Ich kenne in Swainbost ein Mädchen. Sie versteht sich nicht mit ihrem Bruder.« Wir alle nickten und wunderten uns kein bisschen darüber, dass Donald in Swainbost ein Mädchen kannte, sondern hielten es für durchaus möglich, dass er sie auch im biblischen Sinne »erkannt« hatte.

»Was zum Teufel geht hier vor?« Murdo Ruadh drängte sich, flankiert von denselben beiden Jungen, die ihn seit dem ersten Schultag begleiteten, in unsere Gruppe. Einer der beiden Vasallen hatte eine schwere Akne entwickelt, sodass man sich immer dabei ertappte, auf die Ansammlung eiternder gelber Pickel rund um seine Nase und seinen Mund zu starren. »Geht dich nichts an«, sagte Donald.

»Und ob.« Murdo wirkte in Donalds Gegenwart ungewohnt sicher. »Ihr wollt den Reifen klauen, den die Jungs aus Swainbost da oben versteckt haben.«

Wir waren alle schockiert, dass er davon wusste. Und mit dem Schock kam die Erkenntnis, dass es ihm einer von uns verraten haben musste. Aller Augen richteten sich auf Calum. Er wand sich unbehaglich.

»Ich hab's nicht verraten, ehrlich.«

»Ist doch egal, woher ich es weiß«, brummte Murdo Ruadh. »Ich weiß es eben, klar? Und wir wollen mitmachen. Ich und Angel und die Jungs. Schließlich sind wir alle aus Crobost oder etwa nicht?«

»Nein.« Donald wehrte sich. »Wir sind schon genug.«

Doch Murdo beharrte. »Der Reifen ist ziemlich groß, der wird 'ne Tonne wiegen. Wird nicht leicht, den zu tragen.«

»Wir haben auch nicht vor, ihn zu tragen«, erwiderte Donald.

Murdo war für einen Moment aus dem Konzept gebracht. »Und wie wollt ihr ihn dann nach Crobost kriegen?«

»Wir rollen ihn, du Idiot.«

»Ach so.« Daran hatte Murdo Ruadh offensichtlich nicht gedacht. »Und wennschon, ihr könnt in jedem Fall viele Hände brauchen.«

»Ich sag doch«, Donald gab nicht nach. »Wir brauchen euch nicht.«

»Hör zu!« Murdo rammte ihm den spitzen Finger in die Brust. »Ist mir scheißegal, was du mir sagst. Entweder wir sind dabei, oder wir verpfeifen euch.« Er hatte seine Trumpfkarte ausgespielt. »Ist eure Entscheidung.«

Ich sah Donalds hängenden Schultern an, dass er ausnahmsweise einmal geschlagen war. Keiner von uns wollte die Macritchie-Brüder und ihre Kumpel dabeihaben. Andererseits wollten wir auch nicht, dass die Jungs aus Swainbost in der Guy-Fawkes-Nacht das größte Feuer hätten. »Meinetwegen«, seufzte Donald. Und Murdo Ruadh strahlte vor Genugtuung.

Ich hätte in dieser Nacht nicht schlafen können, selbst wenn ich es gewollt hätte. Ich blieb lange auf und erledigte die ganzen Hausaufgaben, die mir Mr Macinnes für die nächste Woche aufgegeben hatte. Ich hatte einen kleinen Elektroheizstrahler in meinem Zimmer, doch wenn man nicht gerade auf zehn, zwanzig Zentimeter heranging und sich daran verbrannte, spendete er keine Wärme. Ich hatte zwei Paar Socken und darüber meine klobigen Lederstiefel an. Ich trug Jeans, ein T-Shirt, ein Hemd, einen schweren Wollpullover und eine Donkey-Jacke. Und trotzdem fror ich. Es war ein großes trostloses Haus, das aus den zwanziger Jahren stammte. Wenn der Wind von der See herüberblies, klapperten Fenster und Türen und ließen die Böen nach Belieben herein. Heute Abend herrschte kein Wind, doch die Temperatur war unter fünf Grad minus gefallen, und das Torffeuer im Wohnzimmer schien in weiter Ferne. Zumindest hatte ich eine gute Entschuldigung, warum ich all die Klamotten trug, falls meine Tante vor dem Schlafengehen noch mal bei mir hereinsah. Aber ich wusste natürlich, dass sie es nicht tun würde. Tat sie nie.

Etwa um halb elf hörte ich sie die Treppe hochkommen. Gewöhnlich ging sie spät ins Bett, doch heute Abend war es selbst ihr zu kalt, und sich mit Wärmflasche ins Bett zu legen war die einzige Möglichkeit, nicht zu frieren. Ich arbeitete beim Licht meiner Nachttischlampe noch anderthalb Stunden weiter, bevor ich endlich meine Bücher zuklappte und an der Tür auf ein Lebenszeichen horchte. Ich hörte nichts, also schlich ich mich in die Dunkelheit des Flurs. Zu meinem Schrecken sah ich unter der Schlafzimmertür meiner Tante einen Streifen Licht. Sie las vermutlich noch. Ich schlüpfte eilig wieder in mein Zimmer. Die alte Holztreppe knarrte, und ich wusste, dass ich mich auf diesem Weg bemerkbar machen würde. Die einzige Alternative war das Fenster in meinem Zimmer – von dort aufs Dach und die Regenrinne hinunter. Das hatte ich schon einmal gemacht, doch mit dieser dicken Frostschicht wäre es ein ziemlich gewagtes Unterfangen.

Ich stemmte den verrosteten Metallrahmen des Fensters aus der Verriegelung und warf es auf. Das Scharnier quietschte furchtbar, und starr vor Schreck erwartete ich jeden Moment, dass meine Tante nach mir rief. Doch das Einzige, was ich hörte, war der unablässige Rhythmus des Meers, das fünfzehn Meter unter mir an den Kies schlug. Die kalte Luft brannte mir im Gesicht und drang mir in die Finger, als ich mich am Fensterrahmen festhielt, um mich aufs Dach hinunterzuhieven. Die Pfannen fielen zwischen der Gaube und der Dachrinne steil ab. Ich erreichte sie mit den Füßen und balancierte Schritt für Schritt weiter Richtung Giebelende, wo ich an der Mauerkrone Halt fand. Unendlich erleichtert rutschte ich schließlich das kalte Metall des Fallrohrs hinab auf den Boden. Ich war draußen.

Es roch nach Winterfrost und Torfrauch. Der alte Wagen meiner Tante stand auf dem geteerten Platz vor dem Haus. Hinter dem Schatten, den die Ruinen eines älteren Hauses warfen, erleuchtete der Mond den Kiesstrand taghell. Ich blickte hoch und sah im Fenster meiner Tante immer noch Licht. Hastig rannte ich zu dem Betonschuppen, der an den Ostgiebel des Hauses grenzte. Ich holte mein Fahrrad heraus und trat nach einem Blick auf die Uhr fest in die Pedale. Auf der schmalen Straße nach Crobost lag links von mir das schwarz funkelnde Moor, zu meiner Rechten schimmerte der Ozean. Es war genau halb eins.

Das Haus meiner Tante lag etwa eine Meile südlich vom Dorf, wo es in der Nähe des winzigen Hafens von Crobost, der eine tiefe Felsspalte einnahm, allein auf der Klippe stand. Ich legte die Strecke zum Dorf in wenigen Minuten zurück. Er führte an meinem alten Zuhause vorbei, das jetzt leer und dunkel war und unaufhaltsam verfiel. Ich versuchte jedes Mal, nicht hinzusehen, da es mich immer daran erinnerte, wie mein Leben einmal gewesen war und noch immer hätte sein können.

Artairs Bungalow stand unterhalb der Straße. Die dunkle Wölbung des Torfstapels hob sich vom silbrigen Meer ab, und im Mondlicht war das regelmäßige Muster des Stapels zu erkennen, zu dem die Torfsoden aufgeschichtet waren. Ich fuhr ans Tor heran und spähte ins Dunkel. Artair hatte wegen seiner Kurzatmigkeit schon früh den Spitznamen Wheezy abbekommen, doch ich brachte es nie über mich, ihn so zu nennen. »Artair!« Obwohl ich flüsterte, erschien mir meine Stimme schrecklich laut. Doch von Artair war weit und breit nichts zu sehen. Ich wartete über fünf Minuten, wurde immer ungeduldiger und sah ständig auf die Uhr, als könnte ich damit erreichen, dass die Zeit langsamer verging. Wir würden uns verspäten. Ich wollte gerade aufgeben, als ich an der Hausseite neben dem Torfstapel lautes Klappern hörte. Artair kam keuchend aus dem Dunkel, während er einen Plastikeimer abschüttelte, dessen Griff sich an seinem Handgelenk verfangen hatte. Er kam übers Gras gerannt und machte wegen des obersten Drahts, den er offenbar übersehen hatte, fast einen Purzelbaum über den Zaun. Er landete zu meinen Füßen auf dem Rücken und grinste mir im Mondlicht entgegen.

»Sehr elegant«, sagte ich. »Wieso hast du so lange gebraucht?«

»Mein alter Herr ist erst vor einer halben Stunde ins Bett gegangen. Er hat Ohren wie ein verdammter Luchs. Ich musste warten, bis ich ihn schnarchen hörte, um sicher zu sein, dass er schläft.« Er rappelte sich hoch und fluchte. »Du liebe Zeit! Ich bin von oben bis unten voller Schafscheiße.«

Das hatte noch gefehlt. Ich nahm ihn auf dem Gepäckträger mit, und er würde das Zeug an meinem Rad und an mir abschmieren, wenn er sich an mir festhielt. »Fahr schon!« Er schwang sich auf den Gepäckträger, während er immer noch idiotisch grinste. Ich konnte die Schafscheiße riechen. »Und pass bloß auf, dass ich davon nichts abkriege!«

»Geteiltes Leid ist halbes Leid.« Artair umschlang meine Donkey-Jacke. Ich biss die Zähne zusammen und fuhr auf der schmalen Straße Richtung Hauptstraße, während Artair uns mit ausgestreckten Beinen balancierte.

Wir versteckten das Fahrrad in einem Graben ein paar hundert Meter von der Friedhofstraße in Swainbost entfernt und liefen zu Fuß weiter. Die anderen warteten ungeduldig am Ende der Straße, wo sie sich in den Schatten des alten Coop-Gebäudes duckten, das von Ness Builders übernommen worden war. »Wo zum Teufel habt ihr nur so lange gesteckt?«, flüsterte Donald.

Angel Macritchie schoss aus der Dunkelheit und drückte mich gegen eine Wand. »Du dämlicher kleiner Mistkerl! Je länger wir hier rumhängen, um auf dich zu warten, desto größer die Gefahr, dass sie uns erwischen.«

»He!«, zischte Murdo Ruadh irgendwo im Schatten. »Warum riecht ihr nach Schafscheiße?«

Ich warf Artair einen finsteren Blick zu, und Donald sagte: »Macht schon, bringen wir's hinter uns.«

Angels große Hand ließ mich los, und ich folgte den anderen aus dem schützenden Schatten des Ness-Builders-Gebäudes auf die hell erleuchtete Straße. Hier draußen schien alles weithin sichtbar. Die krummen und schiefen Zaunpfosten markierten die Straße bis zum Friedhof auf der fernen Landzunge. Unsere Schritte knirschten auf dem gefrorenen Boden. Der Atem bildete Kondenswolken um unsere Köpfe. Donald blieb vor einem alten Blackhouse mit Wellblechdach stehen. Es hatte eine massive zweiflügelige Holztür mit einem großen Vorhängeschloss an einer kräftigen Eisenöse. Über der Tür befand sich das Dreieck eines Vordachs, das hoch genug angesetzt war, um auch größeres landwirtschaftliches Gerät hinein- und hinauszulassen. »Da wären wir.«

Murdo Ruadh trat vor und zog einen schweren Bolzenschneider unter der Jacke hervor.

»Was zum Teufel willst du denn damit?«, flüsterte Donald.

»Du hast doch gesagt, dass ein Vorhängeschloss dran ist.«

»Wir sind hier, um einen Reifen zu stehlen, Murdo, und nicht, um das Eigentum anderer Leute zu beschädigen.«

»Und wie kriegen wir das Schloss dann auf?«

»Na ja, normalerweise macht man das mit einem Schlüssel.« Donald hielt einen großen Schlüssel an einer Lederschlaufe hoch.

»Wo hat er bloß das Scheißding her?« Das kam vom Pickelgesicht, dessen Pusteln im Mondlicht glänzten.

»Er kennt ein Mädchen«, sagte Calum, als erklärte das alles.

Donald schloss auf und öffnete einen Flügel der Tür. Dann zog er eine Taschenlampe heraus, und wir drängten uns alle hinter ihn, während er den Strahl im Innern des Gebäudes auf eine bemerkenswerte Ansammlung von Gerümpel hielt, darunter das Skelett eines alten Traktors, einen uralten Pflug, ein kaputtes Ölfass, Kellen, Hacken, Mistgabeln, Spaten, Stricke und Fischernetze, die an den Dachbalken hingen, orangefarbene und gelbe Plastikbojen, die dicht über unseren Köpfen baumelten, die Rückbank eines alten Autos. An der Rückwand schließlich lehnte ein riesiger alter Traktorreifen, größer als wir alle und mit einem Profil, dass man die Faust in die Rillen stecken konnte. An der uns zugewandten Seite hatte er einen fünfundzwanzig Zentimeter langen Schlitz, den er einem rücksichtslosen Fahrer verdankte. Vielleicht war die Versicherung für den Ersatz aufgekommen, der Reifen jedenfalls war hinüber. Allerdings idealer Brennstoff für ein Freudenfeuer. Wir starrten ihn stumm und ehrfürchtig an.

»Was für eine Schönheit«, wisperte Artair.

»Das Scheißteil brennt tagelang«, sagte Angel.

»Holen wir das Teil hier raus.« Donalds Stimme klang triumphierend.

Er wog eine Tonne, dieser Reifen, genau wie Murdo Ruadh gesagt hatte. Nur mit vereinten Kräften konnten wir, als wir ihn aus der Tür und auf die Straße rollten, verhindern, dass er umfiel. Donald schloss die Tür und befestigte das Vorhängeschloss wieder daran. Als er zurückkehrte, grinste er erwartungsvoll. »Die werden nicht den blassesten Schimmer haben, was passiert ist. Sie werden denken, er hat sich in Luft aufgelöst.«

»Allerdings, bis er bei unserem Feuer in Rauch aufgeht«, fügte Murdo schadenfroh hinzu.

Es war Knochenarbeit, diesen Reifen bergauf zur Hauptstraße zu rollen. Dabei gab es hier kaum Steigung. Wir bekamen eine Ahnung davon, wie es wäre, ihn den Hang hinauf nach Crobost zu bekommen. Vor uns lag eine lange Nacht.

Als wir ans Straßenende kamen, lehnten wir unsere Beute an die Giebelwand des alten Coop-Gebäudes und legten schnaufend und schwitzend eine Pause ein. Mittlerweile war uns warm vor Anstrengung. Es wurden Zigaretten herumgereicht, und im Hochgefühl unseres Triumphs pafften wir drauflos. Wir waren mächtig stolz auf uns.

»Ab hier wird es ziemlich schwierig werden«, sagte Donald und legte die hohle Hand um die Glut seiner Zigarettenspitze.

»Wie meinst du das?« Murdo sah ihn misstrauisch an. »Von hier bis zur Abzweigung nach Crobost geht's bergab.«

»Eben. Die Schwerkraft erhöht das Gewicht von dem Ding, und wir werden uns mächtig ins Zeug legen müssen, damit es uns nicht wegrollt. Wir brauchen die größten und kräftigsten Jungs vorne, um ihn zu halten.«

Folglich wurden die Macritchie-Jungs, Pickelgesicht und sein Kumpel dazu abgestellt, bergab rückwärts vor dem Reifen herzulaufen. Ich und Artair gingen auf einer Seite, Iain und Seonaidh auf der anderen. Donald und Calum gingen hinter dem Reifen.

Wir hatten unsere Trophäe gerade auf die Hauptstraße bugsiert, als auf der Bergkuppe, oberhalb einer nicht einsehbaren Kurve, plötzlich Autoscheinwerfer erschienen. Keiner von uns hatte das Auto kommen gehört. Es brach Panik aus. Uns blieb keine Zeit, den Reifen wieder in den Schatten des Gebäudes zurückzurollen, und so drückte Donald die Schulter gegen das Ding und kippte es seitlich in den Graben. Murdo Ruadh kippte mit hinein. Zuerst hörten wir knackendes, knirschendes Eis und, als wir uns wegduckten, den leisen Fluch des jüngeren Macritchie: »Du verdammter Scheißkerl!«

Der Wagen flog vorbei, und die Rücklichter entfernten sich in Richtung der Abzweigung nach Fivepenny und dem Butt of Lewis. Ein triefnasser, mit Lehm und wer weiß was sonst noch verschmierter Murdo Ruadh kletterte in der eisigen Kälte hustend, spuckend und immer noch fluchend aus dem Graben. Natürlich konnten wir Übrigen uns vor Lachen nicht halten, bis Murdo wütend über die Schotterstraße gerannt kam und mir eine schallende Ohrfeige verpasste. Er hatte mich noch nie besonders leiden können, Murdo Ruadh. »Sehr witzig, was, du kleiner Hosenscheißer?« Er blickte wütend in die Runde. Alle versuchten verzweifelt, ernst zu bleiben. »Noch jemand, der das witzig findet?« Niemand antwortete.

»Machen wir weiter«, sagte Donald Murray schließlich.

Wir brauchten fünf Minuten, um den Reifen aus dem Graben zu wuchten und wieder aufzurichten, dabei brannte mir die ganze Zeit die Wange. Ich wusste, dass ich morgen einen großen blauen Fleck haben würde. Wir machten uns daran, den Reifen langsam, aber sicher Richtung Crobost die Straße hinunterzurollen. Zuerst schien es leichter zu sein als bergauf. Doch als die Straße allmählich abschüssiger wurde, fiel es uns immer schwerer, den Reifen zu halten.

»Um Himmels willen«, zischte Donald, »bremst ihn ab!«

»Was glaubst du wohl, was wir verdammt noch mal versuchen?« In Angels Stimme schwang Panik mit.

Der Reifen wurde immer schwerer und schneller, uns brannten die Hände am Gummi, und wir mussten schließlich rennen, um mitzuhalten. Die Macritchie-Bande konnte ihn nicht mehr bremsen. Pickelgesicht fiel hin, und der Reifen holperte ihm übers Bein. Calum stürzte über Pickelgesicht und legte sich der Länge nach auf die Straße.

»Wir können ihn nicht mehr halten, wir können ihn nicht mehr halten!«, schrie Murdo Ruadh viel zu laut. »Leise, Mann!«, zischte Donald. Zu beiden Seiten der Straße standen Häuser, doch in Wahrheit waren die Anwohner unser geringstes Problem. Der Reifen war uns bereits außer Kontrolle geraten. Angel und Murdo sprangen aus dem Weg, und auch Donald konnte nichts mehr tun.

Der Reifen rollte davon. Stolpernd rannten wir alle auf der abschüssigen Straße hinterher. Doch er wurde nur immer noch schneller und rollte noch weiter fort. »Mein Gott …«, hörte ich Donald stöhnen, bevor ich seinem Gedanken folgen konnte. Der Reifen steuerte zielstrebig auf die Crobost Stores zu, denn der Laden stand an der Kurve der Hauptstraße am Fuß des Hügels. Bei diesem Gewicht und Tempo würde er beträchtlichen Schaden anrichten. Und es gab nichts, was wir dagegen machen konnten.

Das Klirren der berstenden Scheiben drang wie Schockwellen durch die Nacht. Der Reifen war links von der Tür ins Schaufenster eingeschlagen. Ich schwöre, dass das ganze Haus erzitterte. Und dann nichts. Das verflixte Ding blieb wie eine bizarre moderne Skulptur aufrecht im zertrümmerten Fenster stecken. Als wir ankamen, schnappten wir nach Luft und brachten vor Entsetzen kein einziges Wort heraus, sondern standen nur hilflos und beschämt davor. In den nächstgelegenen Häusern etwa hundertfünfzig Meter entfernt gingen die Lichter an.

Donald schüttelte ungläubig den Kopf. »Ich fass es nicht«, sagte er immer wieder. »Ich fass es nicht.«

»Bloß weg hier, verdammt«, keuchte Murdo Ruadh.

»Nein.« Angel legte seinem Bruder die Hand auf die Brust, um ihn daran zu hindern, irgendwohin zu gehen. »Wenn wir einfach so verschwinden, geben die keine Ruhe, bis sie wissen, wer das war.«

»Was redest du da?« Murdo sah seinen großen Bruder an, als hätte er den Verstand verloren.

»Ich rede von einem Sündenbock. Jemand, der die Schuld auf sich nimmt und uns Übrige nicht verpfeift. Wenn sie jemandem die Schuld dafür geben können, werden sie nicht weiter nachbohren.«

Donald schüttelte den Kopf. »Das ist idiotisch. Hauen wir ab.« Jetzt hörten wir Stimmen in der Ferne. Doch Angel blieb standhaft. »Ich hab recht, glaubt mir. Wir brauchen einen Freiwilligen.« Sein Blick wanderte von einem zum anderen. Und ruhte zuletzt auf mir. »Du, Waisenknabe. Du hast am wenigsten zu verlieren.« Mir blieb nicht mal Zeit zu widersprechen, bevor mich eine große Faust im Gesicht traf und meine Beine unter mir nachgaben. Ich ging so schwer zu Boden, dass mir die Luft wegblieb. Als dann sein Stiefel meinen Magen traf, krümmte ich mich hilflos wie ein Embryo, und ich erbrach mich auf den Schotter.

Ich hörte, wie Donald rief: »Hör auf! Hör verdammt noch mal auf!«

Und dann Angels tiefe, drohende Stimme: »Kannst du haben, Pfaffenknabe. Zwei sind besser als einer. Brauchst es nur zu sagen.«

Einen Moment herrschte Schweigen, dann jammerte Calum: »Wir müssen weg hier!«

Ich hörte Schritte, die sich entfernten, dann legte sich zusammen mit dem Frost ein seltsamer Friede über die Nacht. Ich konnte mich nicht bewegen, hatte nicht einmal die Kraft, mich umzudrehen. Ich nahm gerade noch wahr, dass noch mehr Lichter angingen. Jemand rief: »Der Laden! Jemand ist in den Laden eingebrochen!« Die Lichtkegel der Taschenlampen bohrten sich in die nächtliche Luft. Dann merkte ich, wie ich unsanft hochgezogen wurde. Ich konnte kaum stehen. Plötzlich hatte ich unter jeder Achselhöhle eine Schulter, und ich hörte, wie Donald sagte: »Hast du ihn, Artair?«

Dann Artairs vertrautes Keuchen. »Ja.«

Sie schleppten mich im Laufschritt über die Straße und in den Graben.

Ich weiß nicht, wie lange wir dort, hinter den Gräsern versteckt, im Eis und im Dreck lagen, doch mir kam es wie eine Ewigkeit vor. Wir sahen, wie die Anwohner in Morgenmantel und Gummistiefeln kamen und die Straße wie auch die Ladenfront ausleuchteten. Und wir hörten, dass sie nicht glauben konnten, was sie sahen. Einen ein Meter achtzig großen Traktorreifen, der tief im Schaufenster steckte, und weit und breit keine Menschenseele! Sie kamen zu dem Schluss, dass niemand so richtig in den Laden eingebrochen war, dass aber trotzdem die Polizei kommen musste. Als sie zu ihren Häusern zurückliefen, richteten Donald und Artair mich auf, und wir taumelten über das gefrorene Torfmoor von dannen. An einem Tor im Schatten des Hügels wartete Donald bei mir, bis Artair mit meinem Fahrrad kam. Ich fühlte mich schrecklich und schlimmer. Doch ich wusste, dass Donald und Artair riskiert hatten, geschnappt zu werden, indem sie zurückgekommen waren, um mich zu holen.

»Wieso seid ihr zurückgekommen?«

»Ach, war meine blöde Idee«, seufzte Donald, »ich wollte nicht, dass sie dich dafür drankriegen.« Dann verstummte er. Ich konnte zwar sein Gesicht nicht sehen, doch ich hörte die Wut in seinem Ton. »Eines Tages reiße ich diesem scheiß Angel Macritchie die Flügel ab.«

Sie bekamen nie heraus, wer den Reifen aus Swainbost in den Croboster Laden gerammt hatte. Doch sie dachten auch nicht daran, ihn den Jungs aus Swainbost zurückzugeben. Die Polizei beschlagnahmte ihn, und Crobost hatte in dem Jahr das beste Feuer.

5

Fin musste sich gegen die steife Brise stemmen, als er die Einbahnstraße Richtung Dorf ging. Er blickte den Hügel hinunter und sah in der Ferne Gunn, der nach Port Ness zurücklief, um den Wagen zu holen. Die ersten Regentropfen fielen, doch der Himmel lichtete sich bereits, sodass vielleicht nicht allzu viel herunterkommen würde.

Auch wenn es August war, hatte irgendwo jemand im Kamin Feuer gemacht. Der Wind trug den unverwechselbaren schweren, brandigen Torfgeruch herüber, der ihn augenblicklich in seine Kindheit zurückversetzte. Es war erstaunlich, dachte er, wie sehr er sich in dieser Zeit verändert hatte und wie wenig dagegen der Ort, an dem er aufgewachsen war, sich verändert hatte. Auf den Pfaden seiner Kindheit fühlte er sich, als hätte er eine Zeitreise gemacht. Fast rechnete er damit, dass an der Kirche Artair und er selbst auf den Rädern um die Kurve kämen, um die paar Kröten Taschengeld im Laden am Fuß des Hügels auszugeben. Er hörte ein Kind schreien und wandte den Kopf. Zwei kleine Jungen spielten neben einem Haus am Hang vor ihm auf einer behelfsmäßigen Schaukel. An einer Wäscheleine flatterten die Kleider, und eine Frau eilte aus dem Haus, um sie hereinzuholen, bevor der Regen losprasselte.

Die Kirche stand in der Kurve und schaute stolz auf das Dorf und das Land herab, das zum Meer hin sanft abfiel. Den befestigten Parkplatz hatte es damals noch nicht gegeben. Viehgitter schützten die Ein- und Ausfahrten vor den Schafen und dem Kot; der Asphalt war mit frischen weißen Linien markiert, und die Kirchgänger wurden angewiesen, ihre Autos in ordentlichen, christlichen Reihen zu parken. Zu Fins Zeit waren die Leute zu Fuß zur Kirche gekommen. Manche liefen kilometerweit durch den Wind; während sie in der einen Hand den Hut, in der anderen die Bibel hielten, flatterte ihnen der schwarze Mantel um die Beine.

Vom Parkplatz führte eine Treppe zum Pfarrhaus hinauf, einem großen zweistöckigen Gebäude, das aus den Tagen stammte, als die Kirche damit rechnete, dass ihre Hirten drei öffentliche Räume und fünf Schlafzimmer benötigten, drei für die Familie, eins für einen geistlichen Gast und eins als Arbeitszimmer. Vom Pfarrhaus aus hatte man einen atemberaubenden Blick über das nördliche Ende der Insel, bis hin zu dem erhobenen Zeigefinger des Leuchtturms. Zugleich war das Haus jedem Wind und Wetter ausgeliefert. Selbst der Pfarrer wurde vom Wetter der Insel Lewis nicht verschont.

Hinter der Kurve um den Hügel herum führte die Straße auf dem Klippenplateau weiter, wo die Häuser des übrigen Crobost sich fast tausend Meter lang nebeneinanderreihten. Der Bungalow, in dem Artair gewohnt hatte, sowie der Hof, der einmal Fins Eltern gehört hatte, lagen nur wenige hundert Meter entfernt. Allerdings war er sich nicht sicher, ob er schon bereit war, dort vorbeizugehen.

Er öffnete das Tor neben dem Viehgitter und überquerte den Parkplatz bis zur Pfarrhaustreppe. Er klopfte ein paarmal an und klingelte, doch es antwortete niemand. Die Tür war nicht verriegelt, also trat er in den dämmrigen Flur. »Hallo! Jemand zu Hause?« Stille. Er zog die Tür wieder zu und blickte hinüber zur Kirche. Mit den Mauern aus großen Quadern, die aus dem hiesigen Fels geschlagen waren, bot sie immer noch ein imposantes Bild. Von zwei Türmchen flankiert, erhob sich der Glockenturm hoch über der Rundbogentür. Eine Glocke gab es nicht. Glocken waren eine Frivolität, sie hatten etwas Katholisches. Die Fenster unter den Bögen waren hoch und schlicht. In dieser strengen calvinistischen Kultur war kein Raum für farbenfrohes Buntglas. Auch nicht für bildliche Darstellungen. Oder für Kreuze. Oder für Freude.

Die Flügeltür öffnete sich, und Fin trat in den Vorraum, in dem der Pfarrer die Gemeinde vor dem Gottesdienst begrüßte und auf dem Nachhauseweg verabschiedete. Ein trostloser Ort mit durchgetretenen Dielen und dunklen lackierten Holzpaneelen. Es roch nach Staub und feuchten Kleidern und abgestandener Zeit, ein Geruch, der sich offenbar in dreißig Jahren nicht verändert hatte und der jene langen Sabbattage heraufbeschwor, an denen Fins Eltern ihn dazu verdonnert hatten, sich durch anderthalb Stunden gälischen Psalmengesang und danach eine flammende Mittagspredigt zu quälen, um sich um sechs Uhr am Abend noch eine letzte Dosis verabreichen zu lassen. Nachmittags musste er in dem Raum an der Rückseite der Kirche zwei Stunden Sonntagsschule über sich ergehen lassen. Wenn er nicht in der Kirche oder in der Sonntagsschule war, musste er zu Hause bleiben, wo sein Vater aus der gälischen Bibel las.

Fin ging durch die linke Tür, war in der Kirche seiner Kindheit auf der Spur: endlose Reihen unbarmherziger hölzerner Bänke zu beiden Seiten des Mittelgangs. Der vordere Teil der Kirche war durch ein hölzernes Geländer abgetrennt. Von hier aus wurde der Psalmengesang angestimmt. Darüber erhob sich die Kanzel, ein in die Wand eingelassenes, reichgeschnitztes Podium, das über je eine geschwungene Treppe links und rechts zu erreichen war. Durch seine erhöhte Position unterstrich der Pfarrer seine Überlegenheit über gewöhnliche Sterbliche, die er jeden Sonntag mit Drohungen ewiger Verdammnis bedachte. Die Erlösung liege in ihrer Hand, sagte er jede Woche wieder, gäben sie sich in die Hände des Herrn.

Im Geist hörte Fin die gälischen Psalmen, einen seltsamen Stammesgesang ohne Begleitung, der dem ungeübten Ohr strukturlos erscheinen mochte. Dabei lag etwas wunderbar Anrührendes darin. Etwas, das von dem Land und der Landschaft kündete, vom Existenzkampf allen Widrigkeiten zum Trotz. Von den Menschen, unter denen er aufgewachsen war. Meist guten Menschen, die auch in der Art, wie sie dem Herrn ihr Lob darbrachten, etwas Einmaliges fanden und ihrem Schöpfer für ihr hartes Leben dankten, in dem sie einen Sinn gefunden hatten. Die Erinnerung jagte ihm einen Schauder den Rücken hinunter.

Rund um die Empore, die drei Seiten säumte, hörte er plötzlich ein metallisches Hämmern. Er sah sich um, bis er schließlich merkte, dass es von den Heizkörpern an sämtlichen Wänden kam. Die Zentralheizung war neu. Ebenso die Doppelverglasung der hohen Fenster. Vielleicht musste man heute am Sabbat nicht mehr so frieren wie vor dreißig Jahren. Fin kehrte wieder in den Vorraum zurück und bemerkte, dass an der Rückseite eine Tür offen stand. Das Hämmern kam von irgendwo dahinter.

Die Tür führte in einen Raum, in dem sich die Heizung befand. An einem großen Ölheizkessel stand die Tür offen, eine Abdeckplatte war entfernt und eine höchst komplizierte Mechanik im Innern freigelegt. Kleinteile aus der Apparatur waren auf dem Betonsockel des Kessels verstreut. Ein Werkzeugkasten stand offen, und ein Mann in blauem Overall lag auf dem Rücken und versuchte, das Verbindungsstück an einem Ausgangsrohr zu lösen, indem er mit einem großen Schraubenschlüssel dagegenhämmerte.

»Entschuldigung«, sagte Fin. »Ich suche den Reverend Donald Murray.«

Der Mann im Overall setzte sich auf und stieß mit dem Kopf an die Kesseltür. »Mist!« Und Fin entdeckte den Pfarrerskragen am geöffneten Halsausschnitt des Overalls. Er erkannte das kantige Gesicht unter dem buschigen hellbraunen Haar. Es war ein wenig angegraut und ein wenig dünner. Das galt auch für das Gesicht, das sein jugendliches gutes Aussehen eingebüßt hatte und mit den Falten um Mund und Augen nur noch durchschnittlich aussah. »Er sitzt vor Ihnen.« Der Pfarrer sah blinzelnd zu Fin hoch; gegen das Licht konnte er den Besucher nicht erkennen. »Kann ich Ihnen helfen?«

»Erst mal könntest du mir die Hand schütteln«, sagte Fin. »Das macht man unter alten Freunden gewöhnlich, oder?«

Reverend Murray runzelte die Stirn und sah, während er aufstand, den Fremden, der ihn offenbar kannte, nachdenklich an. Dann endlich verstand er. »Du liebe Güte. Fin Macleod.« Während sich ein breites Grinsen über seine Züge legte, nahm er Fins Hand und schüttelte sie kräftig. Und Fin sah wieder den Jungen vor sich, den er vor so vielen Jahren gekannt hatte. »Mann, ist das gut, dich wiederzusehen. Gut, dich wiederzusehen.« Und er schien es ernst zu meinen, zumindest so lange, bis ihn offenbar andere Gedanken bedrängten und sein Lächeln verblasste. »Ist eine Ewigkeit her.«

Fin hatte seinen Ohren nicht getraut, als Gunn ihm eröffnete, Donald Murray sei als Pfarrer der Crobost Free Church in die Fußstapfen seines Vaters getreten. Doch dem eigenen Augenschein musste er glauben, so schwer es fiel. »Etwa siebzehn Jahre. Doch selbst wenn es siebzig wären, hätte ich nie gedacht, dich je in diesem Kragen zu sehen, es sei denn, bei einem Kostümfest.«

Donald legte den Kopf ein wenig schief. »Gott hat mir gezeigt, dass ich im Irrtum war.« Tatsächlich war Donald weit vom Pfad der Tugend abgekommen. Donald war zur selben Zeit wie Fin nach Glasgow gegangen. Doch während Fin studierte, war Donald ins Musikgeschäft eingestiegen und hatte einige der erfolgreichsten Glasgower Bands der achtziger Jahre gemanagt. Doch irgendwann liefen die Dinge aus dem Ruder. Alkohol war wichtiger geworden als die Arbeit. Das Label ging bankrott. Er ließ sich auf Drogen ein. Als Fin ihn eines Abends auf einer Party traf, hatte er ihm Kokain angeboten. Und eine Frau. Natürlich war er sternhagelvoll, und seine einst so lebhaften Augen wirkten irgendwie tot. Fin hörte, dass Donald, nachdem er wegen Drogenbesitz verhaftet und zu einem Bußgeld verurteilt worden war, Schottland verlassen hatte, um sich nach London abzusetzen.

»Dann hat dich die cúram erwischt?«, fragte Fin.

Donald wischte seine öligen Hände an einem Lumpen ab und wich dabei geflissentlich Fins Blick aus. »Den Begriff schätze ich nicht besonders.«

Das, was er beschrieb, war jedoch auf der Insel so weit verbreitet, dass die gälische Sprache ein Wort zur Verfügung stellte, um das Phänomen zu bezeichnen. »Cúram« bedeutete wörtlich »Angst« oder »Sorge«.

»Ich hab das Wort immer sehr treffend gefunden«, sagte Fin. »Diese ganze Gehirnwäsche als Kind, dann wirft man alles über den Haufen und führt ein zügelloses Leben. Alkohol. Drogen. Wilde Frauen.« Er schwieg. »Klingt das vertraut? Und dann melden sich die Schuldgefühle wie ein Kater.« Donald betrachtete ihn mürrisch und offenbar wenig geneigt, sich auf die Argumentation einzulassen. »An dem Punkt, sagt man, spricht Gott zu einem, und man wird für all die Menschen, die sich ebenfalls wünschen, dass Gott zu ihnen spricht, etwas ganz Besonderes. War es so bei dir, Donald?«

»Ich mochte dich mal, Fin.«

»Ich hab dich *immer* gemocht, Donald. Spätestens seit dem Tag, an dem du Murdo Ruadh daran gehindert hast, mich ohnmächtig zu prügeln.« Er hätte ihn gern gefragt, wieso er hier sein Leben wegwarf, dabei wusste er, dass Donald es schon längst mit Alkohol und Drogen die Toilette hinuntergespült hatte. Vielleicht ging es hier wirklich um eine Art Erlösung. Schließlich hegte nicht jeder dieselben bitteren Gefühle gegen Gott wie Fin. »Tut mir leid.«

»Kommst du aus einem bestimmten Grund?« Donald wollte Fins Entschuldigung offenbar nicht gleich annehmen.

Fin lächelte gequält. »All die Paukerei, um einen Studienplatz zu bekommen, und für nichts und wieder nichts.« Er lachte bitter. »Am Ende bin ich Polizist geworden. Kann ich echt stolz drauf sein, was?«

»Hab ich gehört.« Donald war jetzt auf der Hut. »Und du hast mir immer noch nicht gesagt, was dich herführt.«

»Ich ermittle im Mordfall Angel Macritchie, Donald. Die haben mich geschickt, weil er genauso ermordet wurde wie ein anderes Opfer in Edinburgh.«

Ein kurzes Lächeln huschte über Donalds Gesicht – ein Anflug des Jungen, den Fin gekannt hatte, war zu sehen. »Und du willst wissen, ob ich es gewesen bin.«

»Warst du es?«

Donald lachte. »Nein.«

»Du hast mal zu mir gesagt, du würdest Angel Macritchie eines Tages die Scheißflügel ausreißen.«

Donald verging das Lächeln. »Wir befinden uns hier in Gottes Haus, Fin.«

»Und inwiefern sollte mir das zu denken geben?«

Donald sah ihn einen Moment an, drehte sich dann um und ging in die Hocke, um das Werkzeug wieder in den Kasten zu sortieren. »Deine atheistische Tante hat dich so gegen Gott aufgebracht, nicht wahr?«

Fin schüttelte den Kopf. »Nein. Es hätte ihr zwar gefallen, mich zum glücklichen Heiden zu machen, aber die Sache war schon erledigt, als ich zu ihr kam. Wenn man erst einmal geglaubt hat, ist es sehr schwer, damit aufzuhören. Ich hab nur aufgehört zu glauben, dass Gott gut ist, weiter nichts. Und dafür war allein Gott selbst verantwortlich.« Donald drehte sich um und sah Fin verständnislos an. »An dem Abend, als er meine Eltern auf dem Moorland von Barvas holte.« Fin zwang sich zu einem Lächeln. »Sicher, ich war noch ein Kind, ich weiß, das ist alles dummes Zeug, und solche Dinge passieren nun mal im Leben.« Und in bitterem Ton fügte er hinzu: »Nicht nur einmal im Leben.« Noch ein Grund zum Groll.

»Nur wenn ich daran denke, dass es vielleicht wirklich einen Gott gibt, werde ich wieder wütend.«

Donald wandte sich seinem Werkzeug zu. »Du bist doch nicht *wirklich* hergekommen, um mich zu fragen, ob ich Angel Macritchie getötet habe?«

»Du mochtest ihn nicht sonderlich.«

»Das gilt für viele und heißt noch lange nicht, dass sie ihn gleich umbringen würden.« Er schwieg, während er einen Hammer in der Hand hielt, als wollte er sein Gewicht abschätzen. »Aber wenn du mich fragst, hat die Welt an ihm nicht viel verloren.«

»Das klingt aber nicht besonders christlich«, sagte Fin, und Donald ließ den Hammer in den Werkzeugkasten fallen. »Denkst du so, weil er uns als Kinder das Leben schwer gemacht hat oder weil deine Tochter behauptet, er hätte sie vergewaltigt?«

Donald erhob sich. »Er *hat* sie vergewaltigt.« Sein Ton war unsicher, als forderte er Fin heraus, ihm zu widersprechen.

»Würde mich kein bisschen wundern, daher wüsste ich gern, was passiert ist.«

Donald drängte sich an ihm vorbei in den Vorraum. »Ich denke, du findest alles Wissenswerte im Polizeibericht.«

Fin drehte sich zu ihm um. »Ich hätt's gern aus erster Hand.«

Donald blieb abrupt stehen. Er wirbelte herum und machte einen Schritt auf seinen alten Klassenkameraden zu. Er war gut über eins achtzig und, wie Fin einräumen musste, sicher in der Lage, Macritchies hundertfünfzehn Kilo an einem Seil hochzuhieven und am Dachsparren des Bootsschuppens in Port of Ness aufzuknüpfen. »Ich möchte nicht, dass du mit ihr darüber sprichst. Oder irgendjemand anders von der Polizei. Der Mann hat sie vergewaltigt, und die Polizei hat sie wie eine Lügnerin behandelt. Als wäre eine Vergewaltigung nicht schon demütigend genug.«

»Donald, ich hab nicht vor, sie zu demütigen oder sie der Lüge zu bezichtigen. Ich möchte nur hören, was sie zu der Sache zu sagen hat.«

»Nein.«

»Hör zu, ich dränge mich nicht gern auf, aber hier geht es um eine Mordermittlung, und wenn ich mit ihr reden will, dann werde ich das tun.«

Fin sah den Zorn eines Vaters in Donalds Augen. So schnell, wie er aufflackerte, brachte ihn Donald wieder unter Kontrolle.

»Sie ist im Moment nicht da. Sie ist mit ihrer Mutter in der Stadt.«

»Dann komme ich eben wieder. Vielleicht morgen.«

»Am besten wärst du gar nicht erst wieder hierhergekommen, Fin.«

Fin hörte den drohenden Unterton, und er fragte sich, ob dies derselbe Mensch war, der ihn in jener Nacht, als Angel Macritchie ihn vor den Crobost Stores zusammengeschlagen hatte, selbstlos gegen die Rüpel verteidigt hatte. »Und wieso? Weil ich vielleicht die Wahrheit herausfinden könnte? Was hat denn wer von der Wahrheit zu befürchten, Donald?« Donald funkelte ihn nur an. »Weißt du«, fügte Fin hinzu, »wenn Macritchie *meine* Tochter vergewaltigt hätte, dann wäre ich vermutlich auch in Versuchung geraten, die Sache selbst in die Hand zu nehmen.«

Donald schüttelte den Kopf. »Ich kann nicht glauben, dass du mir so etwas zutraust, Fin.«

»Wie auch immer, ich wüsste gerne, wo du Samstagnacht warst?«

»Da mich deine Kollegen das schon gefragt haben, ist das sicherlich auch schon aktenkundig.«

»Ich kann aber nicht beurteilen, wann die Akten lügen. Bei Menschen gelingt mir das gewöhnlich schon.«

»Ich war da, wo ich samstagabends immer bin. Ich hab zu

Hause meine Predigt für den Sabbat geschrieben. Meine Frau wird das bezeugen, falls du dir die Mühe machen willst, sie zu fragen.« Donald ging zur Tür und hielt sie Fin auf zum Zeichen, dass das Gespräch beendet war. »Jedenfalls liegt es nicht in meiner Hand, für die Sünden anderer Menschen Vergeltung zu üben. Der Herr wird auf seine Weise mit Angel Macritchie verfahren.«

»Vielleicht hat er das ja schon.« Fin trat in dem Moment in den stürmischen Nachmittag hinaus, als es heftig zu regnen begann. Horizontal.

Bis Fin Gunns Wagen erreicht hatte, der mit laufendem Motor auf dem Parkplatz wartete, war er völlig durchnässt. Das Wasser lief ihm aus seinem gelockten Haar übers Gesicht und den Hals hinunter, als er sich auf den Beifahrersitz fallen ließ und die Tür zuknallte. Gunn machte das Gebläse an und warf Fin einen Blick zu. »Und?«

»Erzählen Sie mir, was in der Nacht passiert ist, in der Macritchie das Mädchen vergewaltigt haben soll.«

Auf ihrer Rückfahrt nach Stornoway war der ganze Himmel von einer einzigen zerfransten Wolke bedeckt, Fetzen aus Blau und Schwarz und Violettgrau.

»Das war vor ungefähr zwei Monaten«, sagte Gunn. »Donna Murray und ein paar von ihren Freundinnen waren auf einen Drink im Gemeindeclub von Crobost.«

»Hatten Sie nicht gesagt, sie sei erst sechzehn?«

Gunn warf ihm einen Blick zu, um zu sehen, ob er Witze machte. »Sie sind lange nicht mehr da gewesen, Mr Macleod.«

»Es ist illegal, George.«

»Es war Freitagabend, Sir. Der Laden hat wahrscheinlich wie immer gebrummt. Ein paar der Mädchen waren vermutlich über achtzehn. Und außerdem achtet sowieso niemand so streng darauf.«

Urplötzlich teilte sich der düstere Himmel, und die Sonne drang durch den Spalt. Die Scheibenwischer schmierten das Licht und den Regen über die Windschutzscheibe, während sich links von ihnen ein Regenbogen aus dem Moor erhob.

»Es gab das übliche Geplänkel zwischen Jungen und Mädchen. Alkohol und Teenager-Hormone. Jedenfalls saß Macritchie auf seinem angestammten Hocker an der Bar und schielte zu den jungen Mädchen hinüber. Man sollte meinen, nach den Mengen an Bier, die er sich im Lauf der Jahre runtergekippt hat, wäre es mit seiner Libido hinüber.« Gunn kicherte. »Sie haben ja gesehen, in welchem Zustand seine Leber war.« Fin nickte. Schon als Teenager hatte Angel viel getrunken. »Na, jedenfalls scheint es ihm an diesem Abend die kleine Donna angetan zu haben. Und aus unerklärlichen Gründen hat er sich wohl eingebildet, sie fände ihn attraktiv. Also lud er sie zu einem Drink ein. Als sie ihn abblitzen ließ, wär's das normalerweise wohl gewesen. Aber dann muss ihm jemand gesagt haben, sie sei Donald Murrays Tochter, und das schien ihn anzustacheln.«

Fin konnte sich gut vorstellen, dass der Gedanke, Donald Murrays Tochter in die Finger zu kriegen und sie zu betatschen, Macritchies krankem Sinn für Ironie entsprochen hätte – besonders der Gedanke, dass ihr Vater davon erfuhr.

»Also gab er den ganzen Abend keine Ruhe mehr, bestellte Drinks, die sie nicht anrührte, versuchte, den Arm um sie zu legen, und machte anzügliche Bemerkungen. Für ihre Freunde war es einfach nur ein Riesenjux. Niemand sah in Macritchie eine ernste Bedrohung. Nichts weiter als ein besoffener, geiler alter Knacker in der Bar. Doch Donna wurde stinksauer. Er vermasselte ihr den ganzen Freitagabend, und so beschloss sie heimzugehen. Nach Auskunft ihrer Kumpel stolzierte sie mit einigem Theater hinaus. Obwohl es sonst wohl kaum jemandem auffiel, beobachtete die Kellnerin, wie ungefähr eine Minute später Macritchie von seinem Hocker rutschte und Donna hinterherlief. Von da an widersprechen sich die Zeugenaussagen.«

Sie fuhren an einer Gruppe junger Mädchen vorbei, die sich in einem Bushaltehäuschen in South Dell zusammendrängten. Diese Betonkonstruktionen mit dem flachen Dach und vier offenen Abteilen, die vor dem Wind Schutz boten, waren eine Eigentümlichkeit der Insel Lewis. Fin erinnerte sich, dass sie die Schutzhäuschen früher als Riesenpicknicktische bezeichneten. Die Jugendlichen, etwa in Donnas Alter, warteten auf einen Bus, der sie für den Abend nach Stornoway bringen würde. »Alkohol und Teenager-Hormone«. Fin konnte sich gut denken, dass diese Mädchen keine Ahnung hatten, wie gefährlich dieser Cocktail sein konnte.

»Zwischen Donnas Abgang im Club und ihrer Heimkehr vergingen ungefähr fünfunddreißig Minuten«, sagte Gunn. Fin stieß einen leisen Pfiff aus. »Normalerweise hätte sie in höchstens zehn Minuten da sein müssen.«

»In sieben. Wir haben eine Kollegin gebeten, die Strecke abzulaufen.«

»Fragt sich also, was in der übrigen halben Stunde passiert ist.«

»Nun ja, laut Donna hat Macritchie sie sexuell genötigt. Ihre Worte. Als sie zu Hause eintraf, war sie wohl völlig aufgelöst. Dieses Wort – sexuell genötigt – benutzte ihr Vater. Rotes Gesicht, verschmiertes Make-up. Hat gebrabbelt wie ein Baby. Er hat die Polizei gerufen, und sie wurde zur Vernehmung und zur Untersuchung durch eine Polizeiärztin nach Stornoway gebracht. Dort hat sie dann zum ersten Mal das Wort Vergewaltigung benutzt. Zwischen Ness und Stornoway war demnach aus der sexuellen Nötigung Vergewaltigung geworden. Natürlich mussten wir zunächst einmal in Erfahrung bringen, um was für einen Übergriff es sich genau handelte. Als wir uns an die Einzelheiten herantasteten, wurde das Mädchen hysterisch. Aber, ja, sie bestätigte,

Macritchie habe sie zu Boden geworfen und seinen Penis in ihre Vagina eingeführt. Nein, sie hat nicht eingewilligt. Ja, sie ist Jungfrau. Oder war es.« Gunn sah Fin unbehaglich an. »Ich will allerdings ehrlich mit Ihnen sein, Mr Macleod, sie hatte kein Blut an sich, auch nicht an ihren Kleidern, außerdem gab es keine äußeren Anzeichen dafür, dass sie in einer nassen Nacht auf den Boden geworfen worden war. An ihren Armen waren keine Prellungen, und ihre Kleider waren weder nass noch schmutzig.«

Fin war irritiert. »Was ergab denn die medizinische Untersuchung?«

»Nun, das ist es ja, Mr Macleod, sie lehnte es ab, sich untersuchen zu lassen. Lehnte es rundweg ab. Meinte, es wäre zu demütigend. Wir erklärten ihr, ohne objektive Beweise oder Zeugenaussagen würde es kaum für eine Anklage gegen Macritchie reichen. Wie sich zeigte, gab der einzige Zeuge, den wir außerhalb des Clubs auftreiben konnten, an, Macritchie sei in die entgegengesetzte Richtung vom Pfarrhaus gegangen. Und da sie die medizinische Untersuchung ablehnte …«

»Was sagte ihr Vater dazu?«

»Nun, er hat ihr die ganze Zeit den Rücken gestärkt. Meinte, wenn sie sich nicht ärztlich untersuchen lassen wollte, sei das ihr gutes Recht. Wir erklärten ihm die Situation, doch er war auf keinen Fall bereit, sie zu überreden, wenn sie es nicht wollte.«

»Wie hat er sich bei diesem Gespräch verhalten?«

»Ich würde sagen, er war wütend, Mr Macleod. Eine aufgestaute Wut, mit geballter Faust, sozusagen innerlich geladen. Äußerlich wirkte er ziemlich ruhig. Zu ruhig. Wie Wasser in einem Staudamm, bevor man die Schleusen öffnet.« Gunn seufzte. »Jedenfalls befragten die ermittelnden Beamten so ziemlich jeden, der an diesem Abend im Gemeindeclub war, doch niemand konnte Donnas Geschichte bezeugen. Theoretisch ist der Fall nach wie vor ungelöst, de facto wurden die Ermittlungen eingestellt.« Er schüttelte den Kopf. »Natürlich bleibt immer etwas hängen. Es gab Gerüchte und Klatsch und jede Menge Leute, die überzeugt waren, dass Macritchie das Mädchen vergewaltigt hatte.«

»Und glauben Sie, dass er es getan hat?«

»Ich würde gerne Ja sagen, Mr Macleod. Nach allem, was ich über den Mann weiß, scheint er ein mieser Hund gewesen zu sein. Aber es gab keine Beweise.«

»Ich hab Sie auch nicht nach den Beweisen gefragt, George. Ich wollte Ihre Meinung hören.«

Gunn hielt das Lenkrad mit beiden Händen fest. »Ich will Ihnen sagen, was ich denke, Mr Macleod, solange Sie mich nicht zitieren.« Er zögerte nur einen Moment. »Ich glaube, das Mädchen hat nach Strich und Faden gelogen.«

Das Park Guest House stand inmitten von Sandsteinreihenhäusern gegenüber dem Seaforth Hotel – dunkler, regenverschmierter Stein hinter einem schwarz gestrichenen schmiedeeisernen Zaun. Das Hotel beherbergte eines der besseren Restaurants der Stadt und konnte sich eines Wintergartens rühmen, der an den Speiseraum angebaut war, um möglichst viel Licht hineinzulassen. Zur Zeit der Sommersonnenwende konnte man noch um Mitternacht hier sitzen und den roten Abendhimmel betrachten.

Widerstrebend führte Chris Adams Fin in sein kleines Einzelzimmer im ersten Stock, nachdem Fin ihm klargemacht hatte, dass der Aufenthaltsraum im Erdgeschoss nicht der geeignete Ort für ihr Gespräch war. Der Dielenboden knirschte wie nasser Schnee unter ihren Füßen. Fin entging nicht, dass Adams etwas steif und unbehaglich vor ihm die Treppe hinaufging. Zu Fins Überraschung verriet der Mann mit seinem weichen Akzent der Grafschaften rund um London, dass er Engländer war. Er war um die dreißig, groß und dünn und hatte hellblondes Haar. Und für jemanden, der bei seinem Einsatz für den Tierschutz eigentlich viel Zeit im Freien verbringen musste, hatte er eine kränklich bleiche Haut. Dieser Aristokraten-Teint wies jedoch rund um das linke Auge und am Wangenknochen den Makel eines gelblich verblassenden Blutergusses auf. Adams trug eine weit geschnittene Cordhose und ein Sweatshirt mit einem Slogan, der zum Ausdruck brachte, dass man Geld nicht essen kann. Seine Finger waren ungewöhnlich lang, fast feminin.

Er hielt Fin die Tür zu seinem Zimmer auf und räumte ein paar Kleider und Papiere von einem Klappstuhl, den er ihm anbot. Im Zimmer sah es aus, als wäre eine Bombe explodiert und hätte Tausende Papierschnipsel und Klebeknete an die Wände geschleudert, wo sie haften geblieben waren: Karten, Memos, Haftzettel, Zeitungsausschnitte. Fin schätzte, dass der Hoteleigentümer darüber nicht gerade erfreut war. Auf dem Bett lagen Bücher, Aktenordner und Notizhefte herum. Ein Laptop auf einer Kommode in der Fensternische teilte sich den Platz mit weiteren Unterlagen, leeren Plastikbechern und den Überresten eines chinesischen Schnellimbiss-Menüs. Das Fenster lag zur James Street und gewährte einen Ausblick auf den grimmigen Glas- und Betonklotz des Seaforth Hotels.

»Ich habe Ihnen und Ihren Kollegen schon mehr Zeit gewidmet, als Sie verdienen«, beklagte sich Chris Adams. »Erst unternehmen Sie nichts, um den Mann, der mich zusammengeschlagen hat, dingfest zu machen, und als er dann plötzlich tot ist, beschuldigen Sie mich, ihn ermordet zu haben.« Sein Handy klingelte. »Entschuldigen Sie mich.« Er nahm den Anruf entgegen, sagte, er sei gerade beschäftigt, und versprach zurückzurufen. Dann sah er Fin erwartungsvoll an. »Und? Was wollen Sie noch von mir wissen?«

»Ich will wissen, wo Sie am Freitag, dem fünfundzwanzigsten Mai dieses Jahres, waren.«

Adams war von der Frage völlig überrascht. »Wozu?«

»Sagen Sie mir einfach nur, wo Sie waren, bitte, Mr Adams.«

»Nun, keine Ahnung. Da müsste ich in meinem Kalender nachsehen.«

»Dann tun Sie das.«

Adams sah Fin mit einer unverhohlenen Empörung an. Er seufzte genervt, setzte sich ans Bettende und klimperte mit seinen langen Fingern in einer übertriebenen Geste auf der Tastatur. Der Bildschirm leuchtete auf, und es erschien eine Kalenderseite. Er sprang von der Tages- zur Monatsansicht und scrollte vom August zum Mai zurück. »Am fünfundzwanzigsten Mai war ich in Edinburgh. Wir hatten an dem Nachmittag im Büro eine Besprechung mit dem dortigen Vertreter des örtlichen Tierschutzvereins.«

»Wo waren Sie an dem Abend?«

»Keine Ahnung. Wahrscheinlich zu Hause. Ich führe privat keinen Kalender.«

»Ich muss Sie bitten, das für mich zu überprüfen. Gibt es jemanden, der das bezeugen kann?«

Ein tiefer Seufzer. »Ich schätze, Roger könnte es wissen. Das ist mein Mitbewohner.«

»Dann schlage ich vor, Sie fragen ihn und geben mir Bescheid.«

»Worauf wollen Sie eigentlich hinaus, Mr Macleod?«

Fin überhörte die Frage. »Sagt Ihnen der Name John Sievewright etwas?«

Adams überlegte nicht einmal. »Nein, der sagt mir nichts. Wollen Sie mir vielleicht endlich sagen, worum es geht?«

»In den frühen Morgenstunden des sechsundzwanzigsten Mai dieses Jahres wurde in Edinburgh ein dreiunddreißigjähriger Notar namens John Sievewright gefunden: Er hing an einem Baum in einer Straße, die vom Leith Walk abgeht. Er war stranguliert, nackt, und man hatte ihn ausgeweidet. Wie Ihnen bekannt ist, hat vor nur drei Tagen einen gewissen

Angus John Macritchie hier auf der Insel Lewis fast dasselbe Schicksal ereilt.«

Adam gab einen heftigen Atemstoß von sich. »Und Sie wollen wissen, ob ich durch Schottland ziehe und Leute ausweide? Ich? Das ist lächerlich, Mr Macleod. Lächerlich.«

»Lache ich, Mr Adams?«

Adams sah Fin fassungslos an. »Ich werde Roger fragen, was wir an dem Abend gemacht haben. Er kann es Ihnen wahrscheinlich sagen. Er ist besser organisiert als ich. Ist sonst noch was?«

»Ja, ich wüsste gern, wieso Angel Macritchie Sie verprügelt hat.«

»›Angel‹? So nennen Sie den? Ich könnte mir vorstellen, dass der mittlerweile einen Abflug in die Hölle und nicht in den Himmel gemacht hat.« Er runzelte die Stirn. »Ich habe bereits ausgesagt.«

»Aber nicht mir gegenüber.«

»Na ja, ist vielleicht auch nicht mehr unbedingt notwendig, wegen des Übergriffs zu ermitteln, da Sie den Täter ja nicht mehr belangen können.«

»Sagen Sie mir einfach, was passiert ist.«

Fin gab sich redliche Mühe, seine Ungeduld im Zaum zu halten, doch Adams fügte sich, indem er wieder theatralisch seufzte.

»Eine Ihrer Zeitungen, *The Hebridean,* brachte einen Artikel darüber, dass ich auf der Insel bin, um eine Demonstration gegen die jährliche Guga-Ernte auf dem An Sgeir zu organisieren. Die bringen jedes Jahr zweitausend Vögel um, wissen Sie, schlachten Sie einfach ab. Klettern an den Klippen herum und erdrosseln die armen kleinen Dinger, während die erwachsenen Vögel verzweifelt flattern und ihre toten Jungen beklagen. Es ist brutal. Unmenschlich. Auch wenn es eine Tradition ist, kann ein zivilisiertes Land im einundzwanzigsten Jahrhundert so etwas nicht akzeptieren.«

»Könnten wir den Vortrag bitte überspringen und uns einfach an die Fakten halten …«

»Ich nehme an, wie alle anderen auf dieser gottverlassenen Insel heißen Sie diese sogenannte Tradition gut. Wissen Sie, damit hatte ich wirklich nicht gerechnet. Kein einziger Einheimischer hat mir hier seine Unterstützung angeboten. Kein Wort. Dabei hatte ich gehofft, den lokalen Widerstand anzustacheln und neue Aktivisten zu gewinnen.«

»Die Leute hier mögen den Geschmack des Tölpels. Und so barbarisch es Ihnen vorkommen mag, bedienen sie sich einer Methode, bei der die Vögel fast augenblicklich tot sind.«

»Stöcke mit Haken am Ende und Knüttel?«

Adams verzog angewidert den Mund.

»Die sind sehr effizient.«

»Und das wissen Sie auch so genau.«

»Zufällig ja. Ich war selbst schon dabei.«

Adams sah ihn mit einem Ausdruck an, als hätte er einen schlechten Geschmack im Mund. »Dann hat es ja wohl wenig Sinn, überhaupt mit Ihnen darüber zu sprechen.«

»Gut. Könnten wir dann also auf den tätlichen Angriff zu sprechen kommen?«

Adams' Handy klingelte erneut. Er meldete sich. »Adams … ach so, du bist es.« Er senkte die Stimme zu einem vertraulichen Ton. »Du bist in Ullapool? Gut. Wann genau kommt die Fähre an …? In Ordnung, dann hol ich dich am Anlegeplatz ab.« Er warf Fin einen verlegenen Blick zu. »Hör zu, ich ruf dich gleich zurück. Ich habe die Polizei hier … Ja, schon wieder.« Er verdrehte die Augen. »Gut. Ciao.« Er ließ das Handy aufs Bett fallen. »Tut mir leid.« Tat es ihm nicht.

»Sind Ihre Protestler im Anmarsch?«

»Ja, wenn Sie es unbedingt wissen wollen. Ist kein Geheimnis.«

»Wie viele?«

»Wir werden insgesamt zwölf sein. Einer für jedes Mitglied in der Killermannschaft.«

»Und was haben Sie vor, wollen Sie sich vor den Trawler legen?«

»Sehr witzig, Mr Macleod.« Er verzog die Lippen, als sei er amüsiert. »Ich weiß, dass wir sie nicht daran hindern können. Jedenfalls dieses Jahr noch nicht. Aber wir können auf die öffentliche Meinung Einfluss nehmen. Die Presse und das Fernsehen werden dort sein. Wir bekommen eine landesweite Berichterstattung. Und wenn wir die schottische Regionalregierung dazu bringen, ihre Genehmigung zurückzunehmen, ist es von da an illegal. Leute wie Sie sind dann einfach nicht befugt, da rauszufahren und diese armen Vögel zu töten.«

»Und all das haben Sie in diesem Artikel im *Hebridean* gesagt?«

»Ja, allerdings.«

»Damit haben Sie sich dann ja sicher viele Freunde gemacht.«

»Dummerweise habe ich ihnen erlaubt, ein Foto von mir zu bringen. Damit habe ich meine Anonymität verloren.«

»Und was ist passiert?«

»Ich bin zu Erkundungszwecken nach Ness gefahren. Offenbar legt der Trawler von Stornoway ab, doch die Männer aus Crobost fahren von Port of Ness aus mit einem kleinen Boot hinüber. Ich wollte lediglich ein paar Fotos von der Gegend machen, auf die ich gegebenenfalls zurückgreifen könnte. Wahrscheinlich habe ich ein bisschen zu viel Aufsehen erregt. Ich hab im Cross Inn zu Mittag gegessen, und jemand erkannte mich aus der Zeitung wieder. Ich bin eine solche Sprache nicht gewöhnt, Mr Macleod.«

Fin verkniff sich ein Schmunzeln. »Haben Sie da oben mit jemandem gesprochen?«

»Na ja, ich hab mich ein paarmal verirrt und musste jemanden nach dem Weg fragen. Die letzte Person, mit der ich sprach, bevor ich angegriffen wurde, traf ich in einem kleinen Töpferladen kurz hinter Crobost. Ein seltsamer langhaariger Mann. Ich bin nicht sicher, ob er vollkommen nüchtern war. Ich habe ihn gefragt, wie ich zum Hafen komme. Und er hat es mir gesagt. Dann bin ich wieder zu meinem Wagen gegangen, der nur ungefähr zwanzig Meter die Straße runter stand. Da ist es dann passiert.«

»Was genau?«

Adams rutschte ein wenig auf dem Bett herum und schien bei der Erinnerung an den Schmerz unwillkürlich ein Stück zurückzuweichen. »Ich wurde von einem weißen Lieferwagen überholt. Einem Ford Transit. So was in der Art. Komischerweise war mir der Wagen an dem Tag schon mehrfach aufgefallen. Wahrscheinlich war er mir gefolgt, um den geeigneten Moment abzuwarten. Jedenfalls fuhr der Lieferwagen vor mir links ran, und auf der Fahrerseite sprang ein großer, dicker Mann heraus; wie ich später erfuhr, handelte es sich um Angus Macritchie. Seltsamerweise hatte ich den Eindruck, dass noch andere in dem Lieferwagen saßen. Dabei bekam ich niemanden zu Gesicht.«

»Hat er irgendetwas gesagt?«

»Kein Wort. Jedenfalls da nicht. Er schlug auf mich ein. Ich war so verblüfft, dass mir nicht einmal die Zeit blieb abzuhauen. Ich glaube, nach dem zweiten Treffer sackten mir einfach die Knie weg, und ich fiel wie ein Kartenhaus zusammen. Danach fing er an, mir in die Rippen und den Magen zu treten. Ich habe mich zusammengerollt, um mich zu schützen, und er hat mich ein paarmal an den Unterarmen erwischt.« Er zog die Ärmel hoch, um Fin die Blutergüsse zu zeigen. »Nette Leute, Ihre Vogel-Killer.«

Fin wusste, wie es sich anfühlte, von Angel Macritchie Prügel zu beziehen. Die Erfahrung wünschte er nicht einmal seinem schlimmsten Feind, schon gar nicht einem Naivling wie

Chris Adams. »Die Männer von Crobost sind nicht so wie Macritchie. Und ob Sie's glauben oder nicht, er ist nicht zum Felsen mitgekommen, um Vögel zu töten. Er war der Koch.«

»Ach so, na, wenn mich das nicht tröstet.«

»Was passierte dann?«

»Er beugte sich zu mir herunter und flüsterte mir ins Ohr, wenn ich nicht augenblicklich meine Sachen packen und verschwinden würde, dann würde er mir einen ganzen Guga in den Rachen stopfen. Dann stieg er wieder in seinen Lieferwagen und fuhr davon.«

»Und Sie haben sich das Kennzeichen gemerkt?«

»Erstaunlicherweise ja. Ich weiß auch nicht, woher ich die Geistesgegenwart genommen habe, aber ich hab mir diese Nummer tatsächlich eingeprägt.«

»Wie steht's mit Zeugen?«

»Also, da gab es ein paar Häuser in der Nähe. Wie die Leute behaupten können, sie hätten nichts gesehen, ist mir schleierhaft. Ich habe jedenfalls gesehen, dass sich in den Fenstern die Gardinen bewegten. Und da war schließlich noch der Typ in dem Töpferladen. Er kam runter, zog mich hoch, nahm mich in sein Haus mit und gab mir Wasser zu trinken. Er behauptete, er hätte nichts gesehen, aber das nehme ich ihm nicht ab. Ich bestand darauf, dass er die Polizei holt, und das hat er auch getan. Allerdings sehr widerstrebend, muss ich sagen.«

»Wenn Macritchie Ihnen gedroht hat, Ihnen einen Guga in den Rachen zu schieben, Mr Adams, wieso waren Sie dann Samstagabend immer noch hier?«

»Weil ich erst für den Montag eine Fähre buchen konnte. Dann hat jemand mit ausgesucht gutem Geschmack den Kerl umgebracht, und jetzt wollen Ihre Leute mich nicht gehen lassen.«

»Worüber Sie, wie ich vermute, nicht allzu böse sind. Da Sie immerhin mit Ihrem Protest weitermachen können.«

»Mit zwei gebrochenen Rippen, Mr Macleod, habe ich,

denke ich, guten Grund, böse zu sein. Und wenn die Polizei ihren Job ein bisschen besser erledigt hätte, wäre Ihr Mr Macritchie vermutlich heute noch am Leben. Er würde in einer Polizeizelle schmachten, statt im Kühlhaus zu liegen ...«

Was, wie Fin einräumen musste, vermutlich stimmte. »Wo waren Sie Samstagnacht, Mr Adams?«

»Hier in meinem Zimmer, ich habe Fisch gegessen. Und nein, leider kann das niemand bezeugen, wie mir Ihre Leute mehrfach hämisch ins Gedächtnis gerufen haben.«

Fin nickte nachdenklich. Möglicherweise wäre Adams physisch in der Lage gewesen, das Verbrechen zu begehen. Unter normalen Umständen. Möglicherweise. Aber mit zwei gebrochenen Rippen? Wohl eher nicht. »Sie mögen Fisch, Mr Adams?«

Adams schien von der Frage überrascht. »Ich esse kein Fleisch.«

Fin stand auf. »Haben Sie eine Ahnung, wie lange es dauert, bis der Fisch erstickt, wenn ein Trawler die Netze an Bord zieht?« Doch er wartete keine Antwort ab. »Um einiges länger als ein Guga in einer Schlinge.«

Als Einsatzzentrale diente ein großer Konferenzraum am hinteren Ende des Flurs im ersten Stock der Polizeiwache von Stornoway. Durch die zwei Fenster blickte man über die Kenneth Street und die Dächer der Häuser, die bis hinunter zum Hafenbecken dicht gedrängt standen. Hinter den Masten der Trawler, die für die Nacht vertäut waren, konnte man über den Baumwipfeln auf der anderen Seite des Gewässers so eben die Türme des Lews Castle erkennen. Ringsum an den Wänden standen Schreib- und Arbeitstische mit Telefonkabeln, Computerterminals und klappernde Drucker. An einer Wand hingen drastische Tatortfotos, eine weiße Tafel war von oben bis unten mit Notizen in blauem Filzstift beschrieben. Auf einem kleinen Tisch surrte ein Beamer.

Als Fin sich an einen der vier Computer gesetzt hatte, um sich auf den neuesten Stand zu bringen, hatten an den anderen Tischen ein Dutzend Beamte gearbeitet, Anrufe entgegengenommen und in die Computertastaturen gehämmert. Nicht nur der Mordfall Macritchie, auch die Vorwürfe der Vergewaltigung und der Nötigung gegen Macritchie mussten geklärt werden. Außerdem hatte Fin sämtliche Dateien zum Mordfall John Sievewright aufgerufen, um sich die unzähligen Zeugenaussagen zu vergegenwärtigen, wie auch die entsprechenden Berichte der Forensik und der Pathologie. Doch jetzt war er müde. Und sich nicht mehr sicher, ob er noch klar denken konnte. Außer ihm waren nur noch drei andere Beamte da. Es war ein langer Tag nach einer schlaflosen Nacht gewesen. Zum ersten Mal dachte er an Mona. Ihre Drohung. *Rechne einfach nicht damit, dass ich noch da bin, wenn du zurückkommst.* Und seine Antwort. *Vielleicht wäre es das Beste so.* Mit diesem kurzen Wortwechsel hatten sie praktisch miteinander Schluss gemacht. Einfach so. Und zweifellos würden sie vieles bereuen, am meisten wohl die vierzehn verschwendeten Jahre ihrer Ehe. Fin war über das Ende erleichtert. Er hatte das Gefühl, als wäre ihm eine Last von den Schultern genommen worden. Über die Zukunft wollte er im Moment nicht nachdenken.

»Und wie läuft's, Sir?« Gunn rollte sich auf einem Schreibmaschinenstuhl neben ihn. Fin lehnte sich auf dem Stuhl zurück und rieb sich die Augen. »Steil bergab, George. Ich denke, ich mach für heute Schluss.«

»Dann lauf ich noch mit Ihnen das Stück zum Hotel. Ich hab immer noch Ihre Tasche in meinem Kofferraum.«

Sie gingen zusammen an der Waffenkammer und dem Verwaltungsbüro mit den blassgelben Wänden und dem zartvioletten Teppichboden vorbei. Auf der Treppe begegneten sie DCI Smith. »Wäre nett gewesen, wenn Sie uns nach der Autopsie eine Meldung gemacht hätten«, sagte er.

»Gab nichts zu melden.« Nach einer Pause fügte Fin hinzu: »Sir.«

Schon vor langer Zeit hatte er herausgefunden, dass man dem Sarkasmus von Vorgesetzten nur mit Dummdreistigkeit begegnen konnte.

»Ich habe eine Mitteilung des Pathologen bekommen. Offenbar gibt es eine Menge Parallelen zu Edinburgh.« Er war an ihnen vorbei einige Stufen weiter hochgegangen, um auf diese Weise seine geringe Körpergröße auszugleichen.

»Nichts Beweiskräftiges«, antwortete Fin.

Einen Moment lang betrachtete Smith ihn nachdenklich. »Sehen Sie zu, Mr Macleod, dass Sie bis morgen, wenn der Vorhang fällt, mit etwas Beweiskräftigem aufwarten können. Ich will Sie nicht länger als nötig hier sehen. Verstanden?«

»Ja, Sir.«

Fin drehte sich um. Doch Smith war noch nicht fertig. »Der Computer hat uns auf eine weitere mögliche Verbindung gebracht. Ich möchte, dass Sie morgen früh als Allererstes hinfahren und sie überprüfen. Näheres lassen Sie sich von Gunn erzählen.« Damit machte er kehrt und lief, zwei Stufen auf einmal, die Treppe hoch. Fin und Gunn setzten ihren Weg nach unten fort.

»Wenn er uns zwei losschickt«, bemerkte Fin, »dann hält er die Sache wohl nicht für so wichtig.«

Gunn lächelte ironisch. »Das haben Sie gesagt, Mr Macleod.«

»Gibt es eine Verbindung zu Edinburgh?«

»Ist mir bisher entgangen.«

»Und was soll das für eine Geschichte sein, die Sie mir erzählen sollen?«

Gunn hielt Fin die Tür auf, und sie stiegen eine Treppe hoch zum Parkplatz. »Macritchie wurde vor etwa einem halben Jahr beim Wildern erwischt. Auf einem großen Landsitz im Südwesten der Insel. Gehört einem Engländer. Da unten verlangen sie fürs Lachsfischen ein Vermögen, daher setzt der

Eigentümer alles daran, den Fluss vor Wilderern zu schützen. Vor etwas über einem Jahr hat er sich ein Schwergewicht aus London geholt. War mal in der Army, Sie wissen schon. Richtiger Schläger. Keinen blassen Schimmer vom Angeln, aber wehe, wenn er dich beim Angeln erwischt, mein lieber Mann, das war's dann.«

Sie holten Fins Tasche aus dem Kofferraum. »Und er hat Macritchie erwischt?«

Gunn schlug den Kofferraum zu, und sie machten sich auf den Weg Richtung Hafen. »Sie sagen es, Mr Macleod. Und nicht zu knapp. Macritchie war völlig fertig, als wir ihn in die Finger bekamen, aber er wollte keine Anzeige erstatten. Gesichtsverlust, Sie wissen schon, weil ihn jemand in die Mangel genommen hatte. Macritchie mag ein großer Junge gewesen sein, aber dieser Typ aus London war ein Profi. Und gegen diese Kerle hat man, egal, wie groß man ist, kaum eine Chance.«

»Und was hat das mit seinem Tod zu tun?« Fin gefiel der Gedanke, dass jemand Macritchie eins übergezogen hatte, doch er sah noch nicht ganz, wo Gunns Geschichte hinführen sollte.

»Ungefähr vor drei Wochen wurde der Typ aus London eines Nachts auf dem Anwesen überwältigt. Von einer ganzen Horde mit Masken und allem Drum und Dran. Er hat mächtig was auf die Mütze gekriegt.«

Sie kamen am Wohltätigkeitsladen Phab Fair Trader vorbei, Kenneth Ecke Church Street. Auf einem Schild im Schaufenster stand: *Statt Almosen fairer Handel.* »Der Computer denkt sich also in seiner Weisheit, Macritchie hätte sich ein klein bisschen gerächt. Und was weiter? Dass der ehemalige Army-Typ ihn aufspürt und umbringt?«

»Schätze, darauf läuft es wohl mehr oder weniger hinaus, Mr Macleod.«

»Das ist also Smiths Vorwand, um uns eine Weile los zu sein.«

»Ist ein schöner Ausflug runter in den Südwesten. Kennen Sie Uig, Mr Macleod?«

»Sogar gut, George. Im Sommer sind wir da oft zum Picknick rausgefahren. Mein Vater und ich haben am Strand von Uig Drachen steigen lassen.« Er erinnerte sich an den flachen, kilometerlangen Streifen Sand, der von den Ausläufern der Felsen bis zu den fernen Brechern hinunterreichte. Und daran, wie der Wind, der ihnen die Haare aus dem Gesicht fegte und an ihren Kleidern zerrte, den selbst gebastelten Kastendrachen in den blauen Himmel trug. Und an das Lächeln seines Vaters, den Kontrast zwischen seinen strahlenden blauen Augen und seiner braunen Haut. Auch an seine Enttäuschung konnte er sich erinnern, wenn Flut war und all der endlose Sand unter einem halben Meter türkisfarbenem Wasser verschwand, sodass ihnen nichts weiter übrig blieb, als sich in die Dünen zu setzen und Sandwiches zu essen.

Die Flut war ins innere Hafenbecken geströmt, sodass die Boote, die am Kai der Cromwell Street vertäut waren, vor ihnen in die Höhe ragten, als Fin und Gunn an einem Wald aus Schiffsmasten, Radargittern und Satellitenschüsseln vorbei Richtung Kai am North Beach gingen. Stornoway lag auf einer Landzunge, die den inneren Hafen von den Tiefwasserpiers des äußeren Hafens schied, in dem die Fähre und die Öltanker anlegten. Das Crown Hotel, in dem die Dienststelle Fin einquartiert hatte, stand auf der Landzunge an prominenter Stelle zwischen der Point Street und dem North Beach, mit Blick über den inneren Hafen und Lews Castle. Hier schien sich nicht viel verändert zu haben. Ein paar Geschäfte hatten den Eigentümer gewechselt, ein paar Ladenfronten einen neuen Anstrich bekommen. Das Hutgeschäft war noch da und lockte in seinem Schaufenster mit bizarren Kreationen, die sich die Frauen am Sabbat mit Nadeln am Kopf feststeckten. Für Kirchgängerinnen war eine Kopfbedeckung schließlich obligatorisch. Oberhalb der steilen Schieferdächer und Dachgauben ragte der Glockenturm des Rathauses auf. Die beiden Männer machten einen Bogen um Hummerkörbe und den großen Haufen grüner Fischernetze. Skipper und ihre Mannschaften luden Proviant aus ihren Transportern und Geländewagen auf die Trawler und kleinen Fischerboote, denn der Tag war erst zu Ende, wenn der nächste vorbereitet war. Über ihren Köpfen zogen die Seemöwen endlos ihre Kreise und klagten ihr Leid.

In der Point Street blieben sie vor dem Eingang zur Crown stehen. Fin warf einen Blick über die gerade Straße, die mit ihren ornamentalen Blumenbeeten und schmiedeeisernen Bänken inzwischen Fußgängerzone war. Die bei den Einheimischen als The Narrows, »Meerenge«, bekannte Straße lockte freitag- und samstagabends scharenweise Teenager an, die in Grüppchen und Cliquen Bier aus der Dose tranken, Dope rauchten und dazu Fisch und Burger aus einer der beiden Imbissbuden aßen. In Ermangelung von Alternativen schufen sich die Jugendlichen ihre eigene Unterhaltung. Fin hatte hier so manche Nacht herumgebracht, sich zusammen mit seinen Schulfreunden auf der Flucht vor dem Regen in Ladeneingänge gedrängt und auf die älteren Jungen gewartet, die für alle den Imbiss besorgten. Damals war es ihnen aufregend und vielversprechend erschienen. Mädchen, Bier, vielleicht auch mal ein Zug an einem Joint. War man immer noch da, wenn die Kneipen schlossen, standen die Chancen gut, Zeuge mindestens einer Schlägerei zu werden. Hatte man Glück, erfuhr man rechtzeitig von einer Party und war dann schon längst gegangen. Jede Generation trat in die Fußstapfen der letzten, als riefen sie die Geister ihrer Väter. Und Mütter. Im Moment wirkte The Narrows wie ausgestorben.

Gunn reichte Fin seine Tasche. »Dann bis morgen früh, Mr Macleod.«

»Ach, kommen Sie, George, ich spendiere Ihnen ein Bier.«

Gunn sah auf die Uhr. »Aber nur eins.«

Fin checkte im Hotel ein und brachte die Tasche in sein Zimmer. Als er wieder nach unten kam, hatte Gunn bereits zwei Bier bestellt, die auf dem Tresen warteten. Um diese Zeit war die Hotelbar nur noch spärlich besucht. Aus der Public Bar einen Stock darunter, in der durstige Fischer und Bauarbeiter aus dem wiedereröffneten Bauhof in Arnish nach der Plackerei des Tages ihren hart verdienten Lohn versoffen, drangen dagegen stampfende Musik und lautes Stimmengewirr herauf. Eine Plakette an der Wand erinnerte an den Skandal um einen minderjährigen Prince of Wales, der bei einem Segeltörn mit seiner Schule an den Western Isles entlang hier Zwischenstation gemacht und einen Cherry Brandy bestellt hatte. Daraufhin hatte man den vierzehnjährigen Charles unverzüglich mit dem Wagen in seine Schule in Gordonstoun auf dem Festland zurückgeschmuggelt. Wie sich die Zeiten geändert hatten.

»Haben Sie sich schon durch die ganzen Akten durchgearbeitet?«, fragte Gunn.

»Größtenteils.« Das Bier war kalt und erfrischend, und Fin gönnte sich einen großen Schluck.

»Irgendetwas Interessantes gefunden?«

»Ja, schon. Der Zeuge, der in der Nacht, als Donna Murray angeblich vergewaltigt wurde, gesehen haben will, wie Angel Macritchie in die entgegengesetzte Richtung lief …«

Gunn runzelte die Stirn. »Eachan Stewart. Was ist mit dem?«

»Sie hatten nicht direkt mit der Nötigungsanzeige gegen Adams zu tun, oder?«

»Nein. Die hat DS Fraser bearbeitet.«

»Nun, ich schätze mal, wir können vom Computer nicht erwarten, sämtliche Verbindungen herzustellen. Kennen Sie Eachan Stewart?«

»Allerdings, ein Exzentriker und alter Junkie. Hat am Rand von Crobost einen Töpferladen. Ist seit Jahr und Tag da. Der verkauft seine Töpfe, schon seit ich denken kann, im Sommer an die Touristen.«

»Schon seit meiner Kindheit«, sagte Fin. »Chris Adams wurde von Macritchie vor Eachan Stewarts Töpferladen zusammengeschlagen. Kurz vor der Attacke hatte er noch mit Adams gesprochen, und kurz danach hat er ihn dann von der Straße aufgelesen. Gleichzeitig behauptet er, nichts gesehen zu haben. Wie praktisch für Macritchie, bei zwei Gelegenheiten denselben todsicheren Entlastungszeugen zu haben. Gibt es zwischen den beiden irgendeine Verbindung?«

Gunn überlegte. »Schon möglich, dass Macritchie Stewart mit Rauschgift versorgt hat. Wir hatten ihn schon eine ganze Weile in Verdacht zu dealen, haben ihn aber nie erwischt.«

»Vielleicht unterhalte ich mich morgen mal ein bisschen mit unserem Mr Stewart.« Fin nahm noch einen reichlichen Schluck von seinem Bier. »George, heute Nachmittag haben Sie erwähnt, außer den Leuten, die er als Kind schikaniert hat, gäbe es noch andere, die was gegen Macritchie hatten.«

»Ja, sagt jedenfalls sein Bruder. Aber das sind nur Gerüchte.«

»Murdo Ruadh?«

Gunn nickte.

»Und was für Gerüchte hat er so verbreitet?«

»Keine Ahnung, wie weit man dem Glauben schenken kann, Mr Macleod, aber Murdo scheint zu glauben, dass es zwischen seinem Bruder und einem Jungen, mit dem er zur Schule gegangen ist, eine Art Fehde gab. Einem Mann namens Calum Macdonald. Offenbar wurde der vor Jahren bei einem Unfall zum Krüppel und arbeitet seitdem in einem Schuppen hinter seinem Haus am Webstuhl. Ich hab keine Ahnung, was zwischen denen vorgefallen ist.«

Fin stellte sein Glas behutsam auf dem Tresen ab. Allein schon von der Erinnerung wurde ihm übel. »Ich schon.« Und Gunn wartete auf eine Erklärung, jedoch vergeblich. Schließlich fuhr Fin aus seinen Gedanken hoch. »Selbst wenn er kein Krüppel wäre …«, Fin hatte den Ausdruck im Gesicht des Jungen vor Augen, als er stürzte, » … bezweifle ich, dass Calum Macdonald dazu fähig wäre, irgendeinem Menschen so etwas zuzufügen.«

»Murdo meint, dieser Calum Macdonald hätte möglicherweise jemand anderen auf seinen Bruder angesetzt.«

Fin sah kurz zu ihm auf, während er überlegte, ob selbst das möglich war, ob Calum auch nur einen solchen Gedanken fassen konnte. »Ich glaube nicht«, sagte er schließlich.

Wieder wartete Gunn auf eine Erklärung, doch wieder wurde schnell deutlich, dass Fin nicht die Absicht hegte, seine Meinung zu erläutern. Er sah auf die Uhr. »Ich mach mich dann mal besser auf die Socken.« Er leerte sein Glas und zog seine Jacke an. »Wie sind Sie übrigens mit Adams klargekommen?«

Fin überlegte kurz und rief sich das Bild des großen, lässigen Engländers in Erinnerung. »Schon interessant, ich war eigentlich zu dem Schluss gekommen, dass es ein Mann mit zwei gebrochenen Rippen wohl kaum mit Macritchie aufnehmen kann. Andererseits wurde mir klar, dass ich dabei eine Verbindung übersehen hatte.«

»Die wäre?«

»Adams ist schwul.«

Gunn zuckte mit den Achseln. »Nun, das überrascht mich jetzt nicht gerade, Mr Macleod.« Doch dann kam ihm schlagartig ein Gedanke, bei dem er ins Grübeln geriet. »Sie wollen doch nicht etwa sagen, Macritchie sei schwul gewesen?«

»Nein, aber das Opfer in Edinburgh, John Sievewright.«

6

Fin ging wie in Trance durch die Bar. Hier unten versuchte die Musik, gegen das laute Stimmengewirr und das betrunkene Lachen anzukommen. Wie von ferne nahm er die Lichter am Spielautomaten wahr, hörte das Piepsen, Tuten und Surren des Elektronikzeitalters. Er fühlte sich wie in einer Blase, von der Außenwelt abgeschnitten. Als existierte er nicht an diesem Ort. Er hatte eigentlich vorgehabt, auf einen Drink und einen Fisch-Imbiss herunterzukommen und dann früh schlafen zu gehen, doch da er die Einsamkeit der Lounge-Bar nicht ertrug, war er in der Hoffnung, seinen eigenen Gedanken zu entfliehen, einen Stock tiefer in die Public Bar gegangen. Doch auch hier wurde ihm schnell klar, wie leicht man sich in einer Menschenmenge einsam fühlen kann. Wer diese Leute auch sein mochten, sie waren ihm fremd, und er gehörte nicht mehr dazu.

Man knallte das Bier vor ihn auf den Tresen, sodass es überschwappte. Er legte sein Geld in die Bierpfütze und konnte so die Kellnerin auf sich aufmerksam machen. Sie nahm das Geld und kehrte im nächsten Moment mit einem Geschirrtuch zurück, um den Tresen abzuwischen. Fin warf ihr ein gewinnendes Lächeln zu, das sie mit einem finsteren Blick erwiderte.

Es war deprimierend. Er setzte das Glas an die Lippen, hielt jedoch inne, bevor er den ersten Schluck genommen hatte. Um einen Tisch am Fenster, auf dem sich die leeren Gläser stapelten, saßen ein paar Arbeiter, einige noch im Overall. Sie stichelten und scherzten auf Gälisch, und jedes Mal ertönte lautes, heiseres Lachen. Tatsächlich war ihm als Erstes die

Stimme aufgefallen; als hätte er eine vertraute Melodie gehört, die er aber nicht sofort einordnen konnte. Doch dann sah er das Gesicht, und sein Magen zog sich zusammen. Artair hatte sich verändert. Er sah zehn Jahre älter aus als Fin. Er hatte mehr zugenommen, als selbst sein kräftiger Körperbau ohne Mühe tragen konnte. Die feinen Züge des Kindes hatten sich in einem runden roten Gesicht verloren. Von dem einst kräftigen schwarzen Haar waren nur noch dünne graue Stoppeln geblieben. Geplatzte Äderchen an den Wangen zeugten davon, dass er gerne trank, und allein die klaren, scharfen, immer noch warmen braunen Augen hatten sich nicht verändert.

Artair kippte gerade den Rest eines Whiskys herunter, als sich ihre Blicke trafen. Langsam stellte er das Glas wieder hin und blickte ungläubig über den Tresen.

»Hey, Wheezy«, sagte einer seiner Kumpels. »Was hast du? Du siehst aus, als wärst du einem Gespenst begegnet.«

»Bin ich auch.« Artair stand auf, und die beiden Männer blickten sich über die Köpfe der Trinker hinweg einen langen Moment an. Die anderen am Tisch drehten sich ebenfalls zu Fin um. »Ich glaub, mich laust der Affe«, murmelte Artair. »Wenn das nicht Fin Macleod ist.« Er bahnte sich einen Weg durch die Menschenmenge und brachte Fin in Verlegenheit, indem er ihn in seine riesigen Arme schloss. Fin verschüttete sein halbes Bier auf dem Boden. Dann trat Artair zurück und sah ihm ins Gesicht. »Verdammt, Mann. Wo zum Teufel hast du all die Jahre gesteckt?«

»Mal hier, mal da«, sagte Fin verlegen.

»Da vielleicht.« Es lag ein gewisser Unterton in Artairs Stimme. »Aber ganz bestimmt nicht hier.« Er warf einen Blick auf Fins Glas. »Das füll ich dir auf.«

»Nein, lass mal, ehrlich.«

Artair rief der Kellnerin zu: »Schütt noch was nach, Mairead.« Er wandte sich wieder Fin zu. »Und was hast du so getrieben?«

Fin hätte nicht gedacht, dass ihr Wiedersehen so verkrampft vonstattengehen würde. Er zuckte mit den Achseln. Was sollte man auf so eine Frage sagen? Wie fasste man achtzehn Jahre in einem Satz zusammen? »Dies und das«, antwortete er.

Artair lächelte, doch es war aufgesetzt freundlich, und was er sagte, hatte immer noch diesen Unterton. »Dann musst du ja ziemlich beschäftigt gewesen sein.« Er nahm sich seinen Whisky von der Bar. »Hab gehört, du bist bei der Polizei.« Fin nickte. »Verflucht, das hättest du auch hier haben können, Mann. Wir hätten all die Jahre weiter einen draufmachen können, du und ich. Was ist aus dem Uniabschluss geworden?«

»Ich hab im zweiten Jahr die Uni geschmissen.«

»Mist. All die schöne Zeit, die mein Alter damit verbracht hat, dich durch deine Prüfungen zu pauken, und du hast es vergeigt?«

»Mit Pauken und Trompeten.«

»Wenigstens gibst du es zu.« Artair hustete und bekam schwer Luft. Er zog einen Inhalator aus der Tasche und nahm zwei Schübe. Als er den Sauerstoff tief in die Lungen sog, kam ein Röcheln aus der verschleimten Brust. »Schon besser. Bleibt alles beim Alten, was?«

Fin grinste. »Sieht so aus.«

Artair nahm Fin beim Ellenbogen und manövrierte ihn zu einem Tisch in der hintersten Ecke. Er stolperte ein wenig, und Fin wurde klar, dass dies nicht sein erster Whisky an diesem Abend war. »Wir müssen reden, wir beide.«

»Ach?«

Artair schien überrascht. »Was denkst du denn. Über die letzten achtzehn Jahre.« Sie setzten sich einander gegenüber, und Artair sah ihm prüfend ins Gesicht. »Gott, das ist nicht gerecht. Du siehst kein bisschen älter aus. Schau mich an. Ein großer, dicker Scheißtümmler. Gefällt dir wohl, bei der Polizei.«

»Nicht besonders. Will eigentlich weg. Ich mach ein Fernstudium.«

Artair schüttelte den Kopf. »Was für eine Scheißverschwendung. Ich? Na ja, das war zu erwarten. Aber du, Fin. Du warst was Besseres. Du hast was Besseres als die Polizei verdient.«

»Und was hast *du* die ganze Zeit gemacht?« Er fragte aus Höflichkeit, wenn auch aus irgendeinem Grunde nur ungern. In Wahrheit wollte er gar nichts über diesen Mann wissen. Er wollte Artair in Erinnerung behalten, wie er damals war, als sie noch Kinder waren. Das hier kam ihm so vor, als betriebe er mit einem Fremden Konversation. Artair schnaubte vor Selbstverachtung. »War gerade rechtzeitig mit meiner Lehre bei Lewis Offshore fertig, da machte der verdammte Laden dicht. Wahrscheinlich muss ich mich noch glücklich schätzen, dass ich eingestellt wurde, als sie einundneunzig wieder aufmachten. Dann machten sie im Mai neunundneunzig erneut dicht. Gingen in Konkurs. Setzten uns wieder alle auf die Straße. Jetzt haben sie neu eröffnet und probieren es mit Windkrafträdern. Ist das zu fassen? Die packen ihre Windräder quer über die ganze Insel. Damit können wir unseren gesamten eigenen Energiebedarf decken, sagen sie. Doch für den Tourismus bedeutet es das Ende. Ich meine, wer kommt schon hier rüber, um sich einen Haufen Windräder anzugucken. Einen ganzen Wald davon.« Mit einem säuerlichen Grinsen kippte er das Glas mit dem Rest der goldenen Flüssigkeit herunter. »Aber Marsaili sagt, ich sollte froh sein, dass sie mich übernommen haben. Wieder.« Die Erwähnung ihres Namens versetzte Fin einen kleinen Stich. Artair lächelte trocken. »Und weißt du was? Ich bin sogar froh, Fin. Ehrlich. Du kannst dir nicht vorstellen, wie glücklich ich mich schätze. Möchtest du noch was trinken?«

Fin schüttelte den Kopf. Artair stand wortlos auf und ging zur Bar, um sich das Glas auffüllen zu lassen. Fin saß da und starrte auf den Tisch. Es war über alle Maßen traurig, seinen alten Freund aus Kindertagen so bitter zu sehen. Das Leben rauschte in einem Augenblick an einem vorbei wie ein Bus an einem verregneten Abend in Ness. Man musste sich bemerkbar machen, damit er für einen anhielt und einen hereinließ, sonst fuhr er ohne einen weiter, und man quälte sich durch Wind und Wetter zu Fuß nach Hause. Vermutlich war er auf seine Art nicht viel anders als Artair, resigniert angesichts dessen, was hätte werden können, verbittert, den Bus verpasst zu haben, wütend über seine Fehler. Wenn er seinen alten Freund jetzt so sah, hatte er das Gefühl, in einen Spiegel zu schauen, und der Anblick gefiel ihm nicht besonders.

Artair ließ sich wieder auf seinen Sitz fallen, und Fin sah, dass er sich einen Doppelten genehmigte. Sie schenkten hier quarter gills, vierzig Milliliter, aus. »Weißt du, eben an der Bar kam mir ein Gedanke. Als ich nur ihren Namen nannte. Ich hab diesen Ausdruck in deinem Gesicht gesehen. Deshalb bist du all die Jahre nicht zurückgekommen, stimmt's? Wegen Marsaili bist du verdammt noch mal nicht zurückgekommen.«

Fin schüttelte den Kopf. »Nein.« Allerdings war er nicht sicher, ob das der Wahrheit entsprach.

Artair beugte sich über den Tisch und starrte Fin irritierend in die Augen. »Kein Anruf, kein Brief, nichts. Zuerst, weißt du, war ich einfach nur verletzt. Und dann war ich wütend. Aber irgendwann ist die Wut verraucht. Von da an fühlte ich mich schuldig. Dass du vielleicht dachtest, ich hätte sie dir weggenommen.« Er wusste nicht, wie er es sonst ausdrücken sollte, und zuckte hilflos mit den Achseln. »Du weißt schon.«

»So war das nicht, Artair. Zwischen mir und Marsaili war es aus.«

Artair blickte ihm weiter unverwandt in die Augen, und wie bei einem Händeschütteln, das zu lange dauert, machte es Fin verlegen. »Also, das habe ich nie geglaubt. Nicht wirklich.

Vielleicht hätte ich sie am Ende bekommen, aber du und Marsaili … na ja, das sollte irgendwie sein, oder? Es musste so kommen.« Endlich senkte Artair den Blick und nahm einen Schluck Whisky. »Bist du verheiratet?«

Sein Zögern war nicht zu hören. »Ja.«

»Kinder?«

Noch vor einem Monat wäre die Antwort Ja gewesen. Aber jetzt war er kein Vater mehr, und er hatte nicht die Absicht, seine Geschichte zu erzählen. Nicht hier, nicht jetzt. Er schüttelte den Kopf.

»Wir haben nur den einen. Ist dieses Jahr mit der Schule fertig geworden. Schlägt nach seinem alten Herrn. Nicht allzu helle. Ich versuche, ihm einen Job in der Windräderfabrik zu verschaffen.« Artair legte den Kopf ein wenig schief, und es huschte ein zärtliches Lächeln über sein Gesicht. »Aber ein guter Junge. Kommt diese Woche mit uns zum Fels raus, um eigenhändig ein paar Gugas zu töten. Ist das erste Mal für ihn.« Er gluckste. »Mir wird gerade bewusst, dass er genauso alt ist wie du und ich damals, als wir zum ersten Mal rausfuhren.« Er leerte sein Glas und knallte es auf den Tisch. Fin sah, wie der Whisky ihm die Augen trübte. Doch plötzlich sah er Fin ernst an. »Bist du deswegen nie zurückgekommen? Deshalb?«

Irgendwie hatte sich Fin vor diesem Moment gefürchtet, obwohl er von dem Augenblick an, als er den Fuß auf die Insel setzte, gewusst hatte, dass er dieser Konfrontation mit der Vergangenheit nicht ausweichen konnte. »Was?«, fragte er, als wüsste er nicht, wovon die Rede war.

»Was in dem Jahr auf An Sgeir passiert ist.«

Fin konnte Artair nicht in die Augen sehen. Er schüttelte den Kopf. »Ich weiß es nicht«, sagte er und meinte es auch so. »Ich weiß es wirklich nicht.«

»Falls ja, wäre das absolut kein Grund gewesen.«

»Wenn ich nicht so verdammt unachtsam gewesen wäre …«

Fin merkte, dass er die Hände rang, und so legte er sie flach auf den Tisch, um sich davon abzuhalten.

»Was passiert ist, das ist eben passiert. Es war ein Unfall. Niemand konnte etwas dafür. Niemand hat dir je die Schuld gegeben, Fin.«

Niemand außer Artair, dachte Fin. Er sah kurz auf, um Artair in die Augen zu sehen. Doch er konnte in seinem Blick keine Feindseligkeit erkennen, keine Anzeichen dafür, dass sein alter Freund etwas anderes meinte, als er sagte.

»Ob du jetzt doch noch ein Gläschen vertragen kannst?«

Fin hatte nur noch ein, zwei Schluck Bier im Glas, doch er schüttelte den Kopf. »Ich habe genug.«

»Fin«, sagte Artair und beugte sich vertraulich über den Tisch. »Man kann nie genug bekommen.« Dabei verzog er das Gesicht zu einem unwiderstehlichen Lächeln. »Nur noch einen zum Abgewöhnen.« Damit war er schon unterwegs zur Bar.

Fin blieb, das Glas in der Hand, sitzen, während ihn die Erinnerungen bestürmten. An Sgeir, Marsaili. Als er quer durch die Bar Stimmen hörte, sah er auf. Artairs Kollegen brachen auf und riefen ihm winkend etwas zum Abschied zu. Artair hob zur Antwort flüchtig die Hand und kam auf unsicheren Beinen zum Tisch zurück. Es knarrte, als er auf den Stuhl sackte. Am Tisch kippte er noch einen Doppelten hinunter. Wie ein Schmetterling, der nach einer Stelle suchte, auf der er sich niederlassen könnte, flatterte ein flüchtiges Lächeln um seine Lippen. »Ich musste gerade denken … erinnerst du dich noch an diesen Geschichtslehrer, den wir im zweiten Schuljahr hatten?«

»Shed? William Shed?«

»Richtig. Kannst du dich noch an diese Lücke erinnern, die er zwischen den Vorderzähnen hatte und die das ›S‹ so komisch zum Pfeifen brachte?«

Obwohl er seit zwanzig Jahren nicht mehr an William Shed

gedacht hatte, erinnerte sich Fin genau. Und er musste lachen. »Die Klasse kam reihum dran, einzelne Absätze aus dem Geschichtsbuch vorzulesen …«

»Und alle haben das ›S‹ so gepfiffen wie er.«

»Und er sagte: ›Hört mit dem Pfeifen auf!‹«, gluckste Fin und pfiff dabei sein »S« genauso wie damals Shed. Wie Schuljungen prusteten sie beide los.

»Und weißt du noch«, sagte Artair, »wie er damals versuchte, uns getrennt zu setzen, und wie er mich am Ohr packte, um mich an einen anderen Tisch zu zerren?«

»Allerdings, und du hast die ganze Zeit versucht, an deine Schultasche ranzukommen, während er dachte, du versuchst, ihm zu entwischen, und am Ende habt ihr euch beide vor der Klasse einen Ringkampf geliefert.«

Bei der Erinnerung konnte Artair sich nicht mehr halten vor Lachen. »Und du, du Mistkerl, du hast einfach nur dagesessen und gelacht.«

»Nur, weil er immer weiter pfiff: ›Lass das, Schluss!‹«

Was bei Artair augenblicklich einen neuen Lachanfall auslöste, bis ihm die Tränen die roten Wangen hinunterliefen, er keine Luft mehr bekam und zu seinem Schnaufer griff. Mit dem Lachen lösten sich Fins Anspannung und der Stress, den es ihm bis jetzt bereitet hatte, einem Freund zu begegnen, der ein Fremder geworden war. Für den Moment waren sie wieder Schuljungen, die sich über kindische Erinnerungen dumm und dämlich lachten. Egal, wie weit sie sich in den Jahren, die dazwischenlagen, auseinandergelebt haben mochten, waren ihre Erinnerungen etwas, das sie verband. Fürs Leben.

Irgendwann verebbte ihr Lachen, und sie hatten sich wieder beruhigt. Ernüchtert sahen sie sich als erwachsene Männer an. Bis Artairs Lippen zu zittern begannen und sie sich aufs Neue nicht mehr halten konnten. In der Bar drehten sich mehrere Köpfe zu ihnen um und fragten stumm, was wohl so lustig sein mochte. Keine Chance.

Als sich Artair schließlich wieder fasste, sah er auf die Uhr. »Ach, Mist, ich muss los.«

»Nach Ness?«

Artair nickte.

»Wie willst du nach Hause kommen?«, fragte Fin.

»Hab den Wagen am Kai stehen.«

»Du willst doch wohl nicht fahren.«

»Also, von selbst fährt das blöde Ding nicht.«

»In deinem Zustand kannst du nicht fahren. Du bringst dich um. Oder jemand anderen.«

»Ach so«, Artair wackelte mit dem Zeigefinger. »Hätte ich fast vergessen. Du bist ja jetzt Polizist. Was hast du vor? Mich verhaften?«

»Gib mir die Schlüssel, und ich fahr dich.«

Artair sah ihn ernst an. »Ehrlich?«

»Ehrlich.«

Artair zuckte mit den Achseln, kramte die Autoschlüssel aus der Tasche und warf sie auf den Tisch. »Scheint mein Glückstag zu sein, was? Polizeieskorte bis vor die Haustür.«

Nachdem die Sonne hinter zinnfarbenen Wolken verschwunden war, die sich am westlichen Horizont zusammenbrauten, war der Himmel dämmrig blau. Ab Mitte August werden die Tage sehr schnell kürzer, und doch war es noch so hell wie in London nicht einmal abends im Hochsommer. Die Ebbe hatte eingesetzt, und die Boote am Kai lagen jetzt tiefer im Wasser. In ein, zwei Stunden würde man nur noch mit Leitern zu ihnen hinunterkommen.

Artair hatte einen behelfsmäßig umlackierten Vauxhall Astra; im Innern roch es wie alte Turnschuhe, die im Regen gestanden haben. Ein uralter Lufterfrischer in der Gestalt einer Kiefer baumelte wirkungslos am Innenspiegel, nachdem er den ungleichen Kampf gegen den üblen Geruch längst aufgegeben hatte. Die Polsterung war schmuddelig und zerschlissen, der Tacho kurz davor, sich wieder auf null zurückzustellen. Es entbehrte nicht der Ironie, musste Fin denken, wie sich ihrer beider Geschick verkehrt hatte. Artairs Vater war der Lehrer gewesen, Mittelstand, gutes Einkommen, der einen blitzblanken neuen Hillman Avenger fuhr, während sich Fins Eltern mit Arbeitslosigkeit und dem Hof herumschlugen und einen zerbeulten alten Ford Anglia fuhren. Jetzt arbeitete Artair in einem Bauhof in Stornoway und hatte einen Wagen, den er wohl kaum noch durch den nächsten TÜV bringen würde, während Fin als hochrangiger Kripobeamter einen Mitsubishi Shogun fuhr. Er nahm sich vor, Artair nie zu erzählen, was für ein Auto er hatte.

Er setzte sich hinters Lenkrad, schnallte sich an und drehte den Schlüssel im Zündschloss. Der Motor hustete, stotterte und ging aus.

»Du liebe Güte«, sagte Artair. »Der könnte meinen Schnaufer vertragen. Es gibt einen kleinen Trick. Kupplung und Gaspedal bis zum Anschlag. Sobald er kommt, Füße von den Pedalen. Dann läuft er wie Butter. Was hast du denn für einen Wagen, Fin?«

Fin konzentrierte sich auf den »kleinen Trick«, und als der Motor mit einem Knall zum Leben erwachte, sagte er wie beiläufig: »Ford Escort. In der Stadt hat man für ein Auto kaum Bedarf.« Doch die Lüge hatte einen schlechten Beigeschmack.

Er fuhr auf die Cromwell Street und von dort in nördlicher Richtung auf die Bayhead. Es herrschte kaum Verkehr, und die Scheinwerfer richteten in dem schummrigen Licht wenig aus, sodass er an der Kreuzung zum Kinderspielplatz beinahe eine Bodenwelle übersehen hätte. Sie fuhren holpernd zu schnell darüber, sodass es sie durchrüttelte.

»Hey, sachte«, sagte Artair, »ich muss noch ein paar Kilometer aus der Klapperkiste rausquetschen.« Als Artair tief ausatmete, roch Fin den Whisky in seinem Atem. »Du hast mir immer noch nicht gesagt, was dich herführt.«

»Du hast mich nicht gefragt.«

Artair wandte sich ihm zu und strafte ihn mit einem Blick, den Fin geflissentlich übersah. »Dann frag ich dich jetzt.«

»Ich wurde in die Ermittlungen um die Ermordung von Angel Macritchie eingeschaltet.« Augenblicklich drehte sich Artair, nunmehr ganz Ohr, auf dem Sitz ganz zu ihm.

»Was du nicht sagst! Ich dachte, du lebst in Glasgow.«

»Edinburgh.«

»Und weshalb sollst du hier mitmischen? Weil du ihn gekannt hast?«

Fin schüttelte den Kopf. »Ich hatte mit einem Fall in Edinburgh zu tun, der ... na ja, sehr ähnlich war. Derselbe MO, Modus –«

»– Operandi, ja, ich weiß. Ich lese auch Krimis, weißt du.« Artair lachte leise. »Das ist schon komisch. Dass du ausgerechnet wieder herkommst, um den Mord an einem Kerl zu untersuchen, der uns als Kinder alle verprügelt hat.« Ihm kam ein plötzlicher Gedanke. »Hast du ihn gesehen? Ich meine, warst du bei der Obduktion oder wie immer ihr das nennt, dabei?«

»Autopsie. Ja.«

»Und ...?«

»Ich glaube nicht, dass du das wissen willst.«

»Vielleicht doch. Angel Macritchie und ich konnten uns noch nie besonders leiden.« Er überlegte einen Moment, bevor er seine dezidierte Meinung zum Ausdruck brachte. »Verdammtes Schwein! Derjenige, der's getan hat, verdient einen verdammten Orden.«

Als sie die Moorstraße Richtung Barvas überquerten, war der Himmel im Westen immer noch hell, wenn auch von dunklen violettgrauen und blassrosa Streifen durchzogen. Draußen über dem Meer ballten sich schwere Wolken wie schwarzer Rauch zusammen, im Osten war der Himmel dunkel. Als sie an der Berghütte mit dem grünen Dach vorbeikamen, war sie kaum noch zu sehen, und Fin hörte, wie Artair auf dem Sitz neben ihm leise schnarchte. In Barvas waren schon die Straßenlaternen an, und Fin fuhr Richtung Ness im Norden.

Fast zwanzig Minuten lang konnte er, ohne dass ihn Artairs betrunkenes Gebrabbel störte, seinen eigenen Gedanken nachhängen – fast zwanzig Minuten, um sich seelisch auf den Moment vorzubereiten, in dem er Marsaili zum ersten Mal seit der Beerdigung seiner Tante wiedersehen würde. Fast achtzehn Jahre. Er hatte keine Ahnung, was ihn erwartete. Schließlich hatte sich Artair so sehr verändert. Würde er das Mädchen mit den Zöpfen und den blauen Schleifen nach so langer Zeit überhaupt wiedererkennen?

Sie kamen durch gottverlassene Dörfer, in denen die gelb erleuchteten Fenster das einzige Lebenszeichen waren. Ein Hund kam aus dem Nichts gesprungen, und Fin musste ausscheren, um ihn nicht zu überfahren. Durch die Belüftungsanlage sickerte Torfrauch herein, und Fin erinnerte sich an jene langen wöchentlichen Busfahrten, die er und Artair zusammen zu ihrem jeweiligen Internat in Stornoway gemacht hatten. Er warf einen Blick zur Seite und sah im Licht der Straßenlaternen, wie Artairs Kinn herunterhing und ihm aus dem leicht geöffneten Mundwinkel ein bisschen Speichel lief. Vollkommen weggetreten. Fluchthelfer Alkohol. Fin war damals von der Insel geflüchtet. Artair hatte ein anderes Mittel gefunden.

Als sie sich Cross näherten, wurde Fin bewusst, dass er keine Ahnung hatte, wo Artair wohnte. Er beugte sich hinüber und schüttelte ihn leicht an der Schulter. Artair grunzte, öffnete ein Auge und wischte sich mit dem Handrücken über den Mund. Eine ganze Weile war er desorientiert und blickte durch die Windschutzscheibe, ohne etwas zu sehen, bevor er sich auf seinem Sitz gerade aufrichtete. »Das ging aber schnell.«

»Ich weiß nicht, wo du wohnst.«

Artair drehte sich zu ihm und sah ihn ungläubig an. »Du weißt was nicht? Du kannst doch nicht vergessen haben, wo ich wohne! Ich wohne da schon mein ganzes Scheißleben!«

»Ach so.« Es wäre Fin nie in den Sinn gekommen, dass Artair und Marsaili sich im Bungalow der Macinnes häuslich eingerichtet hatten.

»Ja, ich weiß, schon ziemlich traurig, oder? Immer noch im selben Haus zu wohnen, in dem man verflucht noch mal geboren ist.« Da war wieder dieser bittere Ton. »Im Unterschied zu dir hatte ich Verpflichtungen.«

»Deine Mutter?«

»Ja, meine Mutter.«

»Sie ist noch am Leben?«

»Nee, ich hab sie präparieren und ausstopfen lassen, damit sie weiter auf ihrem Sessel am Kamin sitzt und uns abends Gesellschaft leistet. Natürlich ist sie noch am Leben! Oder glaubst du etwa, sonst wär ich all die Jahre hiergeblieben?«

Er schnaubte, und Fin konnte wieder seinen Alkoholatem riechen. »Gott. Achtzehn Jahre lang fütter ich die Alte jetzt schon morgens, mittags und abends mit dem Löffel. Heb sie auf die Toilette, wechsel ihr die Scheißwindeln – Entschuldigung –, die Inkontinenzeinlagen. Und willst du wissen, was mich so richtig ankotzt? Auch wenn sie sonst fast gar nichts mehr machen kann – reden kann sie immer noch fast so gut wie du und ich, und zu einem guten Teil ist sie so klar wie immer. Ich glaube, es macht ihr einen Heidenspaß, mir das Leben zu versauen.« Fin wusste nicht, was er sagen sollte. Er fragte sich, wer die Frau fütterte und wer ihr die Windeln wechselte, wenn Artair bei der Arbeit war. Und als hätte er seine Gedanken gelesen, sagte Artair: »Natürlich kann Marsaili gut mit ihr. Sie mag Marsaili.« Mit einem Schlag konnte sich Fin ein Bild davon machen, wie das Leben der beiden all die Jahre gewesen sein musste: im selben Haus gefangen, sich ständig nach den Bedürfnissen einer alten Frau richten müssen, die durch einen Schlaganfall vor Jahren, als Artair noch ein Teenager war, die meisten ihrer physischen und geistigen Fähigkeiten verloren hatte. Wieder schien sein alter Freund zu ahnen, was Fin dachte. »Man sollte meinen, nach so langer Zeit hätte sie endlich so viel Anstand, zu sterben und uns unser Leben wiederzugeben.«

Fin bog in die schmale Straße ein, die den Hügel hinauf nach Crobost führte. Sie fuhren an der Kirche vorbei, und Fin registrierte, dass im Pfarrhaus Licht brannte. An der Kurve des Hügels stieg die Straße bis zum Bungalow der Macinnes am Hang der Klippe steil hinauf. Aus den Fenstern fiel das Licht auf den sorgfältig errichteten Torfstapel, als hätte noch Artairs Vater sich darum gekümmert. Ein paar hundert Meter weiter entdeckte Fin von Weitem das Gehöft seiner Eltern wie einen Klecks vor dem abendlichen Himmel. Dort brannten keine Lichter. Dort war kein Leben.

Er fuhr langsamer, bog in die Einfahrt des Bungalows ein und hielt vor dem Garagentor. Ein Mondstrahl streute Silbersplitter auf den Ozean dahinter. In der Küche brannte Licht, und durch das Fenster sah Fin eine Gestalt am Spülstein. Es durchzuckte ihn, als er Marsaili wiedererkannte, die ihr langes blondes, wenn auch inzwischen dunkleres Haar streng aus dem Gesicht gekämmt und im Nacken zu einem Pferdeschwanz zusammengebunden hatte. Auch von hier aus sah Finn, dass sie müde und blass wirkte und Schatten unter den blauen Augen lagen, die ihren Glanz verloren hatten. Als sie den Wagen hörte, sah sie auf, und Fin schaltete die Scheinwerfer aus, sodass sie nur ihr eigenes Spiegelbild im Fenster sehen konnte. Als sei sie von dem Anblick enttäuscht, blickte sie sofort zur Seite, und in dem Moment hatte er wieder das kleine Mädchen vor sich, das ihn vom ersten Augenblick an bezaubert hatte.

7

Es dauerte ein ganzes Jahr, bis ich den Mut zusammennahm, gegen den Willen meiner Eltern samstags zum Hof von Marsaili zu gehen.

Ich log nicht besonders oft. Doch wenn ich es tat, setzte ich alles daran, dass es überzeugend war. Ich hatte schon einige Male mitbekommen, wie andere Kinder ihren Eltern oder ihren Lehrern Märchen auftischten, die nicht einmal ich ihnen abgekauft hätte. Es war also wichtig, glaubhaft zu lügen. Und wenn man sich nicht ertappen ließ, hatte man nützliche Tricks auf Lager, die man, wenn es die Situation gebot, hervorkramen konnte. Somit hatten meine Eltern nicht den geringsten Grund zu zweifeln, als ich ihnen an jenem Samstagmorgen sagte, ich ginge zum Spielen zu Artair. Warum sollte ein Sechsjähriger so etwas sagen, wenn es nicht stimmte?

Natürlich teilte ich ihnen das auf Englisch mit, da wir bei uns zu Hause nie wieder Gälisch sprachen. Ich hätte anfänglich nicht gedacht, dass ich es so leicht lernen würde. Mein Vater hatte, widerstrebend, einen Fernsehapparat gekauft. Und ich hatte stundenlang wie angewurzelt vor der Glotze gehockt. In diesem Alter sog ich wie ein Schwamm alles in mich auf. Es war höchst einfach, es gab jetzt für alles zwei Wörter statt wie früher eins.

Mein Vater war enttäuscht, dass ich zu Atair wollte. Er hatte den ganzen Sommer damit zugebracht, ein altes hölzernes Dingi instand zu setzen, das am Strand angespült worden war. Es stand kein Name daran. Das Salzwasser hatte den ganzen Anstrich ausgespült. Dennoch hatte er eine Meldung in die *Stornoway Gazette* gesetzt, das Boot darin beschrieben und dem rechtmäßigen Eigentümer angeboten, es ihm auszuhändigen. Er war schon überaus ehrlich, mein Vater. Doch ich denke, er freute sich, als niemand das Boot beanspruchte und er sich mit reinem Gewissen an die Instandsetzung machen konnte.

In diesem Sommer verbrachte ich viele Stunden mit ihm und half ihm dabei, den Rumpf gründlich abzuschmirgeln oder die Werkbank gerade zu halten, während er aus dem Schwemmholz, das an den Strand gespült wurde, die Querbeplankung sägte. Neue Dollen bekam er sehr günstig bei einer Auktion in Stornoway, während er die Ruder selbst fertigte. Er sagte, er wolle einen Mast für das Boot machen und ein Segel aus einer Leinwand nähen, die die Flut ein andermal angeschwemmt hatte. Im Schuppen hatte er noch einen alten Außenbordmotor, den er wieder flottmachen wollte. Somit diente das Dingi ihm wahlweise als Ruder-, Segel- oder Motorboot. Doch das alles konnte warten. Fürs Erste wollte er die Jolle einfach nur am ersten schönen Tag ins Wasser schieben und damit rund um die Bucht von Port of Ness und anschließend in den Hafen von Crobost rudern.

Zum Schutz gegen das Salz hatte er das Boot innen und außen angestrichen. Lila selbstverständlich, wie alles andere in unserem Leben. Und zu beiden Seiten des Bugs hatte er in verschnörkelten weißen Lettern ihren Namen geschrieben, Eilidh, was für das ungeübte Ohr wie Eilei klingt. Es war die gälische Entsprechung von Helen. Der Name meiner Mutter.

Es war tatsächlich der perfekte Tag für einen Bootsausflug. Ein strahlender Samstag im September, bevor die Äquinoktialstürme kamen. Die Sonne schien hell und immer noch warm, und nur eine leichte Brise kräuselte die stille See. Heute, erklärte mein Vater, war es so weit. Und ich fühlte mich hin- und hergerissen. Doch ich erklärte ihm, ich hätte Artair versprochen, zu ihm zu kommen, und ich wollte ihn nicht enttäuschen. Mein Vater sagte, wir könnten nicht bis nächsten Samstag warten, da sich wahrscheinlich bis dahin das Wetter gewendet hätte, und daher müsse die Eilidh wohl bis zum nächsten Frühjahr in unserem Garten unter ihrer Plane bleiben. Falls ich also nicht mitkäme, müsse er das Boot eben allein ausfahren. Ich glaube, er hoffte, ich würde es mir anders überlegen und wir würden die Jungfernfahrt der Eilidh gemeinsam unternehmen. Er verstand nicht, wie ich mir diese Chance entgehen lassen konnte, nur um mit Artair zu spielen. Schließlich konnte ich doch ein andermal zu Artair gehen. Doch trotz des strengen Verbots meiner Mutter hatte ich Marsaili versprochen, am Samstag auf ihren Hof zu kommen. Und obwohl es mir – und wahrscheinlich auch meinem Vater – das Herz brach, war ich fest entschlossen, mein Versprechen zu halten.

Also verabschiedete ich mich mit gemischten Gefühlen und machte mich auf den Weg zu Artairs Bungalow, während die Lüge schwer auf meinem Gewissen lastete. Artair hatte ich gesagt, ich sei an diesem Samstag sehr beschäftigt, und er solle nicht mit mir rechnen. Sobald ich außer Sichtweite unseres Hauses war, bog ich auf einen Torfweg ein und rannte so lange, bis ich von der Crobaster Straße aus nicht mehr zu sehen war. Von dort aus brauchte ich, indem ich den Rückweg über das Moor abkürzte, ungefähr zehn Minuten, um auf die Cross Skigersta Road zu kommen und von dort aus Richtung Westen nach Mealanais weiterzulaufen. Da ich Marsaili ein ganzes Jahr lang zusammen mit Artair von der Schule nach Hause gebracht hatte, kannte ich die Route inzwischen gut. Doch dies war das erste Mal, dass ich es wagte, an einem Samstag zu gehen. Ein heimlich auf dem Schulhof verabredetes Rendezvous. Artair sollte nichts davon erfahren. Das war meine Bedingung. Dies eine Mal wollte ich Marsaili für mich allein. Doch während ich den Abhang zu dem Weg hinunterkletterte, der zum Hof in Mealanais führte, wurde mir vor schlechtem Gewissen so übel, als hätte ich mehr gegessen, als ich vertragen konnte.

Die Hand auf dem Riegel des weißen Eingangstors, zögerte ich plötzlich. Ich konnte es mir immer noch anders überlegen. Wenn ich den ganzen Weg rannte, schaffte ich es vermutlich noch, bevor mein Vater das Boot auf dem Anhänger hatte, und niemand hätte etwas gemerkt. Doch der Wind trug eine helle, fröhliche Stimme herüber.

»Fi-in … hallo, Fin.«

Ich blickte auf und sah, wie Marsaili vom Haus den Pfad heraufgerannt kam. Sie hatte wohl nach mir Ausschau gehalten. Und jetzt gab es kein Zurück. Mit rosigen Wangen und blauen Augen, die wie Kornblumen leuchteten, traf sie keuchend am Tor ein. Wie am ersten Schultag hatte sie das Haar zu Zöpfen geflochten und passend zu ihrer Augenfarbe blaue Schleifen darumgebunden.

»Komm schon.« Sie öffnete das Tor, nahm meine Hand, und bevor ich noch einen Gedanken fassen konnte, war ich wie Alice im Wunderland durch den Spiegel in Marsailis Welt getreten. Marsailis Mum war eine freundliche Frau, die nach Rosen duftete und mit einem fremden, weichen englischen Akzent sprach, der mir fast wie Musik in den Ohren klang. Sie hatte gewelltes braunes Haar und schokoladenbraune Augen und trug zur blauen Jeans und einem cremefarbenen Wollpullover eine Schürze mit Baumwolldruck. Außerdem trug sie grüne Gummistiefel, und es schien sie nicht zu stören, dass sie in der großen Bauernküche überall getrocknete Lehmklumpen hinterließ. Sie scheuchte zwei lebhafte Border Collies nach draußen in den Hof und lud uns ein, uns an den Tisch zu setzen, während sie uns zwei Gläser mit naturtrüber selbst gemachter Limonade eingoss. Sie sagte, sie hätte mich und meine Eltern schon oft in der Kirche gesehen. Sie stellte so viele Fragen. Was mein Dad beruflich machte. Und meine Mutter. Was ich werden wollte, wenn ich groß sei. Ich hatte nicht die geringste Ahnung, doch das wollte ich nicht zugeben. Also erzählte ich ihr, ich würde einmal Polizist werden. Sie zog erstaunt die Augenbrauen hoch und sagte, das sei ein guter Berufswunsch. Die ganze Zeit über spürte ich Marsailis Blick auf mich gerichtet. Doch ich wollte mich nicht zu ihr umdrehen, weil ich wusste, dass ich nur rot werden würde.

»Und?«, sagte ihre Mum. »Bleibst du zum Mittagessen?«

»Nein«, sagte ich hastig und merkte im selben Moment, dass es ein wenig unhöflich klang. »Ich hab meiner Mum gesagt, ich wär um zwölf zurück. Sie hat gesagt, sie hätte dann das Essen auf dem Tisch. Und danach wollen mein Dad und ich zusammen mit einem Boot raus.«

So lernte ich schon früh, dass eine Lüge eine andere nach sich zog. Und wieder eine andere. Ich war bereits in Panik, weil ich fürchtete, sie würde mich noch etwas fragen und mich zu noch einer Lüge zwingen. »Kann ich bitte noch etwas Limonade bekommen?« Ich versuchte, das Thema zu wechseln. »Nein«, sagte Marsaili. »Später.« Und zu ihrer Mum: »Wir gehen raus und spielen in der Scheune.«

»In Ordnung, aber lasst euch nicht von den Milben beißen.«

»Milben?«, fragte ich, als wir auf den Hof hinauskamen.

»Heumilben. Die sieht man nicht mal. Sie leben im Heu und beißen einem in die Beine. Guck.« Sie zog ein Hosenbein hoch und zeigte mir an ihrem Bein die blutig gekratzten roten Bisse.

Ich war entsetzt. »Wieso gehen wir dann in die Scheune?«

»Zum Spielen. Ist kein Problem, wir haben ja beide Jeans an. Außerdem beißen sie dich wahrscheinlich sowieso nicht. Mein Dad behauptet, die mögen nur englisches Blut.« Wieder nahm sie mich an der Hand und führte mich über den Hof. Ein halbes Dutzend Hennen flatterten auf unserem Weg zur Scheune über das Pflaster davon. Links von uns stand ein Kuhstall, in dem die Kühe gefüttert und gemolken wurden.

In einem Schweinestall wühlten drei Schweine, große rosa Prachtexemplare, im Heu und in den klein geschnittenen Rüben. Sie schienen nichts anderes zu tun, als zu fressen, zu scheißen und zu pissen. Bei dem süßlich stechenden Geruch von Schweinedung, der in der Luft hing, verzog ich das Gesicht.

»Hier stinkt's.«

»Das ist ein Bauernhof.« Marsaili schien das nicht der Rede wert. »Auf einem Bauernhof stinkt es nun mal.« Im Innern war die Scheune riesig, und das Heu stapelte sich fast bis unter das Wellblechdach. Marsaili kletterte bereits über die unteren Ballen. Als sie merkte, dass ich nicht hinterherkam, drehte sie sich um und schien ein wenig darüber verärgert, dass ich nicht die Führung übernommen hatte. Sie winkte mich energisch zu sich.

»Komm schon!«

Widerstrebend folgte ich ihr bis unters Dach, wo die Ballen so gestapelt waren, dass in der Mitte ein kleiner Raum entstand.

»Das hier ist mein Zimmer. Das hat mein Dad für mich gemacht. Natürlich ist es weg, wenn wir das Heu für die Tiere brauchen. Gefällt es dir?«

Ich fand es toll. Außer dem winzigen Mansardenschlafzimmer, das mein Vater gezimmert hatte, besaß ich keinen Ort, der mir gehörte, und dort konnte man außerdem nichts machen, ohne dass es im ganzen Haus zu hören war. Daher verbrachte ich die meiste Zeit draußen. »Es ist großartig.«

»Siehst du dir schon mal Cowboys im Fernsehen an?«

»Klar.« Ich gab mich lässig. Ich hatte etwas gesehen, das sich Alias Smith & Jones nannte, wenn ich auch nicht alles davon verstand.

»Gut, ich weiß ein tolles Cowboy-und-Indianer-Spiel.«

Zuerst dachte ich, sie meinte irgendein Brettspiel, bis sie mir erklärte, ich sei der Cowboy, der bei einem kriegerischen Indianerstamm in Gefangenschaft geraten sei, und sie die Indianerprinzessin, die sich in mich verliebt hätte und mir zur Flucht verhelfen würde. Es klang ganz anders als alles, was ich bisher mit Artair gespielt hatte, und so war ich nicht gerade begeistert. Doch Marsaili hatte es sich schon genau überlegt und übernahm so energisch die Führung, dass Widerspruch zwecklos war.

»Du setzt dich hierhin.« Sie führte mich in die Ecke und befahl mir, mich mit dem Rücken gegen die Heuballen hinzuhocken. Sie wandte sich ab, um etwas aus einem kleinen Versteck im Heu zu holen, und kehrte mit einem Seil sowie einem großen roten Taschentuch zurück. »Und ich werde dich fesseln.«

Das hörte ich ungern, und so sprang ich auf. »Ich glaube, das ist keine gute Idee.«

Doch sie drückte mich erstaunlich fest wieder herunter. »Und ob es das ist. Du musst gefesselt sein, damit ich kommen und dich losbinden kann. Schließlich kannst du dich nicht selber fesseln, oder?«

»Wahrscheinlich nicht«, gab ich ihr widerstrebend recht.

Nachdem ich mit angewinkelten Knien am Boden hockte, band mir Marsaili die Füße zusammen. Ich fühlte mich hilflos und ausgeliefert, als Marsaili zurücktrat und mit einem zufriedenen Lächeln ihr Werk begutachtete. Mich plagten ernste Bedenken wegen meines Ausflugs. Doch es sollte noch schlimmer kommen. Marsaili beugte sich vor und schickte sich an, mir das rote Taschentuch wie beim Blindekuh-Spielen um den Kopf zu binden.

»Hey, was machst du da?« Ich zog den Kopf weg.

»Halt still, Dummi. Dir müssen auch die Augen verbunden werden. Die Indianer verbinden ihren Gefangenen immer die Augen. Außerdem könntest du, falls du mich kommen siehst, das Spiel verraten.«

Inzwischen zweifelte ich an ihrem Verstand, und ich bekam es mit der Angst zu tun.

»Das Spiel wem verraten?« Ich sah mich in dem Heuballenzimmer um. »Hier ist doch keiner!«

»Hast du 'ne Ahnung! Aber die schlafen gerade alle. Nur deshalb kann ich mich im Dunkeln anschleichen und dich befreien. Und jetzt halt still, damit ich dir die Augen verbinden kann.«

Wie hätte ich mich, nachdem ich ihr schon erlaubt hatte, mich zu fesseln, auch wehren sollen, und so fügte ich mich mit einem Seufzer in mein Schicksal. Sie beugte sich wieder vor, legte mir das gefaltete Taschentuch über die Augen und verknotete es mir hinter dem Kopf, sodass ich nichts mehr sehen konnte.

»So, du darfst keinen Muckser von dir geben«, flüsterte Marsaili. Als sie weghuschte, hörte ich es im Heu rascheln. Dann war es still. So lange so still, dass ich langsam befürchtete, sie könnte davongelaufen sein, um mir einen Streich zu spielen und mich mit verbundenen Augen und gefesselt zurückzulassen. Wenigstens hatte sie mich nicht auch noch geknebelt.

»Was ist los?«

Sie war überraschenderweise ganz nah bei mir: »Schschscht! Die können dich hören.« Es war kaum ein Flüstern, eher ein Hauch.

»Wer?«

»Die Indianer.«

Ich seufzte und wartete. Und wartete. Meine angewinkelten Beine verkrampften sich allmählich. Ich wand mich, um die Stellung zu wechseln, und es raschelte im Heu.

»Schscht«, mahnte Marsaili prompt.

Jetzt hörte ich, wie sie in ihrem geheimen Strohzimmer ihre Kreise um mich zog. Dann wurde es wieder still, und endlich spürte ich plötzlich wieder ihren warmen Atem im Gesicht. Beinahe wäre ich zusammengezuckt. Ich roch noch die süße Limonade. Dann drückten sich weiche, nasse Lippen auf meinen Mund und schmeckten auch nach Limonade. Doch ich war so verblüfft, dass ich mit dem Kopf heftig gegen den Ballen hinter mir stieß. Ich hörte Marsaili kichern. »Hör auf!«, rief ich. »Und jetzt bind mich los!« Doch sie kicherte einfach weiter. »Marsaili, ich mein's ernst. Bind mich los. Bind mich los!« Ich war den Tränen nahe.

Von irgendwo unten rief eine Stimme: »Hallo-o ... Alles in Ordnung da oben?« Es war Marsailis Mum.

Sie brüllte mir direkt ins Ohr: »Alles bestens, Mum. Wir spielen nur.« Und sie band mich schnellstens los. Sobald ich die Hände frei hatte, zog ich mir die Augenbinde herunter und rappelte mich auf, um, so gut es ging, meine Würde wiederherzustellen.

»Ich glaube, ihr kommt besser einen Moment runter«, rief Marsailis Mutter.

»In Ordnung«, brüllte Marsaili zurück. Sie beugte sich vor, um mir die Füße loszubinden. »Sind gleich da.«

Ich wischte mir den Mund mit dem Handrücken ab und funkelte sie an. Doch sie lächelte mich nur freundlich an. »Das hat Spaß gemacht, oder? Nur schade, dass die Indianer aufgewacht sind.« Damit sprang sie von einem Ballen zum anderen bis zu der Stelle hinunter, an der ihre Mutter auf uns wartete. Ich klopfte mir das Heu aus dem Haar und folgte ihr.

Als ich den Ausdruck im Gesicht von Marsailis Mum sah, wusste ich sofort, dass etwas nicht stimmte. Sie wirkte ein bisschen verlegen. »Ich glaube, ich war vielleicht ein Spielverderber«, sagte sie und sah mich mit ihren schokoladenbraunen Augen an, als wollte sie sich entschuldigen.

Marsaili runzelte die Stirn. »Wie meinst du das?«

Doch ihre Mutter sah mich an, als sie sagte: »Ich fürchte, ich habe bei deinen Eltern angerufen, um sie zu fragen, ob du zum Essen bleiben darfst, und um ihnen zu sagen, dass ich dich hinterher nach Hause fahren kann.« Mir rutschte das Herz in die Hose, und ich spürte Marsailis verwirrten Blick auf mich gerichtet. Ihre Mum fuhr fort: »Du hast uns nicht gesagt, dass deine Mum dir verboten hat, allein zum Hof zu kommen, Fin.« Ach, verdammter Mist, dachte ich. Was für 'n Schlamassel! »Dein Vater ist schon unterwegs, um dich abzuholen.«

Wenn man überzeugend lügt, ist das Problem, dass einem, falls man sich erwischen lässt, hinterher niemand mehr glaubt, auch wenn man die Wahrheit sagt. Meine Mutter setzte mich auf einen Stuhl und erzählte mir die Geschichte von dem Jungen, der blinden Alarm schlug. Es war das erste Mal, dass ich sie hörte. Und sie hatte ein Talent zum Geschichtenerzählen, meine Mutter. Sie hätte Schriftstellerin werden können. Der Junge schlug blinden Alarm, indem er, in der Nähe des Waldes »Vorsicht, ein Wolf!« schrie. Ich wusste nicht, was ein Wald war, weil es da, wo ich wohnte, keine Bäume gab. Doch in ihrer Geschichte klang es nach einer düsteren und furchteinflößenden Angelegenheit, mit Wölfen, die hinter jedem Baumstamm lauerten. Ich wusste auch nicht, was Wölfe waren. Doch ich kannte den Schäferhund Seoras im Nachbarhaus von Artair. Ein riesiges Tier. Größer als ich. Und meine Mutter sagte, ich solle mir vorstellen, was passieren würde, wenn Seoras wild würde und mich plötzlich anfiel. Wölfe sind nun mal so, sagte sie. Ich hatte eine lebhafte Phantasie, und so konnte ich mir vorstellen, wie sie den Jungen mahnen, sich vor den Wölfen im Wald in Acht zu nehmen, und wie er dann zum Spaß »Ein Wolf! Ein Wolf!« schreit und alle gerannt kommen. Ich konnte mir auch vorstellen, wie er es ein zweites Mal tut. Dass er es ein drittes Mal macht, konnte ich mir nicht recht denken, doch ich ging davon aus, dass diejenigen, die zweimal gekommen waren, diesmal denken würden, er täte nur wieder so als ob. Und natürlich, sagte meine Mutter, waren diesmal wirklich Wölfe da. Und sie fraßen ihn.

Mein Vater war mehr enttäuscht als verärgert. Enttäuscht

darüber, dass ich es vorgezogen hatte, mich heimlich zu irgendeinem Mädchen auf einem Bauernhof zu schleichen, statt zusammen mit ihm die Jungfernfahrt in dem Boot zu machen, an dem wir den ganzen Sommer gearbeitet hatten. Allerdings zog er seinen Gürtel nicht, weil er enttäuscht war, sondern weil ich gelogen hatte. Das Brennen des Leders an der Rückseite meiner Oberschenkel und die Geschichte meiner Mutter über die Wölfe brachten mich dazu, ein für alle Mal keine Lügen mehr aufzutischen.

Verschweigen war etwas anderes als lügen.

Mein Vater fuhr an diesem Tag allein mit der Eilidh raus, während ich in mein Zimmer geschickt wurde, um mir die Augen auszuheulen und darüber nachzudenken, was ich angestellt hatte. Außerdem hatte ich einen Monat lang jeden Samstag Hausarrest. Ich durfte nur im Haus oder im Garten spielen. Artair durfte zu uns kommen. Vier Wochen lang bekam ich kein Taschengeld. Zuerst fand es Artair umwerfend komisch, und er freute sich – besonders, weil ich ihn ja auch belogen hatte – diebisch über mein Missgeschick. Doch bald war er es leid, mit mir bei uns zu Hause oder in unserem Garten zu spielen, und irgendwann ließ er seinen Ärger an mir aus und hielt mir eine Standpauke darüber, das nächste Mal vorsichtiger zu sein. Ich erklärte ihm, es würde kein nächstes Mal geben.

Von da an brachte ich Marsaili nicht mehr von der Schule nach Hause. Artair und ich begleiteten sie nur bis zur Abzweigung nach Mealanais und ließen sie von da aus allein weitergehen, während wir die schmale, steile Straße nach Crobost einschlugen. Ich war seit dem Indianerspiel auf der Hut vor Marsaili, und so machte ich in den Pausen und beim Mittagessen einen Bogen um sie. Ich lebte in der ständigen Angst, jemand könnte von dem Kuss im Heuzimmer erfahren. Ich konnte mir nur zu gut vorstellen, wie die anderen Jungen feixen würden.

Nicht lange nach Weihnachten bekam ich die Grippe. Zum ersten Mal im Leben. Und ich dachte, ich würde sterben. Meine Mutter, glaube ich, auch. Denn ich kann mich nur erinnern, wie sie in dieser Woche jedes Mal, wenn ich aufwachte, mit einem kühlen, feuchten Waschlappen da war, den sie mir über die Stirn legte, während sie mir etwas Liebevolles, Aufmunterndes zuflüsterte. Jeder Muskel tat mir weh, und ich schien ständig zwischen glühendem Fieber bis zu einundvierzig Grad und Anfällen von unkontrollierbarem Schüttelfrost zu wechseln. In dieser Woche ging mein siebter Geburtstag fast unbemerkt vorüber. Zuerst war mir übel, ich erbrach mich und konnte nichts essen. Es verging fast eine Woche, bevor mich meine Mutter überreden konnte, ein bisschen Pfeilwurz mit Milch und etwas Zucker zu mir zu nehmen.

Ich glaube, es war sogar überhaupt das erste Mal, dass ich krank war. Ich nahm ab und fühlte mich schwach, und es vergingen volle zwei Wochen, bis ich mich wieder gesund genug fühlte, um in die Schule zu gehen. An dem Tag regnete es, und meine Mutter hatte Angst, ich könnte mich unterkühlen, deshalb wollte sie mich mit dem Auto hinfahren. Doch ich bestand darauf, zu Fuß zu gehen, und traf mich mit Artair am oberen Ende des Pfades zu ihrem Bungalow. Er hatte während meiner Krankheit nicht in meine Nähe kommen dürfen und sah mich jetzt misstrauisch an.

»Bist du sicher, dass du wieder gesund bist?«

»Klar bin ich sicher.«

»Du steckst nicht mehr an?«

»Natürlich nicht. Wieso?«

»Weil du ziemlich schrecklich aussiehst.«

»Danke. Da fühl ich mich ja schon bedeutend besser.«

Es war Anfang Februar. Der Regen war ein so zartes Nieseln, dass man ihn kaum sehen konnte. Doch da er von einem eisigen Nordwind herangeweht wurde, durchnässte er uns von oben bis unten. Er drang mir in den Kragen und an den Hals, sodass mir der Stoff an der Haut rieb, an den Wangen und den kalten Knien brannte. Ich liebte es. Zum ersten Mal seit zwei Wochen fühlte ich mich wieder lebendig.

»Was ist in der Zeit, als ich gefehlt hab, so gelaufen?«

Artair machte eine wegwerfende Handbewegung. »Nichts Besonderes. Du hast nichts verpasst, falls du das befürchtet hast. Das heißt außer den Multiplikationstabellen.«

»Was ist das denn?« Es klang sehr exotisch.

»Multiplikation.«

Das half mir nicht weiter, doch ich wollte nicht als dumm dastehen, und so sagte ich nur: »Ach so.«

Wir waren fast an der Schule, als er es mir sagte. So nebenbei, als wäre es nichts Besonderes. »Ich bin in die Volkstanzgruppe eingetreten.«

»Die was?«

»Volkstanz. Du weißt schon …« Er hob die Arme über den Kopf und machte mit den Füßen seltsame Schritte. »Der *pas de bas.*«

Ich bekam es allmählich mit der Angst, dass er in meiner Abwesenheit verrückt geworden war. »Paddy Bah?«

»Das ist ein Tanzschritt, Blödmann.«

Ich glotzte ihn ungläubig an. »Tanzen? Du? Artair, Tanzen ist was für Mädchen!« Ich fragte mich, was in ihn gefahren war.

Er zuckte mit den Achseln und spielte es gekonnt herunter. »Mrs Mackay hat mich rausgepickt. Mir blieb nichts anderes übrig.«

Und zum ersten Mal kam mir der Gedanke, dass ich vielleicht froh sein sollte, krank geworden zu sein. Sonst hätte sie am Ende mich genommen. Ich hatte aufrichtiges Mitleid mit Artair. Bis ich die Wahrheit erfuhr.

Um drei Uhr waren wir zusammen mit Marsaili auf dem Nachhauseweg. Ich war mir keineswegs sicher gewesen, dass sie sich über meine Rückkehr freute. Sie hatte nur kühl hallo gesagt, als ich mich in der Klasse auf meinen Platz neben ihr setzte, und mich dann den ganzen Tag ignoriert. Zumindest schien es mir so. Jedes Mal, wenn ich sie ansah oder versuchte, ihrem Blick zu begegnen, schien sie mich geflissentlich zu übersehen. In der Pause auf dem Schulhof sprang sie mit ihren Freundinnen Seilchen, sang Reime und spielte Hüpfkästchen. Nach der Schule trafen wir sie auf der Hauptstraße. Da sagte sie zu Artair: »Hat Mrs Mackay dir schon gesagt, wann die Fahrt nach Stornoway ist?«

Er nickte. »Ich hab einen Zettel mitbekommen, den meine Eltern unterschreiben müssen.«

»Ich auch.«

»Was für eine Fahrt nach Stornoway?« Ich fühlte mich entschieden außen vor. Es war schon erstaunlich, was man in zwei kurzen Wochen alles verpassen konnte.

»Ein Tanzwettbewerb im Gemeindehaus«, sagte Marsaili. »Sämtliche Schulen der Insel nehmen teil.«

»Tanzen?« Einen Moment lang war ich verwirrt, doch als hätte sich an einem warmen Sommermorgen der *Haar*-Nebel an der Nordküste gelichtet, wurde mir plötzlich alles klar. Marsaili war in der Volkstanzgruppe. Deshalb war Artair selbst auf die Gefahr hin, sich vor sämtlichen männlichen Altersgenossen lächerlich zu machen, dabei. Ich strafte ihn mit einem Blick, von dem die Milch sauer geworden wäre. »Dir blieb nichts anderes übrig, wie?«

Er zuckte nur mit den Achseln. Ich sah, dass Marsaili mich musterte und offenbar mit meiner Reaktion zufrieden war. Ich war eifersüchtig, und sie wusste es. Sie rieb Salz in die Wunden. »Du kannst im Minibus neben mir sitzen, wenn du möchtest, Artair.«

Artair, der inzwischen ein wenig verlegen war, gab sich gleichgültig. »Vielleicht, mal sehn.«

Wir überquerten die Hauptstraße bis zur Abzweigung nach

Mealanais, und ich fragte mich, ob er sie in meiner Abwesenheit immer nach Hause gebracht hatte. Doch wir blieben stehen, und sie rechnete offensichtlich nicht damit, dass wir sie begleiteten. »Dann bis Samstag«, sagte sie zu Artair.

»Ja, okay.« Er steckte die Hände tief in die Hosentaschen, und wir beide machten uns auf den Weg nach Crobost. Als ich mich noch einmal umsah, hüpfte Marsaili leichtfüßig die Straße nach Mealanais davon. Artair lief viel schneller als sonst, sodass ich kaum mitkam.

»Samstag? Ist da der Tanzwettbewerb?«

Er schüttelte den Kopf. »Nein, der ist an einem Schultag.«

»Und was ist am Samstag?«

Artair richtete den Blick auf eine Stelle irgendwo auf der Straße vor uns. »Ich geh zum Spielen rüber.«

Ich fasste es nicht. Auch wenn ich damals nicht in der Lage war, sie korrekt zu benennen, so litt ich eindeutig an sämtlichen klassischen Symptomen der Eifersucht. Ich war wütend, verletzt, irritiert und traurig. »Das erlauben dir deine Eltern nie!« Ich griff nach dem Strohhalm.

»Doch. Meine Mum und mein Dad sind von der Kirche her mit Marsailis Mum befreundet. Meine Mum hat mich letzten Samstag sogar hingefahren.«

Ich glaube, mir hing die Kinnlade herunter. Hätten wir Juni gehabt, wären mir die Fliegen in den Mund geflogen. »Dann warst du schon mal da?« Ich wollte es immer noch nicht glauben.

»Paarmal.« Er warf mir ein selbstzufriedenes Lächeln zu. »Wir haben in der Scheune Cowboy und Indianer gespielt.«

Mir drängten sich albtraumartige Bilder auf, wie Marsaili Artair mit demselben Strick fesselte, ihm mit demselben roten Taschentuch die Augen verband. Mein Mund war auf einmal so trocken, dass ich kaum sprechen konnte. »Hat sie dich geküsst?«

Artair fuhr mit dem Kopf zu mir herum. Abscheu und Fassungslosigkeit standen ihm ins Gesicht geschrieben. »Mich küssen?« Das Entsetzen in seiner Stimme war unüberhörbar. »Wieso in aller Welt sollte sie das tun wollen?«

Die Antwort war immerhin ein wenig Balsam auf meine tiefen Wunden.

Am Samstag blies der Wind aus Nordost. Ein bitterkalter Februarsturm, der Schneeregen vor sich hertrieb. Ich stand in meiner gelben Ölhaut, dem Südwester und meinen schwarzen Gummistiefeln an unserem Tor und hielt nach dem Avenger Ausschau, der hier vorbeikommen musste. Meine Mutter rief ein paarmal nach mir und mahnte, ich würde mir da draußen den Tod holen, ich sollte lieber reinkommen und drinnen spielen. Doch ich war entschlossen zu warten. Ich glaube, in irgendeinem Winkel meines Kopfes hoffte ich, Marsaili und Artair hätten mir einfach nur einen grausamen Streich gespielt. Und ich wäre gern den ganzen Morgen dort draußen stehen geblieben, wäre nur dieser Wagen nicht vorbeigekommen. Doch er kam, kurz nach halb zehn. Artairs Mum saß am Lenkrad, und Artair drückte das Gesicht an die Heckscheibe. Sie war beschlagen, doch ich konnte sein Grinsen deutlich sehen. Er winkte triumphierend wie ein Mitglied der königlichen Familie in der Ausbildungsphase. Inmitten des Graupels, der mir im roten Gesicht brannte und meine Tränen verbarg, sah ich ihm mit düsterer Miene hinterher. Doch die warmen Rinnsale, die mir die Wangen hinunterliefen, spürte ich schon.

Am Montagmorgen überraschte ich Mrs Mackay mit dem Vorschlag, da ich inzwischen gut mit Englisch zurechtkäme und keinen Übersetzer mehr bräuchte, könne sie uns in alphabetischer Reihenfolge umsetzen, so wie sie es ursprünglich beabsichtigt hätte. Der Gedanke entsprach wohl Mrs Mackays Sinn für Ordnung, denn sie stimmte freudig zu. So wechselte ich von der ersten in die zweite Reihe und saß nun mehrere Reihen von Marsaili entfernt. Ihre Betroffenheit war unverkennbar. Sie drehte sich um, senkte den Kopf ein wenig und sah mich mit traurigen Unschuldsaugen an. Ich ignorierte sie beharrlich. Hatte sie beabsichtigt, mich eifersüchtig zu machen, so war ihr das gelungen. Doch der Schuss war auch nach hinten losgegangen, denn von jetzt an wollte ich nichts mehr mit ihr zu tun haben. Ich ertappte Artair, wie er zwei Tische weiter zufrieden grinste. Von jetzt an wollte ich auch mit ihm nichts mehr zu schaffen haben.

In der Pause machte ich um beide einen großen Bogen, und wenn es nach der letzten Stunde klingelte, war ich als Erster zur Tür hinaus und schon halb die Straße hoch, bevor Marsaili und Artair auch nur den Schulhof verlassen hatten. Auf der Hauptstraße drehte ich mich um und sah, wie Marsaili rannte, um mich einzuholen, und Artair ein wenig außer Atem hinterherzockelte. Doch entschlossen wandte ich mich ab und ging so zügig zur Straße nach Crobost, wie ich konnte, ohne zu rennen.

Nun ist es leider so, dass die Verletzung, die man dem anderen zufügt, den eigenen Schmerz kein bisschen lindert, weshalb am Ende alle unglücklich sind. Hinzu kommt, dass man eine eingenommene Haltung nicht ohne Weiteres ändern kann, ohne das Gesicht zu verlieren. Ich war noch nie so unglücklich gewesen wie in den nächsten beiden Tagen und dennoch wild entschlossen, an meinem Verhalten nichts zu ändern.

Am Donnerstagmittag fuhr die Volkstanzgruppe im Minibus der Schule nach Stornoway. Ich sah ihm von einem Fenster im Speisesaal aus hinterher. Ich wischte eine Stelle in der beschlagenen Scheibe sauber, um durchzusehen und sie dabei zu beobachten, wie sie auf den Minibus aus der Garage warteten. Vier Mädchen und zwei Jungen, Artair und Calum. Artair redete unentwegt auf Marsaili ein und gab sich redliche Mühe, ihre Aufmerksamkeit zu erringen. Doch sie war eindeutig abgelenkt und blickte in der Hoffnung, mich auf meinem Beobachtungsposten zu entdecken, zur Schule zurück. Ich empfand ein gewisses masochistisches Vergnügen. Ich sah, wie Artair nach seinem Schnaufer kramte und zweimal lang daran sog, ein sicheres Zeichen, dass er nervös war.

Doch an einem scheinbar endlosen, öden Nachmittag war das kein Trost für mich. Wir fünf, die in der Schule bleiben mussten, hatten Wörter von der Wandtafel abzuschreiben. Zuerst in Groß-, dann in Kleinbuchstaben. Ich starrte immer wieder aus dem Fenster und betrachtete die tiefe Wolke, die vom Atlantik herüberwehte, sich an der Küste zerfetzte und zwischen sehr kurzen Abschnitten, in denen die Sonne durchblitzte, böige kleine Schauer niedergehen ließ. Und Mrs Mackay verpasste mir einen gehörigen Anpfiff dafür, dass ich nicht bei der Sache war. Das sei mein Problem, sagte sie. Mir fehle es an Konzentration. Ich sei ein Träumer. Reichlich Begabung, aber kein Arbeitswille. In Wahrheit war ich nicht gewillt, überhaupt irgendetwas zu tun. Ich war wie ein liebeskranker Welpe, den man allein in einen Schrank gesperrt hat. Aus heutiger Sicht kommt es mir seltsam vor, wie früh mich solche Gefühle heimsuchten.

Als endlich die Klingel ertönte, bekam ich fast keine Luft mehr. Ich konnte es nicht erwarten, in den eisigen Wind hinauszukommen und mir die Lunge mit frischer Salzluft vollzupumpen. Ich machte mich auf den Weg zu den Crobost Stores, um mir von meinem letzten Taschengeld eine Tafel Schokolade zu kaufen. Zum Trost brauchte ich etwas Süßes. Direkt gegenüber dem Laden gab es ein Tor; es führte auf einen Traktorpfad zu den Torfgräben hinauf, die Generationen von Crobostern dort geschaffen hatten. Ich kletterte über das Tor und stapfte, die Hände in den Taschen, den Trampelpfad entlang bis zum Torfstich. Von dort aus konnte ich nicht nur die Schule in der Ferne, sondern auch die schmalen Straßen nach Mealanais und nach Crobost sehen. Auch die

Hauptstraße hatte ich bis über Swainbost hinaus im Blick, und so konnte ich den Minibus bei seiner Rückkehr aus Stornoway nicht verpassen. Im letzten Mai war ich zusammen mit meinem Vater und meiner Mutter zum Torfstechen hergekommen; es war eine Knochenarbeit gewesen, mit dem speziellen Spaten in den weichen Boden zu stechen und die Stücke dann zu stapeln, damit sie im warmen Frühlingswind trockneten. Später musste man zurückkehren und sie wenden. Wenn die Torfstücke dann ausreichend getrocknet waren, kam man mit Traktor und Anhänger wieder, nahm sie mit nach Hause, wo man sie zu großartigen Stapeln anhäufte, einen auf den anderen, ein wenig versetzt, sodass Luft hindurchkam. Waren die Torfstücke ordentlich durchgetrocknet, konnte der Regen ihnen nichts mehr anhaben, und in den langen Wintermonaten heizten sie einem ein. Das Stechen war allerdings das mühsamste Geschäft, besonders, wenn es windstill war. Denn dann fielen die Mücken über einen her. Winzige Stechmücken, der Fluch Schottlands. Eine einzelne Stechmücke ist so klein, dass man sie kaum sieht, doch sie leben in Schwärmen, in großen schwarzen Wolken, geraten einem in die Haare, die Kleider und machen sich über Menschenfleisch her. Wenn man in einen Raum voller Stechmücken eingeschlossen würde, wäre man, bevor der Tag zur Neige geht, dem Wahnsinn nahe. So ähnlich war es oft beim Torfstechen.

Jetzt, mitten im Hebriden-Winter, gaben die Plagegeister allerdings Ruhe. Nur der Wind, der durchs tote Gras blies, setzte zu. Das Licht ging bald zur Neige. Ich sah die Lampen des Minibusses von Cross aus über die Anhöhe kommen, bevor ich wusste, was es war. Da, wo die Straße im Bogen zur Schule hinunterführte, hielt er mit blinkenden orangefarbenen Warnleuchten an, um die Kinder aus Crobost aussteigen zu lassen. Es waren nur Marsaili, Artair und Calum. Nachdem der Bus weitergefahren war, blieben sie noch einen

Moment stehen und redeten, dann eilten Artair und Calum Richtung Crobost davon, während Marsaili sich auf den Weg zu ihrem Hof in Mealanais machte. Ich blieb noch eine Minute sitzen und lutschte an der bröselnden, zuckersüßen Tafel Schokolade, während ich Marsaili auf der schmalen Straße unter mir beobachtete. Von hier oben sah sie winzig aus, irgendwie einsam. Etwas in ihrer Haltung, etwas Bleiernes in ihrem Gang sagte mir, dass sie nicht glücklich war. Ich hatte plötzlich unerklärliches Mitleid mit ihr, wollte den Hang hinunterlaufen, sie in die Arme nehmen und ihr sagen, dass es mir leidtat – meine Eifersucht und mein verletzendes Benehmen. Doch irgendetwas hielt mich zurück. Diese Hemmungen, meine Gefühle zu zeigen, die mich mein ganzes Leben verfolgen würden.

Sie war schon fast im winterlichen Dämmerlicht verschwunden, als ich mich überwand und hinter ihr her den Hügel hinunterlief. Um nicht hinzufallen, während ich in meinen Gummistiefeln unbeholfen durch das schmatzende Moor stapfte, ruderte ich mit den Armen wie mit Windmühlenflügeln. Als ich mich über den Zaun fallen ließ und eine Reihe Schafe in wilde Flucht versetzte, blieb ich mit der Hose im Stacheldraht hängen. Fast im Laufschritt hastete ich hinter ihr her. Als ich sie endlich eingeholt hatte, keuchte ich vor Anstrengung, doch sie drehte sich nicht zu mir um, und ich fragte mich, ob sie die ganze Zeit gewusst hatte, dass ich sie vom Hügel aus beobachtet hatte. Ich gesellte mich zu ihr, und wir liefen eine Weile ohne ein Wort nebeneinander her. Als ich schließlich wieder Luft bekam, fragte ich: »Und? Wie ist es gewesen?«

»Das Tanzen?«

»Ja.«

»Es war entsetzlich. Als Artair all die Leute sah, geriet er in Panik; er musste die ganze Zeit an seinem Schnaufer ziehen und konnte nicht auf die Bühne. Wir mussten ohne ihn auftreten, aber es war hoffnungslos, weil wir zu sechst geprobt hatten, und zu fünft hat es nicht geklappt. Das mach ich nie wieder!«

Ob ich es wollte oder nicht, war ich hocherfreut über das, was ich da hörte. Doch ich bemühte mich um einen einfühlenden Ton. »Das ist echt schade.«

Sie warf mir einen kurzen Blick zu, als witterte sie meinen Sarkasmus. Doch ich ließ mir nichts anmerken. »Ist es eigentlich nicht, jedenfalls hat es mir sowieso keinen Spaß gemacht. Tanzen ist was für bescheuerte Mädchen und Memmen von Jungs. Ich hab nur mitgemacht, weil meine Mutter es wollte.«

Wir verfielen erneut in Schweigen. Vor uns sah ich in der Senke die Lichter des Hofs. Auf meinem Heimweg wäre es vollkommen dunkel, doch meine Mutter sorgte dafür, dass ich immer eine kleine Taschenlampe in der Schultasche dabeihatte, weil es im Winter so früh dunkel wurde und man nie wusste, wann man sie brauchen konnte. Am weißen Tor blieben wir einen Moment stehen.

Schließlich fragte sie: »Wieso bringst du mich nach der Schule nicht mehr nach Hause?«

Ich sagte: »Ich dachte, du bist lieber mit Artair zusammen.«

Sie sah mich an. Blaue Augen vor dunklem Himmel, und irgendwie fühlte ich mich schwach auf den Beinen. »Artair geht mir auf den Wecker. Er läuft mir überallhin nach. Er ist sogar in den Tanzkurs gekommen, nur meinetwegen.« Ich wusste nicht, was ich sagen sollte. Dann fügte sie hinzu: »Er ist nur ein Blödmann. In Wirklichkeit mag ich dich, Fin.« Sie gab mir einen kurzen, weichen Kuss auf die Wange, dann drehte sie sich um und rannte zum Farmhaus hinunter.

Ich stand lange im Dunkeln und fühlte ihre Lippen auf der Wange. Noch lange, nachdem sie gegangen war, spürte ich ihre Wärme, dann hob ich die Hand und berührte mein Gesicht, um den Zauber zu brechen. Ich drehte mich um und rannte zur Straße nach Cross und Skigersta, während mir mit jedem Atemzug Glück und Stolz die Brust schwellten. Es würde mächtig Ärger geben, wenn ich nach Hause kam, doch das war mir so was von egal.

8

Als Artair durch die Küchentür trat, drehte sich Marsaili am Spülbecken um. Sie sah wütend aus, doch dann bemerkte sie, dass er nicht allein kam. Fin war noch nicht in das Licht über der obersten Treppenstufe getreten, und so sah sie nur einen Schatten in Artairs Rücken und wusste nicht, wer der Gast war.

»Tut mir leid, dass ich so spät komme. Bin in der Stadt einem alten Freund über den Weg gelaufen. Hat mich heimgefahren. Ich dachte, du möchtest ihn vielleicht auch begrüßen.«

Erschrocken sah Marsaili Fin im grellen Licht der Küche an. Sie wischte sich hastig die vom Abwasch roten Hände an der Schürze ab und strich sich eine lose Strähne aus dem Gesicht. Sie wirkte nicht wie eine Frau im mittleren Alter, sondern wie eine junge Frau, die keinen Wert mehr auf ihr Äußeres und das, was andere von ihr dachten, legte. Bis jetzt.

»Hallo, Marsaili.« Fin klang kleinlaut.

»Hallo, Fin.« Allein schon seinen Namen aus ihrem Mund zu hören, nachdem sie ihn vor so vielen Jahren so getauft hatte, machte ihn traurig. Darüber, etwas Kostbares für immer verloren zu haben. Marsaili lehnte sich etwas verlegen mit dem Rücken ans Waschbecken und verschränkte die Arme vor der Brust. »Was führt dich auf die Insel?« Die unter den gegebenen Umständen schlichte Frage kam ohne diesen Unterton, den er bei Artair herausgehört hatte.

Artair nahm ihm die Antwort ab. »Er untersucht den Mord an Angel Macritchie.«

Marsaili nickte kurz, als sei das Thema damit abgehakt. »Bleibst du länger?«

»Wahrscheinlich nicht. Ein, zwei Tage vielleicht.«

»Meinst du, ihr schnappt den Mörder so schnell?«

Fin schüttelte den Kopf. »Sobald sie eine Verbindung mit dem Mord in Edinburgh ausgeschlossen haben, schicken sie mich wahrscheinlich wieder zurück.«

»Und du glaubst nicht, dass es eine gibt?«

»Sieht zumindest nicht danach aus.«

Marsaili schien zuzuhören, ohne neugierig zu sein. Sie sah Fin unverwandt an. »Du hast dich nicht verändert.«

»Du auch nicht.«

Sie lachte, und er sah in ihren Augen, dass sie tatsächlich amüsiert war. »Immer noch ein lausiger Lügner.« Sie schwieg. Fin stand nach wie vor in der offenen Tür und machte keine Anstalten zu bleiben. »Hast du schon gegessen?«

»Ich besorg mir in Stornoway Fish 'n' Chips.«

»Den Teufel tust du«, brummte Artair. »Bis du zurück bist, haben die längst alle zu.«

»Ich hab eine Quiche im Ofen«, sagte Marsaili. »Ist in 'ner Viertelstunde aufgewärmt. Ich weiß nie, wann Artair nach Hause kommt.«

»Ja, das stimmt.« Artair schloss die Tür hinter Fin. »Der gute alte, unzuverlässige Artair. Kommt er früher oder später? Ob er wohl nüchtern oder betrunken ist? So wird das Leben wenigstens nicht langweilig, was, Marsaili?«

»Es wäre sonst einfach zu öde«, sagte Marsaili ausdruckslos. Fin versuchte – vergeblich – Ironie herauszuhören. »Ich setz die Kartoffeln auf.« Sie drehte sich zum Herd um.

»Komm und trink einen mit mir«, sagte Artair und führte Fin in ein kleines Wohnzimmer, das wegen einer dreiteiligen Sofagarnitur und eines imposanten Fernsehers kleiner wirkte, als es war. Der Apparat wurde ohne Ton eingeschaltet. Irgendeine schreckliche Gameshow. Der Empfang war schlecht, die Farben wurden zu grell angezeigt. Die Gardinen waren zugezogen, und ein behagliches Torffeuer brannte im Kamin.

»Setz dich.« Artair öffnete ein Fach in der Kredenz, in dem sich eine Kollektion Flaschen verbarg. »Was möchtest du?«

»Ich passe, danke.« Fin setzte sich und versuchte, bis in die Küche zu sehen.

»Komm schon, kleiner Appetitmacher fürs Essen.«

Fin seufzte. Es gab kein Entrinnen. »Dann einen ganz Kleinen.«

Artair goss zwei große Whiskys ein und reichte ihm einen. »Slàinte.« Er erhob das Glas zu einem Toast auf Gälisch.

»Slàinte mhath.« Fin nahm einen Schluck. Artair kippte das halbe Glas herunter und sah auf, als hinter Fin die Tür aufging. Fin drehte sich um und sah einen Jungen von vielleicht sechzehn oder siebzehn Jahren in der Tür zum Flur stehen. Er war eher schlaksig und schmal gebaut, hatte strohblondes Haar, an den Seiten kurz rasiert, auf dem Kopf länger und zu Stacheln gegelt. Am rechten Ohr hing ihm ein einfacher Ohrring, und er trug ein Sweatshirt mit Kapuze zur blauen Baggy Jeans, die auf den klobigen weißen Turnschuhen Falten warf. Er hatte die kornblumenblauen Augen seiner Mutter. Ein gut aussehender Junge.

»Begrüß deinen Onkel Fin«, sagte Artair. Fin stand auf, um dem Jungen die Hand zu schütteln. Ein guter fester Handschlag und ein gerader Blick aus diesen Augen, die seiner Mutter so ähnlich waren, dass es einem schon unheimlich vorkam.

»Hey«, sagte er.

»Wir haben ihn Fionnlagh genannt.« Das war Marsailis Stimme, und Fin sah sich um. Sie stand in der Küchentür und betrachtete sie mit einem seltsamen Ausdruck und einer Farbe auf den Wangen, die vorher nicht da gewesen war.

Fin erschrak, seinen eigenen Namen zu hören. Er sah sich den Jungen erneut an und fragte sich, ob sie ihn nach ihm benannt hatten. Aber wieso sollten sie? Auf der Insel war es ein geläufiger Name. »Freut mich, dich kennenzulernen, Fionnlagh«, sagte Fin.

»Isst du mit uns?«, fragte Artair.

»Er hat schon gegessen«, antwortete Marsaili.

»Dann kann er ja mit uns was trinken.«

»Ich versuch immer noch, das Problem mit dem Computer zu lösen«, sagte Fionnlagh. »Ich glaub, das Motherboard ist vielleicht hinüber.«

»Motherboard, wohlgemerkt«, sagte Artair zu Fin. »Niemals Fatherboard. Sind immer die Mütter, die Ärger machen.« Er drehte sich zu seinem Sohn um. »Und was heißt das?«

»Das heißt, er ist im Eimer.«

»Und? Kannst du das nicht reparieren?«

Fionnlagh schüttelte den Kopf. »Dann müsste ich es ersetzen, und das würde wahrscheinlich so viel wie ein neuer Computer kosten.«

»Also, wir haben nicht das Geld, um einen neuen Computer zu kaufen«, sagte Artair kurz angebunden. »Wenn du einen Job bekommst, kannst du ja selber auf einen sparen.«

Fin fragte ihn: »Was ist es denn für einer?«

»Ein iMac. G3. Einer von den alten Schrottkisten.«

»Und wie kommst du darauf, dass es das Motherboard ist?«

Fionnlagh stöhnte genervt. »Der Monitor ist auf einmal blau und dunkel, sodass man kaum was erkennen kann, und das Bild ist verzerrt, wie zusammengedrückt.«

»Was für ein Betriebssystem verwendest du?«

»Ich hab's gerade von neun auf Jaguar aktualisiert.«

Artair schnaubte. »Du meine Zeit, Junge! Kannst du nicht so reden, dass wir dich alle verstehen können?«

»Nicht, Artair«, sagte Marsaili leise. Fin blickte kurz zu ihr hinüber und sah ihr Unbehagen.

»Hast du einen blassen Schimmer, was er da faselt?«, fragte Artair Fin. »Für mich ist das Kauderwelsch.«

»Ich mache gerade ein Fernstudium in Informatik«, sagte Fin.

»Da hol mich doch der Teufel, du feiner Pinkel. Der Junge, der kein Englisch konnte, kann jetzt Computersprache.«

»Hat das Problem angefangen«, fragte Fin den Jungen, »als du das neue System installiert hast?«

Der Junge nickte. »Ja, einen Tag nach dem Upgrade. Allein die Software hat über hundertdreißig Pfund gekostet. Ganz zu schweigen von der Speicherkarte.«

»Kann ich bestätigen, hab's schließlich bezahlt, verdammt«, brummte Artair und leerte sein Glas. Er beugte sich vor, um es wieder aufzufüllen.

»Wo ist der Computer? In deinem Zimmer?«, fragte Fin.

»Ja.«

»Kann ich ihn mir mal ansehen?«

»Klar.«

Fin stellte sein Glas auf einen Couchtisch und folgte Fionnlagh in den Flur. Eine Treppe führte zu einem Mansardenzimmer hinauf. »Hat sich seit damals einiges geändert«, bemerkte Artair, der ihnen folgte. »Ich hab für den Jungen im Speicher ein Zimmer eingerichtet. Ich und Marsaili sind im alten Zimmer meiner Eltern, und meine Mutter ist in meinem. Das Arbeitszimmer von meinem Dad haben wir als Gästezimmer.«

»Nicht dass wir je Gäste hätten«, murmelte Fionnlagh, als er oben war.

»Was war das?«, rief ihm sein Vater hinterher.

»Hab nur gerade zu Fin gesagt, er soll mit dem losen Teppich auf der obersten Stufe aufpassen.«

Fionnlagh tauschte einen kurzen Blick mit Fin, und in diesem Moment schienen sie Komplizen bei einem kleinen Täuschungsmanöver zu sein, von dem außer ihnen beiden niemand erfahren würde. Fin zwinkerte und bekam ein zartes Lächeln zur Antwort.

Fionnlaghs Zimmer reichte auf dem Speicher über die gesamte Nordseite des Hauses. Zu beiden Seiten war eine

Gaube in die Dachschräge geschnitten. Durch das östliche Fenster hatte man einen freien Blick über den Minch. Der Computer stand auf einem Tisch an der Giebelwand. Der Raum war dunkel, nur eine kleine Schreibtischlampe leuchtete. Vage konnte Fin Poster an den Wänden ausmachen. Fußballspieler und Popstars. Aus einer Stereoanlage, die Fin nicht sehen konnte, dröhnte ihnen Eminem entgegen.

»Mach den Scheiß aus.« Artair lehnte, immer noch das Glas in der Hand, hinter ihnen am Türpfosten. »Kann diesen Rap nicht ab.«

»Ich mag Eminem«, sagte Fin. »Der packt alles in die Texte. Der ist so was wie der Bob Dylan seiner Generation.«

»Gott im Himmel«, platzte Artair heraus. »Ich seh schon, ihr beide kommt blendend miteinander klar.«

»Die meiste Musik hab ich auf den Computer gespeichert«, sagte Fionnlagh. »Aber seit der Bildschirm …« Er zuckte niedergeschlagen mit den Achseln.

»Bist du online?«, fragte Fin.

»Ja, wir haben erst seit ein paar Monaten Breitband.«

»Kann ich ihn mir mal ansehen?«

»Sicher.«

Fin setzte sich vor den iMac und bewegte die Maus, um den Computer aus dem Ruhemodus zu wecken. Der Bildschirm erschien, genau wie es Fionnlagh beschrieben hatte, dunkelblau und verzerrt. Der Desktop war kaum zu erkennen, das Suchfenster und die Dockbar befanden sich am unteren Bildrand. »Ist der Bildschirm überhaupt mal einwandfrei erschienen, nachdem du das neue Betriebssystem heruntergeladen hattest?«

»Ja, am ersten Abend hat es bestens funktioniert. Erst als ich ihn am nächsten Tag eingeschaltet hab, war es so.«

Fin nickte. »Ich wette, du hast deine Firmware nicht aktualisiert.«

Fionnlagh zog die Stirn in Falten. »Firmware? Was ist das?«

»Das ist sozusagen der Teil im Gehirn deines Computers, der dafür sorgt, dass die Hardware und die Software miteinander reden können. Apple hat da richtig Mist gebaut, die haben den Leuten nicht gesagt, dass eine Systemaktualisierung bei einem G3 auch eine Aktualisierung der Firmware erfordert.« Er sah die Betroffenheit in Fionnlaghs Gesicht und grinste. »Keine Sorge, das Problem haben die meisten Mac-Besitzer. Hat schon Leute gegeben, die ihre Computer weggeschmissen haben, dabei hätten sie sich nur ein einfaches Firmware-Upgrade runterladen müssen. Hat eine Menge Ärger gegeben.«

»Und das können wir machen?«, fragte Fionnlagh, als sei die Aussicht zu schön, um wahr zu sein. »Wir können ein Firmware-Upgrade runterladen?«

»Allerdings.« Fin öffnete einen zerquetschten Internetbrowser und tippte eine URL ein. Er brauchte nur einen Moment, um das Upgrade herunterzuladen und zu installieren, dann startete er den Computer noch einmal neu. Kurz darauf erschien der Desktop-Bildschirm hell, scharf und ohne Verzerrung. »*Et voilà.*« Fin lehnte sich zufrieden zurück.

»Mann, das ist phantastisch!« Fionnlagh wusste sich vor Freude kaum zu halten. »Das ist einfach phantastisch.« Seine Augen strahlten.

Fin stand auf, um ihm den Platz frei zu machen. »Du bist dran. Viel Spaß. Ist ein sauberes System. Falls es Probleme gibt, sag Bescheid.«

»Danke, Fin.« Fionnlagh ließ sich auf seinen Sessel fallen, und schon flitzte der Mauspfeil über den Bildschirm, öffnete Fenster, zog Menüs herunter, und Fionnlagh machte sich vergnügt daran, die vielfältigen Möglichkeiten auszuprobieren, die er schon abgeschrieben hatte.

Als sich Fin umdrehte, blickte er Artair ins Gesicht, der immer noch im Türrahmen lehnte und nachdenklich zusah. Seit der Abfuhr wegen Eminem hatte er kein Wort gesagt. »Verflucht clever«, sagte er leise. »Hätte ich nie im Leben für ihn tun können.« Fin trat unbehaglich aufs andere Bein. »Schon erstaunlich, was man alles beim Fernstudium aufschnappt.« Er räusperte sich verlegen. »Ich glaube, ich hab mein Glas unten stehen gelassen.«

Doch Artair rührte sich nicht vom Fleck, sondern senkte nur den Blick auf den letzten bernsteinfarbenen Rest Flüssigkeit in seinem Glas. »Du warst schon immer klüger als ich, stimmt's, Fin? Mein Vater wusste das. Weshalb er sich mit dir immer mehr Mühe gegeben hat als mit mir.«

»Wir haben beide viel Zeit in dem Zimmer unten zugebracht«, sagte Fin. »Ich verdanke deinem Dad sehr viel. Ich kann es immer noch nicht fassen, wie großzügig er war, auf die Weise all seine Freizeit dranzugeben.«

Artair legte den Kopf schief und sah Fin durchdringend an. Wonach suchte er? Fin fühlte sich unter diesem Blick unbehaglich. »Na, wenigstens hat es sich für dich ausgezahlt«, sagte Artair schließlich. »So hast du's geschafft, von der Insel weg und an die Uni zu kommen. Mir hat das Ganze nichts weiter gebracht als einen Job ohne Perspektive bei Lewis Offshore.«

Die Stille zwischen ihnen wurde nur vom Klicken auf Fionnlaghs Tastatur unterbrochen. Der Junge schien sich in seine virtuelle Welt verabschiedet zu haben und nahm ihre Anwesenheit kaum noch wahr. Von unten rief Marsaili, dass ihre Quiche fertig sei, und der peinliche Moment ging vorüber. Artair räusperte sich.

»Komm, wir füllen dein Glas auf und sehen zu, dass du was zu futtern kriegst.«

Am unteren Ende der Treppe rief leise eine Stimme vom anderen Ende des Flurs. »Artair … Artair, bist du das?« Die schwache, zittrige Stimme einer alten Frau.

Artair schloss die Augen, holte tief Luft, und Fin sah seine Kiefermuskeln spielen. Dann öffnete er die Augen. »Einen Moment, mamaidh.« Und im Flüsterton: »Mist! Sie merkt immer, wann ich nach Hause komme.« Er schob sich brüsk an Fin vorbei und steuerte das Zimmer am Ende des Korridors an. Fin ging ins Wohnzimmer, um sein Glas zu holen, und anschließend in die Küche. Marsaili saß an einem Gateleg-Tisch, den sie aufgeklappt hatte und auf dem jetzt drei Teller, die Ofenform mit der Quiche und eine Schüssel mit Kartoffeln standen. »Ist er zu ihr gegangen?«

Fin nickte und sah, dass sie jetzt einen Hauch Lippenstift aufgetragen hatte und ein wenig Farbe um die Augen. Sie hatte sich die Spange aus dem Haar genommen und es gebürstet. Sie sah anders aus. Sie deutete auf den Stuhl ihr gegenüber, und er nahm Platz. »Und wie ist es dir so ergangen?«

Ihre Stimme klang matt. »Wie du siehst.« Sie fing an zu essen. »Du brauchst nicht auf Artair zu warten. Das kann dauern.« Sie sah zu, wie er sich den ersten Bissen Quiche in den Mund schob. »Und dir?«

Fin zuckte mit den Achseln. »Könnte schlimmer sein.«

Sie schüttelte traurig den Kopf. »Dabei wollten wir die Welt verändern.«

»Die Welt ist wie das Wetter, Marsaili. Du kannst sie nicht verändern. Und du kannst sie dir nicht zurechtbiegen. Sie biegt dich zurecht.«

»Ach ja, immer noch der Philosoph.« Und zu seiner Überraschung beugte sie sich über den Tisch und strich ihm mit den Fingerspitzen zart über die Wange. »Du bist immer noch sehr schön.«

Unwillkürlich wurde Fin rot. Er lachte verlegen. »Sollte ich das nicht zu dir sagen?«

»Aber du konntest noch nie gut lügen. Außerdem warst du schon immer der Schöne. Ich weiß noch, wie ich dich an dem ersten Tag in der Schule sah und dachte, dass ich noch nie jemand gesehen hatte, der so schön war. Oder was denkst du, weshalb ich in der Klasse neben dir sitzen wollte? Du ahnst nicht, wie eifersüchtig die anderen Mädchen waren.«

Das hatte er tatsächlich nicht geahnt. Er hatte immer nur Augen für Marsaili gehabt.

»Hätte ich doch bloß damals schon gewusst, was für ein Mistkerl du bist, hätte ich uns allen eine Menge Kummer erspart.« Sie schob sich noch ein Stück Quiche in den Mund und grinste, dasselbe Kräuseln um die Mundwinkel, das er so gut kannte. Die tiefen Grübchen in den Wangen. Dasselbe verschmitzte Funkeln in ihren Augen.

»Ich hatte recht«, sagte Fin. »Du *hast* dich nicht verändert.«

»Und ob. In so vielerlei Hinsicht. Du würdest es dir nicht träumen lassen.« Sie schien in die Betrachtung ihrer Quiche versunken. »Ich hab in all den Jahren oft an dich gedacht. Wie du warst. Wie wir als Kinder waren.«

»Ich auch.« Fin neigte den Kopf vor und lächelte verhalten. »Ich hab immer noch diese Nachricht, die du mir geschickt hast. Vor dem Abschlussfest der Grundschule. Du hast mit *Das Mädchen vom Bauernhof* unterschrieben.«

»O mein Gott.« Offenbar brachte diese Erinnerung sie in Verlegenheit, und sie fuhr sich mit der Hand an den Mund. »Den Zettel hast du noch?«

»Ist ein bisschen schmutzig und eingerissen, aber – ja – ich hab ihn noch.«

»Was hast du noch?« Artair kam in die Küche und sackte schwer auf den Stuhl. Schlagartig wechselte die Stimmung zwischen Fin und Marsaili. Artair schob sich einen großen Bissen in den Mund und sah Fin an. »Und?«

Fin wappnete sich für eine weitere Lüge. »Ein altes Klassenfoto aus der Grundschule, 7. Klasse.« Er sah zu Marsaili auf, die seinem Blick auswich.

»An das kann ich mich erinnern«, sagte Artair. »Es ist das Einzige, auf dem ich fehle. In dem Jahr war ich krank.«

»Ja, stimmt. Du hattest die Nacht davor einen schlimmen Asthmaanfall.«

Artair schaufelte sich noch mehr Essen in den Mund. »Wär

dabei fast draufgegangen. War verdammt knapp.« Er blickte von einem zum anderen und grinste. »Wär vielleicht für uns alle das Beste gewesen, was?« Er spülte sich das Essen mit Whisky herunter. Fin stellte fest, dass er sich noch einmal nachgeschenkt hatte. »Was? Keiner sagt, nee, Artair, wär schrecklich gewesen, wenn du damals gestorben wärst, das Leben wär nicht dasselbe gewesen?«

»Also, da hast du recht«, sagte Marsaili, und er warf ihr einen misstrauischen Blick zu.

Sie aßen schweigend weiter, bis Artair seinen Teller leer hatte und ihn wegschob. Sein Blick fiel auf Fins leeres Glas. »Du brauchst Nachschub, mein Junge.«

»Eigentlich sollte ich besser los.« Fin wischte sich mit der Papierserviette, die Marsaili ihm hingelegt hatte, den Mund ab und stand auf.

»Wo willst du hin?«

»Nach Stornoway zurück.«

»Und wie?«

»Ich ruf mir ein Taxi.«

»Sei kein Blödmann. Das kostet dich ein Vermögen. Du schläfst heute Nacht bei uns, und morgen früh nehm ich dich in die Stadt mit.«

Marsaili stand auf und deckte ab. »Ich mach das Bett im Gästezimmer.«

Als Marsaili zurückkam, hatte Artair es sich mit Fin im Wohnzimmer bequem gemacht und die Gläser nachgefüllt. Im Fernseher lief ohne Ton ein Fußballspiel. Artair war inzwischen einigermaßen hinüber; seine glasigen Augen waren halb geschlossen, während er mit schwerer Zunge eine Geschichte über einen Fahrradunfall in ihrer Kindheit erzählte, an den sich Fin nicht erinnern konnte. Fin hatte gesagt, er brauche Wasser in seinem Whisky, und als er in die Küche ging, um sich welches zu holen, goss er die Hälfte des Whiskys weg. Jetzt saß er unbehaglich mit seinem Glas da und wünschte sich, er hätte sich nicht von Artair zum Bleiben überreden lassen. Als Marsaili hereinkam, blickte er hilfesuchend auf, doch sie sah müde aus. Sie betrachtete Artair mit einem seltsamen, passiven Ausdruck. Vielleicht Resignation. Dann ging sie in die Küche, um das Licht auszuknipsen. »Ich geh ins Bett. Ich mach die Küche morgen.«

Als sie den Raum verließ, stand Fin enttäuscht auf. »Gute Nacht.«

Einen kurzen Augenblick lang blieb sie in der Tür stehen, und für einen flüchtigen Moment begegneten sich ihre Blicke. »Gute Nacht, Fin.«

Als die Tür zuging, sagte Artair: »Und gut, dass du endlich weg bist.« Er versuchte, sich auf Fin zu konzentrieren. »Weißt du, dass ich sie nie geheiratet hätte, wenn du nicht gewesen wärst, verdammt?«

Fin erschrak über den bitteren Ton. »Du spinnst! Du bist Marsaili doch von der ersten Schulwoche an hinterhergelaufen.«

»Ich hätte sie nicht mal bemerkt, wenn sie *dich* nicht in die Finger bekommen hätte. Ich war nie hinter *ihr* her. Mir ging's nur darum, sie von dir fernzuhalten. Du warst mein Kumpel, Fin Macleod. Wir waren Freunde, du und ich, fast seit wir laufen konnten. Und dann kommt sie daher und versucht vom ersten Schultag an, dich mir wegzunehmen. Einen Keil zwischen uns zu treiben.« Er lachte. Ein freudloses Lachen, ätzend und bitter. »Und ich will verdammt sein, wenn sie es nicht immer noch tut. Meinst du, ich hätte den Lippenstift nicht bemerkt? Dass sie sich die Augen geschminkt hat? Meinst du, das hat sie meinetwegen getan? Ganz sicher nicht. Das war ihre Art, mit dem Finger auf mich zu zeigen. Weil sie wusste, dass ich es sehe und weiß, weshalb sie es macht. Sie hat schon ewig nichts mehr getan, um sich für mich attraktiv zu machen.«

Fin wusste nicht, was er sagen sollte, und so saß er einfach nur da und hielt sich an seinem warmen Glas mit dem verwässerten Whisky fest, während er zusah, wie die Torfglut im Kamin verglimmte. Es schien schlagartig kalt im Raum zu werden, und er fasste einen Entschluss. Er spülte sich den Rest Whisky herunter und stand auf. »Ich denke, ich geh dann mal ins Bett.«

Doch Artair sah ihn nicht an. Er starrte benebelt ins Leere. »Und weißt du, was die Ironie an der Sache ist?«

Fin wusste es nicht und wollte es auch nicht wissen. »Dann bis morgen früh.«

Artair hob den Kopf, um ihn blinzelnd anzusehen. »Er ist nicht mal von mir.«

Fin spürte, wie sich ihm der Magen zusammenzog. Er fuhr herum. »Wie meinst du das?«

»Fionnlagh«, lallte Artair. »Er ist verdammt noch mal dein Sohn und nicht meiner.«

Die Prägetapete war vor nicht allzu langer Zeit gestrichen worden. Einer von diesen Weißtönen mit einem Hauch von Aprikot vielleicht, oder auch Rosa. Das Zimmer hatte neue Gardinen und einen neuen Teppich. Und die Decke war gestrichen, schlicht mattweiß. Doch der Wasserfleck in der Ecke war, heimtückisch wie ein Geschwür, aufs Neue durchgedrungen und wieder in der Gestalt eines fliegenden Tölpels. Auch der Riss im Stuck war noch da und zog sich durch den Vogel bis zur Deckenleiste. Die zerbrochene Fensterscheibe war durch Doppelverglasung ersetzt, und statt Mr Macinnes' Schreibtisch stand jetzt ein Doppelbett in der Ecke des Zimmers. Die Fächer des Bücherregals gegenüber ächzten immer noch unter der Last jener Bücher, die dort schon gestanden hatten, als Fin lange Abende Mathematik, Englisch und Geographie büffelnd in dem Zimmer verbracht hatte. Die Bücher hatten exotische Titel, die einen von der Arbeit ablenken konnten: *Geblendet in Gaza, Was wusste Diana?, Jungen sind nun mal so, Smeddum.* Und die noch bizarreren Namen ihrer Verfasser: Aldous Huxley, Erle Stanley Gardner, Lewis Grassic Gibbon. Mr Macinnes' alter Sessel mit dem abgewetzten, fadenscheinigen Stoff an den Armlehnen stand noch immer in einer Ecke. Manchmal hinterlassen Menschen noch lange, nachdem sie gegangen sind, ihre Spuren.

Es war Fin, als drohte eine gewaltige Last ihn zu erdrücken, sodass er kaum Luft bekam. Dieses Zimmer war ein dunkler, beunruhigender Ort. Sein Herz raste, als hätte er Angst. Angst vor dem Licht. Er knipste die Nachttischlampe aus. Angst vor der Dunkelheit. Er knipste sie wieder an und merkte, dass er zitterte. Da war etwas, an das er sich zu erinnern versuchte. Etwas, das Artair gesagt hatte. Vielleicht hatte auch Artairs Blick oder ein gewisser Tonfall an etwas gerührt. Erst jetzt bemerkte er an der Wand hinter der Tür den Kartentisch, an dem er so viele Stunden gesessen und sich auf seine Prüfungen vorbereitet hatte. Den Kaffeefleck in der Form der Insel Zypern. Er war jetzt schweißnass und machte das Licht wieder aus. Er hörte sein Herz pochen, fühlte seinen Pulsschlag in den Ohren. Als er die Augen schloss, sah er nur rot.

Wie konnte Fionnlagh sein Sohn sein? Wieso hätte Marsaili ihm nicht sagen sollen, dass sie schwanger war? Wie hatte sie Artair heiraten können, obwohl sie es wusste? Gott! Er hätte schreien mögen und alles dafür gegeben, hätte er nur zu Hause bei Robbie und Mona aufwachen und das ganz normale Leben weiterführen dürfen, das er vier Wochen zuvor noch geführt hatte.

Durch die Wand hörte er laute, wütende Stimmen. Er hielt den Atem an, um zu hören, was sie sagten. Doch er konnte nichts verstehen; durch die Steine und den Mörtel drang nur der Tonfall – vorwurfsvoll, wütend, gekränkt. Eine Tür wurde zugeknallt, dann herrschte Stille.

Fin fragte sich, ob Fionnlagh etwas davon mitbekommen hatte. Vielleicht war er ja daran gewöhnt. Vielleicht kam das allabendlich vor. Oder war es diese Nacht anders? Weil heute ein Geheimnis gelüftet worden war. Oder war Fin überhaupt der Letzte, der davon erfuhr, der Letzte, der merkte, dass sein Leben ganz anders hätte verlaufen können?

9

Es war Anfang Juli des Jahres, in dem ich meinen Schulabschluss gemacht hatte. Die Schule war vorbei, ich hoffte darauf, dass mir meine Ergebnisse einen Platz an der Universität von Glasgow sicherten. Es war der letzte Sommer, den ich auf der Insel verbringen würde.

Ich kann nicht sagen, wie ich mich fühlte. Ich schwebte auf Wolken. Es war, als hätte man mir eine Last von den Schultern genommen, die ich die letzten Jahre getragen hatte. Das prächtige Wetter trug natürlich einiges zu meiner Hochstimmung bei. Es heißt, dass die Jahre fünfundsiebzig und sechsundsiebzig einen phantastischen Sommer bescherten, doch am besten erinnere ich mich an den letzten Sommer, bevor ich an die Uni ging.

Schon Jahre zuvor hatte ich mit Marsaili Schluss gemacht. Wenn ich jetzt zurückblicke, kann ich mich nur über meine Grausamkeit wundern und mich mit dem Gedanken trösten, dass ich noch so jung war. Andererseits muss Jugend oft als Entschuldigung für schlechtes Benehmen herhalten.

Natürlich war sie bis zum Ende der Grundschule weiter in meiner Klasse, auch wenn sie für mich seltsam unsichtbar geworden war. In den ersten beiden Jahren der Mittelschule – immer noch in Crobost – kreuzten sich unsere Wege noch einigermaßen oft. Doch nachdem wir an die Nicholson in Stornoway gekommen waren, sah ich sie kaum noch. Gelegentlich lief man sich in einem Schulkorridor oder auch bei einem Gang durch The Narrows über den Weg. Ich wusste, dass was zwischen ihr und Artair lief, auch wenn er an einer anderen Schule war. Manchmal sah ich sie zusammen bei einer Tanzveranstaltung im Gemeindeclub oder bei Partys. Als Artair seinen Abschluss für die mittlere Reife wiederholte, trennten sie sich, und danach bekam ich mit, dass Marsaili eine Weile mit Donald Murray zusammen war.

Während der gesamten Mittelschulzeit ging ich nacheinander mit einer Reihe von Mädchen aus, doch es währte nie sehr lange. Die meisten verloren das Interesse, wenn sie meine Tante kennenlernten. Wahrscheinlich wirkte sie auf andere ziemlich seltsam. Ich hatte mich einfach an sie gewöhnt. Es war so wie bei dem ganzen Mist, den man als Jugendlicher in seinem Zimmer rumliegen lässt – nach einer Weile sieht man ihn einfach nicht mehr. Doch nach dem Ende meiner Schulzeit war ich frei und ungebunden und hegte nicht die geringste Absicht, daran so schnell etwas zu ändern. Glasgow lockte mit der Aussicht auf unendlich viele neue Möglichkeiten, und ich wollte von der Insel kein Gepäck mitbringen.

Ich erinnere mich, wie ich irgendwann in der ersten Juliwoche mit Artair an den Strand von Port of Ness hinunterging. Artair erging es ganz anders als mir. Im Endspurt vor meinen Abschlussprüfungen hatte ich stundenlang im Arbeitszimmer seines Dads gesessen und gebüffelt. Mr Macinnes war streng mit mir gewesen und hatte mir keine Verschnaufpause gegönnt. Als Artair bei der mittleren Reife in fünf Prüfungen durchgefallen war, hatte er seinen Sohn praktisch aufgegeben, obwohl Artair beschlossen hatte, ein fünftes Jahr dranzuhängen, um es noch einmal zu versuchen. Es war, als setzte Mr Macinnes nunmehr alle Hoffnungen und Erwartungen, die er einmal für Artair gehegt hatte, in mich. Deshalb war es zwischen Artair und mir angespannt. Manchmal trafen wir uns nach meinen Nachhilfestunden und liefen schweigend durchs Dorf. Ich erinnere mich, wie wir am Fuß der Ablaufbahn im Hafen von Crobost standen und eine Stunde lang Steine ins Wasser warfen, ohne dass wir ein einziges Wort sprachen. Wir redeten nie über die Nachhilfe.

Doch das alles lag jetzt hinter mir, und der Tag mit dem strahlenden Sonnenschein, der auf dem stillen Wasser der Bucht glitzerte, schien meine Stimmung widerzuspiegeln. Nur eine ganz zarte Brise ging durch die warme Luft. Wir hatten unsere Socken und Strandschuhe ausgezogen und die Jeans aufgekrempelt und rannten barfuß über den sanft abfallenden Strand, indem wir immer wieder in die kleinen, salzigen Wellen platschten und im unberührten Sand unsere Fußspuren hinterließen. Wir hatten einen von diesen Plastikbeuteln dabei, in denen Torf verkauft wurde, denn wir wollten zwischen dem Gestein an den Klippen am anderen Ende des Strandes bei Ebbe in den Wasserlachen Krebse fangen. Vor mir lag der Sommer, eine endlose Folge von Tagen wie diesem, voller einfachster Freuden des Lebens.

Artair dagegen war düster und niedergeschlagen. Er hatte eine Schweißerlehrstelle bei Lewis Offshore bekommen, die er im September antreten sollte. Aus seiner Sicht zerrann ihm der Sommer wie Sand zwischen den Fingern. Der letzte Sommer seiner Kindheit, an dessen Ende ihn nichts anderes erwartete als die Plackerei in einem Job ohne Perspektive und die Verantwortung des Erwachsenseins.

Dort unten zwischen den Wasserlachen im Felsgestein lag eine andere Welt weit weg von der Realität. Nur die Möwen waren zu hören und die See, die freudig der Küste entgegeneilte. Das in all den Ritzen und Schluchten stehende Wasser war kristallklar und erwärmte sich in der Sonne; Schalentiere klammerten sich trotzig an das schwarze Felsgestein, Algen wiegten sich im Wasser. Wir hatten fast zwei Dutzend Krabben gesammelt und in den Beutel gefüllt, bevor wir eine Zigarettenpause einlegten. Obwohl ich blond war, hatte ich die Haut meines Vaters und wurde schnell braun. Ich hatte das T-Shirt ausgezogen, eingerollt und unter den Kopf geschoben, während ich mich mit geschlossenen Augen auf den Felsen aalte und auf das Meer und die Vögel lauschte, die darin ihre

Nahrung fanden. Artair hockte neben mir, die Knie bis unters Kinn gezogen, die Arme um die Beine gelegt, und paffte missmutig vor sich hin. Seltsamerweise schien das Rauchen sein Asthma nicht zu verschlimmern.

»Jedes Mal, wenn ich auf die Uhr sehe«, sagte er, »ist wieder eine Minute vergangen. Und dann eine Stunde und dann ein Tag. Bald ist es eine Woche, dann ein Monat. Und noch einer. Und ich stech die Uhr an meinem ersten Arbeitstag.« Er schüttelte den Kopf. »Es wird nicht lange dauern, dann steche ich sie zu meinem letzten Arbeitstag, dann bringen sie mich auf dem Friedhof von Crobost unter die Erde. Und das soll's dann gewesen sein?«

»Gott im Himmel, Mann. Bis dahin vergehen sechzig, siebzig Jahre, und du tust so, als wär's gleich so weit. Du hast noch das ganze Leben vor dir.«

»Du hast gut reden. Du gehst weg. Du hast deinen Fluchtweg genau geplant. Glasgow. Die Universität. Die Welt. Überall sonst, nur nicht hier.«

»Sieh dich um.« Ich stützte mich auf einen Ellenbogen. »Viel besser kann's kaum werden.«

»Klar doch«, antwortete Artair sarkastisch, »deshalb kannst du ja auch gar nicht schnell genug wegkommen.« Darauf wusste ich keine Antwort. Er sah mich an. »Hat es dir die Sprache verschlagen?« Er warf seinen Zigarettenstummel in hohem Bogen über die Felsen, sodass ein roter Funkenregen in der Brise tanzte. »Ich meine, worauf soll ich mich freuen? Auf eine Lehre in einer Bootswerft? Jahrelang hinter einer Maske einen Flammenstrahl auf Metallverbindungen richten? Gott, ich hab schon den Geruch in der Nase. Und dann werde ich all die Jahre diese Scheißstraße von Ness nach Stornoway fahren, bis ich irgendwann unter die Erde komme.«

»Mein Vater hat dasselbe gemacht«, sagte ich. »Es war nicht sein Traumberuf, aber ich hab ihn nie klagen gehört. Er hat immer zu uns gesagt, wir hätten ein gutes Leben, und die schönsten Stunden waren die, in denen er nicht auf der Werft gearbeitet hat.«

»Hat ihm ja auch mächtig was gebracht.« Die Worte waren heraus, bevor er merkte, was er da sagte, und Artair drehte sich schuldbewusst zu mir um. »Tut mir leid, Fin, war nicht so gemeint.«

Ich nickte. Ich hatte das Gefühl, als habe gerade die einzige Wolke am Himmel ihren Schatten auf mich geworfen. »Ich weiß, aber du hast vermutlich recht.« Ich ließ die Bitterkeit zu, die ich plötzlich empfand. »Hätte er nicht seinem Gott so viel Zeit gewidmet, hätte er vielleicht mehr zum Leben übrig behalten.« Doch dann holte ich tief Luft und seufzte. »Jedenfalls ist das mit der Uni noch längst nicht sicher. Es hängt immer noch von den Prüfungsergebnissen ab.«

»Ach, komm schon.« Artair wischte meine Bedenken beiseite. »Mit links. Mein Dad sagt, er wäre enttäuscht, wenn du nicht überall 'ne glatte Eins hast.«

In dem Moment hörten wir zum ersten Mal die Stimmen der Mädchen. Anfangs nur von ferne. Sie plauderten und lachten und kamen dabei auf ihrem Strandspaziergang immer näher. Wir konnten sie sehen, aber sie natürlich nicht uns. Artair legte den Finger auf die Lippen und machte mir Zeichen, ihm zu folgen. Wir kletterten barfuß über die Felsen, bis wir sie, nur dreißig Meter entfernt, sahen. Wir hockten uns hin, damit sie uns nicht bemerkten. Es waren vier Mädchen aus unserer Gegend und aus unserem Schuljahrgang. Wir spähten über den Klippenrand. Sie holten Handtücher aus Körben und breiteten sie auf dem weichen Sand unter den Klippen aus. Eine von ihnen legte eine Binsenmatte in die Mitte und kippte Flaschen mit Ginger-Limonade und Päckchen mit Chips aus ihrer Tasche darauf. Dann machten sie sich daran, ihre T-Shirts und Jeans auszuziehen, unter denen sie Bikinis trugen.

Als ich Marsaili dort in ihrem Bikini stehen sah, wie sie die

Arme hob, um sich das Haar im Nacken zu einem Knoten zu binden, wurde mir erst wirklich klar, dass sie nicht mehr das kleine Mädchen war, das ich in der Grundschule hatte sitzen lassen. Sie war zu einer sehr begehrenswerten jungen Frau herangewachsen. Beim Anblick ihres weichgerundeten Hinterns, den Licht und Schatten modellierten, der langen, eleganten Beine und der Brüste, die das knappe blaue Oberteil kaum halten konnte, regte sich etwas in meinen Lenden.

»Himmel«, flüsterte ich.

Artair schien auf einmal putzmunter, seine Depression war wie verschwunden. Stattdessen blitzte es in seinen Augen, und sein Mund verzog sich zu einem schelmischen Grinsen. »Ich hab 'ne Idee.« Er zupfte mich am Arm. »Komm mit.«

Wir nahmen unsere T-Shirts und den Krabbenbeutel, und ich folgte Artair über das Felsgestein zu den Klippen zurück. Hier befand sich ein Pfad, den wir manchmal zu den Felsen hinunterkletterten und uns so den Umweg über den Hafen und den Strand zurück sparten. Der Pfad war steil und voller Kieselsteine, nachdem in irgendeiner früheren Eiszeit ein Gletscher, der sich langsam voranschob, eine tiefe Spalte in die Klippe geschnitten hatte. Als wir etwa zwei Drittel des Aufstiegs hinter uns hatten, folgten wir einem schmalen Steg, der im Bogen in die entgegengesetzte Richtung führte, um schließlich in ein paar natürlichen Stufen auf die Spitze zu führen. Wir befanden uns jetzt etwa zehn Meter oberhalb des Strandes. Der Boden war weich und schwammig unter den Füßen und konnte, wenn man zu nah an den Rand trat, in verräterischen, torfigen Brocken herunterfallen. Wir hatten unser Ziel erreicht und befanden uns, ohne gesehen zu werden, oben auf der Klippe. Dort liefen wir behutsam weiter, bis wir genau über der Stelle waren, an der die Mädchen wahrscheinlich in der Sonne lagen. Hier fiel der Fels etwa sechs Meter steil bis zu einem Vorsprung ab und von dort aus noch einmal drei Meter bis zum Strand darunter. Auf der dünnen Krume, die sich auf dem Felsen hielt, wuchs das Gras in schilfartigen Büscheln. Zwar konnten wir die Mädchen, die Seite an Seite auf ihren Badetüchern lagen, nicht sehen, dafür aber miteinander reden hören. Die Kunst bestand darin, uns genau über ihnen zu platzieren, sodass wir den mühevoll zusammengetragenen Inhalt unseres Beutels über sie ergießen konnten.

Wir setzten uns aufs Hinterteil und rutschten zentimeterweise den steilen, grasbewachsenen Abhang hinunter. Ich machte, den Beutel in der Hand, den Anfang. Artair folgte und bot mir Halt, indem er seine Hacken in den bröseligen Boden bohrte und mich mit beiden Händen am linken Unterarm hielt, sodass ich mich ein Stück vorbeugen und nach den Mädchen Ausschau halten konnte. Wir mussten uns fast den ganzen Hang bis zu dem Vorsprung hinunterkämpfen, bevor ich in Reih und Glied vier Paar Fersen erblickte. Sie waren ein wenig links von uns, und ich machte Artair Zeichen, dass wir dort hinübermussten. Bei unserer Kletterei lösten sich ein paar Kiesel sowie Erde vom Rand und fielen auf den Strand. Das Geplapper verstummte.

»Was war das?«, hörte ich eine von ihnen fragen.

»Hundert Millionen Jahre Erosion.« Marsailis Stimme. »Ihr glaubt doch nicht, dass das aufhört, nur weil wir uns darunter sonnen?«

Jetzt waren die wie auf dem Seziertisch in der Leichenhalle aufgereihten vier Fußpaare haargenau unter mir. Ich beugte mich so weit vor, wie ich mich traute, und sah, dass sie alle auf dem Bauch lagen und die Bikinioberteile aufgehakt hatten, um einen unschönen weißen Streifen auf dem Rücken zu vermeiden. Perfekt. Ich war wahrscheinlich dreieinhalb bis vier Meter über ihnen. Ich grinste Artair zu und nickte. Ich nahm den Beutel in die freie Hand, entfernte das Gummi und schüttete den Inhalt über die Klippe. Zwei Dutzend Krabben flogen durch die Luft und verschwanden aus meinem Blickfeld. Doch die Wirkung ließ nicht auf sich warten. Von unten kamen spitze Schreie wie stürmischer Applaus zum erfolgreichen Abschluss unserer Unternehmung. Während wir mühsam unser Lachen unterdrückten, krochen wir ein bisschen näher an den Rand und reckten die Hälse vor, um zu sehen, welches Chaos wir auf dem Strand angerichtet hatten.

Genau in dem Moment beschloss eine große trockene Sode Erde, sich vom bröselnden Felsen zu lösen, sodass ich trotz Artairs redlichem Versuch, mich festzuhalten, hinunterrutschte und über die Kante fiel. Wie zuvor die Krabben stürzte ich die letzten drei, vier Meter zum Strand hinunter und landete zu meinem Glück zunächst auf den Füßen, dann aber dank der Schwerkraft doch noch auf dem Hintern.

Die in Angst und Schrecken versetzten Krabben huschten in alle Richtungen davon. Ich hob den Kopf und blickte in die Gesichter vier erschrockener Mädchen, die zu mir herunterstarrten. Vier Paar Brüste, die in der Sonne wippten. Einen Moment lang starrten wir uns alle sprachlos und ungläubig an. Als Nächstes schrie eins der Mädchen, und drei von ihnen hielten sich in einer theatralischen Geste die Arme vor den Busen, während sie nunmehr kicherten und sich zierten. In Wahrheit hielt sich, denke ich, ihre Empörung über mein plötzliches Erscheinen in Grenzen.

Marsaili hingegen machte keine Anstalten, sich zu bedecken. Sie stand da, die Hände in die Hüften gestemmt, die Brüste trotzig vorgereckt. Feste Brüste, wie mir nicht entging, mit großen aufgerichteten und rosigen Nippeln. Sie kam zwei Schritt auf mich zu und verpasste mir eine schallende Ohrfeige, sodass ich einen Moment Sternchen sah. »Perverser!«, fauchte sie verächtlich. Dann bückte sie sich nach ihrem Bikinioberteil und schritt durch den Sand von dannen.

Fast einen Monat lang sah ich Marsaili nicht wieder. Inzwischen war es August, und meine Examensergebnisse lagen vor. Wie von Mr Macinnes vorausgesagt, hatte ich in Englisch, Kunst, Geschichte, Französisch und Spanisch eine glatte Eins. Mathematik und Naturwissenschaften hatte ich bereits nach der mittleren Reife abgegeben. Es war schon seltsam. Ich hatte ein Talent für Sprachen, aber keine Neigung, es zu nutzen. Meine Zulassung an der Universität von Glasgow war bestätigt, und ich würde meinen Master dort machen. Auch wenn ich nur eine vage Vorstellung davon hatte, was das war, so interessierte mich vor allem die Kunst, und ich hatte in allen Fächern, die mit ihr irgendwie zu tun hatten, deutlich weniger Mühe als in den akademischeren Fächern.

Von Marsailis Ohrfeige hatte ich mich längst erholt, doch sie hatte rote Striemen in meinem Gesicht hinterlassen, die ich mehrere Tage lang wie ein Ehrenabzeichen trug. Artair hatte von dem, was ich bei meiner Landung unten auf dem Strand zu sehen bekommen hatte, eine detaillierte Beschreibung verlangt. Seinerseits war er sofort wieder auf die Spitze der Klippe geklettert und hatte nicht einmal einen Nippel zu Gesicht bekommen. Die Geschichte verbreitete sich wie ein Lauffeuer in den angrenzenden Dörfern, und für kurze Zeit genoss ich in der ganzen Generation der pubertierenden Jungen von Ness so etwas wie einen Heldenstatus. Doch der Tag, an dem Artair zum ersten Mal die Stechuhr bedienen musste, kam unerbittlich näher.

Als ich ihn besuchte und ihm von der Party auf der Eilean Beag erzählte, blickte er nur düster drein. Es war eine winzige Insel, nur wenige hundert Meter vor der Nordküste der Great Bernera gelegen, die dem Feuer im Schlund eines Drachen glich und westlich von Callanais lag, wo sich das Meer tief in den südwestlichen Küstenstreifen von Lewis gefressen hatte. Ich weiß nicht, wer die Party organisiert hatte, doch ein Freund von Donald Murray hatte ihn eingeladen und er wiederum uns. Es sollte ein Lagerfeuer und ein Barbecue geben, und wenn das Wetter mitspielte, wollten wir am Strand unter freiem Himmel schlafen. Falls nicht, gab es dort eine alte Schäferhütte, die uns Schutz bieten würde. Wir brauchten nur unsere eigenen Getränke mitzubringen.

Artair schüttelte grimmig den Kopf und sagte, er könne nicht mit. Sein Vater sei für ein paar Tage auf dem Festland, und seiner Mutter gehe es nicht gut. Er würde bei ihr bleiben müssen. Sie hätte Schmerzen in der Brust gehabt, sagte er, und ihr Blutdruck sei schwindelerregend hoch. Der Arzt vermutete, sie könne an *Angina Pectoris* leiden. Ich hatte noch nie von *Angina Pectoris* gehört, doch es klang höchst alarmierend. Ich war enttäuscht, dass Artair nicht mitkommen konnte. Seinetwegen. Ein bisschen Aufmunterung hätte ihm gutgetan. Doch am Freitag dachte ich kaum noch daran, und als Donald Murray nachmittags kam, um mich abzuholen, war Artair vergessen. Irgendwo hatte Donald einen roten Peugeot mit Schiebedach aufgetrieben. Er war alt und ganz schön ramponiert, doch der Lack leuchtete in einem wundervollen, lebhaften Rot, das Schiebedach war geöffnet, und Donald, der sich lässig hinterm Lenkrad lümmelte, sah mit seinem sommerlich gebleichten Haar, dem gebräunten Gesicht und der Sonnenbrille wie ein Filmstar aus.

»Hey, Kumpel«, sagte er gedehnt. »Lust auf eine Spritztour?«

Und ob. Es interessierte mich nicht, wo und wie er an den Wagen gekommen war. Ich wollte nur vorn neben ihm sitzen, über die Insel düsen und die eifersüchtigen Blicke der anderen Jungs spüren. Ein Cabriolet hatte man auf der Insel Lewis bis dahin noch nicht gesehen. Wie oft konnte man es wohl mit offenem Dach nutzen? Die Tage waren an den Fingern einer Hand abzuzählen. Nun ja, in diesem Jahr hatten wir Glück. Das gute Wetter hatte die Insel bereits im Juli braun versengt, und es hielt immer noch an.

Wir luden vier Kästen Bier in den Kofferraum, die ich im Schuppen meiner Tante gehortet hatte. Donalds Vater hätte nicht geduldet, solch Teufelszeug im Pfarrhaus zu lagern. Meine Tante kam zum Abschied heraus. Heute denke ich, dass es ihr schon damals nicht sehr gut ging. Auch wenn sie mir gegenüber nie ein Wort darüber verlor. Doch sie sah blass aus und schien schmaler als sonst. Ihr hennafarbenes Haar war dünn und struppig, mit zwei Zentimetern Weiß am Ansatz. Ihr Make-up war verkrustet und teigig und krümelte in den Falten unter dem zu stark aufgetragenen Rouge. Ihre Wimpern waren vom Mascara verklebt, ihr Mund ein blassrosa Strich. Sie trug eine ihrer durchsichtigen Kreationen, mehrere Lagen Chiffon in unterschiedlichen Farben, die sie über der abgeschnittenen Jeans und den rosafarbenen offenen Sandalen zusammengesteckt hatte. Auch die Zehennägel hatte sie rosa lackiert. Dicke, verhornte Nägel an Füßen, die von Arthritis verunstaltet waren. Sie war die große Schwester meiner Mum gewesen. Zehn Jahre älter als sie. Und zwei unterschiedlichere Menschen konnte man sich kaum denken. In der Hippiezeit der späten Sechziger musste sie über dreißig gewesen sein, doch das war offenbar ihre prägende Zeit gewesen. Sie hatte einige Jahre in London, in San Francisco und in New York verbracht und war als einziger Mensch, den ich kannte, persönlich in Woodstock dabei gewesen. Es ist schon seltsam, wie wenig ich im Grunde von ihr weiß. Inzwischen wünschte ich, ich könnte die Zeit noch einmal zurückdrehen und sie nach ihrem Leben fragen, gewissermaßen die Lücken schließen. Sie war nie verheiratet gewesen, das wusste ich, doch es hatte eine bedeutende Beziehung mit einem berühmten Mann gegeben. Einem berühmten, wohlhabenden und verheirateten Mann. Als sie auf die Insel zurückkam, kaufte sie das alte Whitehouse mit Blick über den Hafen von Crobost und lebte dort allein. Soweit ich weiß, hat sie nie jemandem erzählt, was passiert war. Vielleicht hatte sie sich meiner Mutter anvertraut, doch ich war natürlich noch zu jung, als dass meine Mum mit mir darüber gesprochen hätte. Ich glaube, sie hatte nur eine einzige große Liebe in ihrem Leben, und als sie in das alte Whitehouse zog, machte sie einfach die Schotten dicht. Ich habe keine Ahnung, wie sie ihre Tage verbrachte und woher ihr Geld kam. Wir konnten uns nie irgendwelchen Luxus leisten, doch es fehlte mir nie an Essen und Kleidung oder sonst irgendetwas, das ich mir wirklich wünschte. Als sie starb, hatte sie zehn Pfund auf ihrem Konto. Meine Tante war ein Rätsel, eins der unergründeten Mysterien in meinem Leben. Ich lebte neun Jahre bei ihr, doch ich kann nicht sagen, dass ich sie wirklich kannte. Mit einiger Sicherheit kann ich sagen, dass sie mich nicht liebte. Und ich sie umgekehrt auch nicht. Ich denke, sie duldete mich. Doch ich hörte nie ein barsches Wort von ihr, und wenn die Welt gegen mich war, nahm sie mich immer in Schutz. Zwischen uns gab es – wie soll ich sagen? – eine Art unausgesprochene, fast widerstrebende Zuneigung. Ich glaube nicht, dass ich sie jemals geküsst habe, und das einzige Mal, dass sie mich nach meiner Erinnerung in die Arme genommen hat, war in der Nacht, in der meine Eltern starben.

Ihr gefiel das rote Auto. Wahrscheinlich rührte es an diesen längst eingebüßten Freiheitsdrang in ihr. Sie fragte Donald, ob er sie zu einer Fahrt mitnehmen würde, und er ermunterte sie einzusteigen. Als er die Küstenstraße hinaufdonnerte, saß ich hinten, wo mir die Funken von der Zigarette entgegenflogen, die meine Tante zu rauchen versuchte. Ihr Haar wehte im Fahrtwind, und ich sah, wie fragil und knochig ihr Gesicht war. Die Haut spannte sich so straff wie eine Totenmaske über sämtliche Neigungen und Winkel. Ich hatte sie, glaube ich, noch nie so glücklich gesehen. Als wir zum Haus zurückkamen, strahlte sie, und als ich mich auf der Kuppe des Hügels vor Crobost noch einmal zu ihr umsah, stand sie immer noch da und schaute uns hinterher.

Am Fuß des Hügels lasen wir Iain und Seonaidh samt weiteren Biervorräten auf und fuhren Richtung Great Bernera im Süden. Es war eine prächtige Fahrt die Westküste entlang. Der warme Wind schlug uns ins Gesicht, die Sonne brannte uns auf der Haut. Noch nie hatte ich das Meer so ruhig gesehen. Glitzernd dehnte es sich bis zu den Dunstschleiern am Horizont; nur ein sanftes Wogen war zu erkennen, als atmete es langsam und gleichmäßig ein und aus. In den Dörfern, durch die wir kamen, winkten uns die Kinder hinterher. Siadar, Barvas, Shawbost, Carloway. Einige ältere Leute standen staunend am Straßenrand und hielten uns zweifellos für Touristen vom Festland, verrücktes Volk, das die Suilven in ihrem Rumpf herübergebracht hatte. Die Menhire in Callanais ragten in ihrer reglosen Silhouette in den westlichen Himmel – noch ein Mysterium des Lebens, in das wir kaum jemals eindringen würden.

Als wir endlich an der nordöstlichen Spitze von Great Bernera den Anlegesteg entdeckten, sank die Sonne am Himmel und schien flüssiges Gold in das Meer zu kippen. Eilean Beag lag nur wenige hundert Meter vor der Küste flach im Wasser. Die Insel war nur etwas über achthundert Meter lang und vielleicht drei- oder vierhundert Meter breit. Die Berghütte stand nicht weit von der Küste, und in ihrer Umgebung sowie den Strand entlang brannten bereits mehrere Lagerfeuer, aus denen Rauchwolken aufstiegen. Wir sahen, wie sich Gestalten bewegten, Musik war zu hören.

Wir luden das Bier aus, und Donald parkte den Wagen am Strand. Seonaidh läutete die Glocke am Landesteg, und wenig später kam jemand in einem Boot herübergerudert, um uns zu holen.

Eilean Beag war ziemlich flach; im Sommer weideten Schafe dort, doch am südlichen Ufer gab es einen schönen Sand-, an der Nordwestflanke einen Kieselstrand. An diesem Abend waren es wohl hundert Leute, von denen ich kaum jemanden kannte. Ich vermutete, dass viele vom Festland kamen. Diejenigen, die sich kannten, saßen beisammen, jedes

Grüppchen machte sein eigenes Feuer, Musik spielte. Ein Geruch nach Grillfleisch und -fisch lag in der Luft. Mädchen wickelten Essen in Alufolie und vergruben die Päckchen in der Glut. Auch wenn ich keine Ahnung hatte, wessen Party das eigentlich war, schien sie doch bemerkenswert gut organisiert. Als wir auf der Insel anlegten, klopfte mir Donald auf die Schulter und sagte, er käme später bei mir vorbei. Er hatte ein Rendezvous mit einer Viertelunze Dope. Ich und Iain und Seonaidh stapelten das Bier in der Hütte, in der sich der übrige Alkohol befand, und machten uns ein paar Dosen auf. Wir entdeckten einige Leute, die wir aus der Schule kannten, und verbrachten die nächsten Stunden am Feuer, wo wir redeten und tranken und Fisch oder Hühnchen frisch aus den Flammen aßen.

Die Nacht schien ohne Vorwarnung hereinzubrechen. Im Westen glühte der Himmel noch rot, und die Feuer wurden mithilfe von Treibholz noch einmal angestochert, um mehr Licht zu bekommen. Ich weiß nicht, wieso, doch mit der Dunkelheit erfasste mich eine gewisse Schwermut. Vielleicht war ich zu glücklich und wusste, dass es nicht von Dauer wäre. Vielleicht lag es auch daran, dass es mein letzter Sommer auf Lewis war, wiewohl ich noch nicht ahnte, dass ich nur ein einziges Mal, zu einer Beerdigung, zurückkehren würde. Ich machte noch eine Dose Bier auf und schlenderte von einem Feuer zum anderen den Strand entlang, betrachtete die lachenden, trinkenden und rauchenden Gesichter. Inzwischen mischte sich der holzig süße Duft von Haschisch in den Grillgeruch. Am Rand des Wassers blickte ich in den Himmel hinauf und staunte über die schiere tintenschwarze, sternenfunkelnde Weite.

»Hey, Fin!« Als ich mich umdrehte, sah ich Donald zusammen mit ein paar anderen an einem der Feuer sitzen. Er hatte den Arm um ein Mädchen gelegt, und auch bei den anderen schien es sich mehrheitlich um Pärchen zu handeln. »Was zum Teufel treibst du da allein im Dunkeln? Komm, setz dich zu uns!«

Um ehrlich zu sein, hatte ich keine große Lust. Ich suhlte mich ein wenig in meiner Melancholie und genoss die Einsamkeit. Doch ich wollte nicht unhöflich sein. Während ich in den Lichtkreis rund um das Feuer trat, knutschte Donald sein Mädchen und hörte erst auf, als er sah, dass ich vor ihm stand. In dem Moment erkannte ich, dass es Marsaili war, die ihm im Arm lag, und mir fuhr wie ein elektrischer Schlag die Eifersucht in die Glieder. Ich bin sicher, dass ich rot anlief, doch im Licht des Feuers war das zweifellos nicht zu sehen.

Marsaili lächelte kühl. »Soso, wenn das nicht der alte Spanner vom Strand ist.«

»Spanner?«, fragte Donald grinsend. Er war gewiss der einzige Jugendliche in ganz Ness, der die Geschichte nicht kannte. Vielleicht war er gerade auf dem Festland gewesen, um sein rotes Peugeot Cabrio zu holen. Also erzählte ihm Marsaili die Geschichte, wenn auch nicht genau so, wie ich sie wiedergegeben hätte, und er musste so lachen, dass ich fürchtete, er würde ersticken.

»Mann, das ist irre. Nun setz dich schon, verdammt. Rauch einen Joint und entspann dich.«

Ich setzte mich. »Nee, ich halt mich ans Bier.«

Donald sah mich vielsagend an und legte den Kopf schief. »Eine Dope-Jungfrau, was?«

»In jeder Hinsicht Jungfrau«, sagte Marsaili.

Wieder wurde ich rot und war dankbar, dass es so dunkel war. »Natürlich nicht.« Doch es stimmte. Und zwar, wie Marsaili vermutete, in mehr als einer Hinsicht.

»Also red nicht so ’n Quatsch«, sagte Donald. »Du rauchst mit uns, okay?«

Ich zuckte mit den Achseln. Und während ich aus meiner Dose trank, sah ich ihm dabei zu, wie er sich sorgfältig einen von diesen sogenannten Spliffs drehte, wozu er vier Blatt

Zigarettenpapier ineinanderlegte, Tabak hineinstreute, um dann das Harz der Länge nach zu zerkrümeln. Er legte einen Kartenstreifen an ein Ende und rollte den Joint zu einer langen Zigarette, bevor er am klebrigen Ende des Papiers leckte und dann das andere Ende zu einer Spitze zusammendrehte. Das war das Ende, das er anzündete. Er nahm einen langen Zug daran, indem er eine große Rauchwolke in die Lunge sog und die Luft anhielt, bevor er den Joint an Marsaili weiterreichte. Während Marsaili daran sog, atmete Donald tief aus, und sobald der Rauch in die Nacht emporschwebte, sah ich ihm augenblicklich die Wirkung an, als erfasste eine tiefe Zufriedenheit sein Wesen. Marsaili reichte den Joint an mich weiter; das Ende war noch von ihrer Spucke nass. Ich rauchte gelegentlich eine Zigarette und befürchtete daher nicht, mich zu blamieren, indem ich beim Inhalieren halb erstickte. Doch ich hatte nicht damit gerechnet, dass der Rauch so heiß war und dass ein Hustenanfall in meiner Lunge und meiner Kehle explodieren würde. Als ich mich wieder unter Kontrolle hatte, sah ich Donalds und Marsailis verständnisvoll lächelnden Blick auf mich gerichtet. »Ist mir im Hals stecken geblieben«, sagte ich.

»Dann nimmst du besser noch einen Zug«, riet mir Donald, und mir blieb nichts anderes übrig, als einen zweiten Versuch zu unternehmen. Diesmal gelang es mir, die Luft etwa zehn Sekunden anzuhalten und den Joint an Donald zurückzugeben, bevor ich langsam ausatmete.

Die nächsten zehn Minuten lang musste ich über alles und jedes lachen. Schon seltsam, wie komisch mir alles erschien. Eine Bemerkung, ein Blick, ein schallendes Gelächter von einem der benachbarten Feuer. Alles fand ich zum Brüllen. Donald und Marsaili beobachteten mich mit der lässigen Haltung von erfahrenen Kiffern, bis mein Kichern irgendwann verebbte. Nachdem wir einen zweiten Joint geraucht hatten, war ich eher still vergnügt, starrte in die Flammen und entdeckte darin alle möglichen Antworten auf die Lebensfragen, die sich junge Leute stellen. Antworten, die so wenig greifbar wie die Flammen selbst und beim Erwachen am nächsten Morgen unwiederbringlich verschwunden wären.

Ich bekam nur am Rande mit, dass vom Strand aus jemand rief und Donald aufstand und hinuntertappte. Als ich mich umschaute, stellte ich fest, dass auch die meisten anderen Jugendlichen weitergezogen waren und nur Marsaili und ich noch dort saßen – nicht auf Tuchfühlung, doch sie sah mich mit einem sehr seltsamen Ausdruck an.

»Komm her.« Sie klopfte auf den Sand neben sich.

Wie ein gehorsamer kleiner Hund kroch ich zu ihr, bis ich mit dem Hintern in der Kuhle saß, die sie gemacht hatte. Ich spürte ihren Oberschenkel an meinem und die Wärme ihres Körpers neben mir.

»Du bist ein richtiger Mistkerl, weißt du das?« Dabei war ihre Stimme sanft. Natürlich wusste ich das, und so wagte ich nicht, ihr zu widersprechen. »Du hast mir das Herz gestohlen, als ich noch viel zu jung war und es nicht besser wusste, und dann hast du mich fallen gelassen und gedemütigt.« Ich versuchte zu lächeln, schnitt aber wahrscheinlich nur eine klägliche Grimasse. Sie sah mich ernst an und schüttelte den Kopf. »Ich weiß auch nicht, wieso ich immer noch diese Gefühle für dich habe.«

»Was für Gefühle?«

Sie beugte sich vor, und mit derselben Hand, mit der sie mir die Ohrfeige verpasst hatte, drehte sie mein Gesicht zu sich um und küsste mich. Ein langer, weicher Kuss mit geöffnetem Mund, der mir wohlige Schauder durch den ganzen Körper jagte und mir das Blut in die Lenden trieb.

Als sie irgendwann mit mir fertig war, sagte sie: »Diese Gefühle.« Eine Weile saß sie da und sah mich an, dann stand sie auf und griff nach meiner Hand. »Komm mit.«

Hand in Hand bahnten wir uns einen Weg zwischen den

Feuern hindurch, an verschwommenen Gesichtern vorbei und durch eine Geräuschkulisse, bei der ein Song in einen anderen überging und leises Murmeln in der Nacht von gelegentlichem Gelächter unterbrochen wurde. Ich hatte das Gefühl, alles in meiner Umgebung besonders wach und klar wahrzunehmen – das Rauschen der See, das dichte Dunkel der Nacht, die Nähe der Sterne, die mir wie die Spitzen weißglühender Nadeln erschienen, an denen man sich stechen konnte. Auch Marsailis warme Hand spürte ich, ebenso ihre weiche Haut und – immer wenn wir anhielten, um uns zu küssen – ihre Brüste, die sich an mich drückten, und meinen Penis, der jetzt anschwoll und gegen ihren Unterleib drückte. Ich fühlte, wie ihre Hand sich darumlegte.

Die Hütte war leer, als wir eintrafen, auf dem erdigen Boden lagen Bierdosen und türmten sich volle Getränkekästen; Müllsäcke waren mit den Abfällen vom Barbecue prall gefüllt. Marsaili schien zu wissen, wohin sie wollte, und führte mich zu einer Tür an der Rückseite des Raums. Als wir davorstanden, ging sie auf, und ein Paar, nicht viel älter als wir, kam kichernd und ohne unsere Anwesenheit zu bemerken heraus. Das Zimmer dahinter war viel kleiner und von Kerzen erleuchtet, die rund um die Wände aufgestellt waren. Es roch stark nach Wachs und Haschisch und nach Körperausdünstungen. Der Boden war von einer Plane bedeckt, auf der Reisedecken und Kissen sowie Schlafsäcke verstreut lagen, die wie Steppdecken ausgebreitet waren.

Marsaili hockte sich, ohne meine Hand loszulassen, auf eine der Decken und zog mich zu sich herunter. Noch bevor ich saß, hatte sie mich auf den Rücken gelegt und sich auf mich geworfen, um mich so ungestüm zu küssen, dass mir Hören und Sehen verging. Dann setzte sie sich rittlings auf mich und streifte sich das Top über den Kopf, sodass die Brüste mit den rosa Nippeln, die ich am Strand gesehen hatte, über mir waren. Ich nahm ihre zarten, festen Rundungen in beide Hände und spürte, wie sich die Nippel an meiner Haut hart zusammenzogen. Sie griff nach unten, machte den Reißverschluss meiner Jeans auf und befreite mich aus der Beengung. Einen Moment lang schoss mir ein Funken Angst durch den vom Haschisch dumpfen Kopf.

»Marsaili, du hattest recht«, flüsterte ich.

Sie sah mich an. »Was meinst du?«

»Ich hab das noch nie gemacht.«

Sie lachte. »Keine Sorge. Ich schon.«

Ohne dass ich es mir erklären konnte, war ich entrüstet und setzte mich auf. »Mit wem?«

»Das geht dich nichts an.«

»War es Artair?« Irgendwie schien es mir sehr wichtig, dass es nicht Artair war.

Sie seufzte. »Nein, es war nicht Artair. Wenn du es unbedingt wissen musst, es war Donald.«

Irgendwie war ich zugleich erschrocken und erleichtert. Und verwirrt. Wahrscheinlich hatten mir das Bier und das Dope und alles andere, was mir in dieser Nacht passierte, den Verstand geraubt. Sogar meine Eifersucht. Und ich überließ mich Marsailis Erfahrung. Ich kann mich eigentlich nicht besonders gut an dieses erste Mal erinnern. Nur dass es sehr schnell vorbei war. Doch wie sich zeigte, sollten wir in diesem Sommer noch reichlich Gelegenheit haben, zu üben und unsere Technik zu vervollkommnen.

Als wir hinterher eilig wieder in unsere Kleider schlüpften, flog plötzlich die Tür auf, und Donald stand, an jedem Arm ein Mädchen, grinsend vor uns. »Ist das zu fassen? Seid ihr zwei immer noch nicht fertig? Hier draußen stehen sie Schlange.«

10

Das Klappern auf der Tastatur drang in die Stille des dunklen Schlafzimmers. Der Bildschirm warf Licht auf Fins bleiches Gesicht, die Falten um die Augen und an der Nasenwurzel. Die Abschlussprüfung war so wichtig. Alles hing davon ab. Sein gesamtes künftiges Leben. Konzentrier dich, konzentrier dich! Als er aus dem Augenwinkel heraus eine Bewegung wahrnahm, drehte er sich um und merkte, wie er an Armen und Schultern eine Gänsehaut bekam. Er war wieder da. Der unglaublich große Mann in dem Kapuzenanorak mit dem fettig-strähnigen Haar, das ihm über die Ohren hing. Wie zuvor stand er einfach nur in der Tür, beugte den Kopf, um nicht an die Decke zu stoßen, und ließ die großen Hände an den Seiten baumeln. Diesmal bewegte er die Lippen, als wollte er etwas sagen. Fin strengte sich an, etwas zu verstehen, doch er brachte kein einziges Wort hervor, sondern dünstete nur einen widerlichen, fauligen Mundgeruch und einen ekelhaft bitteren Gestank nach kaltem Tabak aus.

Fin wachte, erschrocken von einer Alkoholfahne im Gesicht, auf. Durch die Gardinen strömte helles Tageslicht ins Zimmer und leuchtete alle Winkel aus. Artairs müdes, aufgedunsenes Gesicht war dicht über ihm, und mit der Hand schüttelte er ihn an der Schulter. »Fin, verflucht noch mal, wach auf!«

Fin saß augenblicklich senkrecht; desorientiert und immer noch verängstigt, schnappte er nach Luft. Wo zum Teufel war er? Dann fiel sein Blick auf den heruntergeklappten Kartentisch mit dem Zypern-Kaffeefleck. Er blickte an die Decke und sah den fliegenden Tölpel. »Gott im Himmel.« Er keuchte immer noch.

Artair trat zurück und sah ihn neugierig an. »Alles in Ordnung?«

»Ja, mir geht's gut. Alles bestens, nur ein Albtraum.« Fin atmete einmal tief den warmen, säuerlichen Mief ein. »Wie spät ist es?«

»Sechs.«

Er hatte kaum geschlafen, hatte sich immer wieder nach der Digitaluhr auf dem Nachttisch umgedreht. Zwei. Viertel vor drei. Viertel nach drei. Zehn vor vier. Als er das letzte Mal nachgesehen hatte, war es beinahe fünf Uhr gewesen. Er konnte demnach nur für eine Stunde eingedöst sein.

»Wir müssen los«, sagte Artair.

Fin war verwirrt. »So früh?«

»Fionnlagh und ich müssen nach Port of Ness runter, bevor ich zur Arbeit gehe. Wir helfen den Jungs dabei, den Lkw mit den Vorräten für den An Sgeir zu beladen.«

Fin schlug die Steppdecke zurück und rappelte sich hoch. »Gib mir einen Moment Zeit, mich anzuziehen.«

Doch Artair machte keine Anstalten zu gehen. Fin blickte zu seinem alten Schulfreund auf, der ihn mit einem seltsamen Ausdruck eindringlich ansah. »Hör zu, Fin. Was ich letzte Nacht gesagt habe … Ich war betrunken, okay? Vergiss es einfach.«

Fin erwiderte seinen Blick. »Und? War es die Wahrheit?«

»Ich war betrunken.«

»In vino veritas.«

Artair verlor die Geduld. »Hör zu, ich war sturzbesoffen, ja? Es war siebzehn Jahre lang egal, wieso sollte es jetzt auf einmal eine Rolle spielen?« Fin hörte, wie in seiner Kehle der Schleim rasselte, als er sich schroff umdrehte und den Raum verließ. Fin hörte, wie er draußen im Flur zweimal an seinem Schnaufer sog.

Nachdem Fin sich angekleidet hatte, schüttete er sich über dem Waschbecken Wasser ins Gesicht. Aus dem Spiegel starrten ihm blutunterlaufene Augen entgegen. Er sah schrecklich aus. Er drückte sich etwas Zahnpasta auf den Finger und rieb sie sich über Zähne und Gaumen, dann spülte er gründlich aus, um den schlechten Geschmack vom Vorabend loszuwerden. Er fragte sich, wie er Fionnlagh bei Tage unter die Augen treten sollte, nachdem er nun mal wusste, was er wusste. Er betrachtete sich im Spiegel und sah rasch weg. Er konnte nicht mal sich selbst unter die Augen treten.

Der Astra stand mit laufendem Motor auf der Straße oberhalb des Hauses. Das Brummen des Motors klang so kraftlos, wie Fin sich fühlte. Artair saß mürrisch am Lenkrad, Fionnlagh in seinem Kapuzen-Sweatshirt hinten; er hatte die Hände auf dem Sitz zwischen den Beinen verschränkt, sein Gesicht war vom Schlafmangel geschwollen. Dennoch hatte er offenbar die Zeit gefunden, sich das Haar zu Stacheln hochzugelen. Fin stieg auf der Beifahrerseite ein und drehte sich kurz um. »Hi«, war alles, was er sagen konnte, bevor er sich nach vorn wandte und sich, während er die Gurtschnalle einrasten ließ, vollkommen unzulänglich fühlte.

Artair legte geräuschvoll den ersten Gang ein und löste die Handbremse. Im nächsten Moment ruckelten sie die Straße hinunter.

Der Himmel war bleiern, sah jedoch nicht unmittelbar nach Regen aus. Irgendwo draußen über dem Meer fiel die Sonne wie ein Scheinwerferlicht kreisrund und schräg durch eine Wolkenlücke ein. Ein kräftiger Wind zerrte an den sommerlichen Gräsern. Als der Astra die schmale Straße bis zur Hauptstraße entlangzockelte und an der Kirche vorbeiholperte, konnten sie bis zum Hafen hinuntersehen.

Fin hielt das Schweigen im Wagen kaum aus. Ohne sich umzudrehen, fragte er Fionnlagh: »Und? Wie bist du mit deinem Computer zurechtgekommen?«

»Super.« Fin wartete darauf, dass noch etwas kam, doch das war's.

Artair sagte: »Er fährt nicht gerne mit zum An Sgeir.«

Fin verrenkte den Hals, um den Jungen anzusehen. »Wieso nicht?«

»Nicht mein Ding. Ich hab's nicht so mit dem Töten.«

»Der Junge ist ein Weichei«, sagte Artair verächtlich. »Wird ihm guttun, dass man mal einen Mann aus ihm macht.«

»So wie uns?«

Artair warf Fin einen Blick voller Verachtung zu, bevor er sich wieder auf die Straße konzentrierte. »Dass Jungen zu Männern werden, darum geht's. Wer sagt denn, dass das leicht sein muss?«

Im Hafen von Ness fuhr noch kein Polizist Streife. Vielleicht hielten sie es nicht mehr für nötig, oder sie rechneten nicht damit, dass so früh schon jemand auf war. Das Absperrband an der Küstenstraße war um einen orangefarbenen Pylon gewickelt. Die schmale Straße wand sich bis zum Hafen hinunter, am Kai stand ein Lkw, neben dem Bootsschuppen parkten sieben, acht Autos. Der Schuppen selbst war immer noch mit schwarz-gelbem Flatterband versehen, und als sie ausstiegen und daran vorbeiliefen, warfen sie alle einen Blick hinein. Dort drinnen war ein Mann ermordet worden. Ein Mann, den sie kannten. Und es überkam sie das seltsame Gefühl, als lauerte Angel Macritchie dort im Schatten wie ein Gespenst, das erst zur Ruhe kommt, wenn der Mörder gefasst ist.

Auch bei den zehn Männern, die den Lkw umringten, schien Angel irgendwie gegenwärtig, und sei es auch nur durch seine Abwesenheit. Achtzehn Jahre lang hatte er dazugehört, und heute hätte er wie immer da sein müssen, um mit ihnen die Vorräte aufzuladen, die sich auf dem Kai stapelten – Beutel mit Torf, um Feuer zu machen, Trinkwasser in Metallfässern, Matratzen, Planen, Kisten mit Lebensmitteln, Geräte, eine Autobatterie, um damit die Funkverbindung zu betreiben, mehr als vierzig Sack Räuchersalz, die sich einen Meter hoch an der Hafenmauer türmten.

Fin stellte fest, dass er viele der Männer kannte. Einige von ihnen waren zwischen fünfzig und sechzig, Veteranen, die mit Fin und Artair zum Felsen rausgefahren waren und heute immer noch die alljährliche Pilgerfahrt absolvierten. Ein oder zwei waren Altersgenossen aus seiner Schulzeit, die übrigen jüngere Männer zwischen zwanzig und dreißig, die er nicht kannte. Doch etwas verband sie alle. Sie gehörten zu den wenigen auserwählten Mitgliedern eines über fünfhundert Jahre alten exklusiven Clubs, in dessen erlauchten Kreis von zwölf aktiven Vertretern immer nur eine Handvoll neue aufgenommen wurden. Um zu diesem Club zu gehören, musste man nur ein einziges Mal zum An Sgeir mitgekommen sein und dabei seinen Mut und seine Kraft und seine Fähigkeit bewiesen haben, sich gegen die Elemente zu behaupten. Einst hatten ihre Vorgänger die Fahrt auf stürmischer See in offenen Booten zurückgelegt, und zwar aus schierer Not, um das Überleben der Dorfbewohner zu sichern. Jetzt fuhren sie in einem Trawler hinaus, um den wohlgenährten Insulanern eine heiß begehrte Delikatesse zu bringen. Dabei war ihr Aufenthalt auf dem Felsen nicht weniger riskant, nicht weniger gefährlich als für die Männer, die vor ihnen gefahren waren.

Fin begrüßte alle und schüttelte ihnen feierlich die Hand. Der Letzte – ein stämmiger Mann mittlerer Größe mit buschigen schwarzen Augenbrauen unter einem dichten schwarzen Haarschopf mit ein paar grauen Strähnen – nahm Fins Hand in beide Hände. Er war nicht groß, doch seine Ausstrahlung war beeindruckend. Gigs Macaulay war Anfang fünfzig und bereits häufiger als jeder andere in der Mannschaft draußen am Felsen gewesen. Schon damals, als sich Fin und Artair dem alten Ritus unterzogen, blickte er auf vierzehn oder fünfzehn Fahrten zum An Sgeir zurück. Er war der unangefochtene Anführer der Mannschaft gewesen – und bis heute geblieben. Sein Handschlag war besonders fest und herzlich, als er Fin mit seinen eindringlichen, tiefblauen keltischen Augen begrüßte. »Schön, dich zu sehen, Fin. Wie man hört, hast du dich gut gemacht.«

Fin zuckte mit den Achseln. »Schon, ja.«

»Wenn wir unser Bestes tun, kann Gott nicht mehr von uns verlangen.« Sein Blick schweifte kurz zu Artair ab und wanderte wieder zu Fin.

»Ist lange her.«

»Kann man wohl sagen.«

»Müssen so, na, siebzehn, achtzehn Jahre sein?«

»Ja.«

»Artairs Junge kommt zum ersten Mal mit.«

»Ja, ich weiß.«

Gigs sah den Jungen an und grinste. »Auf dem Felsen wird ihm sein Haargel nicht viel nützen, stimmt's, mein Sohn?« Die anderen lachten, und Fionnlagh wandte den Kopf ab, um stumm übers Meer zu blicken. Gigs klatschte in die Hände. »Also gut, wir sollten besser das Zeug hier auf den Lkw kriegen.« Er sah Fin an. »Packst du mit an?«

»Sicher«, sagte Fin, zog seinen Parka und seine Jacke aus, warf sie auf einen Stapel leere Fischkörbe und krempelte die Ärmel auf.

Sie arbeiteten wie jedes gute Team systematisch, in einer Kette, indem sie die Beutel und Kisten einander zuwarfen und zum Schluss denjenigen Männern hinaufreichten, die oben auf dem Laster standen. Fin ertappte sich dabei, Fionnlagh zu beobachten und bei dem Jungen eine Ähnlichkeit finden zu wollen, irgendein Zeichen, dass er tatsächlich sein Fleisch und Blut war. Ihre Haut- und Haarfarbe war fast gleich, andererseits war auch Marsaili blond und hatte einen hellen Teint. Und diese hellblauen Augen hatte er von Marsaili. Fins waren grün. Sie sahen sich nicht besonders ähnlich, aber glichen sich vielleicht in dieser stillen Zurückhaltung.

Fionnlagh erwischte ihn dabei, wie er ihn ansah, und Fin wandte sich augenblicklich verlegen ab. Gigs hievte ihm einen Sack Salz in die Arme. Er war schwer, und Fin stöhnte unter der Last. »Zu meiner Zeit, als man hier im Hafen den Trawler beladen konnte, war es leichter«, sagte er.

»Das stimmt.« Gigs schüttelte ernst den Kopf. »Doch seit der Hafen beschädigt ist, können die Trawler nicht mehr rein, deshalb müssen wir alles erst nach Stornoway bringen.«

»Aber ihr fahrt immer noch von hier aus los?«

»Die Meisten von uns, ja. In dem kleinen Boot.« Gigs deutete mit dem Kopf auf ein offenes Boot, das am Kai vertäut und dessen Außenbordmotor aus dem Wasser hochgekippt war. »Wir tuckern zum Trawler in die Bucht raus und hieven die kleine Jolle an Bord. Wir brauchen sie dann immer noch am anderen Ende, um alles auf den Felsen rüberzubringen.«

»Und? Sind Sie Angels Mörder schon auf den Fersen?«, fragte einer der jüngeren Männer, der seine Neugier offenbar nicht länger im Zaum halten konnte.

»Ich leite die Ermittlungen nicht«, sagte Fin. »Ich weiß nicht mal genau, wie es vorangeht.«

»Ach so. Die scheinen zu hoffen, dass sie ihn mit diesem DNA-Test erwischen«, sagte einer der anderen.

Fin war erstaunt. »Ihr wisst schon davon?«

»Was dachtest du denn?«, antwortete Gigs. »Ich glaube, jeder Mann in Crobost hat gestern einen Anruf von der Einsatzzentrale bekommen. Jeder muss heute im Lauf des Tages zur Polizeiwache in Stornoway oder zu der Arztpraxis oben in Crobost, um eine Probe abzuliefern.«

»Ist allerdings freiwillig«, sagte Fin.

»Sicher«, wandte Artair ein, »aber glaubst du wirklich, irgendjemand drückt sich davor? Ich meine, damit würde er sich ziemlich verdächtig machen, oder?«

»Ich denk nicht dran«, sagte Fionnlagh. Alle verstummten und sahen ihn an.

»Und wieso nicht?«, wollte Artair wissen.

»Kleiner Finger, ganze Hand.« Fionnlaghs Wangen röteten sich. »Die Anfänge eines Polizeistaats. Wir landen alle irgendwo in einer Datenbank, wo wir jederzeit durch unseren DNA-Barcode zu identifizieren sind, und dann können wir nichts mehr machen und nirgends mehr hingehen, ohne dass jemand weiß, wieso wir es tun, woher wir kommen und wohin wir wollen. Dann bekommt man irgendwann keine Hypothek oder Lebensversicherung, weil die Versicherung dich für ein Risiko hält. Findet man ja alles da auf der DNA-Datenbank. Dein Großvater ist an Krebs gestorben, vielleicht gibt es mütterlicherseits auch gehäuft Herzerkrankungen. Du fällst bei der Jobsuche durchs Raster, weil dein künftiger Chef herausgefunden hat, dass deine Großmutter einige Zeit in einer Klapse war, und dein Barcode sieht ihrem verdammt ähnlich.«

Artair blickte, während er mit offenem Mund dem kleinen Vortrag zuhörte, in die Runde. Das Beladen des Lkw war zum Stillstand gekommen. »Hör sich das einer an! Klingt wie einer von diesen Linksradikalen. Scheiß Karl Marx. Weiß der Teufel, wo er das herhat.« Für eine Sekunde schoss sein Blick zu Fin, dann wandte er sich wieder an Fionnlagh. »Du machst den Test, damit das klar ist.«

Fionnlagh schüttelte den Kopf. »Nein«, sagte er ruhig entschlossen.

»Hör zu …« Artair verlegte sich auf einen verbindlicheren Ton. »Schließlich drückt sich hier keiner, stimmt's?« Er suchte Unterstützung bei den anderen Männern. Alle nickten und murmelten etwas zur Bestätigung. »Somit würde es ziemlich verdächtig aussehen, wenn nur du aus der Reihe tanzt. Möchtest du das? Ja? Willst du, dass sie glauben, du wärst es gewesen?«

Fionnlagh sah ihn mürrisch an. »Jedenfalls hat derjenige, der's war, einen Orden verdient.« Fin entging nicht, dass er fast dieselben Worte benutzte wie zuvor Artair. Fionnlagh blickte in alle Gesichter, die auf ihn gerichtet waren. »Der

Mann war ein brutaler Schläger, und ich wette, dass jeder hier auf dem Landesteg davon überzeugt ist, dass er nur bekommen hat, was er verdiente.«

Niemand sagte ein Wort. Beredtes Schweigen entstand. Wie um den Bann zu brechen, fragte schließlich einer der Männer: »Und? Tut er weh? Dieser DNA-Test?«

Fin lächelte und schüttelte den Kopf. »Nein. Die nehmen so was wie einen großen Q-tip und rollen ihn dir an der Innenseite der Backe ab.«

»Nicht an der Innenseite der Hinterbacke, will ich hoffen«, sagte ein dünner Mann mit rotbraunem Haar und Schirmmütze, und alle lachten erleichtert. »Mir schiebt jedenfalls keiner einen großen Q-tip in den Arsch!«

Das Lachen war auch das Zeichen, wieder mit der Arbeit zu beginnen, und so reichte man sich weitere Salzsäcke.

»Wie lange wird es dauern, bis sie die Ergebnisse der DNA-Tests haben?«, fragte Artair.

»Keine Ahnung«, sagte Fin. »Zwei, drei Tage vielleicht. Hängt davon ab, wie viele Proben sie nehmen. Wann wollt ihr zum Felsen aufbrechen?«

»Morgen«, sagte Gigs. »Vielleicht sogar schon heute Abend. Hängt vom Wetter ab.«

Als er einen weiteren Sack entgegennahm, ließ Fin die Luft zwischen den zusammengebissenen Zähnen entweichen und merkte, wie ihm der Schweiß ausbrach. Wenn er nach Stornoway zurückkam, würde er duschen und sich umziehen müssen. »Also, ehrlich gesagt kann ich nicht verstehen, wieso ihr ihn immer wieder mitgenommen habt.«

»Angel?«, fragte Gigs.

Fin nickte. »Ich meine, keiner von euch konnte ihn leiden, oder? Seit ich hergekommen bin, ist mir noch keiner begegnet, der auch nur ein einziges gutes Wort für ihn übrighatte.«

Der Komiker mit dem rötlichen Haar sagte: »Angel war der Koch. Er war gut.« Und es folgte zustimmendes Gemurmel.

»Und wen habt ihr gebeten, für ihn einzuspringen?«, fragte Fin.

»Asterix.« Gigs deutete mit dem Kopf auf einen schmächtigen Mann mit einem kräftigen Schnauzbart. »Allerdings haben wir ihn nicht gebeten. Wir bitten nie jemanden, Fin. Wir geben bekannt, dass eine Stelle frei ist, und wenn jemand Interesse hat, kann er kommen und uns fragen.« Er hatte einen schweren Sack Salz in den Armen und schwieg einen Moment. Ihm schien das Gewicht nichts auszumachen. »Auf die Weise kann uns niemand einen Vorwurf machen, falls mal was schiefgeht.«

Als sie mit dem Beladen des Lkw fertig waren, gönnte sich diese bunt gemischte Gruppe aus Webern, Kleinbauern, Elektrikern, Schreinern und Bauarbeitern eine Zigarettenpause, bevor sie zu ihren Arbeitsplätzen und Höfen aufbrachen. Fin lief über den Steg an rostenden Winden und einem Gewirr aus grünen Fischernetzen vorbei zurück. Er registrierte überall dort, wo anhaltend heftiger Seegang beträchtliche Schäden angerichtet hatte, frischen Beton auf dem Boden und an der Mauer. Im inneren Hafenbecken erhob sich ein großer grasbewachsener Fels. Als Junge war Fin bei Ebbe hinübergelaufen und auf die Spitze geklettert, um von der erhöhten Warte wie ein König die Aussicht zu genießen. Bis die Flut kam und er in der Falle saß. Er musste auf die nächste Ebbe warten, bevor er wieder hinunterklettern konnte, denn wie die meisten Inselbewohner hatte er nie schwimmen gelernt. Als er endlich nach Hause kam, war die Hölle los.

»Weißt du, wir haben nie richtig darüber gesprochen, was in dem Jahr passiert ist.« Er zuckte zusammen, als er Gigs so dicht neben sich hörte. Fin drehte sich um und sah, dass die anderen immer noch rauchend und plaudernd am Ende des Landestegs um den Lkw herumstanden. »Als wir zurückkamen, konntest du nicht reden. Konntest dich überhaupt an kaum etwas erinnern. Und dann bist du an die Universität gegangen und nie zurückgekommen.«

»Soviel ich weiß, gab es da nicht viel zu sagen«, antwortete Fin.

Gigs lehnte sich an den Rettungsring, der an der Hafenmauer hing, und blickte über den unter dem Ansturm der See zertrümmerten Damm, an dem früher der Trawler angedockt hatte, um die Ausbeute vom An Sgeir zu löschen. »Früher versammelten sich, nur um wenigstens einen Guga abzubekommen, Hunderte am Kai, sodass die Schlange die ganze Straße bis zum Dorf hinaufreichte.« Der Wind peitschte ihm den Zigarettenrauch aus dem Mund.

»Daran kann ich mich noch erinnern«, sagte Fin, »als ich klein war.«

Gigs legte den Kopf schief und sah ihn eindringlich an. »Woran kannst du dich noch erinnern, Fin – ich meine, das Jahr, in dem du mitgekommen bist?«

»Ich erinnere mich, dass ich fast gestorben wäre. Das werde ich wohl so schnell nicht vergessen.« Er spürte Gigs' durchbohrenden Blick wie Suchscheinwerfer, die einen hintersten Winkel in seinem Innern auszuleuchten suchten, und er bereitete ihm Unbehagen.

»Ein Mann ist tatsächlich gestorben.«

»Auch das werde ich wohl kaum vergessen.« Fin war plötzlich aufgewühlt. »Es gibt kaum einen Tag, an dem ich nicht daran denken muss.«

Gigs hielt seinem Blick eine Weile stand, dann starrte er wieder auf den zerstörten Kai. »Ich bin über dreißig Mal auf dem Felsen draußen gewesen, Fin. Und ich erinnere mich an jede einzelne Fahrt. Wie die Lieder im Gesangbuch war jede Fahrt anders.«

»Kann ich mir denken.«

»Man könnte meinen, nach über dreißig Jahren sieht irgendwann ein Jahr wie das andere aus, aber ich kann dir zu jeder Fahrt sämtliche Einzelheiten erzählen, als wär's die letzte gewesen.« Er legte eine vielsagende Pause ein. »An das Jahr, in dem du mitgekommen bist, erinnere ich mich, als wär's gestern gewesen.« Er zögerte, wie um jedes Wort abzuwägen. »Aber außerhalb der Runde, die dabei war, wurde nie darüber gesprochen.«

Fin trat nervös von einem Bein aufs andere. »Es war wohl kaum ein Geheimnis, Gigs.«

Gigs wandte ihm mit demselben Ausdruck wieder das Gesicht zu. Mit einem prüfenden Blick. Und dann sagte er: »Nur damit du es weißt, Fin. Es ist ein ungeschriebenes Gesetz. Nichts, was auf dem Felsen passiert, dringt nach draußen. So war es schon immer, und so wird es auch immer bleiben.«

11

Die Nachricht, dass Artair und ich in diesem Jahr mit zum An Sgeir rausfahren sollten, kam aus heiterem Himmel und ruinierte mir den letzten Sommer auf der Insel. Mir blieben gerade mal sechs Wochen, bevor ich mit dem Studium in Glasgow anfangen sollte, und ich wollte sie so wie die letzten beiden verbringen. Seit unserer Begegnung auf Eilean Beag hatten Marsaili und ich fast jeden Tag zusammen verbracht. Ich hatte den Überblick verloren, wie oft wir schon miteinander geschlafen hatten – manchmal war es mit der ungestümen Leidenschaft von Menschen, die Angst haben, sich vielleicht nie wiederzusehen. So war es, als wir uns hoch oben zwischen den Heuballen liebten, der Stelle, an der mir Marsaili vor so vielen Jahren den ersten verstohlenen Kuss gegeben hatte. Dann wieder genossen wir es langsam und träge, als glaubten wir, diese idyllischen Tage aus Sommer, Sonne und Sex gingen ewig so weiter.

Damals kam es uns auch so vor. Marsaili hatte ebenfalls die Zulassung zur Universität von Glasgow bekommen, und so lagen vier weitere Jahre vor uns. Die Woche zuvor waren wir zusammen nach Glasgow gefahren, um uns eine Bleibe zu suchen. Meiner Tante machte ich weis, ich würde mit Donald rüberfahren, dabei war es ihr im Prinzip herzlich egal, mit wem ich die Reise unternahm. Marsailis Eltern glaubten, sie führe mit einer Gruppe Schulfreundinnen aufs Festland. Wir teilten uns zwei Nächte ein Bed & Breakfast und blieben den ganzen Vormittag eng umschlungen im Bett, bis uns die Wirtin rauswarf. Wir malten uns aus, wie mit Semesterbeginn jeder Tag so wie dieser sein würde, wie wir das Bett miteinander teilten und uns jede Nacht liebten. So viel Glück schien fast unmöglich. Dass es wirklich so ist, weiß ich heute.

Wir zogen stundenlang durchs West End, lasen Zeitungsannoncen, arbeiteten eine Liste ab, die wir in der Uni bekommen hatten, gingen Ratschlägen nach, die wir am Vorabend in einer der Bars an der Byres Road bekommen hatten. Und wir hatten Glück. Ein eigenes Zimmer in einer großen edwardianischen Wohnung in der Highburgh Road, die wir mit sechs anderen teilen sollten. Es lag im ersten Stock eines roten Sandsteinhauses der Jahrhundertwende mit Bleiverglasung und Holzvertäfelung. Etwas Vergleichbares hatte ich noch nie gesehen – es war alles so unglaublich exotisch. Pubs mit späten Öffnungszeiten; chinesische, italienische, indische Restaurants; Delikatessenläden, die erst um Mitternacht schlossen; rund um die Uhr geöffnete Mini-Supermärkte; Geschäfte, Pubs, Restaurants, die sonntags geöffnet hatten. Das alles schien zu schön, um wahr zu sein. Ich spürte förmlich, wie prickelnd verboten es sich anfühlen würde, an einem Sonntag eine Zeitung zu kaufen und sie bei einem Bier in einem Pub zu lesen. Auf der Insel bekam man damals eine Sonntagszeitung grundsätzlich nie vor Montag zu Gesicht.

Als wir nach Lewis zurückkehrten, währte die Idylle noch eine Weile, auch wenn sich jetzt eine gewisse Ungeduld einschlich. Zwar hätte der Sommer, wäre es nach uns gegangen, ewig dauern können, doch zugleich warteten wir ungeduldig auf unseren Aufbruch nach Glasgow. Das große Abenteuer des Lebens lag vor uns, und in unserer Begierde, uns hineinzustürzen, wünschten wir uns fast, unsere Jugend hinter uns zu bringen.

In der Nacht bevor mich die Nachricht wegen des An Sgeir erreichte, gingen Marsaili und ich zum Strand von Port of Ness hinunter. Wir suchten einen Weg durch das Gestein, bis wir zu einer flachen Platte aus schwarzem Gneis kamen. Sie war in Erdzeitaltern glatt geschliffen worden und lag hinter Felsschichten verborgen, die ein Riese in Scheiben geschnitten, hochkant aufgestellt und dann umgekippt zu haben schien, sodass sie sich schräg aneinanderlehnten. Die Klippen ringsum erhoben sich in einen Nachthimmel unendlicher Möglichkeiten. Obwohl Ebbe war, hörten wir den leisen Atem der See. Die von der Sonne ausgedörrte Heide, die in zerzausten, erdfarbenen Büscheln an den Felsriffs wuchs, raschelte in der warmen Brise. Wir breiteten den mitgebrachten Schlafsack auf den Stein und zogen uns nackt aus, um uns daraufzulegen und uns im Takt des Ozeans, im Einklang mit der Nacht lange zu lieben. Es war das letzte Mal, dass es echte Liebe zwischen uns gab, und wir waren von der Intensität so überwältigt, dass wir hinterher erschöpft und außer Atem liegen blieben. Danach huschten wir nackt im Mondlicht über die Felsen zu dem festen, flachen Sand, den die Ebbe hinterlassen hatte. Wir sprangen Hand in Hand über die Brecher und kreischten, wenn uns das kalte Wasser auf der Haut prickelte.

Als wir zum Schlafsack zurückkehrten, rieben wir uns gegenseitig trocken und zogen uns, zitternd vor Kälte, an. Ich nahm Marsailis Kopf mit dem triefend nassen goldenen Haar in die Hände und gab ihr einen langen Kuss. Als wir uns lösten, sah ich ihr tief in die Augen und runzelte die Stirn, weil mir zum ersten Mal auffiel, dass etwas an ihr fehlte.

»Wo ist deine Brille geblieben?«

Sie lächelte. »Ich trage Kontaktlinsen.«

Schwer zu sagen, weshalb ich mich so heftig dagegen sträubte, mit zum An Sgeir zu kommen, um die Gugas einzubringen, auch wenn ich viele triftige Gründe dafür aufzählen kann, weshalb ich nicht begeistert war.

Ich war nicht besonders robust, und mir war bewusst, dass es auf dem An Sgeir unerbittlich hart, körperlich zermürbend und alles andere als gemütlich zuging und manchmal sogar gefährlich wurde.

Mir gefiel auch nicht die Aussicht, zweitausend Vögel abzuschlachten. Wie die meisten meiner Altersgenossen liebte ich den Geschmack des Guga, hatte jedoch nicht die geringste Lust zu sehen, wie er auf meinen Teller kam.

Es bedeutete auch, zwei volle Wochen von Marsaili getrennt zu sein, vielleicht sogar darüber hinaus. Manchmal hielt das Wetter die Jäger länger als beabsichtigt auf dem Felsen fest.

Doch es steckte mehr dahinter. Irgendwie kam es mir so vor, als fiele ich in dieses schwarze Loch zurück, aus dem ich gerade erst herausgekrochen war.

Ich war zu Artair hinübergegangen, um zu sehen, wie es seiner Mutter ging. In den letzten Wochen hatte ich ihn kaum zu Gesicht bekommen. Als ich kam, saß er draußen neben dem Torfstapel auf einem alten Traktorreifen und starrte über den Minch Richtung Festland. Es war mir noch nie aufgefallen, dass man von hier aus die Berge von Sutherland klar und deutlich vor dem pastellblauen Himmel sehen konnte, und in dem Moment wusste ich, dass es einen Wetterumschwung geben würde. Artairs Gesicht nach zu schließen, stand es schlimm um seine Mutter. Ich setzte mich neben ihn auf den Reifen.

»Wie geht's deiner Mum?«

Er drehte sich um und sah mich mit einem langen leeren Blick an, als wäre ich Luft.

»Artair?«

»Was?« Es war, als wachte er gerade auf.

»Wie's deiner Mum geht.«

Er zuckte nur mit der Schulter. »Ach so, ganz gut. Schon deutlich besser.«

»Das ist gut.« Ich wartete und fügte, als er nichts weiter sagte, hinzu: »Was hast du dann?«

Er zog seinen Schnaufer aus der Tasche, nahm ihn auf seine charakteristische Art zwischen die Finger, indem er halb das Gesicht bedeckte, von unten auf die silberne Patrone drückte und dabei am Mundstück sog. Doch ihm blieb keine Zeit, mir zu antworten, denn in dem Moment hörte ich hinter uns eine Tür zuschnappen und die Stimme seines Vaters von der Treppe aus rufen: »Fin, hast du von Artair schon die tollen Neuigkeiten gehört?«

Als Mr Macinnes auf uns zukam, drehte ich mich zu ihm um. »Was für Neuigkeiten?«

»Bei der Fahrt zum An Sgeir sind dieses Jahr zwei Plätze frei. Ich habe Gigs Macaulay davon überzeugt, dass ihr zwei mit uns fahren dürft.«

Der Schock hätte kaum größer sein können. Mir verschlug es die Sprache.

Mr Macinnes' Lächeln verflog. »Na, begeistert siehst du ja nicht gerade aus.« Er blickte von mir zu seinem Sohn und seufzte. »Genau wie Artair.« Und mächtig verärgert schüttelte er den Kopf. »Ich verstehe euch beide nicht. Habt ihr auch nur die geringste Ahnung, was es für eine Ehre ist, wenn ihr mit auf den Felsen dürft? Das ist eine Zeit besonderer Kameradschaft und Zusammengehörigkeit. Ihr fahrt als Jungs da raus und kommt als Männer zurück.«

»Ich will nicht mit«, sagte ich.

»Mach dich nicht lächerlich, Fin!«, sagte Artairs Dad verächtlich. »Die Dorfältesten haben zugestimmt, die Mannschaft hat euch akzeptiert. Selbstverständlich kommt ihr mit. Was denkt ihr, wie ich dastehen würde, wenn ihr jetzt einen Rückzieher macht? Ich habe sämtliche Hebel in Bewegung gesetzt, damit sie euch akzeptieren. Also kommt ihr gefälligst mit. Damit hat sich's.« Er machte kehrt und stürmte zum Haus.

Artair sah mich nur an, und es bedurfte keiner Worte, um zu wissen, dass wir die gleichen Gefühle hegten. Für den Fall, dass Macinnes noch einmal herauskam, wollte keiner von uns beiden noch da sein, und so liefen wir die Straße hinauf aus dem Dorf und von dort in Richtung des winzigen Hafens darunter. Der Hafen mit den Stechkähnen, die an einer Seite der steilen Helling lagen, dem kleinen Steg und dem sauberen grünen Wasser unterhalb der Klippen, die den Hafen wie einen Pferch einschlossen, war für uns beide für gewöhnlich ein ruhiger Zufluchtsort. Wir setzten uns zusammen auf die Kante des Landestegs neben der Winde, mit der die Boote hochgezogen wurden, und starrten auf die Krebse in den Fischkörben unter uns. Die Krebsfischer hielten sie dort so lange gefangen, bis der Preis stieg. Wie früher nach unseren Nachhilfestunden saßen wir lange schweigend da und horchten auf das Kommen und Gehen der Wellen, die an den schwarzen glitzernden Felsen leckten, und auf das Kreischen der Möwen auf den Klippen. Irgendwann sagte ich: »Ich komm nicht mit.«

Artair drehte sich mit einem qualvollen Ausdruck in den Augen zu mir um. »Du kannst mich nicht im Stich lassen, Fin.«

Ich schüttelte den Kopf. »Tut mir leid, Artair, du musst selbst wissen, was du machst. Aber ich komm nicht mit, und niemand kann mich dazu zwingen.«

Hätte ich mir von Marsaili Unterstützung erhofft, so wäre ich bitter enttäuscht worden.

»Wieso willst du nicht mit?«

»Ich will eben nicht.«

»Das ist keine richtige Begründung, oder?«

Ich hasste es, wie mir Marsaili in emotionalen Situationen ständig mit Logik kam. Die Tatsache, dass ich nicht gehen wollte, war meiner Meinung nach Grund genug. »Ich brauche keine Begründung.«

Wir lagen hoch oben zwischen den Heuballen in der Scheune. Wir hatten Decken und einen kleinen Vorrat Bier und wollten uns ungeachtet der Heumücken in dieser Nacht noch einmal lieben.

»Ness ist voll von Jungen in deinem Alter, die sonst was tun würden, wenn sie die Chance bekämen, mit zum Felsen rauszufahren«, sagte sie. »Alle haben vor diesen Kerlen mächtig Respekt.«

»Klar doch. Eine Menge wehrloser Vögel zu töten, da verdient man ja auch jede Menge Respekt.«

»Hast du Angst?«

Ich stritt ihre Vermutung ab. »Nein, ich habe keine Angst!« Auch wenn das vielleicht nicht ganz der Wahrheit entsprach.

»Das werden die Leute aber denken.«

»Ist mir egal, was die Leute denken. Ich komm nicht mit, basta.«

In ihren Augen spiegelte sich eine seltsame Mischung aus Mitgefühl und Enttäuschung – Mitgefühl, glaube ich, wegen der Leidenschaft, mit der ich mich weigerte; Enttäuschung darüber, dass ich ihr nicht verriet, warum ich mich weigerte. Sie schüttelte kaum merklich den Kopf. »Artairs Dad ...«

»... ist nicht mein Vater.« Ich fiel ihr ins Wort. »Er kann mich nicht dazu zwingen. Ich werde selbst zu Gigs gehen und es ihm persönlich sagen.« Ich stand auf, doch sie nahm mich bei der Hand.

»Fin, bitte. Bitte setz dich. Lass uns darüber reden.«

»Da gibt es nichts zu bereden.« Die Fahrt stand in wenigen Tagen an. Ich hatte mir von Marsaili moralische Unterstützung, so etwas wie Rückenstärkung bei einer Entscheidung erhofft, die nicht ohne Folgen bleiben würde. Ich wusste, was die Leute sagen würden. Ich wusste, dass die anderen Jugendlichen hinter vorgehaltener Hand tuscheln würden, ich sei ein Feigling und verrate eine stolze Tradition. Wenn man für den An Sgeir auserwählt war, musste man schon verdammt gute Gründe haben, um abzusagen. Doch das war mir egal. Ich war ohnehin dabei, die Insel und die Klaustrophobie des dörflichen Lebens, die kleinlichen Launen und Empfindlichkeiten, den stummen Groll der Insel hinter mir zu lassen. Ich brauchte keinen Grund. Doch offenbar sah Marsaili das anders. Ich wollte schon gehen, hielt jedoch abrupt inne, als mir ein Gedanke kam. Ich drehte mich um. »Glaubst *du*, ich hätte Angst?«

Sie zögerte ein wenig zu lang.

»Keine Ahnung. Ich weiß nur, dass du dich sehr seltsam benimmst.«

Das brachte mich aus der Fassung. »Na schön, dann kannst du mich mal.« Ich sprang die Strohballen hinunter und stürmte aus der Scheune in die Abenddämmerung.

Gigs' Hof gehörte zu einem Weiler an den niederen Hängen unterhalb von Crobost, einem schmalen Streifen Land, der bis zu den Klippen hinabreichte. Er hielt Schafe und Hühner, dazu ein paar Kühe und pflanzte Gerste sowie Wurzelgemüse an. Außerdem fischte er ein wenig, wenn auch mehr für den eigenen Bedarf als zum Verkauf. Ohne die Teilzeitarbeit seiner Frau als Kellnerin in einem Hotel in Stornoway hätten sie wohl kein Auskommen gehabt.

Bis ich aus Mealanais zurück war, hatte die Dunkelheit eingesetzt, und ich hockte mich oberhalb des Macaulay-Gehöfts auf den Hügel und starrte auf das einsame Licht, das unter mir aus dem Küchenfenster drang. Es fiel in einem breiten Strahl über den Hof, und ich beobachtete, wie sich eine Katze an ihre Beute in der Dunkelheit heranpirschte. Jemand schien mit einem Vorschlaghammer gegen meinen Brustkorb zu schlagen. Mir war übel.

Im Westen war in langen blassen Streifen zwischen purpurgrauen Wolken immer noch ein wenig Licht auszumachen. Kein bisschen Rot darin, was kein gutes Zeichen war. Ich drehte mich um und sah zu, wie dieses Licht, das sich zum ersten Mal seit Wochen kalt anfühlte, allmählich verblasste.

Der Wind hatte sich gedreht. Auf die warme, milde Brise aus südwestlicher Richtung folgte nunmehr eine arktische Wetterfront. Auch die Windgeschwindigkeit nahm zu, und ich hörte, wie es in den trockenen Gräsern pfiff. Der Wechsel der Jahreszeiten stand bevor. Als ich wieder zu dem Gehöft hinunterschaute, sah ich den Schatten einer Gestalt im Küchenfenster. Es war Gigs. Er stand am Küchenbecken und machte den Abwasch. Es stand kein Wagen in der Einfahrt, woraus ich schloss, dass seine Frau noch nicht aus der Stadt zurück war. Ich machte die Augen zu, ballte die Fäuste und traf meine Entscheidung.

In wenigen Minuten war ich vom Hügel zum Haus hinuntergelaufen, doch als ich die Straße erreichte, kamen in dem Moment zwei Scheinwerfer über die Kuppe und glitten übers Moor. Ich duckte mich an den Zaun, verkroch mich hinter dem Schilf und sah zu, wie der Wagen in die Einfahrt bog und vor dem Bauernhaus parkte. Gigs' Frau stieg aus. Sie war jung, vielleicht fünfundzwanzig. Ein hübsches Mädchen, immer noch in ihrer weißen Bluse und dem schwarzen Rock. Sie schien müde, als sie mit schweren Schritten zur Küche ging und die Tür aufstieß. Durch das Fenster sah ich, wie Gigs sie in die Arme nahm und lange küsste. Ich war schrecklich enttäuscht. Was ich mit Gigs zu bereden hatte, konnte ich unmöglich zur Sprache bringen, wenn seine Frau da war. Ich stand auf, sprang über den Zaun, schob die Hände tief in die Taschen und machte mich auf den Weg in Richtung des Bothan an der Straße nach Habost.

Nach dem harten Vorgehen der Polizei waren nur noch sehr wenige Bothans in Betrieb. Ich verstand nie, wo eigentlich das Problem lag. Sie hatten vielleicht keine Schanklizenz, aber sie machten auch keinen Profit. Es waren Orte, an denen sich Männer zum Trinken trafen. Doch obwohl sie illegal waren, hatte ich als Minderjähriger keinen Zutritt. Auch unabhängig vom Gesetz herrschte eine seltsame Moral. Was allerdings nicht besagte, dass ich keinen Alkohol bekommen konnte. In dem steinernen Schuppen hinter dem Bothan stieß ich auf eine kleine Gruppe meiner Altersgenossen, die rund um die Gerippe landwirtschaftlicher Geräte saßen und sich Bierdosen herunterkippten. Für ein bisschen Geld und Zigaretten kamen ein paar der älteren Jungen von Zeit zu Zeit aus dem Haus und brachten den Jugendlichen im Schuppen, einer Art Mini-Bothan, etwas zu trinken. Jemand hatte Sixpacks besorgt, und in der Luft lag eine Mischung aus Haschisch und Jauche aus dem benachbarten Kuhstall. An einem Dachsparren hing eine Öllampe so tief herab, dass man, wenn man nicht achtgab, mit dem Kopf dagegen stieß. Seonaidh war da, ebenso Iain und ein paar andere Jungen, die ich aus der Schule kannte. Inzwischen war ich ernstlich deprimiert und hatte nur noch den Wunsch, mich zu betrinken. Also fing ich an, mir das Bier die Kehle herunterzuschütten, als gäbe es keinen Morgen. Natürlich hatten sie bereits davon gehört, dass Artair und ich zum Felsen rausfahren sollten. Neuigkeiten verbreiten sich in Ness wie ein Lauffeuer auf dem trockenen Torfmoor.

»Du Glückspilz«, sagte Seonaidh. »Mein Dad hat versucht, mich dieses Jahr anzumelden.«

»Du kannst gerne mit mir tauschen.«

Seonaidh schnitt eine Grimasse. »Klar doch.« Natürlich glaubte er, ich machte einen Witz. Wenn ich all die Jungen hätte aufzählen wollen, die an diesem Abend liebend gern mit mir getauscht hätten, wäre eine stattliche Liste zusammengekommen. Die Ironie der Geschichte war, dass ich ihnen ihren Wunsch nur allzu gern erfüllt hätte. Egal wem. Nur dass ich ihnen das leider nicht sagen konnte. Sie hätten mir entweder nicht geglaubt oder aber mich für verrückt erklärt. So wie die Dinge lagen, deuteten sie meine verhaltene Reaktion einfach nur als cooles Gehabe. Ihre Eifersucht war schwer zu ertragen. Und so trank ich einfach nur. Und trank.

Ich hörte nicht, wie Angel hereinkam. Er war älter als wir und im Bothan gewesen. Im Tausch mit einem Joint hatte er ein paar Bier mitgebracht. »Schau an, schau an, wenn das nicht unser Waisenknabe ist«, sagte er, als er mich sah. Im Licht der Öllampe wirkte sein Gesicht rund und gelb und schien wie ein Leuchtballon durch die Dunkelheit des Schuppens zu schweben. »Kipp dir besser so viel Bier rein, wie du kannst, denn draußen auf dem An Sgeir sitzt du auf dem Trockenen. Da kennt Gigs keine Gnade. Kein Alkohol auf dem Felsen. Schmuggelst du auch nur ein Schlückchen raus, schmeißt er dich über die Scheißklippe.« Jemand reichte ihm einen gerollten Joint. Er zündete ihn an, nahm einen tiefen Lungenzug und hielt die Luft an. Als er schließlich ausatmete, sagte er: »Du weißt, dass ich dieses Jahr der Koch bin?« Das wusste ich nicht. Ich wusste, dass er schon früher draußen gewesen war und dass sein Vater, Murdo Dubh, jahrelang als Koch gedient hatte. Und ich wusste auch, dass sein Vater im stürmischen Februar dieses Jahres bei einem Unfall auf einem Kutter umgekommen war. Da war es eigentlich nur logisch, dass Angel in die Fußstapfen seines Vaters trat. So war es in Ness seit Generationen gewesen. »Keine Bange«, sagte Angel, »ich sorge schon dafür, dass du deinen gerechten Anteil Ohrenkneifer in deinem Brot bekommst.«

Nachdem er wieder weg war, wurde ein weiterer Joint angezündet und herumgereicht. Inzwischen war mir schlecht, alles schien sich zu drehen, und nach ein paar Zügen hatte ich das Gefühl, in dem erdrückend engen Schuppen zu ersticken. »Ich muss los.« Kaum trat ich aus der Tür in die kalte Nachtluft, übergab ich mich im Hof. Ich lehnte mich an die Mauer, lehnte das Gesicht an den kalten Stein und fragte mich, wie zum Teufel ich nach Hause kommen sollte.

Die Welt flog wie in einem Nebel an mir vorbei. Ich habe keine Ahnung, wie ich auch nur bis zur Straße nach Crobost kam. Die Scheinwerfer eines großen Fahrzeugs erfassten mich; ich erstarrte wie ein Karnickel und stand schwankend am Straßenrand, bis mich der Luftstoß des vorbeibrausenden Lasters die Böschung hinunterwarf. Auch wenn es seit Wochen nicht geregnet hatte, sickerte das Restwasser, das im Torf gespeichert war, in einer braunen Brühe in den Graben. Das Zeug klebte an meinen Kleidern wie Gülle und lief mir das Gesicht hinunter. Ich schnappte nach Luft und fluchte, während ich mich hochrappelte und auf den dornigen Straßenrand rollte. Dort blieb ich, wie mir schien, stundenlang liegen, auch wenn es wohl in Wahrheit nur Minuten waren – lange genug jedenfalls, um mich im scharfen, kalten Nordwind zu unterkühlen. Als ich gerade zähneklappernd auf Hände und Knie hochkam, näherte sich auf der Straße ein weiteres Fahrzeug und richtete seine Scheinwerfer auf mein Elend. Als es auf meiner Höhe war, wandte ich den Kopf ab und schloss die Augen. Das Auto hielt an, ich hörte, wie eine Tür aufging und jemand sagte: »Was um Himmels willen treibst du da, Junge?« Große Hände zogen mich hoch, und ich blickte in Gigs Macaulays stirnrunzelndes Gesicht. Mit dem Ärmel seines Overalls wischte er mir den Dreck aus dem Gesicht. »Fin Macleod«, sagte er, als er mich endlich erkannte. Er roch meine Fahne. »In diesem Zustand kannst du auf keinen Fall nach Hause, Junge!«

Auf einem Stuhl am Torffeuer, in eine Decke gehüllt und einen Henkelbecher Tee in der Hand, brauchte ich einige Zeit, um mich aufzuwärmen. Immer noch lief mir bei jedem Schluck ein Schauder durch den ganzen Körper. Der Lehm war inzwischen wie Scheiße an mir verkrustet und bröckelte mir von Haut und Kleidern ab. Gott weiß, wie ich aussah. Gigs hatte mir aufgetragen, die Turnschuhe an der Tür abzustellen, aber dennoch hatte ich zwischen dem Eingang und dem Feuer eine Lehmspur hinterlassen. Gigs setzte sich auf der anderen Seite des Kamins in seinen Sessel und beobachtete mich aufmerksam. Er rauchte eine alte, geschwärzte Pfeife, aus der sich blauer Rauch in das Licht der Öllampe auf dem Tisch kringelte. Der Rauch hatte einen angenehm nussigen Geruch, eine Spur leichter als der brandige Duft des Torfs. Seine Frau hatte mir, bevor sie den Tee aufbrühte, Gesicht und Hände mit einem feuchten Handtuch bearbeitet und war danach, wie auf ein stummes Zeichen, schlafen gegangen.

»Na, Fin«, sagte Gigs nach einer Weile, »ich hoffe, du wirst auf dem Felsen einen klaren Kopf behalten.«

»Ich komm nicht mit«, sagte ich fast im Flüsterton. Wahrscheinlich war ich immer noch betrunken, doch mit dem Schreck über meinen Sturz in den Graben wahrscheinlich ein wenig ausgenüchtert. Der Tee tat ein Übriges.

Gigs reagierte nicht. Er paffte behaglich an seiner Pfeife und sah mich mit einem fragenden Blick an. »Wieso nicht?«

Ich habe nicht die geringste Erinnerung daran, was ich an diesem Abend zu ihm sagte und wie es dazu kam, dass ich ihm diese tiefe, düstere Angst offenbarte, die allein schon der Gedanke an die Fahrt zum Felsen bei mir ausgelöst hatte. Ich vermute, dass er wie alle anderen glaubte, ich hätte schlicht und einfach die Hosen voll. Doch während andere mich vielleicht für meine Feigheit verachtet hätten, brachte mir Gigs Verständnis entgegen und befreite mich von dieser enormen Last, die mich von dem Moment an zu erdrücken drohte, als Artairs Dad mir die Neuigkeit eröffnete. Die rauchende Pfeife in der Hand, beugte er sich am Feuer zu mir vor und sah mich mit seinen keltischen blauen Augen an. »Wir sind da draußen keine zwölf Einzelgänger, Fin. Wir sind eine zwölfköpfige Mannschaft. Wir sind ein Team. Jeder von uns verlässt sich auf die anderen und unterstützt seinerseits die ganze Gruppe. Es ist hart, zweifellos. Es ist sogar verdammt hart, mein Junge. Und es ist gefährlich, da mache ich dir nichts vor. Und der Herr prüft uns bis an unsere Grenzen. Aber du wirst um eine wichtige Erfahrung reicher, und du kannst danach vor dir selbst geradestehen. Denn du wirst dich von einer ganz anderen Seite kennenlernen. Und du wirst wie wir alle die Verbindung mit all den Männern spüren, die vor uns da draußen gewesen sind, über Jahrhunderte zurück, du wirst ihnen sozusagen die Hand reichen, wenn du an denselben Orten schläfst wie sie und neben den Cairns, die sie hinterlassen haben, deine eigenen baust.« Er legte eine lange Pause ein, um an seiner Pfeife zu ziehen. Der Rauch stand ihm um die Lippen und Nasenlöcher. »Egal, wovor du dich am allermeisten fürchtest, Fin, egal, wo deine größte Schwäche liegt, du musst dich diesen Dingen stellen. Ihnen ins Gesicht sehen, sonst wirst du es immer bereuen.«

Und so kam ich in diesem Jahr voll banger Erwartung mit auf die Fahrt zum An Sgeir, auch wenn ich mir heute mit jeder Faser meines Seins wünschte, ich hätte es nicht getan.

In den Tagen vor dem Aufbruch blieb ich für mich. Der Wind hatte sich noch weiter auf Nordost gedreht, und ein Unwetter, das dem Sommer ein Ende zu bescheren schien, ging zwei Tage lang auf die Insel nieder. Bei Windstärke zehn trommelte der Regen in horizontalen Streifen vom Minch herüber, und der Boden sog ihn gierig auf. Nach unserem letzten Wortwechsel in der Scheune hatte ich mich noch nicht mit Marsaili versöhnt und machte einen großen Bogen um Mealanais. Ich blieb im Haus, las in meinem Zimmer, horchte auf den Regen, der an die Scheiben prasselte, und auf den Wind, der die Dachpfannen abhob. Donnerstagabend kam Artair an die Tür, um mir Bescheid zu geben, dass wir am nächsten Tag zum Felsen aufbrechen würden.

Ich konnte es nicht fassen. »Aber der Wind hat auf Nordost gedreht. Die sagen doch immer, wenn er aus östlichen Richtungen kommt, kann man nicht auf dem Felsen landen.«

»Es steht eine neue Wetterfront bevor, aus Nordwest. Gigs meint, uns bleibt ein Zeitfenster von vierundzwanzig Stunden, um auf den Felsen zu kommen. Also geht's morgen Abend los. Morgen Nachmittag müssen wir den Trawler im Hafen beladen.« Er schien kein bisschen glücklicher als ich zu sein und blieb lange auf meiner Bettkante sitzen. Dann sagte er: »Dann kommst du also mit?«

Ich brachte nicht einmal eine Antwort über die Lippen, sondern nickte nur kaum merklich.

»Danke«, sagte er. Als täte ich es irgendwie für ihn.

Es dauerte am nächsten Tag mehrere Stunden, die Purple Isle zu beladen, die in Port of Ness an der Mole lag – sämtliche Vorräte für zwölf Männer für eine Dauer von vierzehn Tagen auf einem Felsen mitten im Ozean. Es gab auf dem An Sgeir keine natürliche Quelle, und so nahmen wir unser gesamtes Wasser in Bierfässern mit. Wir hatten haufenweise Kisten mit Nahrungsmitteln, zwei Tonnen Pökelsalz in Säcken, Werkzeug und Geräte, Regenzeug, Matratzen zum Schlafen, eine auf fünf Meter ausziehbare Antenne für das Funkgerät. Und natürlich den Torf für die Feuer zum Wärmen und Kochen. Die Schufterei, die es bedeutete, die Güter vom Kai auf den Trawler zu schaffen und dort zu verstauen, lenkte mich etwas ab. Auch wenn der Sturm nachgelassen hatte, herrschte immer noch schwerer Seegang, und der Trawler hob und senkte sich an der Hafenmauer, sodass es schwierig und zuweilen gefährlich war, unsere Vorräte zu verladen. Außerdem wurden wir von den Brechern durchnässt, die an die Mauer schlugen, sodass die Gischt über uns niederging. Noch am Vortag hatten die Wellen mit solcher Wucht an die Mole geschlagen, dass sie fünfzehn Meter hoch in die Luft spritzten und mit jedem Pulsschlag des Ozeans der Hafen hinter der Welle zu verschwinden schien.

Mit der Flut stachen wir um Mitternacht in See. Wir hielten mit stampfenden Dieselmotoren direkt auf die Dünung zu, nachdem wir aus dem verhältnismäßig geschützten Hafenbecken in die Bucht hinausgelangt waren. Die gewaltigen Brecher schwappten über den Bug und ergossen sich schäumend über das Deck. Mit einem Wimpernschlag schien die Nacht die Lichter von Ness zu schlucken, während wir hinter dem Butt von Lewis ins offene Meer gierten und stampften. Als Letztes verschwand das tröstliche Blitzen des Leuchtturms auf der Klippe des Butt, dahinter kam nur noch der Ozean. Unzählige stürmische Meilen weit. Falls wir den Felsen verfehlten, wäre die nächste Station Kanada. Ich starrte mit einem Gefühl in die Dunkelheit hinaus, das ich nur als blankes Entsetzen beschreiben kann. Was auch immer meine größte Angst sein mochte, jetzt sah ich ihr ins Gesicht. Gigs zupfte an meiner Ölhaut und riet mir, unter Deck zu gehen. Sie hatten für Artair und mich eine Koje reserviert, und wir sollten ein bisschen Schlaf bekommen. Der erste und der letzte Tag auf dem Felsen, sagte er, seien immer am härtesten.

Ich weiß nicht, wie ich – unglücklich und nass und zitternd – in der engen Koje an der Backbordseite des Bugs schlafen konnte, doch das tat ich. Wir waren acht Stunden lang durch die Wellenberge gepflügt, hatten fünfzig Meilen durch einige der tückischsten Gewässer der Welt zurückgelegt, und ich hatte geschlafen. Ich glaube, es war die veränderte Tonlage der Motoren, die mich weckte. Artair kletterte bereits die Leiter zur Kombüse hoch. Ich rieb mir den Schlaf aus den Augen und stieg aus der Koje, um in Ölhaut und Stiefel zu schlüpfen und ihm dann an Deck zu folgen. Es war helllichter Tag, der Wolkenhimmel über uns war vom Wind aufgerissen und nur ab und zu durch böige kurze Regenschauer verdunkelt, die uns ins Gesicht prasselten.

»Du liebe Güte«, sagte ich, »was riecht da so?« Es war ein penetranter, beißender Gestank, ein Porridge aus Scheiße und Ammoniak.

»Das ist der Guano, Waisenknabe.« Angel grinste mich an. Er schien es fast zu genießen. »Vogelscheiße, die sich über zehntausend Jahre angesammelt hat. Gewöhn dich dran. Die nächsten zwei Wochen lebst du damit.«

Auf diese Weise wussten wir, dass wir nahe am Felsen waren. Vom Gestank der Vogelscheiße. Auch wenn wir ihn noch nicht sehen konnten, wussten wir, dass er da war. Die Purple Isle hatte ihr Tempo auf wenige Knoten gedrosselt. Der Wellengang war stark zurückgegangen, und wir fuhren jetzt mit den Wellen statt dagegen.

»Da ist es!«, brüllte jemand, und ich spähte durch den Nebel und den Regen, um den ersten Blick auf diesen legendären Ort zu werfen. Dort in der Ferne lag die Insel vor uns. Neunzig Meter hoch ragten senkrechte schwarze, weiß verschmierte Klippen aus dem Meer. Fast im selben Moment, in dem sich der Nebel lichtete, fiel die Sonne glitzernd durch die aufreißenden Wolken und bildete augenblicklich auf dem glänzenden Fels scharfe Kontraste zwischen Licht und Schatten. Von der Oberseite der Klippe wehte etwas wie Schnee in einem gleichmäßigen Strom herunter, und erst bei näherem Hinsehen erkannte ich, dass es sich bei den Flocken um Vögel handelte. Prächtige weiße Vögel mit blauschwarzen Schwingenspitzen und gelben Köpfen sowie einer Flügelspannweite von fast zwei Metern. Tölpel. Tausende kreisten im Licht und ließen sich von den Luftströmungen tragen. Dies war eine der weltweit bedeutendsten überlebenden Tölpelkolonien, und diese erstaunlichen Vögel kehrten Jahr für Jahr in immer größerer Zahl an diesen unwirtlichen Ort zurück, um dort ihre Jungen großzuziehen. Und dies, obwohl jedes Jahr die Männer aus Crobost kamen und zweitausend Jungvögel aus ihren Nestern holten.

Der An Sgeir lag auf einer Linie, die ungefähr von Südost nach Nordwest verlief. Der Grat des Felsens fiel von seinem höchsten Punkt im Süden am nördlichen Ende ab, so wirkte es, als stemmte sich die Insel gegen das vorwiegend aus südwestlichen Richtungen kommende Wetter mit peitschenden

Stürmen sowie gegen den gewaltigen Seegang, der an den trotzigen Gneis anbrandete. An der Westseite ragten drei Landzungen in den Ozean, an denen sich das Wasser in weiß schäumenden Ringen brach.

Der nächste Felsvorsprung war nach dem unbemannten Leuchtturm als Promontory Lighthouse bekannt. Er ragte bei unserer Anfahrt über uns empor. Dahinter bildete der zweite und längste Vorsprung einen Meeresarm, der die Insel tief einschnitt und sich im Osten öffnete, während er nach Westen und Norden Schutz bot. Dies war die einzige Stelle auf dem An Sgeir, an der man Vorräte an Land bringen konnte. Hier hatte der erbarmungslose Ansturm der Elemente mit der Zeit so tiefe Höhlen in den Felsen gegraben, dass sie irgendwann bis an die gegenüberliegende Seite reichten. Wie Gigs erklärte, konnte man mit einem flachen Kahn oder mit einem Schlauchboot durch diese zwölf bis fünfzehn Meter hoch aufragenden, von der Natur gemeißelten Kathedralen hindurch- und am anderen Ende der Insel wieder hinauspaddeln. Allerdings nur bei sehr ruhiger See, was so gut wie nie vorkam.

Der An Sgeir war kaum achthundert Meter lang und der Hauptgrat kaum mehr als hundert Meter breit. Hier gab es keine Krume, kein Gras, kein flaches Land, keine Strände – nur mit Vogelexkrementen verkrusteten Fels, der steil aus dem Ozean ragte. Einen so unwirtlichen Ort hätte ich mir in meinen kühnsten Träumen nicht ausgemalt.

Der Skipper steuerte die Purple Isle behutsam in die Bucht, die sie Gleann an Uisge Dubh – Schwarzwasserbucht – nannten, und warf dort unter lautem Rasseln der verrosteten Kette den Anker. Als die Motoren abgestellt wurden, hörte ich zum ersten Mal den Lärm der Vögel, eine ohrenbetäubende Kakophonie aus Kreischen, Schreien, Schnattern und Krächzen, die zusammen mit dem Guanogestank die Luft erfüllte. Wohin man auch blickte, auf jedem Schelf, in jeder Nische und jeder Spalte im Gestein kauerten die Vögel jeweils in Schwärmen ihrer Artgenossen: Tölpel, Seetaucher, Dreizehenmöwen und Eissturmvögel. In unserer Bucht wimmelte es von jungen Krähenscharben, die mit ihren langen, schlangenartigen Hälsen auf der Suche nach Fischen ins Wasser tauchten. Es war schon erstaunlich, dass ein so feindlicher, exponierter Ort so viel Leben beherbergen konnte. Gigs klopfte mir auf den Rücken. »Komm, Junge, die Arbeit ruft.« Ein Kahn wurde in die sanfte Dünung hinuntergelassen, und wir machten uns daran, unsere Vorräte vom Boot auf den Felsen zu transportieren. Ich fuhr mit der ersten Ladung hinüber. Gigs gab mit dem Außenbordmotor Vollgas und schipperte uns zum Landeplatz, wo er im letzten Moment den Motor abstellte und breitseits ging, um uns von den Wellen auf den Felsen hieven zu lassen. Meine Aufgabe war es, mit der Leine auf einen nur sechzig Zentimeter breiten Sims zu springen und sie an einem großen, in den Stein getriebenen Metallring zu befestigen. Da ich auf der schleimigen Oberfläche von Schwefelflechten ausrutschte, hätte ich mich beinahe auf den Hintern gesetzt. Doch ich fing mich wieder und steckte die Leine durch den Ring. Der Kahn wurde vertäut, und wir begannen mit dem Entladen. Auf gefährlich schmalen Simsen und Felsnasen stellten wir unsere Kisten und Fässer und Säcke ab. Mit jeder Rückkehr des Kahns trafen mehr Männer ein. Direkt hinter unserer Landestelle trat der Fels zurück und mündete in eine der Höhlenkathedralen. Sie war schwarz und gespenstisch und hallte wie der schnarrende Atem eines Lebewesens vom Wasser wider, das am Gestein sog. Es war leicht nachvollziehbar, dass sich um solche Orte Legenden von Meeresungeheuern und Drachen rankten.

Nach vier Stunden wurden die letzten Vorräte an Land gebracht, und es fing wieder zu regnen an, diesmal in dichten Schwaden, die alles durchnässten, sodass jede algenbewachsene Oberfläche gefährlich rutschig wurde. Als Letztes holten wir ein kleines Schlauchboot auf die Insel, das vier Männer den Hang hinaufzogen, um es fünfzehn Meter oberhalb der Bucht zu vertäuen. Es sollte im Notfall eingesetzt werden, auch wenn ich mir nicht vorstellen konnte, was für ein Notfall mich dazu bringen sollte, darin in See zu stechen. Zu meinem Staunen sah ich, dass Angel sich in eine flache Spalte in der Klippe gekauert und, indem er sich mit dem Oberkörper darüberbeugte, ein kleines Feuer gemacht hatte. Darüber hatte er einen Kessel Wasser schon fast zum Siedepunkt gebracht. Die Purple Isle blies ihr Nebelhorn in die Bucht hinaus, und als ich mich umdrehte, sah ich, wie sie den Anker lichtete und ins offene Meer davonfuhr. Es war ein schreckliches Gefühl, als der Maat des Skippers uns, bevor sie aus dem Blickfeld verschwand, noch einmal von achtern zuwinkte. Das Boot war unsere einzige Verbindung zu unserem Zuhause, der einzige Weg zurück. Es war fort, und wir blieben allein auf diesem kahlen Felsen, fünfzig Meilen vom nächsten Landfall entfernt, zurück. Aber ich war nun mal da, und ich musste es zu Ende bringen.

Wundersamerweise reichte Angel jetzt Henkelbecher mit heißem Tee herum. Dosen mit Sandwiches wurden geöffnet, und wir kauerten uns, den Torfgeruch in der Nase und die Wellen dicht unter uns, auf den Boden, tranken, um uns aufzuwärmen, und aßen, um zu Kräften zu kommen, denn als Nächstes mussten all diese Kisten und Fässer und Säcke fünfundsiebzig Meter hoch zur Spitze der Insel gewuchtet werden. Womit ich nicht gerechnet hatte, war der Einfallsreichtum der Guga-Jäger. Bei einer früheren Expedition hatten sie Holzplanken mitgebracht und damit eine sechzig Zentimeter breite und sechzig Meter lange Rutsche gebaut. Die Planken waren für das jeweils kommende Jahr auf der Insel in Planen verstaut worden und wurden jetzt herausgeholt und mit stabilen Stützen und Streben am Felsen angebracht. Die Konstruktion erinnerte an die alten hölzernen Schwemmkanäle, die auf Schwarz-Weiß-Fotos aus den Tagen des Goldrauschs am Klondike zu sehen waren. Am Ende eines Seils kam von der Spitze ein Karren auf Rollen heruntergedonnert, und die Mannschaft machte sich daran, Fässer, Säcke und aufgerollte Matratzen hinaufzubefördern. Kleinere Kisten wurden per Hand in einer Kette bis zur Spitze weitergereicht. Artair gab mir die Behältnisse schweigend weiter, und ich übergab sie dem nächsten Mann über mir, Mr Macinnes, der unablässig kommentierte und erklärte, dass diese Rutsche oder Schütte während der kommenden vierzehn Tage, die wir auf dem Felsen seien, dort bleibe, um darauf am Ende die gerupften, abgesengten, ausgenommenen und geräucherten Gugas zum Boot hinunterzubefördern. Die ganzen zweitausend. Es war mir vollkommen schleierhaft, wie wir in nur vierzehn Tagen so viele Vögel töten und verarbeiten sollten.

Bis wir unsere sämtlichen Vorräte zur Felsspitze hinauftransportiert hatten, war es Nachmittag, und Artair und ich kletterten erschöpft zu den anderen hinauf. Dort sahen wir zum ersten Mal, zwischen den Felsen und den Findlingen versteckt, die Überbleibsel eines alten Blackhouse, das vor über zweihundert Jahren errichtet worden war und alljährlich von den Guga-Jägern instand gehalten wurde, um ihnen ein ums andere Mal Unterschlupf zu gewähren. Es hatte nur vier Wände, und die von Sonne und Salz ausgeblichenen Strebebalken des Dachs. Ich konnte nicht fassen, dass dies für die nächsten zwei Wochen unsere Bleibe sein sollte.

Mr Macinnes hatte wohl unsere Gesichter gesehen. Er grinste. »Keine Sorge, Jungs. In einer Stunde werdet ihr es nicht wiedererkennen. Dann sieht es um einiges behaglicher aus als jetzt.« Tatsächlich brauchten wir für die Verwandlung weniger als eine Stunde.

Um zum Blackhouse zu gelangen, mussten wir über das chaotische Felsgestein auf die Felsspitze steigen. Wir rutschten ständig auf dem Spinat aus Flechten, Guano und Lehm aus. Außerdem versuchten wir, den Eissturmvögeln auszuweichen, die in fast jeder Spalte nisteten. Die Nester waren aus den bunten Schnurfasern zerrissener Fischernetze gebaut, die das Meer an die Insel schwemmte. Grün, orange, blau. Vollkommen unpassend an diesem urtümlichen Ort. Während wir zwischen den Nestern herumstolperten, traten wir ständig in das Erbrochene der flügge werdenden Eisvogeljungen. Ihre ekelhafte grüne Galle spritzte uns auf Ölhäute und Gummistiefel, sobald sie uns sahen, und stank fast so schlimm wie die Scheiße, die auf der Insel jeden Zentimeter bedeckte.

Im Innern des Blackhouse wurden große Stücke Wellblech aus Schutzplanen gewickelt, und wir machten uns daran, sie zwischen den schrägen Dachbalken festzunageln. Dann warfen wir die Planen darauf und befestigten die ganze Konstruktion schließlich, indem wir Fischernetze darüberspannten und mit eigens dafür an den Wänden hängenden Felsbrocken beschwerten. Jetzt war unser Blackhouse wetterfest und wasserdicht. Drinnen war es dunkel und feucht und der Guanogestank kaum auszuhalten. Der Boden war mit aussortiertem Nestbaumaterial übersät, und unsere erste Aufgabe bestand darin, den Unrat auszukehren, außerdem die Nester zu entfernen, die in jede Ritze und jeden Winkel der Wände gebaut waren, um sie vorsichtig irgendwo draußen zwischen den Felsen zu platzieren. In offenen Fässern wurden sechs Torffeuer angezündet, um die regengetränkten Wände auszutrocknen, dann verfrachteten wir unseren gesamten Proviant in einen Raum am hinteren Ende des Blackhouse.

In kürzester Zeit erfüllte dichter, beißender Rauch das Haus, der nicht nur den Guanogeruch vertrieb, sondern auch Heerscharen von Ohrenkneifern in die Flucht schlug, die aus sämtlichen Ritzen in den Wänden kamen. Uns tränten die Augen. Artair, dessen Atemwege auf den Rauch reagierten, schoss nach draußen. Er rang nach Luft. Ich folgte ihm und sah, wie er verzweifelt an seinem Schnaufer sog, woraufhin sich seine Panik rasch legte, da sich seine Bronchien wieder öffneten.

Gigs sagte: »Macht euch ein bisschen mit dem Felsen vertraut, Jungs. Hier könnt ihr im Moment nichts weiter tun. Wir rufen, wenn es was zu futtern gibt.«

Und so machten wir uns im strömenden Regen, der uns die Ölhäute herunterlief, und gegen die steife Brise, die uns um die Beine pfiff, langsam und behutsam über das Gestein auf den Weg. Wir kletterten Richtung Norden zum dritten Felsvorsprung empor, ein riesiger Bogen glatten Felsgesteins, das durch eine tiefe Schlucht beinahe von der Insel abgetrennt war. Dort sahen wir die Cairns, jene Hügel aus sorgfältig gestapelten Steinen, die wie Grabmale einen Meter oder höher in den grauen Himmel ragten. Inmitten der Cairns fanden wir die Überreste einer kleinen bienenstockartigen Behausung, deren Dach schon lange eingefallen war. Wir fanden flache Felsen, auf die wir uns setzen konnten, und zündeten uns mit einiger Mühe Zigaretten an. Seltsamerweise hatten wir uns auch jetzt nichts zu sagen, und so saßen wir schweigend da und blickten über den An Sgeir. Von hier aus hatten wir einen grandiosen Blick auf den Felsen, der sich neben dem Leuchtturm erhob, einem niedrigen, plumpen Betonbau mit einer Wartungsluke sowie einem eigenartig strukturierten Glasdach zum Schutz für das Leuchtsignal. Tausende von Seevögeln scharten sich darum. Daneben befand sich die einzige ebene Stelle auf der ganzen Insel, ein in den Fels eingelassenes Betonquadrat, das für die Hubschrauber, die zweimal im Jahr Wartungsdienste hierherbrachten, als Landeplatz diente. Von unserem Ausguck aus blickten wir ringsum auf das Meer, das sich in cremeweißen Schaumringen am Felsen brach, weiter draußen wie flüssiges Zinn gemächlich hob und senkte, bis es in der Ferne in einer Regenwand unterging. Trotz der Anwesenheit von zehn weiteren Männern auf der Insel und obwohl mein bester Freund gerade neben mir saß, konnte ich mich nicht erinnern, mich je so allein gefühlt zu haben. Die Niedergeschlagenheit legte sich wie ein Leichentuch über mich.

In der Ferne kam quer über den Felsen eine Gestalt auf uns zu. Aus geringer Entfernung erkannten wir Artairs Vater. Er rief uns etwas zu und schickte sich an, zu uns heraufzuklettern. Trotz des prasselnden Regens und des pfeifenden Windes hörte ich deutlich, wie Artair murmelte: »Wieso zum Teufel kann er uns nicht einfach in Ruhe lassen!« Ich war mir nicht sicher, ob die Bemerkung mir galt, und drehte mich zu ihm um, doch er starrte geradeaus auf seinen Vater. Ich war verblüfft. Noch nie hatte ich Artair so über seinen Vater reden gehört.

»Du solltest nicht rauchen, Artair«, war das Erste, was Mr Macinnes sagte, als er uns erreichte. »Nicht mit deiner Krankheit.« Artair sagte nichts, rauchte aber einfach weiter. Mr Macinnes setzte sich neben uns. »Kennt ihr die Geschichte dieser Behausung?« Er zeigte auf den eingestürzten Bienenkorb. Wir schüttelten den Kopf. »Das sind die Überreste einer Mönchszelle aus dem zwölften Jahrhundert, die, wie einige Quellen sagen, von St Ronans Schwester Bruinhilda bewohnt wurde. Es gibt eine ganz ähnliche auf einem Felsen namens Sula Sgeir etwa zehn Meilen westlich von hier, nicht weit von North Rona. Der Legende nach wurden ihre sterblichen Überreste in einer der beiden gefunden, ob hier oder auf dem Sula Sgeir, weiß ich nicht. Aber ihre Knochen waren von den Elementen so ausgeblichen wie Treibholz, und in ihrem Brustkorb nistete ein Kormoran.« Er schüttelte den Kopf. »Kaum zu glauben, dass hier irgendjemand ganz allein leben kann.«

»Wer hat die Cairns gebaut?«, fragte ich. Von unserer Warte aus sah ich inzwischen mehrere Dutzend davon, wie ein Friedhof.

»Die Guga-Jäger«, sagte Mr Macinnes. »Jeder von uns hat

seinen eigenen Cairn. Jedes Jahr fügen wir einen Stein hinzu, und wenn wir zum letzten Mal hergekommen sind, dann verbleiben sie für alle künftigen Generationen als ein Zeichen, dass wir hier gewesen sind.«

Wir hörten einen Ruf aus der Richtung des Blackhouse und sahen, wie uns jemand zurückwinkte.

»Die müssen das Essen fertig haben«, sagte Mr Macinnes.

Bis wir zum Blackhouse kamen, quoll Rauch aus dem Loch im Dach. Im Innern war es jetzt erstaunlich warm und weniger verrußt als vorher. Angel hatte in einem offenen Fass in der Mitte des Bodens sein Kochfeuer gemacht, über dem an einer im Dach verankerten Kette ein Kessel hing. Auf einem Grillrost wurde über den Flammen Toast gemacht, in einer Pfanne darauf brutzelte Öl. Der Gestank nach Guano und Vogelkotze war verflogen, stattdessen duftete es nach den Bücklingen, die in der Pfanne schmorten. Im Topf kochten Kartoffeln, und Angel hatte uns einen Stapel rauchigen Toast gemacht. Außerdem warteten zwei große Kannen Tee.

Rund um die Wände verlief ein neunzig Zentimeter breiter Sockel, der jetzt mit Planen bedeckt war, auf denen wiederum die großen Matratzen lagen, die wir die Felsen heraufgeschleppt hatten. Unsere Betten. Im flackernden Licht der Kerzen, die in regelmäßigen Abständen rund um den Raum verteilt waren, sah ich, dass überall Käfer und Ohrenkneifer darüberkrabbelten. Ich schauderte bei dem Gedanken, hier auch nur eine Nacht, geschweige denn vierzehn zu verbringen. Bevor wir aßen, wuschen wir uns in dem von der letzten Expedition zurückgelassenen Wasser, einer trüben braunen Brühe in einem Halbfass, die Hände und kauerten uns dann auf den Boden, während Gigs seine Bibel aufschlug und uns auf Gälisch daraus vorlas. Ich hörte kaum auf das monotone Dröhnen seiner Stimme. Aus irgendeinem Grund hatte mich Angst, eine bange Erwartung, ja Vorahnung erfasst. Als wäre es irgendwo in mein Raum-Zeit-Kontinuum einprogrammiert, wusste ich vielleicht, was passieren würde. Ich zitterte plötzlich heftig und aß, nachdem Gigs die Lesung beendet hatte, mit bebenden Fingern meinen Fisch.

Nach meiner Erinnerung wurde an diesem ersten Abend am Feuer wenig geredet. Wir waren eine ernste Gruppe, die, von den Widernissen mitgenommen, ihre Reserven an Mut und Ausdauer anzapfen musste, um die bevorstehenden Tage zu meistern. Wir hörten, wie der Wind um unsere altehrwürdige steinerne Behausung heulte und der Regen aufs Dach hämmerte. Ich weiß nicht einmal mehr, wie ich zu Bett gegangen bin, weiß dafür aber noch ganz genau, wie ich in sämtlichen Kleidern und in warme Decken gehüllt auf diesem harten Steinsims auf einer klammen Matratze lag und mir wünschte, ich wäre noch so klein, dass ich ungestraft losheulen durfte. Schließlich sank ich in einen unruhigen Schlaf.

Am nächsten Tag fühlte ich mich besser. Es ist schon erstaunlich, was ein paar Stunden Schlaf bewirken können, um einen verzagten Geist zu trösten. Durch die Plane, die über den Eingang gespannt war, fiel schräg die Sonne ein, und blauer Torfrauch schwebte im Licht. Noch nicht ganz wach stand ich auf, rieb mir die Augen und zwängte mich in den Kreis der Männer, die sich um das Feuer versammelt hatten. Die Wärme vom glühenden Torf hatte etwas Einschläferndes. Jemand füllte mir einen Teller mit Porridge, ich tunkte dicke Scheiben Toast in das klebrige Zeug und stopfte mir die Mischung in den Mund. Ich goss mir brühend heißen Tee in den Henkelbecher und hatte das Gefühl, noch nie etwas so Gutes getrunken zu haben. Wahrscheinlich ist die erste Nacht, wie zum Beispiel die erste Nacht im Knast, die schlimmste. Danach macht man einfach weiter.

Die Gruppe verstummte, als Gigs seine Bibel aufschlug, einen Wälzer, der vom ständigen Gebrauch abgegriffen war. Seine Stimme hob und senkte sich in melodischem gälischen

Sprechgesang, mit dem er feierlich den Tag beging. Die Männer lauschten ehrfürchtig. »Also dann«, sagte er und klappte die Bibel zu. Dies war, zumindest erschien es mir so, das Zeichen, dass das Schlachten beginnen sollte. »Fin, Donnie, Pluto, ihr seid bei mir.« Es war eine große Erleichterung, zu wissen, dass ich an diesem ersten Tag mit Gigs zusammen sein würde. Artair war in einem anderen Team. Ich versuchte, ihm aufmunternd zuzulächeln, doch er sah nicht in meine Richtung.

Ich hatte damit gerechnet, dass wir sofort zu den Klippen aufbrechen würden, um mit der Jagd zu beginnen, dabei verbrachten wir den größten Teil des Vormittags damit, eine bizarr vertrackte Anlage aus Stützen und Trossen über die Oberseite des Felsens zu spannen, von den Jagdhängen bis zu den Verarbeitungsstellen oben bei den Cairns und dann wieder hinunter bis zum oberen Ende der Rutsche. Diese jeweils hundert Meter langen Überlandtrossen waren an Dreifüßen aus Holz befestigt und mithilfe von Rollwinden präzise gespannt. Mit diesem genialen System würden wir später die toten Vögel in Säcken ohne großen Kraftaufwand an Haken schnell von einem Punkt der Insel zum anderen transportieren. Alles hing vom Winkel und von der Spannung der Drahtseile ab, damit ein Großteil der Arbeit von der Schwerkraft erledigt wurde, und Gigs verwandte die größte Sorgfalt darauf, beides genau auszutarieren. Jeder Vogel wog ungefähr neun Pfund, und in jedem Sack wurden zehn Vögel transportiert. Es wäre heller Wahnsinn gewesen, eine solch schwere und sperrige Last mit Muskelkraft über dieses tückische, unebene, steinige Gelände zu transportieren. Und doch hatten die Guga-Jäger in all den Jahrhunderten, in denen sie schon hierherkamen, offenbar genau das getan, bis Gigs dieser geniale Einfall mit den Flaschenzügen und Drahtseilen kam.

Um Mittag herum waren wir draußen in der Nähe des Promontory Lighthouse, als ich sah, dass Angel über die

Felsen zu uns heraufkam und dabei einen bemerkenswerten Balanceakt vollführte. In einer Hand hatte er einen großen schwarzen Kessel mit heißem Tee, während er in der anderen einen Plastikbehälter mit Kuchen und Sandwiches hielt; an diesem Plastikbehälter wiederum hatte er mit Schnüren unsere Becher an den Henkeln zusammengebunden. Jeden Tag spähten wir mittags und dann wieder um fünf Uhr nach seiner schwerfälligen Gestalt, die mit heißem Tee und Sandwiches quer über die Insel zu uns kam, um uns bei Kräften zu halten. So wenig ich Angel Macritchie mochte, hatte ich über sein Essen nicht zu klagen. Die Veteranen bezeugten, dass er äußerst pflichtbewusst war. Er hatte sich der Nachfolge seines Vaters würdig erwiesen. Das ist vermutlich der Grund, weshalb er sich, obwohl ihn niemand mochte, zumindest den Respekt der Männer erwarb.

Danach setzten wir uns um den Leuchtturm, aßen unsere Sandwiches und spülten sie mit heißem Tee herunter. Es wurden Zigaretten gerollt und geraucht. Es herrschte angenehme Stille in der Gruppe, während die Sonne immer wieder durch die tiefen Wolkenfetzen trat und dem Wind, der immer noch aus nordwestlichen Richtungen wehte, die eisige Kälte nahm. In wenigen Minuten würde das Gemetzel beginnen, und ich denke, dass die Männer jeder still für sich daran dachten, wie viel Tod sie bringen würden. Es ist schwer, mit dem Töten zu beginnen, es würde leichter sein, wenn es erst einmal losgegangen war.

Mit den Kolonien an den östlichen Klippen des Promontory Lighthouse fingen wir an, wobei zwei Vierergruppen an beiden Enden begannen und sich aufeinander zubewegten. Ein drittes Team mit drei Leuten arbeitete quer über die Felsenspitze. Kaum kletterten wir auf die Klippen hinunter, erhoben sich die Vogeleltern tausendfach aus ihren Nestern und flogen, sowie das Töten ihrer Jungen begann, kreischend über uns. Es war, als arbeitete man mitten in einem

Schneesturm, überall das strahlende Weiß der Basstölpel, die ihre Verzweiflung und ihren Zorn herausschrien. Dabei musste man, während man auf Augenhöhe zu den Nestern kletterte, darauf achten, dass die Jungvögel einem kein Auge aushackten. Gigs führte unsere Gruppe die Vorsprünge und Spalten und Schelfe entlang und sah sich genau an, was sich jeweils in den Nestern befand. Er hatte eine fast zwei Meter lange Pflückstange dabei, an deren einem Ende sich gefedert zuschnappende Metallbacken befanden. Damit pflückte er die Jungen aus ihren Nestern und reichte sie zügig an den Zweiten in der Gruppe nach hinten. Donnie, ein stiller Mann wohl Mitte fünfzig, der stets eine Schirmmütze in die Stirn und über den gesträubten silbergrauen Backenbart im wettergegerbten Gesicht gezogen hatte, war ein Veteran, seit nunmehr über zehn Jahren mit von der Partie. Er hatte einen dicken Knüppel dabei, und wenn ein Vogel am Ende der Stange zu ihm herumschwang, packte er ihn und tötete ihn mit einem einzigen geübten Schlag. Ich war der Nächste in der Reihe. Gigs hatte beschlossen, mich im wahrsten Sinne des Wortes an Blut zu gewöhnen. Ich war mit einer Machete gerüstet, und mir fiel die Aufgabe zu, die Vögel zu köpfen und sie dann an Pluto weiterzureichen, der sie für uns in Stapeln ablegte, damit wir sie bei unserer Rückkehr möglichst schnell einsammeln konnten. Zuerst wurde mir von meiner Aufgabe ganz übel, und außerdem war ich langsam. Ich ekelte mich vor dem Blut, das mir über die Hände lief und den Overall vollspritzte. Ich spürte sogar warme Spritzer im Gesicht. Doch es waren so viele Vögel, dass ich meine Vorbehalte über Bord werfen musste, um mich von allen Gedanken frei zu machen und auf den blindwütigen Rhythmus einzulassen. Tausende Basstölpel und Eissturmvögel schwebten kreischend in endlosen Spiralen um unsere Köpfe, sechzig Meter unter uns brodelte die See und drosch wütend auf die grüne Algenkrause an den unteren Felsen ein. Nach und nach färbte sich mein blauer Overall schwarz von Blut.

Wir arbeiteten uns in erstaunlicher Geschwindigkeit über die Klippe und ließen Berge an toten Gugas zurück. Bis wir schließlich auf die zweite Gruppe stießen. Es hatte nur etwas über zehn Minuten gedauert, und Gigs machte uns Zeichen, dass die Schlachterei für heute ein Ende hatte. Also liefen wir denselben Weg wieder zurück und nahmen dabei so viele Gugas wie möglich mit, indem wir sie aufstapelten und dann in einer Kette bis zur Felsspitze weiterreichten. Dort wuchs der Haufen der von allen drei Gruppen getöteten Gugas in die Höhe. Gigs zückte einen Bleistift und ein kleines Notizbuch, zählte die Vögel durch und trug sie in das Buch ein. Ich blickte über die Klippen zu der blutverschmierten Stelle zurück, an der wir gerade gewesen waren, und merkte erst jetzt, dass mir für Angst gar keine Zeit geblieben war. Ein einziger Ausrutscher, eine einzige unvorsichtige Bewegung hätte fast den sicheren Tod bedeutet.

Gigs drehte sich zu mir um und sagte, als ginge es um ein großes Geheimnis, das über Generationen weitergereicht worden war, schlicht und ergreifend: »Also, Fin, jetzt weißt du, was wir machen.«

»Wieso?«, fragte ich ihn. »Wieso macht ihr das?«

»Ist Tradition«, meldete sich Donnie zu Wort. »Keiner von uns will derjenige sein, der sie bricht.«

Doch Gigs schüttelte den Kopf. »Nein, es geht nicht um die Tradition. Das gehört natürlich dazu, sicher. Aber ich will dir sagen, weshalb *ich* es mache, mein Junge. Weil es sonst auf der ganzen Welt niemand anders macht. Nur wir.«

Was, wie ich annehmen sollte, »uns« zu etwas Besonderem machte. Einmalig. Ich betrachtete den Haufen Kadaver auf dem Felsen und fragte mich, ob es nicht vielleicht eine bessere Möglichkeit gab, etwas Besonderes zu sein.

Wir verstauten die Vögel in Leinensäcken, und ich betrachtete das seltsame Schauspiel, bei dem ein Sack nach dem anderen den Fels hinunterschoss, bis er am tiefsten Punkt anhielt, um von dort aus mithilfe von Seilen in Richtung der Cairns gehievt zu werden. Bevor die Vögel schließlich gerupft wurden, kippte man sie auf eine Plane zum Trocknen im Wind.

In dieser Nacht schlief ich wie ein Toter, und als ich erwachte, stellte ich fest, dass das Wetter erneut umgeschlagen war. Eine stürmische Front aus Südwest brachte heftige Regenfälle, die gegen den Felsen prasselten, und erst mitten am Vormittag beschloss ein gereizter Gigs, dass wir es uns nicht leisten konnten, länger untätig herumzusitzen und auf das Ende des Regens zu warten. So schlüpften wir in stummer Resignation in unsere Ölhäute und begaben uns wieder mit Stangen, Knüppeln und Macheten zu den Klippen. Während wir uns durch die Kolonien an den unteren Bereichen des Promontory Lighthouse voranarbeiteten, rutschten wir ständig auf dem Guano aus.

Die toten Vögel, die zum Schutz gegen den Regen mit einer Plane abgedeckt wurden, stapelten sich immer höher. Mit dem Rupfen würden wir erst beginnen, wenn der Regen sich gelegt hätte. Erst am Sonntag war das der Fall, doch da die Guga-Jäger am Sabbat nicht arbeiteten, konnten wir nichts weiter tun, als die Planen zu entfernen und die Vögel in der Sonne trocknen zu lassen, während wir müßig herumsaßen.

Es war seltsam. Die gesamten zwei Wochen auf dem Felsen hindurch war ich kein einziges Mal im selben Team wie Artair. Tatsächlich sah ich ihn kaum einmal. Fast hatte es den Anschein, als hielten sie uns getrennt, auch wenn ich mir nicht vorstellen konnte, wieso. Selbst an den beiden Sonntagen sah ich ihn kaum einmal. Ebenso wenig seinen Dad. Ich erinnere mich streng genommen kaum noch an ihn. Schließlich arbeiteten wir nie im selben Team zusammen, und das Rupfen, Sengen, Ausnehmen und Pökeln erforderte die Organisation in verschiedenen Gruppen, in unterschiedlichen Arbeitsgängen, an unterschiedlichen Orten.

Dennoch war es seltsam, dass Artair und ich an jenem ersten Sonntag kein einziges Mal zusammenkamen, und sei es auch nur, um schweigend unser Leid zu teilen. Ich stieg zu der Stelle hinunter, an der wir unsere Vorräte an Land gebracht hatten. Dieser Bereich war etwas windgeschützter, und das Meerwasser, das sich zwischen den Felsen in kleinen Tümpeln sammelte, wurde in der Augustsonne lauwarm. Mehrere Männer, die nicht zum ersten Mal dabei waren, saßen um die Wasserstellen und ließen, nachdem sie die Stiefel und Socken am Felsgesims ordentlich aufgestellt und die Hosen bis zu den Knien hochgekrempelt hatten, die nackten Füße ins Wasser baumeln. Die Männer plauderten entspannt und rauchten eine Zigarette, doch als ich dazukam, schienen sie augenblicklich zu verstummen, sodass ich nicht lange blieb. Stattdessen kletterte ich fast bis zur Spitze der Felsnase, bis ich eine nach Süden geneigte, flache Steinplatte fand, auf der ich mich mit geschlossenen Augen in die Sonne legen und mir vorstellen konnte, ich lebte noch mein Sommeridyll, aus dem man mich gerissen hatte.

Am Montag begannen wir mit dem Rupfen. Die Vögel waren über den Sabbat in der Sonne gut getrocknet, und wir setzten uns zwischen die Cairns, um zu tun, was getan werden musste. Es war eine Drecksarbeit. Gigs zeigte mir, wie es ging. Zuerst nahm er einen Vogel zwischen die Knie und rupfte den Hals, ließ jedoch einen dünnen Federkranz stehen. Dann wandte er sich der Brust zu und zupfte büschelweise Federn aus, bis er am Schwanz angelangt war. Als Nächstes riss er die Federn am oberen Flügel aus und zupfte die Hauptfedern ab. Jetzt wurde der Vogel gedreht, um den Rücken und die Beine zu rupfen, bis nur noch der zarteste weiße Flaum übrig war. Gigs konnte einen Guga in weniger als drei Minuten rupfen. Ich brauchte mehr als doppelt so lange.

Es war eine harte Arbeit und ein erbarmungsloser Wettbewerb. Jede Stunde hielten wir inne, um eine Strichliste zu führen. Gigs hatte jedes Mal die meisten gerupft, ich die wenigsten. Dann ging es von vorne los. Als ich den ersten Morgen hinter mir hatte, waren meine Hände derart verkrampft, dass ich vor Muskel- und Gelenkschmerzen kaum noch eine einzige Feder zwischen Daumen und Zeigefinger halten konnte. Außerdem gelangten die Federn überallhin, in die Augen, in die Nase, in die Ohren und den Mund. Sie hingen einem in den Haaren und an der Kleidung. Artair bekam so heftiges Asthma, dass er nach zwei Stunden nur noch nach Luft schnappte. Gigs befreite ihn von da an vom Rupfen und beauftragte ihn stattdessen, die Feuer zum Absengen anzuzünden.

Diese Feuer brannten in niedrigen Schornsteinkästen, die an einer Stelle direkt über unserem Landeplatz aus losen Steinen errichtet waren. Bereits vor Jahrzehnten, wenn nicht sogar Jahrhunderten hatten die Jäger herausgefunden, dass an dieser Stelle der ideale Luftzug herrschte, den die Feuer brauchten, um besonders gut zu brennen. Daher wurden die Schornsteine immer an dieser Stelle errichtet. Während wir die gerupften Vögel zu jeweils zehn Stück in Säcken die fast zweihundert Meter Stahlseil zu den Cairns hinunterbeförderten, beobachtete ich, wie Artair in behelfsmäßigen Zangen glühende Torfstücke vom Blackhouse hinabtrug, um die Feuer anzuzünden. Als sämtliche Vögel unten waren und wir uns ebenfalls an den Abstieg machten, hatte Artair bereits in jedem Schornstein ein loderndes Feuer vorbereitet. Er und Pluto waren beauftragt, die Vögel abzusengen. Ich sah zu, als Pluto Artair zeigte, wie es ging. Er nahm einen Vogel bei den Flügelgelenken über der Brust. Dann hielt er je einen Flügel in einer Hand und hielt den schlaff dazwischen hängenden Guga in die Flammen, um den restlichen Flaum wegzusengen. Einen Moment lang verwandelten die züngelnden Flammen den toten Vogel in einen Feuerengel, dann zog ihn Pluto abrupt aus den Flammen. Der Flaum hatte sich zu feiner schwarzer Asche aufgelöst, die Schwimmfüße waren verbrannt und verschrumpelt. Es war wichtig, nicht die Haut zu versengen und den Geschmack zu verderben, doch ebenso notwendig, sämtliche Federn zu entfernen, da diese die Textur beeinträchtigt hätten. Artair und Pluto bearbeiteten langsam, aber stetig sämtliche Vögel, die wir während des Tages erlegt hatten, und ließen an diesem windumtosten Ort Dutzende Feuerengel aufflammen.

Vom Feuer gelangten sie als Nächstes zu Old Seoras, einem drahtigen, dürren Mann mit einem Kopf wie ein Totenschädel. Ein Eindruck, der sich mit der Schutzbrille verstärkte. Er schrubbte die Asche von den Vögeln, bevor er sie an Donnie und Malcolm weiterreichte, die eine Art Qualitätskontrolle durchführten und allem, was die Flammen nicht erfasst hatten, mit Schweißbrennern zu Leibe rückten.

Dann kamen die Vögel zu John Angus, der mit einer Axt die Flügel abschlug und die Vögel zum Zerlegen an Gigs und Seumas weiterreichte; die beiden wiederum saßen rittlings einander gegenüber auf einem dicken Eichenbalken, der auf zwei niedrigen Steinhaufen ruhte. Der verwitterte Zerlege-Balken hatte schon seit Jahrzehnten seinem blutigen Zweck gedient. Mit rasierklingenscharfen Messern wurden darauf die Gugas von einem Ende zum anderen aufgeschlitzt und anschließend die Schwänze entfernt. Oberhalb der Rippen wurden drei präzise Schnitte gesetzt, dann schoben sich die Finger geschickt zwischen Fleisch und Knochen, um Brustkorb wie Innereien zu entnehmen. Mir fiel die Aufgabe zu, die Innereien aus dem wachsenden Haufen herauszuholen und sie über die Kante der Schornsteine zu legen. Das Fett lief augenblicklich in die Flammen und entfachte knisternd das Feuer, in dem Pluto und Artair immer noch ihre Engel brannten.

Der letzte Arbeitsgang folgte nach dem Zerlegen. Mit vier sauberen Schnitten bildeten Gigs und Seumas im Fleisch der Vögel kleine Taschen und füllten sie zum Pökeln mit jeder Menge Salz.

Direkt neben dem oberen Ende der Rutsche breiteten die beiden Männer auf möglichst flachem Boden Planen aus, auf die sie die gesalzenen Vögel mit den Füßen zur Mitte in einem großen Kreis aneinanderreihten; dabei wurde die äußere Seite der Tasche, in die das Salz gefüllt worden war, säuberlich zugedrückt, um den Abfluss von Pökelwasser zu vermeiden. Ein zweiter Kreis überschnitt sich mit dem ersten, ein dritter mit dem zweiten, bis die erste Schicht die Mitte erreichte. Ein riesiges Rad aus toten Vögeln. Darauf kam die nächste Schicht, und wieder die nächste, bis eine Höhe von etwa einem Meter fünfzig erreicht war. Am Ende der zwei Wochen waren zwei solche riesigen Räder aufgestapelt, mit jeweils tausend Vögeln. Ringsum lagen die abgeschlagenen Flügel auf den Felsen, um von den Herbststürmen fortgetragen zu werden.

Und so ging es die ganzen zwei stupiden Wochen lang. Wir bearbeiteten alle Kolonien an sämtlichen Klippen. Immer wieder derselbe Kreislauf aus Töten, Rupfen, Absengen und Zerlegen. Bis diese zwei Stapel ihre Höhe erreicht hatten. Es war eine geisttötende Angelegenheit, die ich nach einer Weile vollkommen mechanisch durchführte. Man stand am Morgen auf, schuftete sich durch den Tag und kroch am Abend unter die Decken. Dabei schienen es einige Männer sogar zu genießen. Eine Art stummer Kameradschaft, ab und zu durch einen Witz und erleichtertes Lachen zusammengeschweißt. Ich machte einfach dicht. Ich hatte an dieser Kameradschaft keinen Anteil. Ich glaube, ich lachte in diesen zwei Wochen kein einziges Mal, sondern biss einfach die Zähne zusammen und zählte die Tage ab.

Am zweiten Sonntag war die Arbeit fast geschafft. Wir hatten einigermaßen günstiges Wetter gehabt und waren gut vorangekommen. Es war trocken, wenn auch nicht so sonnig wie in der ersten Woche. Ich stieg zum Leuchtturm hinauf, stand auf dem Hubschrauberlandeplatz aus Beton und blickte über die Insel zurück. Der ganze An Sgeir lag unter mir – vom stachelig gebogenen Rückgrat zu den Felsvorsprüngen, die an drei gebrochene Rippen erinnerten, das Einzige, was die ewige Erosion übrig gelassen hatte. Nicht weit von der Nordwestspitze sah ich schwarze Felsformationen aus dem tiefgrünen Ozean ragen und darüber Schwärme von Seevögeln, die mühelos die Gipfel umkreisten. Ich drehte mich um und lief zum Rand der Klippe zurück. Sie fiel in einem Steilhang von neunzig Metern in die Tiefe. Dabei war der Fels von Rissen, Spalten und Schluchten zerklüftet und horizontal von mehreren Vorsprüngen und Gesimsen untergliedert, auf denen der weiße Guano von Wind und Regen glatt poliert war. An dieser Klippe hingen Tausende und Abertausende Nester. Die reichste Beute auf der ganzen Insel. Und die Unzugänglichste. Morgen würden wir zu diesen Vorsprüngen hinuntersteigen und unsere letzte Ernte einbringen. Ich merkte, wie mir die Angst den Magen zuschnürte, und sah schnell weg. Einen Tag musste ich noch durchstehen, dann würden wir am Dienstag damit beginnen, unser Lager aufzulösen, bevor am Mittwoch, sofern es das Wetter zuließ, die Purple Isle eintraf. Ich konnte es kaum erwarten.

Am Abend genossen wir die beste Mahlzeit unseres gesamten Aufenthalts. Wir aßen die ersten Gugas dieser Saison. Inzwischen gingen unsere Vorräte zur Neige. Das Brot war altbacken, zum Teil angeschimmelt und von Ohrenkneifern durchsetzt. Das Fleisch war verzehrt, und wir lebten fast nur noch von Porridge und Eiern. Das Einzige, was es zu jeder Mahlzeit reichlich gab, waren Bibel und Psalmen, die uns Gigs kredenzte. Der Guga dagegen schmeckte himmlisch, vielleicht der Lohn für all unsere Frömmigkeit.

Angel verbrachte den Nachmittag damit, drei Gugas zuzubereiten. Als wir uns an diesem Abend mit unseren Tellern um das Feuer im Blackhouse setzten, war die Stimmung gut. Die Blechdose mit dem Besteck, die gewöhnlich vor jeder Mahlzeit herumgereicht wurde, blieb diesmal an ihrem Fleck. Guga aß man grundsätzlich mit den Fingern. Angel gab jedem von uns ein Stück vom Vogel auf den Teller, und wir nahmen uns reichlich Kartoffeln dazu. So begann das Festessen im rauchblauen Licht des Feuers, bei dem wir stumm das Fleisch und die Kartoffeln in unsere hungrigen Mäuler stopften. Das Fleisch war fest, aber zart. Es hatte die Farbe und Textur von Ente, schmeckte jedoch nach einer Mischung aus Steak und Bückling.

Ein Viertel Vogel war zusammen mit den Kartoffeln mehr als genug, um uns satt und schläfrig zu machen, während wir wie in Trance Gigs' Bibellesung lauschten. Dann überließen wir uns dem Schlaf. Ich glaube nicht, dass ein einziger Mann im Blackhouse in dieser Nacht auch nur einen Moment an die Gefahren dachte, die der letzte Tag an den Klippen mit sich bringen würde. Sonst hätte er kaum Schlaf gefunden.

Und wieder hatte der Wind gedreht. Er kam aus nordwestlicher Richtung und trieb leichten Sprühregen vor sich her. Außerdem war es deutlich kälter. Oben am Leuchtturm, an dem ich erst am Tag zuvor eine warme Brise genossen hatte, konnte man sich regelrecht gegen den Wind lehnen, ohne umzukippen. Damit würde die Arbeit an den unteren Klippen umso beschwerlicher. Zunächst konnte ich mir nicht vorstellen, wie wir überhaupt zu den Vorsprüngen hinabklettern sollten, die ich am Vortag gesehen hatte. Bis zum ersten Gesims fiel der Hang über fünfundzwanzig Meter tief senkrecht ab. Doch Gigs führte uns links davon eine steile Schlucht hinunter, die hinter einer Felswindung fast verborgen lag. Man konnte sich darin hinunterbewegen, indem man sich auf der einen glatten Seite mit dem Rücken abstützte und auf der anderen mit den Füßen die natürlichen Stufen aus Ritzen und Spalten im Gestein hinunterstieg. Diese Rinne hatte kaum einen Meter Durchmesser und lief nach unten hin noch enger zu, sodass man sich am Ende einfach auf das erste Gesims hinauswinden musste. Sobald wir auf dem Vorsprung erschienen, flatterten Tausende Tölpel in die Luft und schlugen Alarm, indem sie uns wild ums Gesicht flatterten. Auf dem Felssims wimmelte es von Nestern. Hier füllte der Guano jede Ritze im Gestein, sodass die Unebenheiten und Höhlungen unter einer glatten Oberfläche verschwanden. Von Wind und Salz glatt geschliffen, war der Vogelkot zu einer marmorartigen weißen Oberfläche gehärtet, die sich beim Betreten als tückisch erwies. Zu unserem Glück befanden wir uns an dieser Stelle wenigstens im Windschatten, und der Regen zog über uns hinweg. Am Fuß des Felsens brandete in sechzig Metern Tiefe das Meer. Gigs machte uns Zeichen, uns zügig zu bewegen, und so liefen wir auf dem maximal einen Meter zwanzig breiten Felsvorsprung los, während wir, so schnell wir konnten, Vögel töteten und hinter uns stapelten, bis sich auf dem weißen Guano-Marmor scharlachrote Lachen bildeten. Rechts von uns bearbeitete ein zweites Team ein anderes Gesims. Ich hatte keine Ahnung, wo sich das Dritte befand.

Es kam vollkommen unerwartet. Töten stumpft die Sinne ab, doch noch heute ist mir unbegreiflich, wie ich so dumm sein konnte. Wir waren zu dem Schlot zurückgekehrt und hatten am unteren Ende tote Vögel aufgehäuft. Pluto kletterte wieder nach oben und ließ ein Seil herab, an dessen Ende wir jeweils vier Vögel auf einmal banden, um sie von ihm hochziehen zu lassen. Gigs kundschaftete gerade eine Route zum nächstunteren Gesims aus, als ich mich umdrehte und dabei ein Vogeljunges in einer Felsritze aufscheuchte. Mit einem Schrei und lautem Geflatter hatte ich den Vogel im Gesicht. Ich spürte, wie er mir mit seinem Schnabel die Wange zerfurchte. Ich hob die Arme, um ihn abzuwehren, und machte einen einzigen Schritt nach hinten ins Leere. Ich glaube, dass ich in diesem Bruchteil einer Sekunde noch in der Lage gewesen wäre, das Gleichgewicht wiederzuerlangen. Ich habe immer wieder darüber nachgedacht. Doch als es passierte, schien es, als hätten die Klippen nachgegeben und mich meinem Schicksal überlassen. Während ich mit den Händen vergebens nach einem Halt griff, spürte ich, dass mein Fuß ins Leere trat. Es gab nirgends Halt. Ich weiß noch, wie Gigs mir einmal erzählt hatte, es habe seit Menschengedenken noch keinen Unfall an den Klippen gegeben. Und ich würde diese Bilanz verderben. Während ich hinunterstürzte, hörte ich das schadenfrohe Lachen der Vögel. Im Unterschied zu ihnen konnte ich nicht fliegen. Geschah mir ganz recht, nachdem ich ihre Kinder getötet hatte. Zu verblüfft, um Angst zu haben und zu schreien, fiel ich stumm in die Tiefe. Wahrscheinlich glaubte ich wie im Traum, dass es nicht wirklich passierte. Jedenfalls nicht mir.

Dann traf mich der erste Aufprall wie ein Hammerschlag. Irgendwo an meinem linken Arm oder der Schulter. Der Schmerz war so übermächtig, dass ich endlich mein Schweigen brach und brüllte. Dabei hatte mir wohl dieser Aufprall das Leben gerettet. Es folgten noch mehrere andere Schläge, wenn auch längst nicht mit derselben Wucht, bevor ich plötzlich liegen blieb. Ich hörte, wie es in meinem Schädel knackte, doch im selben Moment verlor ich das Bewusstsein und empfand keinen Schmerz.

Das Erste, was ich irgendwann wieder hörte, waren Stimmen. Laute Stimmen. Ich hatte keine Ahnung, was sie riefen, denn als ich wieder zu Bewusstsein kam, hatte ich zugleich unbeschreibliche Schmerzen. Es heißt immer, man könnte nicht an zwei Stellen zugleich Schmerz empfinden, doch ich spürte sie wie Messerstiche in der Schulter, als ob mir etwas durch die Muskeln und Sehnen bis in den Knochen schnitt. Gleichzeitig fühlte sich mein Kopf an, als hätte ihn jemand in einen eisernen Schraubstock geklemmt und drehte langsam an der Schraube. Ich musste auch noch an anderen Stellen Schmerzen haben, doch im Augenblick spürte ich nur den Schmerz in Kopf und Schulter. Ich konnte mich nicht rühren und auch nicht klar denken, doch ich fragte mich, ob ich mir das Rückgrat gebrochen hatte. Als ich mich zwang, die Augen zu öffnen, stellte ich fest, dass ich in fünfundvierzig Metern Tiefe direkt auf das Meer blickte, das sich wütend gegen die Felsvorsprünge warf. Es wartete auf mich, streckte einladend die Arme nach mir aus, um meinen zerschmetterten Körper, den der Sims ihm vorenthalten hatte, doch noch in die Tiefe zu zerren.

Mit größter Willensanstrengung rollte ich mich vom Abgrund weg auf den Rücken. Ich beugte das Bein im Knie und stellte irgendwo in meinem schmerzbenebelten Kopf mit Erleichterung fest, dass meine Wirbelsäule doch noch intakt zu sein schien. Der Vorsprung war schmal, wenig breiter als einen halben Meter. Wundersamerweise hatte er meinen Fall auf dieser Höhe aufgehalten. Ich sah Blut an meinen Händen und geriet einen Moment in Panik, bevor mir dämmerte, dass es das Blut der Gugas war, die wir in den Minuten vor meinem Sturz getötet hatten. Direkt über meinem Kopf baumelte das Ende eines ausgefransten grünen Plastikseils, und ungefähr fünfzehn Meter weiter oben sah ich die Köpfe und Schultern von Männern, die sich so weit, wie sie sich trauten, in die Leere reckten und hinunterspähten. Selbst in meinem halb wachen Zustand konnte ich sehen, dass es keine Möglichkeit für sie gab, zu mir herunterzuklettern. Der Fels war steil und glatt und mit Guano überzogen. Wenn sie mich erreichen wollten, musste sich jemand an einem Seil herunterlassen.

Sie brüllten immer noch. Zuerst glaubte ich, sie meinten

mich. Ich sah, wie sich Artair mit bleichem, verstörtem Gesicht über die Klippe beugte. Auch er rief etwas, doch ich verstand nicht, was. Und dann fiel ein Schatten auf mein Gesicht, und als ich den Kopf drehte, sah ich, wie sich Mr Macinnes neben mir auf den Vorsprung hochzog.

Er sah schrecklich aus. Er war unrasiert, sein Gesicht war quittengelb, die Augen tief eingesunken. Er schwitzte und zitterte, und es schien, als könne er nichts weiter tun, als sich selbst irgendwo festzuhalten, um nicht hinunterzufallen. So kniete er auf diesem schmalen Untergrund und drückte sich fest gegen die Stirnseite der Klippe. »Es wird alles gut, Fin.« Seine Stimme klang heiser und dünn. »Du schaffst das.« Damit packte er das grüne Seil und wickelte es sich mehrfach ums Handgelenk, bevor er sich vom Fels schwang und sich so herumdrehte, dass er direkt neben meinem Kopf auf dem Sims saß. Keuchend und mit geschlossenen Augen schob er sich an die Felswand zurück. Irgendwie war er von unten zu mir heraufgeklettert, und bis heute habe ich keine Ahnung, wie er dorthin gekommen war. Doch seine Angst war fast zu riechen. Es ist schon seltsam. In dem Moment, erinnere ich mich, hatte ich trotz meiner Schmerzen Mitleid mit ihm. Ich streckte die Hand hoch, und er packte und drückte sie.

»Kannst du dich aufsetzen?«

Ich versuchte zu antworten, brachte jedoch kein Wort heraus. Ich versuchte es noch einmal. »Ich glaube nicht.«

»Um dir das Seil unter den Armen um die Brust zu legen, brauche ich deine Hilfe, allein schaffe ich es nicht, es geht nur, wenn du aufrecht sitzt.«

Ich nickte. »Ich versuch's.«

Die eine Hand immer noch am Seil, legte er mir den anderen Arm um die Taille, um mich hochzuziehen. Der Schmerz, der mir durch den Arm und die Schulter schoss, war unerträglich, und ich schrie. Ich hielt einige Minuten inne, schnappte nach Luft und klammerte mich verbissen an ihn. Er murmelte mir aufmunternde Worte zu, die ich im Wind zwar nicht verstand, die mich aber trotzdem trösteten. Und mir Mut machten. Mit meinem unverletzten Arm hielt ich mich an ihm fest, stützte mich mit dem Bein, das ich noch beugen konnte, ab und hievte mich mit letzter Kraft in eine halb sitzende Stellung. Ich schrie wieder, doch jetzt lehnte ich an seinen Beinen, und es gelang ihm, mir schnell das Seil unter beiden Armen und um den Rücken zu schlingen und in einem großen, festen Knoten an der Brust festzubinden.

Als er fertig war, saßen wir keuchend da, während wir beide versuchten, nicht nach unten zu sehen, und vor allem versuchten, nicht an den Moment zu denken, in dem er mich frei über den Vorsprung baumeln ließ, denn dann hing mein Leben an diesem ausgefransten grünen Plastikseil, an seinem Knoten und an den Männern, die mich nach oben zogen. Etwas in mir wollte sich in dem Moment entscheiden, hinunter in die Tiefe zu fallen, wenige Sekunden freier Fall, ein schneller Tod, der meinen Schmerzen ein Ende setzte.

»Du blutest«, sagte er, und noch während er sprach, fühlte ich, wie mir das Blut aus einer Kopfwunde irgendwo oberhalb meines Ohrs warm den Nacken herunterlief. Er kramte nach einem Taschentuch und wischte mir das Blut aus dem Gesicht. »Es tut mir so leid, Fin«, sagte er. Und ich fragte mich, was. Schließlich war es nicht seine Schuld, dass ich gefallen war.

Er legte den Kopf zurück und brüllte den anderen zu, er sei so weit, dann ruckte er dreimal kräftig am Seil. Es folgte ein entsprechender Ruck von oben, und die Leine straffte sich.

»Viel Glück!«, sagte Mr Macinnes. Der Strick zog mich in die Höhe, und wieder schrie ich vor Schmerz. Da ließ er mich los, und ich baumelte vor dem Felsen. Während ich in einer Reihe kurzer, schmerzhafter Bewegungen in die Höhe stieg, drehte ich mich wie verrückt im Wind. Zweimal schlug ich gegen die Felswand, bevor ich wieder in einen Aufwind geriet. Die ganze Zeit flogen mir die Tölpel um den Kopf und schrien mir in ihrem Zorn zu, ich solle hinunterfallen. Stirb, stirb, stirb, schienen sie zu rufen.

Als sie mich zu dem Sims gezogen hatten, von dem ich heruntergestürzt war, beugten sich betroffene Gesichter über mich. Und dann Gigs: »Verdammt, mein Junge, ich dachte, es hätte dich erwischt.«

Dann schrie jemand, und das Entsetzen in der Stimme war unabweislich und markerschütternd. Ich wandte gerade noch rechtzeitig den Kopf, um zu sehen, wie Mr Macinnes mit ausgestreckten Armen, als glaubte er, Flügel zu haben, durch die Luft flog. Es kam mir vor, als dauerte es ewig, bis er auf die Felsen schlug und sein Flug abrupt endete. Einen Moment lang lag er da – mit dem Gesicht nach unten, die Arme seitlich ausgestreckt, ein Bein am Knie angewinkelt, sah es aus wie eine Parodie von Christus am Kreuz. Dann ging eine mächtige Woge über ihn hinweg und zog ihn hinaus. Der weiße Schaum färbte sich rosa, dann verschwand er für immer in der grünen Tiefe.

Für einen Moment herrschte eine seltsame Stille, als respektierten die Vögel die gebotene Gedenkminute. Nur der Wind heulte unablässig weiter, bis Artairs Verzweiflungsschrei ihn übertönte.

12

Die Berge von Harris rissen große Löcher in die tief hängenden schwarzen Wolken und legten hier und da einen erstaunlich blauen oder weißen Himmel frei. Einzelne Sonnenstrahlen fielen auf das glitzernde Wasser eines Sees, der sich tief in die Berge grub. An der Kurve, die um den Berg herumführte, sausten sie an einer alten verlassenen Berghütte vorbei, mit einer Aussicht so zeitlos wie die Insel selbst.

»Und manche nehmen es in Kauf, jeden Tag auf der M25 zwei Stunden im Stau zu stehen«, sagte George Gunn. »Wie blöd kann man eigentlich sein?«

Fin nickte, dabei gehörte er vermutlich selbst zu diesen armen Irren. Wie viele Stunden seines Lebens hatte er in irgendwelchen Staus in Edinburgh vergeudet? Die Straße nach Uig wand sich durch eine der kargsten und zugleich schönsten Landstriche auf Erden. Doch die düstere Stimmung der Landschaft übertrug sich, und Fin verfiel wieder in die Depressionen, mit denen er aufgewacht war.

Bei seiner Rückkehr nach Stornoway hatte er in seinem Hotelzimmer lange unter der heißen Dusche gestanden und versucht, die Erinnerungen der letzten Nacht fortzuspülen. Doch sie ließen ihn partout nicht los. Ihn verfolgte das Bild des jungen Fionnlagh, den wie seinerzeit den jungen Fin die Aussicht auf die Fahrt zum An Sgeir quälte. Und dann der Schock über die Veränderung bei seinem alten Freund. Aus dem Artair mit dem frischen Gesicht, dem Übermut und den Flausen war ein übergewichtiger, missmutiger Mann mit einem Alkoholproblem geworden, der mit einer lieblosen Ehe, der Pflege einer kranken Mutter und der Verantwortung für einen Sohn, der nicht seiner war, hier auf der Insel in der Falle saß. Und Marsaili. Die arme Marsaili, mit den Jahren zermürbt, vom Leben erschöpft und ausgelaugt.

Und doch hatte er in den wenigen Minuten, die sie sich am Küchentisch gegenübergesessen hatten, wieder die junge Marsaili gesehen, in ihren blitzenden Augen, in ihrem Lächeln, der Berührung ihrer Finger. Und in diesem alten Galgenhumor, den er so an ihr geliebt hatte.

Gunn brauchte nur einen Seitenblick auf seinen Beifahrer zu werfen, um zu spüren, dass er mit den Gedanken woanders war.

»Woran denken Sie, Mr Macleod?«

Fin riss sich aus seinen Grübeleien und zwang sich zu einem Lächeln. »Lohnt sich nicht, George.«

Sie bogen in eine lange Schlucht ein, die das Wasser über Jahrmillionen unerbittlich in den harten Fels geschnitten hatte – ein einst gewaltiger Fluss, der zu einem bloßen Rinnsal zwischen den Findlingen vertrocknet war. Und als sie aus dem Schatten fuhren, konnten sie durch einen Spalt im Gelände den ersten Blick auf den Strand von Uig werfen. Weißer Sand, so weit das Auge reichte. Sie konnten nicht einmal das Meer dahinter sehen.

Gunn schwenkte auf eine schmale Straße ab, die in einem großen Bogen von der Küste wegführte. Sie fuhren über ein Viehgitter, dann in die Berge hoch, wo es eine Weile an einem breiten, flachen Strom mit einer starken Strömung über zerklüftetem Gestein entlangging.

»Bekommen Sie in Edinburgh viel Wildlachs, Mr Macleod?«

»Nein. Dieser Tage bekommen wir offenbar nur noch das gezüchtete Zeug.«

»Ah, grässlich, nicht? All die Scheißchemikalien und Antibiotika, und dann lassen sie die armen kleinen Viecher nur noch im Kreis schwimmen. Das Fleisch ist so weich, dass man mit dem Finger durchstechen kann.« Er blickte auf den

Fluss neben ihnen. »Vermutlich sind deshalb einige Leute bereit, so viel Geld zu zahlen und das einzig Wahre selbst zu fangen.«

»Und andere, eine Menge zu riskieren, um sie beim Wildern zu erwischen.« Fin sah Gunn nicht direkt an. »Hatten Sie in letzter Zeit viel vom einzig Wahren, George?«

Gunn zuckte mit den Achseln. »Och, wissen Sie, hier und da eine Kostprobe, Mr Macleod. Meine Frau kennt jemanden, der uns ab und zu ein bisschen besorgt.«

»Ihre Frau?«

»Ja.« Gunn warf ihm einen verstohlenen Blick zu. »Ich frag nie nach, Mr Macleod. Was ich nicht weiß, macht mich nicht heiß.«

»Unwissen schützt nicht vor Strafe, George.«

»Sicher, gelegentlich kann mich die Strafe mal. Gott hat uns nicht die besten Lachse in unsere Flüsse gepackt, Mr Macleod, damit ein paar Engländer daherkommen und ein paar anderen Engländern ein Vermögen dafür abknöpfen, sie zu fangen.«

»Und wenn Sie wüssten, dass sie jemand wildert?«

»Oh, dann würde ich diesen Jemand augenblicklich verhaften«, sagte Gunn, ohne zu zögern. »Das bringt der Beruf so mit sich.« Er blickte unverwandt auf die Straße. »Möchten Sie vielleicht heute Abend mit meiner Frau und mir zu Abend essen, Mr Macleod? Durchaus möglich, dass sie irgendwo ein Stück vom einzig Wahren auftreiben kann.«

»Ein verlockendes Angebot, George. Aber sehen wir erst mal, was der Tag bringt. Man weiß nie, am Ende verfrachten sie mich noch heute Nachmittag in den nächsten Flieger.«

Sie kamen über eine Erhebung in der Straße, und dort unter ihnen lag am Ufer eines winzigen grauen Bergsees inmitten einer Gruppe Föhren die liebevoll gestaltete Suainaval Lodge im Schutz der nahen Berge. Die Lodge musste ursprünglich einmal ein altes Bauernhaus gewesen sein, das mit der Zeit erweitert und ausgebaut wurde. Es war ein eindrucksvolles Anwesen, dessen frischer, strahlend weißer Anstrich sich von der Düsternis der Umgebung absetzte. Eine Schotterstraße führte zu einem Stellplatz an der Seite des Hauses sowie einem Landesteg, an dem ein paar kleine Boote auf der gekräuselten Wasserfläche schaukelten. Ein einziges Fahrzeug, ein zerbeulter Landrover, parkte am Haus. Gunn schwenkte daneben, und sie traten auf den Asphalt. Augenblicklich kam ein großer Mann in blauem Overall und Tweedjacke aus dem Haus, eine Schirmmütze tief ins gerötete, rundliche Gesicht gezogen.

»Kann ich behilflich sein, Herrschaften?« Fin schätzte ihn auf vierzig bis fünfzig, doch er konnte sich irren. Er hatte ein verwittertes Gesicht mit vielen geplatzten Äderchen auf Nase und Wangen. Das Haar, das unter der Mütze hervorlugte, war rot mit ersten grauen Strähnen.

»Polizei«, sagte Gunn. »Aus Stornoway.«

Der Mann atmete erleichtert aus. »Bin ich aber froh. Ich dachte schon, Sie wären vom Ministerium und kämen einen Tag zu früh.«

»Was für ein Ministerium denn?«, fragte Fin.

»Landwirtschaft. Die kommen, um die Schafe zu zählen und die Subventionen zu errechnen. Gestern waren sie bei Coinneach Iain, und ich hatte noch keine Gelegenheit, seine Tiere zu mir rüberzuholen.« Er deutete mit einer Kopfbewegung auf den kleinen Bauernhof am anderen Ufer, wo auf einem in der Heide markierten Stück Hang weiße Schafe eingesprengt waren.

Fin runzelte die Stirn. »Da sind doch schon Schafe.«

»Sicher, das sind meine.«

»Wieso wollen Sie dann auch noch die von Coinneach Iain herbringen?«

»Damit der Mann vom Ministerium glaubt, ich hätte doppelt so viele, und mir das Doppelte an Subventionen gibt.«

»Sie meinen, dieselben Schafe werden zweimal gezählt?«

»Klar.« Der Mann schien über Fins Begriffsstutzigkeit erstaunt.

»Und ist es klug, uns das zu erzählen?«

»Och, ist kein Geheimnis.« Der Mann machte eine wegwerfende Handbewegung. »Selbst der Typ vom Ministerium weiß das. Sind die Schafe hier, wenn er kommt, zählt er sie. Anders kommen wir hier nicht über die Runden. Deshalb musste ich die Stelle hier im Haus annehmen.«

»Und was ist das für eine Stelle?«, fragte Gunn.

»Als Verwalter. Ich kümmer mich in Abwesenheit von Sir John um das Anwesen.«

»Sir John wer?«, fragte Fin.

»Woolridge.« Der Verwalter gluckste. »Er sagt, ich soll Johnny zu ihm sagen, aber das will ich nicht, wo er nun mal Sir ist und so.« Er streckte ihm eine große Hand entgegen. »Ich heiße übrigens Kenny.« Er grinste. »Noch ein Coinneach, deshalb nennen mich alle einfach Kenny. Big Kenny.«

Fin zog seine halb zerquetschte Hand aus Kennys eisernem Griff. »Und, Big Kenny«, sagte er, während er die Finger ausschüttelte, »ist *Johnny* da?«

»O nein«, antwortete Big Kenny. »Sir John ist nie im Sommer da. Im September kommt er mit Gästen her. Der Herbst ist die beste Jagdsaison.«

Gunn zog ein Blatt aus der Tasche und faltete es auf. »Wie steht es mit einem James Minto?«

Big Kennys Gesicht verdüsterte sich, und die geplatzten Äderchen um seine Nase färbten sich dunkellila. »Ach der. Ja, der ist da. Der ist immer da.«

»Sie klingen nicht eben begeistert«, sagte Fin.

»Ich persönlich hab keinen Streit mit dem Mann, Sir. Aber den kann keiner besonders gut leiden. Jemand muss der Wilderei Einhalt gebieten, und das hat er wahrhaftig getan. Aber man kann etwas so oder so tun, wenn Sie wissen, was ich meine.«

»Und Sie mögen nicht, wie er es tut«, bemerkte Gunn.

»Nein, Sir, ganz und gar nicht.«

»Wo können wir ihn finden?«, wollte Fin wissen.

»Er wohnt in einem alten kleinen Gehöft in den Dünen, am südlichen Ende des Strandes.« Mitten im Redefluss hielt er inne, als dämmerte ihm erst jetzt, wen er vor sich hatte. Er runzelte die Stirn. »Was hat er angestellt? Hat er jemanden abgemurkst?«

»Würde es Sie überraschen, wenn es so wäre?«, fragte Fin.

»Nein, Sir, würde es nicht. Würde es ganz und gar nicht.«

Bei Mintos Gehöft handelte es sich um ein ehemaliges Ferienhaus mitten in den Dünen am Ende der Küstenstraße. Es bot einen Blick über den ganzen breiten Strand von Uig, mit dem fernen Meer im Westen bis zur Uig Lodge im Osten, einer beeindruckenden Jagdhütte, die einsam auf einem Felsvorsprung über dem Strand stand – hinter sich Berge, wellenförmig in Zartlila bis Blau aneinandergereiht. Genau gegenüber befand sich in der Ortschaft Baile-na-Cille, dem Geburtsort des schottischen Propheten Kenneth Mackenzie, eine Ansammlung weiß gestrichener Gebäude.

»Im Gälischen«, hatte sein Vater Fin erklärt, »kennen wir ihn unter dem Namen Coinneach Odhar, und die Welt kennt ihn als Seher von Brahan.« Als wäre es gestern gewesen, erinnerte sich Fin, wie sie zusammen auf dem Rand des Machair saßen, wie sein Vater ihren Drachen zusammenbaute und ihm dabei die Geschichte von einem weiblichen Gespenst erzählte, das eines Tages zu seinem Grab in Baile-na-Cille zurückkehrte, um auf Geheiß von Coinneachs Mutter in einem nahe gelegenen Bergsee nach einem runden blauen Stein zu suchen. »Ihr wurde gesagt, wenn sie diesen Stein ihrem Sohn gäbe und er ihn ans Auge hielte, könne er in die Zukunft blicken.«

»Und fand sie ihn?«, hatte Fin seinen Vater mit großen Augen gefragt.

»Ja, mein Sohn, sie fand ihn.«

»Und konnte er wirklich in die Zukunft sehen?«

»Er hat viele Dinge vorausgesagt, Fionnlagh, die später eingetroffen sind«, antwortete sein Vater und zählte eine ganze Latte an Prophezeiungen auf, die dem jungen Fin absolut nichts sagten. Doch als jetzt der erwachsene Fin zu den Grabsteinen auf dem fernen Machair hinüberblickte, kam ihm eine dieser Prophezeiungen wieder in den Sinn, deren Erfüllung sein Vater nicht mehr miterlebt hatte. Der Seher von Brahan hatte geschrieben: *Wenn die Menschen in Kutschen ohne Pferde unter dem Meer nach Frankreich reisen, dann wird Scotia alle Knechtschaft abschütteln und zu neuer Blüte auferstehen.* Als er und sein Vater am Strand ihre Drachen steigen ließen, war der Kanaltunnel für Margaret Thatcher noch wenig mehr als ein flüchtiger Gedanke gewesen, und selbst die glühendsten Nationalisten hätten sich nicht träumen lassen, dass noch vor dem Ende des Jahrhunderts wieder ein schottisches Parlament in Edinburgh zusammentreten würde. Fast dreihundert Jahre zuvor hatte man Coinneach Odhar wegen Hexerei verbrannt.

»Das ist irgendwie ein magischer Ort«, sagte George Gunn mit lauter Stimme, um sich gegen den Wind zu behaupten, der in den langen Gräsern auf dem Machair wehte.

»Ja, das stimmt.« Fin musste an den Kleinbauern denken, der im Sand von Uig die Schachfiguren von Lewis ausgegraben hatte, die Wikinger im zwölften Jahrhundert aus Walrossstoßzähnen geschnitzt hatten. Er konnte sich durchaus vorstellen, dass die Legende stimmte, der zufolge dieser Bauer die Figuren für leibhaftige Elfen und Gnomen, die Zwergengeister der keltischen Folklore, hielt und folglich auf dem Absatz kehrtmachte und um sein Leben rannte.

Als sie die Autotüren zuschlugen, trat ein Mann aus dem Gehöft. Er trug eine Hose aus Moleskin-Baumwolle, die er sich in die Stiefelschäfte gestopft hatte, und einen dicken

Wollpullover unter einer Jacke mit Lederflicken an Schultern und Ärmeln. Über einem Arm hatte er ein Gewehr mit abgeknicktem Lauf und über der Schulter eine Leinentasche. Das schwarze Haar um das markante, schmale Gesicht war kurz geschnitten. Selbst die tiefe Sommerbräune konnte die gelblichen Reste von Blutergüssen nicht verdecken, und an den Lippen fielen mehrere halb verheilte Narben auf. Der Mann, der nach Fins Schätzung ungefähr in seinem Alter war, hatte bemerkenswerte hellgrüne Augen. Er blieb einen Moment stehen, zog dann die Tür hinter sich zu und schlenderte mit einem leicht hinkenden Gang auf sie zu. »Kann ich den Herren irgendwie dienen?« Er sprach leise, sodass er bei dem tosenden Wind kaum zu hören war, und mit einem leichten Cockney-Akzent. Doch sein Tonfall passte nicht zu dem Misstrauen in seinen auffälligen Augen, noch zu der Anspannung, die Fin in seiner Körperhaltung spürte. Er hatte etwas von einer sprungbereiten Katze.

»James Minto?«, fragte Fin.

»Wer will das wissen?«

»Detective Sergeant Finlay Macleod.« Fin wies mit dem Kopf auf Gunn. »Und Detective Constable George Gunn.«

»Können Sie sich ausweisen?« Minto beäugte sie immer noch vorsichtig. Sie zeigten ihm beide ihre Dienstausweise. Er warf einen Blick darauf und nickte. »Also gut, er steht vor Ihnen. Was führt Sie her?«

Fin deutete mit dem Kinn auf das Gewehr. »Ich nehme mal an, Sie haben einen Waffenschein dafür?«

»Was dachten Sie denn?« Aus Misstrauen wurde Feindseligkeit.

»Ich glaube, ich habe Ihnen eine Frage gestellt, die Sie noch nicht beantwortet haben.«

»Ja, ich habe einen Waffenschein.«

»Was wollen Sie denn schießen?«

»Karnickel, wenn Sie es unbedingt wissen müssen, Detective Sergeant.« Er hatte die typischen Allüren eines gemeinen Soldaten, der einem kommandierenden Offizier seine Verachtung zeigen will.

»Nicht Wilderer?«

»Ich erschieße keine Wilderer. Ich fange sie und händige sie Leuten wie Ihnen aus.«

»Wo waren Sie Samstagabend zwischen acht Uhr und Mitternacht?«

Zum ersten Mal zeigte Minto eine Spur von Unsicherheit. »Wieso?«

»Ich stelle die Fragen.«

»Und ich werde sie erst beantworten, wenn ich weiß, wieso Sie fragen.«

»Wenn Sie nicht antworten, lege ich Ihnen Handschellen an, verfrachte Sie auf den Rücksitz dieses Wagens und bringe Sie nach Stornoway, wo Sie wegen Behinderung der Polizei in Ausübung ihrer Pflichten angezeigt werden.«

»Versuch das, Kumpel, und du endest mit zwei gebrochenen Armen.«

Fin hatte Gunns Akte zu Minto gelesen. Der Kerl war beim Special Air Service gewesen, hatte im Golfkrieg und in Afghanistan gedient. Etwas in Mintos Stimmlage sagte ihm, dass er es ernst meinte. Fin sprach ruhig und sachlich. »Einem Polizeibeamten zu drohen ist ebenfalls eine Straftat, Mr Minto.«

»Dann legen Sie mir doch die Handschellen an und werfen Sie mich auf Ihren Rücksitz.«

Zu Fins Überraschung meldete sich Gunn neben ihm zu Wort, und zwar in einem unverhohlen drohenden Ton. »Ich glaube, Sie täten gut daran, Mr Macleods Fragen zu beantworten, Mr Minto, sonst haben *Sie* gleich zwei gebrochene Arme, und ich werde sie Ihnen brechen, während ich Ihnen die Handschellen anlege.«

Minto warf ihm einen kurzen abschätzigen Blick zu. Bis dahin hatte er Gunn kaum Beachtung geschenkt. Falls er in ihm nichts weiter als einen kleinen Streifenpolizisten gesehen hatte, so schien er seine Meinung jetzt zu überdenken. Er kam zu einem Schluss. »Ich war Samstagabend zu Hause. Vor der Glotze. Auch wenn man hier unten keinen besonders guten Empfang hat.« Er wandte sich wieder Fin zu.

»Kann das jemand bezeugen?«, fragte Fin.

»Klar doch, hab ja auch jede Menge Freunde hier in Uig. Kommen ständig auf ein Bier und einen Plausch bei mir vorbei.«

»Sie waren also allein?«

»Für einen Cop begreifen Sie schnell.«

»Was für Sendungen haben Sie gesehen?«, fragte Gunn mit der Autorität eines Menschen, der am Samstag vermutlich selbst ferngesehen hatte.

Minto warf ihm erneut einen misstrauischen Blick zu. »Wie zum Teufel soll ich das noch wissen? Läuft doch jeden Abend derselbe Scheiß.« Er blickte von einem zum anderen. »Hören Sie, je schneller Sie mich fragen, was Sie wissen wollen, desto schneller kann ich es Ihnen sagen, und wir können dieses Spielchen hier zu Ende bringen, okay?«

»Vielleicht sollten wir dafür ins Haus gehen«, sagte Fin. »Und Sie könnten uns eine Tasse Tee anbieten.« Dies schien eine gute Gelegenheit zu sein, den feindseligen Ton aus der Unterhaltung zu nehmen.

Minto überlegte eine Weile. »Meinetwegen. Wieso auch nicht.«

Für einen Mann, der allein lebte, hielt Minto in seinem Haus vorbildliche Ordnung. Das winzige Wohnzimmer war spartanisch eingerichtet und sauber, ohne irgendwelche Bilder oder sonstigen Zierrat, außer einem Schachbrett auf einem Tisch am Fenster, auf dessen schwarzen und cremefarbenen Elfenbeinfeldern gegnerische Spielfiguren in unterschiedliche Kampfhandlungen verwickelt waren. Als sie sich hinsetzten, konnte Fin einen Blick in die Küche werfen, in der Minto den Tee zubereitete. Nirgends war schmutziges Geschirr zu sehen. Das Kochbesteck hing an Leisten an der Wand, die Geschirrtücher lagen zum Trocknen säuberlich gefaltet über der Heizung. Minto brachte ein Tablett mit einer Kanne Tee sowie drei Tassen und Untertassen, einem kleinen Kännchen Milch und einer Dose mit Zuckerwürfeln herein. Fin hätte mit Henkelbechern gerechnet. Mintos Pedanterie, die ihm vielleicht in seinen Jahren bei der Army eingedrillt worden war, hatte etwas Manisches. Fin fragte sich, was einen Mann dazu brachte, an einen Ort wie diesen zu kommen und allein zu leben. Natürlich brachte ihm sein Beruf, für sich genommen, nicht viele Freunde ein. Doch er schien alles daranzusetzen, sich Feinde zu machen. Wie Big Kenny gesagt hatte, konnte ihn niemand sonderlich leiden. Und Fin konnte das nachvollziehen.

Während Minto Tee einschenkte, sagte Fin: »Nicht einfach, mit sich selber Schach zu spielen.«

Minto blickte auf das Brett am Fenster. »Ich spiele übers Telefon. Mit meinem früheren Offizier im Dienst.«

»Wie ich sehe, haben Sie die Lewis-Schachfiguren.«

Minto grinste. »Ja, leider nicht die Originale. Hab einfach noch keine Idee, wie ich ins British Museum einbrechen kann.« Er machte eine Pause. »Wirklich schön, nicht wahr?«

Schön war ein Wort, das Fin aus Mintos Mund überraschte. Er hätte nicht gedacht, dass Minto überhaupt einen Sinn für Ästhetik besaß. Doch wenn Fin in seinen Jahren bei der Polizei eines gelernt hatte, dann dies: Glaubte man, einen Menschen einigermaßen taxieren zu können, durfte man auf Überraschungen gefasst sein. »Haben Sie die Originale gesehen? Ein paar davon sind im National Museum of Scotland in Edinburgh.«

»War noch nie in Edinburgh«, sagte Minto. »Genauer gesagt, war ich in Schottland noch nirgendwo außer hier. Und seit meiner Ankunft vor fünfzehn Monaten hab ich die Insel noch nicht wieder verlassen.« Fin nickte. Falls das stimmte, kam Minto jedenfalls nicht als Täter des Mordes am Leith Walk infrage. »Zuerst dachte ich, Sie kommen, um mir zu sagen, dass Sie die Mistkerle geschnappt haben, die mein Gesicht so zugerichtet haben.«

»Leider nein«, sagte Gunn.

»Was soll's«, sagte Minto gedehnt. »Weiß auch nicht, was ich mir dabei gedacht habe. Wie jeder andere Scheißkerl hier interessieren Sie sich nur für Ihre eigenen Angelegenheiten, stimmt's?« Er setzte sich hin, warf zwei Würfel Zucker in seinen Tee und rührte ein wenig Milch ein.

»Einige Ihrer Wilderer sehen auch ziemlich übel mitgenommen aus«, erwiderte Gunn.

»Einige meiner Wilderer lassen sich nicht gerne verhaften.«

»Arbeiten Sie allein?«, sagte Fin.

»Nee. Gibt noch ein paar andere Jungs auf Sir Johns Gehaltsliste. Leute von hier, wissen Sie, die wahrscheinlich selber wildern, wenn sie nicht gerade mit mir unterwegs sind.«

»Dann muss Sir John eine ziemlich lange Gehaltsliste haben«, sagte Fin. »Allein drei Leute, um die Wilderer zu schnappen.«

Minto lachte. »Portokasse, Kumpel. Wissen Sie, hier pilgern ganze Anglervereine rauf, die in der Lodge wohnen und für eine Runde zehn Riesen pro Woche zahlen. Auf die ganze Saison gerechnet, kommt da eine Menge Zaster zusammen, wenn Sie wissen, was ich meine. Und diese Jungs sind nicht gerade begeistert, so viel Knete hinzublättern, wenn sie im Fluss keine Fische finden. Noch vor hundert Jahren haben sie drüben auf dem Anwesen Grimersta über zweitausend Lachse im Jahr gefangen. Damals hat der Kerl, dem das Haus gehörte, angeblich mit einer einzigen Angel siebenundfünfzig von den Burschen am Tag gefangen. Heutzutage können wir froh sein, wenn wir ein paar Hundert pro Saison erwischen. Wildlachs ist eine aussterbende Spezies, Detective Sergeant.

Es ist meine Pflicht, dafür zu sorgen, dass sie nicht ganz von der Bildfläche verschwindet.«

»Indem Sie jeden, den Sie beim Wildern erwischen, windelweich prügeln?«

»Das haben *Sie* gesagt.«

Fin nippte nachdenklich an seinem Tee und stutzte über den unerwarteten Duft von Earl Grey. Er schielte zu Gunn hinüber und sah, dass der Detective Constable seine Tasse wieder auf den Tisch stellte, ohne daraus zu trinken. Fin konzentrierte sich erneut auf Minto. »Können Sie sich an einen Mann namens Macritchie erinnern? Den haben Sie vor etwa einem halben Jahr hier auf dem Anwesen beim Wildern erwischt. Haben ihn offenbar ein bisschen ramponiert der Polizei übergeben.«

Minto zuckte mit den Achseln. »Im letzten halben Jahr hab ich eine ganze Reihe Wilderer geschnappt, mein Freund. Und alle hießen sie Macsoundso. Helfen Sie mir auf die Sprünge.«

»Er wurde Samstagabend in Port of Ness ermordet.«

Für einen Moment verließ Minto die Coolness. Er legte die Stirn ein wenig in Falten. »Das ist der Typ, über den das neulich in der Zeitung stand.« Fin nickte. »Gott im Himmel, und Sie glauben, ich hätte was damit zu tun?«

»Sie wurden vor ein paar Wochen ziemlich übel zusammengeschlagen. Von einem unbekannten Angreifer beziehungsweise von unbekannten Angreifern.«

»Allerdings, und unbekannt, weil ihr Burschen die noch nicht geschnappt habt.«

»Demnach waren das nicht einfach nur Wilderer, über die Sie gestolpert sind?«

»Nee, die waren drauf aus, mich zusammenzuschlagen. Haben mir aufgelauert.«

»Und wieso konnten Sie die nicht identifizieren?«, fragte Gunn.

»Vielleicht, weil sie Scheißmasken trugen? Wollten offenbar nicht, dass ich ihre Gesichter sehe.«

»Was darauf schließen lässt, dass es sich um Gesichter handelte, die Sie kennen«, sagte Fin.

»Na, da bin ich aber platt. Wär ich nie drauf gekommen.«

Minto nahm einen großen Schluck Tee, als wollte er den schlechten Geschmack seines Sarkasmus herunterspülen.

»Gibt hier in der Gegend demnach 'ne Menge Leute, die Sie nicht gerade ins Herz geschlossen haben«, bemerkte Fin.

Und endlich ging Minto ein Licht auf. Er riss die grünen Augen auf. »Sie glauben, es war dieser Macritchie. Sie glauben, ich hätte gewusst, dass er es war, und ihn deshalb umgebracht.«

»Und? Haben Sie ihn umgebracht?«

Minto stieß ein trockenes Lachen aus. »Ich sag Ihnen was, Freund. Hätte ich gewusst, wer das hier gewesen ist«, sagte er und zeigte dabei auf sein Gesicht, »dann hätte ich das in die Hand genommen, aber sicher keine Spuren hinterlassen.«

Draußen drückte der Wind noch immer die langen Gräser nieder. Die Schatten der Wolken jagten über kilometerweiten Sand, und sie sahen, dass inzwischen die Flut mit kaum verhohlener Eile die Ebene überspülte. Am Wagen blieben sie stehen, und Fin sagte: »Ich würde gerne nach Ness rauffahren, George, und mit ein paar Leuten sprechen.«

»Ich muss leider nach Stornoway zurück, Sir. DCI Smith hält uns an der kurzen Leine.«

»Dann werde ich ihn wohl um einen Wagen bitten müssen.«

»Oh, das täte ich an Ihrer Stelle nicht, Mr Macleod. Er würde wahrscheinlich einfach Nein sagen.« Gunn zögerte. »Was halten Sie davon, dass ich Sie an der Station rauslasse und Sie dort meinen Wagen nehmen? Besser, als wenn Sie das Nachsehen haben, oder?«

Fin lächelte. »Danke, George.« Er öffnete die Tür.

Gunn sagte: »Und? Was ist Ihr Eindruck?« Er deutete mit dem Kopf auf das Gehöft. »Ich meine, von Minto.«

»Ich denke, wenn die Fahrt hierher nicht so schön gewesen wäre, hätten wir unsere Zeit vergeudet.« Gunn nickte. Doch Fin hatte den Eindruck, dass er seine Meinung nur zur Kenntnis nahm, ohne sie zu teilen. »Sie sehen das anders?«

»Nein, wahrscheinlich haben Sie recht, Mr Macleod. Ich mochte den Kerl nur nicht besonders. Hat mir ziemlich Angst eingejagt. Mit seiner Militärvergangenheit kann er ganz bestimmt mit einem Messer umgehen, und ich glaube nicht, dass er auch nur einen Moment zögern würde, es zu tun.«

Fin strich sich mit der Hand durch die feinen, festen Locken. »Die haben eine Spezialausbildung, diese Typen vom SAS.«

»Allerdings.«

»Und Sie glauben, Sie hätten ihm die Arme brechen können?«

Gunn sah ihn mit einem scheuen Blick an und wurde rot, während er den Mund zu einem zarten Lächeln verzog. »Ich schätze, er hätte mir wohl sämtliche Knochen einzeln gebrochen, bevor ich auch nur in seine Nähe gekommen wäre, Mr Macleod.« Er legte den Kopf ein wenig schief. »Aber das durfte er natürlich nicht wissen.«

Die Töpferei befand sich, schon solange Fin denken konnte, dort am Fuß des Berges. Als er das alte kleine Gehöft übernahm, war Eachan Stewart ein Mann von ungefähr dreißig Jahren mit wildem Blick und langen Haaren gewesen und in den Augen der Kinder von Crobost schon sehr alt. Fin und die anderen Kinder im Dorf hatten ihn für einen Hexenmeister gehalten, und ausnahmsweise hatte er den elterlichen Rat befolgt und einen Bogen um die Töpferei gemacht, weil er fürchtete, Eachan könnte sie verwünschen. Er stammte nicht von der Insel, auch wenn sein Großvater dem Vernehmen nach ursprünglich aus Carloway kam, dem Wilden Westen von Lewis. Er war im Norden Englands geboren und auf den Namen Hector getauft, hatte jedoch, als er zu seinen Wurzeln zurückkehrte, die gälische Entsprechung Eachan angenommen.

Als er mit Gunns Wagen auf den gegenüberliegenden Grasstreifen fuhr, sah Fin Eachan vor der Haustür seines Cottage sitzen. Inzwischen war er längst über sechzig. Das Haar war immer noch so lang, nur inzwischen schlohweiß, die Augen nicht mehr ganz so wild, sondern wie wohl auch sein Gehirn vom jahrelangen Haschischrauchen ein wenig umnebelt. An der Giebelseite des Hauses, an der die weiße Farbe abblätterte, war der rote Schriftzug *Die Töpferei,* den er vor dreißig Jahren dort angebracht hatte, immer noch zu entziffern. Ein chaotischer Garten mit dem Gerümpel, das sich nach jahrzehntelangem Strandgutsammeln angehäuft hatte; zwischen zwei verrottenden Zaunpfosten war ein grünes Fischernetz gespannt. Ein wackeliges Holztor wurde von zwei Stapeln ausgeblichenem Treibholz flankiert. Ein Querbalken war mit einigen ausgefransten Stricken daran befestigt und mit Bojen, Schwimmern und Baken behängt, die in Orange, Rosa, Gelb und Weiß rasselnd im Wind schaukelten. Verkrüppelte Büsche, die Eachan gepflanzt hatte, als Fin noch ein Kind war, hielten sich verbissen an der dünnen, mit Torf versetzten Krume fest.

Für die Kinder waren damals die Erdarbeiten, mit denen Eachan Stewart kurz nach seiner Ankunft begonnen hatte, auf dem Schulweg eine große Attraktion. Fast zwei Jahre lang hatte er sich im wenig fruchtbaren Schilf und Sumpf, von denen das Haus umgeben war, redlich abgemüht, hatte gegraben und Mutterboden quer übers Moor angekarrt und in großen, riesigen Maulwurfshügeln ähnelnden Haufen im Abstand von neun bis zwölf Metern gestapelt. Insgesamt sechs. Die Kinder saßen oft oben auf dem Hügel und schauten ihm aus sicherer

Entfernung dabei zu, wie er sich daranmachte, sie einzuebnen und Gras einzusäen. Ziemlich spät begriffen sie, dass er sich einen Golfplatz im Miniaturformat – Par-3-Löcher – angelegt hatte, mit Abschlägen und Greens, mit Flaggenstöcken in den Löchern. Als er eines Tages zum ersten Mal, die Golftasche über der Schulter, in seinem karierten Pullover und Schirmmütze erschien, um den Golfball beim ersten Loch abzuschlagen und den Platz mit seiner ersten Runde einzuweihen, fielen uns fast die Augen aus. Er war in einer Viertelstunde durch, doch von da an wurde eine allmorgendliche Gewohnheit daraus, der er sich bei jedem Wetter verschrieb. Nach einer Weile war für die Kinder der Reiz verflogen, und sie widmeten sich wieder anderen Dingen, die interessanter waren. Eachan Stewart, der exzentrische Töpfer, gehörte zur Insel und war darüber praktisch unsichtbar geworden.

Fin sah, dass der Golfplatz, den der verrückte Töpfer mit so viel Knochenarbeit angelegt hatte, inzwischen unter einem Meer an hohen Gräsern verschwunden war. Als das Tor über den zugewachsenen Weg schrappte, sah Eachan auf. Mit einem fragenden Blick musterte er Fin. Er versah gerade Windspiele aus Töpferware mit Fäden, um sie zwischen die anderen zwei Dutzend oder mehr zu hängen, die bereits an der Vorderseite des Cottage aufgereiht waren. Rings um ihn klirrten verhalten die buntglasierten Terrakottaröhren in der Brise. Er betrachtete Fin von oben bis unten. »Nun, wenn ich mir Ihre Schuhe so ansehe, mein Junge, würde ich sagen, Sie sind Polizist. Hab ich recht?«

»Nicht schlecht beobachtet, Eachan.«

Eachan legte den Kopf schief. »Kenne ich Sie?« Selbst nach all den Jahren hatte er seinen Lancashire-Akzent nicht abgelegt.

»Hast du zumindest früher mal. Ob du dich an mich erinnerst, ist eine andere Frage.«

Eachan sah ihm angestrengt ins Gesicht, und Fin konnte

förmlich das Räderwerk der Erinnerungen knirschen hören. Doch er schüttelte den Kopf.

»Sie müssen mir auf die Sprünge helfen.«

»Meine Tante hat bei dir, sagen wir, ein paar von deinen ungewöhnlicheren Stücken gekauft.«

In den Augen des alten Mannes dämmerte es. »Isabel Marr«, sagte er. »Hat in dem alten Whitehouse oben am Hafen gewohnt. Hat sich von mir diese großen Töpfe in Primärfarben für ihre Trockenblumen machen lassen, und sie war die einzige Ortsansässige, die zwei von meinen idiotischen Schweinen gekauft hat. Ziemlich exzentrisches Geschöpf, deine Tante, sie ruhe in Frieden.« Dass Eachan seine Tante als exzentrisch bezeichnete, fand Fin bemerkenswert. »Und du musst Fin Macleod sein. Du liebe Zeit, Junge, das letzte Mal hab ich dich in dem Jahr gesehen, in dem der alte Macinnes auf dem Felsen starb. Hab dabei geholfen, dich von der Purple Isle zu tragen.«

Fin merkte, wie er rot anlief und wie ihm das Gesicht brannte, als hätte ihm jemand eine Ohrfeige verpasst. Er hatte keine Ahnung, dass Eachan zu den Männern gehörte, die ihn damals vom Schiff transportiert hatten. Er konnte sich überhaupt nicht an die Rückfahrt vom An Sgeir erinnern, auch nicht an den Krankenwagen, der übers Moor nach Stornoway raste. Das Erste, was er wieder mitbekam, war die gestärkte weiße Bettwäsche seines Krankenhausbetts und das besorgte Gesicht einer jungen Schwester, die sich über ihn beugte.

Eachan stand auf und schüttelte ihm kräftig die Hand. »Schön, dich wiederzusehen, Junge. Wie geht's dir?«

»Gut, Eachan.«

»Und was bringt dich nach Crobost zurück?«

»Der Mord an Angel Macritchie.«

Eachans Blick verfinsterte sich, und er schien plötzlich auf der Hut zu sein. »Ich hab den Bullen schon alles erzählt, was ich über Macritchie weiß.« Er drehte sich abrupt um und ging in sein Cottage – eine watschelnde Gestalt in einer Jeans-Latzhose und einem schmuddeligen langärmeligen Shirt. Fin folgte ihm nach drinnen. Das Cottage war ein großer Raum, der als Werkstatt, Ausstellungsraum, Wohnzimmer, Küche und Esszimmer zugleich diente. Eachan wohnte, arbeitete und verkaufte hier seine Waren. Auf jeder verfügbaren Abstellfläche, auf jedem Tisch und Regal standen seine Töpfe, Becher, Teller und Figürchen. Wo keine Töpferwaren standen, stapelten sich schmutziges Geschirr und Wäsche. Hunderte Windspiele hingen an den Balken. Der Brennofen befand sich in einem Anbau hinter dem Haus, und er hatte eine Außentoilette in einem eingefallenen Schuppen im Garten. Ein Hund schlief auf einem Sofa, das aussah, als diente es Eachan auch als Bett; aus einem kleinen Gusseisenofen, in dem er seinen Torf verheizte, entwich der Rauch und trübte das Licht, das durch die vollgestellten Fenster drang.

»Ich komme als Polizist«, sagte Fin. »Und was wir besprechen, bleibt unter uns. Ich bin nur an der Wahrheit interessiert.«

Eachan nahm eine fast leere Whiskyflasche aus einem Regal über dem Waschbecken, spülte die Teeblätter aus der schmutzigen Tasse und goss sich etwas ein. »Sehr subjektive Angelegenheit, die Wahrheit. Willst du auch eine Tasse?« Fin schüttelte den Kopf, und Eachan leerte seine in einem einzigen Zug. »Was möchtest du wissen?«

»Macritchie hat dich mit Haschisch versorgt, richtig?«

Eachan machte große, ungläubige Augen. »Woher weißt du das?«

»Die Polizei in Stornoway hatte schon seit einiger Zeit den Verdacht, dass Macritchie dealt. Und jeder weiß, Eachan, dass du den einen oder anderen Spliff oder auch mal drei genießt.«

Eachan riss die Augen noch weiter auf. »Im Ernst? Ich meine, sogar die Polizei?«

»Sogar die Polizei.«

»Und wieso bin ich dann nie verhaftet worden?«

»Weil sie ein kleiner Fisch wie du nicht interessiert, Eachan.«

»Mannomeier.« Eachan sackte auf einen Stuhl, als verderbe ihm die Erkenntnis, dass alle schon immer von seinem Drogenkonsum wussten, den Spaß an dem illegalen Genuss. Dann sah er plötzlich besorgt zu Fin auf. »Du meinst, damit hätte ich ein Motiv, ihn zu töten?«

Fin musste sich beherrschen, nicht loszulachen. »Nein, Eachan, ich glaube, damit hast du ein Motiv, für ihn zu lügen.«

Der alte Mann runzelte die Stirn. »Wie meinst du das?«

»Die Vergewaltigung von Donna Murray. Der Tierschützer, den er direkt vor deiner Haustür verprügelt hat.«

»Ah, Moment mal«, sagte Eachan mit erhobener Stimme. »Na schön, von mir aus, ich geb's zu. Big Angel hat den Jungen windelweich geprügelt. Ich hab's gesehen, direkt vor meiner Haustür, wie du richtig bemerkt hast. Aber das haben auch eine Menge andere Leute gesehen. Und auch wenn mir der Knabe leidtat, hat er es darauf ankommen lassen, und in ganz Crobost hätte es niemanden gegeben, der Angel verpfiffen hätte.« Mit zittriger Hand goss er sich den Bodensatz der Whiskyflasche in seine Tasse. »Aber die kleine Donna Murray, die hat einfach nur gelogen.«

»Woher willst du das wissen?«

»Weil ich an dem Abend noch vor Kneipenschluss in den Gemeindeclub bin, und ich hab gesehen, wie sie auf den Parkplatz rauskam und dann die Straße rauflief.« Er kippte sich den Whisky herunter.

»Hat sie dich gesehen?«

»Nein, ich glaube nicht. Sie wirkte ziemlich geistesabwesend. Ich war auf der anderen Seite, und diese Straßenlaterne funktioniert schon seit Monaten nicht mehr.«

»Und?«

»Und dann sah ich Angel rauskommen, besser gesagt, raustorkeln. Mann, war der voll. Selbst wenn er rein theoretisch die Absicht gehabt hätte, sie zu vergewaltigen, wäre er zur Ausführung nicht mehr fähig gewesen. Die kalte Luft hat ihn wie ein Vorschlaghammer getroffen, und er hat quer übers Pflaster gekotzt. Ich hab einen großen Bogen um ihn gemacht, kann ich dir sagen. Ich wollte nicht, dass er mich sieht. Wenn er ein Glas zu viel intus hatte, konnte er verdammt aggressiv sein. Also blieb ich in der Dunkelheit unter dieser Laterne stehen, die nicht funktioniert, und beobachtete ihn ein paar Minuten. Er hat sich an die Wand gelehnt, um wieder Luft zu bekommen, dann ist er auf der Straße nach Hause gewankt. In die entgegengesetzte Richtung von Donna Murray. Und ich bin auf ein Bierchen reingegangen.«

»Und sonst hast du da draußen niemanden gesehen?«

»Nö. Keine Menschenseele.«

Fin überlegte. »Wieso hat sie ihn dann deiner Meinung nach beschuldigt, er hätte sie vergewaltigt?«

»Woher zum Teufel soll ich das wissen? Und spielt das noch eine Rolle? Er ist tot. Hat sich damit doch wohl erledigt.«

Doch genau davon war Fin nicht überzeugt. »In Ordnung, Eachan. Danke für deine Offenheit.« Er wandte sich zum Gehen.

»Was ist damals eigentlich wirklich auf dem Felsen passiert?« Eachan sprach jetzt wieder leise, doch Fin kam es vor, als hätte er geschrien.

Fin blieb stehen und drehte sich an der Tür um. »Wie meinst du das?«

»Na ja, alle haben gesagt, es wäre ein Unfall gewesen. Aber keiner hat je darüber gesprochen. In all den Jahren nicht. Selbst Angel nicht, dabei konnte der ein Geheimnis keine fünf Minuten für sich behalten.«

»Der Grund dafür ist höchst einfach: Es gab kein Geheimnis. Ich bin auf die Klippe gefallen. Mr Macinnes hat mir das Leben gerettet und ist selbst dabei umgekommen.«

Doch Eachan schüttelte nur den Kopf. »Nein. Vergiss nicht, ich war da, als das Boot eintraf. Da steckte mehr dahinter. Mein ganzes Leben hab ich noch nicht so viele Männer gesehen, die über so viel so wenig zu sagen haben.« Durch das Dämmerlicht blinzelte er Fin an und machte ein paar unsichere Schritte auf ihn zu. »Komm schon, du kannst es mir ruhig erzählen. Was wir hier besprechen, bleibt unter uns.« Es lag etwas Unschönes in seinem Lächeln.

»Weißt du zufällig, wo Calum McDonald wohnt?«, fragte Fin.

Eachan runzelte die Stirn und schien von diesem plötzlichen Themenwechsel aus dem Konzept gebracht. »Calum McDonald?«

»Der ist ungefähr in meinem Alter. Wir sind zusammen zur Schule gegangen. Ich glaube, er arbeitet heute an einem Webstuhl.«

»Der Krüppel?«

»Genau der.«

»Das Eichhörnchen nennen sie ihn hier.«

»Tatsächlich? Wieso?«

»Keine Ahnung. Er lebt in dem Rauputz-Cottage oben auf dem Hügel. Das letzte Haus im Dorf rechter Hand.« Eachan schwieg einen Moment. »Was hat der damit zu tun, was auf dem An Sgeir passiert ist?«

»Nichts«, sagte Fin. »Ich will nur bei einem alten Freund vorbeischauen.« Damit machte er kehrt und duckte sich unter den Windspielen hindurch, raus in den frischen Nordwind.

Calum McDonalds Cottage gehörte zu einer Gruppe von drei Häusern direkt hinter dem Scheitelpunkt des Hügels. Bei Fins letztem Aufenthalt in Crobost war es halb verfallen gewesen, ein altes einstöckiges Whitehouse mit Blechdach, das langsam verrottete. Irgendjemand hatte seitdem eine Menge Geld investiert. Ein neues Dach, Doppelverglasung, an der

Rückseite ein Anbau mit der Küche. Es gab einen eingefriedeten Garten, und die Mauer war genauso verputzt wie das Haus. Außerdem hatte jemand sich die Mühe gemacht, den Wildwuchs zu zähmen, Rasen anzulegen und Blumenbeete zu pflanzen. Fin wusste, dass es eine Entschädigungszahlung gegeben hatte, auch wenn es für ein Leben im Rollstuhl keine Entschädigung geben konnte. Er vermutete, dass dieses Geld oder zumindest ein Teil davon in die Instandsetzung des Hauses geflossen war.

Calums Mutter war bereits vor seiner Geburt verwitwet – noch so ein Unfall auf See –, und die beiden hatten in der Nähe der Schule in einer Häuserreihe mit Sozialwohnungen gelebt. Fin wusste, dass Calum ihr nie vom Mobbing in der Schule erzählt und sogar für sich behalten hatte, was in der Nacht passiert war, in der er sich das Rückgrat brach. Sie hatten alle panische Angst vor dem Moment gehabt, in dem die ganze Geschichte ans Licht kam. Doch das passierte nicht. Wie alles andere in seinem Leben, seine Ängste, seine Träume, seine geheimen Wünsche, behielt Calum auch dies für sich, und der befürchtete Sturm blieb aus.

Fin parkte am Tor und lief den gepflasterten Weg zur Küchentür. Dort gab es statt Stufen eine Rampe. Er klopfte an und wartete. Hinter Calums Haus befanden sich noch zwei weitere Gebäude sowie eine große Schlackenstein-Garage mit einer rostroten Tür. Ein überwucherter Hof diente als Friedhof für die Überreste ausgeschlachteter Traktoren und ramponierter Anhänger. Ein starker Kontrast zu dem adretten Garten innerhalb der Mauern. Als die Tür aufging, drehte Fin sich um und blickte einer älteren Frau ins Gesicht, die am oberen Ende der Rampe stand. Sie trug eine bedruckte Baumwollschürze über einem Wollpullover und einem Tweedrock. Als er Calums Mutter das letzte Mal sah, hatte sie noch pechschwarzes Haar. Jetzt war es schlohweiß. Doch es fiel ihr in gepflegten, weichen Locken um das beinahe farblose Gesicht, das mit einem Gespinst aus feinen Falten überzogen war. Sie hatte blassblaue wässrige Augen, die ihm entgegenblickten, ohne ihn zu erkennen. Fast erschrak Fin, sie wiederzusehen. Er konnte sich immer noch nicht an den Gedanken gewöhnen, dass die Eltern vieler Leute in seinem Alter noch lebten.

»Mrs McDonald?«

Sie runzelte die Stirn, als sei sie nicht sicher, ob sie ihn kennen müsse. »Ja.«

»Ich bin Fin Macleod. Ich habe früher bei meiner Tante oben am Hafen gewohnt. Ich bin mit Calum zur Schule gegangen.«

Die Stirn glättete sich, doch ein Lächeln blieb aus. Sie presste die Lippen zu einer strengen Linie zusammen. »Ach so«, sagte sie.

Fin trat verlegen von einem Bein aufs andere. »Ich hätte gern gewusst, ob ich ihn vielleicht sprechen kann.«

»Nun ja, du hast dir mit deinem Besuch reichlich Zeit gelassen, nicht wahr?« Ihr Ton war hart, durch das Gälisch klang sie noch strenger. Außerdem war das Rasseln einer notorischen Raucherin herauszuhören. »Es ist fast zwanzig Jahre her, seit sich Calum das Rückgrat gebrochen hat, und keiner von euch besaß auch nur so viel Anstand, ihn zu besuchen. Außer Angel, dem armen Jungen.«

Fin war zwischen Schuldgefühlen und Neugier hin- und hergerissen. »Angel hat Calum besucht?«

»Allerdings, jede Woche. Pünktlich, dass man die Uhr danach stellen konnte.« Sie schwieg, um keuchend Luft zu holen. »Aber nun kommt er ja nicht mehr, nicht wahr?«

Fin stand einen Moment lang da und wusste nicht, was er darauf antworten sollte, bevor er zu dem Schluss kam, dass es keine angemessene Antwort gab. »Ist Calum da?« Er warf einen Blick hinter sie ins Haus.

»Nein. Er ist bei der Arbeit.«

»Und wo finde ich ihn?«

»Im Schuppen, auf der anderen Seite ums Haus. Den hat Angel für den Webstuhl gebaut.« Sie zog eine Schachtel Zigaretten aus ihrer Schürzentasche und zündete sich eine an. »Immer dem Geräusch nach. Klopf einfach an.« Sie blies eine Rauchwolke aus und schlug ihm die Tür vor der Nase zu.

Fin folgte dem Weg zur Rückseite des Bungalows. Die Pflastersteine waren sorgfältig verlegt und mit Zement verfugt, damit ein Rollstuhl problemlos hinüberfahren konnte, und Fin fragte sich, ob auch dieser Pfad Angels Handschrift trug. Er duckte sich unter einer Leine hindurch, an der die Wäsche flatterte, und entdeckte den Schuppen im Windschatten des Hauses. Es handelte sich um einen einfachen Schlackensteinbau mit einer Putzfassade gegen den Regen und einem steilen Blechdach. An jeder Front war ein Fenster eingelassen, neben dem kleinen Torfstapel befand sich die Tür mit Blick übers Moor.

Als er näher kam, hörte er das rhythmische Klappern des Webstuhls, das Räderwerk, das andere Räder antrieb und fast schneller, als das Auge folgen konnte, hölzerne Schiffchen über Wollfäden hin- und hersausen ließ. In seiner Kindheit war es fast ein Ding der Unmöglichkeit gewesen, irgendeine Straße in Ness entlangzugehen, ohne in irgendeinem Schuppen oder einer Garage das charakteristische Geräusch eines Webstuhls zu hören. Fin hatte sich immer gefragt, wieso der auf Lewis gewebte Tweed als Harris-Tweed bekannt war. Egal, wie er nun hieß, hatten die Weber damit noch nie viel Geld verdient. Harris-Tweed war nur dann Harris-Tweed, wenn er von Hand gewebt war, und früher einmal hatten sich Tausende Insulaner mit der Produktion abgemüht. Die Fabriken in Stornoway zahlten ihnen dafür einen Hungerlohn, bevor sie den Stoff auf dem europäischen und amerikanischen Markt mit satten Profiten verkauften. Seitdem jedoch war Tweed modischeren Stoffen gewichen, und es gab nur noch wenige Weber, die immer noch einen Hungerlohn für ihre Arbeit bekamen.

Fin hatte die Hand schon an der Tür, um zu klopfen, als er zögerte und die Augen schloss. Über all die Jahre hatten die Schuldgefühle ihm keine Ruhe gelassen. Einen kurzen Augenblick fragte er sich, ob Calum sich an ihn erinnern würde. Wie töricht, dachte er sofort. Natürlich würde er sich an ihn erinnern. Wie konnte Calum ihn und die anderen auch vergessen.

13

Es mag sich von selbst verstehen, doch damals befand sich die Lews Castle School im Lews Castle. Viele Schüler wie auch Lehrer wohnten vor Ort in dem verwinkelten Kaninchenbau aus Treppen und Fluren. Dies sei nur erwähnt, weil die Schule in dem Jahr, in dem Calum und ich auf das Dach stiegen, das letzte Jahr im Schloss untergebracht war. Das Gebäude war ziemlich reparaturbedürftig und wurde immer baufälliger, doch die Schulbehörde hatte kein Geld, es zu sanieren. Deshalb zog die Lehranstalt, wenn auch immer noch unter dem Namen Lews Castle School, in ein anderes Gebäude um.

Seltsamerweise zog sie ausgerechnet ins Gibson Hostel am Ripley Place, in dem ich in meinem ersten Jahr am Nicholson, das heißt in meinem ersten Jahr an der Mittelschule, wohnte.

Da er in Crobost schlecht abgeschnitten hatte, war Artair an den Berufsschulzweig von Lews Castle gekommen, wo er sich in der angenehmen Gesellschaft solch alter Freunde wie Murdo Ruadh und seines großen Bruders Angel befand. Calum hatte das Glück, ans Nicholson zu kommen. Auch wenn er nie ein Wort darüber verlor, musste es für Calum eine riesige Erleichterung gewesen sein, den endlosen Schikanen und Schlägen zu entkommen, die er in all den Jahren in Crobost erlitten hatte.

Ich hatte an der Schule nie viel Zeit für Calum. Er lief uns – wohl in der Hoffnung, eine von unseren verflossenen Freundinnen abzubekommen – immer irgendwie hinterher. Calum hatte es bei den Mädchen nicht leicht. Er war entsetzlich schüchtern und wurde bis in die Haarspitzen seines Karottenkopfs rot, wenn ihn auch nur ein Mädchen ansprach. Seine einzige Chance, überhaupt welche zu treffen, hatte er nur, wenn er mit einer Gruppe auftrat. Auf diese Weise ersparte er sich die Peinlichkeit eigener Annäherungsversuche.

In diesem Jahr waren wir am Valentinstag alle im Gemeindeclub von Stornoway zum Tanzen gewesen. Gewöhnlich verbrachten wir die Wochenenden in Ness, doch wegen des Tanzabends blieben alle in den Unterkünften der Schule. Eine Band spielte die neuesten Songs der Charts. Es ist schon seltsam, wie in diesem Alter die Musik die Erinnerungen besetzt. Normalerweise rufen olfaktorische Reize Erinnerungen wach – ein Duft, den man mit einem bestimmten Ort oder einem bestimmten Moment im Leben assoziiert, den man überraschend in der Nase hat und der einen augenblicklich durch Raum und Zeit zurückversetzt, um Dinge verblüffend lebendig heraufzubeschwören, die man längst vergessen hatte. Doch in die Teenager-Jahre versetzt uns vor allem Musik zurück. Ich habe immer bestimmte Songs mit bestimmten Mädchen assoziiert. Ich entsinne mich an ein Mädchen namens Sìne (ihr Name wurde wie der englische Sheena ausgesprochen). Mit Sìne ging ich in diesem Februar zum Tanzen. Jedes Mal, wenn ich die Foreigner-Single »Waiting For A Girl Like You« höre, und sei es auch nur einen Fetzen in irgendeiner Golden-Oldies-Parade im Radio oder einer Fernsehshow wie *Top of the Pops,* denke ich an Sìne. Sie war ein hübsches Ding. Ich erinnere mich, dass ich an dem Abend wie ein Vollidiot zu XTCs »Senses Working Overtime« und Meat Loafs »Dead Ringer for Love« herumgehopst bin. Doch »Waiting For A Girl« war der Sìne-Song. Wenn mich meine Erinnerung nicht trügt, habe ich an diesem Abend keineswegs auf sie gewartet. Ich ließ sie vielmehr sitzen und brach schon früh zusammen mit Calum auf, um noch vor Torschluss wieder im Internat zu sein. Zumindest war das meine Rechtfertigung.

Artair ging zu der Zeit noch mit Marsaili, und so waren sie

an diesem Abend zusammen beim Tanz. Es gab damals in den Charts einen Song mit dem Titel »Arthur's Theme (Best That You Can Do)«. In meinen Augen passte der Text auf frappierende Weise zu Artair. Es ging darum, einfach Spaß zu haben und sich nicht um die Erwartungen anderer Leute an einen zu scheren. Als sie den Titel an diesem Abend spielten, tanzten Artair und Marsaili zusammen, und zwar schmusend und eng umschlungen. Ich tanzte zwar mit Sìne, ertappte mich jedoch immer wieder dabei, wie ich mehr das Pärchen beobachtete. Der ersten Strophe hatte ich bis dahin nicht richtig zugehört. Es ging darum, ein Mädchen zu finden, das einem den Kopf verdreht, und sie dann wieder zu verlieren, ohne dass man recht weiß, wie einem das passieren konnte. Und diese Worte rührten an etwas in mir, eine latente Eifersucht oder Reue, und ich merkte, wie ich mit Sìne tanzte, mir dabei jedoch wünschte, es wäre Marsaili. Natürlich ging das vorüber. Die Hormone. In jenen Jahren spielten sie bei mir verrückt.

Für Calum war es ein frustrierender Abend. Er hatte mit einem spröden, kleinen dunkelhaarigen Mädchen namens Anna getanzt, allerdings nur, wenn es ihr einmal recht war. Er hatte sie zu jedem Tanz aufgefordert. Manchmal sagte sie Ja, dann wieder gab sie ihm einen Korb.

Er war hin und weg von ihr, sie wusste das und trieb ihre Spielchen mit ihm.

Als der Abend ungefähr zur Hälfte um war, stand eine Gruppe von uns fröstelnd draußen auf der Straße und trank Bier aus Dosen, die draußen einer von uns gebunkert hatte. Der dumpfe Rhythmus der Musik und das Stimmengewirr vom Tanz folgten uns, mitsamt Calum, in die nasse Februarnacht hinaus. Murdo Ruadh und Angel standen ebenfalls draußen herum und sahen eine Gelegenheit, Calum ein bisschen zu foppen.

»Na, hast du's heute Nacht auf eine abgesehen?«, sagte Murdo und grinste den unglücklichen Calum an.

»Da liegst du mit Sicherheit richtig«, bestätigte Angel. »Macht dich erst an und lässt dich dann schmoren, die Kleine.«

»Was weißt du schon von ihr?«, konterte Calum düster.

»Was ich von ihr weiß?« Angel brüllte vor Lachen. »Alles, mein Junge. Kenne ich schon, abgehakt.«

»Lügner!«, brüllte Calum. Unter anderen Umständen hätte Angel ihm die Bemerkung vielleicht übel genommen und ihm eins übergebraten, doch aus irgendeinem Grund schien er an diesem Abend milde gestimmt und geneigt, Calum unter seine Fittiche zu nehmen, statt ihm Schaden zuzufügen. Heute weiß ich natürlich, dass er bereits einen Plan ausgeheckt hatte.

»Anna arbeitet oben im Lews Castle«, sagte er. »Sie ist Hausangestellte an der Schule. Anna das Dienstmädchen nennen sie alle.«

Murdo Ruadh klatschte Calum auf den Rücken. »Ja, mein Junge, und solange du Anna nicht flachgelegt hast, bist du kein Mann. Du bist der Einzige, der es noch nicht mit ihr getan hat.« Er hätte sich über seinen eigenen Witz schier in die Hose machen können.

Calum ging auf ihn los. Mit fuchtelnden Armen. Murdo war so verblüfft, dass er seine Dose fallen ließ und das Bier sich über den Bürgersteig ergoss. Artair und ich zogen Calum zurück, und für einen Moment sah es so aus, als wollte Murdo ihm an die Gurgel. Doch Angel ging dazwischen und legte seinem kleinen Bruder eine Hand auf die Brust. »Lass gut sein, Ruadh. Siehst du denn nicht, dass der Junge sich verliebt hat?«

Murdo schäumte. Das war ein ernster Gesichtsverlust. »Ich bring ihn um, verdammt.«

»Nein, das tust du nicht. Aber der Junge kann einfach nicht klar denken. Ich erinnere mich noch zu gut daran, wie *du* das erste Mal wegen einem Mädel richtig rührselig warst. Gott, war das erbärmlich.« Murdos Demütigung wurde mit jedem

Wort seines Bruders schlimmer. »Du musst dich … wie sagt man noch gleich … in ihn hineinfühlen.« Er grinste. »Vielleicht können wir dem Jungen ja einen klitzekleinen Gefallen tun.«

Murdo sah Angel an, als hätte er den Verstand verloren. »Was faselst du da?«

»Badenacht.«

Murdo stand die Begriffsstutzigkeit ins Gesicht geschrieben. »Badenacht? Um Himmels willen, Angel, das teilen wir doch wohl nicht mit einem Stück Scheiße wie dem da.«

Calum riss sich aus meinem Griff los und strich sich die Jacke glatt. »Wovon redet ihr?« Draußen in der Bucht blies ein Nebelhorn, und als wir uns umdrehten, sahen wir die Lichter der Suilven, die gerade zu ihrer dreieinhalbstündigen Überfahrt nach Ullapool ablegte.

Angel sagte: »Das Schulpersonal wohnt ganz oben im Castle. Sie teilen sich ein Bad im obersten Stock, und da das Fenster zum Dach führt, lassen sie nie die Rollos herunter. Die kleine Anna badet jeden Sonntagabend, pünktlich um zehn Uhr. Ich glaube, es gibt keinen Jungen in der Schule, der noch nicht oben war, um einen Blick drauf zu werfen. Die hat einen tollen Körper, die Kleine, hab ich recht, Murdo?«

Murdo funkelte seinen Bruder nur an.

»Wir könnten einen exklusiven Besichtigungstermin für dich arrangieren, wenn du willst.«

»Das ist abscheulich!«, sagte Calum.

Angel zuckte mit den Achseln. »Wie du willst. Das Angebot steht. Wenn du dir das entgehen lassen willst, bist du selber schuld.«

Calum war offensichtlich hin- und hergerissen, doch zu meiner Erleichterung sagte er schließlich: »Kommt nicht infrage«, und stolzierte wieder in die Tanzveranstaltung.

»Das ist ziemlich beschissen«, sagte ich, »ihn so zu verarschen.«

Angel mimte die Unschuld vom Lande. »Niemand verarscht ihn, Waisenknabe. Du kriegst da oben einen glasklaren Blick ins Badezimmer. Wär dir vielleicht selber an der Aussicht gelegen?«

»Leck mich«, sagte ich. Ich konnte damals richtig schlagfertig sein. Ich ging wieder hinein und suchte Sìne.

Als ich hineinkam, sah ich zu meiner Freude, wie Calum mit Anna tanzte, doch im Verlauf der nächsten Stunde zeigte sie ihm wohl sieben- oder achtmal die kalte Schulter. Einige Male registrierte ich, wie er ganz allein auf einem der Sitze an der Wand hockte und traurig zusah, wie sie mit anderen Jungen tanzte. Sie tanzte sogar mit Angel Macritchie, mit dem sie sich angeregt zu unterhalten schien, und ich bekam auch mit, wie sie sich ein paarmal an ihn schmiegte und hinüberspähte, um zu sehen, ob Calum es mitbekam. Natürlich bekam er es mit. Er war wirklich ein armer Tropf, und er tat mir leid.

Irgendwann vergaß ich ihn aber, weil ich mich gegen Sìne irgendwie zur Wehr setzen musste. Jedes Mal, wenn ich mich hinsetzte, befiel sie mich. Sie steckte mir sogar die Zunge ins Ohr, was ich ekelhaft fand. Ironischerweise rettete mich ausgerechnet Calum aus meiner heiklen Lage. Er kam, die Hände tief in die Hosentaschen geschoben, zu uns herüber. Ich erinnere mich, dass die Band gerade »Golden Brown« spielte.

»Ich gehe.«

Ich sah ostentativ auf die Uhr. »O mein Gott, schon so spät? Wir schaffen es nie im Leben zum Gibson zurück, bevor sie die Tore schließen.« Calum wollte etwas erwidern, doch ich fiel ihm ins Wort, bevor er mich in Schwierigkeiten bringen konnte. »Wir müssen uns beeilen.« Ich sprang auf und sagte zu Sìne: »Sìne, dann bis nächste Woche.« Ich sah, wie ihr die Kinnlade herunterfiel, packte jedoch Calum am Arm und eilte mit ihm im Schlepptau quer über die Tanzfläche nach draußen.

»Was soll das?«, fragte Calum.

»Versuche nur, mich aus der Klemme zu ziehen.«

»Du Glückspilz. Ich säße gern mal in der Klemme.«

An diesem Abend roch der Wind stark nach Meer. Eine eisige Februarbrise, die einem durchs Mark ging. Der Regen hatte aufgehört, doch die Straßen schimmerten unter den Laternen wie nasse Farbe. Auf The Narrows war kein Durchkommen, und so bahnten Calum und ich uns einen Weg durch den inneren Hafen und über die Cromwell in die Church Street, bevor wir den Hügel hinauf in die Matheson Road gingen. Erst als wir in die Robertson Road einbogen, eröffnete mir Calum, was er vorhatte.

»Was tun?«

»Ich steig morgen Nacht aufs Schloss.«

»Was?« Ich glaubte ihm nicht. »Du nimmst mich auf den Arm.«

»Ist alles abgesprochen. Ich hab noch mit Angel geredet, bevor wir aufgebrochen sind. Er arrangiert das morgen für mich.«

»Wieso?«

»Weil Angel recht hat. Sie macht die Typen an und lässt sie dann abblitzen. Sie nackt im Bad zu sehen ist so was wie meine Rache.«

»Nein, ich meine, wieso sollte Angel das für dich arrangieren? Er hat noch nie was anderes getan, als dich zu verprügeln. Wieso sollte er auf einmal dein bester Kumpel sein?«

Calum zuckte mit den Achseln. »Er ist nicht so schlimm, wie du denkst, weißt du.«

»Klar doch.« Ich konnte meine Skepsis nicht verbergen.

»Jedenfalls, ich dachte …« Er zögerte. Von hier oben konnten wir über den Dächern auf dem Hügel im Flutlicht die zinnenbewehrten Türme des Schlosses sehen.

»Was dachtest du, Calum?«

»Ich dachte, vielleicht kommst du mit?«

»Was? Das ist ja wohl nicht dein Ernst. Nie im Leben.« Zum einen würden sie uns, wenn wir uns am Sonntag rausschlichen, die Hölle heißmachen, zum anderen traute ich dem Braten nicht. Sie wollten Calum hereinlegen. Wie genau, konnte ich nicht sagen, doch ich war mir ziemlich sicher, dass Angel nicht mit einem Schlag zum Menschenfreund geworden war.

»Bitte, Fin. Allein schaff ich das nicht. Du brauchst ja nicht mit aufs Dach oder so. Komm einfach nur mit zum Schloss.«

»Nein!« Dabei wusste ich schon jetzt, dass ich klein beigeben würde. Mit absoluter Sicherheit wollten sie dem armen Kerl einen üblen Streich spielen, und irgendjemand musste auf ihn aufpassen. Vielleicht konnte ich, wenn ich mitkam, das Schlimmste verhindern.

Es war eine bitterkalte Nacht. Eine steife Brise trieb böige Graupel- und Hagelschauer über den Minch und die Insel. Ich hatte nicht die geringste Lust, mich da draußen in ein wahnwitziges Abenteuer zu stürzen. Doch ich hatte Calum mein Versprechen gegeben, und so schlichen wir uns kurz vor halb zehn, die regenfesten Jacken bis unters Kinn zugeknöpft, die Baseballkappen allein schon zur Tarnung tief in die Stirn gezogen, in die Nacht hinaus. Um unseren Rückzug zu sichern, hatten wir in einem Flur im ersten Stock des Wohnheims ein Fenster offen gelassen, das über ein Fallrohr zu erreichen war. Auch wenn ich in einer Nacht wie dieser auf die Kletterpartie nicht versessen war.

Stornoway war wie eine Geisterstadt. Die Straßenlaternen warfen schwache Lichtkegel in die dunklen, leeren Straßen. Die gottesfürchtigen Bewohner der Stadt hatten es sich hinter verschlossenen Türen und Gardinen am Fernseher gemütlich gemacht und schlürften vor dem Schlafengehen eine Tasse heißen Kakao. Im inneren Hafen wollten die am Kai vertäuten Kutter klappernd und knatternd gegen das Heulen des Windes ankommen. Die eisige schwarze See war aufgewühlt und klatschte gegen die Betonpfeiler des Kais, brach sich weiß am Ufer des Castle Green auf der anderen Seite der Bucht. Wir eilten den verlassenen Bayhead entlang, bogen zum Bridge Community Centre ab und huschten schnell über die Brücke und zwischen die Bäume dahinter. Dann ging es, dem heftigen Schneeregen entgegen, bergauf zur Straße oberhalb des Golfclubs. Als wir sie erreichten, riss der Himmel auf, und ein atemberaubend silbernes Mondlicht ergoss sich über die endlosen Flächen des manikürten Rasens. Es war so hell, dass man sich nicht gewundert hätte, irgendwo Golfer dabei zu beobachten, wie sie den Ball den Hang hinauf ins fünfte Loch schlugen.

Lews Castle wurde in den 1870er Jahren als Herrenhaus für Sir James Matheson errichtet. Er kaufte die Insel Lewis 1844 vom Erlös des Opiums, das er und sein Partner William Jardine nach China exportiert hatten, wodurch etwa sechs Millionen Chinesen hoffnungslos süchtig wurden. Es ist schon seltsam, dass das Elend von Millionen Menschen am anderen Ende der Welt eine winzige Hebrideninsel für immer verwandeln sollte und dass man Menschen und ihr Land einfach so kaufen und verkaufen konnte. Matheson baute in Stornoway einen neuen Hafen, ein Gas- und ein Wasserwerk sowie in Garrabost eine Ziegelei. Er errichtete ein Chemiewerk, um aus Torf Teer zu gewinnen, sowie eine Werft, um Schiffe zu bauen und instand zu setzen. Er verwandelte die fünfundsiebzig Kilometer Feldwege quer über die Insel in dreihundert Kilometer kutschentaugliche Straßen, und er riss die alte Seaford Lodge auf dem Hügel über der Stadt ab, um an dieser Stelle sein Schloss im eklektizistischen Tudorstil zu bauen.

Es war ein außergewöhnlicher Bau in rosafarbenem Granit mit großen und kleinen Türmen und Zinnen auf dem Hügel über dem Hafen. Nicht gerade die typische Hebriden-Architektur.

Natürlich kannte ich damals noch nicht diese ganze Geschichte. Lews Castle war aus der Landschaft nicht wegzudenken. Es gehörte wie die Klippen rund um den Butt oder die phantastischen Strände von Scarasta und Luskentyre eben zur Insel.

In dieser Nacht ragte das Schloss dunkel zwischen den Bäumen auf, und nur in wenigen Fenstern brannte noch Licht. Calum und ich machten einen Bogen um den Haupteingang, einen riesigen Vorbau mit Gewölbe, hinter dem sich die Flügeltür befand, und liefen zur Gartenseite, an der Angel sich mit Calum an dem einstöckigen Anbau mit dem Kesselraum verabredet hatte. Kaum trafen wir in dem schmalen Hof zwischen Heizraum und Waschküche ein, bewegte sich eine Gestalt im Schatten und winkte uns heran.

»Macht schon, dalli!« Ich war verblüfft, als ich sah, dass es Artair war. Auch er war überrascht, mich zu sehen. »Was machst du denn hier?«, zischte er mir ins Ohr.

»Auf Calum aufpassen«, flüsterte ich zurück.

Doch er schüttelte nur den Kopf. »Du Vollidiot!« Ich bekam langsam wirklich ein mulmiges Gefühl.

Artair öffnete eine rote Tür zu einem kurzen, dunklen Flur. Es roch nach altem Kohl. Ich merkte bald, wieso, denn Artair legte den Finger auf den Mund und führte uns durch die Küche ins Halbdunkel und von dort aus in die sogenannte Long Hall. Sie erstreckte sich fast über die gesamte Vorderfront des Schlosses und wurde von Nachtscheinwerfern angestrahlt. Während wir zuerst durch die ehemalige Bibliothek und von dort aus durch den Ballsaal schlichen, wurde mir bewusst, dass wir am ehesten hier erwischt werden konnten. In der fast sechzig Meter langen Halle gab es kein einziges Versteck. Jede der Türen zu beiden Seiten oder auch an den Enden konnte sich öffnen, und wir wären geliefert.

Daher waren wir sehr erleichtert, als wir die steinerne

Haupttreppe am anderen Ende der Halle erreichten und hinter Artair zwei Stufen auf einmal zum ersten Stock hinaufhasteten. Eine enge Wendeltreppe führte uns zu einem hohen Fenster an der Nordfassade des Schlosses. Dort stand im Schatten eine Gruppe von Jungen und erwartete uns ungeduldig. Mehr als ein halbes Dutzend. Sie leuchteten uns mit Taschenlampen an, und ich konnte ihre Gesichter sehen. Einige kannte ich, andere nicht. Auch Murdo Ruadh und Angel waren dabei.

»Was willst du denn hier, Waisenknabe?«, brummte Angel ebenso verdrießlich wie zuvor Artair.

»Ich will nur sicherstellen, dass Calum nichts passiert.«

»Wieso sollte ihm was passieren?«

»Das wüsste ich gerne von euch.«

»Hör zu, Schlaumeier.« Angel packte mich an der Jacke. »Die kleine Schlampe steigt in weniger als fünf Minuten in die Badewanne. Euch bleibt also nicht viel Zeit.«

»Ich komm nicht mit aufs Dach.« Ich riss mich los.

»Und ob du mitkommst«, zischte mir Murdo ins Gesicht. »Sonst könnte es passieren, dass der Hausmeister von einem Eindringling im Schloss erfährt. Verstehst du, was ich meine?«

»Dann ruf doch den Hausmeister«, sagte ich. »Damit ihr euch euren kleinen Plan so richtig vermasselt.«

Murdo funkelte mich an, doch ich hatte ihn herausgefordert, und er hatte mir nichts entgegenzusetzen.

Angel schob das Fenster auf und trat auf die Feuerleiter. »Komm schon, Calum.«

»Tu's nicht, Calum!«, sagte ich. »Das ist eine Falle.«

»Verpiss dich, Waisenknabe!« Angel sah mich durchs Fenster mit einem bitterbösen Blick an. Dann entspannte sich sein Gesicht, und mit einem Lächeln wandte er sich an den unentschlossenen Calum. »Komm schon, mein Junge. Wir haben nichts mit dir vor. Außer, dass wir dir was fürs Auge bieten wollen. Wenn du dich nicht beeilst, verpasst du sie.« Calum drehte sich um und stieg die Feuerleiter runter. Sie klapperte, als ich ihm hinterherkletterte. Es bestand immer noch die Chance, ihm das Ganze auszureden.

Wir stiegen die Feuerleiter vom zweiten zum ersten Stock hinunter, um von dort aus auf das Dach des Eingangsportals an der Hauptfassade des Schlosses zu gelangen. Dort lehnte eine Ausziehleiter an der Wand. Angel zog die Leiter aus und sicherte sie.

»Los geht's.«

Calum sah hinauf. Die Leiter reichte nicht bis ganz an die Dachzinnen. Ich sah die Panik in seinen Augen. »Ich kann das nicht.«

»Klar, kannst du das.« Angels Ton war fast beruhigend.

Calum warf mir den Blick eines verängstigten Kaninchens zu. »Komm mit, Fin. Ich hab Höhenangst.«

»Das hättest du dir gefälligst überlegen sollen, bevor du herkommst«, flüsterte Murdo durchs Fenster.

»Du brauchst das wirklich nicht zu machen, Calum«, sagte ich. »Gehen wir einfach nach Hause.«

Auf die Wucht, mit der mich Angel gegen die Wand warf, war ich nicht gefasst. »Du kletterst jetzt mit ihm da rauf, Waisenknabe. Und sorgst dafür, dass er nicht zu Schaden kommt.« Ich spürte Spucketropfen im Gesicht. »Deswegen bist du doch hergekommen, nicht wahr?«

»Ich steig nicht da aufs Dach!«

Angel beugte sich dicht an mich heran und flüsterte fast vertraulich: »Entweder du gehst da jetzt rauf, Waisenknabe, oder du fliegst runter.«

»Fin, bitte«, sagte Calum. »Ich hab zu viel Schiss, das allein zu machen.«

Allem Anschein nach blieb mir keine Wahl. Ich riss mich aus Angels Griff los. »Na schön.« Als ich zum Dach hochschaute, wünschte ich mir, ich hätte mich nie erweichen lassen, mitzukommen. Eigentlich schien es nicht weiter schwer, die Leiter hochzusteigen und sich dann durch die Zinnen aufs Dach zu schwingen. Da oben musste es flach sein, und war man erst mal dort, lief man keine Gefahr mehr, herunterzufallen, da die Bewehrung eine Schutzmauer bildete.

»Euch läuft die Zeit davon«, sagte Angel. »Und je länger wir hier rumhängen, desto eher können sie uns erwischen.«

»Also los, Calum«, sagte ich. »Bringen wir's hinter uns.«

»Dann kommst du mit?«

»Ich bin hinter dir.« Durch das Fenster warf ich einen Blick zurück auf Artair, der mit den Achseln zuckte, als wollte er sagen, es sei schließlich nicht seine Schuld, dass ich beschlossen hatte, Calum zu begleiten.

Angel sagte: »Wenn ihr oben seid, seht ihr das Giebeldach der Mansarde. Das Bad hat ein Dachflächenfenster. Wenn das Licht angeht, wisst ihr, welches.«

Dabei zermarterte ich mir die ganze Zeit den Kopf darüber, wo der Haken bei der Sache war. Und was wir da oben tatsächlich vorfinden würden. Doch jetzt gab es kein Zurück mehr. Wenigstens regnete es im Moment nicht, und der Mond schien hell.

Calum kletterte los; die Leiter zitterte und klapperte unter seinen Füßen. »Verdammt, nicht so laut«, flüsterte Angel, während er die Leiter festhielt, damit sie weniger wackelte. Dann drehte er sich zu mir um. »Und jetzt du, Waisenknabe.« Er grinste, und ich wusste, dass die ganze Sache böse enden würde.

Wie ich vermutet hatte, erwies es sich als relativ leicht, von der Leiter aufs Dach zu steigen. Selbst für Calum. Ich hockte mich neben ihm auf die geteerte Fläche, von der aus wir durch die Zinnen bis zum Hafen hinunterblicken konnten. Die Kutter am Kai sahen wie eine Reihe Spielzeugboote aus, während sich die Stadt dahinter mit ihren Straßen wie ein Gitternetz aus Lichterketten über den Hügel breitete. Im Mondlicht konnte ich den First des Mansardendachs recht deutlich sehen. Es gab hier einige Dachlukenfenster, aber in keinem brannte Licht.

»Wo denn nun?«, flüsterte Calum.

»Bleiben wir einfach hier sitzen und sehen, ob irgendwo das Licht angeht.«

Also hockten wir uns, die Knie bis ans Kinn gezogen, um uns warm zu halten, mit dem Rücken an die Zinnen und warteten. Ich sah auf die Uhr. Es war schon fast fünf nach zehn. Unten an der Feuerleiter rasselte es leise, dazu war Kichern zu hören, und ich kam in Versuchung, endlich aufzugeben und wieder hinunterzuklettern. Doch der Gedanke daran, dass Angel uns am Fuß der Leiter in Empfang nehmen würde, festigte meinen Entschluss, noch ein paar Minuten auszuharren.

Plötzlich ging in dem nächstgelegenen der zwei Fenster ein Licht an, und ein helles Viereck fiel über das Dach. In Calums Blick legte sich unverkennbar ein erwartungsvoller Glanz. »Das muss sie sein.« Plötzlich fasste er Mut. »Komm schon.« Im selben Moment huschte er übers Dach zum Fenster. Wenn ich nun schon mal da war, dachte ich, konnte ich genauso gut ebenfalls einen Blick riskieren. Also folgte ich ihm, und wir kauerten uns mindestens eine Minute lang unterhalb des Fensters hin, bevor wir allen Mut zusammennahmen und die Köpfe hoben, um hineinzusehen. Wir hörten, dass ein Wasserhahn lief.

»Du zuerst«, sagte ich. »Beeil dich, bevor das Fenster vom Dampf beschlägt.«

Calum sah besorgt aus. »Daran hab ich überhaupt nicht gedacht.«

Langsam rutschte er die Dachschräge hoch, bis er nur noch auf den Zehenspitzen stand und ins Fenster spähen konnte. Dann hörte ich ein lautes Zischen, und im nächsten Moment hockte er mit düsterer Miene wieder unten neben mir. Ich glaube, ich hatte ihn noch nie so wütend gesehen. »Wichser!

Diese Scheißwichser!« Ich hatte ihn auch noch nicht so fluchen gehört.

»Was ist denn?«

»Sieh selbst.« Noch einmal holte er tief Luft. »Wichser!«

Also stemmte ich mich das schräge Dach hoch, bis ich mit dem Gesicht auf Fensterhöhe kam. Genau in dem Moment, in dem jemand das Fenster von innen entriegelte und aufstieß. Ich sah der dicken Frau direkt ins bleiche Gesicht. Außer einer rosa Badekappe trug sie nichts am schwabbeligen Leib. Zweifellos sah ich ebenso entsetzt aus wie sie. Ich bin mir nicht sicher, ob ich ihren oder meinen Schrei hörte, doch auf jeden Fall schrien wir beide. Sie ging rückwärts und fiel in die Badewanne, sodass das heiße Wasser sich kübelweise auf den Boden ergoss. Einen Moment lang war ich vom Anblick der dicken nackten Frau, die in der Wanne herumzappelte, wie gebannt. Sie war mindestens sechzig. Mein Gesicht musste im Licht des Badezimmers deutlich zu sehen sein, da sie, auch wenn sie mit den Beinen in der Luft zappelte, in meine Richtung zurückstarrte. Sie holte einmal tief Luft und stieß einen Todesschrei aus. Ich glaubte, mir würden die Trommelfelle platzen. Ich rutschte wieder das Dach hinunter und wäre fast auf Calum gelandet.

Seine Augen waren wie Scheinwerfer. »Was ist passiert?«

Ich schüttelte den Kopf. »Egal. Nichts wie weg hier!«

Ich hörte sie »Hilfe!« und »Vergewaltigung!« schreien. Quer über das Dach gingen die Lichter an, und ich hörte Calum hinter mir. Ich zwängte mich zwischen den Zinnen hindurch, drehte mich um und streckte ein Bein hinunter, um die oberste Sprosse der Trittleiter zu erreichen, bis ich begriff, dass sie nicht da war.

»Mist!«

»Was ist?« Calum sah mich entsetzt an.

»Die Mistkerle haben die Leiter weggenommen.« Das also war ihr Plan gewesen. Wir sollten auf dem Dach in der

Falle sitzen. Sie mussten gewusst haben, dass Anna an diesem Abend kein Bad nehmen würde, steckten vielleicht sogar mit ihr unter einer Decke. Dabei hatten sie nicht damit gerechnet, dass die dicke Lady uns entdecken würde. Jetzt war die Leiter verschwunden, wir hingen auf dem Dach fest, und das ganze Schloss war in Alarmbereitschaft versetzt. Es war nur eine Frage der Zeit, bis man uns entdecken würde, und dann konnten wir was erleben. Ich stieg wieder aufs Dach, wutschnaubend. Es würde peinlich für uns werden.

»Also, wir können nicht einfach hierbleiben.« Calum war in Panik. »Die finden uns.«

»Wir haben keine Wahl. Es gibt keine andere Möglichkeit, runterzukommen, es sei denn, dir wären auf einmal Flügel gewachsen.«

»Wir können uns nicht erwischen lassen! Niemals!« Er wurde hysterisch. »Was meinst du, was meine Mutter sagt!«

»Ich glaube, das ist im Moment unser geringstes Problem, Calum.«

»O Gott, o Gott«, sagte er immer wieder. »Wir müssen was tun!« Er machte Anstalten, sich zwischen den Zinnen hindurchzuzwängen.

Ich packte ihn. »Was machst du da?«

»Wenn wir auf den Sims kommen, können wir von da aus auf die Feuerleiter springen. Das sind nur drei Meter.« Und das von demselben Jungen, der noch vor zehn Minuten behauptet hatte, er habe Höhenangst.

»Bist du verrückt? Calum, das ist zu gefährlich.«

»Nein, das ist zu schaffen, es *muss* zu schaffen sein.«

»Mensch, Calum, lass das!« Doch er war nicht zu bremsen. Er stützte sich mit den Händen auf je einer Zinne ab und ließ sich dazwischen herunter, bis er mit den Füßen das Gesims erreichte. Im Nordturm brannte jetzt Licht. Die Frau schrie immer noch, doch ihre Stimme kam von ferne. Ich sah sie im Geist vor mir, wie sie irgendwo nackt durch den Flur lief.

Ich sah, wie Calum einen Blick nach unten warf, und als er sich wieder zu mir umdrehte, war sein Gesicht kreidebleich. Ich wusste einfach, dass etwas Schlimmes passieren würde. »Fin, ich hab mich geirrt. Ich schaff das nicht«, sagte er mit zitternder, stockender Stimme.

»Gib mir deine Hand.«

»Ich kann mich nicht bewegen. Fin, ich kann nicht.«

»Und ob du kannst. Gib mir einfach deine Hand, und wir holen dich aufs Dach zurück.«

Doch er schüttelte den Kopf. »Es geht nicht, es geht nicht. Es *geht* nicht.« Und ich sah fassungslos zu, wie er einfach losließ und aus meinem Blickfeld verschwand. Ich konnte mich nicht rühren. Es war, als wäre ich versteinert. Es folgte eine endlose Stille, dann ein schreckliches Gerassel auf der Feuerleiter unten. Calum gab keinen einzigen Laut von sich. Es musste eine halbe Minute vergangen sein, bevor ich es über mich brachte, nachzusehen. Er hatte den Absatz zum zweiten Stock verfehlt, war einen ganzen Stock tiefer gefallen, mit dem Rücken auf dem Handlauf gelandet und von dort auf den Metallrost hinuntergesackt. Er lag verrenkt da und bewegte sich nicht.

Dieser Moment war einer der schlimmsten in meinem Leben. Ich schloss die Augen und betete inständig darum, aufzuwachen.

»Macleod!« Irgendwo von unten hörte ich meinen Namen, dann Gerassel auf der Feuerleiter. Ich öffnete die Augen und sah Angel auf dem Treppenabsatz. Er hatte die Leiter wieder hervorgeholt und fummelte an dem ausziehbaren Sprossenteil herum. Das obere Ende ratschte direkt unter den Zinnen an der Wand. »Macleod! Verflucht noch mal, komm sofort hier runter!«

Ich war immer noch so wie die Mauern aus Granit, ein Teil meiner steinernen Umgebung, für immer hierher gebannt. Ich konnte den Blick nicht von der neun Meter tiefer hingestreckten, verrenkten Gestalt des armen Calum losreißen.

»Macleod!« Angel brüllte meinen Namen beinahe. Das Blut strömte wieder in meinen Adern, und ich zitterte unkontrollierbar. Dennoch konnte ich mich bewegen. Mit weichen Knien kletterte ich wie mechanisch zwischen den Zinnen hindurch auf die Leiter, die ich halsbrecherisch schnell hinunterstieg. Ich hatte kaum den Treppenabsatz erreicht, als Angel mich an der Jacke packte. Er hielt sein Gesicht ganz nahe an meins. Ich roch den alten Rauch in seinem Atem und spürte zum zweiten Mal an diesem Abend seine Spucketröpfchen auf der Haut. »Du sagst kein Wort. Kein Sterbenswörtchen. Du bist nie hier gewesen, verstanden?« Und als ich nichts sagte, kam er noch dichter heran. »Verstanden?« Ich nickte. »Gut. Geh. Die Feuertreppe runter. Sieh dich nicht mal um.«

Er ließ mich los, stieg durchs Fenster wieder in den Flur und ließ die Leiter draußen an der Wand stehen. In der Dunkelheit dahinter registrierte ich bleiche, verängstigte Gesichter. Ich bewegte mich immer noch nicht. Angel sah mich von drinnen mit düsterer Miene an. Und zum ersten Mal im Leben sah ich Angst in seinem Gesicht. Richtige Angst.

»Lauf!« Er schob das Fenster zu.

Erst jetzt drehte ich mich um und rannte die Stufen der Feuertreppe hinunter, bis ich den Absatz auf dem ersten Stock erreichte. Dort blieb ich stehen. Um den nächsten Treppenlauf zu erreichen, musste ich über Calum steigen. Ich konnte jetzt sein Gesicht erkennen. Blass und reglos, als schliefe er. Dann sah ich, wie das Blut unter seinem Hinterkopf dick und dunkel wie Melasse langsam über das Metall quoll. Von irgendwo unten auf dem Gelände näherten sich Stimmen, und an der Eingangstür gingen Lichter an. Ich kniete mich neben ihn und berührte sein Gesicht. Es war noch warm, und ich sah, dass sich seine Brust hob und senkte. Er atmete. Doch ich konnte nichts für ihn tun. Sie würden ihn in wenigen Minuten finden. Und auch mich, wenn ich mich nicht beeilte. Ich trat vorsichtig über ihn und rannte, so schnell ich konnte, die unterste Treppe hinunter, nahm das letzte halbe Dutzend Stufen mit einem Satz und sprintete in Richtung der Bäume. Ich hörte jemanden rufen, dann Schritte auf dem Kies, doch ich blickte mich nicht um. Und ich rannte weiter, bis ich die Brücke am Gemeindezentrum erreichte. In der Ferne hörte ich eine Sirene und sah, wie sich das Blaulicht eines Krankenwagens durch die Bäume zum Schloss bewegte. Ich beugte mich über das Geländer, hielt mich daran fest, damit mir die Beine nicht wegknickten, und erbrach mich in den Bayhead River. In der klirrend kalten Februarnacht liefen mir die Tränen das Gesicht herunter. Ich bog eilig in die Hauptstraße ein, um den langen Dauerlauf die Mackenzie Street hinauf in die Matheson anzutreten. Inzwischen brannte in den meisten Fenstern kein Licht mehr, und ich hatte das Gefühl, als sei ich der einzige Überlebende in ganz Stornoway. Als ich zum Ripley Place kam, hörte ich die ferne Sirene des Krankenwagens nunmehr vom Schloss Richtung Krankenhaus. Hätte ich an Wunder geglaubt, hätte ich Gott auf der Stelle um eines gebeten. Vielleicht hätte ich es tun sollen.

Das war das letzte Mal, dass ich ihn sah, und seitdem habe ich mit der Erinnerung an diesen Moment gelebt. Diese Sommersprossen in dem kreidebleichen Gesicht. Die dichten roten Locken. Das Blut wie Sirup auf dem Metall unter ihm. Die schreckliche Verrenkung seines Körpers dort im Mondlicht.

Er wurde mit dem Hubschrauber zu einem Spezialisten in Glasgow geflogen. Über mehrere Ecken hörten wir, dass er sich das Rückgrat gebrochen hatte und nie wieder laufen würde. Er kehrte nie in die Schule zurück, sondern blieb in den ersten Monaten zur Reha auf dem Festland. Es ist schon erstaunlich, wie schnell die Zeit Wunden heilt. Als klar war, dass die wahren Umstände, die zu der Tragödie in dieser Nacht geführt hatten, nie ans Licht kommen würden, legte sich eine neue Haut über die offene Wunde, und wir vergaßen den armen Calum. Eine Narbe, die nur noch selten wehtat.

14

Er klopfte an die Tür, doch das Klappern des Webstuhls ging ununterbrochen weiter. Fin holte tief Luft und wartete, bis Calum ein Schiffchen wechseln musste und kurz eine Pause eintrat. Er klopfte noch einmal. Einen Moment herrschte Stille, dann bat ihn jemand herein.

Im Innern glich der Schuppen einer Müllhalde. Alle möglichen Gegenstände und Geräte lagen herum. Ein altes Fahrrad, ein Rasenmäher, eine Motorsense und andere Gartengeräte, Fischernetze, Elektrokabel. Der Webstuhl selbst stand in der Ecke, an den Wänden dahinter stapelten sich in Regalen Werkzeug und Wollgarn in unterschiedlichen Farben, alles in Reichweite des Webers. Für den Rollstuhl war eine Bahn frei gehalten worden, und Calum saß hinter dem Webstuhl, an dem von der Mechanik zu seinen Füßen zwei große Metallgriffe beidseits zu seinen Händen hinaufführten.

Fin war schockiert. Calum hatte unglaublich zugenommen. Seine früher eher zarte Gestalt war massig und grobschlächtig geworden. Sein Kinn ruhte auf einer Speckfalte am Hals, und sein rötliches Haar war fast verschwunden. Der Rest war kurz geschnitten, auch wenn es noch dieselbe Farbe wie früher hatte. Die helle Haut, die nie der Sonne ausgesetzt war, wirkte beinahe bläulich weiß. Selbst die früher einmal lebhaften Sommersprossen schienen verblichen. Calum blinzelte Fin, der im Licht der Eingangstür stand, abwartend und argwöhnisch entgegen.

»Wer ist da?«

Fin trat aus dem Eingang, sodass er das Licht nicht mehr hinter sich hatte. »Hallo, Calum.«

Es dauerte eine Weile, bis Fin in Calums Augen sah, dass er ihn erkannte. Eine Sekunde lang schienen sie zu staunen, dann trübte sich sein Blick wie unter einem grauen Star. »Hallo, Fin. Ich habe seit zwanzig Jahren mit dir gerechnet. Du hast dir Zeit gelassen.«

Fin wusste, dass es keine Entschuldigung für ihn gab. »Es tut mir leid.«

»Was tut dir leid? Es war schließlich nicht deine Schuld. War meine idiotische Idee. Ich hatte ja tatsächlich keine Flügel.«

Fin nickte. »Wie ist es dir ergangen?« Kaum war ihm die Frage herausgerutscht, wusste er, wie dumm sie war. Und er hatte sie auch nur gestellt, weil er nicht wusste, was er sonst hätte fragen sollen.

»Was denkst du?«

»Ich kann es mir nicht vorstellen.«

»Nein, bestimmt nicht. Wie soll man sich auch vorstellen, wie es ist, wenn man seinen Darm und seine Blase nicht unter Kontrolle hat. Wenn man wie ein Baby gewickelt werden muss, nachdem man sich vollgemacht hat. Du kannst dir nicht vorstellen, wie wund einem der Hintern wird, wenn man den ganzen Tag drauf sitzt. Und Sex?« Er stieß ein trockenes, bitteres Lachen aus. »Natürlich bin ich noch Jungfrau. Kann mir nicht mal einen runterholen. Selbst wenn ich wollte, würde ich das verdammte Ding nicht finden. Und die Ironie der Geschichte: Darum ging es schließlich damals. Um Sex.« Bei der Erinnerung schwieg er eine Weile. »Sie ist tot, weißt du?«

Fin runzelte die Stirn. »Wer?«

»Anna das Dienstmädchen. Vor Jahren bei einem Motorradunfall umgekommen. Und hier sitze ich nun, ein Fettkloß im Rollstuhl, und bin noch voll dabei. Ist irgendwie nicht richtig, oder?« Er wandte sich wieder seinem Webstuhl zu und zog den neuen Faden in das Schiffchen ein, bevor er es wieder in den Picker steckte. »Was willst du, Fin?«

»Ich bin jetzt Cop, Calum.«

»Hab ich mal gehört.«

»Ich ermittle im Mordfall Macritchie.«

»Ah, du kommst also nicht einfach nur, weil dir nach meiner Gesellschaft zumute ist.«

»Ich bin wegen des Mordes auf der Insel. Ich bin auch hier, weil ich schon längst hätte kommen sollen.«

»Die Gespenster der Vergangenheit begraben, was? Balsam auf ein schwärendes Gewissen.«

»Vielleicht.«

Calum lehnte sich zurück und sah Fin ins Gesicht. »Weißt du, was die größte Ironie bei der ganzen Sache ist? Der einzige Freund, den ich in all den Jahren, seit es passiert ist, hatte, war ausgerechnet Angel Macritchie. Da bist du wahrscheinlich platt.«

»Deine Mutter hat mir erzählt, er hätte den Schuppen für den Webstuhl gebaut.«

»Oh, er hat einiges mehr getan als das. Er hat das ganze Haus umgebaut, damit ich mit dem Rollstuhl in jedes Zimmer kann. Der Garten draußen ist sein Werk. Und er hat die Platten gelegt, damit ich draußen sitzen kann, wenn ich will.« Er zuckte mit den Achseln. »Nicht dass ich es je wollte.« Er packte die Griffe links und rechts. »Er hat den Webstuhl so umgebaut, dass ich ihn mit der Hand bedienen kann, eine clevere Verlängerung der Fußpedale.« Er bewegte die Hebel vor und zurück, und die Schiffchen flogen über das Gewebe, die kleinen und großen Räder griffen ineinander, um den ganzen komplexen Mechanismus in Gang zu bringen. »Kluger Mann.« Er sprach lauter, um das Geklapper der Maschine zu übertönen. »Viel klüger, als wir ihm je zugetraut hätten.« Er ließ die Hebel los, und das Gerät stand still. »Bringt zwar nicht viel ein, die Weberei. Natürlich haben wir noch die Rente meiner Mutter und das bisschen, was vom Schmerzensgeld noch übrig ist. Aber es ist hart, Fin, sein Auskommen zu haben. Angel hat immer dafür gesorgt, dass es uns an nichts fehlt. Er kam nie mit leeren Händen. Lachs, Kaninchen, Wild. Und natürlich hatte er jedes Jahr ein halbes Dutzend Gugas für uns. Hat er sogar selber zubereitet.« Calum holte ein weiteres Schiffchen aus einem Holzbehälter, der in die Lehne seines Stuhls eingehakt war, und spielte geistesabwesend damit. »Als er anfangs kam, trieben ihn, denke ich, die Schuldgefühle her. Und ich glaube, er rechnete damit, dass ich ihm Vorwürfe mache.«

»Und hast du das nicht?«

Calum schüttelte den Kopf. »Wieso sollte ich? Schließlich hat er mich nicht gezwungen, da aufs Dach raufzusteigen. Sicher, er hat versucht, mich zum Narren zu halten, aber in Wirklichkeit hab ich das selber gemacht. Ich kann mir nur selber die Schuld geben.« Fin sah, wie seine Fingerknöchel weiß wurden, als er die Faust um das Schiffchen ballte, bevor er sie öffnete und es wieder in den Behälter legte. »Als er dann merkte, dass ich ihm nicht böse bin, hätte er ja einfach nicht mehr zu kommen brauchen. Hatte sein Gewissen beruhigt. Doch er kam weiter. Hättest du mir damals gesagt, ich wäre mal mit Angel Macritchie befreundet, hätte ich dich für verrückt gehalten.« Er schüttelte den Kopf, als könnte er es immer noch nicht glauben. »Aber genau das sind wir geworden. Er ist jede Woche raufgekommen und hat im Garten gearbeitet, dann hat er stundenlang hier drinnen bei mir gesessen, und wir haben einfach nur geredet. Über alles Mögliche.« Er versank in Schweigen, und Fin wagte nicht, es zu brechen. Dann traten ihm auf einmal die Tränen in die Augen, sodass sie verschwommen grün aussahen, und Fin war schockiert. Calum sah zu seinem alten Schulfreund auf. »Er war kein schlechter Mensch, Fin.« Er versuchte, sich die Tränen wegzuwischen. »Er gab sich gerne als das Raubein, dabei behandelte er die anderen nur so, wie das Leben ihn behandelt hatte. Hat nur das eigene Elend ein bisschen heimgezahlt. Ich hab eine andere Seite an ihm gesehen, die, glaube ich, niemand sonst kannte, nicht mal sein Bruder. Und die wohl auch niemand sonst sehen sollte. Diese Seite hat nur gezeigt, wie er hätte sein können, wenn die Lebensumstände es zugelassen hätten.« Noch mehr Tränen zitterten ihm an den Wimpern, bevor sie überquollen und ihm die Wangen herunterliefen. Große, stille Tränen. »Ich weiß nicht, was ich ohne ihn machen soll.« Er zwinkerte sie energisch weg und wischte sich mit einem Taschentuch das Gesicht trocken. Er versuchte, sich zu einem Lächeln zu zwingen, doch es sah mehr wie eine Grimasse aus. »Jedenfalls …« Wieder lag ein bitterer Unterton in seinen Worten. »Es war nett von dir, vorbeizuschauen. Wenn du das nächste Mal zufällig in die Gegend kommst, besuch mich mal wieder.«

»Calum …«

»Geh, Fin. Geh einfach. Bitte.«

Fin drehte sich widerstrebend zur Tür um und zog sie sachte hinter sich zu. Drinnen setzte das Klappern des Webstuhls wieder ein. Klicketi-klack, klicketi-klack. Hinter dem Torfstapel schien die Sonne übers Moor, eine spöttische Sonne, wie es Fin schien. Er konnte sich nur schwer vorstellen, worüber Angel und Calum in all den Jahren geredet hatten. Doch eines stand fest. Wer auch immer Angel Macritchie ermordet hatte, Calum war es jedenfalls nicht. Der arme Weber war vermutlich der einzige Mensch auf Erden, der um Angel trauerte.

Auf seiner Rückfahrt den Hügel hinunter schimmerte immer mehr Blau am Himmel durch. Er fuhr am Gehöft seiner Eltern vorbei, und beim Anblick des eingestürzten Dachs überkam ihn eine herzzerreißende Traurigkeit. Die ehemals weißen Wände waren von Schimmel- und Algenflecken überzogen, die Fenster zerbrochen. Die Haustür hing nur noch an einem Scharnier und gab den Blick in das dunkle, leere Haus frei. Selbst die Dielenböden waren geplündert. Nur noch am Türpfosten hatte sich tapfer ein Rest lila Anstrichfarbe gehalten.

Er riss sich los, richtete den Blick wieder auf die Straße und trat aufs Gas.

Hinter Artairs Bungalow stand eine Gestalt und beugte sich unter die hochgeklappte Kühlerhaube eines alten Mini. Fin bremste und fuhr ans obere Ende der Einfahrt. Beim Knirschen der Reifen auf dem Kies richtete sich die Gestalt auf und drehte sich zu ihm um. Für einen Moment hatte Fin geglaubt, die Person im Overall könnte Marsaili sein. Doch er war nicht enttäuscht, als er sah, dass es Fionnlagh war. Er stellte den Motor ab und stieg aus. Letzte Nacht im Dunkeln hatte er die Autowracks nicht gesehen, die sich im Garten türmten, und sie auch beim hastigen Aufbruch am Morgen nicht bemerkt. Fünf verrostete Karosserien, die nur noch ausgeschlachtet wurden, lagen zusammen mit allen möglichen Ersatzteilen wie die alten Knochen längst verendeter Tiere auf dem Gras verstreut. Fionnlagh hatte auf dem Boden neben sich einen geöffneten Werkzeugkasten. In den ölverschmierten Händen hielt er einen Schraubenschlüssel, und auch im Gesicht hatte er einige schwarze Flecken. »Hi«, sagte er, als Fin näher kam.

Fin deutete mit dem Kopf auf den Mini. »Schon flottgekriegt?«

Fionnlagh lachte. »Nee. Vielleicht ist die Kiste schon hinüber. Nur ein paar zaghafte Wiederbelebungsversuche.«

»Dann dauert's noch 'ne Weile, bis sie wieder auf der Straße ist?«

»Das wär ein Wunder.«

»Die sind wieder mächtig in Mode, Minis.«

Fin sah sich das Modell genauer an. »Ist das ein Mini Cooper?«

»Ein Original. Hab ich für 'nen Fünfer von einem Autofriedhof in Stornoway. Hat mehr gekostet, die Karre hierherzubringen, als sie zu kaufen. Meine Mum hat gesagt, wenn ich sie fahrtüchtig mache, spendiert sie mir den Führerschein.«

Während er sprach, hatte Fin Gelegenheit, ihn sich näher anzusehen. Er war wie seine Mutter zart gebaut und hatte dieselbe Intensität in den Augen. Und er war genauso verschmitzt.

»Haben Sie Ihren Mörder schon gefasst?«

»Leider nein. Ist deine Mum zu Hause?«

»Sie ist zum Laden runter.«

»Ach so.« Fin nickte, und einen Moment lang waren sie befangen. »Warst du schon beim Arzt, um deine DNA-Probe abzugeben?«

Der Junge machte ein missmutiges Gesicht. »Schon. Blieb mir ja doch nichts anderes übrig.«

»Wie läuft der Computer?«

Seine Stimmung hellte sich augenblicklich auf. »Phantastisch. Danke, Fin. Auf den Trick mit der Firmware wär ich im Leben nicht gekommen. System Ten ist unglaublich. Ich hab den halben Tag damit zugebracht, meine CDs in iTunes zu kopieren.«

»Dann brauchst du einen iPod, auf den du sie runterladen kannst.«

Der Junge lächelte wehmütig. »Schon mal gesehen, was die Dinger kosten?«

Fin lachte. »Ja, ich weiß. Aber die können nur billiger werden.« Fionnlagh nickte, und erneut trat verlegenes Schweigen zwischen den beiden ein. Dann fragte Fin: »Was meinst du, wie lange deine Mum weg ist?«

»Keine Ahnung. Vielleicht ’ne halbe Stunde.«

»Dann warte ich.« Er zögerte. »Lust, mit zum Strand runterzugehen? Ich könnte ’ne steife Brise vertragen, um den Kopf frei zu kriegen.«

»Klar. Das hier braucht sowieso noch endlos. Geben Sie

mir zwei Minuten, ich wasche mir die Hände und ziehe mich um. Und ich muss meiner Oma Bescheid sagen, wo ich hin will.« Fionnlagh sammelte sein Werkzeug in seinen Kasten und nahm ihn mit ins Haus. Fin sah ihm hinterher und fragte sich, wieso er sich so quälte. Selbst wenn er Fins leiblicher Sohn war, so war er immer noch Artairs Junge. Artair hatte an diesem Morgen zu ihm gesagt, es hat siebzehn Jahre keine Rolle gespielt, wieso sollte es verdammt noch mal jetzt plötzlich wichtig sein? Und er hatte recht. Wenn es schon immer so gewesen war, wieso sollte sich an der Situation etwas ändern, nur weil er etwas wusste? Fin trat mit der Schuhspitze gegen eine stachelige Grasnarbe. Doch, es war eben doch von Bedeutung.

Fionnlagh erschien in Jeans und Turnschuhen und einem weißen Sweatshirt. »Sollten allerdings nicht zu lange wegbleiben. Meine Oma hat es nicht gern, wenn sie allein gelassen wird.«

Fin nickte, und zusammen brachen sie auf der Klippe zu der Schlucht auf, durch die Artair und Fin als Jungen zum Strand hinuntergelaufen waren. Für Fionnlagh war es ein Spaziergang, er nahm nicht einmal die Hände aus den Hosentaschen, bis er die letzten ein, zwei Meter hinunter auf die schräge Platte aus Gneisgestein sprang, auf der Fin einmal Marsaili geliebt hatte. Fin tat sich beim Klettern ein bisschen schwerer als vor achtzehn Jahren und fiel bei seinem Abstieg den Felsvorsprung hinunter hinter Fionnlagh zurück, der sicher und geschickt über die glatten schwarzen Brocken sprang. Als er den Strand erreicht hatte, wartete er, bis Fin ihn eingeholt hatte.

»Meine Mum hat gesagt, Sie beide wären mal zusammen gewesen.«

»Das ist lange her.«

Sie liefen weiter ans Wasser und von dort Richtung Hafen. »Und wieso haben Sie sich dann getrennt?«

Der Junge machte Fin mit seiner direkten Art verlegen. »Genauer gesagt, haben wir zweimal miteinander Schluss gemacht. Das erste Mal waren wir acht.«

»Acht?« Fionnlagh sah ihn ungläubig an. »Sie sind miteinander gegangen, als Sie acht waren?«

»Na ja, ich würde nicht sagen, dass wir miteinander gegangen sind. Da war einfach was zwischen uns. Vom ersten Schultag an. Ich hab sie nach der Schule zu ihrem Hof nach Hause gebracht. Sind ihre Eltern noch da?«

»O ja. Allerdings krieg ich sie in letzter Zeit nicht oft zu Gesicht.« Fin war überrascht und wartete darauf, dass Fionnlagh etwas hinzufügte, doch das tat er nicht. Stattdessen sagte er: »Und wieso haben Sie Schluss gemacht, als Sie acht waren?«

»Oh, das war ganz und gar meine Schuld. Deine Mum tauchte eines Tages mit Brille in der Schule auf. Ein schreckliches Ding. Blau, mit Flügeln und so dicken Gläsern, dass ihre Augen darin wie Golfbälle aussahen.«

Fionnlagh musste über die Vorstellung lachen. »Gott, bestimmt wahnsinnig attraktiv.«

»Du sagst es. Und natürlich haben sich alle in der Klasse über sie lustig gemacht. ›Vier Augen‹ und ›Glotzaugen‹, so was in der Art. Du weißt, wie unbarmherzig Kinder sein können.« Sein Lächeln verflog bei der traurigen Erinnerung. »Und ich war keinen Deut besser. Es war mir peinlich, mit ihr gesehen zu werden. Ich hab sie auf dem Schulhof gemieden, bin auf dem Nachhauseweg nicht mehr mit ihr gegangen. Ich schätze, sie war am Boden zerstört, das arme kleine Ding. Denn sie war ein hübsches Mädchen, deine Mum. Sehr selbstbewusst. Und eine Menge Jungs in der Klasse waren sehr eifersüchtig auf mich. Doch als sie die Brille hatte, war es damit vorbei.« Die arme Marsaili war durch die Hölle gegangen. Und er war so grausam gewesen. »Kinder. Machen sich keine Vorstellung davon, wie verletzend sie sein können.«

»Und das war's?«

»Mehr oder weniger. Deine Mum hat mich noch eine Weile verfolgt. Doch immer wenn ich sie auf dem Schulhof kommen sah, sorgte ich dafür, dass ich plötzlich in ein Gespräch vertieft war oder mit jemandem Fußball spielte. Ich war immer vor ihr aus dem Schultor, um nicht mit ihr die Straße rauflaufen zu müssen. Manchmal hab ich mich in der Klasse umgedreht, und sie hat mich mit ihren Rehaugen angesehen, während die Brille vor ihr auf dem Tisch lag. Doch ich tat immer so, als merkte ich es nicht, und ... du liebe Güte.« Plötzlich erinnerte er sich an eine Begebenheit, an die er seit fast dreißig Jahren nicht mehr gedacht hatte. »Da war diese Sache in der Kirche.« Die Erinnerung kehrte plötzlich in allen Einzelheiten zurück.

Fionnlagh war gespannt. »Was? Was war in der Kirche?«

»O Gott ...« Fin schüttelte den Kopf und lächelte schmerzlich. »Nur dass Gott bestimmt nichts damit zu tun hatte.« Die Flut zwang sie, ein wenig höher weiterzulaufen, damit sie keine nassen Füße bekamen. »Damals lebten meine Eltern noch, und ich musste jeden Sonntag in die Kirche. Zweimal. Ich hab immer eine Rolle Drops dabeigehabt. Polo Fruits oder so was. Es war eine Art Spiel gegen die Langeweile. Zu sehen, ob ich sie, ohne erwischt zu werden, aus der Verpackung in den Mund bekam und sie dann auch unbemerkt weglutschen konnte. Wahrscheinlich war es jedes Mal ein kleiner geheimer Sieg über die Macht religiöser Unterdrückung, wenn ich eine ganze Packung verputzen konnte, ohne dass sie es merkten. Auch wenn ich mir damals wahrscheinlich nicht unbedingt über meine Motive im Klaren war.«

Fionnlagh grinste. »Für die Zähne wohl eher nicht so gut.«

»Bestimmt nicht.« Fin strich reumütig mit der Zunge über alle seine Füllungen. »Ich bin sicher, dass der Pfarrer wusste, was ich trieb, er hat mich nur nie erwischt. Es gab Zeiten, da durchbohrte er mich mit seinem Blick, und ich erstickte fast an der Spucke, die sich in meinem Mund sammelte, weil ich nicht zu schlucken wagte, während er mich ansah. Jedenfalls, an diesem einen Sonntag versuchte ich, mir während des Gebets einen Drops in den Mund zu schieben. Du weißt schon, eins von diesen langen, heruntergeleierten Gebeten, die von den Ältesten vor der Gemeinde gesprochen werden. Und ich ließ die Rolle Drops auf den Boden fallen. Blanke Dielenbretter, lautes Geräusch, und dann rollt das Ding auch noch mitten in den Gang. Natürlich hörte es jeder in der Kirche, bis zur Galerie hinauf, die damals voll besetzt war. Und alle öffneten die Augen. Es gab wohl kaum jemanden, der die Rolle Polo-Früchtebonbons nicht dort liegen gesehen hätte. Einschließlich der Ältesten und des Pfarrers. Das Gebet brach mitten im Satz ab und hing wie ein großes Fragezeichen im Raum. Weißt du, noch nie hatte ich eine Stille erlebt, die eine Ewigkeit zu dauern schien. Ich wusste, dass ich diese Rolle nicht zurückbekommen konnte, ohne zuzugeben, dass sie mir gehörte. In dem Moment schoss eine kleine Gestalt zwischen den Kirchenbänken hervor in den Gang und schnappte sie sich.«

»Meine Mum?«

»Deine Mum. Die kleine Marsaili nahm sich diese Süßigkeiten vor den Augen der ganzen Gemeinde, damit sie an meiner Stelle ausgeschimpft würde. Sie wusste natürlich, welchen Ärger sie sich damit einhandelte. Etwa zehn Minuten später kreuzten sich unsere Blicke. Golfballgroße Augen sahen mich durch diese schrecklichen Gläser an und suchten nach einem kleinen Zeichen der Dankbarkeit, der Anerkennung für das, was sie für mich getan hatte. Doch ich war einfach nur so erleichtert, der Tracht Prügel entkommen zu sein, dass ich, so schnell ich nur konnte, wegsah. Ich wollte nicht mal mit ihr in Verbindung gebracht werden.«

»Mistkerl.«

Fin drehte sich zu Fionnlagh um, der ihn nicht ganz ernst,

aber umso eindringlicher ansah. »Ja, kann ich wohl nicht leugnen. Ich schäme mich, es zuzugeben, aber ich kann's nicht leugnen. Und ich kann's nicht ungeschehen machen. Es ist eben passiert.« Unerklärlicherweise und zu seiner größten Verlegenheit verschwamm die Welt auf einmal vor seinen Augen. Er wandte sich schnell ab, um über die Bucht zu blicken, während er wütend die ersten Tränen wegblinzelte.

Fin brauchte einen Moment, um sich wieder zu fassen. »Die nächsten vier Jahre lang hab ich sie mehr oder weniger ignoriert.« Er versank in Kindheitserinnerungen, die er bereits begraben hatte. »Ich hatte schon fast vergessen, dass da je etwas zwischen uns gewesen war, doch dann gab es am Ende der Grundschule dieses Fest, und ich hab ein Mädchen aus dem Leuchtturm, Irene Davis, eingeladen, mit mir hinzugehen. In dem Alter war ich nicht sonderlich an Mädchen interessiert, aber irgendjemanden musste ich einladen, also fragte ich Irene. Es kam mir nicht einmal in den Sinn, deine Mum zu fragen, bis ich einen Brief von ihr bekam. Er traf ein paar Tage vor der Tanzveranstaltung mit der Post ein.« Er sah immer noch die große traurige Schrift in dunkelblauer Tinte auf hellblauem Papier vor Augen. »Sie konnte nicht begreifen, wieso ich Irene und nicht sie aufgefordert hatte. Sie schrieb, es sei noch nicht zu spät, es mir anders zu überlegen und stattdessen sie zu fragen. Ihre Lösung für das Problem mit Irene bestand darin, dass dein Dad sie mitnehmen könne. Sie unterschrieb mit *Das Mädchen vom Bauernhof.* Aber natürlich war es zu spät. Ich konnte Irene nicht mehr ausladen, selbst wenn ich es gewollt hätte. Am Ende ist dein Dad mit deiner Mutter hingegangen.«

Sie hatten das Ende des Strandes erreicht, wo sie fast im Schatten des Bootsschuppens standen, in dem Angel ermordet worden war.

»Womit bewiesen wäre, wie viel man begreift, wenn man elf Jahre alt ist. Nur fünf Jahre später waren deine Mum und ich schrecklich ineinander verliebt und wollten für den Rest unseres Lebens zusammenbleiben.«

»Und was ging diesmal daneben?«

Fin lächelte und schüttelte den Kopf. »Genug. Ein paar Geheimnisse musst du uns schon noch lassen.«

»Ach, kommen Sie, so einfach können Sie sich nicht aus der Affäre ziehen.«

»Doch, kann ich.« Fin drehte sich um und lief über den Strand zurück zu den Felsen. Fionnlagh rannte hinterher, um ihn einzuholen, und lief in den Fußspuren, die sie auf ihrem Hinweg hinterlassen hatten, neben ihm her. »Und? Was hast du für Pläne, Fionnlagh?«, fragte Fin. »Bist du schon mit der Schule fertig?«

Fionnlagh nickte verdrießlich und trat eine Muschel über den festen Sand. »Mein Dad versucht, mir einen Job im Bauhof zu verschaffen.«

»Du klingst nicht gerade begeistert.«

»Bin ich auch nicht.«

»Was würdest du denn am liebsten machen?«

»Ich will von dieser verdammten Insel runter.«

»Wieso gehst du dann nicht einfach?«

»Wo soll ich denn hin? Um was zu tun? Ich kenne auf dem Festland niemanden.«

»Du kennst mich.«

Fionnlagh warf ihm einen Seitenblick zu. »Klar, seit fünf Minuten.«

»Hör zu, Fionnlagh. Auch wenn es dir jetzt nicht so vorkommt, aber diese Insel ist ein magischer Ort.« Und als Fionnlagh ihn skeptisch ansah, fügte er hinzu: »Das Problem ist, du erkennst das erst, wenn du eine Weile weg gewesen bist.« Der Gedanke dämmerte ihm selbst gerade erst. »Und wenn du nicht weggehst, wenn du dein Leben lang hierbleibst, dann gerät deine Weltanschauung leicht in Schieflage. Ich hab das bei vielen Leuten hier gesehen.«

»Wie bei meinem Dad?«

Fin sah den Jungen an, doch Fionnlagh blickte geradeaus. »Manche Leute bekommen nie die Chance, wegzugehen, oder sie ergreifen sie nicht, wenn sie sich ihnen bietet.«

»Sie schon.«

»Ich konnte gar nicht schnell genug wegkommen.« Fin lachte leise. »Das will ich nicht leugnen, diese Insel ist der ideale Ort, um abzuhauen. Aber auch, um zurückzukommen.«

Fionnlagh drehte sich zu ihm um und sah ihn eindringlich an. »Dann kommen Sie zurück?«

Fin lächelte und schüttelte den Kopf. »Wahrscheinlich nicht. Aber ich würde es vielleicht wollen.«

»Und? Was könnte ich machen, wenn ich aufs Festland ginge?«

»Du könntest aufs College gehen. Wenn du einen guten Abschluss machst, kannst du studieren.«

»Was ist mit der Polizei?«

Fin zögerte. »Das ist ein guter Job, Fionnlagh. Aber das ist nichts für jeden. Du kriegst Dinge zu sehen, die du dir lieber ersparen würdest. Die allerschlimmste Seite der menschlichen Natur. Und die entsprechenden Konsequenzen. Dinge, an denen du im Grunde nichts ändern kannst, mit denen du dich aber trotzdem rumschlagen musst.«

»Ist das eine Empfehlung?«

Fin lachte. »Vielleicht eher nicht. Aber irgendjemand muss es machen. Und es gibt ein paar gute Leute bei der Polizei.«

»Und deshalb wollen Sie nichts wie weg?«

»Wie kommst du darauf, dass ich wegwill?«

»Sie haben gesagt, Sie machen ein Fernstudium in Informatik.«

»Dir entgeht aber auch nichts, was?« Fin lächelte nachdenklich. »Sagen wir mal, ich sehe mich nach Alternativen um.«

Inzwischen waren sie fast wieder bei den Felsen. »Sind Sie verheiratet?«, fragte Fionnlagh. Fin nickte. »Kinder?«

Fin ließ sich mit der Antwort Zeit. Zu viel Zeit. Doch das Nein kam ihm nicht so glatt über die Lippen wie im Gespräch mit Artair.

Fionnlagh kletterte die Felsen hoch und reichte Fin eine Hand. Fin nahm sie und zog sich daran zu dem Teenager hinauf. »Wieso wollen Sie mir auf so eine Frage nicht die Wahrheit sagen?«, fragte Fionnlagh.

Und einmal mehr war Fin über die direkte Art des Jungen verblüfft, eine Eigenschaft, die er von seiner Mutter geerbt hatte. »Wie kommst du darauf, dass ich nicht die Wahrheit gesagt habe?«

»Haben Sie denn die Wahrheit gesagt?«

Fin sah ihm ins Gesicht. »Manchmal gibt es Dinge, über die man einfach nicht reden möchte.«

»Wieso?«

»Weil man, wenn man über sie redet, an sie denkt und es wehtut, an sie zu denken.« Es lag ein gereizter Unterton in Fins Bemerkung. Als er sah, dass der Junge entsprechend reagierte, lenkte er ein. Er seufzte. »Ich hatte einen Sohn. Er war acht Jahre alt. Aber er ist jetzt tot.«

»Was ist passiert?«

Fins eiserner Entschluss, seine Trauer für sich zu behalten, bröckelte mit den hartnäckigen Fragen des Jungen. Er hockte sich an den Rand einer Lache zwischen den Felsen, auf deren gläserner Oberfläche sich die Sonne brach, und strich mit dem Finger durch das lauwarme Salzwasser. »Es war ein Unfall. Fahrerflucht. Meine Frau hat mit Robbie die Straße überquert. Sie war nicht einmal besonders befahren. Dieser Wagen kam um die Ecke und *bam.* Erwischte sie beide. Sie wurde in die Luft geschleudert und landete auf der Kühlerhaube. Das hat ihr wahrscheinlich das Leben gerettet. Robbie geriet direkt unter die Räder. Der Fahrer hielt nur eine Sekunde an. Wir gehen davon aus, dass er höchstwahrscheinlich getrunken hatte, denn im nächsten Moment trat er aufs Gas und war weg. Keine Zeugen. Kein Kennzeichen. Wir haben ihn nie erwischt.«

»Gott«, sagte Fionnlagh leise. »Wann ist das passiert?«

»Vor etwas über vier Wochen.«

Fionnlagh hockte sich neben ihn. »Fin, das tut mir so leid. Und es tut mir leid, dass ich dich ausgefragt habe.«

Fin winkte ab. »Sei nicht albern, mein Sohn. Konntest du schließlich nicht wissen.« Und als er das Wort Sohn aussprach, setzte sein Herz einen Schlag aus. Er sah Fionnlagh an, doch der Junge schien in Gedanken versunken. Fin betrachtete wieder das Wasser und sah, wie sich unter der Spiegelung etwas kaum merklich bewegte. »Da ist ein Krebs drin. Dein Dad und ich haben hier unten Dutzende davon gefangen.«

»Ja, als ich klein war, ist er oft mit mir hierhergekommen.« Fionnlagh schob sich die Ärmel hoch, um mit den Händen ins Wasser zu greifen und sich den Krebs zu schnappen. Fin erschrak, als er sah, dass beide Unterarme den Knochen entlang voller violettgelber Prellungen waren. Er packte Fionnlagh am Handgelenk.

»Wo in aller Welt hast du dir diese Blutergüsse geholt?«

Der Junge zuckte zusammen und riss sich los. »Das hat wehgetan.« Er zog die Ärmel herunter, um die blauen Flecken zu verbergen, und stand auf.

»Tut mir leid.« Fin war zerknirscht. »Was ist passiert?«

Fionnlagh zuckte mit den Achseln. »Nichts weiter. Hab mich selbst ein bisschen lädiert, als ich den neuen Motor in den Mini eingebaut habe. Hätte ich nicht alleine machen sollen.«

»Nein.« Fin stand auf. »Für so was brauchst du die entsprechende Ausrüstung und Hilfe.«

»Schätze, das weiß ich inzwischen auch.« Fionnlagh sprang behänd über die Steine und machte sich daran, die Schlucht hinaufzusteigen. Fin folgte ihm mit dem Gefühl, dass er irgendwie die Situation zwischen ihnen verdorben hatte. Doch als sie oben auf den Klippen angekommen waren, schien es, als wäre nichts geschehen. Fionnlagh zeigte auf die Straße. Ein silberner Renault kam gerade herauf. »Das ist Mrs Mackelvie. Sie hat Mum zum Laden mitgenommen. Offenbar sind sie zurück. Laufen wir um die Wette?«

Fin lachte. »Was? Ich bin ungefähr doppelt so alt wie du.«

»Dann geb ich Ihnen sechzig Sekunden Vorsprung.«

Fin sah ihn einen Moment an, dann grinste er. »Einverstanden.« Und er rannte los – erst am Rand der Klippen entlang, dann den Hang hinauf Richtung Bungalow. Da wurde es schwierig, seine Beine fühlten sich rasch bleiern an, und seine Lunge rasselte bei dem Versuch, mehr Sauerstoff einzusaugen. Er sah den Torfstapel, hörte den Motor des Renault im Leerlauf am oberen Ende des Pfades. Er hatte es fast geschafft. Als er zum Torfstapel gelangte, sah er, wie Marsaili die Einfahrt herunterkam. Sie sah ihn fast im selben Moment, blieb stehen und starrte ihn erstaunt an. Er grinste. Er würde den Jungen besiegen. Er wäre zuerst am Haus. Doch in diesem letzten Augenblick galoppierte Fionnlagh lachend und kaum außer Atem an ihm vorbei und drehte sich auf dem Pfad zu ihm um, während Fin stehen bleiben und sich keuchend auf die Oberschenkel stützen musste.

»Kommen Sie schon, alter Mann. Was haben Sie?«

Fin sah düster zu ihm auf und registrierte, dass Marsaili schmunzelte. »Ja, alter Mann, was hast du?«

»Ungefähr achtzehn Jahre mehr auf dem Buckel«, sagte Fin keuchend.

Im Haus klingelte das Telefon. Marsaili blickte zur Küchentür, und Fin sah ihr an, dass sie besorgt war.

»Ich geh ran«, sagte Fionnlagh. Er rannte zur Küchentür, war mit zwei Sätzen die Treppe hoch und verschwand im Haus. Wenig später hörte das Klingeln auf.

Fin sah Marsailis Blick auf sich gerichtet. »Was machst du hier?«

Immer noch außer Atem, zuckte Fin mit den Achseln. »Kam nur zufällig vorbei. Ich war oben bei Calum.«

Sie nickte, als erklärte das alles. »Du kommst am besten mit rein.« Er folgte ihr die Treppe zur Küche hinauf. Sie stellte ihre Einkaufstüten auf den Küchentisch, und sie hörten, wie Fionnlagh im Wohnzimmer immer noch telefonierte. Marsaili füllte den Wasserkocher. »Tasse Tee?«

»Das wäre nett.« Er stand verlegen da und sah ihr dabei zu, wie sie den Elektrowasserkocher einstöpselte und zwei Henkelbecher aus einem Wandschrank nahm. Allmählich bekam er wieder einigermaßen Luft.

»Nur Teebeutel, wenn es dir nichts ausmacht.«

»Kein Problem.«

Sie hängte in jeden Becher einen Beutel, drehte sich zu ihm um und lehnte sich mit dem Rücken an die Arbeitsplatte. Sie hörten, wie Fionnlagh auflegte und dann die Treppe zu seinem Zimmer hinaufging. Immer noch sah sie ihn mit ihren blauen Augen forschend an. Der Kessel brodelte und zischte. Die Küchentür war nicht richtig eingeklinkt, und Fin hörte, wie der Wind durch die Spalten pfiff.

»Wieso hast du mir nicht gesagt, dass du schwanger bist?«, fragte er.

Sie schloss die Augen, und einen Moment lang fühlte er sich befreit. »Artair hat mir gesagt, dass er es dir erzählt hat. Er hatte kein Recht dazu.«

»Ich hatte ein Recht, es zu erfahren.«

»Du hattest auf gar nichts ein Recht. Nicht, nachdem …« Sie brach mitten im Satz ab, um sich wieder zu fassen. »Du warst nicht da. Artair schon.« Wieder sah sie ihn eindringlich an, und er hatte das Gefühl, ihrem Blick nicht ausweichen zu können, ihm ausgeliefert zu sein. »Ich habe dich geliebt, Fin Macleod. Ich habe dich vom ersten Tag an geliebt, an dem du in der Schule neben mir gesessen hast. Ich habe dich sogar geliebt, als du dich wie ein richtiger Mistkerl benommen hast. Ich habe dich all die Jahre geliebt, in denen du nicht hier gewesen bist. Und ich werde dich immer noch lieben, wenn du wieder weg bist.«

Er schüttelte den Kopf und wusste nicht, was er sagen sollte, bis er irgendwann hilflos fragte: »Was ist nur schiefgegangen?«

»Du hast meine Liebe nicht erwidert. Ich bin mir nicht sicher, ob du mich je geliebt hast.«

»Und Artair hat dich geliebt?«

Ihr traten die Tränen in die Augen. »Lass das, Fin. Bitte nicht so.«

Er war mit drei Schritten bei ihr und legte ihr die Hände auf die Schulter. Sie wandte das Gesicht ab. »Marsaili ...«

»Bitte«, sagte sie, als wüsste sie, dass er ihr sagen wollte, auch er hätte sie immer geliebt. »Ich will es nicht hören. Nicht jetzt, Fin, nach all den vergeudeten Jahren.« Sie hob den Kopf und sah ihm in die Augen. Ihre Gesichter waren nur wenige Zentimeter voneinander entfernt. »Das könnte ich nicht ertragen.«

Sie küssten sich, ohne darüber nachzudenken. Es war keine Absicht, wie ein Reflex. Eine kurze Berührung ihrer Lippen. Ein Atemzug, dann etwas viel Tieferes. Der Kessel wackelte und klapperte dampfend auf dem Sockel.

Als sie Fionnlagh auf der Treppe hörten, fuhren sie auseinander, als hätte ein Stromschlag sie getroffen. Marsaili drehte sich verlegen zum Kocher um und goss Wasser in ihre Henkelbecher. Fin steckte die Hände in die Hosentaschen, wandte sich zum Fenster und starrte, ohne etwas zu sehen, hinaus. Fionnlagh kam mit einer großen Reisetasche aus dem Wohnzimmer. Er hatte sich umgezogen und trug jetzt statt seines Sweatshirts einen schweren Wollpullover und eine dicke wasserdichte Jacke. Falls sie ein schlechtes Gewissen hatten und verlegen waren, brauchten Fin und Marsaili nicht zu fürchten, dass Fionnlagh es registrierte. Er war in einer düsteren Stimmung, geistesabwesend und aufgewühlt.

»Wir fahren heute Abend.«

»Zum Felsen?«, fragte Fin. Fionnlagh nickte.

»So früh?« Marsailis Verlegenheit war im Nu der mütterlichen Sorge gewichen.

»Gigs sagt, es zieht schlechtes Wetter auf. Wenn wir nicht heute Abend fahren, könnte es noch eine Woche dauern. Asterix holt mich am Ende der Straße ab. Wir fahren erst nach Stornoway, um das Boot zu beladen, und stechen von da aus in See.« Er öffnete die Tür, doch Marsaili war mit wenigen Schritten bei ihm und hielt ihn am Arm fest.

»Fionnlagh, du musst nicht mit. Das weißt du doch.«

Er warf ihr einen vielsagenden Blick zu, den nur seine Mutter deuten konnte. »Doch, muss ich wohl.« Er riss sich los und trat ohne ein Wort des Abschieds aus der Tür. Fin blickte ihm durchs Fenster hinterher und sah, wie er sich die Tasche über die Schulter schwang und den Pfad hinaufeilte. Fin drehte sich zu Marsaili um. Sie stand wie angewurzelt an der Tür und starrte zu Boden. Erst als sie Fins Blick spürte, sah sie auf.

»Was ist damals auf dem Felsen passiert, als du und Artair mitgefahren seid?«

Fin runzelte die Stirn. Es war das zweite Mal an diesem Tag, dass ihm jemand die Frage stellte. »Du weißt, was passiert ist, Marsaili.«

Sie schüttelte kaum merklich den Kopf. »Ich weiß, was ihr alle darüber gesagt habt. Aber da muss noch was gewesen sein. Es hat dich verändert. Euch beide. Dich und Artair. Danach war nichts mehr wie vorher.«

»Marsaili, mehr *war* da nicht. Gott, war das nicht schlimm genug? Artairs Dad ist gestorben. Ich wäre beinahe auch gestorben.«

Sie legte den Kopf schief und sah ihn an. Es lag etwas Vorwurfsvolles in ihrem Blick. Als glaubte sie, dass er ihr nicht die ganze Wahrheit sagte. »Nicht nur Artairs Dad ist gestorben. Du und ich, wir sind gestorben. Und du und Artair auch. Es war, als ob alles, was wir bis dahin gewesen waren, in diesem Sommer gestorben wäre.«

»Glaubst du, dass ich dich anlüge?«

Sie schloss die Augen. »Ich weiß es nicht. Ich weiß es wirklich nicht.«

»Und, was sagt Artair?«

Sie öffnete die Augen und sprach leiser. »Artair sagt nichts. Artair sagt schon seit Jahren nichts.«

Irgendwo im Haus rief eine schwache, doch fordernde Stimme. »Marsaili! Marsaili!« Es war Artairs Mutter.

Marsaili verdrehte de Augen und gab einen tiefen Seufzer von sich. »Ich komm gleich«, rief sie.

»Ich geh dann mal besser.« Fin ging an ihr vorbei zur Tür.

»Was ist mit deinem Tee?«

Er blieb stehen. Als er sich umdrehte, trafen sich ihre Blicke, und er wollte ihr mit dem Handrücken zart über die weiche Wange streicheln. »Ein andermal.« Er lief die Treppe zum Eingangspfad hinunter und eilte zur Straße, an der er Gunns Wagen abgestellt hatte.

Er hatte plötzlich das Gefühl, dass sie alle ihr Leben vergeudet, aus Dummheit, aus mangelnder Achtsamkeit ihre Chancen verpasst hatten. Die schweren Wolken, die sich über dem Minch zusammenbrauten, halfen ebenso wenig, ihn aufzuheitern, wie die arktischen Temperaturen, die der zunehmende Wind herübertrug. Er wendete, fuhr den Hang hinauf und hinter Crobost bis zu der Abzweigung, die zum Hafen hinunterführte. Er hielt neben dem alten Whitehouse an, in dem er fast zehn Jahre lang bei seiner Tante gelebt hatte. Er stieg aus, stellte sich gegen den Wind und atmete tief ein, während er auf das Meer horchte, das unten an den Kieselstrand schlug.

Das Haus seiner Tante war verbarrikadiert und heruntergekommen. Der Katzenverein, dem sie es vermacht hatte, hatte es nicht verkaufen können. Er hätte gedacht, er würde hier emotional werden, an dem Ort, an dem er so viele Jahre verbracht hatte. Doch es ließ ihn kalt. Seine Tante hatte ihn nie schlecht behandelt, und doch verband er die Zeit nur mit Trübsinn – keine einzige Erinnerung, nur eine dunkle Wolke der Mutlosigkeit. Warum es so war, wusste er selbst nicht. Das Haus stand auf der Anhöhe, sodass man von hier aus über die Bucht blicken konnte, in der einst die Fischerboote ihre Fänge an Land gebracht hatten, wo sie in den Salzhäusern am Hang oberhalb der Küste verarbeitet wurden. Jetzt zeugten nur noch die Überreste der Steinfundamente von ihrer Existenz. Draußen auf der Landspitze standen drei große Cairns. Als Junge hatten sie Fin fasziniert. Er war oft hier gewesen und hatte zuweilen Steine ersetzt, die ein ungewöhnlich heftiger Sturm abgetragen hatte. Drei Männer hätten sie nach ihrer Rückkehr aus dem Zweiten Weltkrieg dort errichtet, hatte ihm seine Tante erzählt. Niemand wusste, wieso, und die Männer waren längst tot. Ob sich wohl irgendjemand die Mühe machen würde, sie wieder aufzurichten?

Er lief den kleinen Hügel zum winzigen Hafen von Crobost hinunter, in dem er und Artair so oft Steine ins stille, tiefe Wasser geworfen hatten. Vom Windenhaus oberhalb des Hafens schlängelte sich ein starkes Stahlkabel von einem großen Haken aus die Helling hinunter. Das Windenhaus war ein quadratischer, verputzter Kastenbau mit zwei Öffnungen an der Fassade und einer Tür an der Seite. Fin öffnete sie und hatte den grün gestrichenen Dieselmotor vor sich, der über die Jahre Tausende Boote ins Wasser hinuntergelassen oder aufs Trockene gezogen hatte. Der Schlüssel steckte im Anlasser. Aus einer Laune heraus drehte er ihn um; der Motor röchelte, ohne anzuspringen. Er stellte den Choke ein und versuchte es noch einmal. Diesmal fauchte und stotterte er, bevor er ansprang und in der engen Behausung vor sich hin donnerte. Irgendjemand schien ihn noch in Schuss zu halten. Er stellte ihn aus und erschrak über die ohrenbetäubende Stille.

Draußen war ein halbes Dutzend Boote in Reih und Glied bis an den Rand der Helling hochgezogen. Fin erkannte das verblasste Himmelblau der Mayflower wieder. Kaum zu glauben, dass sie nach so vielen Jahren immer noch in Gebrauch war. Oberhalb des Windenhauses lag das Gerippe eines vor langer Zeit ausrangierten Boots mit dem Kiel nach oben. Ein Rest lila Farbe splitterte an der Unterkante. Fin bückte sich, um die grüne Schmiere abzuwischen, von der die verbliebenen Planken am Bug überzogen waren, und entdeckte darunter in verblassten weißen Lettern den Namen seiner Mutter, Eilidh, den sein Vater, einen Tag bevor er das Boot vom Stapel ließ, dort aufgemalt hatte. Sämtliche Versäumnisse seines Lebens sah er auf einmal so deutlich vor sich, dass er sich neben das Boot kniete und weinte.

Der Friedhof von Crobost, auf dem das Dorf seit Hunderten von Jahren seine Toten begraben hatte, lag draußen auf dem Machair, oberhalb der Westküste hinter der Schule. Wie Stachel erhoben sich die Grabsteine. Zu Tausenden. Generationen von Niseachs hatten von hier ewigen Blick aufs Meer, das Leben schenkte und Leben nahm. Während sich unten an der Küste weißer Schaum an den Steinen sammelte, ging Fin zwischen den Gräbern umher und las die Namen derer, die vor ihm gegangen waren. All die Macleods und Mackenzies, Macdonalds und Murrays. Die Donalds und Moragş, Kenneths und Margarets. Die Stätte war der ganzen Wut der Atlantikstürme ausgeliefert, und mit der Zeit hatte die See immer mehr vom Machair abgetragen, bis sich die Dorfbewohner irgendwann gezwungen sahen, Schutzwälle zu bauen und zu verhindern, dass die Gebeine ihrer Vorfahren mit der Erde fortgespült wurden.

Schließlich fand Fin die Gräber seiner Eltern. John Angus Macleod, achtunddreißig Jahre alt, liebender Ehemann von Eilidh, fünfunddreißig. Zwei flache Steinplatten Seite an Seite im Gras. Seit dem Tag ihrer Beerdigung, als er dagestanden und zugesehen hatte, wie die ersten Schaufeln Erde auf die Sargdeckel prasselten, war er nie wieder hergekommen. Er stand jetzt davor, den Wind im Gesicht, und dachte, wie allumfassend schrecklich ihr Tod gewesen war. So viele Leben, die ihr Tod berührt und verändert hatte.

15

Gewöhnlich schlief ich wie ein Stein, doch in jener Nacht kam ich nicht zur Ruhe. Ich will nicht behaupten, ich hätte irgendeine Vorahnung von dem gehabt, was mir bevorstand. Vielmehr lag es höchstwahrscheinlich an dem Bett. Es war mein altes Bett, in dem ich die ersten drei Jahre meines Lebens geschlafen hatte, bevor mein Vater die Mansarde ausbaute. Es war in eine Nische in der Küche eingelassen, in der sich unser Leben abspielte. Unter dem Holzgestell war in einem Bettkasten die Bettwäsche untergebracht. Ich konnte den Vorhang zuziehen, um für mich zu sein.

Ich hatte mich darin immer warm und behaglich gefühlt, wenn ich vor dem Einschlafen die Stimmen meiner Eltern durch den Vorhang hörte und vom Duft nach Torf und Toast und dem Brodeln des Porridges auf dem Herd geweckt wurde. Ich hatte lange gebraucht, um mich an die kalte Isolation meines neuen Zimmers im Dachgeschoss zu gewöhnen, aber nach so vielen Jahren fiel es mir schwer, wieder in meinem alten Bett zu schlafen. Doch da verbrachte ich nun mal diese Nacht, weil meine Tante zum Babysitten gekommen war und sie keine Lust hatte, den ganzen Abend die Treppe hoch- und runterzulaufen.

Ich musste wohl immer wieder eingedöst sein, denn das Erste, woran ich mich erinnern kann, waren Stimmen in der Eingangshalle und ein kalter Luftzug, der von einer offenen Tür aus ins Haus bis in meine Koje drang. Ich schlüpfte im Pyjama aus dem Bett. Der Raum war von der Aschenglut im Kamin und von einem seltsamen blauen Licht erleuchtet, das an den Wänden blitzte. Ich brauchte einen Moment, bis ich merkte, dass es von draußen kam. Da die Gardinen nicht zugezogen waren, tappte ich ans Fenster und sah, verschwommen hinter dem Regen, der die Scheibe hinunterlief, einen Streifenwagen an der Straße stehen. Das Blaulicht hatte fast etwas Magisches. Ich sah Gestalten auf dem Eingangspfad, dann hörte ich das Schluchzen einer Frau.

Verschlafen und desorientiert, hatte ich immer noch keine Ahnung, was das zu bedeuten hatte, als die Tür aufging. Im Zimmer machte jemand Licht, und ich war geblendet. Meine Tante stand gespenstisch bleich vor mir, und mit ihr strömte kalte Luft herein, die mich in eine eisige Umarmung nahm. Hinter ihr sah ich eine Polizistin und eine Frau in Uniform. Doch das sind nur bruchstückhafte Erinnerungen. Verlässlich kann ich nicht beschreiben, was passierte. Ich entsinne mich nur noch an die weichen Brüste meiner Tante, als sie sich vor mich hinkniete und mich fest an sich zog, während sie nach Luft schnappte und immer wieder schluchzte: »Ach, das arme Jungchen. Das arme Jungchen.«

Erst am nächsten Tag begriff ich, dass meine Eltern tot waren. Falls ein Achtjähriger begreifen kann, was Tod bedeutet. Ich wusste, dass sie am Abend in Stornoway zu einer Tanzveranstaltung gefahren waren, und jetzt erfuhr ich, dass sie nie wiederkommen würden. In dem Alter kommt man mit dieser Vorstellung nicht leicht zurecht. Ich weiß noch, dass ich wütend auf sie wurde. Wieso kamen sie nicht zurück? Wussten sie denn nicht, dass sie mir fehlen würden? War es ihnen egal? Andererseits hatte ich genug Zeit in der Kirche zugebracht, um über Himmel und Hölle einigermaßen Bescheid zu wissen. Das waren Orte, an die man kam, wenn man starb. Entweder an den einen oder den anderen Ort, und so hatte ich, als mir meine Tante erklärte, sie seien jetzt im Himmel, eine vage Vorstellung davon, wo das war, nämlich irgendwo über den Wolken. Außerdem wusste ich, dass es, wenn man einmal dahin kam, für immer war. Das

Einzige, was ich nicht begriff, war: Warum waren sie jetzt dort?

Aus heutiger Sicht finde ich es angesichts ihrer Einstellung zu Gott und Religion erstaunlich, dass mir meine Tante so etwas erzählte. Wahrscheinlich fand sie keine bessere Erklärung. Aber natürlich ist es unmöglich, einem Kind den Tod seiner Eltern zu erklären.

Ich stand unter Schock. Den ganzen Tag über wimmelte es im Haus von Menschen. Meine Tante, irgendwelche entfernten Cousins und Cousinen, Nachbarn, Freunde meiner Eltern. Ein Gesicht nach dem anderen, das sich verstört und besorgt zu mir herunterbeugte. Mir wurde gesagt, was geschehen war, und in all den Jahren, in denen ich dann bei meiner Tante lebte, sprach sie nie wieder darüber. Jemand – ich habe keine Ahnung, wer, eben irgendjemand unter den vielen Menschen im Raum – sagte, ein Schaf sei aus dem Graben auf die Straße gelaufen, und mein Vater habe das Lenkrad herumgerissen, um ihm auszuweichen. »In der Nähe von dieser Berghütte auf dem Moorland von Barvas, weißt du, die mit dem grünen Dach.« Alle sprachen mit gedämpfter Stimme, und in dem verwirrenden Gewisper hörte ich, wie jemand sagte: »Offenbar hat sich der Wagen sechsmal überschlagen, bevor er Feuer fing.« Jemand schnappte nach Luft, und eine andere Stimme sagte: »O mein Gott, wie schrecklich, so zu sterben!«

Ich verbrachte viel Zeit allein in meinem Zimmer und bekam nur von ferne mit, wie im Erdgeschoss die Menschen kamen und gingen, Autos vor dem Haus hielten und wieder verschwanden. Immer und immer wieder hatte ich mir sagen lassen, wie tapfer ich sei, und gehört, wie meine Tante ihnen erzählte, ich hätte keine einzige Träne vergossen. Doch heute weiß ich, dass Tränen erst kommen, wenn man sich den Ereignissen fügt, und dazu war ich noch nicht bereit.

Ich saß wie betäubt auf meinem Bett, die Kälte spürte ich

nicht, und betrachtete in meinem Zimmer all die vertrauten Dinge: den Panda, mit dem ich das Bett teilte, eine Schneekugel mit einem Weihnachtsmann und einem Rentier darin, die ich letztes Weihnachten in meinem Strumpf bekommen hatte. Eine große Kiste mit Spielsachen, die ich schon als Krabbelkind besessen hatte, bunte Formen aus Plastik und vereinzelte Legosteine. Mein Schottland-Fußballtrikot mit Kenny Dalglishs Namen und der Nummer 7 auf dem Rücken. Den Fußball, den mir mein Vater an einem Samstagnachmittag im Sportgeschäft in Stornoway gekauft hatte. Ein Fach voller Brettspiele. Zwei Fächer mit Kinderbüchern. Auch wenn meine Mutter und mein Vater keineswegs wohlhabend waren, hatten sie dafür gesorgt, dass es mir an nichts fehlte. Bis jetzt. Und das, was mir am meisten fehlte, konnten sie mir nicht geben.

Als ich so dort saß, kam mir der Gedanke, dass eines Tages auch ich sterben würde. Zum ersten Mal wurde mir das bewusst, und als sich die Idee einmal im Schreckenskabinett meines Bewusstseins eingenistet hatte, machte sie sich dort breit. Doch schon bald hatte ich den Gedanken wieder verbannt, denn da ich erst acht Jahre alt war, lag das in weiter Zukunft, und es genügte wohl, mich damit zu befassen, wenn es so weit war.

Und ich konnte immer noch nicht weinen.

Am Tag der Beerdigung schien das Wetter so wütend und verzweifelt wie ich zu sein. Regen- und Graupelschauer prasselten nieder. Die Dezemberstürme bliesen sie von der See herüber.

Ich erinnere mich nur an Schwarz und Grau. Es fand ein langer feierlicher Gottesdienst in der Kirche statt, und bis heute verfolgt mich der Klang des gälischen Psalmengesangs, diese kargen Melodien ohne Instrumentalbegleitung, der Grundton meiner Trauer.

Danach versammelten sich über hundert Menschen im Regen vor dem Haus, wo die Särge nebeneinander mitten auf der Straße auf Stuhllehnen aufgestellt waren. Schwarze Krawatten, Mäntel und Hüte. Schwarze Regenschirme, die mit den Böen kämpften. Blasse, traurige Gesichter.

Ich war zu klein, um beim Tragen zu helfen, und so lief ich an der Spitze der Prozession direkt hinter den Särgen, Artair an meiner Seite. Wie er sich quälte, hörte ich an seinem rasselnden Atem. Als er mir mit dem Druck seiner kleinen, kalten Hand in einer stummen Geste seine Freundschaft und sein Mitgefühl bekundete, war ich zutiefst gerührt. Auf dem ganzen Weg zum Friedhof hielt ich mich daran fest.

Auf der Insel Lewis ist es nur Männern gestattet, die Toten zu ihrer Grabstätte zu begleiten, und so säumten die Frauen die Straße, um uns beim Verlassen des Hauses hinterherzublicken. Ich sah den Jammer im Gesicht von Marsailis Mum, und ich musste daran denken, wie sie an meinem ersten Tag auf dem Hof nach Rosen geduftet hatte. Marsaili stand neben ihr und klammerte sich an den Mantel ihrer Mutter, während in ihren Haarbüscheln schwarze Schleifen flatterten. Mir fiel auf, dass sie an diesem Tag keine Brille trug. Wie sie dort im Regen stand, schaute sie mich mit ihren sanften blauen Augen an, und ich sah darin so viel Schmerz, dass ich mich abwenden musste.

Das war der Moment, in dem die Tränen flossen, auch wenn sie im Regen niemand bemerkte. Das erste Mal, dass ich um meine Eltern weinte. Und wahrscheinlich war es auch der Moment, in dem ich akzeptierte, dass sie nie mehr wiederkamen.

Ich hatte nicht überlegt, was nach der Beerdigung mit mir passieren würde. Hätte ich es getan, wäre mir wohl im Traum nicht eingefallen, wie radikal sich mein Leben ändern sollte.

Kaum hatte die letzte Person das Haus verlassen, nahm mich meine Tante mit nach oben, um einen Koffer zu packen.

Alle meine Kleider wurden kurzerhand hineingestopft. Sie erlaubte mir, eine kleine Tasche mit einer Auswahl an Spielzeug und Büchern mitzunehmen. Wir würden ein andermal wiederkommen, sagte sie, und die übrigen Sachen durchsehen. Ich hatte noch nicht richtig verstanden, dass dies nicht länger mein Zuhause sein sollte, und wie sich herausstellte, kamen wir nie zurück, um meine übrigen Sachen zu holen. Ich habe keine Ahnung, was mit ihnen geschah.

Ich wurde zum Auto meiner Tante gehetzt, das mit laufendem Motor und quietschenden Scheibenwischern draußen an der Straße stand. Im Innern war es warm, auch wenn es feucht roch und die Fenster alle beschlagen waren. Mir kam nicht mal in den Sinn, mich nochmals umzuschauen, als wir den Hügel hinauf davonfuhren.

Ich war bei früherer Gelegenheit im Haus meiner Tante gewesen und hatte es trotz der bunten Töpfe und Plastikblumen und Stoffe, mit denen sie es dekoriert hatte, jedes Mal als trübselig empfunden. Das Haus war kühl und feucht, und nach einer Weile kroch einem die Kälte in die Knochen. Den ganzen Tag war kein Feuer an gewesen, und so erschien es mir noch trostloser, als sie die Tür aufmachte, um mit mir hineinzugehen. Im grellen Licht einer nackten Glühbirne im Flur kämpften wir uns mit der Tasche und dem Koffer die Treppe hoch.

»Da wären wir«, sagte sie und öffnete die Tür zu einem Dachzimmer am Ende des Flurs mit schrägen Wänden, feucht verfleckter Tapete und Kondenswasser an den verrosteten Fenstern. »Das ist dein Zimmer.« An einer Wand stand ein Einzelbett, über das eine rosafarbene Frotteeplüschdecke geworfen war. An einem Mehrzweckschrank aus Kriegszeiten standen die Türen offen, sodass die leeren Kleiderbügel und Fächer zu sehen waren, die auf den Inhalt meines Koffers warteten. Sie hob ihn auf das Bett und öffnete den Deckel. »Ich lass dich jetzt allein, damit du, so wie du es möchtest, deine Sachen in den Kleiderschrank räumen kannst. Zum Essen gibt es leider nur Bückling.«

Sie war schon fast zur Tür hinaus, als ich sie fragte: »Wann kann ich wieder nach Hause?«

Sie blieb stehen und sah mich an. Und obwohl auch Mitleid in ihren Augen lag, war eine gewisse Ungeduld nicht zu übersehen. »Das ist ab jetzt dein Zuhause, Fin. Ich ruf dich, wenn der Tee fertig ist.«

Sie schloss die Tür hinter sich, und ich stand in dem kalten, freudlosen Raum, der ab jetzt mein Zimmer sein sollte. Das Gefühl der Trostlosigkeit war vernichtend. Ich fand meinen Pandabären in der Spielzeugtasche, setzte mich auf die Bettkante, während ich ihn mir an die Brust drückte, und spürte, wie die Feuchtigkeit aus der Matratze mir durch die Hose drang. Und zum ersten Mal an diesem Tag wurde mir klar, dass sich mein Leben erbarmungslos verändert hatte.

16

Das Auto rumpelte über den Viehrost und auf den Parkplatz. Fin parkte unterhalb der Treppe zum Herrenhaus. Am frühabendlichen Himmel hatten die unheilvollen Wolken, die sich schon seit einer Weile über dem Meer zusammenbrauten, das letzte Licht aus dem Himmel gesogen. Jetzt rollten sie dicht geballt aus nordwestlichen Richtungen herein und hüllten das nördliche Ende der Insel in düsteres Zwielicht. An der Vorderseite des Pfarrhauses brannte eine Lampe, und als er die Eingangsstufen hinaufging, spürte Fin die ersten Regentropfen.

Er klingelte und blieb vor der Haustür stehen, während ihm der Wind an Jacke und Hose zerrte. Die Tür wurde von einer Frau Mitte dreißig geöffnet. Sie war einen Kopf kleiner als Fin, trug kurz geschnittenes dunkles Haar, ein weißes T-Shirt, das sie locker in die kakifarbene Cargohose gestopft hatte, dazu weiße Turnschuhe. Irgendwie hatte er sich Donald Murrays Frau anders vorgestellt. Außerdem kam sie ihm vage bekannt vor. Er sah sie mit einem fragenden Blick an, und sie legte den Kopf schief.

»Du erinnerst dich nicht an mich, oder?« Die Frage klang nicht eben freundlich.

»Sollte ich das?«

»Wir waren zusammen auf der Mittelschule. Aber ich war ein paar Klassen unter dir, wahrscheinlich hast du mich deswegen nicht bemerkt. Natürlich waren wir alle in dich verknallt.«

Fin merkte, wie er rot wurde. Sie war dreiunddreißig oder vierunddreißig, das heißt, sie hatte Donna mit höchstens siebzehn Jahren bekommen.

»Ich höre fast, wie es in deinem Kopf arbeitet.« Es lag ein spöttischer Unterton in ihrer Stimme. »Am Nicholson waren Donald und ich eine Weile zusammen. Dann haben wir uns, nachdem ich von der Schule gegangen war, in Glasgow wieder getroffen. Ich bin mit ihm nach London. Damals hatte er Gott immer noch nicht gefunden, daher kam er nicht sofort auf den Gedanken zu heiraten. Fiel ihm sowieso erst ein, nachdem ich schwanger war.«

»Catriona«, sagte Fin unvermittelt.

Sie zog in gespieltem Staunen die Augenbrauen hoch. »Nicht schlecht.«

»Macfarlane.«

»Du hast wirklich ein gutes Gedächtnis. Wolltest du zu Donald?«

»Eigentlich zu Donna.« Ihr Blick verfinsterte sich. »Nein, ich glaube, du wolltest zu Donald«, sagte sie mit Nachdruck. »Ich geh und hol ihn.«

Während er wartete, fing es heftig zu regnen an, und bis Donald Murray an der Tür erschien, war Fin bereits durchnässt. Der Pfarrer sah ihn mit ungerührter Miene an. »Ich wüsste nicht, was es zwischen uns noch zu bereden gäbe, Fin.«

»Gibt es auch nicht. Ich möchte mit deiner Tochter sprechen.«

»Aber sie nicht mit dir.«

Fin hob den Blick zum Himmel und verzog im Regen das Gesicht. »Hör mal, kann ich reinkommen, ich werde hier draußen klatschnass.«

»Nein. Wenn du mit Donna reden willst, Fin, musst du es amtlich machen. Verhafte sie oder was ihr sonst so tut, wenn ihr jemanden vernehmen wollt. Ansonsten lass uns bitte einfach in Ruhe.« Damit fiel die Tür zu.

Fin blieb eine Weile auf dem Treppenabsatz stehen, um seinen Ärger herunterzuschlucken, dann schlug er den Kragen hoch und rannte zum Wagen. Er machte den Motor an, schaltete die Klimaanlage ein, zog sich die nasse Jacke aus und warf sie auf den Rücksitz. Er legte den ersten Gang ein und nahm gerade den Fuß von der Kupplung, als sich die Beifahrertür öffnete. Catriona stieg ein und knallte die Tür hinter sich zu. Das nasse Haar klebte ihr am Kopf. Ihr T-Shirt war beinah durchsichtig geworden, sodass darunter ein schwarzer Spitzen-BH durchschimmerte. Fin sah unwillkürlich hin und stellte fest, dass offenbar auch Gott wenig an Donalds Vorlieben hatte ändern können.

Sie saß da, starrte geradeaus und hielt die Hände auf dem Schoß gefaltet. Und sagte nichts.

Fin brach das Schweigen. »Und? Hast du ihn auch gefunden?«

Sie drehte sich mit einem verständnislosen Blick zu ihm um. »Wen gefunden?«

»Gott. Oder war das nur Donalds Idee?«

»Du hast ihn noch nie so erlebt wie wir. Wenn er wütend ist. Und Gottes Zorn auf seiner Seite hat. Mit viel Getöse und Donnergrollen.«

»Hast du Angst vor ihm?«

»Ich habe Angst davor, was er macht, wenn er die Wahrheit erfährt.«

»Und was ist die Wahrheit?«

Sie zögerte nur einen Moment. Sie wischte eine Stelle im beschlagenen Beifahrerfenster sauber und spähte zum Pfarrhaus hinauf. »Donna hat gelogen, als sie gesagt hat, sie wäre von Macritchie vergewaltigt worden.«

Fin schnaubte. »So weit war ich auch schon. Und es würde mich nicht wundern, wenn es auch Donald wüsste.«

»Kann schon sein.« Noch ein Blick zum Pfarrhaus hinauf. »Aber er weiß nicht, wieso.«

Fin wartete, doch Catriona sagte nichts.

»Und? Willst du es mir sagen oder nicht?«

Sie rang die Hände. »Ich hätte es selber nicht gewusst, wenn ich nicht die offene Packung in ihrem Zimmer gefunden und sie darauf angesprochen hätte.« Sie sah ihn verlegen an. »Ein Schwangerschaftstest.«

»Im wievielten Monat?«

»Damals gerade erst ein paar Wochen. Aber inzwischen ist sie im dritten, und allmählich sieht man es schon. Sie hatte schreckliche Angst davor, was Donald machen würde, wenn er es erfährt.«

»Und deshalb hat sie sich die Geschichte mit Macritchie ausgedacht?« Fin sah sie ungläubig an. Catriona nickte. »Du liebe Zeit. Hat sie denn nicht gewusst, dass man die Vaterschaft mit einem simplen DNA-Test ermitteln kann?«

»Ich weiß, ich weiß. Es war dumm. Sie war in Panik. Und sie hatte an dem Abend sowieso zu viel getrunken. Es war eine ganz und gar blöde Idee.«

»Da kann ich dir nicht widersprechen.« Fin betrachtete sie eine Weile aufmerksam. »Wieso erzählst du mir das, Catriona?«

»Damit du uns in Ruhe lässt. Die ganze Sache mit der Vergewaltigungsklage hat sich ja nun sowieso erledigt. Der arme Mann ist tot. Ich möchte nur, dass du uns in Ruhe lässt und wir die Sache unter uns ausmachen können.« Sie drehte sich um und erwiderte seinen Blick. »Lass uns einfach in Frieden, Fin.«

»Ich kann dir nichts versprechen.«

Sie funkelte ihn wütend und ängstlich an, dann drehte sie sich um und öffnete die Autotür.

Als sie in den Regen trat, fragte Fin: »Und wer ist nun der Vater?«

Sie blieb stehen, drehte sich um, und Fin sah, wie ihr der Regen von der Nase und dem Kinn herunterlief. »Der Sohn von deinem Kumpel.« Sie spuckte die Worte fast heraus. »Fionnlagh Macinnes.«

An die Fahrt zurück in die Stadt konnte er sich hinterher kaum noch erinnern. Er war verwirrt und verzweifelt, während die tiefe Wolkendecke sich wie Bleigewichte auf ihn legte und die Berge von Harris in der Ferne nicht mehr als graue Linien zu erkennen gaben. Der Regen trieb schräg über das Moorland von Barvas und trübte ihm dermaßen die Sicht durch die Windschutzscheibe, dass er sich ganz auf die Straße konzentrieren musste, bis er kurz hinter dem winzigen Loch Dubh die Hügelkuppe erreichte und in der Ferne weiter unten die Lichter von Stornoway erblickte. In der Abenddämmerung kauerte sich die Stadt in den Schutz der Hügel.

Das verregnete Bayhead wirkte wie ausgestorben, doch als er auf den Hafenparkplatz einbog, sah er zu seinem Erstaunen eine große Menschenmenge, die sich im Scheinwerferlicht eines Filmteams versammelt hatte. Die meisten waren nur neugierige Beobachter, die dem Regen trotzten, um einmal im Leben im Fernsehen zu sein. Mittendrin befand sich ein Dutzend oder mehr Demonstranten in rotgelben Regenjacken, die Banner vor sich hertrugen. Von Hand beschriebene Transparente mit Sprüchen wie *Rettet den Guga!*, *Mörder!*, *Erdrosselt und geköpft!*, *Vogelkiller!*. Die Tinte lief im Regen aus. Alles ein bisschen undurchdacht, fand Fin, auch nicht sonderlich originell. Er fragte sich, wer diese Leute bezahlte.

Als er ausstieg, hörte er ihre Sprechchöre, »Mör-der, Mör-der, Mör-der«. Das eine oder andere Gesicht in der Menge kannte Fin aus den überregionalen Zeitungen. Einige grimmig dreinblickende Polizisten in Uniform, denen der Regen in Strömen ihre karierten Mützen herunterlief, harrten in diskretem Abstand auf ihrem Beobachtungsposten aus.

Am Kai parkte der Lkw, den sie am Morgen in Port of Ness beladen hatten. Nunmehr leer, stand er zwischen den Fischkörben und Bergen an Fischernetzen herum. Ein Haufen Männer in Ölhäuten und Südwestern blickten in den Frachtraum der Purple Isle, desselben Trawlers, der Fin vor so vielen Jahren auf den An Sgeir hinausgebracht hatte. Verrostete Teile der Reling und verwitterte Planken waren mit einem dicken frischen Anstrich überkleistert. Das Deck war blau, das Steuerhaus kürzlich mahagonifarben lackiert. Das Schiff sah aus wie eine in die Jahre gekommene Hure, die ihre liebe Not damit hat, ihr Alter zu kaschieren.

Fin senkte den Kopf und bahnte sich durch die Menge einen Weg zum Kai. Für einen kurzen Augenblick erkannte er Chris Adams, der die Sprechchöre der Demonstranten anführte, doch für ihn hatte er jetzt keine Zeit. Er entdeckte Fionnlagh unter einem der Südwester und packte ihn am Arm. Der Junge drehte sich um. »Fionnlagh«, sagte Fin. »Ich muss mit dir reden.«

»He, wen haben wir denn da?« Das war Artairs kumpelhaft jovialer Ton. Er schlug Fin auf den Rücken. »Du kommst gerade recht für ein Bier, bevor wir die Segel setzen. Bist du dabei?« Fin drehte sich um und blickte unter einem weiteren tropfenden Südwester in Artairs grinsendes Gesicht. »Du liebe Zeit, hast du keine Jacke? Du bist ja bis auf die Haut durchnässt. Warte …« Er sprang ins Führerhaus des Lastwagens und zog eine gelbe Ölhaut heraus, die er Fin über den Kopf warf. »Komm, lassen wir uns zusammen volllaufen. Ich brauch was, bevor es losgeht. Wird ’ne raue Überfahrt.«

Im McNeil’s war es eng, verraucht und laut. Sämtliche Tische waren besetzt, Männer drängten sich um die Bar. Nachdem die meisten Gäste bereits seit Stunden ihren Dunst verbreiteten, waren sämtliche Fenster beschlagen. Die zwölf Guga-Jäger und Fin kämpften sich zur Bar vor, und diejenigen Zecher, die sie erkannten, erhoben ihre Stimmen zu einem lauten Toast auf den Guga. Die Crew der Purple Isle war an Bord geblieben, um sich auf die Abreise vorzubereiten und um für die höchstwahrscheinlich stürmische Überfahrt einen klaren Kopf zu bewahren.

Fin hatte plötzlich ein kleines Starkbier in einer Hand und ein Glas mit einem einfachen Whisky in der anderen. Artair grinste wie irre. »Halb und halb. Genau das, was du brauchst, um wieder auf die Beine zu kommen.« Und der schnellste Weg, betrunken zu werden. Artair drehte sich wieder zur Bar um. Fin schloss die Augen und kippte den Whisky in einem einzigen Schluck hinunter, um mit einem ausgiebigen Zug Bier nachzuspülen. Ausnahmsweise einmal, dachte er, war es vielleicht gar nicht so schlecht, sich zu betrinken. Doch aus dem Augenwinkel heraus sah er Fionnlagh, der gerade zur Toilette ging; er stellte beide Gläser auf die Bar und lief ihm durch die Menschenmenge hinterher.

Fionnlagh wusch sich gerade am Becken die Hände, und die beiden Männer an den Pissoirs zogen sich den Reißverschluss hoch. Fin wartete, bis sie draußen waren, während Fionnlagh ihn misstrauisch im Spiegel beobachtete. Er wusste wohl, dass etwas im Busch war. Als die Tür zuging, sagte Fin: »Hast du mir zu diesen Prellungen was zu sagen?« Er sah, wie dem Jungen alle Farbe aus dem Gesicht wich.

»Hab ich doch schon heute Nachmittag.«

»Wieso willst du mir auf so eine Frage nicht die Wahrheit sagen?« Bei dem Echo seiner eigenen Worte drehte sich Fionnlagh um.

»Vielleicht, weil es Sie einen Scheißdreck angeht?« Er versuchte, sich an ihm vorbeizudrängen. Doch Fin packte ihn, drehte ihn um, griff sich den Pullover unter der wasserdichten Jacke und riss ihn hoch, sodass gelblich verblassende und violette Blutergüsse zum Vorschein kamen.

»Um Gottes willen!« Er trat hinter ihn und zog ihm den Pullover hinten hoch, um seinen Rücken in Augenschein zu nehmen. Hässliche Prellungen verunstalteten die blasse Haut. »Da hast du ja ganz schön was abgekriegt, Junge.«

Fionnlagh riss sich los und fuhr herum. »Ich sagte Ihnen bereits, das geht Sie einen Scheißdreck an.«

Fin keuchte, während er sich verzweifelt bemühte, seine Gefühle in den Griff zu bekommen, die ihm die Luft abschnürten. »Das zu beurteilen, musst du schon mir überlassen.«

»Nein, muss ich nicht. Sie haben sich achtzehn Jahre lang nicht um uns gekümmert. Und dann kommen Sie auf einmal her und bringen meine Mum durcheinander. Und meinen Dad. Und mich. Wieso verschwinden Sie nicht einfach dahin, wo Sie hergekommen sind?«

Hinter ihnen ging die Tür auf, und Fionnlagh blickte an Fin vorbei, um zu sehen, wer hereinkam. Er wurde ein wenig rot, dann drängte er sich an Fin vorbei und verließ die Toilette. Als Fin sich umdrehte, blickte er Artair ins Gesicht, der ihn versonnen anlächelte. »Was ist hier los?«

Fin seufzte und schüttelte den Kopf. »Nichts.«

Er machte Anstalten, Fionnlagh zu folgen, doch Artair legte ihm eine Pranke auf die Brust. »Was hast du zu dem Jungen gesagt?« Jetzt klang sein Ton drohend, und aus seinen Augen war jede Freundlichkeit gewichen.

Es fiel Fin schwer, sich ins Gedächtnis zu rufen, dass dies der kleine Junge war, der ihm vor so vielen Jahren auf der Beerdigung seiner Eltern die Hand gehalten hatte. Er erwiderte den Blick seines alten Freundes. »Keine Sorge, Artair, euer Geheimnis ist bei mir gut aufgehoben.« Dabei senkte er den Blick zu der Hand, die sich immer noch in seine Brust drückte. Langsam ließ Artair sie sinken, und in seine Augen kehrte der Anflug eines Lächelns zurück. Wenn auch ohne jede Heiterkeit.

»Also gut. Ich fände es sehr bedauerlich, wenn dein Junge zwischen uns treten würde.«

Fin drängte sich an ihm vorbei zurück in den Pub. Er suchte Fionnlagh. Die Guga-Jäger standen immer noch an der Bar, und er sah, wie Gigs ihn mit einem dunklen, nachdenklichen Blick beobachtete. Doch Fionnlagh war weit und breit nicht zu sehen. Ein kräftiger Schlag auf den Rücken nahm ihm fast die Luft. »Na, wenn das nicht der Scheißwaisenknabe ist.« Fin fuhr herum. Eine bizarre, unwirkliche Sekunde lang dachte er, Angel Macritchie zu sehen. Oder seinen Geist. Stattdessen blickte er in das heimtückisch grinsende rote Gesicht seines Bruders Murdo. Es kam Fin so vor, als wäre Murdo Ruadh so groß wie damals am ersten Schultag. Nur dass er inzwischen wie sein älterer Bruder kräftig zugenommen hatte. Sein rotes Haar war jetzt dunkler und über einen riesigen, flachen Kopf zurückgegelt. Über einem schmuddeligen weißen T-Shirt und einer Baggy-Jeans, deren Zwickel ihm irgendwo auf halber Höhe der Oberschenkel hing, trug er eine Donkey-Jacke. Den großen, schwieligen Händen traute man ohne Weiteres zu, dass sie einen Cricketball zerquetschen konnten. »Wozu bist du zurückgekommen und verpestest die Gegend hier?«

»Ich versuche, den Mörder deines Bruders zu finden.«

»Ach so, klar, als ob dir das nicht scheißegal wäre.«

Fin merkte, wie sich ihm die Nackenhaare sträubten. »Weißt du was, Murdo? Vielleicht ist es mir ja scheißegal. Aber es ist nun mal mein Job, Mörder hinter Gitter zu bringen. Selbst wenn sie Abschaum wie deinen Bruder ermordet haben. In Ordnung?«

»Nein, das ist absolut nicht in Ordnung!«

Murdo kochte vor Wut, und seine Wangen zitterten. »Du verfluchter, schmieriger kleiner Bastard!« Er stürzte sich auf Fin, der einen Schritt zur Seite machte und zusah, wie Murdo mit Schwung einen Tisch rammte, auf dem eine Menge Gläser standen, die jetzt klirrend auf dem Boden zerbrachen. Empört sprangen die erschrockenen Gäste auf und fluchten, während ihnen der Alkohol die Hosen dunkel färbte. Murdo landete wie zum Gebet, Hände und Gesicht mit Bier getauft, auf den Knien. Er brüllte wie ein großer, wütender Bär, rappelte sich auf, wirbelte herum und starrte Fin ins Gesicht.

Fin stand, etwas außer Atem, in einem Kreis von Männern, die ihn, nachdem sie Blut geleckt hatten, lauthals anfeuerten. Er fühlte einen eisernen Griff an seinem Arm und sah, als er sich umdrehte, in Gigs' ernstes Gesicht. »Komm, Fin, sehen wir zu, dass wir hier rauskommen.« Doch Murdo ging bereits auf ihn los und schwang die Faust wie eine Schinkenkeule durch die Luft. Gigs zog Fin beiseite, und die Faust traf einen großen, kahlköpfigen Schlägertyp mit Walrossschnauzer. Seine Nase schien wie eine weiche Frucht zu platzen. Ihm knickten die Knie ein, und er fiel wie ein Sack Kohlen zu Boden.

Im Pub ging es drunter und drüber, doch inmitten des Tumults verschaffte sich eine hohe Frauenstimme Gehör. »Raus! Raus mit euch! Alle, bevor ich die Polizei rufe.«

»Die ist schon da«, witzelte ein Spaßvogel, und diejenigen, die Fin kannten, grölten.

Die Wirtin war eine Dame Mitte vierzig, mit dem elfenhaften Gesicht und den blonden Locken durchaus attraktiv. Doch sie kannte sich in dem Geschäft seit ein paar Jährchen aus und wusste, wie man mit Männern fertigwurde, die einen zu viel zur Brust genommen hatten. Sie schlug mit einem kräftigen Knüppel auf die Bar. »Raus! Wird's bald!« Und keiner wagte es, sich mit ihr anzulegen.

Mehrere Dutzend Männer strömten auf die Straße. The Narrows war menschenleer, und im Licht der Straßenlaternen, die kaum durch die Abenddämmerung drangen, glänzten die Pfützen. Gigs hatte Fin immer noch am Arm, und die Guga-Jäger scharten sich um ihn und bedrängten ihn, zum Kai aufzubrechen. Murdos Gebrüll übertönte das Heulen des Windes. »Du feiger kleiner Bastard! Sieht dir ähnlich, mit deinen Scheißkumpels abzuhauen. So wie immer!«

Fin blieb stehen und riss sich aus Gigs' Griff los. »Lass es«, sagte Gigs.

Doch Fin drehte sich zu dem wütenden Bruder des Toten um, und hinter ihm bildete sich in stummer Erwartung eine große Menschentraube.

»Komm schon, du kleiner Hosenscheißer. Worauf wartest du?«

Fin starrte ihn mit dem Hass an, der seit dreißig Jahren in ihm siedete, und wusste, dass es ein Fehler war. Er atmete einmal tief durch und ließ die Anspannung entweichen. »Wollen wir die Sache nicht einfach mit einem Handschlag bereinigen, Murdo? Es bringt doch nichts, wenn wir uns prügeln. Hat es noch nie und wird es auch nie.« Bedächtig ging er mit ausgestreckten Händen auf den großen Mann zu, und Murdo sah ihn ungläubig an.

»Ist doch wohl nicht dein Ernst?«

»Nein«, sagte Fin. »Ist es nicht. Ich wollte nur nahe genug herankommen, um sicher zu sein, dass ich treffe.« Im selben Moment trat er ihm mit Schwung in die Weichteile und erwischte ihn vollkommen unvorbereitet. Murdos Gesicht spiegelte einen Moment ungläubiges Staunen und im nächsten Höllenqualen. Als er sich krümmte, rammte ihm Fin ein Knie ins Gesicht und sah, wie ihm das Blut aus der Nase spritzte. Jetzt taumelte Murdo in die Menge zurück, die sich teilte wie das Rote Meer, um ihn durchzulassen. Fin folgte ihm und hämmerte ihm unablässig mit geballten Fäusten wie mit Kolben in den weichen Wanst, sodass er immer wieder stöhnte. Mit jedem Schlag zahlte er es ihm heim. Für den ersten Tag auf dem Schulhof, an dem Murdo ihn gegen die Wand geworfen hatte und Fin nur dank Donald Murrays Eingreifen vor Schlimmerem bewahrt geblieben war. Für die Nacht, in der sie den Traktorreifen klauten. Für den armen Calum, der zu einem Leben im Rollstuhl verurteilt war. Für die jahrelange Brutalität dieses hinterhältigen Schlägers. Irgendwann hatte Fin den Überblick verloren, und bald auch den Verstand. Und so drosch er immer weiter auf ihn ein.

Murdo war auf den Knien, er verdrehte die Augen, während ihm das Blut zwischen den Lippen hervor und aus den Nasenlöchern quoll. Das Gegröle der Menschenmenge auf der Straße war ohrenbetäubend.

Plötzlich spürte Fin, wie ihn jemand an den Armen packte und sie ihm fest an die Seite drückte, bevor er ihn buchstäblich wegtrug. »Verflucht noch mal, Mann, Sie bringen ihn ja um!« Als Fin sich umdrehte, blickte er in das ungläubige Gesicht von George Gunn. »Sehen wir zu, dass Sie hier wegkommen, bevor die Polizei da ist.«

»Sie sind die Polizei.«

»Ich meine, die Streifenpolizisten«, sagte Gunn mit zusammengebissenen Zähnen. »Wenn die Sie hier erwischen, ist Ihre Karriere im Eimer.«

Fin gab allen Widerstand auf und ließ sich von Gunn durch die johlende Menge führen. Zwischen all den Gesichtern sah er Fionnlagh. Der Junge blickte ihm erschrocken nach. Und Fin registrierte in Artairs strahlendem Gesicht die Genugtuung darüber, dass Murdo Ruadh endlich seine Quittung bekam. Als sie The Narrows entlang zum The Crown eilten, hörten sie eine Polizeisirene, das Zeichen für die Menge, sich zu zerstreuen. Zwei seiner Freunde hatten Murdo auf die Beine geholfen und schleiften ihn so schnell sie konnten mit. Es war vorbei.

Als sie sich an die Bar setzten, zitterte Fin immer noch. Er legte die Hände flach auf die Theke, um sie zur Ruhe zu bringen. Sie hatten kaum etwas abbekommen. Er hatte darauf geachtet, sich nicht selbst zu verletzen, indem er auf Knochen schlug. Deshalb hatte er die Hiebe auf den gut gepolsterten Oberkörper, den Bauch und die Rippen konzentriert, um seinem Gegner Prellungen beizubringen und sein Stehvermögen zu schwächen. Den größten Schaden hatte er bei Murdo mit seinen ersten zwei Attacken angerichtet. Die ganze aufgestaute Wut und Demütigung der Schulzeit hatten ihn befeuert. Doch er fühlte sich nicht besser, sondern eher elend und niedergeschlagen. Die Lounge-Bar des Crown war menschenleer bis auf ein junges Paar, das, in ein inniges Gespräch vertieft, in der hintersten Ecke saß. Gunn setzte sich auf einen Hocker neben Fin und schob dem Barmädchen einen Fünfpfundschein für ihre Getränke hin. In leisem, beherrschtem Ton sagte er: »Was zum Teufel sollte das, Mr Macleod?«

»Ich weiß auch nicht, George. Hab mich wie ein Vollidiot benommen.« Er sah an sich herunter und entdeckte an seiner Jacke und seiner Hose Murdo Ruadhs Blut. »Sehen Sie sich die Schweinerei an.«

»Der DCI ist ohnehin schon stinksauer auf Sie, weil Sie sich nach Uig noch nicht wieder bei ihm gemeldet haben. Sie könnten ernste Schwierigkeiten bekommen, Sir. Ganz üble Schwierigkeiten.«

Fin nickte. »Ich weiß.« Er nahm einen großen Schluck aus seinem Glas und schloss fest die Augen, bis die angenehm berauschende Wirkung einsetzte. »Möglicherweise weiß ich, wer Macritchie ermordet hat.«

Gunn sagte eine ganze Weile nichts. »Wer?«

»Ich will nicht behaupten, dass er es war. Nur dass er ein verdammt gutes Motiv hat. Noch dazu eine Menge blaue Flecken.« Gunn ließ ihn ausreden und sagte nichts. Fin nahm noch einen Schluck Bier. »Donna Murray hat sich die Geschichte mit der Vergewaltigung ausgedacht.«

»Ich denke, das haben wir alle gewusst, oder?«

»Aber wir haben nicht gewusst, dass sie schwanger ist. Deshalb hat sie es getan, George. Um jemandem die Schuld dafür zu geben. Damit sie ihrem Vater nichts sagen muss.«

»Aber solange ihr Vater glaubte, sie sei vergewaltigt worden, musste der Mordverdacht auf ihn fallen, weil er damit ein Motiv hat.«

»Nicht ihr Vater. Ihr Freund. Derjenige, von dem sie

schwanger ist. Wenn er geglaubt hat, dass sie tatsächlich vergewaltigt wurde, hätte er ein ebenso starkes Motiv.«

»Wer ist ihr Freund?«

Fin zögerte. Hatte er es einmal gesagt, war es heraus. »Fionnlagh Macinnes. Der Sohn meines Freundes Artair.« Er drehte sich zu Gunn um. »Er ist von oben bis unten voller Blutergüsse, George. Als hätte es eine Riesenschlägerei gegeben.«

Gunn blieb eine ganze Weile stumm. »Was verschweigen Sie mir, Mr Macleod?«

»Wie kommen Sie darauf, George?«

»Es hat Sie zu viel Überwindung gekostet, mir das zu erzählen, Sir. Aus persönlichen Gründen, nehme ich an.«

Fin lächelte süßsäuerlich. »Wissen Sie, dass Sie einen tollen Polizisten abgeben würden? Schon mal daran gedacht?«

»Ich doch nicht, die Überstunden sollen mörderisch sein. Das würde meine Frau nie mitmachen.«

Fin verging das Lächeln. »Er ist mein Sohn, George.«

George runzelte die Stirn.

»Fionnlagh. Ich habe es erst gestern Abend erfahren.« Fin ließ den Kopf in die Hände sinken. »Und damit ist das Kind, das Donna Murray erwartet, mein Enkel.« Er stieß einen langen Pfiff aus. »Was für ein gottverdammter Schlamassel!«

Gunn nippte bedächtig an seinem Bier. »Also, mit Ihrem Privatleben kann ich Ihnen nicht helfen, Mr Macleod, aber vielleicht kann ich Sie in Bezug auf den Jungen beruhigen.«

Fin fuhr mit dem Kopf herum. »Wie meinen Sie das?«

»Ich hatte immer ein komisches Gefühl in Bezug auf diesen Pfarrer. Ich weiß, dass seine Frau gesagt hat, er sei Samstagabend zu Hause gewesen, aber sie wäre schließlich nicht die erste Ehefrau, die für ihren Mann lügt.«

Fin schüttelte den Kopf. »Donald ist es nicht.«

»Lassen Sie mich ausreden, Sir.« Gunn holte tief Luft. »Ich habe heute ein wenig recherchiert. Hier auf der Insel haben wir all diese verschiedenen Religionsgemeinschaften. Na ja, das ist Ihnen ja nicht neu. Donald Murray gehört der Free Church of Scotland an. Die haben jedes Jahr ihre Generalversammlung in der St Columba's Free Church in Edinburgh. Wie sich herausstellt, war sie dieses Jahr im Mai, und zwar in derselben Woche wie Ihr Mord im Leith Walk. Somit hätte Donald Murray jeweils an beiden Tatorten sein können. Und wie alle erfahrenen Polizisten, Mr Macleod, glauben wir beide nicht an Zufälle. Oder?«

»Du liebe Güte.« Damit hatte Fin nicht gerechnet.

»Der DCI hat vor etwa einer Stunde zwei Streifenpolizisten nach Ness geschickt, um ihn zur Vernehmung aufs Revier bringen zu lassen.«

Fin rutschte von seinem Hocker. »Ich fahr zur Wache und rede mit ihm.«

Gunn packte ihn am Arm. »Bei allem Respekt, Sir, Sie haben getrunken. Wenn Mr Smith Ihre Fahne riecht, bekommen Sie noch mehr Schwierigkeiten, als Sie ohnehin schon haben.«

Von ferne hörten sie die Sprechgesänge der Demonstranten auf dem Kai. »Mör-der, Mör-der, Mör-der.«

»Wahrscheinlich verlässt die Purple Isle den Hafen«, sagte Fin und ging ans Fenster. Doch von dort aus konnte er den Cromwell Street Quay nicht sehen.

»Fahren die heute Abend zum An Sgeir raus?«

Fin nickte. »Und Fionnlagh ist dabei.«

»Nun, dann läuft er Ihnen ja auch die nächsten zwei Wochen nicht davon, oder? Und mit Donald Murray können Sie morgen früh reden. Ich glaube, auch der läuft Ihnen bis dahin nicht davon.«

Draußen auf der Straße sagte Fin: »Danke, George. Ich bin Ihnen was schuldig.«

Gunn zuckte mit den Achseln. »Eigentlich habe ich heute

Abend nach Ihnen gesucht, Sir, weil meine Frau tatsächlich ein bisschen wilden Lachs auftreiben konnte. Reicht dicke für uns drei. Sie sagt, sie würde ihn für uns grillen, wenn wir wollten.«

Doch Fin war nicht nach einem geselligen Abendessen. »Vielleicht ein andermal, George. Aber richten Sie ihr bitte meinen Dank aus.«

Gunn sah auf die Uhr. »Nun, wäre sowieso ein bisschen spät geworden.«

Fin registrierte sein Augenzwinkern. »Ja.« Er reichte Gunn die Wagenschlüssel. »Er steht auf dem Parkplatz an der Cromwell Street.« Er begleitete Gunn bis zum North Beach, dann schüttelten sie sich die Hände, und Fin blickte ihm auf dem Weg zum Parkplatz hinterher.

Die Purple Isle hatte am Ende des North Beach Quay bereits gewendet und Kurs nach Süden genommen; sie musste sich jetzt außer Sichtweite zwischen der Esplanade und dem Cuddy Point befinden. Fin lief den gleichen Weg auf der Castle Street über The Narrows und zum South Beach hinunter zurück. Straßenlampen schienen trist im Regen die ganze Strecke bis zu dem verlassenen Busbahnhof am Ende und den Lichtern des neuen Fährterminals. Der alte Pier am vorderen Ende lag in der Dunkelheit.

Fin schob die Hände tief in die Taschen, zog gegen die Nässe und Kälte die Schultern hoch und lief auf den verlassenen Pier hinaus. An der Ostseite war ein Tanker vertäut, doch weit und breit keine Menschenseele in Sicht. Er entdeckte die Lichter der Purple Isle, die auf dem Weg zur Bucht von Goat Island durch das aufgewühlte Meer pflügte. An Deck konnte er Gestalten ausmachen, jedoch nur als gelbe und orangefarbene Tupfer.

Er wusste nicht mehr, was er denken, glauben, fürchten oder hoffen sollte. Er wusste nur, dass der Junge, der sein Sohn war, ein Geheimnis mit an Bord des Trawlers nahm, um damit durch tückische Gewässer zu einem einsamen Felsen im Nordatlantik zu fahren, an dem Fin vor achtzehn Jahren beinahe gestorben wäre.

Und der Gedanke an den Jungen auf dem Felsen inmitten des Gemetzels und der Feuerengel und der Stapel aus totem Fleisch bekümmerte ihn.

17

Mit dem kräftigen Westwind trieben schwere Wolken über die Insel und streiften die Hügelkuppen. Die Körbe mit bunten Hängeblumen, welche die gesamte Front des Polizeireviers Stornoway schmückten, schaukelten gefährlich im Wind. Starke Böen wirbelten Abfälle durch die Straßen, und die Menschen zogen in der ungewöhnlichen Kälte mitten im August die Schultern ein.

Fin lief den langen Weg vom Hafen die Church Street entlang zu Fuß. Das blutbefleckte Hemd hatte er im Waschbecken seines Hotelzimmers eingeweicht. Jetzt trug er einen Wollpullover unter seinem Parka. Die ganze Nacht hindurch war er immer wieder eingenickt und aufgewacht, ohne richtigen Schlaf zu finden, die Art von Schlaf, die einem alle Gedanken nimmt. Mehrfach hatte er überlegt, Mona anzurufen. Doch was hätte er ihr erzählen sollen? Etwa, dass sie nicht länger um den Verlust von Robbie trauern müssten? Weil er einen anderen Sohn gefunden hatte, von dessen Existenz er bis jetzt nichts geahnt hatte?

Er lief über den Parkplatz und betrat die Wache durch die Hintertür. Der diensthabende Sergeant lehnte am Wachtisch und füllte Formulare aus. In das allgegenwärtige Amtsstubenparfüm aus Desinfektionsmitteln und Toilettengerüchen, das in alle Zellen der Wache drang, mischte sich immerhin der Duft nach Toast und Kaffee. Fin warf einen Blick auf die Überwachungskamera oberhalb des Wachtischs und zeigte dem Sergeant seinen Dienstausweis.

»Ist Reverend Murray noch da?«

Der Sergeant deutete mit dem Kopf den Flur entlang. Das

Tor zum Zellentrakt war geöffnet, die meisten Türen waren angelehnt. »Die Erste rechts. Sie ist nicht abgeschlossen.« Er sah Fins erstauntes Gesicht. »Er hilft uns noch bei unseren Ermittlungen, Sir. Er wurde nicht offiziell verhaftet. Möchten Sie einen Kaffee?«

Fin schüttelte den Kopf und ging den Flur entlang. Alles war sauber und frisch gestrichen. Cremefarbene Wände, beigefarbene Türen. Er öffnete die Tür zur ersten Zelle rechts. Donald hockte auf einer niedrigen Holzbank unter einem kleinen Fenster ziemlich weit oben an der Wand. Er aß Toast, und auf der Bank neben ihm stand ein Henkelbecher mit dampfend heißem Kaffee. Unter der Jacke, die inzwischen zerknittert war, trug er noch den Halskragen des Geistlichen. Ähnlich zerknittert war sein Gesicht. Er sah aus, als hätte er nicht mehr als Fin geschlafen. Mit seinen dunklen Augenringen wirkte er wie ein Pandabär, sein ungekämmtes, zerzaustes Haar fiel ihm über die Stirn. Er warf einen kurzen Blick auf Fin und verzog kaum die Miene zu einem Gruß.

»Sieh mal.« Mit dem Kopf wies er links von Fin auf eine Ecke der Zelle. Fin spähte hinüber und entdeckte einen weißen Pfeil neben einem großen *O* auf dem dunkelroten Betonfußboden. »Zeigt nach Osten. Nach Mekka. Damit muslimische Gefangene ihre Gebetsrichtung kennen. Der Sergeant hat mir erzählt, er könne sich hier an keinen einzigen muslimischen Gefangenen erinnern. Doch es ist nun mal Vorschrift. Ich habe ihn um eine Bibel gebeten, damit ich inmitten dieser Hölle ein bisschen Trost finde. Er entschuldigte sich. Jemand hätte die Bibel verlegt. Doch wenn ich wollte, könne er mir einen Koran und einen Gebetsteppich geben.« Mit verächtlicher Miene sah er auf. »Das war einmal eine christliche Insel, Fin.«

»Klar, mit christlichen Werten, so wie Wahrheitsliebe und Ehrlichkeit, Donald.« Donald sah ihm fest in die Augen. »Ich habe Angel Macritchie nicht getötet.«

»Das weiß ich.«

»Und wieso bin ich dann hier?«

»Das ist nicht meine Entscheidung.«

»Die sagen, ich sei zur selben Zeit in Edinburgh gewesen, als dort ein anderer Mord passiert ist. Dasselbe gilt für eine halbe Million Menschen.«

»Weißt du noch, was du in der Nacht gemacht hast?«

»Mehrere von uns haben im selben Hotel gewohnt. Ich glaube, wir haben zusammen zu Abend gegessen. Das überprüfen sie gerade zusammen mit allem möglichen anderen. Für die Zeit, nachdem ich ins Bett gegangen bin, habe ich allerdings kein Alibi zu bieten – ich war allein.«

»Schön. Man erzählt sich, dass die Zahl der Prostituierten in Edinburgh zur Zeit der Generalversammlung alljährlich steigt.« Donald strafte ihn mit einem unwirschen Blick. »Ist aber auch nicht weiter von Belang. Deine DNA-Probe wird sowieso deine Unschuld im Mordfall Macritchie beweisen, sobald die Ergebnisse raus sind. Gottes Strichcode.«

»Woher nimmst du die Sicherheit, dass ich es *nicht* gewesen bin?«

»Darüber habe ich die ganze Nacht nachgedacht.«

»Nun, es freut mich, dass ich nicht der Einzige bin, der die Nacht keinen Schlaf bekommen hat. Und? Zu welchem Ergebnis bist du gekommen?«

Fin lehnte sich an den Türrahmen. Er fühlte sich erschöpft und müde. »Ich hab dich immer zu den Guten gezählt, Donald. Du bist immer für deine Überzeugungen eingetreten, hast dich nie vor den Rabauken geduckt. Und ich habe noch nie gesehen, dass du auch nur einen Finger gegen jemanden erhebst. Deine Macht über andere war psychologischer, nicht physischer Natur. Du konntest mit Menschen umgehen, ohne auf Gewalt zurückzugreifen. Ich glaube nicht, dass du fähig wärst, jemanden zu töten.«

»Nun, danke für dein Vertrauen.«

Fin ignorierte den schnippischen Ton. »Dagegen bist du sehr wohl fähig, einen gewaltigen, störrischen Stolz an den Tag zu legen.«

»Ich wusste, dass es einen Haken gibt.«

»Wie du den Schlägern die Stirn geboten hast, wie du für andere was riskiert hast, wie du deinem Vater getrotzt hast, wie du den Rebellen gegeben hast. Hinter alledem steckt dasselbe Motiv wie hinter deiner Bekehrung zu Gott.«

»Ach ja? Und das wäre?«

»Dein unstillbares Verlangen, im Mittelpunkt zu stehen. Dir ist es immer um den Ruf gegangen, der dir vorauseilt, nicht wahr? Um das Bild, das du dir von dir selber machst. Das Bild, das sich andere von dir machen sollten. Das rote Cabrio, die hübschen Mädchen, die Drogen, der Alkohol, das snobistische Leben. Und jetzt der Pfarrer. Viel mehr Rampenlicht ist nicht drin. Jedenfalls nicht auf der Isle of Lewis. Dabei geht es immer nur um ein und dasselbe. Und weißt du, was?«

»Du wirst es mir sicher gleich sagen, Fin?« So abweisend er sich gab, zeigten Fins Worte offensichtlich Wirkung. Donalds Wangen waren glühend rot angelaufen.

»Stolz. Du bist ein stolzer Mann, Donald. Und dein Stolz steht über allem anderen. Was eigentlich seltsam ist, denn ich habe mal gelernt, das sei Sünde.«

»Predige du mir nicht die Bibel.«

Doch Fin dachte nicht daran, klein beizugeben. »Und es heißt, Hochmut kommt vor dem Fall.«

Er steckte die Hände in die Hosentaschen und trat vom Türrahmen in die Zelle. »Du weißt ganz genau, dass Macritchie Donna nicht vergewaltigt hat. Und ich denke, du weißt auch, wieso sie es behauptet.«

Zum ersten Mal mied Donald seinen Blick und starrte zu Boden. Fin merkte, wie er mit den Fingern den Henkel seines Kaffeebechers umkrallte.

»Du weißt, dass sie schwanger ist, nicht wahr? Aber du willst der Wahrheit nicht ins Auge sehen und lässt die Welt lieber in dem Glauben, Macritchie sei schuld. Denn welchen Schaden würde dein Ruf leiden! Dein kostbares Selbstwertgefühl! Wenn die Pfarrerstochter schwanger geworden ist, nicht weil sie vergewaltigt wurde, sondern weil sie mit ihrem Freund einvernehmlichen Sex hatte. Welch ein Makel für deinen Ruf! Was für ein Schlag gegen deinen Stolz!«

Donald starrte immer noch zu Boden, während sich seine Kiefermuskeln anspannten.

»Denk drüber nach, Donald. Deine Frau und deine Tochter haben Angst vor dir. Angst! Und ich sag dir noch etwas. Angel Macritchie hat nicht viel getaugt. Aber ein Vergewaltiger war er nicht. Er hatte kaum gute Eigenschaften, aber einen solchen Schandfleck in seinem Andenken verdient er nicht.«

Immer noch grübelnd, wie während seiner schlaflosen Nacht, lief Fin eilig die Treppe hinunter. DCI Smith kam in diesen Überlegungen nicht vor, und so brauchte er eine Weile, bis er seine Stimme erkannte.

»Macleod!« Als Fin nicht reagierte, rief er noch einmal und lauter. *»Macleod!«* Fin drehte sich um und sah, dass er in der Tür eines Vernehmungszimmers stand. »Hier rein.«

Das Image des gepflegten, manikürten Glasgower Ermittlungsleiters hatte er wohl aufgegeben. Er war unrasiert, sein Hemd zerknittert und an den Ellenbogen unordentlich hochgekrempelt. Sein pomadiges Haar fiel ihm in strähnigen Kringeln über die niedrigen Schläfen, und er dünstete einen etwas unangenehmen Körpergeruch aus, der allerdings nur geringfügig schlimmer war als sein Rasierwasser. Auch er war offensichtlich die ganze Nacht auf gewesen.

Er schloss die Tür hinter ihnen und forderte Fin auf, sich an den Schreibtisch zu setzen, der von Papieren übersät war. Ein Aschenbecher quoll fast über. Smith zog es vor, stehen zu bleiben. »Sie waren bei Murray und haben mit ihm geredet.« Es war keine Frage.

»Sie haben den falschen Mann.«

»Er war in der Nacht des Leith-Walk-Mordes in Edinburgh.«

»Wie jeder andere Pfarrer der Free Church auf der Insel.«

»Nur dass die anderen kein Motiv hatten, Macritchie zu töten.«

»Murray auch nicht. Er weiß, dass Macritchie seine Tochter nicht vergewaltigt hat. Ihr Freund hat sie geschwängert, deshalb hat sie die Geschichte erfunden.«

Ganz gegen seine Natur schien Smith um Worte verlegen zu sein. Doch das gab sich schnell. »Woher wissen Sie das?«

»Weil ich diese Leute kenne, Chief Inspector. Sie selber haben ja am Tag meiner Ankunft die Bewohner dieser Insel als ungehobelt beschrieben – nun, ich bin einer von ihnen.«

Smith fuhr aus der Haut. »Ich verbitte mir diesen Ton, Macleod!«

»Aber wenn es Ihnen in den Kram passt, mich zu beleidigen, soll ich die andere Wange hinhalten, ja? So hätten Sie das gerne?«

Smith biss sich auf die Lippen. »Wenn Sie so überaus gescheit sind, Macleod, dann wissen Sie sicher auch schon, wer Macritchie getötet hat.« Er legte eine Pause ein. »Ich höre?«

»Nein, Sir. Aber ich denke, Sie lagen von Anfang an richtig. Es gibt keine Verbindung mit Edinburgh. Nur jemanden, der versucht, uns auf die falsche Fährte zu locken.«

»Ich fühle mich geehrt, dass Sie meine Einschätzung teilen, Detective Inspector. Und wann genau sind Sie zu dieser Erkenntnis gelangt?«

»Bei der Autopsie, Sir.«

»Wie das?«

Fin schüttelte den Kopf. »Es war einfach nicht stimmig. Zu viele Details, die anders waren. Kleinigkeiten. Aber genug, um aus meiner Sicht auf zwei verschiedene Mörder hinzuweisen.«

Smith wanderte ans Fenster und verschränkte die kurzen Arme über der Brust. Er drehte sich zu Fin um. »Und welchen Zeitpunkt hatten Sie ins Auge gefasst, um mir diese Überlegungen mitzuteilen?«

»Es war noch keine klare Schlussfolgerung, Sir, sondern nur ein erster Eindruck. Hätte ich mit Ihnen darüber gesprochen, dann hätten Sie mich in den ersten Flieger zurück nach Edinburgh gesetzt. Ich ging aber davon aus, dass ich mit meiner Kenntnis der örtlichen Verhältnisse etwas zu den Ermittlungen beizutragen habe.«

»Und Sie waren der Meinung, diese Entscheidung läge bei Ihnen?« Smith schüttelte fassungslos den Kopf. Er lehnte sein ganzes Gewicht gegen den Tisch und schnupperte in die Luft. »Ich rieche gar keinen Alkohol. Haben Sie sich heute Morgen den Mund gründlich ausgespült, bevor Sie hergekommen sind?«

Fin runzelte die Stirn. »Ich hab keine Ahnung, wovon Sie reden, Sir.«

»Ich rede von einem mir weisungsgebundenen Polizeibeamten, der gestern Abend in The Narrows in eine Schlägerei verwickelt war. Ich rede von einem Beamten, der mir gegenüber nur noch so lange weisungsgebunden ist, wie er braucht, um mit dem nächstbesten Flieger hier wegzukommen. Ich will, dass Sie von der Insel verschwinden, Macleod. Wenn Sie keinen Flug bekommen, nehmen Sie die Fähre.« Er richtete sich zu voller Größe auf, die eher bescheiden war. »Ich habe bereits mit Ihrem Abteilungsleiter in Edinburgh gesprochen. Schätze, wenn Sie heimkommen, können Sie mit einem herzlichen Empfang rechnen.«

Sein missglückter Aufenthalt auf der Insel war damit beendet. All die schmerzlichen Konfrontationen mit den Geistern aus seiner Vergangenheit. Fast war es eine Erleichterung. Und Fionnlagh hatte recht. Er hatte sich achtzehn Jahre nicht um sie gekümmert und kein Recht, sich jetzt auf einmal in ihr Leben einzumischen. Ein Mann war ermordet worden, und sein Mörder lief noch frei herum. Doch das lag nicht länger in seiner Verantwortung. Er würde nach Hause fahren, falls es das noch gab. Falls Mona noch da war. Er konnte einfach den Vorhang wieder zuziehen und alles vergessen. Nach vorn schauen statt zurück. Aber wieso machte ihm die Aussicht solche Angst?

Fin stürmte an der Reliefkarte von Lewis und Harris vorbei in den Flur und warf die Brandschutztür zur Eingangshalle auf. Der diensthabende Beamte, der vor einer Reihe flackernder Überwachungsmonitore saß, blickte hoch. Auf Plastikstühlen an der Wand gegenüber dem Fenster warteten geduldig zwei Gestalten, doch Fin bemerkte sie nicht. Er war schon fast zur Eingangstür hinaus, als eine der beiden ihn beim Namen rief und aufstand.

Catriona Macfarlane oder Murray, wie sie jetzt vermutlich hieß, stand mit verschränkten Armen vor ihm. Sie war bleich und wirkte niedergeschlagen. Und wie eine Stoffpuppe, die jemand auf die leere Stuhlreihe hinter ihr platziert hatte, saß dort ein junges Mädchen mit blutleerem, völlig ungeschminktem Gesicht, das man auf kaum zwölf Jahre schätzen würde. Die Erkenntnis, dass es sich bei diesem Mädchen um Donna handeln musste, traf Fin wie ein Schock. Sie wirkte so jung. Es war schwer zu glauben, dass sie im dritten Monat schwanger war. Vielleicht sah die Kleine mit Make-up älter aus. Sie war hübsch, ohne aufzufallen. Sie hatte denselben zarten Elfenbeinteint und das hellbraune Haar wie ihr Vater. Sie trug Jeans und eine pinkfarbene Bluse unter einem Steppanorak, in dem sie versank.

»Mistkerl!«, sagte Catriona.

»Ich hatte damit nichts zu tun, Catriona.«

»Wann lasst ihr ihn gehen?«

»Meines Wissens kann er gehen, wann er will. Mich schicken sie nach Edinburgh zurück. Dein Wunsch geht somit in Erfüllung, ich werde euch nicht mehr belästigen.« Ihr Leben ging ihn nichts mehr an.

Er warf die Schwingtür auf und hastete die Eingangstreppe hinunter in den tosenden Wind. Er hatte bereits die Kenneth Street überquert und lief gegenüber Nazir's an dem Fish-'n'-Chips-Imbiss vorbei, als er hinter sich Schritte auf dem Bürgersteig hörte. Er drehte sich um und sah, dass Donna ihm auf der Church Street hinterhergelaufen kam. Ihre Mutter stand auf der Treppe des Polizeireviers. Sie rief ihre Tochter, doch Donna ignorierte sie. Das Mädchen erreichte Fin und sagte keuchend: »Ich muss mit Ihnen sprechen, Mr Macleod.«

Eine kaugummikauende Kellnerin brachte ihnen zwei Tassen Kaffee an den Tisch am Fenster. Ein nicht abreißender Verkehrsstrom polterte hinter der Scheibe durch die Cromwell Street. Draußen dämmerte es immer noch, und das zinnfarbene Meer drängte schäumend in den Hafen.

»Ich weiß nicht, wieso ich mir einen Kaffee bestellt habe, ich mag eigentlich keinen.«

»Ich besorg dir was anderes.« Er hob die Hand, um die Kellnerin zu rufen.

»Nein, schon gut.« Donna spielte weiter mit ihrem Löffel und drehte ihre Tasse in der Lache, die sich darunter gebildet hatte. Fin süßte seinen Kaffee und rührte ihn geduldig um. Wenn sie ihm etwas zu sagen hatte, würde er ihr die nötige Zeit dafür lassen. Er nahm einen Schluck: bestenfalls lauwarm. Schließlich sah sie zu ihm auf. »Ich weiß, dass Ihnen meine Mutter die Wahrheit gesagt hat, was Mr Macritchie angeht.« Für ein Mädchen, das einen Mann fälschlich der Vergewaltigung beschuldigt hatte, lag in ihrem Blick eine außergewöhnliche Offenheit. »Und mein Dad weiß auch, schätze ich, dass es gelogen war.«

»Ja, das weiß er.«

Sie schien überrascht. »Dann wissen Sie ja auch, dass mein Dad ihn nicht umgebracht hat.«

»Ich habe keinen Moment geglaubt, dass dein Dad irgendjemanden töten könnte, Donna.«

»Und wieso ist er dann in Haft?«

»Er ist nicht in Haft. Er hilft bei den Ermittlungen. Das ist reine Formsache.«

»Ich wollte nicht diesen ganzen Ärger machen.« Sie biss sich auf die Lippe, und Fin sah, dass sie mit den Tränen kämpfte.

»Was hast du Fionnlagh erzählt?«

Die Tränen mussten warten. Sie sah ihn misstrauisch an. »Wie meinen Sie das?«

»Weiß er, dass du schwanger bist?«

Sie senkte den Blick und schüttelte den Kopf, dann spielte sie wieder mit dem Löffel. »Ich … ich hatte keine Gelegenheit, es ihm zu sagen. Noch nicht.«

»Demnach hatte er keinen Grund, an deiner Geschichte über Macritchie zu zweifeln. Es sei denn, du hättest ihn aufgeklärt.« Sie sagte nichts. »Hast du es gegenüber Fionnlagh richtiggestellt?« Sie schüttelte den Kopf. »Dann musste er also an diese Vergewaltigung glauben.«

Sie sah auf und betrachtete ihn voller Empörung. »Sie können doch wohl nicht im Ernst glauben, Fionnlagh hätte ihn getötet! Ich bin noch keinem sanftmütigeren Menschen begegnet!«

»Aber du musst zugeben, dass du ihm ein ziemlich starkes Motiv gegeben hast. Und er hat eine Menge Blutergüsse, die er partout nicht erklären will.«

An diesem Punkt schien sie eher fassungslos als empört. »Wie können Sie so was auch nur im Traum von Ihrem eigenen Sohn denken?«

Jetzt war es an Fin, entgeistert zu sein. Er konnte kaum glauben, dass er diese Worte gerade aus ihrem Mund gehört hatte. Seine Stimme klang heiser. »Woher weißt du das?«

Sie wusste, dass sich das Blatt gewendet hatte. »Fionnlagh hat es mir erzählt.«

Das konnte einfach nicht sein. »Fionnlagh *weiß* es?«

»Schon sein ganzes Leben, oder zumindest solange er zurückdenken kann. Mr Macinnes hat ihm schon vor Jahren erzählt, er wäre nicht sein Sohn. Ich meine, Fionnlagh kann sich nicht mal erinnern, wann das war. Er weiß es einfach schon immer.« Wieder hatte sie diesen Ausdruck in den Augen. »Er hat geweint, als er es mir gesagt hat, und es hat mir das Gefühl gegeben, dass ich für ihn wirklich was Besonderes bin. Er hat es nämlich sonst noch keinem erzählt. Keiner Menschenseele. Und ich denk, das haut mich echt um, das hat er wirklich nur mir anvertraut.« Bei der Erinnerung leuchteten ihre Augen für einen Moment. »Wir sind uns beide ziemlich sicher, dass ihn sein Dad deshalb seit Jahren verprügelt.«

Der Schlag saß. Fin hatte eine trockene Kehle. Ihm war speiübel. »Was sagst du da?«

»Er ist ein kräftiger Mann, sein Dad. Und Fionnlagh, na ja, er ist auch heute noch nicht gerade Mr Universum, nicht? Also geht das immer noch weiter.«

»Ich versteh nicht ganz.« Er musste sich verhört haben.

»Was verstehen Sie nicht, Mr Macleod? Fionnlaghs Dad schlägt ihn. Schon seit Jahren. Nie so, dass man es sieht, wenn er angezogen ist. Aber der arme Fionnlagh hatte schon gebrochene Rippen und einmal einen gebrochenen Arm. Blutergüsse quer über die Brust und den Rücken und die Beine. Als sollte der Sohn für die Sünden des Vaters büßen.«

Fin schloss die Augen und wünschte sich, aus diesem Albtraum aufzuwachen. Doch sie war noch nicht fertig.

»Fionnlagh hat es immer verheimlicht. Keinem Menschen was davon erzählt. Bis zu der Nacht, in der wir beide, Sie wissen schon, als wir es getan haben. Und da hab ich es selber gesehen. Da hat er es mir gesagt. Sein Dad – na ja, er ist ja in Wahrheit überhaupt nicht sein Dad, nicht wahr? Er ist ein Monster, Mr Macleod. Ein absolutes Monster.«

18

Er ruinierte mir den Sommer, dieser Unfall auf dem Felsen. Ich bin mir nicht sicher, ob er mir nicht mein Leben ruinierte. Ich war fast eine Woche lang im Krankenhaus. Sie sagten, ich hätte eine schwere Gehirnerschütterung, und ich sollte noch Monate danach unter Kopfschmerzen leiden. Sie hatten den Verdacht, dass ich mir den Schädel gebrochen hätte, obwohl auf den Röntgenaufnahmen nichts zu sehen war. Mein linker Arm war an zwei Stellen gebrochen und kam über einen Monat in Gips. Mein ganzer Körper war von blauen Flecken übersät, und als ich zum ersten Mal wieder zu Bewusstsein kam, konnte ich mich kaum rühren.

Marsaili besuchte mich jeden Tag, doch ich wollte eigentlich nicht, dass sie kommt. Ich weiß nicht, warum, aber ich fand ihre Anwesenheit irritierend. Ich glaube, mein unterkühltes Verhalten hat sie verletzt, und ich konnte mit ihrer Fürsorge und Wärme nichts anfangen. Meine Tante kam ein paarmal, doch ihre Anteilnahme hielt sich in Grenzen. Sie musste zu dieser Zeit bereits gewusst haben, dass sie sterben würde. Ich war dem Tod zwar nur knapp entkommen, aber es hieß, ich würde wieder vollkommen gesund. Wieso sollte sie ihre Gefühle an mich verschwenden?

Auch Gigs kam. Nur das eine Mal. Ich erinnere mich verschwommen, wie er an meinem Bett saß und mich mit diesen tiefen blauen Augen besorgt ansah. Er fragte mich nach dem Unfall, woran ich mich erinnern könne. Aber zu dem Zeitpunkt war alles noch sehr verschwommen. Meine Erinnerungen waren bruchstückhaft. Zusammenhanglose Bilder. Ich sah vor Augen, wie Artairs Dad neben mir auf den Vorsprung kletterte. Ich sah seine Angst. Dann, wie seine Leiche unter der Klippe auf den Felsen lag und das Meer sich ihn holte. Die ganzen zwei Wochen lagen wie unter einem Nebelschleier. Das käme von der Gehirnerschütterung, erklärten sie. Nur ganz allmählich lichtete sich der Schleier.

Woran ich mich bei meinem Krankenhausaufenthalt am besten erinnere, ist die Tatsache, dass Artair mich nicht einmal besuchen kam. In den ersten paar Tagen war es mir noch nicht bewusst, doch als ich mich zunehmend erholte und sie davon sprachen, mich zu entlassen, registrierte ich, dass er nicht ein einziges Mal da gewesen war. Ich fragte Marsaili nach ihm, und sie sagte, seine Mutter sei in einem schrecklichen Zustand gewesen. Es hatte eine Beerdigung stattgefunden. Ohne einen Leichnam. Ein leerer Sarg wurde den langen Weg zum Croboster Friedhof getragen, mit nichts weiter als ein paar persönlichen Gegenständen darin. Es soll schwer sein, ohne eine Leiche einen Schlussstrich zu ziehen. Da das Meer die Leiche mit Sicherheit nicht mehr hergeben würde, sah ich nicht, wie es überhaupt je möglich sein sollte, unter den Tod von Mr Macinnes einen Schlussstrich zu ziehen, und mir kam der Gedanke, dass Artair vielleicht mir die Schuld dafür geben würde. Marsaili sagte, sie glaube nicht, dass es um Schuldzuweisung gehe. Es sei einfach nur schmerzhaft, mit dem Tod eines Elternteils fertigzuwerden. Dafür sollte ich doch wohl am ehesten Verständnis haben. Und das hatte ich auch.

Die schwerste Zeit waren die Wochen, nachdem ich aus dem Krankenhaus entlassen war und bevor ich an die Uni ging. Es war eine verlorene Zeit voller langer, leerer Tage. Es war inzwischen September und der Sommer fast vorbei. Was am Felsen passiert war, der Tod von Artairs Dad, stürzte mich in schwere Depressionen. Ich konnte mich nicht auf Glasgow freuen, doch ich klammerte mich an die Hoffnung, dass ich mich nach dem Umzug aufs Festland besser fühlen würde, dass ich irgendwie alles hinter mir lassen und ganz von vorn anfangen konnte.

Ich merkte, dass ich Marsaili aus dem Weg ging, und bereute, dass wir uns in Glasgow ein gemeinsames Zimmer genommen hatten. Irgendwie schien sie mir plötzlich zu all dem zu gehören, was ich hinter mir lassen musste. Und die Sache mit Artair verdrängte ich einfach. Wenn er es nicht über sich brachte, im Krankenhaus vorbeizukommen, dann würde ich ihn ganz bestimmt nicht besuchen.

An den Tagen, an denen es nicht regnete, unternahm ich lange Spaziergänge auf den Klippen die Ostküste entlang Richtung Süden, an den Ruinen des alten Dorfs und der Kirche von Bilascleiter vorbei zu dem langen Strand von Tolastadh, wo ich mich in die Dünen setzte und stundenlang aufs Meer hinausstarrte. Die einzigen Menschen, die ich bei diesen Gelegenheiten sah, waren Wanderer, die zu einem Ausflug vom Festland gekommen waren, und die Seevögel, die im Minch zu Tausenden auf der Suche nach Fischen vor den Klippen in die Tiefe tauchten, waren meine einzige Gesellschaft.

Als ich eines Tages von einem solchen Spaziergang zurückkam, erzählte mir meine Tante, Artairs Mutter hätte einen Schlaganfall erlitten. Es gehe ihr sehr schlecht, glaubte meine Tante. Da war mir klar, dass ich ihm nicht länger aus dem Weg gehen konnte. Ich hatte den Arm immer noch im Gips und konnte nicht Fahrrad fahren, also ging ich zu Fuß. Wenn man am liebsten nie ankommen möchte, vergeht die Zeit wie im Flug. Im Nu war ich bei Artairs Bungalow am Fuß des Hügels angekommen. Wodurch es noch viel absurder erschien, dass ich mir so lange Zeit gelassen hatte.

Der Wagen seines Vaters stand noch an derselben Stelle in der Einfahrt, an der er ihn vor seinem Aufbruch zum An Sgeir geparkt hatte. Ich klopfte an die Hintertür, und mich verließ der Mut. Es schien eine Ewigkeit zu dauern, bis er öffnete. Artair stand da und sah auf mich herunter. Er war schrecklich blass und hatte dunkle Schatten unter den Augen. Er hatte abgenommen. Er sah mich teilnahmslos an.

»Ich hab von deiner Mum gehört.«

»Komm am besten rein.« Er hielt die Tür weit offen, und ich trat in die Küche. Im Haus hing noch der Pfeifentabak seines Dads in der Luft. Er vermischte sich mit einem unangenehmen abgestandenen Essensgeruch. Im Spülbecken stapelte sich das schmutzige Geschirr.

»Wie geht's ihr?«

»Wahrscheinlich wäre es besser für sie gewesen, sie hätte es nicht geschafft. Sie ist einseitig gelähmt. Hat eine Menge an ihren motorischen Funktionen eingebüßt. Ihre Sprechfähigkeit ist in Mitleidenschaft gezogen. Auch wenn die Ärzte meinen, das könnte sich bessern. Falls sie überlebt. Sie sagen, wenn sie aus dem Krankenhaus kommt, muss ich sie mit dem Löffel füttern. Sie kann mit an Sicherheit grenzender Wahrscheinlichkeit nie wieder laufen.«

»Mein Gott, Artair, das tut mir so leid.«

»Sie sagen, es kommt vom Schock über den Tod meines Vaters.« Wodurch ich mich noch schlechter fühlte, falls das noch möglich war. Doch er zuckte nur mit den Achseln und betrachtete meinen Gips. »Und wie geht's dir?«

»Immer noch des Öfteren Kopfschmerzen. Der Gips kommt nächste Woche runter.«

»Reicht ja gerade noch, um nach Glasgow abzuzischen.« Der bittere Unterton war unüberhörbar.

»Du hast mich nicht im Krankenhaus besucht.« Das war nicht als Frage formuliert, doch es war klar, dass ich wissen wollte, warum.

»Ich war beschäftigt.« Er schien gereizt. »Ich musste die Beerdigung ausrichten. Hatte einen Haufen Papierkram zu erledigen. Hast du eine Ahnung, wie viel Bürokratie am Sterben hängt?« Er erwartete keine Antwort. »Nein, natürlich nicht. Du warst ja noch klein, als deine Eltern starben. Den ganzen Mist hat jemand anders übernommen.«

Sein kratzbürstiger Ton machte mich wütend. »Du gibst mir die Schuld am Tod deines Vaters, stimmt's?«, platzte ich heraus.

Er sah mich mit einem Ausdruck an, der mich vollkommen verwirrte. »Gigs sagt, du hast von all dem, was auf dem Felsen passiert ist, nicht mehr viel in Erinnerung.«

»Woran sollte ich mich da groß erinnern?«, fragte ich, immer noch irritiert. »Ich bin gestürzt. Na schön, wie genau, weiß ich nicht mehr. Wahrscheinlich irgendwas Blödes. Und dein Dad ist da auf diesen Felsvorsprung raufgeklettert und hat mir das Leben gerettet. Vielleicht macht mich das für seinen Tod verantwortlich. Es tut mir leid. Mir hat noch nichts in meinem Leben so leidgetan. Er war toll, dein Dad. Ich weiß noch, wie er mir auf diesem Felssims gesagt hat, alles würde gut werden. Und das wurde es auch. Nur nicht für ihn. Ich werde ihm immer dankbar sein, Artair. Immer. Nicht nur dafür, dass er mir das Leben gerettet hat, sondern auch für die Chancen im Leben, die ich ihm verdanke. Für all die Stunden, die er mir gegeben hat, um mich durch die Prüfungen zu kriegen. Ohne ihn hätte ich das nie geschafft.« Es kam einfach so aus mir heraus. All mein Elend und meine Schuldgefühle.

Ich sehe noch vor mir, wie Artair mir – immer noch mit diesem seltsamen Ausdruck in den Augen – ins Gesicht starrte. Ich nehme an, er wägte ab, ob er mir Vorwürfe machen sollte. Dann schien er zu einem Schluss zu kommen, und plötzlich wich all die Anspannung aus seinem Gesicht. Er schüttelte den Kopf. »Ich geb dir nicht die Schuld, Fin. Wirklich nicht. Es ist einfach nur …« Tränen standen ihm in den Augen. »Es ist einfach nur schwer, mit dem Tod meines Dads fertigzuwerden.« Er holte zitternd tief Luft. »Und jetzt das.« Er hob hilflos die Hände und ließ sie wieder sinken.

Ich hatte solches Mitleid mit ihm, dass ich etwas tat, das

ich noch nie zuvor getan hatte. Etwas, das sich für die großen Machos der Insel Lewis einfach nicht gehörte. Ich nahm ihn in die Arme. Ich spürte seine anfängliche Überraschung und ein momentanes Zögern, bevor er meine Umarmung erwiderte, dann spürte ich seine Stoppeln im Nacken und das Schluchzen, das ihn schüttelte.

Marsaili und ich brachen Ende September getrennt nach Glasgow auf und trafen uns in unserem Pub The Curlers in der Byres Road. Wir waren jeder für sich schon zu der Wohnung in der Highburgh Road gefahren, um unser Gepäck abzuladen, doch es gab reichlich Klärungsbedarf. Meinerseits musste ich mich mit meinen Gefühlen – beziehungsweise dem Mangel daran – für Marsaili auseinandersetzen. Damals wie heute konnte ich es mir nicht erklären: Ich war auf dem An Sgeir noch einmal mit dem Leben davongekommen, doch ein Teil von mir war auf dem Fels gestorben. Und Marsaili gehörte irgendwie zu dem Teil von mir, der mir abhandengekommen war. Ich musste mich quasi neu erfinden, und ich konnte nicht sagen, ob und wo bei diesem Vorgang für Marsaili Platz war. Für sie lief es auf eine einfache Frage hinaus. Wollte ich, dass wir zusammenblieben, oder nicht? Ich muss zugeben, dass ich feige war. Ich bin nicht gut darin, Beziehungen zu beenden. Ich neige zum Zaudern, weil ich niemanden verletzen will. Am Ende macht es das natürlich nur umso schlimmer, und man reißt noch tiefere Wunden. Ich brachte jedenfalls nicht den Mut auf, ihr zu sagen, dass es vorbei war.

Stattdessen tranken wir ein bisschen und gingen dann in ein chinesisches Restaurant in der Ashton Lane. Wir bestellten Wein zum Essen und danach noch mehrere Brandys und waren, bis wir in die Wohnung zurückkamen, mehr als beschwipst. Unser Wohn- und Schlafzimmer war ein großes Zimmer an der Eingangsseite der Wohnung, vermutlich ursprünglich der Wohnraum. Es hatte einen prächtigen

Stuckfries an der Decke und ein Gasfeuer in der kunstvoll geschnitzten Kaminumrandung aus Holz. Durch die spektakulären Buntglas-Erkerfenster hatte man zwischen den Bäumen einen Blick auf die Straße unten. Am oberen Ende einer kurzen Treppe befand sich ein Gemeinschaftsbad und im hinteren Teil der Wohnung eine große Gemeinschaftsküche mit einem riesigen Esstisch und einem Fernseher neben einem Fenster mit Aussicht auf den Hinterhof. Als wir den Flur betraten, hörten wir die anderen Studenten in der Küche reden und Musik spielen, doch an diesem Abend war uns nicht nach Gesellschaft zumute. Wir gingen sofort in unser Zimmer und schlossen hinter uns ab. Die Straßenlaternen, die durch die Blätter der Bäume drangen, warfen mattes Licht über den Boden. Wir machten uns nicht einmal die Mühe, die Gardinen zuzuziehen, bevor wir unser Sofabett ausklappten und uns auszogen. Wahrscheinlich waren wir von den Wohnungen auf der anderen Straßenseite aus zu sehen. Doch das war uns egal. Der Cocktail aus Alkohol und Hormonen zeigte seine Wirkung. Es war kurz und intensiv.

Lange war es her, dass wir uns das letzte Mal – am Strand von Port of Ness – geliebt hatten. Diese erste Nacht in Glasgow befriedigte eine Sehnsucht, die physisch war, doch als es vorbei war, lag ich auf dem Rücken, starrte an die Decke und betrachtete das Schattenspiel, das die Blätter darauf warfen. Es war nicht so wie früher. Ich fühlte mich leer. In dem Moment wusste ich, dass es vorbei sein würde und wir uns früher oder später beide der Tatsache stellen mussten.

Wenn man eine Schuld nicht eingestehen will, stellt man es so hin, dass der andere keine Wahl mehr hat, als einen Schlussstrich zu ziehen. So war es in diesem ersten Semester an der Universität in Glasgow zwischen mir und Marsaili. Wenn ich jetzt zurückblicke, bin ich mir nicht sicher, was das für ein

Mensch war, der in jenen Wochen im Herbst, im Übergang zu unserem ersten Winter in der Großstadt, in meinem Körper hauste. In jedem Fall war er ein widerspenstiger Mistkerl, launisch und schwierig. Er trank zu viel. Er rauchte zu viel Haschisch. Er schlief mit Marsaili, wenn ihm danach war, und behandelte sie die übrige Zeit wie den letzten Dreck.

Ich lernte eine Menge über mich. So wurde mir klar, dass ich mich eigentlich gar nicht so sehr für Kunst interessierte und auch auf einen akademischen Abschluss nicht allzu sehr erpicht war. Im Grunde interessierte ich mich nicht für mein Studium, Punkt, Ende. Wenn ich an die Stunden denke, die der arme Mr Macinnes an mich verschwendet hatte! All die vertane Zeit und Mühe! Ich stellte fest, dass ich etwas war, das man in den Lowlands als »teuchter« bezeichnet, ein Bauerntölpel aus den Highlands, den man zudem am hässlichen Insulanerakzent erkennt, sobald er nur den Mund aufmacht. Ich beschloss, ihn mir abzugewöhnen. Offenbar klang Gälisch für jeden, der es nicht konnte, absurd, und so sprach ich es nicht einmal mehr mit Marsaili, selbst wenn wir allein miteinander waren. Ich stellte fest, dass das andere Geschlecht Gefallen an mir fand, und es schien keinen Mangel an Mädchen zu geben, die bereit waren, mit mir zu schlafen. Aids gab es noch nicht, und man hatte Sex, ohne sich Sorgen zu machen. Ich ging mit Marsaili auf eine Party und verließ sie mit jemand anderem. Wenn ich in die Wohnung zurückkam, lag sie allein im Dunkeln. Nie gab sie zu, meinetwegen Tränen zu vergießen, dabei sah ich die Mascaraflecken auf ihrem Kissen.

Gegen Ende unseres ersten Semesters spitzte sich die Lage zu. Das Zimmer uns gegenüber teilten sich zwei Mädchen. Eins von ihnen hatte ein Auge auf mich geworfen. Selbst in Gegenwart von Marsaili machte sie kein Geheimnis daraus, und Marsaili hasste sie dafür. Sie hieß Anita. Sie war eine gut aussehende junge Frau, doch trotz ihrer eindeutigen Signale war ich nicht wirklich interessiert. Sie dagegen allzu offensichtlich. Wie Sine. Und davor schreckte ich immer zurück.

Eines Tages kam ich früher als sonst aus der Uni zurück. Ich hatte Vorlesungen geschwänzt und war stattdessen in den Pub gegangen. Ich hatte bereits den größten Teil meines Stipendiums für das Jahr ausgegeben, machte mir aber einfach nichts daraus. Es war bitterkalt, der Himmel lag tief über der Stadt, der erste Schnee kündigte sich an. In die Geschäfte hatten die Weihnachtswaren Einzug gehalten. Meine Eltern waren genau zwei Wochen vor Weihnachten gestorben, und so stürzte mich die Jahreszeit in verlässlicher Regelmäßigkeit in düstere Depressionen. Wozu meine Tante ein Übriges tat, indem sie sich nie bemühte, es für mich besonders schön zu machen. Während es die anderen Kinder bis zu den Weihnachtsferien kaum abwarten konnten und den Festtagen entgegenfieberten, machte mich die Aussicht nur beklommen. Und all der kommerzielle, aufgesetzte Frohsinn, der einem in der Großstadt entgegenschlug, die Lichter und Tannenbäume, die grellbunten Schaufensterauslagen, die endlos wiederholten Weihnachtslieder in den Geschäften und Pubs verstärkten nur mein Gefühl, nicht dazuzugehören.

Als ich die Wohnung betrat, war ich leicht beschwipst und triefte vor Selbstmitleid. Anita war allein in der Küche. Sie drehte sich gerade einen Joint und war erfreut, mich zu sehen.

»Hi, Fin. Ich hab tolles Zeug besorgt. Willst du auch einen?«

»Klar.« Ich machte den Fernseher an, und es lief ein lausiger Zeichentrickfilm, der ins Gälische synchronisiert und ins Nachmittagsprogramm auf BBC2 verbannt worden war. Es war seltsam, die Sprache auf einmal wieder zu hören. Auch wenn es nur Zeichentrickfiguren waren, bekam ich Heimweh.

»Gott«, sagte Anita, »wie kannst du das nur verstehen! Für mich klingt es wie Norwegisch auf Speed.«

»Wieso fickst du dich nicht ins Knie?«, fragte ich sie auf Gälisch.

Sie lächelte. »Hey, was hast du gesagt?«

»Ich sagte, dass ich mit dir ficken möchte.«

Sie zierte sich und zog eine Augenbraue hoch. »Was würde Marsaili dazu sagen?«

»Marsaili ist nicht da.«

Sie zündete sich ihren Joint an und zog ausgiebig daran, bevor sie ihn an mich weiterreichte. Ich sah zu, wie ihr der Rauch langsam zwischen den Lippen entwich, während ich mir selbst die Lunge füllte. Als ich ihn schließlich ausblies, sagte ich: »Hat schon mal jemand auf Gälisch Sex mit dir gehabt?«

Sie lachte. »Auf Gälisch? Wie meinst du das?«

»Offensichtlich also nicht.«

Sie stand auf, nahm mir den Joint aus der Hand, sog den Rauch ein und legte mir die Lippen auf den Mund, um den Rauch mit mir zu teilen. Sie drückte ihre Brüste an mich und griff mir zwischen die Beine. »Was hältst du davon, es mir zu zeigen?«

Wären wir in ihr Zimmer statt in meins gegangen, wäre es vielleicht anders gekommen. Doch ich war betrunken und bekifft und hatte die Hand eines Mädchens in der Hose, deshalb war mir alles egal. Das Bett war nicht gemacht, ich schaltete das Gasfeuer an, wir zogen uns aus und stiegen in dasselbe Bett, das ich in der Nacht davor mit Marsaili geteilt hatte. Es war kalt, wir schmiegten uns aneinander, und ich sprach leise auf Gälisch mit ihr.

»Es ist, als ob du mich verzaubern würdest«, sagte sie. Und irgendwie war es auch so. Ich sagte in der Sprache meines Vaters und in der seines Vaters Zaubersprüche auf. Schmeichelnd, beschwörend, indem ich ihr Dinge versprach, die ich nie einlösen würde. Während ich in sie eindrang, um ihr meinen Samen zu geben. Natürlich nahm sie die Pille, und so war es eine Saat, die auf steinigen Boden fiel. Doch für einen Augenblick war es ein Ausweg. Nicht für sie, sondern für mich.

Die Möglichkeit, irgendwie wieder mit dem Fin Macleod in Verbindung zu treten, der ich einmal gewesen war. Wieder der Junge sein zu dürfen, der einmal nur Gälisch gesprochen hatte. Mit meinen Vorfahren Kontakt aufzunehmen und wieder bei ihnen zu sein. In Wahrheit war es vermutlich nur das Dope.

Ich weiß nicht, wann mir bewusst wurde, dass Marsaili in der Tür stand. Doch als ich sie bemerkte, riss ich den Kopf herum. Ihr Gesicht war kreidebleich.

»Was hast du?«, fragte Anita, und dann sah sie selbst, was los war.

»Würdest du bitte deine Sachen nehmen und verschwinden?«, fragte Marsaili sie in ruhigem Ton.

Anita sah mich an, und ich nickte. Mit gespielter Empörung stieg Anita aus dem Bett, las ihre Kleider vom Boden auf und stapfte über den Flur in ihr Zimmer. Marsaili machte die Tür hinter ihr zu. Sie sah mich mit dem Blick eines Hundes an, den sein Herrchen gerade mit Füßen getreten hat. Verrat, Verletzung, Entsetzen. Ich wusste, es gab nichts, was ich hätte sagen können.

»Weißt du, ich hab das nie zugegeben«, sagte sie. »Der einzige Grund, weshalb ich mich um einen Studienplatz beworben habe, warst du.« Das musste, wurde mir klar, schon vor unserer Begegnung auf der Insel Great Bernera gewesen sein. Ich dachte an den Brief, den sie mir geschrieben hatte, in dem sie mich inständig bat, nicht mit Irene Davis zum Abschlusstanz der Grundschule zu gehen. Unterschrift: *Das Mädchen vom Bauernhof.* Und ich wusste, dass sie in all den Jahren nie aufgehört hatte, mich zu lieben. Ich konnte ihr nicht länger ins Gesicht sehen und blickte zu Boden. Denn endlich verstand ich, was ich getan hatte. Ich hatte ihr die Hoffnung genommen. Die Hoffnung, dass sie mich eines Tages wiederbekommen würde. Dass sie den alten Fin wiederfinden würde. Ich wusste selbst ebenso wenig wie sie, wo dieser Fin geblieben war, und ich weiß nicht, ob ich selbst irgendwelche Hoffnung hegte, ihn wiederzufinden.

Ich wollte ihr sagen, dass es mir leidtat. Sie in die Arme nehmen, ihr sagen, dass alles gut würde. Genau so, wie es Mr Macinnes auf dem Felsvorsprung zu mir gesagt hatte.

Marsaili sagte nichts mehr. Sie holte ihren Koffer vom Schrank herunter und machte sich daran, ihre Kleider einzupacken.

»Wo willst du hin?«

»Nach Hause. Ich nehme morgen den Zug nach Inverness und dann den Bus nach Ullapool.«

»Wo willst du heute Nacht schlafen?«

»Keine Ahnung. Jedenfalls nicht hier.«

»Marsaili –«

»Nein, Fin!« Sie schnitt mir das Wort ab. Dann sagte sie in weniger hartem Ton: »Lass es einfach.«

Immer noch nackt und zitternd vor Kälte, sah ich ihr beim Packen zu. Als sie fertig war, schlüpfte sie in ihren Mantel und schleppte den Koffer in den Flur. Ohne ein Wort zog sie die Tür hinter sich zu, und wenig später hörte ich, wie die Haustür aufging und ins Schloss fiel.

Ich trat ans Fenster und sah ihr hinterher, wie sie ihren Koffer mühsam den Bürgersteig entlang bis zur Byres Road schleppte. Das kleine Mädchen, das sich an jenem ersten Tag in der Schule neben mich gesetzt und mir angeboten hatte, für mich zu übersetzen. Dasselbe kleine Mädchen, das mich hoch oben zwischen den Heuballen in der Scheune der Mealanais-Farm geküsst, das die Schuld auf sich genommen hatte, als ich in der Kirche meine Süßigkeiten fallen ließ. Nach all den Jahren hatte ich es geschafft, sie so zu verletzen, dass es nicht wiedergutzumachen war. Jetzt verschwand sie aus meinem Leben. Die ersten großen, dicken Schneeflocken fielen vom Himmel, sodass ich sie schon nicht mehr sehen konnte, bevor sie die Ampel erreichte.

Danach bin ich nur ein einziges Mal auf die Insel zurückgekehrt, als im April des folgenden Jahres plötzlich meine Tante starb. Ich sage nur deshalb »plötzlich«, weil mich die Nachricht wie aus heiterem Himmel traf. In Wirklichkeit war es ein langsamer Verfall, der sich über Monate hinzog. Ich hatte keine Ahnung gehabt, dass sie krank war, obwohl sich herausstellte, dass bei ihr bereits im Sommer zuvor unheilbarer Krebs diagnostiziert worden war. Sie hatte den Ärzten erklärt, sie wolle auf die Chemotherapie verzichten, denn sie hätte ein langes, glückliches Leben genossen, die besten Weine getrunken, die besten Zigaretten geraucht, mit den begehrenswertesten Männern (und ein paar Frauen) geschlafen und unbekümmert ihr Geld verprasst. Wieso sich also jetzt noch das letzte halbe Jahr verderben? Wie sich zeigen sollte, lebte sie noch fast neun Monate, die sie größtenteils allein und unter Schmerzen in der eisigen Kälte ihres letzten Winters verbrachte.

Ich fuhr mit dem Bus nach Ness und lief zu Fuß durch Crobost den Hügel hinauf zum alten Whitehouse am Hafen. Es war ein böiger Frühlingstag, doch es lag etwas Sanftes in dem Wind, der durch die toten Gräser strich, und etwas Warmes im wässrigen Sonnenschein, der sich ab und an durch die dahinjagenden Wolkenhorden brach.

Im Haus war es immer noch eisig; in die feuchte Kälte mischte sich der Geruch von Desinfektionsmitteln. All die bunten Vasen mit Trockenblumen, die violett gestrichenen Wände, die rosa und orangefarbenen Stoffe aus ihren besten Tagen wirkten trist. Es war, als wäre das Haus mit meiner Tante gestorben.

Auf dem Kaminrost, auf dem sie ihr letztes Feuer angezündet hatte, lag noch immer die graue, kalte Asche. Ich saß lange in ihrem Sessel, starrte auf die Feuerstelle und dachte an all die Jahre, die ich bei ihr gelebt hatte. Es war merkwürdig, wie wenig Erinnerungen ich aus dieser Zeit an sie hatte. Was für eine seltsame, kalte Kindheit.

In meinem Schlafzimmer fand ich all die alten Spielsachen, die sie in Kartons gepackt und im Kleiderschrank gestapelt hatte, ein trauriges Relikt aus einer Vergangenheit, die ich nur allzu begierig hinter mir lassen wollte. Mir kam der Paulusbrief an die Korinther in den Sinn. *Da ich ein Kind war, da redete ich wie ein Kind und hatte kindische Anschläge, da ich aber ein Mann ward, tat ich ab, was kindisch war.* Die vielen Stunden, die ich sonntags in der Free Church von Crobost verbrachte, hatten Spuren hinterlassen. Ich nahm die Kartons mit nach unten und stapelte sie neben dem Abfalleimer.

Ich hatte keine Ahnung, was ich mit den Sachen meiner Tante anfangen sollte. Ich ging in ihr Schlafzimmer und öffnete ihren Kleiderschrank. Die bunten Farben ihrer Kleider schienen durch ihren Tod verblasst. Sie hatte Hosen und Röcke und Blusen noch jahrelang nachdem sie sie nicht mehr tragen konnte, aufbewahrt. Es war, als hätte sie die Hoffnung gehegt, irgendwann wieder der Mensch zu werden, der sie in den sechziger Jahren gewesen war. Jung, schlank, attraktiv, das ganze Leben vor sich.

Ich wollte keine einzige Nacht in diesem Haus zubringen, doch ich konnte nirgend woanders hin, und so machte ich, als es Abend wurde, Feuer, wickelte mich in eine Decke und schlief auf dem Sofa vor dem Kamin. Ich schlief unruhig und erwachte mehrfach aus seltsamen Träumen, in denen meine Tante und Mr Macinnes zusammen über eine leere Tanzfläche tanzten.

Ich wachte auf, als es laut klopfte. Es war helllichter Tag. Ich sah auf die Uhr und stellte fest, dass ich fast zehn Stunden geschlafen hatte. Jemand pochte an die Tür. Immer noch in meine Decke gehüllt, machte ich auf und blinzelte in die grelle Sonne und in das Gesicht einer Frau namens Morag. Sie war, glaube ich, eine Cousine zweiten Grades, doch viel älter als ich. Meines Wissens hatte ich sie seit der Beerdigung meiner Eltern nicht mehr gesehen.

»Fin, ich dachte mir, dass du das bist. Ich hab den Torfrauch gerochen und wusste, dass jemand da ist. Ich hab einen Schlüssel, wollte aber nicht so einfach reinplatzen. Du weißt, dass die Beerdigung heute ist?«

Ich nickte verschlafen und erinnerte mich, dass meine Tante nie ein gutes Wort für Morag übriggehabt hatte. Doch wie sich herausstellte, hatte ebendiese Morag, da es sonst niemand getan hatte, die ganze Organisation der Beerdigung in die Hand genommen. »Komm doch rein.«

Morag löste auch das Problem mit den persönlichen Sachen meiner Tante. Einige Dinge, sagte sie, könne ihre Familie brauchen, und das Übrige würde sie zum Wohlfahrtsladen in Stornoway bringen. »Weißt du, dass jemand all deine alten Spielsachen weggeschmissen hat?« Sie war empört. »Ich hab sie beim Mülleimer gefunden und in den Kofferraum gepackt, ist doch schade drum.« So würde ein anderes Kind, musste ich denken, irgendwann andere Erinnerungen damit verbinden. Ich konnte nur hoffen, dass sie glücklicher waren als meine.

Es waren nicht viele Menschen in der Kirche. Ein paar entfernte Verwandte, ein paar unverbesserliche Dorfbewohner, die zu jeder Beerdigung gingen, eine Handvoll neugierige Nachbarn, die vielleicht hofften, ein wenig mehr über die verrückte alte Frau zu erfahren, die vollkommen allein im Whitehouse am Hafen gewohnt hatte. Erst als ich mich am Ende des Gottesdienstes, die gälischen Psalmen noch im Ohr, erhob und umdrehte, entdeckte ich Artair und Marsaili, die gerade aus einer Kirchenbank in den hinteren Reihen geschlüpft waren. Sie mussten wissen, dass ich vorne war, und dennoch waren sie schnell zur Tür hinaus, als gingen sie mir aus dem Weg.

Doch dann entdeckte ich sie doch eine Viertelstunde später unter dem Dutzend Trauergäste, die sich auf der Klippe versammelten, um die sterblichen Überreste meiner Tante auf ihrem letzten Weg zu begleiten. Artair nickte mir zu und schüttelte mir die Hand, und als wir den Sarg auf den Asphalt hievten, waren wir plötzlich Schulter an Schulter. Ich bin sicher, dass der Sarg schwerer war als meine Tante. Ich sah Marsaili in Schwarz gekleidet bei den Frauen stehen, die den Männern bei ihrem langen Marsch zum Friedhof hinterhersahen. Diesmal begegneten sich unsere Blicke, wenn auch nur für einen Moment. Sie sah sofort zu Boden, als überwältigte sie die Trauer. Sie hatte meine Tante kaum gekannt und noch weniger gemocht. Demnach galt ihr Kummer kaum meiner Tante.

Erst nachdem meine Tante in der Erde war und wir es den Totengräbern überließen, das Grab zuzuschütten, sprach mich Artair endlich an. Eine kleine Gruppe von uns schlenderte zwischen den Grabsteinen hindurch auf das vom Wind zerbeulte Friedhofstor zu. »Was macht das Studium?«, fragte er.

»Ist auch nicht das Gelbe vom Ei, Artair.«

Er nickte verständnisvoll.

»Ist schon ganz gut. Besser als hier.«

Wir waren am Tor und mussten unsere kurze Unterhaltung unterbrechen. Wir ließen die anderen durch, und ich blieb zurück, während er das Tor zuzog. Er drehte sich zu mir um, und es schien eine Ewigkeit zu vergehen, bevor er sagte: »Da ist etwas, das du wissen solltest, Fin.« Er holte tief Luft, und ich hörte das Rasseln in seinem Atem. »Marsaili und ich haben geheiratet.«

Ich weiß nicht, wieso – ich meine, ich hatte kein Recht –, doch eifersüchtiger Zorn durchzuckte mich wie ein Stromschlag. »Tatsächlich? Meinen Glückwunsch.«

Natürlich wusste er, dass ich es nicht ehrlich meinte. Aber was hätte ich sonst sagen sollen? Er nickte mir noch einmal zu. »Danke.« Wir machten uns auf den Weg über den Machair, um die anderen einzuholen.

19

Marsaili war draußen am Torfstapel und füllte einen Eimer mit Soden. Sie trug Jeans und Gummistiefel, dazu einen dicken Wollpullover. Ausnahmsweise hatte sie die Haare nicht zusammengebunden, und sie flatterten ihr ums Gesicht. Beim tosenden Nordwind hörte sie nicht, wie Fin oben auf den Eingangspfad fuhr. In der Stadt hatte er sich in einem billigen Schuppen für einen Tag einen winzigen Wagen geliehen, dessen gelbe Farbe an Erbrochenes erinnerte. Weiter unten warf sich eine aufgewühlte See wütend gegen die Steine, als übte sie schon einmal für den Sturm, der wie eine Invasion im Nordwesten aufzog.

»Marsaili.«

Als sie seine Stimme so dicht hinter sich hörte, fuhr sie erschrocken herum. Erst war sie erstaunt, ihn zu sehen, dann von seinem Gesichtsausdruck alarmiert. »Fin, was ist los?«

»Du musst gewusst haben, dass er den Jungen geschlagen hat.«

Sie schloss die Augen und ließ den Eimer zu Boden fallen, wo sich die Soden über den Rasen verstreuten.

»Ich hab versucht, ihn davon abzubringen, Fin. Ehrlich.«

»Du hast es zugelassen.«

Sie schlug die Augen auf, und er sah ihre Tränen. »Du hast keine Ahnung, wie er ist. Als Fionnlagh noch klein war und ich zum ersten Mal die blauen Flecken sah, konnte ich es nicht fassen. Ich dachte, es wäre ein Unfall gewesen. Aber so viele Unfälle kann es gar nicht geben.«

»Wieso hast du dir nicht Fionnlagh geschnappt und bist abgehauen?«

»Ich hab's versucht, glaub mir, ich hab's wahrlich versucht. Ich wollte weg. Aber er hat zu mir gesagt, wenn ich ihn je verlassen würde, dann käme er uns nach. Egal, wohin wir gingen, er würde uns finden. Und dann würde er Fionnlagh töten.« Ihr Blick war eine einzige verzweifelte Bitte um Fins Verständnis. Doch er war ungerührt.

»*Irgendwas* hättest du tun können!«

»Das habe ich. Ich bin geblieben. Und ich hab alles darangesetzt, die Schläge zu unterbinden. Er hat es nie gewagt, wenn ich in der Nähe war. Also hab ich immer versucht, in der Nähe zu sein. Ihn zu beschützen, damit ihm nichts passiert. Aber immer war es nicht möglich. Der arme Fionnlagh. Er war wundervoll.« Jetzt liefen ihr die Tränen ungehindert das Gesicht herunter. »Er hielt das alles irgendwie für selbstverständlich. Er hat nie geweint. Er hat sich nie beklagt. Er hat es einfach hingenommen.«

Fin merkte, wie er zitterte. Vor Wut und Schmerz. »Mein Gott, Marsaili, warum?«

»Ich weiß es nicht!« Sie schrie ihm fast ins Gesicht. »Es war, als wollte er sich aus irgendeinem Grund an mir rächen. Was auch immer da draußen auf diesem verdammten Fels passiert ist, was immer du mir darüber verschweigst, was ihr beide mir verschweigt – seitdem ist er dieser Mensch.«

»Du *weißt,* was passiert ist, Marsaili!« Fin hob die Arme zu einer hoffnungslosen Geste und ließ sie wieder sinken.

Sie schüttelte den Kopf. »Nein, das weiß ich nicht.« Und sie sah ihn mit einem langen, durchdringenden Blick an, als begreife sie nicht, wie verstockt ein Mensch sein kann. »Es hat uns alle verändert, das weißt du genau, Fin. Aber am schlimmsten Artair. Zuerst hab ich es nicht wahrgenommen. Ich glaube, er wollte sich mir gegenüber nichts anmerken lassen. Doch dann, als Fionnlagh geboren war, war es offensichtlich, dass etwas nicht stimmte.«

Fins Handy klingelte in seiner Tasche, »Scotland the Brave«.

Fröhlich und schwungvoll. Lächerlich unangebracht unter den gegebenen Umständen. Sie standen da und starrten sich an, während der dämliche Klingelton jaulte. »Und? Willst du nicht endlich rangehen?«

Auf der Insel kannte niemand seine Nummer. Es musste also jemand vom Festland sein. »Nein.« Er wartete, bis sich die Mailbox einschaltete, und war erleichtert, als das Klingeln verstummte.

»Und was nun?« Sie wischte sich mit dem Handrücken die Tränen aus dem Gesicht und hinterließ einen rußigen Torffleck auf der Wange.

»Ich weiß es nicht.« Er sah die Erschöpfung in ihren Augen. Die endlosen Jahre mit Artair, die Schuldgefühle für all die Prügel, die ihr Sohn hatte erdulden müssen und die sie nicht hatte verhindern können – all das hatte sie zermürbt. Wieder klingelte sein Handy. »Gott!« Er zog es aus der Tasche und klemmte es sich ans Ohr. Es war sein Mailbox-Anrufdienst, der ihn informierte, dass es eine neue Nachricht für ihn gab. Dann hörte er eine vertraute Stimme, mit der er jedoch so wenig gerechnet hatte, dass er eine Weile brauchte, um sie einzuordnen.

»Zu beschäftigt, um an dein verdammtes Handy zu gehen, was? Unserem Killer auf den Fersen, wie ich hoffe.« Es war der Pathologe. Professor Angus Wilson. »Falls nicht, hab ich eine Kleinigkeit für dich, die dir vielleicht dabei hilft. Es wird in meinem Bericht stehen, aber ich dachte, ich sag's dir schon mal auf diesem Wege. Diese winzigen Pillenreste, die wir im Vomitus des Mörders gefunden haben? Sie enthalten eine oral einzunehmende Form des Steroids Kortison, Handelsname Prednison. Damit behandelt man normalerweise schmerzhafte Hautallergien. Aber auch höchst wirksam bei entzündlichen Erkrankungen der Atemwege, wird daher oft Asthmapatienten verschrieben. Ich schlage daher vor, dass du entweder nach jemandem mit einem schlimmen Ausschlag

Ausschau hältst oder nach einem chronischen Asthmatiker. Waidmannsheil, Amigo.« Der Anrufdienst ließ ihn wissen, dass keine weiteren Nachrichten für ihn vorlagen.

Fin wusste nicht, wieso sich nicht die Erde unter ihm auftat. Dabei war ihm gerade seine ganze Welt zusammengestürzt. Wieso also stand er noch auf festem Boden? Er schaltete das Handy aus und steckte es wieder in die Tasche.

»Fin?« Marsaili hatte Angst. Er hörte es ihr an. »Fin, was ist? Du machst ein Gesicht, als hättest du ein Gespenst gesehen.«

Er starrte durch sie hindurch. Er befand sich im Bootsschuppen von Port of Ness. Es war Samstagabend nach Einbruch der Dunkelheit. Es waren zwei Männer dort. Einer davon war Angel Macritchie. Der andere trat ins Mondlicht. Es war Artair. Fin hatte keine Ahnung, was sie dort verloren hatten, doch als sich Macritchie abwandte, sah er etwas wie eine Metallröhre oder eine Holzstange im Licht des kleinen offenen Fensters aufblitzen und auf Angels Kopf niedergehen. Der schwere Mann sackte auf die Knie, bevor er vornüber aufs Gesicht fiel. Artair atmete keuchend. Er kniete sich hin, um den großen Mann auf den Rücken zu drehen. Es war nicht leicht, den reglosen Körper zu bewegen. Er hörte etwas, irgendwelche Geräusche aus dem Dorf. Waren es Stimmen? Vielleicht nur der Wind. Er geriet in Panik, und mit der Panik zogen sich seine Bronchien zusammen. Sein Magen reagierte, und er übergab sich. Ein Reflex. Das Erbrochene spritzte über den bewusstlosen Macritchie. Artair suchte in der Tasche nach seinen Pillen, schluckte eine und nahm einen Schub an seinem Schnaufer. Mit rasselndem Atem und immer noch auf den Knien, wartete er im Dunkeln auf die befreiende Wirkung des Medikaments. Langsam fiel ihm das Atmen wieder leichter, und er horchte auf das Geräusch, das seinen Anfall ausgelöst hatte. Doch er hörte nichts und wandte sich wieder dem schweren Mann am Boden zu. Er legte ihm die Finger um die Kehle und drückte zu. Ab jetzt war bei allem Eile geboten.

Fin kniff die Augen zu und versuchte, die Bilder zu verdrängen. Als er sie wieder öffnete, sah er Marsailis betroffenes Gesicht. »Fin, um Gottes willen, rede mit mir!«

Seine Stimme klang schwach und belegt, er musste sich räuspern. »Was hat es mit Artairs Asthma auf sich?«

Sie runzelte die Stirn. »Wie meinst du das?«

»Ist es schlimmer geworden?« Seine Stimme klang wieder fester.

Sie schüttelte frustriert den Kopf, verärgert, dass er ihr solche blöden Fragen stellte. »Ja«, sagte sie. »In letzter Zeit war es ein Albtraum. Es wurde immer schlimmer, bis sie ihm ein neues Medikament verschrieben haben.«

»Prednison?«

Überrascht fuhr sie mit dem Kopf herum, und ein Schatten legte sich über ihre blauen Augen. Eine Vorahnung vielleicht. »Woher weißt du das?«

Er packte sie am Arm und zog sie zum Haus. »Zeig's mir.«

»Fin, was soll das Ganze?«

»Zeig's mir einfach, Marsaili.«

Sie betraten das Badezimmer, und sie öffnete an der Wand über dem Waschbecken einen Spiegelschrank. Die Flasche stand im obersten Fach. Fin holte sie heraus und schraubte sie auf. Sie war fast voll.

»Wieso hat er die nicht dabei?«

Marsaili sah ihn verwirrt an. »Keine Ahnung. Vielleicht hat er noch eine.«

Fin wollte den Gedanken nicht zu Ende denken. »Bewahrt er irgendwo seine persönlichen Papiere auf? Sachen, die er dir nie zeigt?«

»Ich weiß nicht.« Sie überlegte, doch es fiel ihr schwer, sich zu konzentrieren. »Im alten Schreibtisch seines Vaters gibt es eine Schublade, die immer abgeschlossen ist.«

»Zeig sie mir.«

Der Schreibtisch stand in Mr Macinnes' ehemaligem Arbeitszimmer am Fenster und verschwand fast unter einem Berg von Papieren und Zeitschriften sowie Ablagekörben, die von bezahlten und unbezahlten Rechnungen überquollen. Fin hatte die letzte Nacht hier geschlafen, ohne den Tisch zu bemerken. Der Captain's Chair, der hier mal gestanden hatte, war nirgends zu sehen. Stattdessen stand dort ein alter Esszimmerstuhl. Fin zog ihn heraus und setzte sich. Er zog an der linken Schublade. Sie ließ sich öffnen. Zum Vorschein kam ein Schriftenordner mit Haushaltspapieren. Er überflog sie. Er wollte die rechte Schublade öffnen, doch sie war verschlossen.

»Hast du einen Schlüssel dazu?«

»Nein.«

»Einen kräftigen Schraubenzieher oder einen Meißel?«

Sie machte ohne ein Wort kehrt und kam kurz darauf mit einem schweren Schraubenzieher wieder. Fin nahm ihn, steckte ihn zwischen Schreibtischplatte und Bock und hebelte die Platte so lange nach oben, bis das Holz splitterte und das Schloss brach. Die Schublade ging auf. An einer eingebauten Schiene befanden sich Hängemappen. Gelb, blau und rosa. Er ging eine nach der anderen durch. Rechnungen, Briefe, aus dem Internet ausgedruckte Zeitungsartikel. Fin hielt inne und hörte seinen eigenen Atem, kurze, flache Züge. Er kippte die Artikel auf dem Schreibtisch aus. Der *Herald*, der *Scotsman*, der *Daily Record*, die *Edinburgh Evening News*, die *Glasgow Evening Times*. Alle von Ende Mai bis Anfang Juni. *Ausgeweidete Leiche im Leith gefunden. Der Ripper von Edinburgh. Erdrosselt und verstümmelt. Tod im Schatten des Kreuzes. Polizei bittet im Leith-Walk-Mord um Mithilfe.* Mindestens zwei Dutzend Artikel, die innerhalb der drei Wochen nach dem Mord erschienen waren, bevor die fällige Erhöhung der Kommunalsteuer das Verbrechen von den Titelseiten verdrängt hatte.

Fin schlug mit der Faust auf den Tisch, und ein Stapel Zeitschriften rutschte auf den Boden.

»Verdammt noch mal, Fin, sag mir, was los ist?« Marsailis Stimme klang inzwischen fast hysterisch.

Fin ließ den Kopf in die Hände sinken und kniff die Augen zu. »Artair hat Angel Macritchie ermordet.«

Fin konnte die Stille, die plötzlich zwischen ihnen entstand, kaum ertragen. Endlich war Marsailis leise, verängstigte Stimme zu hören. »Warum?«

»Er wollte, dass ich auf die Insel zurückkomme.« Er schlug auf die Stapel mit Artikeln, sodass einige Blätter zu Boden flatterten. »Die Zeitungen waren voll von dem Mord in Edinburgh. Mit sämtlichen blutrünstigen Einzelheiten. Auch der Tatsache, dass ich die Ermittlungen leitete. Wenn also hier auf Lewis noch eine Leiche auftauchte, derselbe Modus Operandi, wie standen dann wohl die Chancen, dass ich irgendwann mit der Aufklärung zu tun bekommen würde? Besonders wenn es sich bei dem Opfer um jemanden handelte, mit dem ich zur Schule gegangen bin? Vielleicht ein riskantes Spiel. Aber das Kalkül ist aufgegangen. Hier bin ich.«

»Aber wieso? Fin, ich kann das nicht glauben. Weshalb sollte er so unbedingt wollen, dass du zurück auf die Insel kommst?«

»Um mir von Fionnlagh zu erzählen. Damit ich weiß, dass er mein Sohn ist.« Er dachte an die Worte von Donna Murray: *Als sollte der Sohn für die Sünden des Vaters büßen.*

Marsaili sackte auf den Bettrand und legte die Hände vors Gesicht. »Ich begreife das nicht.«

»Du sagst, du hast geglaubt, er hätte Fionnlagh geschlagen, um dich zu treffen. Es ging nicht um dich. Es ging um mich. All die Jahre, in denen er den armen Jungen verprügelt hat, galten die Schläge, die Fußtritte immer nur mir. Und es war ihm wichtig, dass ich es erfahre, bevor …« Aus Angst, den nächsten Gedanken auszusprechen, brach er mitten im Satz ab.

»Bevor was?«

Fin drehte sich langsam zu ihr um. »Es hat ihm nichts ausgemacht, der Polizei eine Speichelprobe zu geben. Er wusste, dass er längst auf dem Felsen sein würde, bevor wir rausbekommen, dass er es war. Zu spät, um ihn aufzuhalten.«

Marsaili begriff schlagartig, worauf das Ganze hinauslief, und sprang auf. »Hör auf, Fin! Hör auf!«

Er schüttelte den Kopf. »Deshalb hat er seine Pillen nicht mitgenommen. Wozu brauchte er sie schließlich, wenn er nicht vorhatte zurückzukommen?«

Er sah auf die Uhr, stand auf und stopfte die Zeitungsartikel in die Mappe. Draußen legte der Wind zu. Er konnte bis zur Küste hinuntersehen, wo die Brecher an die Felsen peitschten und schäumend für die nächste Attacke Anlauf nahmen. Er drehte sich zur Tür um, und Marsaili packte ihn am Arm.

»Wo willst du hin?«

»Ich will ihn daran hindern, unseren Sohn umzubringen.«

Sie biss sich fest auf die Lippe und versuchte, das Schluchzen zurückzuhalten, das ihr die Kehle zuschnürte. Ihr liefen die Tränen die Wangen herunter. »Wieso, Fin? Wieso sollte er das tun?«

»Weil er mir aus irgendeinem Grund wehtun will, Marsaili. Mir mehr Schmerz zufügen will, als ich ertragen kann. Er muss wissen, dass ich schon einen Sohn verloren habe.« Er sah an ihrem Blick, dass sie nichts von Robbie wusste. »Nun will er mir den anderen Sohn auch nehmen.« Er riss sich los, doch sie folgte ihm zur Tür und packte ihn noch einmal.

»Fin, sieh mich an.« Ihr eindringlicher Ton duldete keinen Widerspruch. Er drehte sich zu ihr um. »Bevor du gehst … es gibt da etwas, das du wissen solltest.«

Der Regen prasselte an das Fenster der Einsatzzentrale, sodass der Hafen mit den Dächern und dem halb verfallenen Lews Castle verschwamm. Im Raum saßen fast zwei Dutzend Polizisten an ihren Tischen. Alle starrten auf Fin. Außer George Gunn und ein paar anderen, die noch telefonierten. DCI Smith hatte einen roten Kopf und war gereizt. Er hatte geduscht und sich umgezogen. Sein Haar war mit Brylcreem glatt aus dem Gesicht frisiert, und er roch wieder nach Rasierwasser. Auch wenn er in der Einsatzzentrale im Rampenlicht stand, so hatte ihn Fin in den Hintergrund gedrängt. Er war darüber alles andere als glücklich.

»Na schön, ich stimme Ihnen zu, dass dieser Artair Macinnes wahrscheinlich unser Mörder ist.«

»Seine DNA wird es bestätigen«, sagte Fin.

Smith blickte missmutig auf den Stapel Zeitungsartikel, der vor ihm lag. »Und Sie glauben, er hat den Leith-Walk-Mord nachgeahmt, damit Sie auf die Insel kommen.«

»Ja.«

»Um Ihnen zu sagen, dass dieser Sohn in Wahrheit von Ihnen ist.«

»Ja.«

»Und ihn dann zu töten.«

Fin nickte. Smith machte eine Pause, bevor er fragte: »Und wieso?«

»Ich hab Ihnen doch gesagt, was am An Sgeir vorgefallen ist.«

»Sein Vater ist vor achtzehn Jahren auf dem Felsen gestorben, als er Sie retten wollte. Glauben Sie wirklich, das reicht als Motiv, um nach so vielen Jahren zwei Morde zu begehen?«

»Das kann ich nicht erklären.« Fin wurde langsam wütend. »Ich weiß nur, dass er diesen Jungen sein ganzes Leben lang grün und blau geschlagen hat und dass er ihn jetzt, nachdem er mir gesagt hat, dass er von mir ist, umbringen wird. Er hat bereits getötet, damit ich hierher zurückkomme. Der Beweislage nach kann das wohl niemand bestreiten.«

Smith schüttelte seufzend den Kopf. »Ich werde nicht das

Leben meiner Beamten aufs Spiel setzen, indem ich sie mitten in einem Unwetter auf einen Atlantikfelsen fünfzig Meilen vor der Küste schicke.«

Gunn beendete sein Telefonat und drehte sich auf seinem Schreibtischsessel um. »Der letzte Wetterbericht von der Küstenwache, Sir. Im Bereich des An Sgeir erreicht die Windgeschwindigkeit Sturmstärke, Sir, und es wird noch schlimmer.« Er warf Fin einen Blick zu, als wollte er sich bei ihm entschuldigen. »Die sagen, unter diesen Umständen können sie keinen Hubschrauber auf den Felsen schicken.«

»Da haben Sie's.« Smith klang erleichtert. »Wir müssen warten, bis sich der Sturm gelegt hat.«

Gunn sagte: »Der Hafenmeister hat bestätigt, dass die Purple Isle vom An Sgeir zurück ist. Sie hat vor etwa einer Stunde angedockt.«

»Ich werde bei diesen Wetterverhältnissen auch kein Boot da rausschicken!«

Ein Streifenpolizist betrat den Raum. »Sir, wir bekommen über CB-Funk keine Verbindung mit den Guga-Leuten.«

»Da stimmt etwas nicht«, sagte Fin. »Gigs sichert immer einen Kommunikationsweg. Immer.«

Smith sah den Sergeant fragend an, der zur Bestätigung nickte. Der Einsatzleiter seufzte und zuckte mit den Achseln. »Trotzdem können wir vor morgen nichts weiter tun.«

»Bis morgen könnte der Junge tot sein!« Fin erhob die Stimme und merkte, wie im Raum schlagartig betretenes Schweigen herrschte.

Smith hob den Zeigefinger und legte ihn an die Nasenspitze. Eine seltsame Drohgebärde. Er sprach leise. »Sie sind dabei, eine Grenze zu überschreiten, Macleod. Sie sind nicht länger mit dem Fall befasst, schon vergessen?«

»Selbstverständlich bin ich damit befasst. Wer ist damit befasst, wenn nicht ich?« Er machte kehrt und warf die Schwingtür zum Korridor auf.

Als er das andere Ende der Church Street erreichte und links in die Cromwell Street einbog, war Fin bis auf die Haut durchnässt. Sein Parka und die Kapuze hatten seinen Oberkörper und Kopf vor dem Regen geschützt, doch die Hose klebte ihm an den Beinen, und unter dem Ansturm des eisigen Regens, der vom Moor herüberkam, war sein Gesicht steif gefroren. Zu einer kleinen Verschnaufpause schlüpfte er in den Eingang einer grün gestrichenen Geschenkboutique und blickte durch die Scheibe in die neugierigen, fast mitfühlenden Augen der dreißig Zentimeter großen Schachfiguren von Lewis. Er kramte nach seinem Handy und wählte die Nummer der Einsatzzentrale, zweihundert Meter die Straße runter. Einer der Polizisten meldete sich.

»Ich würde gern mit George Gunn sprechen.«

»Kann ich ihm sagen, wer am Apparat ist?«

»Nein.«

Kurze Pause. »Einen Moment bitte, Sir.«

Und dann Gunns Stimme. »D. S. Gunn.«

»George, ich bin's. Können Sie reden?«

Kurzes Schweigen. »Eher nicht.«

»Also gut, dann hören Sie bitte zu. George, ich muss Sie um einen Gefallen bitten. Einen großen Gefallen.«

Der Trawler hob und senkte sich im inneren Hafenbecken und zerrte an den Leinen. Über das Vorderdeck rollte ein roter Plastikeimer hin und her. Schwere Ketten schwangen, schepperten und schürften an der Oberfläche, jeder Bestandteil der Takelage auf den Aufbauten des Schiffs vibrierte und jaulte im Wind. Regen prasselte gegen die Fenster des Ruderhauses, und Padraig MacBean setzte sich auf einen Lotsensitz, der so ramponiert war, dass das Klebeband die hervorquellenden Wülste der Polsterung nur mühsam zusammenhielt. Er hatte einen Fuß aufs Ruder gelegt und paffte nachdenklich am Stummel einer selbst gedrehten Zigarette.

Er war jung für einen Skipper, kaum über dreißig. Die Purple Isle hatte seinem Vater gehört, und sein Vater hatte Fin vor achtzehn Jahren, als Padraig gerade mal zwölf gewesen sein musste, zum Felsen hinausgebracht. Dreißig Jahre lang hatte Old MacBean die Guga-Jäger zu ihrer jährlichen Pilgerfahrt auf den An Sgeir transportiert. Nach seinem Tod war sein Sohn in seine Fußstapfen getreten. Padraigs jüngerer Bruder Duncan war der Erste Maat. Außer den beiden gab es nur noch ein weiteres Mitglied in der Crew, einen Jungen namens Archie. Er war arbeitslos gewesen und hatte sich ihnen vor zwei Jahren zu einem sechsmonatigen Berufspraktikum angeschlossen. Er war immer noch Praktikant.

»Mann, ist das eine Geschichte, die Sie da erzählen, Mr Macleod«, sagte Padraig im gedehnten Insulaner-Akzent. »Ich sag Ihnen ehrlich, diesen Artair Macinnes konnte ich noch nie besonders leiden. Und sein Junge ist ein stiller Bursche.« Er nahm einen Zug an dem, was von seiner Zigarette übrig war. »Kann allerdings nicht sagen, dass ich auf der Fahrt zum Felsen irgendetwas Ungehöriges mitbekommen hätte.«

»Bringen Sie mich hin?«, fragte Fin ihn geduldig. Er wusste, dass es eine große Bitte war.

Padraig senkte den Kopf und spähte unter dem Dach des Ruderhauses hervor. »Da draußen tobt ein mächtiger Sturm, Sir.«

»Sie haben schon Schlimmeres erlebt.«

»Sicher, das ist wohl wahr. Aber nicht freiwillig.«

»Hier geht es um das Leben eines Jungen, Padraig.«

»Und ich denke an mein Schiff und das Leben meiner Leute, wenn ich damit rausfahre.«

Fin sagte nichts. Er wusste, dass es eine schwere Entscheidung war. Er hatte ihn gefragt. Mehr konnte er nicht tun. Padraig zog am letzten Zentimeter seiner Zigarette, doch sie war ausgegangen. Er sah Fin an.

»Ich kann das von den Jungs nicht verlangen.« Fin hatte das Gefühl, dass ihm die Hoffnung aus sämtlichen Poren rann. »Aber ich werde sie fragen. Es ist ihre Entscheidung. Und wenn sie Ja sagen, bring ich Sie hin.« Fin schöpfte wieder Hoffnung.

Er folgte dem jungen Skipper durch die Kombüse nach draußen. An einer Wand hingen über einer Reihe gelber Gummistiefel Ölhäute an Haken. Im Ausguss schwappte schmutziges Geschirr im trüben Wasser, in dessen Mitte sich das grelle Licht in einem Fettauge spiegelte.

Sprossen führten unter Deck in das beengte Quartier am Heck des Trawlers. Ringsum waren sechs Kojen in den Bootsrumpf eingelassen, daneben stand ein dreieckiger Tisch mit Bänken zu zwei Seiten. Duncan und Archie saßen mit ihren Teebechern und Zigaretten vor einem winzigen Fernsehapparat, der über ihren Köpfen in einer Ecke befestigt war, und starrten auf ein unscharfes, flimmriges Bild. Es lief eine Spielshow. Padraig stellte den Fernseher aus, und sein Blick ließ Protest gar nicht erst aufkommen. Für einen so jungen Mann hatte er eine ziemliche Autorität an sich.

Mit leiser Stimme erzählte er ihnen im trüben gelben Licht des alten, rostigen Trawlers, worum Fin sie bat. Und warum. Die beiden jungen Männer saßen in ihren ausgefransten Pullovern und zerrissenen Jeans stumm da. Unter ihren abgebissenen Fingernägeln hatten sich Öl und Dreck gesammelt, und aus ihren verschmierten, blassen Gesichtern blickte einen die Armut vieler Generationen von Insulanern an. Sie hörten zu, was Padraig ihnen zu sagen hatte. Gelegentlich warfen sie einen Seitenblick auf Fin. Sie konnten kaum ihren Lebensunterhalt bestreiten, diese Jungen. Dieses Leben beschränkte sich aufs Essen, Schlafen und Scheißen an Bord dieses alten Trawlers, fünf bis sechs Tage die Woche, vierundzwanzig Stunden am Tag. Sie setzten tagtäglich ihr Leben aufs Spiel, um über die Runden zu kommen. Als Padraig fertig war, sagten sie eine Weile nichts. Schließlich meinte Archie: »Na ja, ist sicher billiger, als in den Pub zu gehen.«

Es war bereits nach sieben, als sie am Cuddy Point vorbei aus dem inneren in den äußeren Hafen ausliefen und sich frontal in die Dünung stürzten, die aus dem Minch hereinbrach. Nachdem sie an Goat Island vorbei waren und in tiefere Gewässer kamen, hob und senkte sich die See. Der Sturm würde kommen. Padraig stand am Ruder und blickte konzentriert aufs Meer hinaus. Sein Gesicht erschien grün im Licht des altersschwachen Radarschirms, der rund um die Konsole blitzte und piepte. Trotz der letzten Spuren Licht am Himmel war es unmöglich, etwas zu sehen. Padraig verließ sich auf seine Instrumente und seinen Instinkt. »Ist jetzt schon wild genug, wenn auch hier im Windschatten von Lewis noch gar nicht mal so schlimm. Wenn wir erst um den Butt rum sind, geht's erst richtig los.«

Fin konnte sich nur schwer vorstellen, wie es noch schlimmer werden sollte. Als sie am Leuchtturm des Tiumpan Head vorbeikamen, hatte er sich bereits zweimal übergeben und Archies Angebot dankend abgelehnt, ihm Spiegelei und Bratwurst zu servieren, die der Junge in der Kombüse, obwohl alles in Bewegung war, irgendwie gezaubert hatte.

»Wie lange werden wir brauchen?«, fragte er Padraig.

Der Skipper zuckte mit den Achseln. »Gestern Nacht haben wir etwas weniger als acht Stunden gebraucht. Könnte heute neun oder auch länger dauern. Wir halten genau auf das Unwetter zu. Werden den An Sgeir wohl in den frühen Morgenstunden erreichen.«

Fin erinnerte sich, wie es sich vor achtzehn Jahren angefühlt hatte, den Butt of Lewis zu umrunden und zu sehen, wie sich das Licht des Leuchtturms in der Dunkelheit verlor. Als sie die Insel hinter sich gelassen und sich der endlosen Wildnis des Nordatlantiks ausgesetzt hatten, wurde ihm bewusst, dass sie ganz und gar auf den rostenden Trawler und das Können des Skippers angewiesen waren. Er hatte Angst gehabt, hatte sich unglaublich einsam und ausgeliefert gefühlt. Doch diesmal würde der Ozean sich auf sie stürzen, sobald sie die nördliche Spitze von Lewis umrundet hätten. Die Dieselmotoren, die in der Dunkelheit hämmerten, kämpften gegen einen haushoch überlegenen Gegner. Wellen türmten sich wie schneebedeckte Berge um sie auf, die ihnen hier und da über den Bug schlugen und ans Ruderhaus trommelten. Er hielt sich an allem fest, was im Schiff verankert war, und fragte sich, woher Padraig seine Ruhe nahm, vor allem aber, wie er selbst diese Hölle weitere sieben, acht Stunden überleben sollte, ohne den Verstand zu verlieren.

»Bevor mein Vater starb«, brüllte Padraig gegen das Dröhnen der Maschinen und das Tosen des Sturms an, »hat er ein anderes Schiff gekauft, das die Purple Isle ablösen sollte.« Er nickte und schmunzelte, ohne den Blick vom Radarschirm und der Dunkelheit hinter der Scheibe zu wenden. »War eine richtige Schönheit. Iron Lady hat er sie genannt. Er hat eine Menge Geld und Zeit investiert, um sie sich so herzurichten, wie er sie haben wollte.« Er warf Fin einen Seitenblick zu. »Wär's doch nur mit einer Frau so leicht.« Er drehte sich wieder um und grinste in die Finsternis. Sein Lächeln verflüchtigte sich. »Er wollte diesen lieben alten Kutter hier so schnell wie möglich verkaufen. Nur dass er es nicht mehr getan hat. Leberkarzinom. Ein paar Wochen später war er tot. Und ich musste übernehmen.« Mit einer Hand zog er eine verkrumpelte Zigarette aus einer Virginia-Tabakdose und zündete sie sich an. »Hab die Iron Lady bei der ersten Fahrt verloren. Ein geplatztes Rohr im Maschinenraum. Bis wir endlich drankamen, hatten wir schon mehr Wasser im Kahn, als wir rauspumpen konnten. Ich hab den anderen gesagt, sie sollen das Beiboot klarmachen, und hab selber alles darangesetzt, das Schiff zu retten. Ich stand im Maschinenraum bis zum Hals im Wasser, bevor ich schließlich meinen Absprung machte. Hab's mit knapper Not geschafft.« Der Rauch stieg aus seinem Mund. »Aber wir hatten Glück. Das Wetter war gut und ein anderer Trawler in Sichtweite. Ich hab zugesehen, wie die Lady untergegangen ist. Alles, was mein Vater in sie gesteckt hatte. All seine Hoffnungen, seine Träume. Und ich fragte mich nur, wie ich es meinen Onkeln beibringen sollte, dass ich das Schiff meines Vaters verloren hatte. Doch ich hätte mir keine Sorgen machen brauchen. Sie waren nur froh, dass wir in Sicherheit waren. Einer von ihnen sagte: ›Ein Boot ist nur ein Haufen Holz und Metall, mein Sohn. Ein Herz haben nur die, die es fahren.‹« Er nahm einen langen Zug an seiner Zigarette. »Trotzdem bekomme ich jedes Mal, wenn wir über die Stelle fahren, an der sie gesunken ist, eine Gänsehaut, und ich weiß, sie liegt da unten auf dem Meeresboden, genau unter der Stelle, an der wir sie das letzte Mal gesehen haben. All die Träume meines Vaters für immer dahin, genau wie er.«

Es kam Fin so vor, als wäre noch jemand bei ihnen im Ruderhaus. Er sah Padraig an. »Wir sind gerade über diese Stelle gekommen, stimmt's?«

»Ja, Mr Macleod, das sind wir.« Er musterte den Polizisten mit einem kurzen Blick. »Sie sollten sich eine Weile in eine der Kojen legen. Man weiß nie, vielleicht können Sie ein bisschen schlafen. Es wird eine lange Fahrt.«

Duncan nahm den Platz am Ruder ein, während Fin nach unten ging und sich in dieselbe Koje hochstemmte, in der er bereits gelegen hatte, als er die Überfahrt Jahre zuvor schon einmal unternommen hatte. Er hoffte nicht auf Schlaf, sondern wollte Antworten auf die Fragen suchen, die ihn quälten. Er würde sie wohl erst auf dem An Sgeir finden. Aber was, wenn Artair und Fionnlagh schon tot waren und die Fragen für immer offenblieben? Das würde er sich nie verzeihen.

Er war überrascht, als ihn Archie wach rüttelte. »Sind fast da, Mr Macleod.«

Fin rutschte verwirrt aus seiner Koje und rieb sich die Augen. Das gleichmäßige, rhythmische Stampfen der Maschinen war wie ein Ohrwurm. Der Trawler schlingerte, und Fin hatte seine liebe Mühe, in die Kombüse hochzuklettern, ohne hinzufallen. Duncan stand mit hoch konzentrierter Miene am Ruder. Padraig saß neben ihm und starrte ernst in die Dunkelheit. Sein Gesicht war bleich. Er sah Fins Spiegelbild im Glas und drehte sich um. »Ich versuche seit einer Stunde, sie über Funk zu erreichen, aber ich bekomme nur weißes Rauschen und Störgeräusche. Das gefällt mir nicht, Mr Macleod. Das sieht Gigs nicht ähnlich.«

»Wie lange noch?«, fragte Fin.

»Zehn Minuten. Höchstens.«

Fin starrte in die schwarze Nacht, ohne etwas zu sehen. Auch Padraig versuchte, etwas zu erkennen. »Wo ist der verdammte Leuchtturm?« Er legte einen Schalter um, und sämtliche Lichter der Purple Isle leuchteten in die Nacht. Fast im selben Moment ragten die fast neunzig Meter hohen Klippen, die einmal beinahe Fins Tod bedeutet hatten, glitzernd, mit weißem Guano verschmiert, vor ihnen auf. Er erschrak, dass sie so nah waren.

»Gott!«, sagte er unwillkürlich und trat einen Schritt zurück, während er sich am Türrahmen festhielt, um das Gleichgewicht zu halten.

»Dreh ab, verdammt!«, schrie Padraig Duncan an. Sein Bruder warf das Ruder, so fest er konnte, nach links, die Purple Isle bekam Schlagseite und schlingerte seitlich durch die Wogen, die sich jetzt von allen Seiten am Rumpf des Trawlers brachen. »Es ist nirgends Licht!«, brüllte er. »Kein verdammtes Licht!«

»Hat der Leuchtturm in der Nacht funktioniert?«, schrie Fin zurück.

»Ja, war meilenweit zu sehen.«

Duncan hatte das Schiff wieder unter Kontrolle und lenkte es erneut in den Wind, während sie um die südliche Spitze des Promontory Lighthouse fuhren und endlich in das verhältnismäßig geschützte Gewässer des Gleann an Uisge Dubh steuerten. Hier ließ der Sturm merklich nach, auch wenn sie sich immer noch durch drei Meter tiefe Wellentäler pflügten und an der Stelle, an der sie gewöhnlich die Vorräte an Land brachten, weißschäumende Brecher sahen, die sich ungezähmt in die Höhlen an der Unterseite des Felsens stürzten.

Padraig schüttelte den Kopf. »Diese Nacht bekommen Sie unmöglich das Beiboot da rein, Mr Macleod.«

»Ich bin nicht den weiten Weg hier rausgekommen«, brüllte Fin gegen den stampfenden Motorenlärm an, »um in einem verdammten Schiff festzusitzen, während dieser Mann meinen Sohn umbringt.«

»Wenn ich die Purple Isle nahe genug heranbringe, um Sie mit dem Boot runterzulassen, ist die Wahrscheinlichkeit groß, dass uns das Schiff an den Felsen um die Ohren fliegt.«

»Ich hab mal gesehen, wie Ihr Vater den Trawler in einem Sturm rückwärts an den Kai von Port of Ness herangesteuert hat«, sagte Fin. »Damals, als sie den Guga noch bis nach Ness brachten.«

»Daran können Sie sich erinnern?«, fragte Padraig mit leuchtenden Augen.

»Jeder kann sich daran erinnern, Padraig. Ich war noch ein Junge, aber die Leute haben noch jahrelang davon gesprochen.«

»Er kannte keine Angst, mein Vater. Wenn er etwas für machbar hielt, dann hat er es eben gemacht. Es hieß immer, er hätte Nerven wie Drahtseile. Aber das stimmt nicht. Er hatte überhaupt keine Nerven.«

»Wie hat er das Manöver hinbekommen?«

»Er hat zuerst den Anker geworfen und ist dann rückwärts

reingefahren. Wenn er in Schwierigkeiten käme, würde er einfach den Gang rausnehmen und den Anker einholen und das Schiff in Sicherheit bringen.«

»Dann frag ich Sie, wie viel von Ihrem Vater in Ihnen steckt, Padraig.«

Padraig sah Fin mit einem langen, unerbittlichen Blick an. »Sobald Sie in diesem Dingi sitzen, Mr Macleod, sind Sie vollkommen auf sich gestellt. Ich kann dann nicht mehr das Geringste für Sie tun.«

Fin war sich ziemlich sicher, noch nie im Leben solche Angst gehabt zu haben. Hier draußen, den Naturgewalten hilflos ausgeliefert, die sich mit Getöse an die Felsen warfen, fühlte er sich so ohnmächtig wie nie zuvor, winzig und unbedeutend. Andererseits hatten sie es heil und unbeschadet über fünfzig Seemeilen bis hierher geschafft, und es lagen nur noch hundert Meter vor ihm. Duncan befestigte eine Leine am Schlauchboot und hielt es straff gespannt dicht am Heck, während Padraig die Purple Isle mit ausgeworfenem Anker vorsichtig rückwärts in die Bucht manövrierte. Auf beiden Seiten kamen ihnen die Klippen der Landzungen gefährlich nahe, während der Trawler im Kampf mit der Dünung bockte und zu beiden Seiten ausbrach. Sie hörten, wie die See schlürfend nach dem Felsen schnappte, als wollte sie ihn verschlingen.

Padraig gab Zeichen, dass er das Schiff so weit hineingebracht hatte, wie er es riskieren konnte, und Duncan nickte Fin zu. Es ging los. Als er die Sprossen hinunterstieg, prasselte der Regen auf ihn ein, und die nassen Finger gefroren ihm in der eisigen Kälte. Unter der Ölhaut war seine Kleidung noch trocken, doch er wusste, das war eine Frage der Zeit. Seine Schwimmweste war ein lächerlich dürftiges Ding. Falls er ins Wasser fiel, würde sie ihn wahrscheinlich gerade mal lange genug über Wasser halten, bis er am Felsen zerschmettert würde. Das Schlauchboot unter ihm schaukelte so wild, dass es unmöglich schien, hineinzuspringen. Wie vor einem Tauchgang holte er einmal tief Luft und ließ sich ins Dingi fallen. Als es unter seinem Gewicht wegsackte, tastete er in Panik nach den Tauen, die rundum an der Oberseite befestigt waren. Seine Hände fanden nur eine glatte, nasse Oberfläche. Er merkte, wie er abrutschte und durch die Luft flog, während das Dingi unter ihm verschwand, und er wappnete sich innerlich, aufs Wasser zu prallen. Doch im letzten Moment brannte das kratzige Plastik des Stricks in seiner rechten Hand, und er schloss die Finger darum. Das Dingi war wieder unter ihm, und diesmal schaukelte er mit ihm, an das Tau geklammert. Er packte es auch noch mit der linken Hand und hatte das Boot im Griff.

Als er nach oben blickte, sah er hoch über sich Duncans weißes Gesicht. Er schien etwas zu rufen, doch Fin konnte ihn nicht verstehen. Er hievte sich ans hintere Ende des Dingis und kippte den Außenbordmotor ins Wasser, um am Choke zu ziehen und am Starterkabel zu reißen. Ein-, zwei-, drei-, viermal. Nichts. Beim fünften Mal sprang der Motor hustend und stotternd an, und er gab verzweifelt Gas, um ihn nicht abzuwürgen. Es war die Stunde der Wahrheit: Die Leine war die Nabelschnur, die ihn mit dem Mutterschiff verband.

Als er das Boot schwenkte, sodass es auf die Landestelle zuhielt, spulte sich die Leine hinter ihm ab. Noch einmal gab er Gas, und das winzige orangefarbene Boot pflügte mit erstaunlicher Geschwindigkeit auf die Felsen zu. Im Licht des Trawlers sah er vor sich etwas erhoben den großen schwarzen Schlund der Höhle. Irgendwo aus den unterirdischen Eingeweiden der Insel hörte er den Widerhall der gurgelnden See. Rings um sein Schlauchboot, das sich auf seinem Weg zu den Felsen mit jedem Wellenkamm und -tal hob und senkte, brodelten und schäumten die Elemente. Er ruckte am Ruder und drehte den Motor auf die maximale Drehzahl, um erst im letzten Moment den Aufprall zu vermeiden, doch das Meer zog ihn wieder in die Bucht hinaus. Das Tosen war ohrenbetäubend. Er wagte nicht einmal einen Blick zurück zum Trawler.

Er schwenkte das Dingi, sodass der Bug erneut auf die Felsen zuhielt, die im Rhythmus der Brandung unter Wasser zu tauchen schienen, als duckten sie sich weg, um sich ihm im entscheidenden Moment in voller Größe zu präsentieren. So verharrte er eine geschlagene Minute lang in der Dünung, bevor er seinen ganzen Mut zusammennahm. Ihm war klar, dass er den richtigen Moment abpassen musste. Er konnte sich nicht wie beim ersten Versuch von der Brandung tragen lassen. Sie war bedeutend stärker als sein kleiner Außenborder und würde ihn in einer Sekunde an den Felsen zertrümmern. Er musste sich vielmehr mithilfe des Motors beim Rückgang einer Woge heranmanövrieren und seine Schubkraft gegen die Sogwirkung austarieren, um einen Aufprall zu vermeiden. Langsam, Freund! Fast musste er lachen, dass er versuchte, diese Situation intellektuell zu lösen. In Wahrheit lag Fins Leben, falls es einen Gott gab, in diesem Moment in seiner Hand. Er holte tief Luft, wartete, bis die See sich erneut an den Felsen brach, und gab Gas, als die Woge schäumend zurückwich. Wieder schloss sich der Schlund der Höhle um ihn, und es schien ihm, als käme er überhaupt nicht voran, sondern hielte sich inmitten von Schaum und Gischt bestenfalls am Fleck. Doch plötzlich wurde er mit einer Geschwindigkeit nach vorn geworfen, gegen die er nichts ausrichten konnte. Er versuchte, das Ruder herumzuwerfen, doch der Propeller befand sich außerhalb des Wassers, und die Blätter kreischten in der Luft. Der ganze An Sgeir schien sich ihm entgegenzustürzen. Er schrie seinen Trotz heraus, als die See ihn in der Hand hielt und ihn aus dem Dingi hob, um ihn mit einer solchen Wucht auf die Felsen zu schleudern, dass ihm die Luft wegblieb. Er schmeckte Blut auf der Zunge und spürte, wie ihm die scharfen Zacken des Gneises ins Fleisch schnitten. Das Boot war verschwunden, und nur die Kraft des Wassers nagelte ihn am Felsen fest. Doch schon im nächsten Moment ließ der Druck nach, und das Meer schickte sich an, ihn zurückzusaugen. Er spürte, wie er über die seit Jahrmillionen polierte Oberfläche des glänzenden schwarzen Gesteins hinunterrutschte, und versuchte, sich irgendwo festzukrallen. Doch der grüne Algenkragen, der rund um den An Sgeir wuchs, glitt ihm wie Schleim durch die Finger, und er merkte, wie die Strömung ihn mit Macht an einen kalten, dunklen Ort hinunterzerrte, an dem es kein Erwachen gab.

Und dann spürte er es plötzlich. Kaltes Eisen, die Bewegung des Rings, als sich seine Finger verzweifelt darumschlossen und daran festklammerten. Fast renkte er sich die Schulter aus, als die See an ihm zog und zerrte, bis sie schließlich unwillig von ihm abließ. Einen Augenblick blieb er, die Hand an dem Ring, wie ein gestrandetes Meeresgeschöpf liegen. Dann suchte er mit den Füßen, schließlich mit der zweiten Hand Halt und nahm seine letzte Kraft zusammen, um sich hochzuziehen, bevor die nächste Welle zurückkam, um ihn sich doch noch zu holen. Er spürte schon, wie sie nach seinen Fersen schnappte, als er plötzlich den Sims unter den Sohlen hatte, auf dem Angel nach ihrer Landung vor achtzehn Jahren das Torffeuer angezündet und ihnen Tee bereitet hatte. Er hatte es geschafft. Er war auf dem Felsen, in sicherem Abstand zum Meer, das ihm jetzt nur noch wutentbrannt ins Gesicht spucken konnte.

Erst jetzt wurde ihm bewusst, dass der Regen aufgehört hatte. Durch riesige Risse in der schwarzen Wolkendecke fiel der Mond auf die Insel und glitzerte wie Glasscherben auf dem Stein. In dem hellen silbernen Licht sah er, wie die Purple Isle wieder in die Sicherheit der Bucht zurückfuhr und dabei immer noch auf einem wütend tosenden Meer zu beiden Seiten krängte, als sollte sie dafür abgestraft werden, Fin bei seiner Flucht geholfen zu haben.

Fin tastete nach der Taschenlampe, die er sich an den Gürtel geschnallt hatte, und hoffte, dass sie noch funktionierte. Ihr Licht blitzte ihm ins Gesicht, und er winkte damit in der Dunkelheit, um der Crew Zeichen zu geben, dass er in Sicherheit war. Dann kauerte er sich, die Arme um die Knie gelegt, mit dem Rücken an die Klippe und verharrte fünf Minuten, um wieder Luft zu bekommen und sich für den weiteren Aufstieg zu wappnen. Er hielt die Taschenlampe an die Uhr. Es war kurz nach vier Uhr morgens. In weniger als zwei Stunden würde es im Osten dämmern. Er wagte kaum, daran zu denken, was das Licht des Tages mit sich bringen würde.

Fin war sich nicht sicher, ob tatsächlich der Wind ein wenig nachgelassen hatte. Noch wackelig auf den Beinen, stand er auf und richtete den Lichtstrahl auf den Steilhang. Er sah die nassglitzernde Rutsche, auf der die Guga-Jäger ihre Vorräte auf die Klippe hinaufbeförderten. Fin folgte mit der Lampe weiter den steilsten Abschnitten des Hangs und entdeckte das Seil, das den Fels hinunterhing und das sie bei den schwierigsten Kletterpartien zu Hilfe nahmen. Er kletterte so weit hoch, bis er das Ende packen konnte. Er zog fest daran, und es hielt. Er band es sich um die Taille und machte sich an den langen Aufstieg zur Spitze, indem er sich in der Dunkelheit am Seil orientierte und sich an den steilsten Partien daran hochzog.

Er brauchte zwanzig Minuten, bis er das Plateau der Insel erreicht hatte und das Seil aufknoten konnte. Keuchend blickte er sich noch einmal um, während der Wind, der hier oben ungehindert fegte, an seinen Kleidern zerrte. An der Mündung der Bucht sah er gerade noch die Lichter der Purple Isle blinken. In diesem Moment brach der Dreiviertelmond durch einen Wolkenfetzen und goss sein Licht quer über den ganzen An Sgeir. Er sah die gedrungene Silhouette des Leuchtturms, die sich am höchsten Punkt der Insel in undurchdringliches Dunkel hüllte, und etwa hundert Meter davon entfernt hinter dem Wirrwarr an Felsbrocken und

Vogelnestern die Umrisse des alten Blackhouse. Es brannte kein Licht, es gab kein Lebenszeichen. Dafür trug der Wind den Torfgeruch herüber, und er wusste, dass jemand in der Hütte sein musste.

Als er im Licht seiner Taschenlampe über die Felsen stolperte und dabei die Nester umstieß, deren Bewohner kreischend in die Dunkelheit flatterten, spuckten ihm die Sturmvogeljungen auf die Schuhe. Die Plane, die vor dem Eingang zum Blackhouse hing, war mit dicken Steinen beschwert. Er riss sie los und trat ein.

In der Mitte des Raums glimmte noch die Glut des Feuers, und in den allgegenwärtigen brandigen Torfgeruch mischte sich der säuerliche Geruch nach menschlichem Schweiß. Er leuchtete ringsum die Wände ab und sah durch den bläulichen Rauch die Umrisse der Männer auf ihren Matratzen auf dem steinernen Sims. Mehrere von ihnen regten sich bereits. Sein Lichtstrahl erfasste Gigs' blasses schlafendes Gesicht. Er legte sich schützend die Hand vor die Augen. »Artair? Bist du das? Was zum Teufel ist eigentlich los?«

»Es ist nicht Artair.« Fin ließ die Plane hinter sich zufallen. »Ich bin's. Fin Macleod.«

»Gott im Himmel«, murmelte jemand. »Wie in aller Welt sind Sie hergekommen?«

Jetzt waren sie alle wach. Mehrere Männer richteten sich auf und schwangen sich von ihren Matratzen, um sich auf den Boden zu setzen. Fin zählte sie rasch durch. »Wo sind Artair und Fionnlagh?« Jemand zündete eine Öllampe an, und in ihrem gespenstischen Licht sah Fin alle Gesichter, die ihn ihrerseits anstarrten, als wäre er ein Geist.

»Das wissen wir nicht«, sagte Gigs. Noch eine Lampe ging an, und jemand bückte sich, um das Feuer zu schüren und Torf nachzulegen. »Wir haben fast bis zur Abenddämmerung gearbeitet und die Flaschenzüge fertig gemacht. Artair und

Fionnlagh haben unsere Gruppe verlassen, und wir dachten alle, sie kommen zum Blackhouse zurück. Aber als wir hier ankamen, waren sie nirgends zu sehen. Ihre Ausrüstung war verschwunden und das Funkgerät zertrümmert.«

»Und ihr wisst nicht, wo sie sind?« Fin war fassungslos. »So viele Verstecke gibt es doch wohl nicht auf dem An Sgeir. Und in dem Wetter da draußen hätten sie es nicht lange ausgehalten.«

Einer der Männer sagte: »Wir vermuten, dass sie irgendwo unten in den Höhlen sein müssen.«

»Aber wir haben keine Ahnung, wieso.« Gigs sah Fin eindringlich an. »Vielleicht erfahren wir das ja von dir.«

»Wie in Gottes Namen bist du hergekommen, Fin?«, fragte Asterix. »Ich hab gestern jedenfalls keine Flügel an dir gesehen.«

»Padraig hat mich hergebracht.«

»Bei dem Wetter?« Pluto betrachtete Fin in dem trüben Licht. Er war vor achtzehn Jahren dabei gewesen. »Bist du nicht ganz bei Trost?«

Aus Fins Angst wurde Panik. »Ich glaube, Artair hat vor, Fionnlagh umzubringen. Ich muss sie finden.« Er zog die Plane beiseite, um wieder in den Sturm hinauszugehen. Gigs war mit drei großen Schritten bei ihm und packte ihn am Arm.

»Sei kein Narr! Es ist stockdunkel da draußen. Du bist tot, bevor du sie findest.« Er zog ihn wieder ins Haus und die Plane vor den Eingang. »Da geht niemand raus, um jemanden zu suchen, bis wir genug Licht haben, um etwas zu sehen. Ich schlage also vor, dass wir uns hinsetzen und einen Tee aufbrühen und du uns alles erzählst.«

Inzwischen züngelten die Flammen über die trockenen Torfsoden, und die Guga-Jäger versammelten sich ums Feuer, während Asterix einen Kessel Wasser über die Flammen hängte. Einige der Männer hatten sich Decken um die Schultern gelegt und die Schirmmützen ins Gesicht gezogen. Andere zündeten sich Zigaretten an, um noch mehr Rauch in die ohnehin schon dicke Luft zu blasen. Während sie darauf warteten, dass das Wasser kochte und Asterix ihnen Tee eingoss, herrschte eine seltsame, angespannte Stille. Fin fand ihre schweigsame Geduld beruhigend, sodass ein wenig von seiner Anspannung der letzten Stunde wich. Er konnte es immer noch nicht fassen, dass er hier war.

Als der Tee gezogen hatte, füllte Asterix ihre Henkelbecher, und die Dosen mit Kondensmilch und Zucker wurden herumgereicht. Fin süßte seinen Tee stark und trank die sirupartige, milchige Flüssigkeit in großen Schlucken. Auch wenn sie kaum nach Tee schmeckte, tat es gut, etwas Heißes zu sich zu nehmen, und er spürte, wie ihm der Zucker im Blut neue Energie gab. Er sah auf und stellte fest, dass aller Blicke auf ihn gerichtet waren, was ihm wie ein höchst bizarres Déjà-vu erschien. Damals, vor achtzehn Jahren, hatte er jeden Abend so in der Runde gesessen, doch das hier war anders. Es war wie ein Traum. Ohne Realitätsbezug. Und das Schreckgespenst böser Vorahnungen verdüsterte seine Gedanken. Er war schon einmal hier gewesen, konnte sich jedoch kaum daran erinnern.

»Also …«, brach Gigs das Schweigen. »Wieso will Artair seinen Sohn umbringen?«

»Vor zwei Tagen hat er mir eröffnet, Fionnlagh sei *mein* Sohn.« Draußen klang der Wind wie ein fernes Heulen. Die Luft im Blackhouse stand still, und selbst der Rauch schien reglos in der Luft zu verharren. »Und aus irgendeinem Grund«, Fin schüttelte den Kopf, »ich weiß auch nicht, wieso, scheint er mich abgrundtief zu hassen.« Er holte tief Luft. »Artair hat Angel ermordet. Er hat dabei einen Mord in Edinburgh nachgeahmt, bei dem ich die Ermittlungen geleitet habe, damit ich auf die Insel zurückkäme. Er wollte mir mit ziemlicher Sicherheit eröffnen, dass Fionnlagh mein Sohn ist, damit ich leide, wenn er ihn tötet.«

Rings um das Feuer wurde es unruhig. Fin sah, wie sich mehrere der Männer Blicke zuwarfen, vielsagende, unheilvolle Blicke. »Und du kannst dir absolut nicht denken«, fragte Gigs, »wieso Artair dich so sehr hasst?«

»Ich kann mir nur denken, dass er mich irgendwie für den Tod seines Vaters verantwortlich macht.« Fin wurde plötzlich bewusst, dass auch einige der Männer am Feuer so denken mochten. »Aber es war nicht meine Schuld, Gigs. Du weißt das. Es war ein Unfall.«

Immer noch starrte Gigs ihn an, mit einem Ausdruck der Verständnislosigkeit. »Du kannst dich wirklich nicht erinnern, nicht wahr?«

Fin merkte, wie er plötzlich schnell und flach atmete, wie ihn eine kalte, namenlose Angst erfasste. »Wie meinst du das?«

»Ich war mir nie sicher, ob es von dem Schlag auf den Kopf kam. Du weißt schon, die Gehirnerschütterung. Oder ob es tiefer ging als das. Etwas Seelisches, Psychologisches, das deine Erinnerung auslöschte.« Jetzt drang Fin die Panik in die hintersten Nischen seines Bewusstseins. Es fühlte sich an, als schnitte ihm jemand eine längst vergessene Wunde auf, um einen Granatsplitter herauszuziehen, und es war unerträglich. Er wollte Gigs anbrüllen, dass er aufhören solle. Was auch immer es war, er wollte es nicht wissen. Gigs strich sich über das unrasierte Kinn. »Als ich dich damals im Krankenhaus besuchte, dachte ich zuerst, du tust nur so. Aber inzwischen bin ich mir ziemlich sicher, dass ich damit schieflag. Dass du es wirklich nicht mehr weißt. Vielleicht war das gut, vielleicht auch nicht. Das wirst du am Ende nur selber wissen.«

»Um Gottes willen, Gigs, wovon redest du?« Der Henkelbecher zitterte in Fins Hand. Etwas Unsägliches schien plötzlich in dem dichten Rauch zu hängen.

»Erinnerst du dich an die Nacht, als ich dich betrunken am Straßenrand fand? Als du gebrabbelt hast, du wolltest nicht mit auf den Felsen kommen?« Fin nickte stumm. »Aber du weißt nicht mehr, wieso?«

»Ich hatte Angst, weiter nichts.«

»Angst, allerdings. Aber nicht vor dem Felsen. Als ich dich zum Hof mitnahm, hast du mir in dieser Nacht etwas erzählt, das dir solche Qual bereitete, dass es mein Fassungsvermögen übersteigt. Du hast in dem Sessel vor dem Feuer gehockt und wie ein Baby geheult. Tränen, wie ich sie noch bei keinem erwachsenen Mann gesehen habe. Tränen der Angst und der Scham.«

Fin saß mit großen Augen da. Gigs musste jemand anderen meinen. Nicht ihn. Er war in der Nacht dort gewesen, aber es hatte keine Tränen gegeben. Er war betrunken gewesen, weiter nichts.

Gigs ließ den düsteren Blick in die Runde am Feuer schweifen. »Einige von euch waren in dem Jahr mit auf dem Felsen, ihr wisst also, wovon ich rede. Ein paar von euch nicht. Und zu denen sage ich jetzt, was ich damals gesagt habe. Was auch immer auf diesem Felsen passiert, was zwischen uns besprochen wird, das bleibt auf dem Felsen. Auf der Insel. Es wird in unseren Köpfen sein, aber es wird euch nie über die Lippen kommen. Und wenn einer von euch auch nur einer Menschenseele verrät, was hier besprochen wird, dann wird er sich vor mir verantworten müssen, bevor er seinem Schöpfer gegenübertritt.« Und es gab keinen einzigen Mann am Feuer, der ihm nicht glaubte.

Kaum verzehrten die Flammen den Torf, tanzten die Schatten der versammelten Männer wie stumme Zeugen des Schweigegelübdes an den Wänden, und die Dunkelheit rings um das Blackhouse schien sie fest darin einzuschließen. Aller Augen wandten sich wieder Fin zu, einem Mann, dem alles Blut aus dem Gesicht gewichen war, als bestünde es aus totem Gebein.

Gigs sagte: »Er war der Teufel in Person, dieser Mann.«

Fin runzelte die Stirn. »Wer?«

»Macinnes. Artairs Vater. Er hat euch Jungen unvorstellbare Dinge angetan. In seinem Arbeitszimmer. All die Jahre, in denen er euch Privatunterricht gegeben hat, hinter einer verschlossenen Tür. Zuerst Artair, dann dir.« Er schwieg und holte tief Luft, als schnürte ihm die Stille die Luft ab. »Das hast du mir in jener Nacht erzählt, Fin. Ihr habt nie darüber geredet, du und Artair, selbst miteinander kein einziges Wort darüber gesprochen, obwohl jeder von euch wusste, was vor sich ging, was der andere zu erdulden hatte. Das Schweigen war wie ein unausgesprochenes Vermächtnis zwischen euch. Und deshalb warst du in dem Sommer so glücklich. Weil es vorbei war. Du würdest die Insel verlassen. Du hattest keinen Grund, Macinnes je wiederzusehen. Du hattest es keiner Menschenseele erzählt. Wie konntest du auch die Scham darüber ertragen, was er dir angetan hatte? Die Schande. Aber nun erledigte sich das von selbst. Du konntest die Insel für immer vergessen.«

»Und dann eröffnete er uns, wir würden zum Felsen mitkommen.« Fins Stimme war nur noch ein Flüstern.

Gigs' grimmiges Gesicht war vom Spiel der Schatten tief zerfurcht. »Dir sollten zwei Wochen mit ihm hier auf dem An Sgeir bevorstehen. Zwei Wochen in engster Gemeinschaft mit dem Mann, der dir dein junges Leben ruiniert hatte. Und Gott weiß, wie sehr wir hier aufeinander angewiesen sind. Es gibt kein Entrinnen. Selbst wenn er dir kein Haar krümmen konnte, würdest du den Mann fast rund um die Uhr ertragen müssen. Eine entsetzliche Vorstellung. Wie du dich dabei gefühlt hast, konnte ich dir nachempfinden.«

Auch wenn Fin die Augen geschlossen hatte, waren sie zum ersten Mal seit achtzehn Jahren weit geöffnet. Dieses Gefühl, das ihn sein ganzes Erwachsenenleben hindurch begleitet hatte, dieser vage Instinkt, dass es irgendetwas gab, das nur so eben außerhalb seines Gesichtsfelds, aber doch direkt vor ihm lag, war verschwunden. Der Schock tat ihm weh. Zugleich bestürmten ihn die Erinnerungen so real wie in einem Albtraum kurz vor dem Erwachen. Er merkte, wie ihm die Galle in den leeren Magen stieg, während die Bilder wie ein alter Familienfilm, der längst nicht mehr zum Vorführapparat passt, vor seiner Netzhaut flimmerten. Er roch den Staub der Bücher in Mr Macinnes' Arbeitszimmer, den Gestank nach abgestandenem Rauch und Alkohol in seinem Atem, wenn er ihn heiß im Gesicht traf. Er spürte seine kalten, trockenen Hände und zuckte selbst jetzt noch davor zurück. Und er sah das Bild wieder, einen Vorboten seiner wiedergewonnenen Erinnerung – das Bild des seltsamen Mannes mit den unglaublich langen Beinen, der ihn seit Robbies Tod in seinen Träumen verfolgte. Jene Gestalt, die mit den viel zu langen, baumelnden Händen unter den zu kurzen Anorakärmeln und mit dem unter der Zimmerdecke eingezogenen Kopf stumm in der Ecke seines Arbeitszimmers stand. Und zum ersten Mal erkannte er ihn. Es war Mr Macinnes. Mit seinem langen grauen Haar, das ihm strähnig über die Ohren fiel, und seinem toten, gehetzten Blick. Wieso hatte er es nicht früher gesehen?

Er öffnete die Augen und merkte, dass ihm die Tränen herunterliefen und ihm wie Säure auf den Wangen brannten. Er rappelte sich hoch und stolperte zum Eingang, wo er die Plane zurückzog und sich draußen im Sturm erbrach. Er sackte auf die Knie und würgte so lange, bis sich ihm die Magenmuskeln derart verkrampften, dass er keine Luft mehr bekam.

Mehrere Hände richteten ihn behutsam auf und halfen ihm wieder in die Wärme der Hütte. Jemand legte ihm eine Decke um die Schultern, und schluchzend wurde er wieder an seinen Platz am Feuer geleitet. Er zitterte so heftig wie von einem Fieber. Auf seiner Stirn glänzte ein feiner Schweißfilm.

Er hörte, wie Gigs weitersprach. »Ich weiß nicht, an wie

viel du dich jetzt erinnern kannst, Fin, aber als du mir in der Nacht davon erzählt hast, war ich so wütend, dass ich ihn hätte umbringen können. Wie konnte ein Mann Kindern so etwas antun! Seinem eigenen Sohn!« Er holte heiser Luft. »Und dann wollte ich zur Polizei. Um Anzeige gegen ihn zu erstatten. Aber du hast mich angefleht, es nicht zu tun. Du wolltest nicht, dass es irgendjemand erfährt. Und da wurde mir klar, dass es eine Sache unter uns hier auf dem Felsen war. Sodass nie jemand anders davon erfahren würde.«

Fin nickte. Das Übrige brauchte Gigs ihm nicht mehr zu erzählen. Wie Schuppen fiel es ihm von den Augen, und jedes Jahr, das seitdem vergangen war, schien ihm so gegenwärtig, als wäre es gestern gewesen. Er erinnerte sich an die Männer, die sich in jener ersten Nacht um das Feuer versammelt hatten, und wie Gigs nach der Lesung seine Bibel weglegte und alle zu Tode erschraken, als er Artairs Vater mit seinen Verbrechen konfrontierte. Zunächst gespenstisches Schweigen, dann Leugnen. Und Gigs, der ihn wie ein Staatsanwalt vor einem Schwurgericht in die Enge trieb, ihn bedrohte, Gottes Zorn heraufbeschwor und ihm alles ins Gesicht schleuderte, was Fin ihm offenbart hatte, bis Macinnes schließlich einknickte. Und wie Gift dann alles aus ihm herausbrach. Er habe das nie gewollt. Es tue ihm so entsetzlich leid. Es würde nie wieder geschehen. Er würde es gegenüber den Jungen, beiden Jungen, wiedergutmachen.

Fin erinnerte sich auch an den Blick, mit dem ihn Artair über das Feuer hinweg ansah. In dieser stummen Miene lag der ganze Schmerz, die Verletzung über den Vertrauensbruch. Fin hatte das Band des Schweigens zwischen ihnen zerrissen. Er hatte das Einzige zunichtegemacht, was die Familie Macinnes noch aufrechterhielt. Beharrliches Leugnen. Und Fin begriff vielleicht zum ersten Mal, dass es auch Artairs Mutter gewusst haben musste und dass auch sie es geleugnet hatte.

Gigs ließ den Blick über die Gesichter wandern, denen im

Licht des Feuers das Entsetzen abzulesen war. »Wir saßen in jener Nacht über ihn zu Gericht«, sagte Gigs. »Wie Geschworene. Und wir befanden ihn für schuldig. Und verbannten ihn aus dem Blackhouse. Seine Strafe bestand darin, während der zwei Wochen auf dem Felsen draußen zu leben. Wir würden ihm bei den Cairns etwas zu essen hinstellen und ihn ansonsten wieder mitnehmen, wenn wir mit unserer Arbeit fertig waren. Doch er würde nie wieder mit auf den Felsen kommen, und er würde niemals wieder die Hand nach einem der beiden Jungen ausstrecken.«

Jetzt wurde Fin klar, wieso Mr Macinnes in seinen Erinnerungen an ihre zwei Wochen auf dem An Sgeir nicht vorkam. Er sah plötzlich wieder, wie die flüchtige Gestalt von Artairs Vater von den Höhlen am Fuß des Felsens heraufkletterte, um das Essen abzuholen, das bei den Cairns auf ihn wartete. Eine von der Schande gebeugte, schlurfende Gestalt. Auch wenn er kein einziges Wort darüber verlor, musste Gigs gespürt haben, dass Artair Fin das Geständnis übel nahm, weshalb er sie von da an in verschiedene Arbeitsteams einteilte.

Fin blickte über die Torfsoden hinweg in die Flammen, die ihr Licht auf Gigs' Gesicht warfen. »An dem Tag, als ich den Unfall auf den Klippen hatte – nachdem mich Mr Macinnes mit dem Strick festgebunden hatte, war es kein Unfall, dass er die Klippen hinunterstürzte, oder?«

Gigs schüttelte traurig den Kopf. »Ich weiß es nicht, Fin, ich weiß es wirklich nicht. Wir wussten nicht, wie wir zu dir runterkommen sollten. Und dann sah plötzlich jemand, wie er von unten heraufgeklettert kam. Er musste von den Höhlen da unten den Aufruhr mitbekommen haben. Ich schätze, er wollte es irgendwie wiedergutmachen. Und irgendwie hat er das ja auch. Wahrscheinlich hat er dir das Leben gerettet. Aber ob er gestürzt oder gesprungen ist, da kann man nur raten.«

»Er wurde nicht geschubst?«

Gigs legte kaum merklich den Kopf schief und erwiderte Fins Blick. »Von wem?«

»Von mir.« Er musste es wissen.

Draußen ließ der Sturm allmählich nach, auch wenn der Wind immer noch in jedem Spalt und jeder Ritze der Felsen heulte, in sämtlichen Schluchten und Schornsteinen und in den Höhlen stöhnte, über die Cairns hinwegblies, die Generationen von Guga-Jägern dort hinterlassen hatten. Gigs sagte: »Als er stürzte, hatten wir dich bereits fünfzehn Meter hochgehievt, Fin. Niemand hat ihn hinuntergestoßen, außer vielleicht Gottes Hand.«

20

Er hörte, wie jemand seinen Namen rief. Hell und deutlich. »Fin. Fin Macleod.« Aber von ferne. Von irgendwo im Nebel. Er erhob sich, und es war, als tauchte er vom dunklen Meeresgrund nach oben. Verstört blinzelte er in das Licht, das ihn blendete. Neben ihm bewegten sich Schatten und Gestalten. Jemand hatte die Plane zurückgezogen, sodass das warme gelbe Licht des Sonnenaufgangs in die Hütte flutete. Der Rauch vom glimmenden Feuer wirbelte im Wind, der in die Hütte drang.

Als Gigs zu ihnen gesagt hatte, sie sollten versuchen, vor Sonnenaufgang noch ein bisschen Schlaf zu bekommen, hatte Fin sich nicht vorstellen können, wie das möglich sein sollte, dabei konnte er sich jetzt nicht einmal erinnern, wie er sich an der hinteren Wand auf dem Steinsims eingerollt hatte. Irgendein Selbstschutzmechanismus hatte sein Bewusstsein einfach abgeschaltet. Vielleicht der gleiche Mechanismus, der achtzehn Jahre lang all seine quälenden Erinnerungen in irgendeinem unzugänglichen Winkel verschlossen hatte.

»Fin Macleod!«, rief die Stimme wieder, doch diesmal hörte Fin das Keuchen heraus. Artair. Die Angst durchzuckte ihn. Er drängte sich an den Gestalten vorbei zum Eingang. Gigs und einige andere waren bereits draußen. Fin hob gegen die immer noch niedrige Sonne am östlichen Himmel die Hand an die Augen und sah draußen am Rand der Klippe hinter dem Leuchtturm die Umrisse zweier Männer in der Morgendämmerung. Der Himmel war fast gelb, von rosa Wolken durchzogen. Abertausende Tölpel schlugen darin mit ihren riesigen Flügeln und schrien den Männern dort unten ihre Verachtung entgegen.

Artair und Fionnlagh waren gut zweihundert Meter entfernt, doch Fin sah, dass der Junge einen Strick um den Hals hatte und sein Vater das Ende in der Hand hielt. Dem Jungen waren die Hände hinter den Rücken gebunden, und er taumelte gefährlich nah am Rand der Klippe, hinter der es neunzig Meter in die Tiefe ging.

Fin stolperte und rutschte über den steinübersäten Morast aus Lehm und Seetang, der zwischen ihm und den beiden Gestalten auf der Klippe lag. Artair beobachtete ihn mit einem seltsamen, starren Lächeln. »Ich wusste, dass du das warst. Als wir gestern Abend den Trawler reinkommen sahen. Wir haben dir dabei zugesehen, wie du versucht hast, mit dem Dingi zu landen. Vollkommen irre! Aber wir haben dir die Daumen gedrückt!« Er wandte sich an Fionnlagh. »Haben wir doch, nicht, mein Junge? Kommt wirklich besser, als ich es mir je hätte träumen lassen. Ein Vater, der aus nächster Nähe zusieht, wie sein Junge über die Klippe geht.« Er drehte sich wieder zu Fin um. »Komm, Macleod. Komm näher. Du kriegst einen Tribünenplatz. Ich vermute, die DNA-Ergebnisse sind raus.«

Fin war jetzt nur noch fünfzehn Meter entfernt. Fast roch er die Angst des Jungen im Wind. Er blieb keuchend stehen und sah seinen alten Schulfreund in einer Mischung aus Hass und Fassungslosigkeit an. »Nein«, brüllte er zurück. »Du hast eine von deinen Pillen ausgekotzt, Artair. Prednison. Gegen Asthma. Es konnte niemand anders sein als du.«

Artair lachte. »Himmel, ich wünschte, das wäre mir selber eingefallen. Dann hätte ich es absichtlich gemacht.«

Fin rückte ab jetzt nur noch vorsichtig näher und setzte alles daran, Artair so lange wie möglich ins Gespräch zu verwickeln. »Du hast Angel Macritchie getötet, nur um mich herzuholen.«

»Ich wusste, dass du das bald spitzkriegen würdest, Fin. Du warst schon immer schlauer, als gut für dich war.«

»Wieso Macritchie?«

Artair lachte. »Wieso nicht, verflucht noch mal? Er war ein Stück Scheiße, Fin. Du solltest das wissen. Wer würde ihn schon vermissen?«

Und Fin dachte an die Tränen in den Augen des Jungen, den Angel vor so vielen Jahren zum Krüppel gemacht hatte.

»Und außerdem …«, Artairs Lächeln gerann ihm auf den Lippen, »hatte er's verdient. Er war hier, wenn ich dich erinnern darf, vor achtzehn Jahren. Er wusste, was in dem Jahr wirklich passiert war. Und er ließ kaum einen Tag vergehen, an dem er mir nicht in Aussicht gestellt hat, die Schande an die große Glocke zu hängen.« Sein Gesicht war von Wut und Hass verzerrt. »Erinnerst du dich jetzt, Fin? Hat Gigs es dir erzählt?«

Fin nickte.

»Gut, ich bin froh. Dieser ganze Mist mit dem Gedächtnisverlust. Hab lange gedacht, du tust nur so. Und dann dämmerte es allmählich, nein, das war echt. Und du warst fein raus – hattest die Erinnerungen, die Insel und alles andere hinter dir gelassen. Ich dagegen saß fest, mit einer Mutter, die ich mit dem Strohhalm füttern musste, verheiratet mit der einzigen Frau, die ich je geliebt habe – eine abgelegte Braut von Fin Macleod, schwanger mit *seinem* Sohn statt mit meinem. Mit der Erinnerung an alles, was mein Vater uns angetan hat. Mit der Schande, dass ein ganzer Haufen Männer davon wusste. Wegen dir. Während du Scheißkerl ungeschoren davonkamst. Himmel!« Er legte den Kopf zurück und sah in die Höhe. »Damit ist Schluss, Fin. Du wirst zusehen müssen, wie dein Junge stirbt, so wie ich zusehen musste, wie mein Vater auf denselben Klippen gestorben ist. Wegen dir.«

»Ich nehme an, du wusstest, dass mein Sohn bei dem Unfall mit Fahrerflucht umgekommen ist.«

Artair grinste. »Hab ich in der Zeitung gelesen, Mann. Hat mir doch glatt den Atem verschlagen, als ich es sah. Endlich blieb mal 'n Scheiß an dem Teflon-Knaben hängen. Da kam mir überhaupt erst die Idee. Die Chance, dir dein Leben zu ruinieren, so wie du mir meins ruiniert hast.«

Fin war nur noch drei Meter entfernt. Er sah den Wahnsinn in Artairs Augen. Und die panische Angst in Fionnlaghs.

»Das ist nah genug«, sagte Artair in scharfem Ton.

Fin antwortete: »Wenn du dir das Vergnügen gewünscht hast, zuzusehen, wie ich den Tod meines Sohnes erlebe, hättest du letzten Monat im Edinburgh Royal Infirmary dabei sein sollen. Er war erst acht, der Kleine. Ich war bei ihm auf der Intensivstation, als der Monitor den Herzstillstand anzeigte.« Für den Bruchteil einer Sekunde sah er den leisesten Anflug von Menschlichkeit in Artairs Augen aufflackern. »Du hättest mein Elend aus nächster Nähe mit ansehen können, Artair. Du hättest dich selbst davon überzeugen können, wie mein Leben zerfiel, als mein Kind starb. Heute allerdings bekommst du nicht das Vergnügen.«

Artair sah ihn verständnislos an. »Wie meinst du das?«

»Es würde mir zwar den Magen umdrehen, wenn ich den jungen Fionnlagh hier so sterben sehen müsste. Aber ich würde nicht den Tod meines Sohnes miterleben.«

Artairs Verwirrung verkehrte sich in Wut. »Was zum Teufel redest du da, Macleod?«

»Ich spreche von der Tatsache, dass Fionnlagh nicht mein Sohn ist, Artair. Das hat Marsaili nur einmal aus Wut behauptet. Eine Art dummer Racheakt für die Tatsache, dass sie sich mit der zweiten Wahl abfinden musste. Mit dir. Nur um es dir nicht gar so leicht zu machen.« Er bewegte sich noch ein Stückchen auf sie zu. »Fionnlagh ist dein Sohn, Artair. War er immer und wird er immer sein.« Er sah den Schock im Gesicht des Jungen, doch er ließ keine Sekunde locker. »All die Jahre, in denen du den armen Jungen geschlagen hast. Deine

Rache am Sohn statt am Vater ausgelassen hast. Dabei hast du die ganze Zeit dein eigenes Kind misshandelt. Genau wie dein Vater dich.«

Fin sah in Artairs Gesicht, wie jede Gewissheit, die er gekannt hatte, ihn verließ und die Wahrheit ihm dämmerte, mit der er nie würde leben können.

»Das ist ein Haufen Scheiße! Du lügst!«

»Tatsächlich? Denk mal nach, Artair. Überleg mal, wie es war. Wie oft sie beteuert hat, sie hätte es nur gesagt, um dir wehzutun.« Fin machte noch zwei Schritte.

»Nein!« Artair drehte sich langsam zu dem Jungen um, den er siebzehn Jahre mit Tritten und Schlägen gequält hatte, und sein Gesicht verzog sich zu einer elenden Miene. »Sie hat mir die Wahrheit gesagt. Und dann gemerkt, dass es ein Fehler war.« Mit einem wilden Blick drehte er sich zu Fin um. »Und die Wahrheit kann man nie zurücknehmen, Fin, das solltest du doch wissen.«

»Sie hat gelogen, um dir wehzutun. Du wolltest nur glauben, dass es stimmt. Du wolltest in meiner Abwesenheit dem Jungen die Schuld geben. Du brauchtest einen Sündenbock. Einen Prügelknaben für all den Hass, den du gegen mich gehegt hast.«

»Nein!« Artair brüllte jetzt fast. Er stieß ein katzenartiges Jaulen aus und ließ den Strick fallen. Fin sprang im selben Moment vor und zog den Jungen vom Abgrund weg. Er spürte, dass Fionnlagh von einem Zittern geschüttelt wurde. Ob aus Angst oder vor Kälte, konnte er nicht sagen. Artair stand da und starrte sie düster und mit Tränen der Wut in den Augen an.

Fin streckte ihm eine Hand entgegen. »Komm, Artair. Es muss nicht so enden.«

Doch Artair sah jetzt durch ihn hindurch. »Zu spät. Ich kann es nicht zurücknehmen.« Er wandte den Blick zu dem Jungen, der sich verzweifelt an Fin festhielt. Und die ganze Tragödie seines Lebens spiegelte sich in seinen Augen, jeder qualvolle Augenblick. »Es tut mir leid.« Er bekam kaum noch ein Flüstern heraus, wie ein leises Echo der Worte, die sein Vater vor achtzehn Jahren hier ausgesprochen hatte. »Es tut mir so leid.« Für den Bruchteil einer Sekunde erwiderte er Fins Blick, dann drehte er sich um und stürzte ohne ein weiteres Wort in die Tiefe, wo die Tölpel ihn auffangen und in die Hölle tragen würden.

Fin nahm Fionnlagh die Fesseln ab und führte ihn über den Fels zum Blackhouse zurück. Mehrere Männer kamen ihnen entgegen und legten dem Jungen Decken um die Schultern. Er hatte kein Wort gesagt. Sein Gesicht war aschfahl. Sechzig Meter unter ihnen stand zwischen den Felsnasen der Bucht die Crew der Purple Isle an Deck und sah ihnen zu. Irgendwo am südwestlichen Himmel hörten sie das Geräusch von Hubschrauberblättern im Wind.

Als Fin sich umdrehte, trieb der große rot-weiße Vogel mit dröhnendem Motor kreischende Tölpel und Möwen vor sich her. Er sah schwarz auf weiß die Worte *Küstenwache* auf einer Seite unterhalb der Rotorblätter und beobachtete, wie der Helikopter, als er die Nase senkte, in der Luftströmung, die vom Fuß der Klippen aufstieg, ruckelte, bevor er schließlich mühelos elegant auf dem Landeplatz neben dem Leuchtturm aufsetzte. Eine Tür wurde aufgeschoben, und uniformierte Polizisten stiegen zusammen mit Beamten in Zivil auf den Betonplatz.

Fin, Fionnlagh und die Guga-Jäger standen da und sahen zu, wie die Polizisten stolpernd und rutschend über die Steine und den glitschigen Belag zu ihnen herüberkamen. DCI Smith führte die Gruppe an, und Fin sah, wie sich sein Mantel hinter ihm in der Brise bauschte und ihm das Haar der Brylcreem zum Trotz um die Ohren flatterte. Vor Fin kam er schlitternd zum Stillstand. Er funkelte ihn an. »Wo ist Macinnes?«

»Sie kommen zu spät. Er ist tot.«

Misstrauisch legte Smith den Kopf schief. »Wie das?«

»Er ist von der Klippe gesprungen, Detective Chief Inspector.« Als er sah, wie Smith die Lippen kräuselte, fügte Fin hinzu: »Jeder Mann hier war dabei und hat es gesehen.« Er sah Gigs an, der kaum merklich nickte. Höchstens die Hälfte der Wahrheit würde im Polizeibericht stehen. Die ganze Wahrheit würde den An Sgeir nie verlassen, sondern hier auf dem unwirtlichen Felsen bei den Vögeln bleiben. Und die Männer, die an diesem Tag dabei gewesen waren, nähmen die Erinnerung, wenn ihre letzte Stunde gekommen war, mit ins Grab. Danach würde nur noch Gott von dem Geheimnis wissen.

Er blickte über das stahlgraue Wasser des Loch a Tuath, auf dem der Abwind von den Rotorblättern konzentrische Kreise bildete, bevor sie sich zur Seite neigten und nach Osten schwenkten, um hinter dem Flughafengebäude auf dem Flugvorfeld zu landen. Dort warteten bereits eine Gruppe Polizeifahrzeuge und ein Krankenwagen. Ihr Blaulicht blitzte in der Sonne, die durch die spärlichen Lücken in der Wolkendecke drang.

Fin betrachtete noch einmal den Jungen, der in Decken gehüllt an der Tür saß. Während des ganzen Flugs hatte er sich nicht gerührt. Es war ihm nicht anzusehen, was in ihm vorgehen mochte. Fin seinerseits fühlte sich ausgehöhlt. Vollkommen leer. Verzweifelt wandte er den Kopf und sah Marsaili am Krankenwagen warten, während neben ihr George Gunn von einem Bein aufs andere trat. Über der Jeans und den Stiefeln war sie in einen langen schwarzen Mantel gehüllt, und das offene Haar flatterte ihr aus dem Gesicht zurück, das so blass war wie der Mond im August. Sie wirkte zerbrechlich neben Gunn, und Fin hatte wieder das kleine, eigensinnige Mädchen mit den Zöpfchen vor Augen, das sich an jenem ersten Schultag neben ihn gesetzt hatte und das jetzt so verletzlich schien, wie sie es als Kind nie gewesen war. Die Nachricht von Artairs Tod war bereits über Funk gemeldet worden. Als der Hubschrauber der Küstenwache bei seiner Landung auf dem Asphalt Luft und Staub aufwirbelte, wandte sie den Kopf ab.

Fin drehte sich zur hinteren Reihe der Kabine um, wo, verbissen schweigend, Gigs und Pluto saßen, auf deren Anwesenheit Smith bestanden hatte, um in Stornoway ihre offiziellen Zeugenaussagen aufzunehmen. Die anderen waren zurückgeblieben, um ihre Sachen zu packen und die Heimreise auf der Purple Isle anzutreten. Ohne einen einzigen Vogel erlegt zu haben. Zum ersten Mal seit Jahrhunderten würden die Bewohner der Isle of Lewis in diesem Jahr keinen Guga essen.

Als die Motoren zum Stillstand kamen und die Tür aufgeschoben wurde, blickte Marsaili suchend zu ihnen herüber. Fin sah, wie sie beim Anblick von Fionnlagh nach Luft schnappte und über die Rollbahn gerannt kam, um ihn in die Arme zu schließen und festzuhalten, als ob sie ihn nie wieder loslassen wollte. Fin stieg aus der Lukentür und blieb hilflos stehen. Gunn kam auf ihn zu und schob ihm unauffällig einen aus einem Notizbuch gerissenen Zettel zu, während er Marsaili behutsam die Hand auf die Schulter legte. »Wir müssen den Jungen im Krankenhaus untersuchen lassen, Mrs Macinnes.« Widerstrebend ließ sie ihren Sohn los, um sein Gesicht in beide Hände zu nehmen und in seinen Augen zu forschen, ob er sie vielleicht nicht allzu sehr hasste. »Rede mit mir, Fionnlagh. Sag was.« Doch er drehte sich zu Fin um.

»Stimmt das? Was du meinem Vater da draußen auf dem Felsen gesagt hast?«

Marsaili sah Fin mit großen, ängstlichen Augen an. »Was hast du ihm gesagt?«

Fin hielt den Zettel, den Gunn ihm zugesteckt hatte, in der

Hand und wagte nicht, draufzuschauen. »Dass Fionnlagh sein Sohn sei.«

»Und bin ich das?« Fionnlagh sah von einem zum anderen, und zum ersten Mal war ihm anzusehen, wie in ihm die Wut hochstieg, als hielten sie etwas vor ihm geheim.

»Du warst erst ein paar Wochen alt, Fionnlagh«, sagte Marsaili. »Du hast jede Nacht geschrien. Ich hatte eine postnatale Depression und jede andere erdenkliche Form von Depressionen.« Ihre blauen Augen streiften Fin, bevor sich ihr Blick irgendwo in der Vergangenheit verlor. »Wir hatten einen schrecklichen Streit. Artair und ich. Ich weiß nicht mal mehr, worum es dabei ging. Aber ich wollte ihm wehtun.« Als sie ihren Sohn ansah, zerfurchten ihr die Schuldgefühle die Stirn. »Also hab ich dich benutzt. Ich hab ihm gesagt, du wärst Fins Sohn und nicht seiner. Das ist mir einfach so rausgerutscht. Wie sollte ich denn ahnen, wohin das führen würde, dass es so enden würde?« Sie hob den Blick zu den Wolken, die über den Himmel fegten. »Ich hätte mir in dem Moment am liebsten die Zunge abgebissen. Ich hab ihm tausendmal versichert, ich hätte es nur gesagt, um ihm eins auszuwischen, aber er hat mir nie geglaubt.« Sie senkte den Kopf und strich ihrem Sohn liebevoll mit den Fingerspitzen übers Gesicht. »Und von da an musstest du mit den Konsequenzen leben.«

»Dann *war* er also mein Vater.« All die Bitterkeit und Enttäuschung brannten Fionnlagh in den Tränen, die seine Augen füllten.

Marsaili zögerte. »Die Wahrheit, Fionnlagh?« Sie schüttelte den Kopf. »Die Wahrheit ist, dass ich es nicht sagen kann. Ich weiß es wirklich nicht. Nachdem Fin und ich uns in Glasgow getrennt hatten, bin ich nach Lewis zurückgekehrt, unglücklich und elend, wie ich war. Und geradewegs in die Arme von Artair. Er war nur allzu bereit, mich zu trösten.« Sie seufzte. »Und ich weiß bis heute nicht, ob ich von Fin oder Artair schwanger war.«

Fionnlagh sackte in sich zusammen und starrte teilnahmslos auf die blitzenden Blaulichter der Streifenwagen. Er kniff sich die Tränen weg. »Dann werden wir es also nie erfahren.«

»Wir können es feststellen lassen«, sagte Marsaili.

»Nein!«, schrie Fionnlagh. »Ich will es nicht wissen. Wenn ich es nicht weiß, dann muss ich nicht damit leben, dass er mein Vater war.«

Fin glättete den zerknüllten Zettel in der Hand und warf einen Blick darauf. Er merkte, wie sich ihm die Kehle zuschnürte. »Ich fürchte, dafür ist es zu spät, Fionnlagh.« Der Junge sah ihn mit einem alarmierten Blick an.

»Wie meinst du das?«

Aus den Autos drangen die krächzenden Stimmen des Polizeifunks herüber.

»Gestern Abend habe ich DS Gunn gebeten, das Labor für mich anzurufen, das die Speichelproben vom Mittwoch auswertet. Die haben deine und Artairs abgeglichen.« Fionnlagh und Marsaili fixierten ihn mit einem Blick, der die Hoffnungen und Ängste ihrer beider Leben zusammenfasste. Fin faltete das Papier wieder und steckte es in die Tasche. »Was hältst du von Fußball, Fionnlagh?« Der Junge runzelte die Stirn. »Wenn du möchtest, kann ich uns nämlich Karten für das nächste schottische Länderspiel in Glasgow besorgen. Das machen Väter und Söhne doch miteinander, oder? Zusammen zum Fußball gehen?«

Danksagung

Mein Dank gilt all jenen, die mir bei meinen Nachforschungen zu *Die Vogelinsel* so großzügig ihre Zeit geopfert und mit ihren Fachkenntnissen geholfen haben. Insbesondere danke ich: Steven C. Campman, Pathologe, San Diego, Kalifornien; Derek (Pluto) Murray, gälischer Schauspieler und Radio- und Fernsehmoderator; Detective Sergeant George Murray, Polizist bei der Northern Constabulary, Stornoway, Isle of Lewis; John »Dods« Macfarlane, Angus »Bobby« Morrison und Angus »Angie« Gunn, Guga-Jäger aus Ness, Isle of Lewis; Calum »Pugwash« Murray und Murdo »Beag« Murray, Kapitän und Erster Maat der Heather Isle, Stornoway, Isle of Lewis; Donald Macritchie, Mathematik- und Geographielehrer an der Lionel School, Ness, Isle of Lewis; Evelyn Coull, gälische Schauspielerin sowie Rundfunk- und Fernsehmoderatorin; Dr Brian Michie, praktischer Arzt, Polizeiarzt und stellvertretender Pathologe, Stornoway, Isle of Lewis; An Comunn Eachdraidh von der Ness Historical Society, Ness, Isle of Lewis. Ebenso schulde ich John Beatty Dank, den ich zu seinem Buch *Sula. The Seabird-Hunters of Lewis* beglückwünsche, einer wunderbaren Bild- und Textdokumentation des jährlichen Pilgerrituals der Männer von Ness, bei dem sie 2000 Gugas (Tölpel) auf der Insel Sula Sgeir erbeuten. Und schließlich möchte ich nachdrücklich den Menschen auf der Isle of Lewis für ihre Großzügigkeit und Freundlichkeit danken, die sie mir während der fünf Jahre meiner Filmarbeit auf der Insel und der Nachforschungen zu diesem Buch erwiesen haben.

KAMPA VERLAG

Peter May
Die Leiche im Moor
Fin Macleod ermittelt auf den schottischen Hebriden
Aus dem schottischen Englisch
von Silvia Morawetz

Eine jahrzehntealte Leiche mit Elvis-Tattoo und ein Lebender, der eigentlich seit Jahrzehnten tot sein sollte

Nach dem Tod seines Sohnes und dem Scheitern seiner Ehe hängt Fin Macleod die Dienstwaffe der Polizei von Edinburgh an den Nagel. Für ihn ist die Zeit gekommen, endgültig auf die schottischen Hebriden zurückzukehren: in sein Elternhaus auf der Isle of Lewis. Doch dort erwartet ihn ein Fall, dem er sich nicht entziehen kann. Im Hochmoor von Siader ist eine Torfwand abgerutscht und hat eine Leiche ans Tageslicht befördert. Ende der fünfziger Jahre muss die Person Opfer eines Gewaltverbrechens geworden sein. Der DNA-Abgleich ergibt: Das Mordopfer hatte einen Bruder, Tormod Macdonald, ein Bauer aus der Gegend und der Vater von Fin Macleods Jugendliebe Marsaili. Die Tochter ist in dem Glauben aufgewachsen, ihr Vater sei Einzelkind gewesen. Um ihn zu befragen, ist es zu spät: Macdonald leidet an schwerer Demenz. Macleod bleibt nicht viel Zeit. Sobald die Ermittler*innen vom Festland eintreffen, das ist ihm klar, wird der Verdacht von dem alten Mann kaum mehr abzuwenden sein.

KAMPA VERLAG

Peter May
Moorbruch

Fin Macleod ermittelt auf den schottischen Hebriden

Aus dem schottischen Englisch
von Silvia Morawetz

Fin Macleod macht eine schicksalhafte Entdeckung. Doch zu tief in der Vergangenheit zu graben, bringt womöglich auch seine Zukunft ins Wanken.

Fin Macleod, ehemals Ermittler in Edinburgh, ist inzwischen bei einem privaten Gutshofbesitzer auf der Isle of Lewis angestellt. Schon sein erster Auftrag bringt ihn in einen Gewissenskonflikt. Er soll sich um einen verarmten Wilderer kümmern, der in einer Hütte auf dem Gut lebt, keine Miete zahlt und mit dem Besitzer im Clinch liegt. Der Wilderer entpuppt sich ausgerechnet als Fins Jugendfreund Whistler, der früher in der Band spielte, die Fin als Roadie begleitete. Als die beiden Männer sich bei einem Spaziergang über die letzten Jahre austauschen, werden sie Zeugen eines seltenen Naturschauspiels: Ein Moorbruch legt einen See innerhalb kürzester Zeit völlig trocken – und enthüllt das Wrack eines Kleinflugzeugs. Fin ist überzeugt, dass damit das siebzehn Jahre alte Rätsel um das Verschwinden von Roddy gelöst ist, einem weiteren Jugendfreund und Bandmitglied, der damals von einem Rundflug nicht wiederkehrte. Doch der Mann im Cockpit ist nicht Roddy …

KAMPA VERLAG

Peter May
Schwarzes Wasser
Fin Macleod ermittelt auf den schottischen Hebriden

Aus dem schottischen Englisch
von Anke Kreutzer

Sein Sohn wird des Mordes verdächtigt –
Fin Macleod muss auf eigene Faust ermitteln.

Am verlassenen Ufer des An Loch Dubh, des »Schwarzen Wassers« auf der Isle of Lewis, liegt die Leiche der achtzehnjährigen Caitlin. Hauptverdächtiger: Fionnlagh Macleod, dreißig Jahre alt, Lehrer des Mädchens und Sohn von Detective Inspector Fin Macleod und seiner Frau Marsaili. Als diese Nachricht die Eltern erreicht, die seit zehn Jahren in Glasgow leben, kehren sie auf die Hebriden zurück, um den Namen ihres Sohnes reinzuwaschen. Aus dem aktiven Dienst ausgeschieden, ist Fin inzwischen dafür zuständig, täglich Tausende verstörender Bilder aus dem Darknet auszuwerten. Traumatisiert und deprimiert von seiner Arbeit, hat er auch zu spüren, wie seine Ehe bröckelt. Als Fin und Marsaili erfahren, dass Fionnlagh ein sexuelles Verhältnis zu seiner Schülerin pflegte, stellen sie alles infrage, was sie über ihren Sohn zu wissen glaubten, und ihre Liebe steht endgültig vor einer harten Zerreißprobe.